江山不悔 上

丁墨 著

北京燕山出版社

图书在版编目（CIP）数据

江山不悔：全 2 册 / 丁墨著 . — 北京：北京燕山
出版社，2023.5

　　ISBN 978-7-5402-6785-8

　　Ⅰ . ①江… Ⅱ . ①丁… Ⅲ . ①长篇小说－中国－当代
Ⅳ . ① I247.5

中国版本图书馆 CIP 数据核字（2022）第 255084 号

江山不悔：全 2 册

著　　者	丁　墨
责任编辑	郭　悦　李瑞芳
书籍设计	白茫茫　刘龄蔓
出版发行	北京燕山出版社有限公司
社　　址	北京市西城区椿树街道琉璃厂西街 20 号
邮　　编	100052
电　　话	010-65240430
印　　刷	北京世纪恒宇印刷有限公司
开　　本	880mm×1230mm　1/32
字　　数	595 千字
印　　张	19
版　　次	2023 年 5 月第 1 版
印　　次	2023 年 5 月第 1 次印刷
I S B N	978-7-5402-6785-8
定　　价	62.00 元

目录

—

CONTENTS

1

目录

—

CONTENTS

摆脱困境

第一章

夜色极深，暗色的窗棂外树影斑驳。这是帝京郊外一座偏僻的庄子，主屋内幽静而深黑，一片死寂。

房间里的一位妙龄少女试着动了动胳膊，发觉僵麻的身躯终于恢复了气力。可她望着眼前陌生的一切，恐惧依然如同迷离的夜色，袭上心头。

距离她醒来，已经有几个时辰了。她不记得昏迷之前发生了什么，可是醒来时，却是泡在一个大坛子里。

房间四周古香古色，坛子就放在屋子正中。这么久一直没人来。

坛子里不知装了什么液体，冷得浸骨。坛口很宽，少女鼓起勇气，缓缓地从水中站了起来。此刻夜色阑珊，唯有月光如水，洒在少女的躯体上。

眼前的身体苍白而纤弱，细致的皮肤在月光下光滑如绸缎，经过液体浸泡，更显细薄……

这是怎么回事？

这是什么地方？

正常人怎么会像药物和标本一样，被泡在坛子里？

更糟糕的是，她连自己是谁也想不起来了。

少女站在冰冷诡异的坛中，无措至极，终于忍不住哽咽起来。

然而，她刚发出一点儿沙哑的哭声，就听到稀稀拉拉的脚步声在院落里响起。少女一惊，抹了眼泪，重新浸入水里，犹豫片刻，闭上了眼，大气也不敢出。

"吱呀"一声，门被推开，摇曳的烛火照了进来。少女眯眼看过去，是两个男人，身形都很高大，穿着非常古朴的衣服。

"随雁，可真听到声响是从这个屋子传出来的？"个子稍矮那人细声细语地问。

被唤作随雁的男子答："正是。许是有鼠，仔细查探一番，切莫伤了小姐。"

另一人嗤笑："什么小姐，不过一具尸身，偏偏将军当成宝贝般。你瞧她那张白脸，半夜瞧着，可真叫人胆寒。"

随雁低声道："不要多说。"

少女听得心头巨骇，他们口中的"小姐""尸身"，明显是朝着她说的。

她之前死了？而且现在竟然死而复生？

可是什么人会把尸体泡在坛子里？想到这一点，她比之前更恐惧了。

见他俩走过来，少女连忙闭上眼，心突突地跳。

两人开始在屋中翻找。忙了一阵，并无所获，但也没离开，而是支起烛火，端来些酒食，在房间外的廊道里对饮起来。

喝了些酒，他们聊了起来，因为门没关，少女听了个大概。

原来这两人是负责看守她这具"尸身"的侍卫，一个叫刘准，一个叫陈随雁。这具尸体叫颜破月，是当朝镇国大将军颜朴淙的义女。

然而听两人暧昧的语气，颜破月更像是颜朴淙养大的娈女，从小锦衣玉食，只等十六岁生辰，两人便要圆房。

可一个月前，颜破月意外病逝，颜朴淙雷霆震怒，并未将她下葬，而是放置在这里。陈随雁两人也被贬到别庄，看守尸体。

听他们说到这里，少女脑子里倒模模糊糊涌上些支离破碎的片段，头也一阵阵地疼。隐隐只见雾气深深的庭院、模糊的男人背影，耳边还有少女低声的啜泣……虽然这些记忆混乱不清，但少女已经感觉到，那颜破月可能真的只是颜朴淙的玩物。

这个认知让少女越发害怕，她竟然是这样的身份！

这时又听随雁说："将军是什么人，何曾做徒劳无功的事？你道将军花费如此多的银子保存小姐尸身，只是为了相思？"

另一人奇道："那是为了作甚？"

随雁压低声音："小姐这几年是怎么被养大的？吃的是千金难求的兽血虫草，从不沾荤腥；每日在寒潭水中浸泡两个时辰，又在千年难得的寒玉床上睡足四个时辰——你当她只是将军的义女、将军的宠妾？"

少女一怔。

却听那随雁冷笑一声，又说："此事并不难猜。将军的武功大胥朝第一，内力修为出神入化，他必是用小姐的身躯，在修炼某种高深绝顶的武艺。"

另外那人答："你所言极是。但如今小姐已经作古，留她尸身又是为何？"

随雁的声音在夜色中显得极为阴冷："那许多名贵材料，都喂进了小姐的肚子，你说将军会将她如何？活着能用，死了未必就不能用了。"

他没有明说，少女却听得太阳穴突突地跳——

不只是玩物，还是练功的工具？

那颜朴淙到底是什么人？

光是这个名字，就让她莫名地不寒而栗。

在经过一夜的惊慌绝望后，少女慢慢恢复了镇定，她甚至告诉自己往好的方面想，自己其实是获得了重生的机会。虽然这个颜破月的过往糟糕又离奇，但从现在起，她可以选择过另外一种人生，一个让自己不枉此生的人生。

尽管重新振作起来，但她所处的环境却非常紧迫，没有给她丝毫喘息的机会。一方面，她被当成尸体饿了一天一夜，已是饥肠辘辘；另一方面，听随雁他们闲聊，说过几日那颜朴淙就要来别院看望她。

她必须在那之前逃走。因为如果颜朴淙武艺极高，很可能会察觉到她死而复生。虽然对这个男人毫无印象，但是想到他做的那些事，就让她避之唯恐不及。

至于就算真的逃出去了，没有身份，没有钱，如何安身立命，却不是她立刻能顾及的问题了。

可又等了一天一夜，还是没有机会。陈随雁和另外那人虽不是一直在她的房间里，但这庄子本就不大，她时而能听到他俩走动、说话的声音。

少女等得都快绝望了，她甚至开始做"成为颜破月"的心理准备——这样至少能活下去。可是如何让颜朴淙相信自己死而复生呢？她不会被当成妖孽烧死吧？

就在她惴惴不安的时候，机会来了。

第三日傍晚，陈随雁两人照例在她房间外头的门槛下喝酒，低语了几句，那陈随雁忽然笑道："去看看又如何？若是中意了，你我兄弟又不是没有银钱，赎回来做老婆便是。"

另一人却迟疑："可是……"

陈随雁淡淡道："便做对食夫妻又如何？"

这两日，少女听他们闲聊，大概也知道两人被送到颜破月身边看守时，不知是何原因，已经不能人道。

两人又聊了一会儿。原来附近庄子的一处私窑，新进了两个年轻美貌的窑姐。陈随雁两人以前年轻力壮，甚是喜爱美色，然而不能人道后，已许久未尝个中滋味了。约莫是心有不甘，想学官中宦官，买些美貌女子，做对食夫妻，满足扭曲的欲望。

后来都是些下流话语，少女听得对这两人渐生恶感，只想把耳朵塞住。

幸运的是，两人的酒越喝越多，最后便要出庄去寻花问柳。另一人还有些迟疑："小姐尸身在此，离了守卫，恐不妥。"

陈随雁却笑道："将军还未来，你就如此紧张。此事你我二人又不是第一次干，怕甚？且一具泡在毒水中的尸身，谁能盗走？"

少女心头一凛。

过了一会儿，脚步声终于远去了。又过了一阵，偌大的庄园，竟半点儿声音都没有。

少女颤抖着从坛中爬出，却发觉双足有点儿沉，低头一看，是一对润润的金环，套在脚踝上。这让她觉得恶心——曾经的颜破月，被当成宠物养起来了吗？

少女蹲下想解掉，但那金环不大不小、丝丝入扣，竟半点儿也脱不下来，索性就不管了。她跌跌撞撞到了屋门口，望着幽暗的夜空、沉寂的山岭，眼泪差点儿掉下来。

暗自平复了一会儿，她从椅背上抓起陈随雁丢下的一件外衫，将身躯一裹，又在房中翻找一阵，所幸找出了一锭银子和一些吃剩的饭食。她胡乱扒拉几口，又带上几个馒头，趁着夜色，用尽全身力气，跑出了深黑的庄园。在山中翻爬了两日，第三日午间，终于出得山来，到了一个寻常小镇。因她衣着凌乱，人人都以为是乞丐，并未近前。她拿银子买了衣服和食物，又学农妇用头巾挡住脸，然后漫无目的地继续前行。

此刻的少女并不知道，前方等着她的，将是怎样的人生。她会在这个时代，遇到唯一的那个男人，一个正直又英俊的青年，一个视她如生命、如珍宝的不世枭雄，而她的名字，颜破月，也将作为传奇，与她波澜壮阔的人生一同载入大胥朝的历史。

她也不知道，危险并未离她远去。在她逃离的第二日，一骑快马便从帝京奔出，日落时分，已抵达别院。镇国大将军、她的义父、她的主人颜朴淙，锦衣华服，风尘仆仆地站在空空如也的坛前，面对连连磕头的陈随雁二人，只冷冷一笑："是人是鬼，都要把她追回来。"

"小丫头，你像极了你母亲……"

"乖，叫我夫君……"

"十六岁生辰之日……"

男子低沉的嗓音、断断续续的话语，宛如咒语般在脑海中徘徊，瞬间又消失得空空荡荡。

颜破月只觉得自己一会儿如在火上炙烤，浑身热得难受；一会儿又如同被塞进冰窖里，寒气入骨……酷热、至寒的感觉反复交替，令她痛不欲生！

"啊——"她惨叫一声，睁开眼，看到空荡荡的农舍屋顶，而她的一身衣服已经湿透。可怕的是，那至寒至热的感觉还没消失。她像一只煮熟的虾蜷缩在榻上，浑身颤抖，脸色苍白……

这折磨持续了半个时辰，才慢慢消失。颜破月已经面无人色，躺了许久，才挣扎起身。

她不知道这是怎么回事。是不是病了？难道今后还会受这种折磨？

她的心情越发沉重。

逃离的第四日。

颜破月离开借居的农舍，继续前行。

走了几日，她终于搭上了一辆马车。赶马车的是一对老实夫妇，当她是逃难的灾民，收了她一点儿铜钱，便带着她一路往东。穿过官道，又跑出密林，帝京远远被丢在身后，颜破月的心渐渐安定下来——她以为自己终于逃脱了。

她与那对夫妇在承州城外分道扬镳。承州是大胥中部最繁华的城池，大隐隐于市，这个道理颜破月是懂的。至于将来作何营生，只能走一步看一步了。

　　行在承州街头，望着熙攘的人群，颜破月倒是少了前几日的紧张恐惧，四处转着，想要寻个落脚之地。她又怎能想到将军府的侍卫们、颜朴淙的心腹们，会有怎样高超的追踪手段？

　　去当大户人家的丫鬟？或者应该在这城中聚居之地，找个房子先住下？

　　颜破月茫然地缓缓走着。街道两旁林立的摊铺，琳琅满目。她腹中饥饿，停步买了两个包子。付钱时，一个小贩对另一人低声说："瞧那些黑衣人，来头必定不简单。莫非有大官要来承州了？"

　　颜破月心头一凛，缓缓转头望去。只见来来往往的行人中，熟悉的黑色衣衫一闪而过。

　　是颜府侍卫！

　　她顿时感觉如同一盆凉水从头浇至脚下，双足也变得僵硬。小贩见她发呆，便问："姑娘，怎么了？"

　　颜破月："……没事。"转身快步拐进小巷，刚走了几步，已是沉不住气，发足狂奔起来。

　　不要！千万不要被抓到！他们竟然来得这么快！

　　那个阴森又强势的男人！她区区女子，如何与镇国大将军为敌？！

　　冷静，冷静。

　　尽管怕得要死，她的步伐却很稳。前方巷子口隐有喧嚣人声，应该是另一条街，只要小心，就能逃出去……

　　"啊！"颜破月尖叫一声，因为一道黑色身影骤然出现在巷子口，挡住她的去路。那人身形高瘦，面皮细白，不是在帝京庄园负责看守她的陈随雁是谁？是那个性格阴恻恻的阉人！

　　颜破月僵在原地，没说话，也没动。陈随雁微微一笑，单膝跪地："小姐，卑职来迟了！"

　　黑色骏马，如离弦的箭，踩在夏日滚烫的石板路上，出了承州城，一路往南。

　　颜破月如同一个破麻布袋，被打横挂在马背上，身后是一脸阴沉的陈随雁。马儿颠簸得厉害，她僵硬的视线只能盯着马腹下不断倒退的地面，恶心得想吐。

　　可她脑中却十分警惕。

不对劲，这个陈随雁不对劲。

帝京在西北，他为何带着她一路往南？且城中有多名颜朴淙的侍卫，他为何独自带她出城？

按下心中重重疑云，颜破月只能静观其变。

二人一直行到第二日黄昏，到了一家荒郊客栈才停步。

陈随雁将颜破月扔在床上，兀自打地铺。颜破月疲惫至极，很快便睡着了。

不知睡了多久，她忽地惊醒。睁眼一看，陈随雁举着烛火，站在床边，只吓得她浑身一抖。

"小姐，卑职有话问你。"他皮笑肉不笑地说。

颜破月只得咬着下唇点头："好。"

陈随雁却一怔。

女子的嗓音很娇软，仿佛跟她苍白、精致、幼嫩的身子一样，轻轻一捏就会碎。

可这份美丽的精致，永远也不会属于他。

他原本是东南军中一名游击将军，年轻气盛，前途无量。三年前随颜朴淙回京述职，却在去颜府赴宴时，误入花园，偶遇正在放夜灯的颜破月。一时惊为天人，借着酒意，想要结识。

匆匆赶来的同僚慌忙阻拦，说："这女子岂是你可觊觎的？她可是、她可是大将军的心头肉！"

陈随雁情愫初生，接下来的日子，难免辗转难眠。梦里、醒来，眼前都是颜破月妖冶清丽的容颜。

后来就意外坠马，从此不能人道……

这时大将军忽然召见，询问伤势后，问他愿不愿意做自己的亲卫。将军亲卫乃心腹嫡系，他日外放，必然升迁。他自然是愿意的。

谁知大将军将他调到内院，远远守卫颜破月的安全。他虽心灰意冷，但能远远瞧她一眼，已觉满足。

然而一个意外的机会，让他得知，坠马之事，竟是颜朴淙一手安排的……

思及往事，陈随雁对颜破月哪里还有半点儿情意，只余怨愤。红颜祸水，当真不假。

"颜朴淙是如何用你练功的？"他沉声问。

颜破月忽然就想到早晨体内寒热交替的气流，颜朴淙的练功方法，莫非就与那古怪的气流有关？

陈随雁见她神色，知道自己猜中了。他倏地抓住她的衣襟："说！是不是颜朴淙每夜与你行夫妻之事，便能功力大增？"

颜破月本就是处子之身，颜朴淙一直等她十六岁生辰才圆房，她此时当然摇头："他……他并未与我圆房！我是毒水里泡大的，不能圆房。"

陈随雁一怔，一时惊疑不定，猛然瞥见火光中颜破月脖颈微垂、娇颜如雪，顿时便不信了。

"你骗我。"他冷冷道，"如果不圆房，他如何从你身上获取元气？"

"……喝我的血！"颜破月灵机一动，抢着说道，"他喝我的血，每日……每日一小口。"她不是毒水里泡大的吗？如果陈随雁喝她的血，会不会……

陈随雁眼睛一亮。其实比起采阴补阳的离奇说法，他更相信喝血这种实实在在的做法。武林中就有药师豢养毒蛇，喂食各种珍贵之物，最后生饮蛇血，功力大增。

见他神色松动，颜破月知道自己是躲不过了。

现下知道陈随雁心中所求，颜破月倒不似初时那么紧张恐惧了。

她挽起袖子，将手腕递到他唇边："陈将军，其实……我并不愿意留在颜朴淙身边。咱俩是站在一边的。我只求离开颜朴淙，获得自由，而你是为了练成神功。咱们结为盟友，各取所需，怎么样？"

陈随雁神色微震。

以他的小心谨慎，自然会怀疑颜破月欺骗自己。而她明明为他所制，却大言不惭要"结为盟友"，着实有些不知好歹。

但眼前的她皓腕如霜，冰清玉洁，看起来实在无害，而他对神奇武功的向往实在太强烈。他终于忍不住张嘴，用牙齿咬住她的手腕。

陈随雁的动作毫不斯文，咬得、吸得都很用力。颜破月疼得全身发紧，小脸微红，拼命忍着，一动不动。

片刻，颜破月见他完全没有停下的意思，慌了，想要抽回手，却被他的大手狠狠抓住，捏得死紧。

"陈将军！不可！多饮……多饮你虚不受补，会走火入魔！"她胡乱说道。

陈随雁这才猛然回神，一下子松开了她。

她跌坐在地上，偷偷打量他的神色。

陈随雁擦干嘴角血迹，原地打坐运气。过了一会儿，睁开眼，竟然有喜意："果然有股寒热气息在体内，只是较为微弱。"

见他面色不显苍白，反而红润了几分，颜破月在心中暗骂一句，只得笑道："将军，我猜想要长期饮用才能见功效。"

陈随雁已露出舒心的微笑："应当是如此。"

惊鸿初遇

第二章

四月初七，帝京云如轻烟，柳絮飘扬。

九卿之一、卫尉大人兼镇国大将军颜朴淙的府邸，此时却是落花满地，寂寂无声。

高官豢养姬妾、娈童，在大胥朝并非什么特别的事。故官声廉明的颜朴淙跑走了个娈女，根本未在夜夜笙歌的帝京引起什么波澜。

但颜府上下，从管家到侍女，却都是战战兢兢，如履薄冰。

单是数日前她误服过量毒虫身亡，便让颜朴淙处死了一大批侍从；而她死而复生，离奇逃匿，更令颜朴淙将当日负责诊断的医官、侍卫统统打入死牢。

此刻，颜朴淙靠坐在软榻上，面目沉寂，眸色阴冷。这位三十五岁的朝廷重臣，乃是寒门之子，自小天资聪颖、才识过人，十八岁以少年之资荣点状元。多年官场历练，让他城府极深，行事老练。

至于为什么豢养颜破月，且用以修炼武功，却是另一段渊源了。

一名侍卫跪在不远处，正低声禀报："照属下发现的踪迹推断，许是陈随雁这厮……挟持了小姐，逃了出去……属下已加紧追捕，务必早日将小姐寻回……"

颜朴淙沉默半晌。

他若不是身负京畿戍卫要职，不能擅自离京，此刻早已快马赶往益州，将那死而复生的丫头捉回来……

"你去吧。"他淡淡地对侍卫道，"寻得他们时，陈随雁不必留了。"

虽然跟陈随雁在一起还有危险，但是此刻的颜破月无论如何也想不到，在之后的几日里，她竟然还会如货物般，被人易手数次。而手眼通天的颜朴淙亦不知，自己从小养大的这名女子，竟会如鱼入大海，从此难寻……

距离两人离开帝京，已经三日了。

这一路下来，颜破月更觉得陈随雁比她想象的还要厉害。他极善逃匿，命颜破月用锅灰每日在脸上均匀涂抹，带着她东躲西藏，竟真的没被手眼通天的颜朴淙抓获。有好几次，她在镇上看到疑似颜府护卫的人影，却都被陈随雁带着避过。

但大概是被他们追得极紧，两人一路绕行，竟是渐渐往南去了。

这日傍晚，两人抵达益州中部最大的城池——旬阳。

因已有好几日没见到追兵，陈随雁的心情也松弛了几分。这晚，两人安安静静地坐在客栈的角落里吃饭。颜破月想着如何找机会逃脱，陈随雁想着今后的路线。

他忽地察觉到数道锐利的目光正往这边看过来。他猛然回神，定睛一看，却只见右侧的一张桌前，坐了五个男子，个个低头饮茶，没人瞧着这边。

他仔细打量那五人，只见他们身着锦衣，似乎极为华贵。高矮胖瘦各有不同，有的是比他高出一头的大汉，坐在那里像一座大山；有的却像个小老头子。

他们的第一个相同点是，相貌都极为丑陋。有的鼻子很大，几乎占了半张脸，眼睛却小得找不到；有的一脸黑麻子，要很仔细才能在那些麻子里找到他们的五官。

他们的第二个相同点是，都带了兵器，且个个印堂饱满、体格结实，偶尔一个人抬起头，那目光也锐利逼人。

陈随雁一看，就知道他们是练家子。他收回目光，对颜破月低喝一声："上楼。"

关上房门时，他明显看见那五人全都抬头看来。这令他越发不安——若是对方夜间发难，他们又如何逃出去？这些人到底是什么来历？

"他们是不是颜朴淙的人？"忽听颜破月紧张地问道。原来她也早早察觉到那几人总是看向他们。

陈随雁沉吟片刻，正要说话，忽觉一股极冷、极霸道的气息从腹中升腾而起，他喉中一甜，一口热血便喷了出来。

颜破月呆呆地望着他，他怔怔看着满地血迹星点。

而后，他猛地抬头，满眼阴鸷："贱人！你骗我！"

不等陈随雁细想，一股炽烈如火的气息再次升腾而上。这一次他没有那么轻松了，只觉得眼前一黑，"哇"的一声，吐出一大门鲜血。他全身脱力，一下子坐在地上。昔日丹田中充盈的内力，此时竟似被那寒热气流所阻，半点儿提不起来。

颜破月吓了一跳，不由得倒退一步。

陈随雁一动不动，原地打坐。颜破月看着他，不敢动，也不敢出声。他调理了半个时辰，才觉得那寒热气流暂时被压了下去，能重新提气运功了。

"贱人！"他站起来，一把抓住她的衣领，"你的血有毒！对不对！差点儿把我害死！你这个贱人！你一直在骗我？"

颜破月吓得魂飞魄散，忙道："不会的！颜朴淙每天都是这么喝血的啊！会不会……会不会还有其他辅助法门，咱们不知道？又或者、又或者过段日子，就会好？"

陈随雁虽心急如焚，可转念一想，又觉得她说的似乎有理。但方才内力尽失的感觉，实在令他害怕。他又气又怒，抬掌又要打，忽地手掌停在半空中。

他听到门外传来轻微的脚步声，脸色微变。

光冲着这脚步声，已显示出来人上乘的轻功。

他轻点颜破月的哑穴，避免她出声示警。

颜破月从地上缓缓爬起来，走到角落，望着窗外。

片刻后，窗上映出五个高矮胖瘦不一的影子。

"大哥，人还在里头呢。"其中一个道。

另一人答道："那男的不敢跑，也跑不了。春宵苦短，莫要那小娘子久候，我们这便进去吧。"

话音刚落，房门被推开，五人闪身而入，笑嘻嘻地看着屋里的两人。

"兄弟，跟你商量个事。"那胖子大虎道，"我们益州五虎看上了小娘子，你留下她，我们放你逃命，好不好？"

陈随雁神色一变。

他虽是军中之人，却也听过"益州五虎"的大名。这五人自恃武功高强，在益州地界横行霸道，无恶不作。

他没有把握胜过他们，但颜破月是他费尽心机所得，怎能拱手相让？

他沉吟道："素闻五虎乃侠义豪杰，今日一见，果然名不虚传……"

他长剑出鞘，宛若惊鸿，直刺那胖子大虎的心口！

两人相距甚近，武功又不相伯仲，这一击居然被他得手！胖子大虎虽侧身急避，陈随雁的剑锋却依然在他衣襟上削了道长长的口子，然后顺势抵在他脖子上，令他动弹不得。

忽听另一个声音冷笑道："放开我大哥！"

却是五人中最瘦小的汉子，已站到颜破月身旁，单手擒住了她的脖子。颜破月被他鬼魅般的身手吓得魂飞魄散，现在却只盼着陈随雁赢了。

可惜天不遂人愿。

大虎虽为陈随雁所制，却毫无惧意，嬉笑道："兄弟，我们五个，你一个。我死了，你媳妇死了，但我还有四个兄弟，足以将你切成碎片！这么算来，还是我们占了上风。须知我益州五虎一旦出手，就无半道而返的道理。今日我就算死在这里，我兄弟也要这娘子。"

陈随雁听过他们要色不要命的传闻，心知他所言非虚，一时竟没了对策。

忽听那瘦小的汉子低呼一声："大哥，你们看！"

众人循声望去，却见他伸出长指在颜破月脸上一抹，黑漆漆的脸上，顿时露出一道羊脂玉般晶莹细腻的肌肤。

五虎都看呆了，其中一人道："大哥好眼力，果真绝色。"

大虎得意地笑道："那是自然。我见她面黑如炭，手却白如嫩豆腐，又听她嗓音十分娇美动人，便知这小子是故意藏着美人呢。"

"却不知这身子，是否也一样白滑？"那瘦小汉子道。言毕，五人同时纵声大笑。

颜破月此时只觉得五虎像极了五条脏兮兮的毒蛇，令她心惊胆战。她只能满怀祈求地看着陈随雁，希望他不要丢下自己。

可陈随雁怎会是不识时务之人？若是危及性命，他自然不会为了一个颜破月跟五虎蛮干。

况且他现在对颜破月的吸血说法还有怀疑，心想颜破月说过她的身体有毒，正好拿五虎验证。若是真有毒，五虎自然会死，他也不用白费力气；若是无毒，看他回头如何收拾这女子。

他才不管颜破月是否愿意。

于是他心生一计，忽然道："不打不相识，在下自知不是五虎对手，愿与五位兄台化干戈为玉帛。"

五虎一怔，俱是哈哈大笑。颜破月瞪大眼，不是吧……陈随雁舍得将自己这活生生的练功法宝相让？

陈随雁道："不瞒诸位，她是小弟结发妻子。小弟今日输在英雄手上，可以将发妻相让，但也有两个不情之请。"

颜破月倒吸一口凉气，脸色瞬间煞白。

五虎俱是精神一振，大虎笑道："你且说来。"

陈随雁望着颜破月道："这第一，我与她两家世交，今日我输在五虎手上，迫不得已将她相让，已是对不住她，日后更难向她父母交代。听闻五虎阅女无数，只希望五虎与我娘子欢好数日后，还能将她奉还在下。"

五虎一听，均觉合理。他们五兄弟向来喜新厌旧，往往玩了十数日，就将其卖入青楼抑或杀了了事。

大虎笑道："不知一月之期如何？"

陈随雁答："一言为定。"

瘦小汉子问："第二条呢？"

陈随雁微微一笑："这第二条嘛，不瞒诸位，近日也有仇家追杀我夫妻二人。听闻五虎一向行侠仗义、义薄云天，小弟只要五虎一个承诺，倘若仇家找上门，能够为小弟助拳。"

大虎哈哈大笑，看着颜破月道："小娘子，你相公如意算盘打得太好，将你卖了这么多钱。"

颜破月万念俱灰，可她口不能言，身体又被制，只能仿若木偶般呆立在原地。

五虎见她着急，个个心更痒，纷纷哈哈大笑。

陈随雁见合作达成，收起剑，拿起包袱，转身出了房门。临走时，还不忘随手将门带上。

颜破月只能眼睁睁看着五个大汉，笑嘻嘻地朝自己走近。

正当五虎准备一亲芳泽的时候，忽听门外一道沙哑的声音叹息道："粗鲁，粗俗！如此佳人，定要被你们兄弟唐突了！"

颜破月原本吓得心肝俱裂，忽地听到这人话语，只道是他们来了帮手，更加绝望。

五虎却俱是一惊——听那人语气，已在门外站了有一会儿，他们却全未发现，可见那人武艺在他们之上。

那大虎松开颜破月，示意其他四人拿起兵刃。一个高壮汉子将颜破月提起来，封住穴道，往墙角一丢，用披风将她的身体盖得严严实实，只露个头出来。颜破月被撞得眼冒金星，又是一头一脸的灰，呛得连声咳嗽，原本的面目更加难辨。

大虎扬声道："不知哪位前辈在此？我兄弟一向不与旁人分食，还请前辈见谅！"

门外那人哈哈大笑，这笑声听着却比说话声清朗几分："凡夫俗子不可以，惜花郎君也不行吗？"

此言一出，五虎面面相觑。瘦子低声问大虎："大哥，是惜花郎君？！"

大虎眉头紧蹙，沉思片刻，恭敬地对门外道："原来是谢老前辈到了！"

颜破月虽然不能动，但听到"惜花郎君"这个名头，就知道门外不是什么好鸟。

五虎的神色紧张起来。

原来"惜花郎君"谢之芳二十年前就已成名，据说一套二十四路"惜花刀法"使得出神入化，一度打遍江湖无敌手。可这厮啥也不好，就好女色，且不去招惹那淫娃荡妇，专挑良家妇女下手。久而久之，江湖中人便称他为"摧花狼君"。

这厮一直祸害江湖，八年前才销声匿迹。有传闻是被大名鼎鼎的"刑堂"堂主废了武功，囚禁起来；也有人传闻他已经死了。真相到底如何，无人得知。

五虎却没料到今日会在这里遇到他。至少在大虎的心里，他并不相信真的是谢之芳重出江湖。

门"吱呀"一声被推开，一名男子不紧不慢地走进来。只见他身穿麻布粗衣，又脏又破，身材倒是高大颀长。一脸络腮胡子，面皮稍显白净，唯有一双黑眸精光四射。

大虎最为见多识广，见状心里倒信了三分——传言谢之芳年轻时便是名美男子，高大而肤白，这人衣着虽然邋遢，但这一点倒是相符。

"前辈……"大虎正要说话，那谢之芳却径自往颜破月的方向走了几步。大虎防他忽然动手，连忙闪身拦在他面前："不知前辈今日为何在此处现身？"

以益州五虎今日在江湖的声名，这样低声下气，已是极大的面子，未料谢之芳冷哼一声，语气极为不屑："这小娘子一看便知还是处子，你们真是暴殄天物！暴殄天物！"

大虎还没吭声，一旁的瘦子喜道："当真？老前辈，她真的还是处子？可她已嫁作人妇了！方才走的，便是她的夫君。"

谢之芳轻描淡写道："那小子对老夫不敬，已随手杀了，尸首便丢在客栈后巷。临死前他亲口招认，这小娘子是他掳来的黄花大闺女。"

此言一出，众人皆惊。要知那陈随雁单打独斗与五虎不相上下，这谢之芳却说得如此轻巧！

颜破月则是心头一凛：陈随雁死了？太好了！

大虎向瘦子递个眼色，瘦子朝谢之芳笑道："今日得见前辈，怎能没有酒菜？我这就下楼为老英雄置办。"

谢之芳一脸不置可否，瘦子便带着那高壮汉子，一起下了楼。颜破月心里明白，他们是去查探陈随雁是否已经死了。

谁知等了一会儿，也没见那两虎回来。大虎又对其中一人道："你去看看，小心些。"那人点头，也下了楼。

这时，一直静坐喝茶的谢之芳忽然笑道："老夫陪你们喝了一壶茶，缘分已尽。你们这便将小娘子交给我，就此告别吧。"

大虎吃惊道："前辈武艺高强，晚辈自不敢与前辈相争。但这小娘子是我们费尽心力弄到手的，前辈说要就要，未免以大欺小、恃强凌弱了。"

颜破月听他说"恃强凌弱"，极为鄙夷。这大虎当真是狡猾得很，故意这么说，谢之芳若是个要面子的人，怎么能跟他们动手？

未料那谢之芳也是个厚颜无耻的："不对！不对！老夫风烛残年，你们膘肥体壮，若是动手，也是你们以肥欺瘦！"

在这样紧张的气氛里，他却忽然胡搅蛮缠，暗骂五虎是猪。饶是颜破月还悬在虎口，也忍不住嘴角微弯。

屋内两虎的脸色顿时有点儿不好看，大虎正要发作，那谢之芳却眼尖，笑嘻嘻道："小娘子笑什么，莫非是老夫用错了成语？那该用什么？嗯……'皮糙肉厚'怎么样？"

大虎听他越说越难听，大怒道："老前辈！我尊重你，称呼你一声'前辈'。你若再胡言，晚辈便不客气了！"

谢之芳斜眼看着大虎，居然神色一正，肃然点头："你说得极是。咱们谈正事，老前辈我最喜欢谈正事。可是我哪里胡言了？好吧，既然都看中了这小娘子，老夫一向高风亮节、义薄云天、一言九鼎、驷马难追，自不让晚辈吃亏。这样吧，我将'惜花刀法'传你八路，交换这小娘子，如何？"

大虎原本已做好恶斗的准备，听到这话，却又喜又疑。

虽然五虎武艺已十分出色，但遇到一等的武林高手，仍然不堪一击。若是能学到天下闻名的"惜花刀法"，自然求之不得。

"此话当真？"大虎颤声问道，心中却还是不信。

谢之芳嘿嘿一笑："自然当真。"

大虎听他笑得猥琐，未免有点儿不信他能使出绝世刀法。谢之芳看到他的神色，眸中精光一闪，扬手从后背皮囊中抽出一把刀。

烛光中，只见那刀身黝黑似铁，通体暗沉，寒光微漾。

之前还有怀疑，此刻大虎见到这绝世宝刀，便已信了五成，激动地问道："莫非这就是传说中的赤冶刀？"

谢之芳一脸高深莫测，点点头。

"求前辈赐教！"大虎和另一人齐声拜倒在地。

谢之芳一脸淡然："我这刀法若认真使出来，内劲十足，顷刻便叫你们筋脉俱断！此处过于狭窄，我便只演示招式，不吐内力，免得伤人。"

两虎点头称是。

而后，他纵身一跃，便到了房间正中。刹那间只见一片刀光闪烁，将他笼罩成一个白亮的光影。他的身影步伐快如鬼魅，刀法却是大开大合、龙腾虎跃，仿若狂风席卷沙石，又似惊涛怒拍海岸。

两虎看得目瞪口呆，喜不自胜。颜破月虽不懂武艺，可记忆中也见过颜朴淙在院中练剑，只觉得这谢之芳的刀法虽不似颜朴淙的精妙，但也自成一派，极具风骨。

她脑子里忽然冒出个奇异的念头：能将刀使得如此气吞山河的人，怎么会是个猥琐奸邪的摧花贼？莫非他是装的？

可转念想到颜朴淙和陈随雁，她又觉得自己的想法荒唐——颜朴淙的剑法还使得宛若谪仙下凡呢！陈随雁的剑法还质朴无华呢！知人知面不知心啊！她已经吃过亏，她发誓这辈子绝不会轻易相信任何人。

一套刀法酣畅淋漓地使毕，谢之芳哈哈大笑，两虎已再次拜倒在地："求师父传授！"

谢之芳点点头："先让我看看，那小娘子值不值得我八路刀法。"

两虎哪里还有迟疑！常言道：美人常有，刀法难求！

谢之芳便一路通行无阻地走到墙角，低头笑道："我的乖乖小娘子，来，让郎君摸摸你的小手！"

隔近一看，颜破月发现他比想象的更脏，除了那粗布衣服，脸上、脖子上还有黑泥。她忍不住蹙眉，谢之芳那粗黑的大手已经摸了过来。

颜破月吓得魂飞魄散，谢之芳嘿嘿直笑，身后两虎听得也是一阵淫笑。

原来那谢之芳不摸她的手，却将披风一掀，在她左胸上方摸了一把。颜破月原本以为他与那五虎不同，却没料到他如此无耻。她心中又急又怒，双手紧捏成拳……

咦，她发现自己四肢能动了。

她疑惑地看着谢之芳，却见他朝自己递了个眼色，一双明亮的黑眸中竟写满了关怀。

颜破月心头一震，不出声，唇形微动："救我！"

他眨了眨眼睛，继而转身，又朝两虎道："身子倒是香软，五官也俊俏，就是皮肤黑了点儿。你们从哪个村里掳来的？"

大虎不愿与他多纠缠，笑道："黑也有黑的风韵。前辈，这女子归你了，什么时候教我们刀法？"

"老夫做生意一向银货两讫，现在便传给你们吧。"谢之芳懒洋洋道。

两虎大喜，颜破月屏住呼吸。

只见那谢之芳慢吞吞地将第一路刀法使了一遍，果真精妙绝伦。两虎武功修为本就不赖，看一遍已记了个七七八八。谢之芳又使了一遍，两人便已尽数记住。

教完这一路，谢之芳摸摸肚子，有些不耐烦了："你们兄弟不是说要置办些酒菜吗，怎么还不来？饿着肚子怎么教？"

他们去了这么久没回来，大虎也极为诧异。他想去查探，但又怕谢之芳带着颜破月逃了，刀法落了空。

转念想想，益州是自己的地盘，绝不可能出什么大事，况且那三虎回来了，学得这绝妙刀法的人就更多了！

于是他斟酌片刻，坚持道："前辈先教吧，吃饭事小，莫让小娘子苦等。"

谢之芳一听，眉头舒展："你说得是。"

于是又教了第二路。

若是一开始两虎对谢之芳还有怀疑，此刻就已经全信了，一口一个"师父"，极为殷勤。那谢之芳喝了杯大虎倒的热茶，笑道："这第三路复杂些，要先教你们本门的内力心法。你们且面朝墙壁站着，气运丹田，蓄而不发。"

两虎不疑有他，依言而为。谢之芳走到他们跟前，说了一番运气的法则，两虎依言照办，全神贯注。

谢之芳慢慢踱到他们身后，笑道："是否感到内力比往日更加绵厚强劲了？"

两虎皱眉，发现并没有谢之芳说的妙用，正要询问，却听他道："闭上眼，专心！"

他难得说得严厉，颇有武林前辈的风格，两虎立刻照办。他们刚一闭眼，便觉一股大力拍在肩井穴，瞬间力透穴道深处，两人浑身酥麻，已然动弹不得。

大虎机警些，已察觉上当，急道："师父，你这是作甚？"

却听那谢之芳的语气比他们还焦急："坏了坏了！老夫忘了，祖上有训，这'惜花刀法'若是传外人，便是传女不传男。我却忘了，传给了你们，如何是好？"

大虎原本怕他另有图谋，听他这么一说，又急又气："我们已拜入师父门中，自不算外人，师父不必自责，快替我们解了穴道吧。"

那谢之芳却摇头道："不成不成，老夫是最循规蹈矩的，这下坏了大事，如何是好？"

大虎闻言，心中骂道：你循规蹈矩？你是武林中的大淫贼！我们五虎都拜你为师了，你还装什么？

虽然心头愤恨，但大虎已隐隐觉得不妙。果然，只见那谢之芳在房中踱了几个来回，叹气道："为今之计，只能不让你们做男人了！"

"你……你要干什么？"两虎被吓到了。

"放心！"谢之芳笑得阴恻恻的，"老夫下手很快，'嗖'的一声，连肉带皮，保管干干净净！"

两虎吓得魂飞魄散，连声求饶。他却不为所动，从怀中掏出一把小刀，还用脏兮兮的袍子使劲擦了擦，可那刀依然黑黢黢的。他忽地又想起什么，转身看向角落里的颜破月："小黑炭，非礼勿视！闭上眼。"

这一连串的变故，已经让颜破月看呆了。眼见谢之芳喜怒无常，要阉了两虎，她又惊讶又好笑，心中却全然不怕了。

她闻言闭上眼，没多久却又眯着露出一条缝，想要看看他是否真的下手。

未料谢之芳又走到她面前，叹息道："小黑炭不听话，龌龊事有什么好看的？"

话音刚落，颜破月眼前一黑，被他用披风遮住了脸。

颜破月在黑暗里睁大双眼，忽然听见两虎爆发出杀猪般的惨叫，听得她心下恻然。

两虎很快没了声响，不知是痛晕了还是被他打晕了。

却听那谢之芳仿佛自言自语道："一不做，二不休，顺手废了两头猪的武功，免得日后找老夫寻仇，妨碍老夫寻花问柳。"

又听得一阵窸窸窣窣的声响，颜破月听他说得狠毒，又惊喜又有点儿害怕。

终于，屋内只有脚步声渐近。

颜破月身子一轻，便被他从地上抱了起来。

披风掀开，四目相对。

他眸中原本戏谑的笑意散尽，脏兮兮的脸上，黑眸清且亮。

颜破月望着他，目光中满是感激和祈求。

他抬手解了她的哑穴，却似乎很不喜欢被人这样注视，立刻别过脸去，冷哼道："五虎口味着实奇怪，这么又黑又丑的村姑，送给老夫也不要。"

虽然在损她，但他声音里却带着笑意。他将她往床上一丢，抄手垂眸看着她，似乎在考虑如何处置。

颜破月见地上一摊血迹，两虎已没了踪迹，连忙道："多谢老英雄救命之恩。"

"小黑炭胡说八道，老夫怎会救你？"他慢条斯理道。

颜破月今天看他教训两虎，又听他说杀了陈随雁，只觉得从未有过的扬眉吐气、心怀畅快，莞尔道："不知道我有没有猜错。你先是调虎离山，我猜其他三虎已中了圈套；然后威逼利诱，一步步引两虎放松警惕……老英雄聪明绝顶，为民除害，当然……只是顺手救了我。"

他一怔，哈哈大笑："小黑炭说什么，老夫听不懂。记住，我的的确确是惜花郎君谢之芳。"

颜破月原本信心满满，觉得自己猜得很对，却被他说得一愣一愣的，呆呆地望着他。

她却不知，自己黑漆漆的脸上一双黑漆漆的大眼睛直愣愣地望着他，已让这位老英雄觉得十分碍眼，浑身不自在。他别过头去，大手同时在颜破月肩头轻轻一拍。

颜破月当即眼前一黑，不省人事。

君子如玉

颜破月醒来时，觉得自己仿佛置身于柔软的棉花堆里，舒服得不行。

她睁开眼，看到灰扑扑的简陋屋顶。转头一看，只见此处是一间陌生而狭小的木屋，但却干净整洁。她躺在唯一的一张木板床上，被棉被包成了一个粽子——难怪那么舒服。

她坐起来，发现四肢有点儿酸麻，但活动自如。身上换了件半旧的麻布衣衫，整整齐齐，身体没有被侵犯过的痕迹，也没有不适感。

她微松了口气。昏迷前最后的印象，是谢之芳低头端详自己的样子。他的容貌猥琐，一双眼却像纯净的黑宝石，亮得不行。

"姑娘醒了？"

一名农妇打扮的中年妇人从门口走了进来，看到颜破月已经坐起，一脸喜色。

颜破月见她容貌普通、样子敦厚，微笑道："谢谢大妈。"

那妇人笑道："你谢我做什么？我收了你夫君的银子，自然替他照顾你。姑娘饿了吗？我蒸了馒头。"

颜破月一愣，问道："这是哪里？谁替我换的衣服？我……夫君他人呢？"

妇人在她身旁坐下，盯着她的脸，爽快笑道："这是凤泉村，你叫我周嫂子就是。昨日傍晚，你夫君带你来我家投宿，那时你还昏迷着，是我替你擦洗、更衣的。他将你交给我们，就走了，说今日再来探你。你那夫君，为人拘谨又老实！"

周嫂子精神一振，絮絮叨叨了起来。

颜破月听完，总结她冗长的话语大意如下：据说昨日夜间，一位"长得比神仙还俊俏"的书生，用一件披风裹着她，把她送到了凤泉村。此人自称是她的夫君，但对她极为守礼，不仅用布缠着手不触碰她的皮肤，连脸都不肯给她洗，将她托付给周嫂子，留下十两纹银便走了。

颜破月沉默片刻，对周嫂子道："大嫂，请你给我拿点儿锅灰、木炭。"

片刻后，她"化妆"完毕，周嫂子惊诧："姑娘，你这是干什么？"

颜破月笑道："我夫君说，这样在外行走安全些。"

周嫂子恍然大悟。

颜破月跟她一起坐在门口大树下等谢之芳，心中却想，防人之心不可无，那人既然以为她是黑炭头，又没见到她的真容，那她就黑到底。

不过她真想看看，这人到底想干什么。

比神仙还俊俏的年轻书生？

颜破月想起那双墨黑清亮的眼眸，心跳忽然有些快。

一直等到日落时分，周嫂子等得不耐烦，去做晚饭了。颜破月才见村口一人一骑，踏着地上的枯草灰泥，款款而来。

晚霞如铺散的彩色绸缎，将炊烟袅袅的小镇笼罩得金光点点。那人骑着匹神骏的黑马，不疾不缓地来到颜破月面前。

颜破月站起来。

他翻身下马。

"姑娘，在下失礼了。"声音清亮而沉稳。

颜破月瞪大眼睛看着他。

他长得真好看，但他绝不是谢之芳。

昨日的男子，虽然看不清相貌，嗓音也可能是刻意放低的，但那双锐利深邃的黑眸，仿佛火烙般，深深印在了颜破月的脑海里。

眼前的男人则完全不同。

他穿着普通的青色士子长袍，墨色长发简单束在脑后，看起来身姿清逸、不染凡尘。白若冠玉的脸上，一双漂亮的丹凤眼，仿若两泓澄湛的秋水，安静而动人。

周嫂子说得对，他真像从画里走出来的神仙，温润如玉。

他就算穿上粗布衣，一脸胡子，再抹上些黑泥，也掩不住那丹凤眼，装不出昨日那人挥洒自如的猥琐气质。

见颜破月一直盯着自己，他微微一笑："姑娘为何一直看我？"

颜破月轻盈拜倒："多谢公子救命之恩。"

他却朝她抱拳回礼，神色肃然："举手之劳，不足挂齿。还望姑娘见谅，昨日我以夫妻相称，方便行事。"

颜破月也猜到如此，对他的好感又添了几分，又问："谢之芳呢？你为何带我来这里？"

那男子双眸染上几分温柔的色彩："老前辈他……另有要事要办，托我带你离开旬阳，免得被益州五虎的门人加害。不知姑娘家在何方？我自当一路护送，等姑娘安全后，我便告辞。"

颜破月原来害怕这路人来意不善，但他却说将自己送回家后就告辞。难道她真的遇到了路见不平、拔刀相助的仗义侠士？

她这一路都是遇到恶人，现在实在有点儿不敢相信，且再试探观察他一下。

"敢问公子高姓？"颜破月问。

男子微微一笑，从腰间摸出块木质令牌，正色道："实不相瞒，我乃东路征讨军赵初肃将军麾下羽林郎将容湛，救下姑娘实属偶然。不过我此行行踪隐秘，还望姑娘不要将我的身份道与旁人。"

颜破月接过令牌一看，的确是军中之物。因颜朴淙的缘故，她知道这令牌代表将领身份，极为重要，绝无遗失的道理。又见这男子虽相貌斯文俊美，但言行举止落落大方，的确很像军中之人。

她将令牌还给他，故意问："你若不便直言，何必告诉我真名？"

容湛看着她，目光平静而温煦："那不同。姑娘本就历经挫折，心境不佳，我若还以虚假身份欺瞒，于心不忍、于理不通。"

颜破月心头一震。

她静默片刻，轻盈拜倒："多谢将军！"

容湛身子一偏，避而不受："请起！还没请教姑娘如何称呼？"

"叶夕。"

容湛微笑，双目灿若星辰："好名字。"

当晚，容湛便带着颜破月离开凤泉村。

这是颜破月的主意——容湛原本要送她回家，可是她哪里愿意？问清楚附近最大、最繁华的城市所在后，她请容湛送自己到那里。

繁华之地好容身，这个道理她还是懂的。

据容湛所说，他到益州办差，听闻五虎的恶名，很是气恼。兼之又得到可靠消息，五虎有私通东南敌国的嫌疑，于是他便邀来那位老前辈，决意为国家和武林除去这臭名昭著的"五害"。

当日那老前辈在屋内制伏了武功最高的大虎等二人，他则带一队士兵在巷子里设伏，擒下了其他三虎。

至于救颜破月，纯属偶然。

颜破月只说自己是帝京的普通人家，为奸人所害，家破人亡，又遭遇了五虎。至于陈随雁，容湛只看到有这么个人离开客栈，他笑道："我们怎会随便杀人？只怕是他诓五虎的。"

"他？"颜破月心想，只怕除掉五虎，也是"他"的主意。

容湛继续道："他的授业恩师与益州五虎有些渊源，所以不便告知真实身份。他临行前千万嘱咐，还是请姑娘把他当作谢之芳。若是对旁人提起，也请如是说。"

颜破月点头，便不再问起。

两人在路上疾行了十数日，抵达东部重镇松阳城。这里离帝京和益州都很远，容湛掏钱在这里买了处小宅子，又给颜破月留下十两银子，便要告辞。

落日的余晖洒满幽静的小巷，颜破月穿着一身粗布麻衣站在窄小的屋门前，望着容湛。

他牟着马，容颜清俊，神色温和："叶姑娘，下月十五前后，我到帝京办完差事，再求得宝剑回来，为你除去脚上束缚。"

颜破月感激道："你已经帮了我太多。大恩不言谢，他日有机会，我一定报答你。"

按说两人能力悬殊，容湛并无需要颜破月帮忙的地方。可他听她说得极为真诚，心中却有几分感动，柔声道："举手之劳，莫要挂怀。姑娘孤身在外，万事小心。"

颜破月点头。容湛翻身上马，目光温煦，如春日般望着她："告辞！"

"等一等。"颜破月抬头，说道，"破月，我叫破月。之前不敢将真名相告，只因我这一路，遇到的都是歹人，所以怕了。"

容湛眸色不动，沉默片刻，不仅不生气，眸中反而升起几分怜惜："破月姑娘，你虽经历坎坷，但须知这世上，终究是邪不压正。"

颜破月望着他，说道："我信。"

他微微一笑，策马转身，一骑绝尘，消失在颜破月的视线尽头。

一个月后。

颜破月坐在狭窄的小床上，一手托着下巴，一手数钱。

半个月前，巷口面摊儿的老板有事要回乡，她用容湛留下的银钱，盘下了那面摊儿。老板也是个爽快人，将所有手艺倾囊相授。

颜破月自己干了半个月，发现餐饮真是累死人不偿命的活儿。每日天不亮就得去买肉买菜、和面剁馅儿，一直马不停蹄忙到日上三竿，才能稍微歇一歇；晌午又是一阵忙碌；到了傍晚，太阳落山，才能收摊儿。

好在这面摊儿以前做的就是街坊邻居的生意，她不仅没有赔本，还赚了几百文。只是收入实在微薄，勉强糊口而已。

但她觉得满足。

她忽地想起，一个月已过，容湛说过会带宝剑来。这是大事，他是救命恩人。她决定拿出这个月的全部劳动所得，去买几斤肉和菜，为容湛接风。

巷中更夫正在敲锣打更，已是五更了。她扛起店幌和各种炊具，打开了屋门。

她悚然一惊。

黑黢黢的巷子里，她的小屋门口，站着个黑色的身影。他背着光，面目在夜色里看不清。他低头看着她，似在打量。

颜破月吓得全身冷汗淋漓，僵硬不动。只听那人阴恻恻的声音传来："小贱人，让我好找啊！"

她做梦都能听出这个声音！

陈随雁！

她反应过来后，便将身边的盆盆罐罐朝他摔过去。距离太近，陈随雁猝不及防，抬手阻挡。颜破月根本没有太多考虑余地，"砰"的一声合上屋门，靠着门大口喘气。

只稍稍一顿，她便从旁边将桌子推过来，抵在门口。

"砰！"只听一声巨响，木门四分五裂，木屑四溅！陈随雁的身影就像从地狱走出来的魔鬼，踏着碎木走了进来。

"你给我老实点儿！"陈随雁低喝一声，抬手就朝她抓过来。

颜破月怕极了，整个人缩成一团。在陈随雁抓住她时，她爆发出一声凄厉的尖叫。这反应令陈随雁十分得意，猛地一扯，便将她扯进怀里。

然而，颜破月此时将什么东西刺进了陈随雁的身体。

陈随雁只觉得腹中一痛，不可思议地低头，只见一双嫩白如藕的手，颤抖着松开匕首。而那匕首，正正插在自己的肚脐位置。

他疼痛难忍，不由得松开颜破月，倒退数步。他万没料到，一路被他吃得死死的娇小姐，竟然敢反抗！

原来当日，陈随雁在益州待了几日，便听闻五虎被惜花郎君废了武艺和命根子，就此颓然退出江湖。他不由得大惊失色，连忙跑到五虎门下一路打听，终于让他在凤泉村探听到些端倪。

他一路向东寻找，终于在这松阳城打探到，有个酷似颜破月的黑瘦女子，新搬到这巷子里。于是他昨夜潜伏在附近，只待见到她，便下手擒拿。

可他没料到，一见面，自己竟被毫无武功的颜破月伤了。

他却不知，颜破月本就不是软弱可欺的性格，如今她重获自由，哪里还肯回到从前？她早防备着颜朴淙或者陈随雁的人找上门来，虽然没有其他防御手段，但也在家中枕头、桌下、门边等处藏了匕首、蒙汗药……没想到她的困兽之斗，居然有了效果——刚才她被陈随雁逼到床边，顺手摸了把匕首，一击得手。

眼见陈随雁脸色剧变，虽受重伤却依然挣扎着爬起来。颜破月无论如何也不敢靠近给他补上一刀，怕再被他点穴，于是转身拔腿就跑！

巷子里漆黑一片，一个人都没有。颜破月高一脚低一脚，跑了几步就开始哭。她觉得自己太倒霉了，这些男人简直阴魂不散！她刚以为自己能过上好日子，这陈随雁就挑着时候出现了！

仗着对地形的熟悉，颜破月跑了有一炷香的时间，也没有被陈随雁擒到，可身后沉重的脚步声也越来越近！有好几次拐弯时，她一回头看到陈随雁已有半个身子掠上墙壁，长臂一伸，险些就抓住自己的衣服。

"你敢跑？"陈随雁怒喝，想吓住她，"你再跑，看我怎么收拾你！老子今日约了十几位新交的武林朋友，个个都等着吃你这人丹，叫你求生不得、求死不能！"

"你去死！"颜破月已经快跑晕了，压抑许久的情绪也终于爆发了。

两人一前一后，转眼就要跑到巷子尽头。

她抬起头，望着巷口微现的日光。

她模糊的双眼，竟然看到了希望。

巷口，一人一马，于清晨的白雾中，渐渐显出轮廓。

那马通体漆黑，昂然神骏；那人负手而立，姿容清俊温雅。唯有被她惊扰的目光，透着几分讶然和关切。

"容湛！"她简直不敢相信自己的双眼，几乎是迫不及待地朝他伸出双手。

可是晚了！隔着一步的距离，她身后，浑身是血的陈随雁终于赶了上来，在她的手触到容湛前，一把抓住了她的胳膊！

陈随雁看到容湛，先是一怔，而后脸色一沉，抬手便是一掌，狠狠击向容湛胸口。

"小心！"颜破月见过陈随雁的身手，心中顿时悔恨交加——她不该跑过来的，容湛对她恩重如山，她就算死，也不该连累他啊！

未料容湛目光一寒，长臂不慌不忙地一捞，便抓住了颜破月的另一只胳膊。而后他单掌平平朝陈随雁拍出，正好与其掌风对上！

陈随雁起先没将这书生放在眼里，容湛的一掌又打得平淡无奇，他更当对方是无名小卒。谁知两人肉掌刚一相接，他便觉一股大力排山倒海般袭来，瞬间胸口气血翻涌、头晕眼花。

容湛眉目沉静而冰冷，低声厉喝："撒手！"

陈随雁果然力有不逮，不得不应声松开了颜破月，倒退两步，抚着胸口勉强站稳。

容湛冷着脸收掌，一把搂住跌入自己怀中的颜破月。而颜破月双手死死抱着他消瘦笔直的腰身，一脸泪水，又惊又喜。

在颜破月出现前，容湛正站在无人的巷子口，迟疑地看着还未开张的"叶记面摊儿"，惊喜交加。

他正要牵马往巷子里去，忽听一阵急促的脚步声，从巷子深处传来。

他耳力极好，很快便辨出其中一人步伐凌乱，另一人则暗藏章法。两人一前一后，似正奔袭而来。

他并非多管闲事之辈，但颜破月就住在这条巷子里，他自然要小心为上，于是便冷眼站在巷口，等待他们现身。

而后，他便看到了颜破月。

那是个与上次分离所见，截然不同的颜破月！

她在跑，拼尽全力在跑，纤弱的身躯像一只敏捷而疲惫的兔子！

容湛从未见过一个女子，可以跑得这样疯狂！她披头散发、咬牙切齿，小脸上不知涂抹了什么，黑黑白白一片，看起来又脏又丑；她的步子分明已跑得凌乱，看起来就像下一瞬间，她的左足就会僵硬地踢在右足上。

可她还在跑，眼睛里像是点燃了两把火，嘴里还念念有词。

真像个疯子。

可容湛觉得亲切。

他只在一个地方见过这样奔跑的人——战场上。已经打疯了的士兵，会跑得这般癫狂，这般狼狈，这般势不可挡。

可是，这样的气血悲壮，怎么会出现在这个孱弱平凡的姑娘身上？

他猛然将目光投向她身后，却见一名男子单手捂着腹部，凶神恶煞般地追着她。那男子明显身负武功，只是腹部被大片鲜血染红，显然受了重伤。两人只隔了几步距离，就在他凝视他们的这几秒里，男子的手就有一次，差点儿抓住颜破月的胳膊。

容湛虽不明缘由，但见彪壮大汉追击一个弱女子，心头早起了义愤之心。他眸色渐冷，双拳紧握，蓄势待发。

目光交错间，颜破月瞥见了他，双眼陡然一亮，整个人似乎瞬间激动得有些颤抖。

"容湛！"她的呼喊，像是从纤弱的身子深处炸出来的，听得容湛心头一震。他如何听不出，这一声急切的呼喊，包含了多少希望、依赖和委屈。

于是他不顾男女之忌，单手将她一搂，掌风已与陈随雁对上！

陈随雁狼狈退后几步。容湛察觉到对方内力在自己之下，便放下心来。他一低头，看到怀中少女，暗暗一怔。

一头鸟窝般的黑软青丝下，秀气的小脸却十分诡异。

就像砚台打翻在宣纸上，虽只有黑白两色，却晕染出深深浅浅一团混乱。

眼是极黑的，像两汪深沉荡漾的泉水，楚楚动人；眼下两条泪痕，湿湿地淌下去，却偏偏在污泥般的小脸上，冲刷出两道白若新雪的娇嫩皮肤。大约是跑得太急，泪水亦不循章法，所以眉毛是黑的，左额一点却是白的；脸颊是黑的，鼻翼两侧却是白的。黑白分明、深浅凌乱，让她看起来像一只白猫掉进了泥浆里，脏极了。

容湛见状，心里已明白了几分。怀中哪里是黑瘦的丫头，分明是若水般纤莹娇弱的佳人！

思及此处，他悚然一惊，发觉自己还搂着她。无论美丑，她都是女子，怎能唐突？他心里暗骂自己愚钝，连忙像被火烙般撒手，后退一步，松开她的腰身。

可颜破月却似恋母的小兽般，死死抱住他的腰。他不由得俊脸薄红，低声道："破月，快放开！"

颜破月依旧心跳如雷，哪里听得进去，反而抱得更紧。

她虽然死里逃生，人却还没晕，猛地一回头，看到正退往巷中的陈随雁，立刻听话地松开容湛，怒喊道："别让这禽兽跑了！"

容湛一直注意着陈随雁的动作，此时不慌不忙，一个起落跃到他背后。陈随雁武艺本就在容湛之下，此时又身受重伤，哪里能敌？

只见容湛掌风凌厉、掌法朴实，全无花俏招式，俨然如庄严宝华。几个回合下来，陈随雁已然气竭，被他一掌打在章门穴，瞬间动弹不得。

容湛轻轻将他一提，丢在颜破月面前。

颜破月的心情简直无法形容。

她从没想过，有朝一日，陈随雁这个变态浑蛋竟然真的躺在自己面前，任自己处置。

太爽了，太解气了。

"谢谢你，容湛！"她抬手将容湛的手抓住重重一握，容湛身子一僵，她却未察觉，径自在陈随雁跟前蹲下。

颜破月想起他对自己的所作所为，越想越气，若不是今天遇到容湛，按他所说，自己就被安排给了"数位武林朋友"？

她不会杀人，也没意识到自己此刻想杀了陈随雁。她只想拖起一把刀，往他身上狠狠捅几下，这样才能解心头之恨！

这么想着，她的手便有些颤抖，站起来四处看了看，转身去容湛的马上拔剑。

可剑鞘咬得很紧，她这一拔，居然没拔出来！

"破月，你想作甚？"容湛原本一直低头打量陈随雁，心中暗暗有了计较，转头却见颜破月憋红了脸，抓着自己的剑柄，铆足了劲却不能撼动半分。

他微觉好笑，但瞥见陈随雁失血过多，神色便一怔，抬手按住了宝剑："破月，你想杀他？"

"他罪该万死！"颜破月大喊一声，眼泪又流了下来。

容湛却缓缓摇头："破月，他的性命危在旦夕，让我先为他止血。"说完，他从怀中掏出一瓶金创药，走到陈随雁面前。

见他身手麻利地替陈随雁处理伤口，别说颜破月，连陈随雁都有些惊讶。

等他包扎完毕，陈随雁忽然问："你也是军中之人？"

容湛点头："正是。"

陈随雁面不改色道："我乃南路军骁骑将军，怀中有我的令牌。"

容湛微一迟疑，依言伸手取出，看了一眼，双手交还给他："将军请收回。"

陈随雁听他这么说，已知他军职在自己之下。大胥军中最重军纪，他陡然有了几分底气，冷冷道："这女子是我已经过门的妻子，我捉拿逃妻，不知你为何插手？"

容湛还未答话，身后的颜破月已怒吼一声："放屁！"

如此粗俗的言辞，令容湛眉头微皱，便道："先将他带回屋中问话。"

颜破月虽受容湛大恩，但却对他知之甚少。眼见他叫陈随雁"将军"，就怕他太遵纪守法，不敢冒犯陈随雁，便趁回去的路上，把陈随雁将她卖给五虎，并且今日打算"再为她安排几个武林朋友"的事，全都说了。

容湛听她说到陈随雁的恶行，眉头紧锁。

颜破月见他神色，以为他已然信服，谁知等她说完，他却给她鞠躬致歉。

"破月姑娘，你我虽是朋友，但我无论如何不能因你一面之词，就杀了一名将军。"

颜破月大感意外，却也无法反驳。

"那你说如何处置他？如果你放了他，倒霉的就是我。"她有点儿气馁，但因为不用杀人，似乎内心又松了口气。

容湛深深看了她一眼，沉吟片刻，开口道："我决意将他带回军中，查明之后，交由大将军处置。"

颜破月叹了口气："好吧。"转念一想，说："我跟你去。"

容湛一怔："那……只怕是不妥。"

颜破月坚定道："他不死，我寝食难安。你放心，只要听到他被处死的消息，我就离开。我自己能养活自己，绝不会给你带来麻烦。你留我在此地，他的同党、那些武林朋友若是寻来，我就没有活路了。"

容湛听她说得可怜，也觉放她孤身一人在此实在不妥，思虑片刻，终是点了点头："好吧。"想了想又道，"军中倒是缺手艺精湛的厨子，只是非常辛苦，或许你可以一试。"

颜破月听得心花怒放。

"多谢！多谢！"颜破月站起来朝容湛行礼。容湛微微一笑，猛然又瞥见她花猫似的一张脸，连忙别过头。

"破月，你的脸污浊了，去梳妆一下吧。"他道。既然颜破月有意隐瞒相貌，君子不强人所难，他的意思便是让她再去乔装。

可他说得太隐晦，颜破月没听出来，随手从桌上拿起简陋的铜镜。

见她照镜子，容湛自觉应该避嫌，便转头看着窗外。

铜镜模糊，颜破月起初还没太在意，拿起梳子理了一下乱七八糟的长发。忽地瞥见脸上淡淡的几抹玉色，呆了呆，才反应过来。

"啊——"她一声低呼。

"我并非有意隐瞒！"

"我去喂马。"

两人同时出声，颜破月还没反应过来，容湛已快步走了出去，严严实实带上了屋门。

黑发雪颜

第四章

破月握着梳子，沉思片刻，在盆中倒了些清水，将脸洗得干干净净。

她打开门，便见容湛背对着自己站在马前，宽大的衣袍如烟云轻垂，细长的手正轻抚马鬃。

"容湛。"她低唤，略带局促。

容湛徐徐转身，脸上的微笑在看到她的一刹那，定格。

他以为她会继续掩饰，自己会看到平日那个黑瘦寡淡的姑娘，却未料一回头，已是乌鬓雪颜，清华无边。

容湛眉头轻蹙。

他没想到，会看到这样的破月。

他见过权贵之家从小豢养的娈童，苍白、纤弱、貌美、空洞。他们像一个个没有魂魄的傀儡，只懂得以色侍人，外表光艳照人，内里却早已腐朽不堪。

可破月竟是这种样貌，并且到了一种令人震撼的极致。

娇小的一张脸，竟真的大不过手掌；苍白得没有一丝血色的皮肤，隐隐透着清寒的气息；五官是精致绝伦的，但因为过于精致，反而不似真人。尤其是一双墨黑的大眼，镶在这样一张脸上，显得分外触目惊心。

容湛的眸色变得温和而怜惜。

平民家里养不出这样的女孩——原来她是帝京权贵之家的逃奴，难怪被人穷追不舍。

"你等等。"他从马腹旁抽出专程寻来的宝剑。

破月大喜，掀起裙角露出那金环。

容湛气运丹田，骤然发力——

"铮——"的一声低鸣，容湛望着手中断成两截的宝剑，有些出神。

破月有些失望，但立刻安慰他："不要紧的，平时也不碍事。"

容湛有些动容地望着她，语气坚定："我大哥有鸣鸿宝刀，定能帮你斩断这金环。"

破月点头。

"改日我为你寻一副人皮面具。"容湛道。

"真有这种东西？"

容湛淡笑："大胥武风昌明，多的是能人巧匠。"

破月在面纱后高兴地道了声谢，转身看着地上的陈随雁。容湛单手将昏迷的陈随雁提起来扔到马背上，用破月事先准备好的黑布罩住。然后他一手接过她手中沉甸甸的包袱，一手牵马，温言道："走吧，到城门处买辆马车，将他丢上去。"

破月落得浑身轻松，想到今后躲在东路军中，又有容湛这样好的人照拂，不免心中畅快。

两人往东行了五六日，便抵达离边关最近的小城。

这晚，两人在城中歇脚。破月在房中逗留片刻，不多时，便见容湛拿着个小盒子走了进来。

一打开，竟真是一张薄如指甲盖的软皮面具。破月将其戴在脸上，竟恰好罩住五官，丝丝紧贴。

望着镜中满脸麻子的少女，破月笑道："刚刚好。"

容湛但笑不语。能工巧匠亦不能未卜先知，自是他向匠人描绘了她的脸型。

得了这人皮面具，破月便不用再戴着斗笠，清爽、自由了许多。两人将被绑成粽子的陈随雁丢在床下，下楼用晚膳了。

临近边关，客栈里的人也很杂乱。

有木讷的平头百姓，有满脸风霜的退伍伤兵，也有神采飞扬、意欲投军的武林人士。

原来大胥武风极盛，军饷更是极为丰厚，许多武林人士都会投军，做出一番事业，出人头地。是故军中不少将领，与武林门派多多少少有些渊源。

破月正听邻桌的汉子说着边关的八卦，那汉子的声音戛然而止。

不光是他，几乎客栈中所有人，都抬头望向门口。

只见两个二十出头的白衣貌美女子，腰佩长剑，牵着马娉婷立于门前，柔美而飒爽，宛如天仙下凡。

其中年纪稍长那人，冷傲地扫视一周，在看到容湛的一瞬，眼神明显一亮。两位女子交换了个眼色，将马交与小二，径自朝容湛的方向走去。

两人在旁桌坐下。年长那人浅浅一笑，对容湛道："公子，别来无恙？"

另一人却看着破月，皱眉道："你这丑女是谁？为何跟公子在一起？"

容湛白玉般俊美的脸颊泛起红晕，长眉却紧蹙，淡淡看了二人一眼，也不答话，径自饮酒。

破月自然也不乱作声，学容湛的样子，专心吃菜。

客栈里安静得连根针掉在地上的声音都能听见。

两名美貌的武林女子与一名孤傲的俊美书生，多少令人浮想联翩。

那两名女子不断朝容湛搭讪，但他理也不理。这让诸人暗叹可惜，让破月越发好奇。直到其中一女子冷哼道："公子还是如此绝情，不肯跟我们回缚欲山，就不怕得罪我们神教教主吗？"

此言一出，容湛还未答话，厅中却有数人同时"啊"了一声。

"缚欲山！"之前八卦那汉子惊讶道，"是婊子教……"

他的话还没说完，那年长女子目光如电看过去，衣袖同时一挥，寒风疾掠。

说时迟，那时快，容湛身影忽然掠起，顷刻已至两女子面前。破月跟他离得最近，只见他以衣袍缠住两根手指，疾如劲风般在两女子肩头拂过。两女子猝不及防，要穴被制，瞬间僵硬不动。

"好！"厅中数人齐声喝彩。

有人问道："公子，这两个妖女如何处置？"

容湛还未答话，其中一人已道："师妹，他们还想处置我们。我倒要瞧瞧，谁敢动缚欲山的人？！"

话音刚落，众人你看看我，我看看你，都如同泄气的皮球，不敢再声张。破月并不知"缚欲山"是什么来头，又听他们说"神教""婊子教"，觉得十分有趣。

另一名女子见众人都有些胆怯，低声笑道："师姐，我今天很是欢喜呢。神仙哥哥方才摸了我们姐妹俩，很是舒服呢！"

她声音虽低，在场许多武林人士却听得清清楚楚，不禁错愕。破月听得目瞪口呆，容湛俊脸瞬间通红，脸色却一沉："休再胡言乱语，否则我决不轻饶！"

说完，他不再理会二人，转身便要上楼。

破月见他难得发火，连忙起身跟上，走到楼梯处，忽然有种很不对劲的感觉。

她猛地回头，却见楼梯下方角落的小桌旁，坐着两个黑衣男子。两人埋头兀自饮酒。其中一人察觉到破月的视线，抬头淡淡看了一眼，平平地移开目光。

可破月却如同雷劈般僵立在原地，后背一层冷汗"嗖嗖"往外冒。

她认得其中一个男子——她在颜府企图逃跑时，就是这个暗卫将她提起来扔回房间的。

前方的容湛察觉到她的异常，停下脚步静静看着她。她勉强朝他笑笑示意无事，一步步僵直往楼上走。

那两人的目光如芒在背。她觉得喉咙阵阵发紧，全身亦有些颤抖。

他们终于来了。

合上身后房门的时候，她悲观地发现，原来在她内心深处，始终没真正觉得自己能逃脱颜朴淙的掌控。

这一个月他人并未出现，是事出有因，还是欲擒故纵？

那么……他来了吗？

她魂不守舍地看了眼危机四伏的门外，容湛连声叫她，她都没有听见。

"破月，破月！"容湛清朗的声音，如同一束明亮的日光，拨开她的满眼迷雾。

她怔然抬头看着他，只见他清亮的眸中满是关切："有何不适？"

"哦，没有，刚刚有些困意。"破月答道，随即转移话题，"刚刚那两名女子是何人？"

容湛在桌前坐下，清秀的眉目间有几分无奈和抑郁。

原来她们来自武林第一大邪教——清心教。据闻此教总坛设于青州缚欲山，教众有数千人，全是女子，且大多武艺高强。教主据传也是一名女子，武功深不可测。

虽然教名为"清心"，总坛称"缚欲"，但她们在江湖的行径却截然相反。自教主以下，教众信奉"女为尊，男为奴"，喜好男色，巧取豪夺。不光教主网罗了数百名美男，教众也经常渔美猎色。平民百姓深受其苦，许多少年成名的俊秀侠客，也会在一夜间销声匿迹于江湖——有传闻是被她们掳走，献给教主做了新宠。可她们势力太大，且教众越来越多，所以常人不敢得罪她们，甚至连刑堂也只能捉到她们的徒子徒孙，无法根除此教，因此她们在江湖行走，越来越横行无忌。

听到这里，破月讶然称奇，心头却好笑：难怪那汉子称她们为婊子教，想不到大胥有如此行径的女子。

"官府不管吗？"破月问。

容湛皱眉摇头："她们已跟了我小半个月。去接你之前，我擒住过她们一次，交给了州府。今日她们又跟过来，必是官府也不敢得罪，将她们偷偷放了。"

"那怎么办？"

容湛道："再有两三日，便回到军中，谅她们也不敢造次。"

破月点头，那就不用愁了。可那两个颜府暗卫怎么办？

"今晚我在你房中守夜。"容湛忽然道。

破月一呆。她本想今晚趁夜独自离去，不连累容湛，却没料到他会说出同处一室的话。

容湛的神色也有几分尴尬，忙道："那两名女子知道我不会伤她们，每每夜间来犯。我怕她们伤了你。"

破月点头："那你打算怎么办？"

容湛神色淡然："她们年纪尚小，并无恶意，只怕也是在教主的教唆下误入歧途的。在下会将她们绑起来，不予理会。"

破月没料到他如此迂执宽容，但联想到他对萍水相逢的自己亦无微不至，也就释然了。

容湛见她笑得开怀，斟酌片刻，柔声问："楼梯下方那两名黑衣男子，是否为破月而来？"

破月的笑容僵在脸上。

她没想到容湛注意到了这一点。

沉默片刻，她点头："他们是来抓我回去的。容湛，我不想回去，但我也不想连累你，我其实打算连夜先走的。"

容湛看了一眼门外，神色疏淡地摇头："方才上楼时，我见有二人守住了客栈前后巷，应该是跟他们一路的。你走不了。况且你我二人既是朋友，我又怎能丢下你不管？"

"那怎么办？"破月听得感动，却更加担忧。

"既来之，则安之。"容湛的笑意有几分难得的冷傲，"这里好歹是东路军的辖地，纵然他是帝京权贵，也没有从东路军手里抢人的道理。"

破月听得惊讶——帝京权贵？难道容湛猜出了自己的身份？不可能啊，他一个小小郎将如何得知？

想到这里，她偷偷端详容湛的神色。只见他眉目沉静、目光温暖，似乎并无异样。

她松了口气。

可她却不知，容湛早已把她当成帝京的逃奴。他虽性子平和，却从来不是畏惧权贵之人。方才他见到那几名黑衣男子一直窥探她，骨子里的血气便被激发，虽然交情不深，却一心一意要护她周全。

三更天。

破月躺在床上，却睡不着。

透过低垂的床帏，她看到容湛背对自己坐在椅子上，仿佛老僧入定，一动不动。

她们，或者他们，什么时候会来？

望着他宽大的背影，破月只恨自己手无缚鸡之力，帮不上忙，反成累赘。

"破月，不必忧心。"容湛忽然出声。

破月奇了："你怎么知道我没睡？"

他的声音中有几分笑意："听你气息忽快忽慢，自是辗转反侧。"

破月点头，正要答话，忽听他低声道："噤声！"

破月屏住呼吸。

客栈里的诸人已陷入沉睡，一片寂静。只见幽暗的窗棂外，骤然飘过两个鬼魅般的身影。

"吱呀"一声，门被轻轻推开。两个苗条的身影蹑手蹑脚地朝屋中走来。

容湛手一扬，燃起火折子，点亮了桌上的油灯。

一室明亮。

破月目瞪口呆，容湛如针扎般猛地闭眼，妖女笑得猖狂且得意。

"公子原来在等我们姐妹俩。"

"长夜漫漫，公子陪着这丑八怪作甚！"

两人一左一右，翩翩朝容湛走去。

原来两人只着薄纱，露出大半个雪白酥胸，兜肚鲜红逼人。任哪个男子看了，都血脉偾张。容湛乍一瞥见，又吃惊又恼怒，连忙闭眼，不敢多看。

两姐妹却是料定了容湛光明磊落的性子，所以才穿成这样。见他偏头闭眼，俊颜于烛火中明朗如玉，姐妹俩交换了个眼神，袖中已各自滑出暗器，紧扣手心，伺机待发。

破月在容湛背后看得分明，却见容湛半个侧脸，长睫紧闭，脸色薄红。她心里暗叫声"糟了"，这两个妖女脸皮还真是厚！

破月脑筋一转，拨开床帏喊道："北偏东30度！北偏西45度！"喊出口又觉得不对，容湛怎么听得懂？两名妖女则惊疑不定地看着她，其中一人骂道："死村姑，你骂什么？"

未料容湛眉头骤然舒展，长臂一扬，倏地拔出桌上佩剑，电光石火般刺了过去。

片刻之后。

破月将手中绳子打了个死结，拍了拍手，走到容湛面前："好了。"

容湛点点头，目光赞许："方才多亏你机变。"

破月好奇道："你如何识得……"

容湛知道她想问什么，微笑道："大胥虽没有水师，但亦有航船。你说的度量方法，在航海中会用到——我在一本古籍上读过。不过我没想到，破月也懂

038

这个。"

破月呵呵一笑，指着那两名女子转移话题："如何处置？"

容湛望着被破月用床单覆住身体、绑得结实的两人，淡道："我对你们让了又让，你们却步步紧逼，休怪我手下无情。"

他眉目严肃，可两名妖女却丝毫不怕，其中一人笑道："公子，奴家就喜欢你的无情！"

容湛神色一僵，别过脸去，耳根又有些发红。

破月眼见他们的对话进行不下去了，有些好笑。望着容颜姣好、性格又放浪的两名女子，她心中忽然生出一个大胆的念头。

"公子，把她们交给我处置可好？"她忽然问。

容湛望了她一眼："你打算如何处置？"

两女却瞬间变色："公子，你怎能将我们交给这丑妇？"

容湛听得好笑，心想：你们却不知，她摘去面具，比你们好看数倍。想到这里，容湛忍不住看了一眼破月，只见她平淡无奇的面容上，一双黑眸湛然若水，明光流转。

"我不会伤害她们。"破月微微一笑，"我想跟她们谈谈。"

容湛沉默片刻，点头，负手出了房间。

破月望着地上目光埋怨不安的两人，咳嗽两声，一脸淡定地在她们面前蹲下。

"我跟你们谈笔交易。"想到心中的点子，她有点儿紧张，又有些兴奋，"对你们只有好处，没有坏处。"

又过了一刻钟，双方谈妥。

年长的那名妖女笑道："姑娘此计甚好，虽不能得到公子那样的绝色，但那四人精壮俊朗，若是带回去，倒也能让我们在教主面前面上有光。"

破月也笑了，还拍了拍她的肩膀："不打不相识，我其实也很喜欢你们这样性格直爽的人。你们若是办妥，公子自会赐你们解药。"

那女子道："姑娘快人快语，公子坦荡正直，我们自然是信得过的。"

破月站起来道："好。"抬手便要解开两人的绳索。正在这时，门外传来容湛低沉的声音："破月，你先出来。"

她在屋内与两女密谋，容湛功力深厚，站在门口自然听得清清楚楚。见她出来，容湛将她拉到走廊尽头，皱眉道："己所不欲，勿施于人。纵然那几人是来捉你的追兵，你也不能教唆那两名妖女对他们下手！"

破月好不容易想到这两全之策，万没料到他不赞同。她呆了片刻道："可如果我被他们抓回去，我完了，你也完了。"

容湛听得奇怪，他怎么也会完？但想起刚才她在屋里，先是威逼两女子发誓，又从自己这里要了两颗解毒丸，逼两女子服下，说是剧毒。然后又跟她们谈条件，让她们对楼下住着的那四个追兵下迷香，还保证容湛也会出手相助——否则两女子不是他们的对手。

"公子虽然斯文俊美，但那四人亦是强壮青年，你们绝不亏本。"

想到她说的话，容湛脸上阵阵发烫，但心头不悦亦增了几分。

"不成。他们若来擒你，容湛言出必行，就算赔上性命，也会护你周全。但你与那些妖女……合谋，污他们……清白，还折辱他们，这万万不可。"容湛声音很轻，语气很坚定。

破月急了，一把抓住他的袖子："容湛，他们是我爹派来的。"

容湛微微一惊，目光复杂地看着她，缓缓道："若是你爹，你为何如此畏惧？难道……你只是……只是权贵家的女子，贪玩跑了出来？"

破月深吸一口气，深知今日如果不说清楚，容湛绝对帮理不帮亲。

五更天。

容湛端坐于屋中，看着满脸喜色的两名妖女，跪倒在自己面前。

"人已经擒下，这便要带回缚欲山了。"其中一人道，"多谢公子指点迷津，还望公子赐予解药。"

容湛心头暗叹口气，又拿出两粒寻常解毒丸给她们。两人服了解药，站起身来翩翩行了个礼，齐声笑道："公子有空来缚欲山，神教必以上宾之礼相待，教公子快活似神仙。"

容湛听得皱眉，低喝道："休要胡言乱语！"

两女子笑得花枝乱颤，起身掠出了窗户。楼下马蹄声骤响，破月倚窗一看，一辆马车于晨光中飞驰而去。

容湛与破月拿起行李，准备趁天色未亮，离开这是非之地。

谁知到了容湛房中，却见床下空荡荡的，哪里还有陈随雁的身影？容湛从床上拿起张纸，只见上面歪歪扭扭地写着："公子，这位相公亦别有风骚，我们一并收下了。"

　　破月大惊失色，万没料到陈随雁竟也被她们偷偷掳了去，一时不知是该喜还是该忧。

　　两人对视一眼，已是回天无力，只好按原定计划，继续东行。

踏雪千沔

第五章

帝京，卫尉府，灯火通明。

颜朴淙淡然靠坐在镶金青竹卧榻上，手握一团红色物什，轻轻揉捏。黑色锦袍越发衬得他肤色俊白、眸色幽黑。

"她与清心教……有了瓜葛？"他的声音听不出喜怒。

跪在离卧榻五六步远的暗卫头领，声音亦如死水沉静："按照响骑、痴鹰四人所说，原本他们已看住了小姐，只是小姐身旁似有高手相助，便欲等齐人手再发动。谁知半夜却被人动了手脚——两名清心教九代弟子掳了他们，这才让小姐逃脱。"

"高手？何人？"

"不知。只知是位青年男子。"

"青、年、男、子？"颜朴淙一字一顿重复，声音中有极冷的笑意。

暗卫头领听得后背直冒冷汗，忙道："那两名妖女已被我们杀了，据她们招认，她还掳了小姐囚禁的一名男子，听描述竟似陈随雁。只是她们半路发现……陈随雁身体有恶疾，便顺手丢在路上了。"

"她囚禁了陈随雁？"颜朴淙低笑出声。

"确是如此。"那暗卫抬头，终有几分喜色，"不过我们大批人手已在景阳镇设伏，想必此时已杀了那多事的青年，迎回了小姐。不出半个月，小姐便应当能回到府中，与大人团聚！"

颜朴淙脸上却没有笑容。

因为他已经把破月弄丢太久了。

饶是他手眼通天、位极人臣，亦不能事事随心所欲。因为他的头上，还有皇家。

破月被陈随雁掳走，他正欲倾尽全力寻找，却接到二皇子慕容充的消息，说是前线有要事，须借颜府暗卫一用。颜朴淙如何不知二皇子心思，必是又与大皇子斗上了。

只是他多年来一直暗中支持二皇子，此时不能不借兵，于是大半暗卫都被遣去了前线。他刚任卫尉，亦不能擅自离京，这才令陈随雁逃脱数日。

他亦不能公开通缉陈随雁，只能向皇帝哀痛陈述，说女儿女婿新婚之夜被人刺杀，还安排了两具假尸首。这样一来，他找到破月之日，便可将其直接以姬妾身份迎回，不必再担父女名分；二来，若是破月被掳的消息传出去，外人势必怀疑——陈随雁既已娶了破月，为何还要掳人？当今皇帝心细如尘、老练狠辣，若是被他查出破月的体质异常，动了心思，颜朴淙又如何护得住？

这一来二去，竟拖延了一个月之久。好在二皇子的事情已了，他不会再让破月流落在外了。

只是……想到陈随雁，想到与破月结伴的青年男子……

他很生气，很生气。

是夜，景阳镇。

这是距离东路军大营最近的一个城镇，只要过了此镇，再往东行三百里，就是边关了。

两匹马，一黑一白。黑的高大神骏，白的精瘦矫健，于官道上奔驰，激起一阵阵土黄色的扬尘。

远远地，便望见了村落入口。只见明月当空、星辰疏朗，道旁两排黑黢黢的木屋连接成片，似黑龙蛰伏；青石板路映着月光，空寂清冷。

容湛一勒马缰："且慢。"

破月点点头，望着前方村落，放低了声音："容湛，这个村子有点儿古怪啊。"

容湛本已察觉出异常，听她这么说，却忍不住看她一眼："你……如何得知？"

奔波了半个晚上，破月早已身子僵麻。此时难得放松，她便习惯性伏在马背上，单手托着下巴。那姿势看起来就像没骨头似的，极不雅观。容湛微微别过目光，盯着她的白马马头。

"我们的马蹄声已响，这村子却连一声狗叫都没有，不是很奇怪吗？"她盯着前方，目光专注。

容湛赞许地看着她："对极。那你说我们当如何？"

破月想了想道："要不我们在这里等一等，若是听不到更夫打更，便可确认。"她说得轻松，声音却有些抖。谁会在这里设伏呢？

答案，不是那么难猜。

"是个好办法，不过不必等了。"容湛脸色冷下来，"更夫或许已经死了。"

他没有告诉破月，他闻到了血腥味。

淡淡的血腥味，像是夜的气息，从前方飘过来。或许破月闻不出，但他在军中已经五年，闻到这个气味，他全身的肌肉都会紧绷，已成了本能。

"弃马。"容湛眉目冷峻，声音清厉，"山后有条小道，我们连夜抄过去。"

破月点点头，心里却紧张得一直打鼓，但见容湛格外镇定，她也不想露出半点儿怯懦。

她已经不是那个被颜朴淙吃得死死的颜破月了！她绝不会让他抓回去！

破月拴好了两匹马，容湛也以厚布缠好了右手，低头望着她："你脚法不如我，这便要得罪了。"

破月心想：你还真是客气，我岂止是不如你，我是根本就没有脚法。

但怕容湛害羞，她脸色越发坦然，走到他面前道："谢谢。"

容湛伸手环握着她的腰，提气便要开始飞奔。

未料此时，破月也伸手紧紧抓住他的胳膊。手臂上传来女子手指柔软的触感，容湛这口气就没提上去，足下一滞。

破月见他沉凝不动，恍然大悟："要不要我也把手缠上？"

容湛一低头，便看到她素白纤细的小手，再往下，是那不盈一握的小腰。他心神一乱，立刻警醒。他暗暗在心中念了几句佛经，登时心神平和、丹田充盈，淡道一声："不必。"不等她再说话，一跃而起。

山林幽暗、小径坎坷，可他抱着她，行如鬼魅，没发出半点儿声响。破月伏在他胸口，看着周遭树木花草急速倒退，耳边劲风呼呼作响，只觉得奇妙非凡，心中恐惧担忧尽去。

容湛原本凝神静气，忽地望见她唇畔浅笑，目光流转，不知怎的，他胸中豪情油然而生，眼前突兀嶙峋的山路，似乎也变得平坦起来，令他不由自主地想要奔得更快。

正欲提气发力，他的长眉却骤然一紧。

他听到了马蹄声，很远，很轻，但是很密集。

他们从大路追了上来。

事已至此，容湛知道隐瞒行踪已毫无意义。他长啸一声，宛若山谷清风激荡山野，体内真气充沛雄厚，足下再无顾忌，踏碎枯枝残叶，抱着破月，竭尽全力地狂奔。

破月亦察觉出他的变化，心中如明镜般，已猜出追兵将至。待奔了两炷香时间，两人已越过山林，面前又是官道，一马平川，开阔辽远。

而身后的马蹄声，清脆、急促、密集，相距已不出五十丈。

容湛听音辨声，已知来敌强劲，自己难以抵挡。他把破月往地上一放，转身望着来敌方向："往东跑！我断后！"

破月不动，声音发抖，眉目却是平静的："他们是冲我来的，你走吧。"

容湛声音坚决："不可！我……决不能让你再落入你爹手中！"

破月望着他高大挺拔的背影，咬着下唇："你打得过他们吗？"

虽然容湛武功在陈随雁之上，但陈随雁不过是颜朴淙手下排名前十的好手。此时听敌人动静甚大，她毫不怀疑来的都是好手。容湛一个人，是根本不可能打得过的。

容湛的声音在夜色中明澈低沉，带着温和的笑意："我打得过。"

破月心头一痛，一把抓住他的胳膊："不行！我们一起走！"

容湛被她抱得死紧，全身僵硬如铁。眼见前方山林飞鸟惊鸣、风声大起，他深知敌手强劲，终是心中暗叹一声，毅然转身，握住她的手："好，若是我护不住你，自先杀了你，保你清白。"

破月原本已热泪盈眶，待听清他的话，脸色却一僵，心想完了，容湛是个迂腐的人，清白哪有命重要，就算落入颜朴淙手里，她也……不用死，她舍不得死啊！

还没等她说什么，容湛复又将她抱起，发力飞奔。

月如弯钩，夜凉如水。

面前的官道越来越窄，身后的追兵越来越近。破月一回头，便能看到官道那一头，隐隐有数十骑，轰鸣踏尘而来。

容湛徒步而行，又抱了个人，怎么及得上那些骏马？他惋惜道："要是有大哥的'乌云踏雪'在，千军万马我也能带你出去。"

"马！"破月惊呼。

容湛点头："踏雪是我大哥的坐骑。"

"不！"破月指着道旁，"那儿有一匹马！"

容湛本已跑过了头，闻言猛然收力，足下飞沙一片。他骤然转身，只见一棵郁郁葱葱的大树下，一匹极高的黑马一动不动地立着，四只修长结实的马蹄在月光下淡若初雪，风采异常。

马旁坐着个瘦小的身影，戴着顶毡帽，低垂着头，看不清面目。

容湛惊喜交加："乌云踏雪！"

破月看到马也欢喜异常，但听他这么一叫，却诧异极了。

容湛毫不迟疑，抱着她冲到马前。

"小宗！"他的声音听起来是一种发自内心的喜悦，"你怎么会在这里？大哥呢？"

马旁那人抬头，原来是个尖脸少年，十三四岁，眉目伶俐、笑容可掬："容将军，你终于来啦！步将军收到你的信了，他说大军后日就要开拔，怕你赶不回来，让我带着踏雪在这里等你。后面的是追兵吗？是不是婊子教的？是不是都是些很好看的姑娘？咦，这位姑娘是谁？"

一番话说得麻利非凡，容湛笑道："稍后再谈。破月，上马。"他轻轻一推，将破月放上马，足尖在地上轻轻一点，跃起落在破月身后，从后面抓紧了马缰。

他跑了一路，胸口早已被汗湿透，温热的胸膛偎贴着破月的后背，令破月心神一凛。但她没有想太多，反而看着马下少年："小宗怎么办？"

容湛还未答话，小宗露齿一笑："多谢姑娘挂怀。咱们大营见！"说完，忽地转身，猴子似的蹿入了林中，顷刻便不见踪影。

"驾——"容湛得宝马相助，哪里还惧追兵？破月在他怀里，只觉身下马行极轻极快，驮着两人依然速度惊人。不出一炷香的时间，身后的马蹄声就远了。

"小宗为人机灵，也熟悉地形。放心，他们抓不到他。"容湛安慰道。

破月点头，想到今日绝地脱困，喜上眉梢道："这马来得太及时了。你这大哥真是神机妙算。"

容湛见追兵已远，也轻松许多，笑道："步千洐是我结义兄弟，是我生平最敬仰之人。他向来我行我素，你亦是真性情，也许你们能成为朋友。"

破月弯眉一笑："听你如此盛赞，那我要好好会一会他。"

夜色清幽，乌云踏雪似是感受到马上人的豁达情怀，忽地对月一声长嘶，奔得越发快，顷刻身影便没入黑幕里。

破晓。

群山环抱之中，谷地一马平川。

墨色的旌旗遍插山坡，如一团团黑云愤怒招摇。练武场上沙尘漫天，全是正在操练的士兵，个个沉肃狠厉、搏击跃伏，连成纵横起伏的人墙，一眼望不到尽头。

破月跟容湛一进大营，便被这肃杀威严的气氛折服了。

"先去寻大哥。"容湛很难得地没有征求她的意见。

破月挑眉看他一眼，心想：你对这个大哥还真是不同。

容湛也不询问旁人，只将手中缰绳一松，乌云踏雪已欢快地嘶鸣一声，埋头朝前方冲去。穿过数个士兵阵营，只见前方是一块二十丈见方的空地，十多位身着劲装的男子，正围着那空地看得入神。

空地正中，两道身影宛若蛟龙，刀光大盛，斗得正欢。

踏雪十分乖觉，立在场边就不动了。

容湛扶破月下马，旁边有人看到，一脸喜色道："容将军回来了。这位是……"

容湛微微一笑："远房亲戚。"

那人见破月面容丑陋、身材矮小，也没太在意，转头又看着场中，叹道："步将军的刀法又精进了。"

破月循声望去，首先看到的是一脸络腮胡子的彪壮大汉，他赤着上身，黝黑的肌肉看起来紧绷健壮。他双手握一把巨大的刀，至少有她半个人高，挥舞得虎虎生风。破月不懂武艺，但见大汉刀刀沉若千钧，每每都激起地上一阵飞沙，便知这大汉实在勇猛非常。

与大汉对阵的，是个身着青色长袍的男子。他背对着破月，一条黑色长巾束腰，越发显得身修如竹、虎背蜂腰。

破月虽是门外汉，但一看也知这男子武艺高出那彪壮大汉许多。只见他手持一柄雪亮的单刀，一招一式不疾不缓、进退有度，却将对手的狠厉招式封得密不透风。转瞬间两人已过了三十余招，那大汉是倾尽全力、咄咄逼人；他却是龙行虎步、游刃有余。

旁人不时赞叹出声，容湛亦面带微笑，神色专注，浑然忘我。破月望着那肆意纵横的身影，心头却涌起似曾相识的感觉，忽然很想看清这人的脸。

猛地只听一声清喝："破！"那男子手中刀光猝然大盛，宛如白龙出江，隐隐竟有风雷之声。那大汉猝不及防，手中重刀应声而落，目瞪口呆。

"承让！"男子收刀拱手，声沉如水。

大汉不怒反笑，拾起长刀走过来，一把搂住那男子的肩膀道："步千洐啊步千洐，不愧是军中刀法第一。今日打得十分畅快，哈哈哈！"

男子却一本正经道："老苏，别废话。说好的百年女儿红，待会儿我就去你帐中取。"

那老苏脸色一僵——他用两瓶好酒作饵，才引得步千洐与自己比试刀法。可没料到自己真的在五十招内落败，输掉了珍藏的好酒，郁闷极了。

周围人哄然大笑，有人道："步将军是无酒不欢，老苏，你就认了吧！"

老苏连声叹气，步千洐却朗声笑道："明日大军开拔，小弟在大营留守，不能与诸位将军同行。今日我便借花献佛，请诸位品尝美酒！"

众人皆喜，容湛已按捺不住，上前几步叫道："大哥！"

步千洐抬头望过来，破月终于看清他的容貌，心忽地一跳。

她原以为步千洐是与那大汉一样彪壮威武的将军，谁料却是位极英俊的青年。

墨色长发整齐地束成个简单的发髻，肤色白皙、印堂饱满、鼻梁挺直，一张脸英气逼人。他的眼睛竟生得极漂亮，又深又黑、纯净透亮，宛如冬日夜空中升起的两点孤星，寒光迫人。可那黑眸中始终带着懒洋洋的笑意，令他整个人又显得极为散漫。

看到容湛，他眸中笑意更盛，从人群中走出来，两人用力抱了抱肩，随即松开。破月站在两人身后几步的位置，心情居然也十分激动。

其他人知两人兄弟情深，也不阻他们说话，跟容湛打了招呼，就都散去了。

步千洐将容湛肩膀一搭："走，跟我去老苏那里拿酒，今日不醉无休！"

容湛正要点头，忽地想起破月还在一旁，忙道："稍候。"

循着容湛的视线，步千洐也转身，这才看到微笑立在一旁的破月。

他脸上还挂着笑，目光与破月一对上，微微一怔，飞快地移开。

"小容，你的头被马踢了吗？为何带麻烦回来？"

破月原本满心激动和仰慕，却被他一句话说得呆若木鸡。

容湛的神色却有几分无奈："大哥，这是叶破月姑娘，我想安排她在军中做厨子。她不是麻烦。另外，别再叫我小容了。破月，大哥心直口快，你别放在心上。"

步千洐听容湛这么说，也就不看破月了，勾着容湛的肩膀就要走。

"老前辈……"弱弱的声音响起。

步千洐和容湛的身子同时一僵，回头看着她。

破月眼中狡猾的光芒一闪而过，甜甜地笑道："老前辈，多谢你的救命之恩。"

步千洐这回才正眼瞧她。可那抬起的黑眸锐利而冷漠，没有半点儿笑意。

他的眼神有点儿吓人，破月被他盯得有些发慌，可她不甘示弱，也盯着他，笑得更欢。

容湛微笑着拍拍步千洐的肩膀道："你不是说她认不出你吗？破月，你怎么认出来的？"

破月如实答道："我认出了他的眼睛。"

容湛又问步千洐："你怎么认出她的？"

步千洐却不答，很快又是一脸散漫的笑，慢吞吞地对容湛道："小容，我一不喜欢黑炭，二不喜欢麻子。你把她弄过来，存心跟我过不去。"

容湛却皱眉："你不要胡言。我这就带她去伙房，回头再来寻你。"

步千洐笑了一声，凑近容湛耳边低声说了句什么。容湛明显一愣，俊脸陡然红了。

他却哈哈大笑，翻身上了踏雪，飞快便没了身影。

容湛这才轻咳两声，目光温和地望着破月道："你不要放在心上。他看似……不太正经，实则心细如发。那日在益州……我们原本计划五虎离开客栈后再动手，但他执意要救你。且……顾及你的清誉，不带帮手，只身进去。须知他武艺虽在我之上，但若五虎联手，他也难敌。那日是冒了极大的风险。"

破月听他说完，心潮竟有些起伏。想起那日步千洐扮作邋遢而猥琐的淫贼，对五虎嬉笑怒骂，原来只是为了自己的清誉。

容湛先把破月带到火头军的伍长处，道明缘由，又送上十两纹银。伍长见破月面容粗陋，又不好拂容湛这老好人的面子，便将她收下，命其和另外两名烧火的粗妇住在一个营房。

容湛将破月送到营房，便避嫌告辞了。破月放下行李，望着简陋的营房，却觉得十分踏实，挽起袖子，走到一名正在忙碌的粗妇面前道："大姐，我来帮你。"

容湛到军中交回令牌文书，拜见了领军大将赵初肃，便回了自己的帐中休整歇息。刚坐了半刻，便见小宗一路小跑而来。

"容将军，步将军请你去帐中喝酒。"

步千洐是五品平南将军，营帐比容湛的宽敞许多。他亦别出心裁，在帐顶开了个口子，雨天沐浴天水，晴天把酒观星，只教其他将军忍俊不禁。

容湛一走进营帐，便见他斜靠在榻上，手里捧个大碗，望着头顶的暮色，抬起头一饮而尽。而后他双目微眯，似乎极为享受。

容湛也不多话，席地而坐，提起案上另一个白玉酒壶，给自己满上一杯，微啜一小口，不由得眉目舒展。

两人不声不响，就着小宗端来的几道小菜，喝了有大半个时辰，足足喝光了一坛。步千洐这才抬头看一眼已然满脸通红的容湛，知道他差不多了。

"把她留在我这儿。"他慢悠悠道。

容湛虽然醉了七八分，神志却还有几丝清明，闻言呆呆望着他："为何？"

步千洐淡道："大军明日便开拔，你虽将她安排在火头军，可两军交战，刀剑无眼，若是就此香消玉殒，你待如何？"

容湛沉默片刻，点头道："大哥说的是。"

步千洐又道："且伙房那几名老妇虽年老色衰，却也与一些兵士有些龌龊。大将军睁一只眼闭一只眼，可她年纪尚轻……"

容湛吃惊："竟有此事？"

步千洵瞥他一眼，那意思好像在说，你不知道的事还多着呢。

容湛沉思片刻，问："可留在你这里，如何使得？"

"便说是我新得的军奴。"步千洵淡道。

容湛迟疑片刻，虽觉不妥，但他自觉信得过步千洵的人品，便下定了决心，说："那就托付给大哥照料了。"他顿了顿，又笑了，"你不问我为何救她？"

步千洵头也不抬："你救的，自然是当救之人。"

容湛点头，目光柔和："破月姑娘的身世极为可怜，我不能袖手旁观。"

月上树梢。

破月正在听同帐的张大姐讲军中逸事。据说步千洵三个月前纵兵抢劫，还把一名乡绅吊起来打了一顿，结果赵初肃大将军大怒，将他直接贬为粮草官，如今便要留守大营。她正听得津津有味，忽听帐外有个清脆的声音喊道："叶姐姐，叶姐姐！"

破月走出去一看，正是步千洵的亲兵小宗。破月高兴起来，说："你平安回来了！"

小宗一怔，笑容满脸："多谢姐姐挂心。容将军请你去喝酒。"

破月不疑有他，跟着小宗一直走到步千洵的营帐外。一路有人看到小宗，笑道："奇了奇了，步千洵也会往自己帐中带女子？"

小宗嘿嘿笑着，却也不解释。破月也不计较，一笑作罢。小宗见她被误认为军奴却神色平和，倒是有些意外。

破月挑开营帐，独自走进去，却只见一人伏在案几上，身量颀长、耳根泛红，瞧身形正是容湛。

步千洵闭眼躺在他对面的榻上，听到声响，也不睁眼，从边上摸起个杯子，直接丢在容湛身旁，道："小容，人来了。"

容湛迷迷糊糊抬头，转身望着破月，眼睛一亮："破月……明……明日我便要出征了，你……你不用再去伙房了，我已……托付了大哥，请他照料你。你，定会平安无事，可好？"

破月好不容易听明白他的大舌头，很是吃惊——将她托付给步千洵？

她不由得看向步千洵。谁知他就在这时忽然睁眼，目光如电般地看向破月，双目清明，哪有一丝醉态？

那不带半点儿感情的目光，让破月只觉得有些……戒备而紧张。

容湛又道："明日大军寅时便要开拔，我怕是来不及同你道别了。我们就此别过……"他深深弯腰，向破月作了个揖。谁知动作太大，他的身子一偏，直接倒在地上，不动了。

"容湛、容湛……"破月蹲下，轻轻推他。可他俊脸通红，眉目安详，略带笑意，俨然是醉倒了。

破月无奈，正要站起来，手上却一紧——容湛抓住了她的手。

他手劲极大，破月顿时动弹不得。只见他双目紧闭，眉头忽地皱起，薄唇开合，竟念念有词。

破月不由得失笑——他竟在诵读佛经。

步千泇躺在榻上，望见她唇角带笑，目光温柔，心头一动。

"小宗，扶小容回去。"他对帐外道。

破月闻言又用力掰了掰，才将容湛的手掰开。小宗默不作声地冲进来，人小力气却大，扶起容湛，飞快地又退了出去。

破月目送他们离开，这才转头看向步千泇。

步千泇已然坐起，高大的身子笔直挺拔。他一手还托着酒碗，又满饮而尽。

"咚、咚、咚"，他的手指轻轻在案几上敲着，发出一声声脆响，抬起的黑眸清亮无比。

破月被他敲得有些心思纷乱，可她知道此人面恶心善，倒也不怕，微笑道："多谢将军。"

步千泇把手搭在膝盖上，往后一靠，懒洋洋道："把面具摘了。"

破月微微一僵，抬头问："为什么？"

"不愿意？"

"没必要。"

步千泇看她一眼，眸色深沉难辨。他转头对帐外喊道："小宗！"

小宗笑嘻嘻走进来，行礼道："容将军已经歇下了。"

步千洵点头，指了指破月，轻描淡写道："把她关进地牢。"

破月大惊失色，小宗有些迟疑："可容将军方才还在念叨让叶姐姐保重……"

步千洵却沉下脸："本将军管教自己的军奴，哪容他多嘴？"

"为什么？"破月怒视着他，这步千洵的言行实在出人意料。

步千洵将酒碗一丢，站起来，走到破月面前。他浑身酒气，破月不由得倒退一小步。

他理所当然上前一步，几乎将她逼到帐角。破月进退两难，脸色有些难看。

见破月一脸倔强，紧咬下唇，他反而笑了，以袖覆手，在破月肩井穴轻轻一拍。破月只觉一股大力深透于体，瞬间全身僵硬，动弹不得。

因为酒意，他的肤色白里透红，眸色却暗沉锐利得有些吓人。

"别惹麻烦，否则本将军立刻结果了你。"

第六章

赤裸相对

第二日一早，小宗见步千泫心情似乎不错，便试探道："将军，我想去地牢瞧瞧叶姑娘。"

步千泫刚练完两个时辰的刀法，浑身大汗淋漓，不太耐烦地看他一眼，没吭声。

小宗于是了悟——将军这是允了！碍于容湛的情面，他必定是雷声大雨点小，不会把叶姐姐怎么样的。

小宗带着两个馒头，兴冲冲到了地牢。

说是地牢，其实是用来关押战俘的地方。但这里是大后方的粮草基地，暂无俘虏。于是偌大的地牢，只有破月一个人住。

穿过一条阴暗狭窄的走道，小宗远远便望见尽头那间最宽敞的牢房里，一个小小的身影坐在地上。

小宗走到她面前。隔着铁栏，她抬头看见他，冲他露出了笑容。

小宗微微吃了一惊。

地牢里很昏暗，只有墙上一扇一尺见方的小窗能漏进点儿阳光，破月便坐在这抹阳光里，姿态很放松，神色很平静。虽然她面貌丑陋，但小宗看着她，却莫名觉得亲切、温和。

"叶姐姐，你不怕吗？"小宗问。

破月弯眉一笑："怕什么？"

小宗想了想，正色道："你现在可是将军的犯人。须知将军杀人无数、心狠手辣，那些敌国的人都叫他'步阎罗'。"

破月"哦"了声道："若是半年前，我或许会怕得要死，如今倒不会怕了。"她说的是实话，比起这一路的遭遇，步千洐的地牢实在太安逸了。

小宗见她心平气和，不由得心生敬仰，从怀中掏出馒头递给她。破月饿了一早上，见到馒头不由得皱眉，但还是接过，吃了一个，就吃不下了。

"小宗，给我伙食开好点儿啊。"她抱怨。

小宗坐在她对面的地上，抱着双膝："将军早上都是吃这个。过了晌午，我给你端饭菜来。"

如此在地牢住了两三日。小宗每日送饭送菜，有时候跟破月聊会儿天。步千洐比她还沉得住气，从未出现过。

破月终于受不了了。

这日晌午，她指着小宗送来的一碗难以下咽的饭菜，怒道："你这是喂猪吗？"

她在颜家虽不能食荤腥，却也是锦衣玉食；后来与陈随雁逃亡，除了开头几日受了虐待，之后陈随雁也是好吃好喝供着她；自己住的一个月，虽然不宽裕，但在吃上面也不会亏待自己。可军中厨子的大锅菜，实在是吃得她味同嚼蜡。

小宗原本有些委屈，忽地想起什么，眼睛一亮："莫非叶姐姐厨艺精湛？"

破月郁闷地摇头："我只跟人学过做面点，自己都吃腻了。"

小宗便露出些讥诮神色，那意思是说——你自己也不过尔尔，挑剔个毛啊！

破月在这半大小孩面前，怎能抹了面子？眼珠一转，放缓语气："小宗，想不想吃点新鲜玩意儿？"

大后方物资充足，小宗很快便寻了锅碗瓢盆、炭火、鲜肉鲜菜。他做事细致，专门拾掇出一间干净牢房，摆放这些物品。

破月净了手，喜滋滋地走进这间临时厨房，热火朝天地干了起来。守地牢大门的士兵见小宗搬进搬出，也有些诧异。后来走进来一看，闻到油滋滋的肉香，眉目顿时柔和，朝小宗递个眼色，便去大门口等了。

不多时，第一批肉串和蔬菜出炉了。破月拿盘子盛了出来，指使小宗先送给门口的守卫。小宗跟这些兵油子的关系本就很好，他们接了吃的，一个个喜笑颜开。其中一个谨慎些，问道："将军呢？"

小宗满不在乎地挥手："将军去南仓检视粮草了，日落才会返转，放心吃。"然后他径自走回了将军帐，轻车熟路地在案几下找到半坛还没喝光的酒，先眯着眼喝了一碗，又装一满碗，端着回了地牢。

地牢里，破月咬着鸡腿，正在烤红薯，口干只能喝清水。忽地闻到酒香扑鼻，便见小宗满脸通红地回来了。

"你喝吗？"坐下开始大吃的时候，小宗把碗递给她。

破月望着明晃晃的酒，忽然想起了颜朴淙。

在别院三年，她从不沾荤腥。后来听老管家说，满十六岁即可像正常人般饮食。可到了帝京，颜朴淙却说，一辈子都不许沾，因为他喜欢她玉洁冰清。

去他的玉洁冰清！

她心头恶寒，叛逆之心亦起，毫不犹豫地接过酒杯，狠狠喝了一大口。

日头偏西。

步千洐一回到营帐，就发现了不对劲。

劳碌了大半日，他回来的第一件事就是要喝上一大口前日剩下的百年女儿红。谁料打开坛子一看，酒浅了一半。

他嗜酒如命，除了前日与容湛痛饮，剩下的珍酿，必是计算着一两一两喝。眼见美酒失窃，他不由得勃然大怒。

酒鬼自然有个灵敏的鼻子，循着酒香，他很快走到了地牢门口。两个士兵看到他都吃了一惊，心想还未日落，将军居然提前回来了。

步千洐见一个士兵手里还拿着根竹扦，上面残存着些肉渣，而两士兵嘴角都有油渍。不知怎的，他忽然觉得有些饿。

他走进地牢，远远便闻到了该死的肉香。走近一看，牢中不知何时添了个火盆，一个铁架上还放着十几串烤好的肉串。

小宗和破月正坐在地上大吃特吃，竹扦丢了一地。两人同时侧头看向他，神色都一僵。

步千洐都气乐了："小宗，胆子大得很啊！"

小宗吓得一下子从地上跳起来，酒意顿时醒了大半："将……将军……"

"滚！"

小宗埋头就跑，跑的时候还不忘伸手从铁架上顺几串肉。

地牢中只剩下破月和步千洐。

大眼瞪小眼。

步千洐眸中冷意凝聚，须知他不怒自威的模样，是许多敌兵心中的噩梦。

破月却像没看到一样，一下子站了起来，伸出纤纤玉指，直直戳向他胸口。

步千洐原本皱眉，可望着那纤若幼葱的雪白手指，指尖似乎还沾有几丝酒香和肉香，他忽然觉得更饿了。

他暗暗咽了咽口水。这一迟疑，竟任由这毫无武功的弱女子，一指轻轻戳在自己胸膛上。

"步阎罗！"她气鼓鼓地喊道。

步千洐慢慢答道："如何？"如果熟悉他的人，听到他此刻的语气，就会觉得不妙。

可破月已经醉了。

她又狠狠戳了他几下，直戳得步千洐不怒反笑。她却晃了晃，身子一软，迷迷糊糊地滑倒，躺在地上，不动了。

"起来！"他皱眉，用足尖轻轻踢了踢她的脚，可她毫无反应。

步千洐抬眸看了看周遭，只觉得地牢完全不像地牢，犯人更加不像犯人。

站了一会儿，他的目光终于回到铁架上。

他缓缓坐下，试探性地拿起一串咬了口，嚼了嚼，墨色长眉瞬间舒展。

暗色的眸子飞快瞄了一眼地上的女人，他一手拿七八根竹扦，将剩下的肉串吃了个干干净净。

那日之后，小宗再不敢在地牢里烤东西吃了，但偶尔会弄点儿面粉进来，让破月包顿饺子、馄饨，倒也能改善伙食。

只是上次惹了祸，步千洐虽未骂他，他反而觉得更糟。须知他跟了步千洐五年，深知对方的脾气。步千洐虽然在人前总是笑嘻嘻的，但对亲近的人却极为严厉。他越是把人骂得狗血淋头，说明越不把事情放在心上。反倒是这次，不仅不骂，还像什么事都没发生一样，小宗觉得，将军真是生气了、见外了、疏远了。

又过了两三日。这日，对小宗来说，是个大日子。

因为这天，是步千洐二十四岁生辰。虽然大军开拔，容湛等好友已不在身旁，但小宗刻意讨好主子，一早就托付了伙房，精心准备了一桌好菜，又托采买在集镇上弄来坛好酒。

到了傍晚，步千洐回来了一趟，扫了眼满桌酒菜，不知怎的就想起那日油香扑鼻的烤肉。其实那天吃过之后，他一直想得厉害。今日更想了。

于是他也不废话，匆匆道："我晚些才返。你再弄些烤肉。"

小宗听他提要求，乐得心花怒放。那表示什么？表示将军不生他的气了。他忙问："我能让叶姐姐帮忙吗？"

步千洐已骑上踏雪，瞬间奔远："……随你……夜间……不要在我帐中……"

他的声音随风而逝，小宗内力太浅，听得零零碎碎，估摸是将军不让自己帐中烤，免得油烟扑鼻。他心想，这是自然。

他屁颠屁颠地跑到地牢，还将之前的整套器具都拖了进来。破月一听，也不迟疑，立刻动手。

烤好之后，小宗馋意大起，先吃了几串，又偷偷倒了碗酒给自己。酒壮尿人胆，他有了几分醉意，望着破月在炭火前一头薄汗，也就起了义愤之心。

"叶姐姐，不如一会儿，你去给将军送烤肉吧。将军只是不信你，他若是知道了你的为人，必然不再为难。"

破月一直觉得需要跟步千洐好好谈一谈。听说今日是他生辰，人逢喜事精神爽，今日的确是个好机会，于是点头："可是我能出地牢吗？"

小宗一喝酒就胆大包天，加之心想叶姐姐名义上是将军的军奴，服侍将军天经地义。于是他从怀里掏出一块令牌丢给她："姐姐放心去，万事有我。"心想大不了被将军骂一顿，做人可不能没义气。

暮色笼罩着寂静的军营，秋风扫过，周围空荡荡的，唯有夜间巡视的守卫偶尔晃过面前。

如此月夜，小宗约莫是想家了，满嘴胡话，已然醉倒在地牢里，怎么叫也不醒。破月端着满满一盘烤肉，走进步千洐的营帐。

步千洐不过五品武官，营帐自然宽敞不到哪里去。破月轻喊了两声"步将军"，却无人回应。她轻轻走进去，便见低矮的案几上，摆了五六样菜，边上还有一个大空碗，上面搁着一双筷子。旁边有一个酒坛，还剩大半坛酒。

看来步千洐回来过了。只是看似粗粗吃了几口，人去了哪里？

她将烤肉放下，走向侧面的竹椅，这一走过去，才发现不对劲。

原来角落里还有一只巨大的浴桶，方才被卧榻挡住，她才没有发觉。

浴桶中热气蒸腾，一个男人靠在浴桶里。

从破月的角度，只能看到微湿的黑色长发披落肩头，还有一只长臂，搭在浴桶边缘。

那墨色长发仿若柔软的绸缎，而露在水面外的手臂上还挂着水珠，肌肉均匀、结实，在明亮的烛火中微微发光。

破月浑身一僵。

以步千洐的内力，此刻居然还没发现她，可见他不是醉了，就是睡着了。

她欲抬腿便走，免得尴尬，可刚迈出一小步，就又收回了腿。

想起那日步千洐点自己穴道时，也用袖子覆住了手，破月推想他虽然吊儿郎当，但男女之防看得只怕跟容湛一样严重。

破月觉得，自己再也找不到比这更好的谈判时机了。

她气定神闲地重新坐了下来，余光还不由自主地又瞟了他一眼。不得不承认，他手臂上的肌肉很漂亮，让人觉得柔韧又坚实。

未料她这一起一坐，步千洐便醒了。

其实他只小寐了片刻。今日，相距百里的南仓有五百车粮食送到，他这个被贬谪的粮草官虽然不伦不类，被同僚们嘲笑，但做起事来，依然一丝不苟。这边天气阴冷，南仓却是大雨滂沱，他冒雨指挥军士们拾掇完毕，又连夜骑马返转，已是累极。喝了几碗酒，叫伙房烧了许多热水，舒舒服服泡个澡，不知不觉便睡着了。

他听到背后的声响，脚步轻盈、呼吸平稳，便以为是小宗，于是也不睁眼，懒洋洋地问:"整日瞎跑,是嫌老子管教太松吗?如此孩童心性,老子如何放你去前线杀敌?"

破月听他说得粗鲁,语气却亲切,不由得失笑。未料她虽没笑出声,那步千洐却似背后长了眼睛般,察觉了。

"你笑什么!快过来给老子搓背。"

不等破月出声,只听"哗啦"一声,他背对破月站了起来。

破月的脑子,有那么一瞬间,空了。

男人的长发乌黑垂顺,在氤氲的水汽中,染上了几分慵懒的气息。他虽是武将,整日风吹日晒,肤色却还是白皙的。他浑身肌肉跟手臂一样结实、强韧,在烛火中笼上一层薄薄的水光,越发显得野性有力。

哪怕破月从未见过男人的身体,也知道眼前的躯体是极漂亮的。

宽阔的肩膀仿佛一座挺拔的小山,窄瘦的腰像野豹一样紧绷。

破月脸上一热。

完了,她忍不住边看边想,这回玩儿大了。

夜风轻拂、水汽氤氲,一室诡异的寂静。

"啪"的一声,案几上的油灯爆出一个灯花,破月猛然回神,步千洐不耐烦地转身:"磨蹭什么……"

"别!"破月急忙大喝一声,别过头去。

饶是被称为"步阎罗"的杀将,一回头看到破月,也被吓得"哗啦"一声跌坐回木桶里。

长眉猛挑,黑眸惊滞。

片刻后,暴喝一声:"出去!"

破月胡乱点头,刚要迈步,心想:不对啊,这不正是我留在这里看他出浴的目的吗?

要挟他啊!

于是她收回脚,在步千洐越来越惊讶的目光中,又缓缓坐了下来。

"步将军，我有几个请求。"话一出口，她觉得自己好无耻，也太开门见山了吧？

步千泷这人遇事不乱，方才也是由于太过惊讶，才会怒喝。此时见破月偏头看着一旁避嫌，戴着面具的脸色虽无变化，但耳根却已红得像要滴下血来——她明明比他还害羞、紧张许多。

他笑了，半点儿不慌，舒舒坦坦往后一靠，懒洋洋道："哦？你待如何？"

破月看他这么快就镇定下来，陡然觉得自己的主动瞬间被他扳成被动。她硬着头皮道："一来，我不是犯人，不想住地牢；二来，若是嫌我麻烦，烦请将我送出军营，我自谋生路，我也不想拖累容湛。"

步千泷微微一怔。

其实将她困在地牢，一是存了防备她的心思；二是想躲过那些神秘追兵。如她所说，将她送出军营，的确是个一劳永逸的好主意。但容湛临走前，千叮万嘱他要照料好她，且那日容湛醉酒后无意说过她的遭遇，大丈夫有所为，有所不为，她是个手无缚鸡之力的弱女子，他是决计不能任她自生自灭的。

想到这里，步千泷一本正经道："不成！你是我的军奴，我想把你关在哪里就关在哪里。老子还是第一次养军奴，还没尝到甜头呢！"

破月明知他是胡搅蛮缠，可方才见到了他的身体，此时听到一口一个"军奴"，脸上竟兀自有些发烫，心头似乎也有几分躁乱。

那躁乱，成功地唤起了她骨子里的倔劲儿。

"军奴是吧？"她缓缓转头，看向步千泷，目光有几分怪异。

步千泷望着她那明晃晃的双眼，心里倒是冒出别的念头——她的眼睛生得还真是水灵，黑不溜秋的，盯得人心里微微发痒。

不知怎的，戏谑的话脱口而出："小月奴唤本将军何事？"

话一出口，他心想坏了坏了，逗她逗得起劲，却说出如此轻浮的话来。他忍不住抬眸看她反应。

未料她眸色一沉，语气更是柔了几分："将军，让月奴伺候将军沐浴吧。"

她朝浴桶方向走了两步，而后直视着他，目光明亮，大胆而挑衅。只是那耳根，红得就像要着火了。

只是步千泷岂会受人威胁？尤其对象还是个小姑娘。

纵然此刻在她的注视下，他全身亦有些陌生的紧绷，但神色却越发漫不经心。

"过来。"

他本欲将这二字说得十分潇洒风流，未料一出口竟有几分低哑。这令他心头微窘，索性沉了脸色，不带笑意地盯着她。

破月原本是想让他下不了台，以泄心头之恨，可此时见他黑眸暗沉，声音低哑，全无笑意，心头的惧意却又冒了上来。

可她怎能露怯？

"来就来。"她上前一步。

"快点儿。"他扶着桶壁，不紧不慢地站了起来。

眼见他宽阔的胸膛出水，然后是窄瘦的腰，然后是……

"啊！"破月一声尖叫，慌忙偏过头去。

"哗——"步千洐一掌击在水面上。

漫天水花，疾风骤雨般朝破月的面门袭来！

别说破月转过了头，就是没转头，被这么劈头盖脸地浇下来，也只能看见稀里哗啦的水雾，其余什么也看不清。

半桶水被击飞得如重重雨雾。就在这朦胧里，一道颀长的身影飞快从水中跃起！衣袂闪动、长袍一展！破月还兀自擦着进眼里的水，步千洐已束好腰带落在她背后，在她章门穴上轻轻一点。

破月浑身一僵，不能动了。

"又点穴？"破月的手还停在眼皮上，全身湿漉漉的，十分难受。想起这是他的洗澡水，更加郁闷了："快放了我！"

步千洐望着她僵硬的身形，只觉得心旷神怡。他慢条斯理地在案几旁坐下，拿起一只烤羊腿，啃了一口才笑眯眯地答道："那不成，月奴还要服侍本将军安歇呢！"

破月听他语气轻薄，想起他精壮的身躯和方才暗沉的眼神，倒真的有点儿怕了，于是语气软了几分："将军，你解了我的穴，我才能服侍你啊。"

步千洐也不答，专心啃完了羊腿，又挑了几串肉吃，再喝了一大碗酒，身心舒畅。他不由得想，这丫头虽然来历不明，但这烤肉的手艺倒真是不错。待自己重新被大将军提拔之日，须得邀上几名好友共饮，到时便叫这丫头准备饭食，岂不美哉！

他正想得入神，那边的破月见他半天没动静，却有点儿慌神了。

"喂，好男不跟女斗，快放了我！"

步千洐一口酒差点儿没呛在喉咙里，心想：你还真是能屈能伸啊，这会儿知道自己是个女人了？哪有女人看到男子的身体，还这么镇定的！

想到这里，步千洐脸皮又微微有些发烫。这令他有点儿恼怒——难道他拿这小丫头没办法？

他决定给她点儿教训。

望着她竹竿般瘦小的身板，他拿起啃得光溜溜的羊腿骨，计上心头。

"月奴今日投怀送抱，本将军自不会亏待你。来，让本将军先摸摸你的小手。"

羊骨轻轻往她手背一触。

破月只感觉到冰凉的手指搭上自己的手背，还沿着虎口、手腕，轻轻地摸。这一摸只摸得她全身鸡皮疙瘩都起来了！

他……他真摸啊！

"下流！"她骂道。

步千洐见她双肩微微发抖，红唇轻咬，越发觉得有趣，又道："让郎君再摸摸你的小腰……"

"不许摸！"破月急道。

步千洐哪里管她，握着羊腿骨从她的手肘滑到腰间，还轻轻戳了几下。

破月身不能动，目不能视，只能感觉到几根手指似有似无地在身上滑动，这比面对面的触碰，更让她心惊胆战。一时也忘了继续骂他，整颗心都提到嗓子眼儿，全身的血脉，仿佛都跟着那几根手指颤巍巍地流动，越发酥麻难当。

步千洐触到她的腰，却暗叫了声"奇怪"。

原来她偷偷用厚布在腰上缠了许多圈，这才令她整个人看起来毫无线条。步千洐一碰，就知道触感不对，明白她缠了腰。

步千洐望着她瘦弱的腰身，心想她原本的腰身得多细啊！他站在她背后，自己用手比了比，觉得有点儿不可思议，又拿羊腿戳了几下确认。

破月被他摸得心神不宁，不知怎的，喉咙竟阵阵发干，周身都有些不自在。

她忍无可忍："摸够了没？"

步千洐见她夢毛，心头越发得意，一本正经答道："摸了月奴的小蛮腰，现下再摸摸哪里呢？"

他目光向上，只见她胸口也是一片平坦，看起来比腰上厚实很多。他一时没有多想，羊腿骨从她身后轻轻搭上一侧胸口——果然，触感硬厚！也是缠了布的！

破月浑身一僵，只觉得全身热血都撞上胸口——被摸了被摸了！连颜朴涂都没摸过这里，居然被她原以为忠良的救命恩人摸了！

步千洐正要开口再戏弄她几句，脑海中却忽地闪过一个念头——她若是没缠布，身形当是如何呢？

她胸口虽也缠着布，却明显比腰间柔软许多，即使隔着一条羊腿骨，他也能感觉到隐隐约约的弹性。

他盯着她又急又怒的脸色，还有竹竿似的身形，脑中却浮现出一具曲线玲珑、饱满的身躯。

步千洐忽地觉得，手中的羊腿骨有些发烫。

不，烫的不是羊腿骨，是他的手。

明明还隔着一根羊腿骨，为何他仿佛已感觉到了女子躯体的柔软和娇弱？

他火烙般收手，深吸一口气，瞬间冷汗淋滴。他心想：步千洐啊步千洐，想不到你竟真存了龌龊心思！难道破月姑娘人弱你便可欺？纵然她真是相貌美若天仙，又与你何干？你若真欺侮了她，如何对得起容湛的托付？

想到这里，他心头焦躁一散而光，顿时心平气和。

他在破月身后朝她作了个揖："月奴……不，破月姑娘，对不住，方才在下只是与你开个玩笑，有些过头。姑娘切莫见怪，要怪，就怪它。不过住在地牢，也是为了姑娘安全。我这就走了，姑娘请自便。"

他将羊腿骨塞到她手里，见破月一声不吭，他自觉尴尬，转身便出了营帐。

破月听他忽然正经地说了半天，而后脚步声便走远，心头巨石放下。

她原地呆立了许久，望着手中的羊腿骨，才明白过来他说的"要怪就怪它"是什么意思。

可是……

"喂——你倒是给我解穴啊！"

一个时辰后，破月回到地牢。秋意潮湿，衣衫难干。小宗刚睡醒，揉着眼，望着她浑身湿透如落汤鸡，奇道："下雨了？"

破月不答，将头埋在被子里，发出一声哀号。

这厢，步千洇沿军营走了三圈，又在练武场上耍了两个时辰的刀法，这才大汗淋漓地回到营帐。他本是洒脱性格，这才过了半个晚上，已全无尴尬。只是脑海中频频浮现破月炸毛的模样，心想这小黑炭的言行举止与寻常女子真真不同，倒也有趣得紧。明日再看看她是否还生气。

刚一进营帐，破月已然离去，却有卫兵着急通传。

"步将军，帝京来人要见你。"

"帝京？何人？"

"说是卫尉颜朴淙大人的使者。"

步千洇心里有些奇怪，颜大人跟东路军大将军赵初肃平级，越过数级找他能有何事？他虽不在颜朴淙麾下，但一直听闻颜大人用兵如神，故对这位年轻的镇国大将军一直非常神往。

"快请！"

不多时，几名神色倨傲的黑衣男子闪身而入，个个印堂饱满、脚步轻盈有力。

步千洇早就听闻颜府暗卫藏龙卧虎，今日一见，这几人武功修为亦十分了得。他心头的敬意不由得又添了几分。

"几位大人远道而来，末将有失远迎，恕罪！"他不屑于阿谀拍马，但对颜将军的使者，却真心实意地恭敬有加。

未料，为首的黑衣男子冷笑一声："步千洇？区区一个五品平南将军，好大的胆子啊！"

英雄如虹

第七章

破月染了风寒。

这是理所当然的事。已近深秋，她被步千洐的半桶洗澡水浇得彻底，还生生风干了一个时辰。第二天一早醒来，已是头重脚轻，待到了晌午，整个人蜷在地牢的床褥上，迷迷糊糊、冷汗淋漓。

小宗给她送午饭时，就被吓了一跳。步千洐又不在营中，他只得去寻军医，求了张风寒的方子。

谁料一帖药吃下去，破月一大口鲜血喷出来。小宗都吓傻了，一摸她的手，冷得像冰，寒冷彻骨。再看她整个人，耳朵、嘴唇、脖子，无一处不白得发青。

小宗抱来了五床棉被捂住她，可她的热度依然一点点流失，小小的身躯剧烈发抖。小宗哪里见过染风寒严重成这个样子的，慌不择路去寻步千洐。

刚冲到大营门口，就见步千洐牵着踏雪，不紧不慢地踱回来。小宗几乎是跌下马背，扑通一声跪在步千洐面前："将军！叶姐姐、叶姐姐要病死了！"

步千洐悚然一惊，双足轻点跃起落在马背上。踏雪撒足飞奔，顷刻便将小宗远远抛在身后。穿过大半个军营，步千洐到了地牢跟前，将缰绳一扔，三两步便抢进了地牢。守卫的兵士只见一个鬼魅般的身影闪过，过了片刻，其中一人才问另一人："方才那人……是步将军吧？"

堆得像小山的棉被下，只露出小小一张麻子脸。

尽管那脸看起来依旧灰暗，可平日红得像花瓣的小嘴唇，此时竟然是乌青发黑的。兴许是听到了动静，她缓缓睁开眼，没有半点儿光彩的黑眸，呆呆瞄一眼步千洐。

"你……"步千洐正要说话。

"步……浑蛋、下……流！"她的声音软得像在撒娇，嘟囔一声，立刻闭眼，难受地呻吟起来。

步千洐沉默了片刻，想起昨日，终是自己唐突在先，害得她染病。

他在她面前蹲下，再顾不得避嫌，抓起她的手，两指轻轻往她脉门一搭，真气便缓缓输入。

一炷香后，她的脸色渐渐红润，手也变得有些温热。步千洐这才放心，输入她体内的真气加大，可目光却忍不住瞟到自己掌中的小手上。

怎么会如此小？他想，与平日所见军营中那些粗妇全然不同，似乎比在城镇里见到的那些女子，也要小上几分。

不仅小，而且软滑得像块白嫩嫩的豆腐，一颗痣、一点儿茧，任何瑕疵都没有。

她果然是真正的千金之躯。

步千洐的真气猛地一滞，只觉得破月的脉门突然涌出一股极霸道、邪门的气息，排山倒海般迅猛而来！

步千洐当即提气御之，谁料那气息转瞬即逝，顷刻便在她体内消失得无影无踪。再摸她的手，复又冷若寒铁。无论他再如何以真气注之，她却似一具死尸，越来越凉，全无反应。

步千洐的额头冷汗淋漓，心想莫非真如小宗所说，她今日便要死在这里？她体内那股真气又是何物？一会儿极寒，一会儿极烫，他从未遇到过如此怪异的内力！

他果断地掀起棉被，卧在破月身旁，抓住她两只手腕。这一抓，他更是吃惊——棉被里都冷得瘆人，而破月双目紧闭、瑟瑟发抖，嘴唇已一片乌黑。

步千洐迟疑片刻，一把将那冰凉虚弱的小身子紧紧搂进怀里。他全力提气，纯阳内力大开大合，周身都笼罩在温和的热气中。

小宗远远跟进了地牢，只见自家将军的身影横卧，挡住了所有视线。他明白将军正以内力相助，悄然退了出去，守住了牢门。

破月的意识一直断断续续。

但她越来越强烈地感觉到，体内那股极寒、极热的气流，变得从未有过的强劲。她模模糊糊地想，坏了，这身子本来就是极寒体质，偏偏染了风寒，岂不是寒上加寒？

她全身如坠冰窖，冷得发抖。可体内又像被人点了一把火，灼烧她的五脏六腑。这是她从未遭受过的酷刑，难受得不行。

猛然睁眼，模模糊糊瞥见个颀长英俊的戎装男人站在床前，目光清亮，神色关切。她很费力才辨出是步千洐这个始作俑者，她烦死他了！

忽然间，一股热力缓缓从手臂流入。那股热力是陌生的、温和的，却也是坚定的，所过之处，说不出地通畅舒服。她舒服地哼哼，忍不住想要更多。

谁料体内气息一盛，那股热力顷刻间消失得无影无踪。她顿时全身僵冷如铁，又开始受那冰冻火烤的折磨。

奄奄一息间，忽地落入一个温热的怀抱。

蒙眬间，她只闻到陌生男子的气息，而周身如此温暖舒爽，仿佛被阳光普照，扫除一切阴寒污垢。她全身仿佛又恢复了些气力，生命力重新燃起。

她能猜出这人是谁，但是他的怀抱实在太舒服了。她顾不得太多，只想靠那温热柔和的源头更近。她抬臂，抱住了一个窄瘦的腰身；她将脸往里蹭了又蹭，终于贴到柔软坚实的胸膛上。

她长舒一口气，浑身一松，顷刻便昏睡过去。

月上中天。

清透的月光倾斜如水，洒了半个牢房。破月觉得身边有异样，幽幽睁眼醒转。她全身一僵。

步千洐近在咫尺。

不，应该说，没有一点距离。

她的头枕在他的胳膊上，而他的俊脸就在她头顶上方几寸位置，长眸微合、气息平稳。而她一手放在他胸口上，一手抱着他的腰。她的双腿，还该死地缠着他的大腿。

而他平整坦然而卧，只有一只手，重重搭在她腰上，似乎还能隐隐传来柔和的热力，令她痒痒的，很舒服。

破月的心"怦怦"地跳。

破月觉得这一切恍若梦境。或许是夜色太幽深，她竟然一点儿也不紧张，只是心尖上仿佛有一只猫爪，轻轻地挠着，痒痒的、奇异的，也是不安的。

她小心翼翼地将抬起的腿从他身上放下来，只是棉被好重，费了好大的劲才把身子往后退了退，之后她松了口气，重新抬头望着他。

夜色朦胧了他的轮廓，却令他的眉目越发生动俊逸。

他的眉峰很漂亮，像是水墨流畅勾勒的，秀黑而不失凌厉；他的眼窝很深，睫毛很长，破月知道，那是一双非常男性化的眼睛，时如远山寂静，时如怒海张狂；鼻梁挺拔端正；嘴唇薄而均匀。

他的确英气逼人。

破月不由得想起昨夜所见的那具匀称结实的身体，而此时这身体就在自己身旁……

她的脸，终于后知后觉地热了起来。

她盯着他想，他还真不是坏人。她体内那难受的气息已经荡然无存，而她能感觉出，他的衣衫已经被汗湿透——为了救她，必定耗损了不少真气。

只是今晚两人算有了肌肤之亲，他和她要怎么收场？

"看够了没？"

懒洋洋的声音忽然在头顶响起，吓得破月浑身一抖。

不等她回答，搭在她腰间的大手，悄无声息地抽走。他身形一动，坐了起来，翻身下床。

破月也连忙坐起来，却见他的衣襟敞开着，露出一小片柔韧的胸膛。如果没记错，刚才她醒的时候，脸就贴在那块胸膛上；如果没记错，他的衣服，似乎是被她扯开的……

破月的脸颊陡然一热。

步千沴淡淡看了她一眼，没事人似的，转身背对着她。

过了一会儿，他才重新转身，一脸坦然，衣衫也整理好了。

"这件事……别跟小容提。"他目光幽深。

破月的话鬼使神差般脱口而出："这件事……是指什么事？"

步千沴长眉微挑，惊讶转瞬即逝。

幽暗的月光下，女子静静坐在那里，平凡的一张脸上，双眸却有奇异的亮光。与昨夜的娇弱无助不同，此刻的她，有点儿坏，有点儿神采飞扬。

她居然刚活过来，就出语调戏他……

认识到这个事实，步千沴哑然失笑。

"就是……你我二人同床共枕的事。"

两人对视，静默。

破月先败下阵来，别过脸去。

"为何不让小容知道？"

步千沴看她一眼："他会逼咱们入洞房。"

破月一愣，咧嘴笑了："不错！"

两人相视而笑，同时想起容湛的模样，只觉得又可爱又好笑。

步千沴盯着她轻松的笑靥，忽道："你一个弱女子，为何要一直流落在外？"

破月被他说得心头一抖，望着他缓缓答道："因为不愿苟活。"

步千沴沉默着回望她，漆黑的眸暗沉过周遭的夜色。

"所以我很感谢你和容湛。"她叹息道。

步千沴没吭声，脸上也没有笑容。

他抬眸看了看窗外的月色，神色有点儿冷："你已无大碍，我也算是完璧归赵。今后保重。"

破月眼睛一亮，心想，难道容湛要回来了？他说什么完璧归赵？

可他已转身，大步地、头也不回地走出了牢房。

第二日一早，破月神清气爽地起床，等了一阵，却不见小宗送饭菜来。正抬首张望，忽见几道黑色身影，出现在牢房尽头。

待他们从阴暗中走出来，破月全身一僵，简直难以相信自己所见。

不可能，怎么可能？这是步千洐的地盘，他们怎么可能通行无阻地找到自己？

为首那人恭敬地朝她行礼，微笑道："小姐，属下罪该万死，令小姐在外流落至今。"

他虽口中说"罪该万死"，但神色却极为冷漠沉静。而他开门见山，仿佛已察知她面具下的真容。

破月哪里还有伪装的余地，颤声问道："步将军呢？"

那人神色不变，道："他在外间候着。不过闲杂人等，小姐还是少见为妙。"

地牢门口，原本守卫的士兵不见踪迹，只有十来匹高头大马，团团围着一辆精美的黑色马车。破月缓缓走上马车，猛地侧身回望，却只见远处步千洐营帐外，一人一马静静立着，望着这个方向，看不清面目。

她心头五味杂陈。

可她不怪他。她想，她竟然不怪他。

他们不过萍水相逢，没有半点儿交情。昨日他救她，已令她感激万分。他只是五品武官，如何敌得过权倾朝野的九卿之首、卫尉大人？难道要为她断送性命、前途？

当然，很可能昨晚他的相助，只是为了颜府千金的安全。

可她自己的人生，原不该指望他人救赎。

是她天真了，容湛也天真了，步千洐不过顺势而为。

颜朴淙太强大了，她根本不可能逃掉。

她在马车里坐下。里面照旧铺着精致的白色狐裘，车壁上还挂着玉佩、镶着碎金。

这是一个华丽的囚笼，她终于又被抓回来了。

之前那暗卫首领走进来，在车壁两侧一摸，摸出两条细细的锁链。他朝破月一抱拳："小姐恕罪，这是大人的意思。小姐请放心，这锁坚固非常，只有大人……能打开。"

他将两条锁链锁在破月手腕上，又用一条链子拴住破月双足的金环，而后恭敬地退了出去。

马车向前奔驰，破月四肢都被束缚，只能缩在马车角落里，怔然望着紧闭的车门。

她觉得自己就像孤独的祭品，千里迢迢被送往主人身边。那个颜朴淙，可怕的、陌生的、无所不在的颜朴淙终于来了。

半晌，她掉下一滴滚烫的眼泪，抬手用力擦干。

官道上，残阳如血，马队一路沉默向西，已行了十余日。

暗卫首领令马队停下，稍作歇息，用些干粮。此处荒郊野岭，往里走更是深山，他怕出什么差池，打算休整一夜。

四野寂静。十余名护卫靠在树上，和衣而眠。马车被围在正中，密不透风。

破月睡不着。

她想起了容湛春风般温煦的笑意和话语，想起了步千洐紧紧将她抱在怀里抵御酷寒，甚至想起了小宗醉醺醺端着酒碗，傻傻地露齿而笑。

或许她想的不是他们，她想的是自由。

如果她不曾尝到自由的滋味，或许真的能安心做一个禁脔。可如今她看到了广阔的天地，要她在牢笼般的卫尉府度过一生、在颜朴淙强势的怀抱里孤独终老，她怎么甘心？

正恍然间，忽听车外窸窸窣窣一阵声响，似是护卫们又都站了起来。

过了一会儿，周遭的脚步声由轻及重，由疏至密，似有许多人，在这幽静的月夜，逐渐朝马车逼近。

是颜朴淙吗？

破月好害怕这个答案。

然而这个答案，很快被推翻了。

隔着低垂的窗帘，她听到了"嘚嘚"直响的马蹄声，听到了护卫们模糊的低语，听到了来人四面八方、此起彼伏的古怪笑声。

最后，她听到一道懒洋洋的声音，穿过所有杂音，无比清晰地远远传来："哈哈……老远就闻到美人的味道。老二，报上我的名号，让他们把人留下。"

破月心头惊喜难言——那声音刻意粗犷低哑，旁人自是分辨不出来，可她是听过的，还有那熟悉的懒散语气……

她一下子站起来，想要冲到窗边。可锁链禁锢，她根本够不到，只能待在原地，喜不自胜，心潮澎湃。

只听另一个陌生的声音道："小子们听好了！这位便是大名鼎鼎、威震武林的惜花郎君谢之芳前辈。今儿个你们运气好，郎君看中了车里的小娘子。你们将人留下，郎君饶你们不死！还不快滚！"

车外护卫一片寂静，周遭却似有许多人，同时朗声而笑。那些笑声都有些放浪不羁，但在破月耳中却如同仙乐。

只听暗卫首领厉喝道："放肆！哪里来的毛贼！我们是帝京颜朴淙卫尉大人的家臣，速速退开，否则我们决不轻饶。"

"打！"那个懒洋洋的声音轻飘飘地传来，干脆利落。

车外很快厮杀声一片。

破月的心都提到了嗓子眼儿，她是真没想到，步千洐会来救自己。

可转念一想，这不正是他的风格吗？若是容湛，或许会跟颜府暗卫讲道理，然后宁死不屈，无愧于天地；可步千洐，哪里肯吃半点儿亏？哪里肯得罪颜朴淙？

他真是……好极了！

正翘首企盼间，车帘忽地被人掀开。

暗卫首领冲了进来，一身是血，神色冷酷。

"戴上。"他从怀里掏出她的人皮面具，破月伸手接过戴好。

"小姐保重。"暗卫首领转身又往外冲。破月忍不住扬声问道："你们打得赢吗？"

兴许是她的语气太雀跃，暗卫首领身形一顿，语气愤然："大人明早便能抵

073

达，小姐过虑了。"

破月"哦"了一声，嘴角却抑制不住地弯起。

天已全黑，车外的动静小了不少。

忽地车帘又被人掀开，一张络腮胡子脸探进来，一身血迹，黑眸寒气逼人。

望见破月，那眸中厉色明显一缓，染上几分笑意："这身衣服一穿……"

破月的心怦怦直跳，却听他叹气道："……麻雀也变不了凤凰啊。"

破月哭笑不得，他轻轻跃上马车。

"还不走？"他望着她，笑道，"本郎君可是很忙的。"

他的玩笑话没有令破月展颜。

她有些垂头丧气地将双手递到面前："我走不掉的。"

步千浒低头一看，那纤细的手腕上有两条暗沉的锁链，铁质沉凝，一看便知不是俗物。他抓起其中一条锁链，却见另一端牢牢固定在车壁上。他抬手轻轻一敲，不由得蹙眉——那车壁，竟然也是由精钢所铸。

那意味着，若是斩不断这锁链，破月就离不开这车。而驱车前行，速度要慢许多，如何逃得过颜府的追兵？

破月望见他的神色，知道他为难。可他的营救，已令她心中郁闷一扫而光。她反而笑道："谢谢你，步千浒。我会一辈子记得你们的大恩。可这锁链，只有颜朴淙能除去。你们快走吧！他预计明日一早便会赶到，别让他们查出来。"

步千浒看着眼前的女子。她眼里隐有泪意，脸上却是豁达的笑意。

当日颜府的人寻到了他，只说她是颜府逃奴，叫颜破月。可那日容湛醉酒后，隐约提过破月是为其亲生父亲所逼，再联想早先听到的颜朴淙将女儿下嫁的传闻，他当然猜出了她的身份。

于是便定下此计，在远离东路军营的地方，中途劫走她，神不知鬼不觉。

可她这一路逃得那么辛苦，此刻就站在他面前，却因为两条破锁链，笑着含泪说，一辈子记得他的大恩，让他赶紧逃命？

步千浒望着她憋屈的小脸，忽然胸中豪气顿生，眸光灿若星辰。

破月疑惑不解地望着他。

"谁说这锁链，只有颜朴淙能除去？"

他的声音浑厚低沉，却偏偏带了几分目空一切的张狂。

暗沉的刀锋悄然出鞘，在空中仿佛一道黯然漾开的水纹。他双手握刀，满眸冰冷杀气，刀光陡然大盛，宛若一道雪白而劲猛的闪电，穿金裂石般袭来！

破月为他刀光声势所震，惶惶然呆立当场。猛地只听金石交加的脆响，手腕一痛。

"咔嚓——"

步千洐气势如虹，刀锋锐不可当，径直向下劈落，又是一声低沉的脆响！

破月目瞪口呆，步千洐扫一眼断成两截的锁链，心头也微微有些得意，脸上却没什么表情，将刀收回刀鞘，暗暗揉了揉被震得发麻的虎口。

"走吧。"他淡然道。

破月还有点儿不太敢相信这个事实——容湛专程找来的宝剑都没能斩断，颜朴淙很有信心没人能打开。

可是他……斩断了。

破月一把抱住他的胳膊，想说什么，可又不知道说什么。

步千洐见她一脸崇拜，心头暗喜，将她的腰一搂，矫健地跃下马车。

如今他的怀抱对破月来说简直就是天堂，她美滋滋地靠着，温顺不动。可她柔软的身体一落入怀中，却令步千洐的身子微僵，似有点儿不自在，又有点儿说不出的舒服。他忙将她向前一丢："薛大嫂！"

冰雪之姿

　　破月腾云驾雾，又落入另一个怀中。抬眸一看，是名黑脸粗壮妇人，单手搂着她，手持一杆长枪。

　　而前方地上，躺了有十多具尸体。还有二十余人，围着几名幸存的护卫，兵器交加、呼喝腾跃，战成一团。

　　她很高兴看到步千浒占了上风。

　　"带她先走！"步千浒低喝一声，转身已跃入人群。

　　那粗壮的武林侠女，抱着破月一路疾行，一直到了数里外的小树林，才将她放下，勒马等待。

　　破月跟她道了谢，又问："步千浒他们什么时候来？"

　　那侠女也是个直爽的，笑道："不出半个时辰，步老弟必然能带大家折返。我们便是约在此处碰头的。"

　　破月笑问："你们都是他的朋友？"

　　侠女点头，很是得意的样子："步老弟义薄云天，对我们都有恩。难得他有事相求，大伙儿都欢喜得不得了。"

　　她又看了眼破月，似乎忍了忍，还是没忍住，道："步老弟如此兴师动众，大伙儿都猜想是什么样的女子能让他这心高气傲的家伙动心。没料到……没料到他并不是以貌取人的男子……嘿嘿，我说话直，妹子不要见怪。"

破月失笑："我跟他只是朋友，女侠误会了。"

一炷香后。

破月和女侠在树林里安静地等着，这边战场上，七八个还活着的颜府暗卫都被押着跪在地上。

步千浔与之前被他称作"老二"的男子靠在马车边，望着不远处的暗卫。老二问："步将军，如何处置他们？"

步千浔看了眼地上的十多具尸体，又想起了破月，于是断然道："斩草除根。"

老二有些迟疑："他们毕竟是卫尉府的人，若是他日追查……"

步千浔淡笑："诸位今日助我，已是大恩。善后事项，便交给小弟自己处理吧。"

老二听出他的意思，是要自己动手。他日就算有人追查，这罪责也是他一人的，不由得感叹道："步将军哪里的话。你广招武林好友入军，亲善有加，在你军中，大伙儿是最快活的，我又怎会是贪生怕死之辈？让我来吧。"

步千浔语气一沉："不必多言。"

他平日虽吊儿郎当，但认真起来，谁也不敢违抗。

老二便不作声了，望着步千浔抽出刀，缓缓走向那几名侍卫，挺拔的背影在夜色里料峭冷峻。周围人都安静地看着他，他面沉如水，手起刀落，血溅当场。

片刻后，他走了回来，只是身上血腥味更重。他翻身上了踏雪，俊朗的眉宇染上了几分倦色，在众人静默的视线里，他第一个策马奔入夜色。

夜凉如水，墨黑的天色像一团拨不开的迷雾，笼罩在破月周围。

忽听马蹄脆响破空，她惊喜抬头，只见一匹漆黑骏马于密林中埋头疾冲，四只雪白的马蹄在月光下盈然生辉。

马上那人单手握缰，腰背挺得笔直，顷刻便由远及近，停在她面前。

他低头望着她，眸中是散漫的笑意："久等了。"

护送破月的女侠咪咪地笑，走开了去。而他身后，纷至沓来的数骑，全都停在十几步外的林子里，个个翻身下马。目光越过步千浔的肩膀，破月望见数人都是一脸好奇的兴奋，瞧着这边。

"你得罪了他，今后怎么办？"她问。

"不怎么办。"他翻身下马，"你跟着我，咱们不让那老乌龟捉到。"

周遭并不安静，马蹄声、说话声、脚步声不断，可他轻飘飘的声音，却那么清晰地传入破月的耳里，再如重锤落下，砸在她心尖上。

破月眉梢、眼角都染上笑意，点头道："嗯，我这辈子都不会被老乌龟抓到。不过……我不想跟着你，你让人把我送到远点儿的地方，咱们就此别过吧。"

步千洐的笑容瞬间凝滞，深深望着她。

破月也望着他，目光温和而明亮，如同两汪清澈的泉水，湛湛发光。

步千洐倏地低笑出声，用很是愉悦的语气答道："不成。你跟我走，就这么定了。"

破月："……"

步千洐再不管她，转头对身后喊道："苏隐隐，过来！"身后众人闻言皆静，一名年轻的红衣女子越众而出。

步千洐转头对破月道："你须应承我两件事：第一，回了军营，不能再与容湛相认，若是拖了他下水，你就是小乌龟，我便将你送还老乌龟；第二，今后你便扮作小宗，鞍前马后勤快些，别给我添麻烦。"

破月："……"

那红衣女子已走了过来，自是明眸皓齿的艳丽女郎，看了看破月，又媚气十足地瞧着步千洐，笑道："阿步，你就为了这个女子，不要姐姐我相伴？"

步千洐眉都没皱一下，答得十分不温柔："少废话！她是我妹子。"

那苏隐隐这才哧哧一笑，从怀里掏出个狭长的盒子，道："许久没见到小宗了，也不知做得像不像……不过你与他身材相似，倒也容易。"

破月终于找到机会发言："我扮成小宗，岂不是有两个小宗？"

步千洐微笑答道："那小子跟了我数年，也该去前线磨炼磨炼，立些军功了。"

破月惊讶："他去打仗了？"

"正是……前日便遣走了。"

苏隐隐在旁边插话："啧啧啧！阿步对这个妹子好温柔，对姐姐就好凶哦。"

破月和步千洐都不说话了。苏隐隐见自己成功冷场，嘿嘿一笑，对破月道："妹子，把你面上的九流货色摘了，咱们换个一等一的。"

破月望一眼步千洐，伸手欲摘，有点儿犹豫，又似乎有点儿莫名地跃跃欲试。步千洐却以为她在为难，立刻转身走开："你们去山坡后。"

苏隐隐拉着破月行到山坡背面，一双素手轻轻拂过她的面颊。破月只觉脸上一凉，对上苏隐隐吃惊的视线："难怪阿步……我就知道他是个贪图美色的家伙。"

破月微笑："他没见过。"

苏隐隐目露惊讶的赞赏："哦……"她随即又高兴起来，"妹子，别看阿步性格放浪轻浮，可我家那口子，还有许多武林豪杰，总夸阿步是大英雄。你可要好好待他。"

破月笑道："我们只是朋友。"

苏隐隐给破月戴好了面具，又将平时保养、使用面具的一些法门教给她。破月自行在山坡后练习脱戴，苏隐隐先行转出，走到步千泭面前："办妥了。"

步千泭朝她一拱手："得苏隐隐妙手相助，瞒天过海易如反掌。多谢！"

苏隐隐摆摆手，走入等候的人群。步千泭已与众人说好，在此地分别，众人往南，他往东。一众人相互抱拳，也不必多言，哈哈大笑，便策马朝南边奔去。

步千泭独自站在原地目送，却听马蹄纷响，有人好奇地问苏隐隐："那女子到底生得如何？"

苏隐隐以一种很怪异的语气扬声答道："丑，太丑了！我从未见过那么丑的女子！"

破月自山坡后转出，只见偌大的林子，漆黑一片，空空荡荡，只有步千泭牵马而立，神色沉肃，不知在想什么。

见到破月出来，他微微一愣。

"像吗？"破月问他。

于是他光明正大地将她从头瞧到脚，心想，小宗的手可没这么小，脖子也没这么白，眼睛也没这么大，嘴里却答道："马马虎虎吧。"他打了个哈欠，"走吧，快些回营中睡觉。"

破月望着唯一的踏雪，心中明白只有踏雪的脚程，驮上两人也快过普通骏马，如此才能躲过颜朴淙的追捕。

只是……怎么此刻要与他共骑，有些令人紧张不安呢。

正自踟蹰，步千泭却已翻身上马，微微俯低脊背，朝她伸出大手："磨蹭什么？上来。"

破月心头一松，伸手搭住他的手。他眸中露出一丝笑意，长臂一扬，助她骑上马背，落在他身后。

"抓稳了。"

"嗯。"破月抬手，轻轻抓住他腰间的衣襟。不知是不是她的错觉，他的后背挺得格外直，一扬缰绳，踏雪一声长嘶，如一抹黑烟，蹿入夜色。

乌云踏雪日行千里、夜行八百。第二日夜间，距军营便只有一晚的路程了。步千洐纵是身强体壮，数日未合眼也有些疲倦，破月更是如行尸走肉般，贴着他的背都能睡着，数次差点儿摔下马背，被步千洐眼明手快抓了回来。

月朗星疏，两人行至一村落旁的山林里，荒郊夜宿。

步千洐寻了棵大树，将快要被颠散架的破月提起来，放在树下。见她精神萎靡，他忍不住跟拍小狗似的拍拍她的头："睡吧。咱们一个时辰后动身。"

而后他解开踏雪的缰绳，让它自去觅食。待他转身一看，破月果然靠着树睡着了。

他不禁失笑——这模样倒真的像极了醉睡的小宗。

他在她身旁隔着两尺远坐下，摸出酒壶喝了一大口。辛辣的烈酒下肚，他精神陡然一振，舒服地眯起眼望着破月。

水洗般的月色，流淌在少年清俊的脸上。乌黑纤长的睫毛微颤着，却是小宗没有的纤弱可怜。

他不禁疑惑，她到底长什么模样？

苏隐隐说她奇丑无比，容湛却从未提及她的真容。

而传言中……

他曾听过同僚间的传言——颜朴淙将独生爱女下嫁，人人都羡慕那个将军的好运。

"我哥哥在南路军，当日宣读圣旨他也在场呢！听说那颜小姐生得……啧啧……只可惜还没洞房，就死了。"那同僚没有再说下去，可谈及她的容貌时，语气中却透出露骨的向往。

他看着她的脸。

掀开她的面具。

这个念头就似一撮火苗，在他心头燃起，越来越烈。

正迟疑间，忽地见她脑袋一歪，整个人斜斜地朝他倒下来！

步千洐长臂一捞，堪堪接住那柔弱的身子，让她倒进自己怀里。

近在咫尺。

步千洐慢慢抬手，指尖触到了她的下巴。

他听到自己的心跳，怦怦怦，似乎比平日快了少许。他望着她沉睡的容颜，明明顶着小宗的脸，可即使在睡梦中，也透出与小宗迥异的气质。

他摸到了面具的边沿。那是很微小的凸起，只要轻轻一揭，便知究竟是丑若无盐，还是貌若天仙……

"爹……别……"

檀口轻吐含糊的低喃。她闭着眼，秀眉轻蹙。

步千洐的手停在半空，沉默半晌，缓缓收回。

而后他将她的腰一托，令她的头靠在自己胸口，睡得更加舒服。而他暗自运气打坐，很快心境清明、空无一物。

真气运行一个周天后，他睁开眼，精神奕奕。偏头却见破月还在沉睡，只是换了个姿势，将脸埋在他怀里，面容沉静，睡得很香。

他想了想，一根手指在地上沾了些泥土，在她两侧脸蛋一阵涂抹，画了两只歪歪扭扭的乌龟。然后才扶着她的身子，重新靠回树上。

他吹了个口哨，踏雪很快踏着月光跑到他面前。他这才装作刚睡醒的样子，拍了拍她的肩头："还睡？该动身了！"

破月皱眉揉着眼睛，迷迷糊糊站起来，看清楚是他，叹了口气："这么快就一个时辰了？不过也好……做了个噩梦。"

她念叨着迷迷瞪瞪爬上马背。步千洐望了她一眼，翻身上马，这一回，却落在她身后。

他的手从背后伸过来，握住缰绳，也圈住了她。破月一愣，这样啊……

"继续睡。"他的语气很大方。

破月本就困极，也懒得管了，头往后一靠，贴着他温热的胸口，闭上眼道："谢了。"想了想又添了句，"这件事……记得也别告诉容湛。"

步千洐无声失笑。

081

是夜，相距三千多里的南部某重镇城郊。

黯淡的月光下，官道上、林子里，横七竖八躺满了人，血腥味像是潮水淹没整个夜空。

数骑黑衣护卫侍立于官道旁，沉默如铁。

通体雪白的骏马，踩着地上的血泥断骨，徐徐绕了一圈，这才又回到侍卫们跟前。

"大人，贼人招了，说是被惜花郎君谢之芳掳去了。"一名暗卫跑到马前。

颜朴淙清冷的容颜泛起极淡的笑意："带上来。"

一名红衣女子，发髻散乱，衣衫褴褛，满脸血污，腹中还插着一柄尖刀，奄奄一息。她被丢在颜朴淙马前，仿若一摊烂泥。

颜朴淙抽出长剑，轻轻触近那女子的下巴："你又是何人？"

女子浑身颤抖，她被折磨了一个白天，是最后的活口。她怕得要死："我……我是郎君的侍女。"

颜朴淙淡淡点头："他在何处？"

女子颤声道："他带了车中的女子，说是要找个隐蔽无人的地方快活数日，叫我们往南，他往北去了。"

颜朴淙盯着她，忽而笑了："虽然本官远离武林已久，可也听过你们这些后辈的声名。千面西施苏隐隐？听说也是个不识时务、自以为是的女侠，怎会与谢之芳相伴？那厮数年前为我亲手所擒，交给刑堂堂主杨修苦，囚禁一世，又怎能脱困？"

苏隐隐听得目瞪口呆，心想今日横竖都是死，大伙儿赔上这么多条性命，决不可将步千泞供出来！她哈哈大笑："郎君被困数年，潜心练功，早已远胜于你。你猜得没错，他这次便是冲着你来的，你便等着受死吧！"

说完，她身子猛地向前一倾，堪堪便要撞向颜朴淙的剑尖。可颜朴淙武艺高过她数倍，剑尖微微一偏，这一剑便刺中了她的肩头，顿时血流如注。

但苏隐隐的话，却令他信了五六分。想到破月若是真的落在谢之芳手里，哪还能保全清白？

他怒气暗生，长眉轻蹙，策马前行。白马四蹄毫不留情地踩在苏隐隐背上，瞬间只听咔嚓数声，苏隐隐身子以僵硬的角度，瘫软在地上。

他头也不回地策马疾行，其余数骑见状亦掉转马头，从苏隐隐身上踩过。

数骑远去，只余一地尸身，个个面目狰狞，死寂无声。

晌午过后，艳阳高照。值守的兵士抱着长枪，望着明晃晃的日头，懒洋洋地打着哈欠。

破月端着一壶清茶、一碟糕点，轻车熟路地走进步千浒的军帐。只见白亮的灰色帐中，步千浒低头而坐，正看着手中的什么。

破月扮作小宗已有十余日，应该说她和步千浒对彼此都十分满意。

她不用再住地牢，而是隔着一道垂帘，宿在步千浒帐中角落的小床上，安全舒适；步千浒得了她，就是得了个小厨房。虽然她厨艺不算精湛，但也许上辈子对食物有点研究，每日都能做出些吃食，无论如何都比大锅饭强了许多。

今日她从军营驻地集镇买来了些糕点和茶叶，送来给步千浒品尝。原以为他又会如平日那样眉目舒展，谁知他只淡淡看她一眼，复又低头。

破月便将茶点放下，安静地侍立在他身旁。然后踮起脚，伸长脖子，想要看清他手中有什么。

他却察觉到她的意图，手掌飞快一握，将那团物什捏在掌心，然后抬眸望着她。破月心头一震。他脸上没有半点儿笑意，只有冰冷暗沉的杀气。

"怎么了？"破月小声问道。

"终有一日，我与那老乌龟，不是他死，便是我亡。"他的语调缓慢有力，掌心逐渐收紧。

那是苏隐隐的丈夫、他的好友林卿远遣人送来的密报："……拙荆在内二十一人，尽屠于道。士为知己者死，敌人势大，步兄勿为我等报仇，传来此讯息，只为让步兄小心敌人追杀。卿远绝笔。"

他掌心内力猛吐，瞬间将那纸团捏成粉末，长臂一展，如漫天雪花飞舞。

破月望了他半晌，最终默然道："你死他亡……那还是他死比较好。"可说到这里，她才发觉，虽然她一直在努力逃脱颜朴淙的控制，但是还真没想过要他死。

步千浒听她说得恳切，心头总算舒畅几分。端起茶杯，长眉舒展，斜眼盯着盘中糕点："你总算还有几分孝心。"

破月不理他的浑语，指着一地纸屑愤然道："这又是什么？你又害我要重新收拾。"

步千泂眸色暗沉，一字一句道："那是义气。"

破月一愣，他答得匪夷所思，可她却在他眼里看到了几分落寞。

她终于没有再奚落他或者跟他顶嘴，默默将地上收拾了。

过了半个时辰，等她再进入营帐，步千泂已一脸神清气爽，啜着热茶，慢条斯理道："对了，小容没吃过烤肉，今晚准备些，给他接风。"

"他回来了？！"破月惊喜。

步千泂微笑点头："傍晚就到。你小心些，别被他认出来。"

破月如何不知道他的心思——既然自己已经惹上了颜朴淙，那么无论如何也不能让容湛再蹚这浑水。他这是要护住结义弟弟，却又不想让容湛知道。

"可是……容湛不傻，万一识破怎么办？"破月担忧道，"昨日伙房的张老头，就说我最近有些'娘气'，一点儿也不像从前的小宗……"

"噗——"步千泂一口热茶喷出来，抬手擦干，很认真道："不会的。小容是不傻，但是他够呆。"

晚霞绚丽晕染天空，大地一片浅黄柔光。

步千泂的宗旨是：好吃的一定要独食。这正好与破月的观念不谋而合。于是破月专程在军营偏僻无人的兵器库边上，寻了块空地。步千泂亲自搬来炭火、铁架、肉菜，还搬了张竹榻过来。他老人家一壶小酒，往榻上一靠，就等破月自己忙碌。

破月烤着热滋滋的肉串，回头便见他一脸舒坦，忍不住道："你这个将军，做得实在太潇洒。整日悠闲，也不见你练功、看兵书。"

步千泂支起半个身子，从架上顺走一串刚烤好的鸡翅，慢悠悠道："蠢人才会过得辛苦，像我这等天资聪慧、骨骼精奇之人，自不用冬练三九、夏练三伏。"

破月被他说得无语，只能在他喜欢的羊肉上猛加辣椒以泄心头的嫉恨。正被烟呛得连声咳嗽间，忽见步千泂一下子坐起来，微微一笑："小容来了。"

破月翘首相望，过了好一阵子，才见前方军帐背后，雪白的衣袂闪出。

多日不见，风尘仆仆难掩冰雪之姿，澄澈的目光中是温煦的笑意："大哥，久候了。"

破月看着他，有点儿呆。

如果说步千泂令人心头激荡，那么容湛则令人的心似清风拂过水面般，沉静而安定。

"小宗，上酒！"步千泺的声音，惊断了破月的思绪。她拿了酒碗和烤好的肉串过来，容湛望她一眼，眸色温柔："辛苦小宗了。"

破月看他的目光淡淡地从自己身上滑过，忽然觉得，这样也挺好玩的。

容湛衣袖轻垂，与步千泺对饮了两碗，面色微红，这才解下背囊，从里面取出小小一个坛子，放在步千泺面前："离国王宫的百年佳酿。"

步千泺大喜："甚好！"抬手便要开封，容湛伸手一挡："此酒世上仅余三坛，还是留着重要的日子再喝。"

步千泺被他说得有些舍不得，点头道："好，你成亲时咱们喝。"

容湛失笑："你长我五岁，自然是你先成亲。"

步千泺还真没想过娶妻生子，抬眸见破月站在一旁，嘴里叼着块肉，神态闲适地望着他们。他便将酒递给她："替我收起来。"

容湛顿了顿，又从那包袱里拿出两把精致的匕首，道："破月呢？"

步千泺从他手里拿过匕首，抽出一看，刀锋寒气逼人。他不答反说："这匕首甚好，送我吧。"

容湛迟疑片刻，摇头："你武艺高强，又有鸣鸿刀，此刀于你不过是把玩物什。破月她没有武艺傍身，这是我赠予她的，还望大哥见谅。"

破月听他说得恳切，忍不住望着那两把匕首，满眼放光。

步千泺似是漫不经心道："你上趟前线，还能寻得这样的宝贝。"

容湛笑而不答。

"她已经走了，你送不成了。"步千泺从怀中摸出早已准备好的书信，"这是她给你的。"

容湛接过一看，字迹甚为拙劣。他以前见过破月写字，故一看便知，这字迹，是任何人都模仿不来的。上边说破月寻到了舅舅，已去投靠了。舅舅远在北方边境行商，旁人是无论如何也寻不到的，叫他放心。

容湛看了片刻，将信仔细叠起，放进怀里，语气略有叹息："也好。她终是能按照自己的意愿生活，我替她欢喜。"说完，端起酒碗，"此杯，敬破月。"说完也不等步千泺举碗，就抬头咕噜咕噜喝了起来。

步千泺敲了敲自己空荡荡的酒碗，声音清脆。破月原本看着容湛感动得发呆，这才走过去，替步千泺倒酒。未料手心一凉，多了什么沉甸甸的物什——低头一看，正是那两把匕首。

她抬头，看到步千洐面颊微红，似笑非笑地望着自己，那眉目竟明朗过远方的晚霞，熠熠生辉。

原本因为容湛的真挚引起的些许怅然涟漪，都被那英朗的笑容抚平，反倒是心头忽地一跳。匕首冰凉，她的掌心却微微发烫。

容湛放下酒碗，凤眸微眯，嘴角含笑，已略有些醉态。他朗声道："此次大哥终于被起用，你我兄弟二人，又能同赴战场杀敌，甚幸！"

步千洐亦意气风发，笑道："如今二皇子是领军元帅，却不知他才能如何？"

破月挑眉望着步千洐——原来他又要被起用了，难怪最近他人比较欢悦。

容湛欲言又止。

"二皇子精于兵法、知人善用，是位难得的帅才。有他这样的皇子，是我大胥之福。"容湛缓缓答道，"只是……"

步千洐眉目沉静不动，慢慢啜了口酒等着。

容湛叹了口气道："大哥，你觉得屠城的做法对吗？"

破月心头一抖，步千洐放下酒碗，沉默片刻才道："二皇子屠城了？"

容湛静静点头："此次东路出兵，意在一举灭掉东部五个小国。其中墨国最小，抵抗却最为顽强。他们的领军元帅，更是在交战中射杀了二皇子的授业恩师——威武将军刘梵祁。二皇子便下令说，当年赤头湾之战，正是墨国开放边境，才令我大胥十万精兵，为君和国大军所灭，导致万里河山拱手相让。所以此次东征，凡是抵抗的墨国城池，许全军屠城三日。"

破月听得清楚。这段历史，她在别院时也曾从书上读到过。虽然她字认得不全，但好歹知道个大概——

如今大陆，君和国与大胥两分天下，势均力敌。

此外还有流浒国，国土约为大胥的五分之一。只是流浒距离中土大陆甚远，又是个崇尚诗书礼仪的小国，对大胥和君和都极为谦卑遵从，故一直未卷入中土的战火。

此外，便是离国、墨国这样的七八个小国了。

乱世，但是乱得泾渭分明。

二十五年前，君和国大军南征，大胥兵强马壮，早欲与之一争天下。谁料两军交战，号称"杀神"的大胥领军元帅竟临阵叛逃，导致大胥兵败如山倒，史称

"赤头湾之战"。而那君和国更是蛊惑了原本臣服于大胥的东南诸小国，一举荡平了大胥北部。容湛说的"万里河山拱手相让"，正是大胥三分之一的北部国土，迄今还被君和国占领。

那次以后，两国以茫茫沙漠为天堑，闭关锁国，从无来往。这次皇帝下旨东征，破月猜想，正是励精图治多年，真实目的，是想要对君和国用兵了。

可破月觉得，这二皇子下令屠城，也着实残忍了些。

她以为步千泬也会反对，未料他淡淡笑道："小容，一将功成万骨枯。墨国久攻不下，二皇子此举震慑敌军，我军亦少了许多伤亡，亦不能说他做错。君和国践踏我河山、奴役我大胥子民，咱们从军就是为了收复河山，还天下一个太平，又怎能因墨国宵小，停步不前？"

容湛沉默片刻，道："你说得有理。可是我们从军是为了什么，不就是为了黎民百姓安康吗？大胥的百姓是百姓，墨国的难道不是？墨国国主私通君和，可与平民百姓又有什么干系？你不知道那些士兵屠城时都干了什么……"

"小容！"步千泬喝止他，"不必说了。大势所趋，你我只管打仗，不要非议其他。"

容湛虽然郁闷，却极听步千泬的话，点点头，又喝了一碗酒。

他忽地话锋一转，问道："你见过破月的真容吗？"

破月没料到他又谈及自己，一块肉差点儿卡在喉咙里，连忙灌了一大杯水，才吞咽下去。那边容湛关切地望过来："小宗可好？"

破月摆摆手，捂着通红的脸没作声。

步千泬见她狼狈，哈哈大笑道："不曾见到。"

容湛并不惊讶，似乎早在意料中，叹息道："她那性子，倒跟长相半点儿不沾边儿。不久大胥就要对北方用兵，希望她不要卷入战事。"

步千泬漫不经心道："不沾边儿？难道她长得像妖怪？"

容湛酒意已经上头，缓缓倒在卧榻上，闭着眼答道："……像妖精啊。"

破月的脸腾地红了，抬眸见步千泬面沉如水，径自饮酒。他不发一言，眸中却隐隐有戏谑的笑意。

缠指温柔

　　是夜，破月躺在帐中小床上看步千泷少得可怜的那几本兵书——不是她想看，是实在太无聊了。

　　忽地军帐被掀开，步千泷气定神闲地走进来。他不往里走，而是在她面前站定，似笑非笑地望着她："起来。"

　　破月闻着他身上的酒气，又想起他刚才关于屠城有理的言论，有点儿不太想理他："干吗？"

　　他一把提起她的领子，一路疾行，顷刻便到了军营的练武场。

　　此时已是深夜，练武场上空荡荡的，只有月光寂静照耀。

　　"容湛呢？"她问。

　　"回去睡了。"他将她轻轻放下，然后沉声道，"看好了。"

　　不等破月回答，他身形已动。

　　猿臂舒展、虎背低伏，他双拳沉稳如山，步法干脆利落，在夜色中一步步腾挪转移、施展开来。破月只看了一小会儿，就忍不住感叹——想不到他还有这么刚劲勇猛的一面……可这样一套拳法，居然也被他打得挺优美、挺养眼的……

　　片刻后，他已收拳而立，气沉如海，目若繁星："你来一遍。"

　　"……啊？"

"这是我大胥士兵的入门拳法——聪玉长拳。你现在什么也不会,把它练好了,倒也能防身。"

破月张大嘴:"你要教我武功?"

步千洐抬掌就拍她的头:"过十几日便上战场了,我可没空管你死活。还不动?"

破月想了想:"怎么叫'聪玉长拳'?这个名字好斯文。"

步千洐随意道:"这套拳法是当年楚余心所创,据说'聪玉'是他爱妻的闺名。"

破月很是吃惊。楚余心她当然知道,当年叛国的大元帅,可他原来是这么长情的人!

"好男人!"她低喃了句。

步千洐眉宇间却染上厉色,难得地沉肃道:"休要胡言!他通敌叛国,人人得而诛之!最后落得乱箭穿心,死有余辜!"

破月便不作声了。

可是……拳法啊……

"你能不能再打一遍?动作……慢个十倍吧。"她目光恳切。

步千洐静默片刻,长叹一声,真的慢吞吞地打起了拳。只是当他望着破月紧张而认真的眼神,还有她鬼画符般的模仿动作时,不由得对教她武功这个念头十分后悔。

如此教了两个时辰,破月才基本领会了所有动作,只是那粉嫩的小拳头打出去,实在是连一丝风都没有。步千洐素来不是个很有耐心的人,当机立断决定放弃,但还是装模作样道:"这些日子你每日练拳,不必伺候我了。动身之日,我来查探,倘若落下半点儿,我就将你送给老乌龟!"

他说得凶狠,破月听得好笑,道:"我从来没练过武功,你这是揠苗助长!"

步千洐这才想起一事,道:"手给我。"

破月抬手,他两指轻轻搭上她的脉门。破月忽地想起初遇那日,他点自己穴,还学容湛用布包着手指。此时肌肤相贴,他和自己居然无半点儿尴尬,真是奇怪。

于是她很惊讶地问:"咦,你不用布裹着手指了?"

步千洐正凝神静气想要探寻她体内那股诡异的气流,却一无所获。听她在旁奚落，便毫不犹豫地顺着她滑溜溜的手腕向上一摸："或许拿根羊骨更合适。"

他本是句玩笑话，可略有薄茧的指腹擦过破月柔软的皮肤，两人俱是心头一颤，竟同时想起那夜的相拥而眠。

步千洐沉默半晌，才松开她光滑如玉的手腕，道："那日我为你疗伤，探到你体内有一股极强的真气。你当真没练过武功？"

破月摇头，她也隐隐知道体内那股气流不对劲。每隔数日，脏腑便翻江倒海般，忽冷忽热，极为难受。于是她将自己在别院奇特的饮食起居方式，告诉了步千洐。

步千洐沉思片刻，道："这样吧，我再教你些归纳吐气的入门法子，你每日修习一个时辰，或许能减轻痛楚。"说完还斜眼瞄她一眼，心想见她平日乐呵呵的，没料到要时常受那真气折磨，但却从未提及过，性子倒也坚韧。若生为男子，没准儿会成为好士兵。

破月闻言大喜："太好了。"

步千洐便跟她一起坐下，教了她一些吐纳的法门，将体内杂乱的真气归纳丹田。破月依言开始修习，过了一会儿，果然觉得体内那冰冷与炽热的两道气流，丝丝地往丹田里流动，虽然只有一点点感觉，但却很舒服。

如此过了七八日，破月白日里不用再服侍步千洐，只需每日寻无人的角落，自行练习拳法和吐纳。虽然她的出拳依然软弱无力，但也渐渐像模像样。

真气的运转调和却更明显了。她这十来日竟没有一次被那寒热气流侵袭，通体舒畅。丹田中更是有一股小小的热气，不再乱窜，暖洋洋的，很舒服。

这日傍晚，她又在兵器库旁的林子里练拳。只是同样一套拳法她使将出来，却变得平平无奇，这令她有些沮丧。

"砰！"她一拳打在碗口粗细的树干上，小树连晃都没晃一下——前日步千洐来视察，可是一拳打断了粗三倍的树！

她又是一拳挥出，拳行到半路，忽觉一股细如蚂蚁的热气自肺腑升腾而上，快如闪电，瞬间直达手心——

"砰！"

破月目瞪口呆。

那树干晃了晃，竟然从中间断成两截，缓缓倒下了。

她看了看自己的拳头，又看看树——不是吧？步千泐教她的难道是神拳？

她心头狂喜，又是一拳，比上次更狠，重重打在旁边一棵树上——

小树，纹丝不动。

她不甘心，选了棵细得不能再细的小树苗，又是一拳打过去——

小树晃了晃，很小的幅度，然后依然茁壮挺立。

破月失望极了，垂头丧气地走回第一棵小树前，却只见碗口大的断面上，数只爬虫僵死在稀疏的年轮上——

原来这棵树，早被虫蛀。难怪会被她打断。

奇迹果然是不会发生的。

她沮丧了片刻，又平和下来——若是她练几天就能打断树桩，那旁人辛苦多年才练就一身武艺，岂不是很不公平？

数日后，步千泐果然接到正式调令，命他即刻开赴前线，重掌赤兔营五千兵马。容湛亦与他同返战场，不过他军衔比步千泐低，在中军另一营任偏将军，并不归步千泐管辖。

可破月没料到，在他们抵达前线当日，步千泐就要上战场，还是充当攻城先锋。

先锋者，炮灰也。即使是菜鸟亲兵颜破月，也懂这个道理。可她站在步千泐身后，望着他动作麻利地穿上半旧的盔甲，眉宇间豪气万千，英武逼人。偶尔看向她的目光，也是她熟悉的懒洋洋的笑意。她这才意识到，步千泐虽然油嘴滑舌，但骨子里，也是不输容湛的铁血军人。

否则，敌军为何闻风丧胆地叫他"步阎罗"？

否则，方才走入军营，他的那些将军同僚，为何见到他都是一脸振奋和热情？

步千泐见她一直沉默，以为她害怕战场，便慢吞吞地问："你怕吗？听说那些墨国人若是抓到女兵，都会割了头、剥了衣服示众。"

破月听得胆寒，但不愿在他面前露怯，淡淡道："既来之，则安之。你不是教我拳法了嘛。"

步千洵失笑："还真以为练了半个月的拳法，就能救你？好好在帐中待着吧！有人问起，便说你染了风寒，四肢无力。小宗年纪尚小，没人会注意。军纪官处，我也打过招呼了。对了，晚上我要吃面条。攻下这城池，我便回来了。给小容也做一份。"

他说完便提起刀往外走，破月听得发愣，终是抢在他迈出帐门前喊道："你……保重啊！"

他没回头，很随意地摆了摆手，大步走了出去。

天高地阔，黑云遮日。

深秋，旷野里没有一丝风，却偏偏掉不下一滴雨，灰暗压抑得令人无端窒息。

墨官城。

这是墨国南部最重要的城池，稻米和茶叶畅销整个大胥的富饶之地。此刻，它却只是一座黄色、老旧，几乎被墨国国主遗弃的城池，以不足三千的残兵，抵挡大胥五万铁蹄。

黑色的大胥军队，像一只蛰伏的巨怪，从城楼之下，一直蔓延到视野够不到的尽头。步千洵想，如果此刻站在城楼上的是自己，只怕也会心生寒意。

他站在队伍最前头，身上尘封数月的铠甲被破月擦得很亮，明晃晃的。他身后，是跟随了自己数年的赤兔营。如果说中军是整支东路军的砥柱，那么赤兔营便是这根砥柱上尖锐的锋芒。别的队伍，或许还会焦躁不安地发出说话声和马蹄声，可他的赤兔营，人马皆静，宛若五千雕塑，一旦苏醒，便如一把愤怒的黑色弯刀插入敌阵。

步千洵单手勒紧马缰，缓缓抽出鸣鸿刀。刀光暗沉，发出"嗡嗡"的低鸣。

终于，战鼓如惊雷，划破旷野的寂静。

步千洵长眉猛挑，声震四野："攻城！"

五千赤兔兵同时呼应："攻城！"

那声音像是一个巨人发出的，冷酷无情。两千骑兵、三千步兵，如汹涌潮水，直扑城池之下！

"慢——慢——慢——"墙垛后有个嘶哑的声音在下令，锐利的黑眸紧盯着逐渐逼近的先锋。终于，那声音厉喝道："放！"

箭雨如蝗、遮天蔽日，直射进入射程的赤兔兵！

"上盾！"步千洐大喝一声，所有赤兔兵听得分明。无数银光闪过，五千军士竟整齐得像同一个人，迅速举起盾牌，结成楔形阵！

箭雨徒劳地撞上以逸待劳的盾牌，发出"咚咚"的闷响。偶有漏掉的利箭，射穿士兵的胸腹。那名士兵倒下，很快又有人堵上缺口，整个前锋营缓慢却坚定地继续朝城楼逼近！而其余各部带着云梯，推着投石车，亦在前锋营的护卫下，齐头并进！

"领兵的难道是'步阎罗'？！"城楼上那个人惊呼出声。他正是墨官城城主，五十岁的周老将军。

有人答道："正是步千洐！"

周老将军苍老的面容顿时颓然："是他！"

身旁指挥士兵防御的年轻将军怒道："那步千洐有何可怕！我现下便为爹爹射杀了！"他正是周小将军。不等父亲回答，他从背后箭囊中抽出三支沉甸甸的金箭，满拉一人高的射日弓，瞄准前锋营中最为醒目的乌云踏雪，"嗖嗖嗖"连珠疾射出去！

周小将军天生神力，箭术非凡，他的弓箭比常人沉十余倍，旁人能射穿五十步外的一层牛皮，他却能射透一百步外的五层牛皮。是以当三支金箭风驰电掣般射出，步千洐身旁已有士兵望见金光快如闪电，惊呼道："将军小心！"

步千洐听到急促的破空之声，竟不躲避，反而放下了盾牌！他抬眸便见三道金光直扑自己面门。

周氏金箭，威震三军？！

他冷冷一笑，猛然提气，长啸一声，双足在马背上轻轻一点，宛如黑鹰展翅，竟迎面朝那夺命金箭直扑过去！

饶是与他同生共死数年的老兵们，望见将军此刻的勇猛，也不由得一惊。数人抢声喝道："将军！"

步千洐身形快如闪电，竟从马背上跃起数丈高，刹那间刀光大盛。金光如风，刀光如电，金石交错，响彻荒原！

原本你死我活、惊天动地的战场，在这一瞬间，竟然奇异地安静下来。

城楼上的士兵忘了射箭，城楼下的士兵屏住呼吸，都呆呆地看着这一幕！

步千洐身形宛若蛟龙，呼啸落于马背，而六根金箭的残肢，在他面前尽数落下，叮当作响。

他把三支连珠金箭，全部从中剖成了两半！

甚至连城楼上的周家父子，一时都忘了下达下一道命令，只是望着马背上沉默伫立的步千洐，心生寒意。

可步千洐不会错过这个机会！

他猿臂一捞，从马腹下抓过弓箭，盯着高耸的城楼，忽地朗声大笑："久闻周家金箭威震东南，今日便以弓箭讨教！"

话音未落，一支普通铁箭已经离弦，夺命追魂般朝城楼上方射去！饶是只有一箭，城楼上的士兵竟也同时矮身躲闪，仿佛都怕被这阎罗一箭要了性命！

可是没人倒下。

倒下的是墨国的大旗。百步之遥，拴着旌旗的粗绳，竟被从中射断！红色大旗如一团血自墙垛上徐徐坠落，旁人根本抢救不及！

"好！"城墙之下，掌声雷动。

城楼之上，人人面如死灰。

步千洐面色冰冷至极，策马疾行，声震三军："杀！"

天色灰暗。

身后依旧杀声震天。步千洐带一队士兵穿行于城楼之上，他已然杀红了眼，刀锋过处，尸身堆积如山。

面前又一个惊惶逃窜的墨国士兵倒下，被他从头到脚生生劈成了两半，死状甚为恐怖。他浸满寒意的目光自那死尸面上滑过，忽地一滞。

那还是个孩子，约莫跟小宗一样的年纪，稚嫩的脸蛋，略带恐怖的眼珠。

步千洐脚步一顿，忽地闪过一个念头——再过一个时辰，整个墨官城就能被攻下了吧。他心头升起一丝倦意，收刀入鞘，转头对副将道："交给你们了！"

副将却盯着城楼下，语气迟疑："将军，你看！"

城门内是宽阔的土路，因已有先锋入了城，大路上血流成河。一位白发苍苍的戎装男子，就跪在路正中。

他身后，从城门到青街尽头，跪满了人。

全是低哑哭泣的女人和孩子。

"步将军！"那老者嘶哑的声音响彻长空，"我乃城主周玉闯！请拿了我的人头去吧！只求你放过这一城老弱妇孺！他们的丈夫和父亲，都已战死在城楼了！"

步千洐跃下登城道，盯着周玉闯："你认得我？"

周玉闯含泪点头："半年前，步将军为救幽兰国无辜百姓，被赵大将军贬职，旁人不知，老朽却是知道的。"

步千洐冷冷道："没这回事。"说完，也不理周玉闯，径直走到城楼下，对副将道："去禀报大将军……"

副将知他心意，急道："将军不可！屠城令是二皇子下的，你刚刚才被起用，不可……"

步千洐看他一眼，继续说完："……我不要攻下墨官城的首功，你去求赵将军放过这一城百姓。就这么定了。"

副将叹息一声，翻身上马离去。

半炷香时间过去，副将打马归来，只是低垂着脸："赵将军说'可'。"

步千洐长吐一口气，点点头，转头对周玉闯道："你安心去吧。"

周玉闯感激道："多谢步将军。"他从怀中掏出令牌交给随从："传我号令，全城投降，恭迎大胥军队入城。"随从领命远去了，周玉闯目光迷茫地环顾四周，忽地抬起手中长剑，轻轻一划，顿时血流如注，眼见活不成了。他身后诸人齐声惊呼，亦抢救不及。

因为墨官城放弃了抵抗，大胥军不必陷入长久且伤亡更大的巷战中。很快，城门被打开，黑色的军队如滔滔江水，进入这曾经坚不可摧的城池。

步千洐远远便望见赵初肃抚国大将军的车驾，连忙迎上去："大将军！"

赵初肃是位四十余岁的中年男子，身着镶金明光铠，面目精朗、神色沉肃。看到步千洐，只淡淡一点头："辛苦了。"转而朗声道："传我号令，屠城三日。"而后低眸看着步千洐，"第一日，属于勇猛过人的破城先锋——赤兔营。"

周围将士们全露出艳羡神色，步千洐心头巨震，大声喝道："不可！"

众人皆惊。赵初肃横眉冷对："步千洐你给我闭嘴！"

步千洐声锵如铁："大将军！属下已应承了城主周玉闯，他投降，我不屠城。大将军，大丈夫一言九鼎！将来我大胥势必一统天下，若是出尔反尔，如何安抚天下黎民！"

赵初肃沉吟未答，身后已有一人越众而出，声音冰冷："放肆！"那人衣着华贵、相貌英俊，步千洐认得他，那人正是二皇子派来的监军。

那监军冷笑着，对赵初肃道："赵将军，屠城是二皇子的军令，也是皇上的意思。贵军中居然还有人跟墨国奸贼私相授受啊！"

"狗屁！"步千洐怒吼道，"我对大胥忠心耿耿！"

监军神色大变，颤抖着手指指着他，眼看就要发作。赵初肃虽一直爱惜步千洐的武艺才华，却也极厌恶他此刻的不识时务，怒道："休要再胡说！来人，将他绑回大营，杖责一百，以儆效尤！"

天色已然全黑，远方的厮杀声也渐渐消歇。破月在帐前等了许久，只见许多将士满脸喜色地回来，却始终未见步千洐，甚至连赤兔营的兵士也没见到一个。

又站了一会儿，终于看到与步千洐相熟的一名将军。他一身血污，疲惫地从帐前走过。破月连忙拉住他，哑着嗓子问："李将军，我家将军呢？"

那李将军看清楚是她，脸上竟勃然变色："你这小子！你家将军在前线出生入死，你不在鞍前护卫，却在营中躲一天！你家将军正在练武场当众受杖责呢！还不过去！"

破月听得目瞪口呆，慌忙朝练武场奔去。

破月跑到练武场边，远远便见数十人站在东侧一角。

她心头一紧——那里放着军中受刑刑架。旁人低低的议论声中，她听到"嘭、嘭、嘭"，一下又一下，是肉体被击打的声音。

她连忙朝人群冲去！

好在她个子小，在人高马大的军士中横冲直撞，旁人见到她，都下意识地避让。很快她就蹿到了最里面。

真的是步千洐。

两米多长的木架横在正中，他趴在架子上，双手垫住下巴，面色沉肃、眸色灰暗。他身后站着两名高大、强壮的士兵，一人手中一根有她手腕粗细的通黑木棍，高高举起，重重落下，发出极大的沉闷声响，前方还有一名士兵在计数："十五、十六……"而他脸上没有一点儿表情，定定地望着前方，仿佛被打的不是自己。

破月一把拉住身旁的人："我家将军为何受刑？"

旁人听到她尖细的嗓音，怪异地望她一眼："小宗……怎么声音如此奇怪？"

她厉声重复："我家将军为何受刑？"

那人悚然一惊，答道："赵大将军要屠城，步将军他竭力阻拦，还得罪了监军大人……"

破月张了张嘴，呆呆地望着步千洐。

步千洐也听到了她的声音，偏头望过来，绷紧的面容仿佛水面裂开一道细纹，朝她微微一笑。

破月被他笑得心慌意乱，抬眸只见他后背已被鲜血浸染，不由得心里有火——这些士兵平日与步千洐交好，竟然还真打啊！

她却不知赵初肃治军甚严，即便是人缘甚好的步千洐受刑，旁人也不敢放水。

"回去。"步千洐嘴唇微动，眸色明亮地望着她。

破月也不是冲动之人，更知自己无能为力，但让她就此离去，却也办不到。她目露怜悯，怔怔然走上前，不知不觉，已走出了人群。

"小宗！你在此瞎闹什么！"有人在旁边怒喊一声，"小心连你一起杖责！"

破月转头一看，正是与步千洐相熟的老苏。老苏见她呆呆地，竟似要冲到棍棒下，怕她受伤，二话不说将她拦腰抱起，就往后拖。

破月吓了一跳，忙喊："放我下来！"

老苏抱住她，微觉有哪里不对劲，但也没往深想，只想着别让这小子在这里闹事，铁臂将她抱得更紧，赶忙往后拖！这动静一大，周围人全望了过来！

"放开她！"一声厉喝传来，众人皆惊，循声望去，却是刑架上的步千洐，怒目圆睁。

破月也有些发愣，直直地望着他。步千洐轻咳两声，淡道："老苏，她染了风寒，你放开她，否则过了病气给你。"

"无妨……这小子冲动……"老苏还没松手，步千洐已是声音一沉："放了！"

老苏讪讪看着这主仆二人，将破月松开，一拍脑袋："好好好，是我多事。"

这一打岔，负责杖责的兵士都停了许久，正要开始挥棍，忽听人群里一道清朗的声音道："且慢！"

破月看过去，不由得惊喜——是容湛！

他大概刚脱了盔甲，半旧的袍子上满是尘土，脸上亦有血污，令他素白的容颜看起来有一种诡异的冷酷。只是那柔润的目光，抹平了他一身的杀意。

他款款步出，先是对执刑的军官行了礼："且容我问他几句话，再行刑不迟。"

对着容湛这种老好人，执刑军官难以拒绝，又知道步千洐是他结义大哥，想了想将他拉到一旁，低声道："容将军快些说吧。区区一百棍，以步将军的强壮，打完便是，万不要从中阻挠。"

容湛微笑点头，众人都看着他，他却不紧不慢地走到步千洐面前。

"你不是赞同屠城吗？"他眼中竟然有笑意，破月一看他的眼神，心想完了完了……

步千洐嘿嘿一笑，答道："我今日改变主意了。怎么，不成吗？"

众人诧异的目光中，容湛一脸的畅快神色，朗声道："有兄如此，夫复何求！"他转身对执刑官道："步将军还有多少棍？我替他受了。"

众人都露出敬佩神色，步千洐却冷冷道："小容，一边待着，你也忒小瞧大哥了。"

执刑官摇头："不成。军令如山，岂能代为受过？"

容湛点点头，神色自若地跪下："那我便一同受刑吧。我也是不赞同屠城的。"

众人目瞪口呆，步千洐哈哈大笑，抬手拍了拍容湛肩膀。破月又好气又好笑，心中却也升起几分豪情，忍不住鼓起勇气朗声道："两位将军受完刑，小宗准备了佳肴美酒，请将军享用！小宗马前卒一枚，却也觉得屠城是不对的。"

步千洐和容湛还没吭声，身旁老苏猛地一拍破月的肩膀："好小子！有你家将军的血性！"他力大如牛，破月哪里承受得住，像根柳条似的应声而倒，"砰"地摔了个狗吃屎。她龇牙咧嘴地抬头，一脸灰土，变成了花猫，郁闷地"噗噗噗"连吐数声，才将嘴里的沙土吐干净。

周围顿时哄笑一片，连容湛也目露笑意。步千洐却没笑，沉默的黑眸，静静望着她憋屈的小脸。

一百杖终于打完，步千洄与容湛都从容自若地站起来。两人内力深厚，只受了皮肉伤，伤不到根本。众人关怀了几句，便各自回营了。容湛的亲兵也扶着他回去，破月扶着步千洄高大的身躯，一步步往营帐走。

方才的气氛可谓热血壮烈，可此刻两人不知怎么了，都没说话。步千洄一直沉着脸，而破月还处在意气风发的感动中，没太管他的神色。

待进了营帐，步千洄在榻上趴下，却道："你去练一个时辰拳法再回来。"

破月不干："这大半夜的，外头冷死了，我要睡觉。"

步千洄顿时想起，方才她扶着自己的小手，的确有几分冰冷。他无奈道："那你先去容湛帐中待会儿，我要上药。"

破月这才反应过来，他的伤口都在背臀上，此时鲜血已经湿透了他的衣裳，也染红了她的手。

她觉得心里有点儿抽痛，顿了顿道："要不我给你上吧，你自己不方便。"

步千洄扫了她一眼："你的头也被马踢了？"

"又不是没看过……"她淡道，"跟块猪肉似的。"

步千洄不怒反笑："猪肉贵得很啊。去把小容的亲兵叫来，小容若问起，就说你惹怒了我，我不要你动手。"

破月点头："这个借口很可信。"转身出了营帐。

谁料她到了容湛营帐门口，轻轻叫了几声，却无人应答。她觉得有些奇怪，容湛也要上药，不会这么早睡啊。

她便挑开帐门，向内张望，却见空荡荡的朴素营帐里，没有一个人影，容湛和亲兵都不知去了哪里。

她在周围晃了晃，没找到他们，只得作罢折返。

刚挑开营帐，却见步千洄直条条地趴在竹榻上，双目紧闭，气息均匀悠长，竟似睡着了。

烛火幽暗，那平日里刚毅俊朗的容颜，此时却极为平和舒展。乌眉之下，长睫沉沉，在高挺的鼻梁上投下淡淡的阴影。

当破月走到他跟前，属于他的气息便无所不在地萦绕她周身。汗味、血腥味、热气……却并不令人觉得难闻。

破月盯着他片刻，轻轻推了推他的胳膊："喂……"

他纹丝不动，没醒。

步千泻虽功力深厚，但竭尽全力厮杀了大半日，心情阴郁难舒，加之饿着肚子受了杖责，此时自然睡得很沉。饶是能听到破月低低的声音在耳边，他也不耐烦、不想醒，放纵自己睡得更沉。

破月见他后背血肉模糊，甚为可怖，实在看不下去，便轻手轻脚打来盆热水，蘸湿了毛巾，掀开他的战袍，一点点擦拭血腥和污泥。

战袍下的身躯精瘦结实，每一寸肌肉都蕴藏着年轻男子的力量。破月今日才对他真心实意地敬佩，心无旁骛，很快将后背擦干净，又细细涂上了金创药。

破月目不斜视，继续为他处理伤口。但心头也隐隐惋惜——那日所见，是极漂亮、极紧实的肌肉，今日已被打得血肉模糊……也不知道能不能养回来。她的手指轻轻抚过，只觉得心尖越发地颤。

终于上完了药。可金创药湿滑凉爽，并不能立刻干透。破月蹲在他身旁，帐门处亦有丝丝秋风吹过，令她身上发冷。

要是让步千泻这么光着久了，怕会染了风寒，也没多想，破月张嘴轻轻朝他腰臀吹了吹，只想药快点儿干。

步千泻浑身一僵，酥麻的感觉"嗖嗖"地从背上往上蹿。

其实在破月用湿毛巾给他擦洗的时候，他就醒了。

身为军人，就算睡得再死，被人在身上动来动去，也不可能不醒。可偏偏鬼使神差地，感觉到那柔软的小手，时不时蹭到自己的皮肤，他就没舍得睁眼。

舒服啊！小宗那毛躁的粗手，哪有这种温软的感觉。

于是他便眯着眼，舒舒服服地由她折腾。这也是步千泻的特点。要让他醒着，让破月给他上药，他当然尴尬地不干；可他如今"睡着"了，自然与他全无干系，可以安心享受破月的伺候。

然而等破月颤巍巍地剥掉他的衣服，他就觉得脑子里有根弦绷紧了，全身的热血几乎都要凝结到那根柔软的小手指下了。

100

可他此刻怎么能"醒"？醒了多尴尬？醒了破月还不把他骂死？

他咬牙挺着。

可最要命的是，她竟然还朝他吹气！

温热的气息，轻轻喷在他的伤口上，微痒微痛，却即刻令他半边身子都要酥麻掉了！他脑海里不受控制地浮现出她红红的嘴唇，仿佛此刻轻舔他肌肤的，不是她的气息，而是她娇嫩的唇舌……

步千洐舔了舔下唇，好干，忽然就干了，一直干到喉咙里。

他不知道这感觉是什么，但是他很清楚自己想干什么。

他想转身，狠狠堵住那躁乱的源头，堵住那惹祸惹火的小嘴……

而她每吹一口气，他心中的这份冲动，便要强烈上几分。他知道不该——她是祸水，她是千金，他不过是贫贱出身的军官，他不能碰。

可就是想抓住她娇小的身子，狠狠地亲几口，才能解嘴里的渴，才能泄心里的火。

"呼——"她又吹了口气，还恰恰吹向他的腰窝。步千洐忍无可忍，猛地睁眼正要转身……

"大哥？睡了吗？"温和的声音从帐外传来，"想找你喝酒。"

身后的破月连忙拉下他的袍子站起来，退了几步远，这才小跑着往帐门去。

步千洐望着她轻快的背影，竟然有点儿后怕，又有点儿难耐。

"他睡着了……"他听到她小声对容湛道。

"小容？进来吧！"步千洐扬声道。

门口的破月转身，有些尴尬又有些紧张地望着步千洐。步千洐哪里会露出半点儿端倪，神色如常，看也不看她，对容湛道："有好酒？"

破月见他神色，微微松了口气，抿了抿嘴唇。步千洐眼角余光瞥见她小小的唇，忽地又觉得喉咙有点儿干了。

湛泗寒月

第十章

破月实在无语，两个屁股被打得稀烂的男人，居然豪情万丈夜奔去喝酒。

可事实就是，步千泃揽着她，与容湛一前一后在月下纵横飞掠，时不时还发出两声此起彼伏的清啸，像轻盈的燕子。就是速度比平日慢了不少——没办法，燕臀有疾啊！

跑了足足一个时辰，夜风飕飕，刮得破月的脸生疼，两人才停步。

他们已进了墨官城。避过四处杀烧抢掠的士兵，三人一直行到城南。

这是一幢明显刚遭受过战火洗礼的大房子，青瓦朱墙、描金黑匾，却偏偏灰黑残破、寂静无声。

容湛轻车熟路带着两人穿堂过室，很快便到了一间内室。他掀开正中一块青砖，露出个地窖，里面黑沉沉地放了七八个酒坛，瞬间酒香扑鼻。

"带回营中势必被大家瓜分，我就命人封了这地窖，等你过来。"容湛抓起一坛，丢给步千泃。

步千泃大喜，将破月随便往边上一扔，接过酒坛，咕噜噜便喝。

容湛平日喝酒极其斯文，今日居然也提了一坛。素白的手抓着酒坛，透明的酒液自他腮边滚落，顺着修长柔韧的脖子一直流到衣襟。破月望着他突起滚动的喉结，心想他其实也挺爷们儿的。

步千�放下酒坛刚要说话，便见破月直愣愣盯着容湛，眼亮晶晶的。步千洐立刻起了逗弄她的兴趣，又提起一坛，塞到她怀里："喝。"

破月哪里肯干，理都不理他，接住酒坛往地上一放："你们慢慢喝，我去外边透透气。"

破月抱着双膝坐在廊道里，步千洐和容湛已跃到屋顶上，侧卧着喝酒，优哉游哉。

"得罪了大将军和监军，后悔吗？"容湛问。

步千洐没有笑容，摇头："大丈夫行事，岂有后悔的道理？只可惜人微言轻，救不了这一城的妇孺。"

夜色幽深，高低起伏的屋顶一直延伸到远方，宛若嶙峋的兽。容湛目光放得极远，轻轻道："终有一日，我们的想法会上达圣听，这一切都会不同的。"

步千洐没出声。

容湛转头望着他："为何让破月扮成小宗？"

步千洐意味深长地看他一眼："你小子装得倒挺像。"

容湛微笑："你们这么做，自然有目的。"

步千洐淡道："她是颜朴淙将军的女儿——颜破月。"

容湛并没有吃惊的表情，抱起酒坛喝了一大口才道："你不惧他权势滔天，难道我就怕了？咱们兄弟同甘共苦，这件祸事又是我引来的，何必让我置身事外？"

步千洐眼中慢慢露出笑意："行了，我把她叫上来与你相认？"

容湛扫了一眼庭院中的破月，摇头："罢了，就当她是小宗。她毕竟是女子，将来离开军营，我也不要对旁人提及，于她清名有损。"

步千洐瞥一眼他，心想：那你可就不懂了，一向都是这丫头损我的清名，她胆子大得很哪！

但他嘴上也不好说破，一低头，却瞥见破月抱着肩膀，眼睛直愣愣地发呆，小小的身子在秋风中打了个寒战。他不由得笑了，转头打了个哈欠，对容湛道："我乏了，回营吧。"

水洗的月光，悄无声息地倾泻在阴黑的街道上。昔日繁荣的城池，如今仿佛死去的烈女躺在脚下，满身血污、残破死寂。才过了大半个晚上，街上已看不到一个人影。

容湛负手走在最前头，墨发白衣、清逸如松。清朗的凤眸望着满天繁星，便染上几分忧国忧民的愁思，兀自出神。

步千泗手上还提着坛酒，边走边喝，破月走在他身旁。饶是他海量无边，走在这样空旷的夜里，亦是酒不醉人人自醉，有些意往神驰。

到了城门处，容湛上前向守门士兵出示腰牌登记。步千泗今日被杖责，觉得很丢人，便远远站着等。一转头，瞥见破月奉拉着肩膀，还揉了揉眼睛，整个人没精打采。

"哎哟——"他低呼一声，扶住自己的腰。

破月紧张了，冲过来一把扶住他："怎么了，很痛吗？"

"痛死了！"步千泗手臂往她肩膀上一搭，整个身体的重量都靠上去。破月不疑有他，连忙抱住他的腰，语气却有点儿幸灾乐祸："看吧看吧，伤得那么重还要跑出来喝酒！"

步千泗靠着她的身子，一下子想起吹在自己腰臀上那口软软的气，还有她红红小小的唇。明明喝了一坛酒，他的喉咙却又干起来。

他沉默片刻，一手重重将她的身子往胸膛一扣，另一只手抓起酒坛，坛沿压住她的唇，肆无忌惮地笑道："见者有份！我的亲兵怎么能不喝酒！"

破月被他勒得喘不过气来，又被浓浓的酒液堵住了嘴，只能在他怀里拼命挣扎，而他头一回将女子的身子抱得这么紧，胸膛里心跳"咚咚"如战鼓。搂着她肩膀的那只手，指尖恰好能触到她的胸口。尽管那触感似有似无，可他却仿佛已感觉到柔软饱满。

破月发火了，双拳狠狠捶在他胸口。步千泗这才松开她，一本正经道："还不谢我！这可是绝世佳酿。"

破月满脸酒渍，还被呛得连声咳嗽，怒道："我诅咒你一喝酒嘴里就长疮！"

步千泗一愣，一脸佯怒，作势抬臂又要将她抓进怀里灌酒。破月一声尖叫，抬腿就往边上跑。

步千泗也不追，笑着看她跑远，舒心畅意地仰头灌酒。

城门处，负责值夜的士兵看着远处那两人，对容湛道："这位将军还带了军奴？真是……啧啧……"

容湛原本正低头将腰牌放回身上，闻言忽地抬头，看着士兵，欲言又止。静默片刻后，他转身看着那两人，眸色幽深。

破月跑了几步，脸上有点儿热。她想，刚刚步千泫明明是闹着玩，可她怎么觉得，他搂得有点儿紧，紧得有点儿怪异。是错觉吗？

她忍不住回头望他一眼，却见他已放下酒坛，沉着脸，一脸警惕地望着路旁的小巷。

容湛比破月更早察觉到异样，已经走到了步千泫身旁。

"你带她先回去，我探探就回。"步千泫低喝一声，还不忘将酒坛塞到容湛怀里。矫健的身子如离弦的箭，顷刻便冲进巷中，没入夜色。

"怎么了？"破月压低声音问。

容湛盯着她道："我没看清。大哥做事有分寸，咱们先回去等他，免得生变。"

破月知道，若不是自己这累赘在，容湛肯定也跟着步千泫冲过去了。她便极配合道："好。"然后走到容湛面前背对着他，等着他像步千泫一样，搂着她的腰，带自己回去。

容湛毫不迟疑，从腰间拿出块手帕就往左手上缠，缠了一会儿忽然反应过来，呆呆地看了看她黑色步兵长衫下纤细的腰，又看了看缠了一半的手帕，一时竟为难得不能自已。

破月等了一会儿不见他动作，回头疑惑地看着他。容湛怕她看出端倪，脸猛地转向一旁，左臂僵硬地将她的腰一搂。

"得罪了。"他轻声道。五指扣在她的腰腹上，只觉得滚烫难当。他目不斜视地看着前路，用尽全力狂奔。

夜如鬼魅，风驰电掣。

破月被他几乎逆天的速度吓到了，连忙伸手将他的腰搂得死紧。容湛脚下一滞，却跑得更快。来的时候他们花了一个时辰，容湛抱着她回去，却只花了三炷香的时间。

到了步千泫营帐门口，容湛将她往地上一放，转身就走。破月忍不住问："容将军，你别太拼命了，跑这么快，伤口……不痛吗？"她以为容湛跑这么快，是要去协助步千泫。

容湛整张脸已经憋红，被她一说，才感觉多处伤口火辣辣地痛。他头也不回

105

道："无妨，你先进去。"

破月心中钦佩不已，心想伤得那么重，轻功还能这么好，看来今天的一百棍对他们来说简直九牛一毛。自己也要加紧练习武功了！她道了声"晚安"，才进了帐。

听到身后已无动静，容湛才默默抬手扶住自己的腰，缓缓地一步一停，往自己军帐挪去。

因为有过更惊险的遭遇，所以破月的心脏已足够强大。回到营帐后倒头就睡，结果睡到日上三竿，睁眼一看，步千洐的床铺动都没动过，她这才真切地担心起来。

她晃到容湛的军帐里，人却不在。她考虑了一会儿，便灌了壶水，带了点儿吃的，站在大营门口等。

她昨日在步千洐杖责时忠心护主的事，倒是传得沸沸扬扬。当然，由于她近日有些"娘气"的嗓音和言行，传成什么样的都有。以至于她蹲在营门口时，守营士兵朝她挤眉弄眼："小宗对步将军真是好啊！"

她还真没想到那方面去，冲士兵笑笑，自顾等得优哉游哉。

等了许久，终于见到一个熟悉的身影，从前方的山丘后出现。破月一看到他就吃了一惊——远远只见他肩上背着个黑色的物什，朝营门狂奔而来，激起一地尘土。

"开门！"他远远便是一声怒喝。

守营士兵连忙搬开营前铁蒺藜，转眼他便如旋风般已至营前。

"将军！"破月连忙冲上去，大喊一声。

步千洐原本目不斜视，偏生被她往面前一杵，顿时脚步一乱，奔袭了整晚的体力再也难支，一个跟跄，"嘭"地迎面摔倒在地。

破月这才看清，他的整个后背都已被血迹染得鲜红一片——一定是伤口开裂了，且右肩还添了两道长长的伤口，袍子破了，露出白花花的骨头。他竟是跟人动过手了！

他猛地抬头瞪着破月，声色俱厉："阻我作甚？！走开！"

破月还从未被他这样凶过，不由得全身抖了一下。步千洐怒气冲冲地提起掉落在地上的黑色布袋，从地上跃起。他一提真气，却发觉四肢实在疲软，只得扛起布袋，看也不看破月，快步往营中走去。

破月被他吼得有些委屈，可见他背影佝偻、步伐沉重，又有些可怜。她连忙快步跟上去，小心翼翼地把水壶递过去："渴吗？"

步千洵这才发觉自己嗓子干得都要着火了，一声不吭地接过，咕噜噜一气饮尽。斜眼看一眼破月，她的目光中尽是担忧和歉意。这目光令步千洵心头一软，便放柔了声音："我方才不是凶你，实在是军情紧急。等了多久？"

"两个多时辰。"破月又将怀里的肉包子递给他。他接过几大口啃完，忽地发觉包子还是热的，不由得望一眼她胸口，心里顿时舒服起来。

破月见他背上的黑袋看起来湿漉漉的，方才他摔倒的地上，更是蹭上了丝丝缕缕的血迹。步千洵仿佛察觉她的疑惑，道："袋里是人头。"

破月看着塞得满当当的布袋，不由得有点儿害怕。步千洵笑了笑，背起布袋，正欲发足狂奔，忽地望见前方行过来两个人，正是领军大将赵初肃和监军。他们身后数步跟着一队士兵。

他精神一振，几个起落，便落到了赵初肃面前。

"大将军，紧急军情！"

赵初肃看到他的样子，猛地抬掌，示意身后诸兵不要靠近。而后一把将风尘仆仆的他从地上扶起，语气关切："怎生弄成这个样子？"

一旁的监军却笑道："这不是'步阎罗'步将军吗？"

步千洵理都不理那监军，诚挚地对赵初肃道："将军，借一步说话。"

那监军却道："有什么本监军不能听吗？"

赵初肃便道："千洵，有什么事，便在这里说吧。"

步千洵也不迟疑，将肩头的黑袋一抖，数十颗湿漉漉的人头，滚珠般落得满地都是。赵初肃和监军俱大惊，步千洵朗声道："昨日属下夜入墨官城喝酒，叫我撞见这十几个人。他们全作百姓打扮，行为却异常。属下跟上去，听到他们竟是墨国留在墨官城的奸细。现下我军大部屯扎墨官城，过得五六日，墨国、幽兰国、离国、酤国、焱国，五国残军约莫六万，会合力偷袭墨官城。这些奸细便会里应外合，打开城门，陷我军于不利之地！我一直追到三百里外，才将他们擒获。只是他们……悉数服毒自尽了。"

107

赵初肃和监军对望一眼，神色都肃然起来。

"升帐！"赵初肃喝道，对步千洐道，"你跟我来！"

一行人匆匆走了。不仅是他们，随着将军战鼓的擂起，整个军营的人瞬间都紧张地忙碌起来。

破月站得不远，将步千洐的话听得清清楚楚，不由得忧心忡忡地回到军帐。

过了约莫一个时辰，帐门被掀开，步千洐冲了进来。

破月原本坐在椅子上，一下子站起来，紧张地望着他。他却直挺挺地往床上一趴："两个时辰后叫我，务必！"说完便双眼一闭，呼吸渐沉，竟已是倦极睡着了。

破月站在床边望着他，只见他发髻凌乱，汗水和血污不知凝固了多久，整张脸已似花猫般。高大的身躯、修长的四肢，孩子般耷拉在榻上，哪里还有半点儿将军气质？

双靴也没脱，后背至小腿，几乎全是血污。

破月打来热水，用剪刀小心翼翼地从他领口一直剪到大腿处。好在他一直在动，袍子还没粘到破裂的伤口，否则她绝对可以想象出，将来撕扯的时候会有多疼。

这回她哪里还顾得男女之嫌，轻轻地、一点点替他擦干血渍和灰泥，重新上了药，然后扯过棉被为他盖上。做完这一切，又去准备了午饭，只是不经意间，她望见整个大营里人来人往，匆忙而有序。

要有大动作了，她猜想。

两个时辰很快到了。

她推了推步千洐，他缓缓睁眼，一看清她，立刻翻身坐起。薄被滑落，他感觉整个后背一凉，顿时明白过来，又连忙将薄被一扬，披在肩头，望着她的目光便多了几分意味深长。

"一会儿大军便会开拔，你跟容湛一起走吧。"

破月心头一惊，忙问："你呢？"

108

他神色自若道："我是守城将军，稍后再来寻你们。"

破月跟他相处数日，竟也摸透了他的脾气，此时见他神态越轻松，越知情况危急。她想起方才所见，整个大军竟似要尽数弃城而去，可为何留他在此守城？

她没学过兵法，可联系目前的状况，也能想到一个耳熟能详的成语：声东击西。她不由得大惊道："大军要去偷袭其他地方，让你在这里作饵，拖住六万敌军？大将军给你留多少兵马？"

步千泂目光一闪，微微有些吃惊。他没想到她竟然猜到了军机，也不隐瞒，道："赤兔营昨日一役，已不足四千。"

"狗屁！"破月勃然大怒，道，"你这分明是炮灰啊！几千人抵挡六万人，你能抵几天？你战死了，功劳全是他们的！你怎么会接受这么愚蠢的任务？是不是大将军和监军故意整你？"

步千泂听她骂得难听，不由得皱眉，呵斥道："狗屁？你狗屁都不懂！身为军人，自应以大局为重。赤兔营乃全军精锐，只要拖得敌人三日，咱们大军便能出其不意远途奔袭墨国、酤国都城，整个东部战局便豁然开朗，不必拘泥于一城一役之夺。可若是弃了此城，敌军便能从后路包抄我大军！我与大将军情同父子，你若再胡言，我就将你丢出去！"

破月听得又急又怒，却又无法辩驳。她知道他说得对，从大局而言，这一城的弃子十分必要。其实只要能偷袭敌方阵营，谁会在乎一小队炮灰的死活！

可如今，这一小队炮灰中也有步千泂啊！他是她的救命恩人！也是她……是她如今的依靠啊！

她狠狠别过头去，只觉得热血上涌。步千泂瞧她气得耳根都红了，忽然觉得有些好笑，原本有些沉重的心情，也一扫而光，胸中忽地豪气万千。

两人都没说话，沉默了许久，破月才低声问道："九死一生？"

他见她肯说话，顿时笑了："别人嘛，自然九死一生。有我的赤兔营在，起码也是八死二生。"

破月咬着下唇："行。我跟容湛走。"

步千泂望着她侧脸上沉寂无波的眼眸，不知怎的，心里像是被针轻轻扎了一下，嘴里却满不在乎地答道："正该如此。"

没有太阳，天色苍白而浑浊。

广阔的平原，像着了火的油锅。而一队队胥国大军，便是一缕缕滚滚燃起的黑烟，遮天蔽日、马蹄纷乱。

破月穿着黑色步兵长衫，腰里还像模像样佩了把单刀，跟着容湛的马一路小跑。

那刀是离开墨官城时，步千洐赠予她的，说这是他年幼时的佩刀。他亲手把刀系在她腰间，便离开营帐了。她和容湛走的时候，他也没来相送。

想到这里，破月忍不住摸了摸那刀。这刀比寻常刀要短，刀刃也更窄，青光隐隐，上刻"寒月"，还跟她名字重了一字。

这个偶然，是否昭示着什么？

破月想到即将孤身抗敌的步千洐，心头升起不祥的预感。

离开墨官城，是理智而清醒的决定。纵然步千洐对她恩重如山，但她留下能干什么呢？陪他死吗？既然不能帮到他，她只能选择保住自己的性命。

况且，容湛不也一声不吭地离开了吗？

她忍不住抬头望着前方那马背上那挺直清瘦的背影，这一路，容湛骑着步千洐的乌云踏雪，一直很沉默，只是马不停蹄地赶路。

要离开步千洐，他也是很难受的吧？

破月回头，却只见黄沙漫天、人若潮水，哪里还有墨官城和步千洐的身影？

急行军行了两日一夜，破月累得像一条死狗。好不容易到了目的地鲁蔷城，破月一进容湛的军帐，便瘫软在地上，动弹不得。

容湛一路都绷着脸，此时见她如一摊烂泥跌在自己脚下，才想起她是名弱女子，自己命队伍急行，却忘了顾及她。他不由得有些愧疚，顾不得避嫌，轻轻将她衣领一提，放在椅子上，低头询问："还好吗？"

破月抓起桌上水壶猛灌了一口，喘着粗气道："我还受得住。"

容湛心中有事，也就无暇管她了。他匆匆离了营帐，片刻后又折返，身后跟着他的亲兵小钧。

"破月，小钧会护送你到帝京。他身手很好，沿途也有人相助。到了帝京，小钧会为你安排住处，他为人机警，颜朴淙决计找不到。放心。"他平静道。

破月没料到他竟早知道自己身份，一时又震惊又尴尬。她还没答话，一旁的小钧已红了眼圈："将军！让我随你去战场吧！你怎能独自……"

容湛极罕见地沉下脸："我意已决，不必多言。"

小钧眼泪哗啦啦地掉，破月一把抓住容湛的袖子："等一下，你要去哪里？"

容湛缓缓一笑，眼眶竟有些湿润："大将军令我率兵与鲁蔷城的大军会合，我已提前一日到了。现下，我自是回墨官城，与我义兄同生共死。"

破月心头猛地一震，什么话也说不出来。

容湛背起长剑，小钧含泪将干粮装进他的背囊。容湛失笑："小钧，你要压死我吗？"

小钧难过道："敌人大军围城，墨官城必定短水少粮，将军多带些吧。"

容湛笑笑，不再拒绝，转头却见破月怔怔望着自己。他柔声道："你不要难过。我知你亦是热血女子，可你不属于战场。再说，我们兄弟联手，也不一定不能退敌。若是侥幸活下来，将来我与大哥再去寻你，咱们一块儿喝酒。"

破月鼻子一酸，眼泪掉下来，却只能麻木地点头。

她从来没像现在这样嫌弃自己的弱不禁风！否则，否则她就是与他们一同战死在城楼上，也无悔！她的命、她这些日子的自由，本来就是他们给的啊！难道她就不能为他们挡上一箭吗？

容湛望着她面颊上清莹的泪水，忽地对小钧道："你先出去候着。"

小钧退了出去，破月看着他负手而立的挺拔身影，不由哭得更凶。容湛从袖中掏出手绢递给她，眼睛却看着前方的桌面。

"破月，能不能摘了面具，让我再看看你的容貌？"

破月一怔，毫不迟疑地揭下面具，抬头对着他。容湛的目光缓缓移过来，终于望见了她久违的脸，却是一触就走。

"你……极美。"他还看着桌子。

破月瞧着他有些发红的俊脸，不由破涕为笑："谢谢。"

听到她轻快的声音，容湛嘴角也弯起，提起桌上的背囊，系好宽大的黑色披风，头也不回道："保护好自己，破月，咱们就此别过。"

破月望着他的背影，她是多么想脱口而出："我也跟你回去。"可她知道，那是不理智的，是徒劳的。她只能沉默地站着，沉默地祈祷，祈祷上苍放过这两条年轻而正直的生命！

破月重新戴好面具，容湛走到帐门口，帘子却被人从外头掀开了。

小钧通红的眼眶里，有几分异样的紧张："将军，颜朴淙大将军朝这边来了！"

容湛和破月万没料到小钧突然冒出这么一句话，俱是震惊万分，对望一眼，容湛急道："颜将军？"

颜朴淙虽已领了卫尉的差事，但军中人还是习惯称呼他为镇国大将军。小钧看到自家将军的焦急，有些疑惑地答道："是啊，我刚出去听人说的——他奉皇命来军中都督军事。"

破月僵直地立在原地，只觉得后背阵阵冷汗"嗖嗖"往上冒。容湛屏气凝神，挑起帐门向外一望，只见隔着十几丈的营帐前，一行人簇拥着一名男子，正朝这边走来。

那男子身着金色明光铠，身材修长，步伐轻盈；清俊而冷肃的脸上，星眸暗敛，唇红齿白——蓦然望去，竟俊美绝伦。

这就是颜朴淙，她一直躲着的人？破月一咬牙，转头就如苍蝇般开始乱钻。容湛看到她一矮身，躲到桌子下。可桌子四四方方，她半个身子都清晰可见。

"不成！"容湛低喝道。

她也察觉到这实在是掩耳盗铃，就又爬了出来。竹榻太矮，她钻不进去；营帐太薄，她的身形会若隐若现……她焦急地在小小的营帐里四处乱走，猛地回头看到了伫立在原地的容湛，立刻朝他冲过去。

"破月别怕，我绝不将你交给他！"容湛斩钉截铁道。

"来了来了！"小钧也被破月的慌乱搞得有些紧张，压低声音道，"颜大将军朝这边来了……"他"扑通"一声在帐门处跪下，再不敢抬头！

破月掀开容湛的披风就钻了进去。

容湛浑身一僵——破月紧贴着他的背，然后小手轻轻从后面抱住了他的腰。

眼见金光在门口闪现，容湛深吸一口气，定了定神，缓缓下拜："末将容湛参见颜大人。"

颜朴淙侧身立在门口，俊白的脸上笑容很浅："本官不是容将军的上司，无须行礼。"

破月不由得向容湛贴得更近、更近；十指紧紧抓着他战袍下柔韧的腰，她甚至

112

不知道自己是否已经把他抓痛了——但她实在对这个熟悉又陌生的男人怕得不行。

容湛沉默片刻，平平稳稳地缓慢起身："谢大人。"

颜朴淙的目光滑过容湛的披风，笑意更深："容将军也要在这城中值守？"

"正是。"

"真巧，本官也要在此逗留数日。"他缓缓步入营帐，随从们则立在帐外。

破月听到他轻盈的脚步声，只吓得不敢抬头，脸紧贴着容湛的背，呼吸极重。饶是极怕他，她却也打定主意，若是他为难容湛——她、她便跳出去！

忽听容湛朗声道："大人，你知末将背上所背，是什么剑吗？"

颜朴淙面容冷了几分："愿闻其详。"

容湛一字一句道："湛洳。"

颜朴淙沉默片刻，忽而笑了："是好剑。"

容湛声沉如水："颜大人若是不信，容湛可取下请大人一观。"

"那倒不必了。"颜朴淙低笑道，"只是容将军也有不带湛洳的时候，总是要物归原主的。"

说完，他淡淡转身，竟走了。

破月听到众人脚步声渐远，依然心若刀悬。她没见到颜朴淙的神色，抱着侥幸心理问道："他走了？察觉了吗？"

容湛一抖披风，将她拉出来，无奈道："他已知你在此了。"

"啊？"

"他是公认的大胥第一高手，你呼吸浊重，只怕他隔着一丈，都能听到。"容湛叹息道。

破月浑身僵冷，难道他刚才说的"物归原主"，指的就是她？她颤声问："那他为什么不抓我走？他怕你的剑？"

容湛淡道："那是我家传宝剑。先祖开国有功，高宗陛下便以湛洳相赠，朝中文武，皆可先斩后奏。是以我报出剑名，他会有几分顾忌。"

他说得轻描淡写，破月却甚为惊讶——能让颜朴淙忌惮的宝剑，这个容湛，究竟是什么家世？若是帝京望族，为何只混到一个小小的羽林郎将？

可她来不及细想了，因为容湛温和地笑了："破月，咱们一起回墨官城。"

破月眼睛一亮，迟疑道："成吗？"

容湛神色中有几分少见的傲然："他为你而来，自然已封堵了出城的路。但往东是去墨官城，他绝对猜不到咱们会去赴死。咱们偷偷从东门出城。"

三日后。

容湛的判断没错。东门一直有不断进城的军队和难民，饶是颜朴淙手眼通天，也不可能在茫茫人海里拦住他们。一出了东门，他们便骑上乌云踏雪，一路飞驰，至于有没有追兵追上来，已无关紧要了。

日落时分，他们终于到了墨官城。城门士兵见到二人，大吃一惊，连忙迎进来。许多士兵都精神一振，将两人团团围住，有人重重一拍破月的肩膀："小宗好样的，老子还以为你是个软蛋！"

破月望着周围一张张年轻而激动的脸，只觉得心底也被他们的豪情感染，大声道："你们不怕死，难道我就怕？"

众人哈哈大笑，容湛嘴角微弯，正高兴间，忽听一个狠辣的声音喝道："你回来做什么？"

众人都一惊，循声望去，却见步千洇脸色阴沉地站在城门边，死死盯着容湛。

因破月身材矮小，被众兵围住，所以步千洇只看到了高挑伫立着的容湛。容湛默默望着他，走过去，轻轻将他肩膀一搂："大哥！"

步千洇沉默许久，忽地全身一松，伸手回抱住他。

两人松开彼此，步千洇脸上阴霾尽散，朗声道："好！弟兄们，有小容相助，咱们的胜算可又多了几成！"

众人都听过容湛精湛的剑法和精悍的用兵，加之又被二人义气感染，心中倒真的觉得，有这两位将军守城，说不定真的能以几千人抵挡六万大军三日。于是个个都面露喜色。

步千洇搭着容湛肩膀往边上一勾："回去说。"

"等等。"容湛转身，"破……小宗，跟上来。"

步千洇肩膀一僵，缓缓回头，便见破月从人群里小跑出来，正抬头冲自己笑，露出一口雪白的小牙齿。

步千洇几乎是立刻松开容湛，三两步便抢到破月面前。破月见他神色凝重、目光锐利，一时有点儿摸不清他的情绪。谁料他猿臂一伸，她腰间一紧，竟被他抓住腰高举起来！

日光从她背后照下来，他仰起的脸上有半明半暗的英俊笑意："你……很讲义气嘛……"

破月见众人都望过来，容湛也有些惊讶，气氛很诡异。她不由得有些尴尬，但也不好意思跟如此感动的步千洐直说自己回来主要是要躲颜朴淙，并不是为了义气……可见他心怀畅快，她也有些高兴，含糊道："还好啦……快放我下来！"

步千洐深深望她一眼，这才将她缓缓放下，语气又有些轻蔑："明知城中境况还回来，你跟小容一样蠢，蠢得无可救药！"

破月被他撩得横眉冷对，粗着嗓子喊道："少废话！你给我好好打这场仗！"

她语气极不客气，旁人听一个亲兵如此对将军，早已目瞪口呆。有深沉点儿的老兵互相对望，那意思是说——看吧，我早说过步将军跟他的亲兵，不清不白。

步千洐却不以为意，笑嘻嘻地走上前，重新揽住容湛的肩膀，随意朝她摆了摆手，示意收到。

天下名将

第十一章

夜色已深，城中很静。

破月在屋里伫立片刻，开始打拳。

比起当初的生涩拙笨，如今这套入门拳法，她也算打得如行云流水。若有城破之日，她能否保命？

她出了身薄薄的汗，转身喝水，抬头却见步千泸颀长的身子倚在门边，双手抱胸，不知看了多久。

"放心，你不会有事。"他盯着她，慢吞吞道。

"你要保护我？"破月望着他，有些感动。

他却摇头："敌军攻城之日，我无暇分身。不过我有法子让你保命。"

"嗯？"

他从怀里掏出一把长长的铜匙丢给她。破月双手接住，听他道："你扮作小兵待在营中，若是落入敌军手里，切勿抵抗。只要有足够银钱，就能买通他们赎回自由身。"

"那这是……"

他微微一笑："本将军这些年也搜刮了些财物，都托人存在天宝银号，全国通兑。这是我全部家产，你保管好，赎十个将军也足够。"

破月又感动又好笑，心头一动，斟酌着正要开口，他却摆摆手转身，挺拔的身姿很快没入夜色。

破月握着还有些温热的铜匙，有些后知后觉地想起，方才他眼眶赤红、一脸倦色，可能好几天都没合过眼了吧？

步千洵将家财都给了破月，有些心疼，可想起她一个弱女子，竟然也与自己同生共死，顿时又觉得这些年搜刮的钱财实在太少，不能回报她义气的十分之一。

他回到房中休息了几个时辰，天一亮，便又回了城楼。

容湛一身清爽，站在地图前，听到动静，抬起漂亮的双眸，有些吃惊的样子："大哥，你想反守为攻？"

步千洵扫一眼地图。他只标出了敌军的兵力布置，容湛却看出了端倪。他扬眉一笑："怕了？"

容湛眸色亦明亮起来："不，小弟愿为先锋。"

步千洵不由得大喜，指着地图上数道黑色线条道："前日我巡视城防时，发现城墙下十来处地基都被偷偷挖空，与城外数条地道相连。"

容湛沉吟片刻："这必是墨国人的奸计。他们攻城之日，只需进入地道，推翻城墙，墨官城不攻自破！大哥，你要在地道中以逸待劳？"

步千洵的手指轻敲桌面，眸色含笑："若只是以逸待劳，未免对不住他们挖这百余丈地道的辛劳。我已命人日夜赶工，将他们的地道，向后反挖二十余丈。攻城之日，我要直取中军，砍下领军大将的首级！"

他的长指往地图上猛地一点。

容湛沉默片刻，叹息道："擒贼先擒王，此计甚好。只是……还是免不了一场恶战。"

步千洵如何不懂容湛的意思。墨官人虽挖好了地道，必然也小心谨慎。只有他们在城楼上抵挡足够长的时间，对方才会派精锐攻入地道，对方的中军，才会移动到足够近的位置。

换句话说，他们在城楼上打得越顽强、越惨烈，对方动用地道的可能性才越大，他们才能打对方一个措手不及。

"打便是。"步千洵淡淡道。

容湛原本有些抑郁的心，仿佛也因步千洇淡然的语气而平和下来。他忽地想起一事，又问："大哥如何这么巧，发现了城墙的蹊跷？"

步千洇面不改色："我原打算挖条地道，城破之日带弟兄们混入敌军脱身。"这在他看来理所当然——他领了军令，自当奋力守城。但若守不了三日，他回天无力，也不至于身死殉国。

容湛万没料到，一直随军出生入死的大哥，说起逃命竟如此轻松，不由得有些发愣。他忍了忍，还是没忍住，直接道："我以为大哥从不惧死。"

在他的印象中，光是为了救同僚和手下将领，步千洇就有好几次身陷死地，都是历尽千辛万苦才杀了出来。

"谁说的，我向来舍不得死。"步千洇笑道。

容湛动容地望着他，不再多言。门帘却在这时被人挑起个角，扮成小宗的破月探头进来："吃早饭吧！"

她端着盘肉包子进来，步千洇和容湛又商议起四个城门的兵力布置，也没太管她。她自顾自拿了个包子站在一边吃，低头望着地图，便出了神。

步千洇眼尖，察觉到她的神色，眼中泛起笑意："看出名堂没？"

容湛看她两腮吃得鼓鼓的，神色却格外凝重，不由得也笑了。

破月的目光没离开地图，嚼着包子含糊道："要反攻啊？"

软软糯糯的一句话，步千洇和容湛脸上却同时没了笑容。

步千洇给容湛递了个眼色，那意思是问：你告诉她的？容湛轻轻摇头。

两人对视一眼，容湛开口问："破月何出此言？"

破月答得干脆："一目了然啊。他们的地道都修到城楼下了——哎，步千洇你干脆胆子大一点儿，再往前挖，把他们的粮草烧了得了！"

她言语无心，步千洇和容湛却听得心惊，想的都是同一个念头——颜朴淙将军虽罔顾人伦，可她终究是将门虎女，深谙兵法。

他们却不知，破月其实对兵法一窍不通。

跟了步千洇这么久，军队里标注用的地图，她基本都识得，所以才会说一目了然。

尽管他们现在是守城，可她看到地图，想的却是进攻，说出来的想法，竟然跟步千洇相差无几。

她会说烧粮草，完全是条件反射。虽然这个建议并不可行——敌军粮草自然在大后方，相距甚远，但她能看出大致战略，已经足够让步、容二人惊讶了。

"破月，这些猜测，不要对任何人提起。"容湛正色道。

破月眼睛一亮："我猜对了！你们真要去烧粮草？"

步千洐特别一本正经地道："嗯。本将军打算化身为鼠，挖个五千丈远的地道，也不知两个月能不能挖到对方大后方的粮仓。"

破月听懂了他的意思，以为自己的猜测全错了，不由得有些脸红。心想自己不懂兵法，还是不要在他们面前出丑了，唉！

她讪讪地端着盘子走了，步千洐和容湛望着她的背影，俱是沉思不语。

三日后。

五国联军终于到了。

昨日夜间，斥候来报，敌军前锋已至五十里外安营扎寨。而天色刚明时，就连站在城楼上的菜鸟破月，都感觉到了敌军的来势汹汹。

因为震动。

脚下整个大地，都在微微震动。

六万大军，只是个数字。可当六万人马真正出现在你面前，那是什么概念？

是乌云遮日，是滚滚狼烟，是马蹄纷乱。

是一把极宽、极锋利的大刀，慢慢挡住你的视线，架到你的脖子上，让你连呼吸都不能够。

破月望着城楼下方逐渐逼近的庞大敌阵，望着粗糙坚硬的冲车、投石车、云梯，再看看土黄色的老旧城墙，不禁怀疑——能守住吗？

"小宗，步将军让你回营房为他取份文书。他说你知道是什么。"有个士兵从城楼里小跑出来。

破月点点头，知道这是步千洐见自己还留在城楼处，催促自己赶快离开。她回头，却只见沉肃冷硬的城楼上，一扇扇窗小得像洞，哪里瞥得见步千洐和容湛？

破月回到营房，此时四千人马全部出动，只余几个厨子和洗衣的粗妇，四处

119

空荡荡的。刚过了一小会儿，她就听到悠长沉闷的战鼓声，仿佛从很远的地方传来，却几乎响彻墨官城。

厮杀声顿起。

开打了！

破月坐了许久，终于坐不住了，起身去伙房扛回来一袋面粉，开始和面；半个时辰后，开始切面条；面条切好了，又将步千浒私藏的半只羊大腿拖出来，做成了羊肉臊子。

她做得有点儿多，足够十个人吃。她给自己下了一碗，吃了几口便放下，走到窗前，只听厮杀声、战鼓声、撞击声，比早晨至少要激烈十倍！

她脑子里清晰地冒出了一个念头：步千浒和他的人，正在以一种最原始的暴力方式，不断阵亡！

然后她坐回桌边，默然继续吃面。

天色全黑，夜色渐深。

东、南、西、北四个城门，都有火光妖异冲天，唯有她头顶的天空，黑得幽深。她很想去城楼上看一看，想得百爪挠心，可她很清楚，自己去了反而添麻烦。

她多希望听到有人跑进军营，大声说敌人已经退兵，战斗已经结束，他们赢了！

"活着的人，都给老子出来！"

就在这时，有人在外头大声呼喊。破月心头一动，莫非真的退兵了？

她满怀期待地推开门走出去，却只见一名大汉面目狰狞地站在院子正中，浑身鲜血淋漓。

几个老厨子和洗衣的粗妇也走了出来，那大汉目光极冷地扫视一周，喝道："北门就要失守了！只要还有一口气，都给老子去守城！"

出乎破月意料，厨子扛起菜刀，粗妇拖着铁铲，毫不迟疑就跟那大汉走。那大汉见破月不动，神色一沉。

破月犹豫道："我要去给步千浒将军送文书。"

那汉子怒吼道："少诓我！都这个时候了，还送什么文书！你小子躲在这里作

120

甚？敌军已扬言要屠城，若是城破，谁还能活？快走！"

破月便也不废话，回房拿了步千洐给的寒月刀，跟在他们身后，朝北门去了。

北门啊……她默默回忆，那是四个门中地势最偏、最狭窄的，敌人进攻困难，势必不会动用重兵，所以步千洐也只放了四百人守北门。

按说不会丢，难道出了什么意外吗？

这个时候，破月并不知道，走向北门，她的人生，就此走上了一条不归路。

城楼上的气氛，紧张得吓人。

破月到过北城门，那时它尽管窄小，但严整有序，哪是如今的模样？

浓烟四起，城垛残破。士兵们大多浑身血汗淋漓，神色疲惫不堪，眼睛却又红又直，俨然已打得麻木。

城墙上每隔几步，便能踩到士兵的尸体。有的脑袋被巨石砸得稀烂，脑浆喷得到处都是；有的腹部中箭，活活被钉在身后的城楼上。

破月刚走了几步，便一阵恶心反胃，浑身都覆上细细的鸡皮疙瘩，只想早点儿离开这里。

可哪里容她选择？

一上城楼，她就被人推到最西侧城垛的豁口上，那里的城楼边靠了七八个士兵，个个神色都有些呆。有人塞了把弓给她，恶狠狠道："别傻站着！若是放敌人上来，老子宰了你！"

破月糊里糊涂地点点头，下意识拿起弓拼命一拉，却只拉开半寸，不由得气馁。好容易瞥见身旁有把长枪，枪头被取掉了，横绑了一把刀。她连忙拿过来，虽然对她来说还是太沉了，但好歹能迟钝地挥动。

猛地听身边的士兵大喝一声："来了！"

破月看到城楼上几乎所有人同时站起来，拿起武器对着下方！她转头，探出一双眼，只见城墙破败，几近废墟，而城门外，不算宽敞的便道上，密密麻麻地躺满了人。这一处城楼高不过三丈，而地上的尸首，层层叠叠堆了几尺高。

这些士兵？！破月吃惊地望着身旁神色麻木、动作僵硬的男子们，他们竟杀了这么多敌军士兵？

也是，以四百敌数千，步千洐是想把他们的最后一点儿力气都榨干吧？

而那些尸首后，已有数十人从林中缓缓冒头。破月看清他们的身形，忽然觉得有点儿不对劲，可到底是哪里不对劲，一时却说不上来。

"放！"她正想得入神，远远的地方，有人轻喝一声。

城楼上诸人同时俯低抱头。破月还在发呆，根本不明所以，只听得劲风阵阵，却不知要如何应对。

猛地前方烟雾一破，一块足有她十个头大小的巨石，雷霆万钧，迎面扑来！

破月全身僵硬，只能眼睁睁看着巨石朝自己面门飞来，就要落下！忽地她手腕一痛、身子一歪，摔倒在地。只听"砰"的一声巨响，她身后的城楼被砸出个大坑，土石四溅！

她惊魂未定，抬头一看，原来是身旁的士兵在九死一生之际，将她拉到一旁。

"新兵？呆什么！不想活了！"那人毫不留情地怒斥，同时紧张地转头，把一块脸盆大小的石块放到身旁的擂具上，猛地一踩！石块飞射而出，那人抬头看着发呆的破月，又怒了："还不帮忙？"

破月这才反应过来，冲过去帮他搬石块。只是望着城楼上下你来我往，不断有人惨叫、有人倒下，她才真切地感受到，自己已经面临死亡的绝境。一个陌生士兵刚把自己从鬼门关拉回来！

战况并不理想。

破月很快发现，城楼上虽然站满了人，且明显分成几个小队防御，但敌人实在太多了，刚打了半个时辰，对方躺下了上百具尸体，自己这边也死了二十余人。

这是一场消耗战。

说实话，敌人的进攻速度也不是很快，虽然一直步步推进，但并没有带给破月那种排山倒海的威慑感——不过如果真的有那种感觉，破月想，北城门也许已经被攻下来了。

也许对方死的人太多了，每个人脸上的表情都很麻木僵硬，但当赤兔营的箭雨落下时，每个人眼中都会闪过惊惧的光芒。

这支攻城部队并不强悍——破月心中有个这样清晰的印象。

但是敌人数倍于自己，且都是主力军，再这么打下去，破月可以断定，己方一定先输。

到底要怎么做才能改变局势？

她又看了眼城楼下的敌军，他们几乎已密密麻麻地挤满了便道，至少有一千人。前锋部队正要架上云梯，往城楼攀爬。一旦云梯架上，城门就堪忧了。

就在这时，她忽地反应过来自己为何看到他们就觉得有异样了。

她一把抓住身旁那士兵："他们的衣服颜色为什么不同？"

那士兵见她指着城楼下，奇道："他们是五国联军，服色自然不同。快搬石块，不要废话。"

破月明白过来——虽然号称五国联军，但也是在大胥侵犯下仓促联军。如今士兵虽然混编，但还是保留原来国家的军服。

也许有机会！

破月猛地想到——若是一支训练有素的军队，此刻沉稳用兵，自然能将城门攻下。可他们是五国联军啊！难怪她觉得他们的势头似乎总是差了那么一点点，面对精悍的赤兔营，他们其实也心有余悸吧？

混编军啊！再也找不到比混编军配合更生疏的军队了！步千洵有信心反攻，只怕也料定了这一点吧！

一个大胆的念头渐渐在她心中成形，她感觉到自己心跳加速，但同时又热血上涌！

她咽了口口水，润湿沙哑的嗓子，看向身旁士兵："谁在指挥战斗？"

"什么？"士兵没听清。

"哪、位、将、军、负、责、北、门、守、卫？"破月一字一顿重复。

未料那士兵眼眶一红，居然掉下眼泪："薛校尉已经战死了。"

破月恍然大悟，难怪如此。所以这里的士兵有些颓势，彼此配合也显得不太流畅，只因无人直接下令了。

步千洵那边，大概正战到最关键时吧，只怕已无暇顾及这边。

这一回，没有步千洵，也没有容湛，只有她自己了。

"那你们现下听谁的？"破月问。

士兵答道："刘都尉。他便在城楼正中。"

破月拍拍他的肩膀："辛苦你了。"士兵目瞪口呆，看她一溜烟儿小跑不见了。

城楼正中的攻防，比角落处更加激烈。破月小心翼翼躲过楼下的飞石，绕过疯狂往楼下射箭的士兵，一探头，便见一高大军官伫立在城垛间，怒目圆睁，接

123

连不断往下射箭。

"刘都尉！"她扯扯他的衣服。

那军官满眼迷茫地转头看着她："你说什么？"

她只得凑到他耳边大吼："这么打下去是不行的！"

刘都尉咬牙切齿，继续射箭："别废话，敌人都要上来了！"转身对身旁诸人喝道："射！加紧射！擂具快些！"

破月知道自己人微言轻，不得不搬出步千浒了。

她抬手扯着他的大耳朵："听着！我是步将军的亲兵小宗，他派我过来，告诉你守城方略！"

刘都尉又惊喜又疑惑，望着眼前的小个子士兵，声音还跟娘儿们一样娇软，不由得问道："当真？"

破月拿出腰间的寒月刀："这是步将军赐给我的。"

刘都尉虽不认得她，却认得这把刀，因为步千浒拿过不同的刀与这些下级军官演练。他这下便信了七八成，喜道："是寒月刀！太好了！要怎么做？"

破月将他拉到后方，一阵低语。刘都尉听得惊讶不已，张了张嘴："能成吗？"

破月其实也不知能不能成，但知道必须给他信心，于是用力点头："能成！这是步将军定下的计策。你只管放手做，若是无功而返，都算在小宗头上。"心里却想：小宗，对不住了！可是步千浒回头知道，还不宰了我？

不对，也没事，万一不成，己方也没损失，老步舍不得惩罚她。

她想得理所当然，却也没细想，自己这个"步千浒必定舍不得"的念头，到底从何而来。

刘都尉听她这么说，哪里还有迟疑。大概是为了鼓励其他士兵，他大喝道："传令下去！步将军派来小宗……"语意一滞，看着破月。

破月硬着头皮接道："校尉。"

刘都尉更加欢喜，高声继续道："……小宗校尉，带咱们守北门！大伙儿提起劲，一定要守住北门！"他心里却想，年纪如此轻，却是校尉，还有步将军最爱惜的寒月刀，必定有过人之处！莫非也是名高手？

命令层层传下去，城楼上各处都是一阵振奋的欢呼。

刘都尉便下令："宗校尉有令，所有弓箭手，射白衣敌军！"

统一命令下去，士兵们虽然惊讶，却严格执行。刘都尉本人便是神箭手，步千洵对赤兔营的骑射技艺又向来要求甚严，故一轮箭雨下去，竟倒下二十余个白衣士兵！

城楼下，白衣军最先发现异常，因为死的大多是他们的人。
城楼下原本不断推进的兵阵，忽然出现了些迟滞和骚乱。
乱象已生。破月脑海里冒出这个词。

"白衣军是哪国人？"破月问刘都尉。
刘都尉虽无太多计谋，却也能察觉出敌军的异常，隐隐感觉到计谋已经奏效，便恭顺答道："酩国。"但心里却有些奇怪，这校尉，怎么连敌军服色都不认得？
破月一直在大后方，当然不识得酩国服色。不过不要紧，认准白衣就行了。她叫来一个士兵，一阵耳语，士兵一脸古怪的笑意，领命去了。

过了一会儿，城楼上忽然骂声一片。
"酩国狗贼！我赤兔营与你们势不两立！"
"老子今日纵然一死，也要杀够十个酩狗！"
"竟侮辱步将军声名、辱没步将军先人，今日老子专杀酩狗！"
……

攻城军队更乱了。
谁都听得清楚，原来酩国兵跟'步阎罗'有仇啊！也有将领疑惑是赤兔营的计谋，大喊："不要中了胥兵的奸计，快快上前！后退者死！"
但酩国兵见状，却有点儿迟疑了。他们心想：本国究竟怎么得罪了'步阎罗'？那些将军结的仇怨，却要我们这些士兵身受？
其他国的兵看到，自然也不急着上前了。急什么，让酩国兵当炮灰不好吗？这城楼有去无回，前面的士兵如何死了一层又一层，他们看得清清楚楚，本就有些惧意。此时出了这么个插曲，原本置之脑后的生死，忽然又从心里冒了出来。
要是能活，谁愿意死啊！

125

终于，第一个酪国士兵在看到周围的同僚都死完了，其他国士兵却推推搡搡止步不前时，不干了！

他开始向后退，却撞到身后的士兵，进退两难。

"临阵脱逃！"有人骂道。

"死的不是你！都是我们酪国兵！"那士兵怒道，大约是想跑想疯了，一刀砍掉了后面人的脑袋。

周围的士兵全部看呆了，一片寂静。立刻又有人，一刀砍掉了这酪国兵的脑袋。

"老子不想送死！"又一个酪国士兵丢下兵器，然后是更多酪兵。就像一块坚实的铁板上，忽然多了许多细细的漏洞。他们虽然不会互相残杀，但已经乱了。

"别让酪兵跑了！"有人大喝一声。

酪兵却已经开始跑了！

他们一跑，整个进攻部队全乱了。前后相撞，互相践踏。

"联军败了！大胥大军反攻了！"有人在城楼上此起彼伏地喝道。然后越来越多的人开始往后跑。后方领军的将领不清楚发生了什么，呵斥士兵不可倒退，可是潮起潮落，大势已去。

方才后面几声呼叫，并不是破月教的。军中自有机敏之人，见机乱喊，一人喊了，其他人会意，都附和。

效果比破月设想的还要好，城楼上众兵欢呼一片。只有破月没笑，她盯着城楼下乱成一锅粥的敌军，神色越发沉肃。

一个更大胆的念头涌上心头。

她并不知道两军肉搏到底会有多惨烈，但她却知道，战机稍纵即逝。如今只是侥幸，乱的只是敌人前面的部队，折损也不过百十人。要想靠这一时的骚乱打败敌军，根本是痴人说梦！

只要让他们退到后方，领军将领稍微整肃，他们就会卷土重来。相同的伎俩绝不可能奏效，那时等待自己的，还是死路一条。

但此时此刻，他们最乱、最怕、最没有意志，信息不通、沟通不畅，战斗力绝对接近于零！只要再给他们添一把火，溃逃的恐惧，说不定就会像瘟疫般在这支队伍里扩散！

她看着那些五颜六色的溃逃士兵，心想这样好的追击机会，若是放过，她就是傻子啊！

破月只觉得仿佛有一万只蚂蚁，在噬咬她的脑子。她犹豫，她紧张，她心痒难耐，她手足无措，她激动得不能自已。那个大胆的念头，仿佛一块烙铁，灼烧着她，如果她做，她会焦虑万分；如果她不做，也是焦虑万分。

进退都是死！

做就做！

一股豪情从她心底升起。她忽然想到，如果步千泞在这里，肯定是狂傲地下令：“打，往死里打！”

“刘都尉……”她颤声对身旁欣喜若狂的军官道，“组织骑兵，打开城门，快速反攻！”

刘都尉张大了嘴，神情就像已经被人打蒙了。

“反……反……攻？”

如果破月经历过真正的战斗，经历过两军追击肉搏战的惨烈，她就会知道，出城追击根本是九死一生，她会完全没有勇气做这个决定。

但正因为她没经历过，此刻，所有的惨烈和危险，都只是一个印象、一个名词，她不能真正体会到、感受到战争有多可怕，所以她把心一横，反而无所畏惧。

她一把抓住刘都尉的双手：“相信我，这是千载难逢的机会！他们此刻就跟……待宰的羊羔一样，我们冲出去，只需要……屠杀！”

没错，屠杀。

等待他们的，就是一场屠杀。

这个词从她嘴里冒出来，她感觉到一种残忍的爽意。这种感觉很陌生，也令她隐隐对自己有些反感，但她已无暇顾及了。

惊世容颜

第十二章

刘都尉的双眼里明显闪烁着危险的火苗，可神色还有些迟疑："当真……要反攻？"

破月用力点头："此处城防，小宗负责到底！"

她如此大包大揽，刘都尉终于动心。点齐士兵，骑上骏马，只带轻便武器，一百余人顷刻整装待发。听到要出城杀敌，大家都又惊讶又激动。

破月站在刘都尉的马前，非常欣慰地望着他们，心想他们此去城门外，虽然必定只赚不亏，但风险也极大。步千洐的手下，果然是真英雄、真汉子。

她正欲说上两句话道别鼓励，刘都尉恭敬地把身旁马匹的缰绳塞到她手里："宗校尉，大伙儿准备好了，这就跟着你去杀敌！"

破月："……"

箭在弦上，不得不发。

城门大开，破月被一群凶神恶煞的汉子夹在正中向前冲的时候，只觉得昏天暗地、回天无力。

因为山道狭窄，敌军最尾的士兵们与他们相距并不远，他们很快追了上去。

果然，见到有人出城追击，对方更怕了，逃窜得更加盲目。

128

破月深吸一口气，怒喝道："杀！"

身后有人得到她的命令，大喝道："大胥援兵已到，尔等速速受死！"

"嗒嗒嗒嗒——"百余骑红了眼的赤兔兵，终于撵上了敌军的尾梢。

这个度，破月叮嘱刘都尉一定要把握好——不可冲得太深，免得被敌军包围。要刚刚咬住敌人的尾巴，一点点蚕食。

赤兔营不愧是精锐，将这个命令执行得非常到位。

蚕食的速度很快。

赤兔营铁骑过处，手起刀落，全是亡命逃窜的敌兵的首级。因为声势惊人，前方逃兵们根本不知道到底有多少追兵。上千人的部队，竟被一百来人吓得屁滚尿流。

谁都知道，跑慢一步，落在赤兔营刀下的，就是自己。

所以他们拼命跑。

"不是只杀酩国兵吗？"有个黄衣服的士兵被追到了绝路，非常郁闷地大吼。

回答他的是一抹沉默的刀光，砍掉他的脑袋。

破月看着敌军，像割麦子一样，一片片倒下。

在这个过程中，她是唯一没砍一刀的人。笑话，怎么砍？用她的刀斩断一个陌生人的脖子，看着鲜血喷射？

她做不到。

但她绝对是在场最辛苦的一个。因为她一直要以她很普通的骑马技术，在两军混战中，不断避开自己的人和敌军。跑了有半个时辰，她实在是精神紧张、气喘吁吁。

尸体铺满了从北城门到官道的路。

破月、刘都尉，谁都不知道他们到底杀了多少敌军。如果破月这时知道五千攻城兵已被他们干掉了多少，她一定见好就收，不会下达接下来的命令。

正当他们追杀一小撮士兵时，破月眼尖，望见前方又有四五百骑兵，伫立在道旁，精神而干净。

那是敌人的生力军。

他们望了过来。破月正在迟疑，身旁的刘都尉已暴喝一声："杀！"身后的士兵们已一溜烟儿冲了上去。

"大胥援兵到了！快逃命啊！"前方逃窜的士兵还在狂喊。

那四五百生力军，望见刘都尉等人身后尘土滔天、尸横遍野，而自己这边的人，一个个面无人色、四处逃窜。

他们只稍稍犹豫了片刻，转身也开始跑。

这绝对是大胥战争史上最诡异的一次战役，连后世的史学家也解释不清楚，数千大军，竟然任一支百余人的队伍宰割。当时若是有一支部队掉头跟他们对打，他们就无法再向前。

可是谁都想逃命。这种情绪一旦感染开，千人不过是散沙一盘。

诚然，五国联军鱼龙混杂，是赤兔营制胜的主要原因，但是这一百人打开城门，追出去百余里，也令人难以置信。

其实破月并不想跑出去这么远，太危险。

但事实上，他们面临的就是一副多米诺骨牌——刚想收手，就遇到新的敌军。刘都尉等人是杀红了眼，破月却知道，不能退。一退，敌人便会察觉出端倪，反围上来。

伏在颠簸的马背上，破月几乎可以预感到他们的命运——敌军纵横交错，他们要么杀光所有敌军，要么终于在某处被某支清醒而意志坚定的敌军全歼。

他们可能杀死六万人吗？不可能。

所以他们死定了！

当破月累得像死狗一样，陷入重重杀阵时，步千洐正站在正南城门上，率军正面抵抗五国联军最强悍的攻击。

战局如他预料的一般，顺利而惨烈。在经过了一个白天和半个晚上的鏖战后，对方终于沉不住气了，容湛派人来报，地道里已经有了动静。

与此同时，老早就潜伏在另一条地道里的军中高手们，亦开始行动。

当烈火像毒蛇一样在地道中蔓延时，数千潜入地道的敌军士兵，发出凄惨的哀号。而面前正在猛烈攻城的军队，明显锐气一挫，现出乱象。

可这还不是步千洐想要的。直到敌人中军大帐一片混乱，他知道，得手了。

敌人开始鸣金收兵。

可他哪里肯让？

赤兔营的士兵像蝗虫一样，从同样的地道钻出来，将敌军切成两段，开始无情地杀戮。而容湛率领生力军，打开城门，如一把尖刀插入了敌阵。

步千洐站在城楼上，望着城楼下，下面如一个大大的沸腾的油锅。人潮在里面沸腾，死亡是每个人的归宿。

一片混战。

这个时候，指挥已经不重要了。斩杀更多的敌军，才能赚够本。

他正要跃下登城道，亲自出城厮杀。一个士兵小跑着气喘吁吁地冲过来，迎面拜倒。

"北门如何？"他厉声问。

他也收到了北门统帅薛校尉战死的消息，所以才派人过去查探。

那士兵的脸色却有些奇怪。

"北门没有敌军。"他答道，"敌人一个时辰前就退兵了。"

步千洐有些惊喜地问："谁在领兵？"

"听说是……小宗。"

"小宗？"步千洐眼睛都直了，"她怎么会……"他沉凝片刻，厉喝道，"把她带过来！"

士兵脸色更奇怪了："将军，北门只留下了几个厨子。他们说，小宗带着人出城追击，已经去了很久。"

步千洐张了张嘴，脑子里冒出破月亮晶晶的眼睛和嫣红的唇，想到她出城迎敌，有一种置身梦境般的不真实感。

沉默片刻，他抽出腰间长刀，厉喝道："她往哪里去了？可有人护卫？速牵踏雪过来！"

"小的不知……"

"将军！快看！"城垛上一名军官忽然大喊道。

步千洐霍然回头，心底一凉。

城楼下早已刀光剑影、厮杀震天，他的人，正在一步步割下胜利的果实。可就在你死我活的庞大战团的西北角，一支几十人的黑衣骑兵，突然不知从哪里冒了出来，对着数百倍于自己的五国联军就是一阵乱砍。

联军很快将他们包围。

几乎是一眨眼的工夫，这支蚂蚁般弱小的骑兵，就被拖入了战团，顷刻不见踪迹。

那是破月！

步千洐心头忽然升起奇异的直觉。

一定是她！

那个方向，他根本没有布置兵力，除了冲出城门的破月领的那队人，不可能再有别人。

步千洐的心跳忽然加快了。

他比谁都清楚，此刻两军决战，全都杀红了眼。城楼下这数千人的战阵，就是个巨大的杀人怪兽、一个能吞噬一切生命的巨大旋涡——任何人被卷进去，都是死路一条。

步千洐再无迟疑，跃下登城道，落在踏雪背上。

"开城门！"他如气势磅礴的黑鹰，飞出了固若金汤的城门，一路见人便砍，顷刻也如一滴水落入大锅，陷入危机四伏的敌阵。

一与面前的联军交手，破月就发现了不对劲。

他们根本不逃，个个面目狰狞、锐不可当。死了一个，很快有人反手砍掉了赤兔营的两个。

他们是敌军主力，是正牌攻城部队！

"撤退！"破月连忙喊道。可是已经来不及了。潮水般的敌军，迅速将他们包围。

破月一抬头，看到了遥远的南城门，这才明白，自己的队伍跑了这么远，眼看就要成为炮灰！

还没等她有任何对策，忽地觉得面门前有一阵劲风！她一回头，见到对面马上，一名白衣军官，挥刀朝自己劈过来！

"校尉小心！"猛地斜刺里伸出一只手，将她拉下马背，堪堪避过那致命的一刀。刀风过处，破月只觉得面门微微刺痛，瞬间一凉。她一抬头，这才发现是刘都尉将自己拉下了马。

"嚓——"一声闷响，刘都尉砍下了对方的人头。

"校尉！"刘都尉对破月大喊道，"我们退不出去了！"
"命大家全部靠拢，聚到一起！"她怒吼道。
刘都尉毅然点头，一转头看到她的脸，神色一震："你……你……"
"我什么我！快啊！"破月暴喝，她又看到两个士兵倒下了！
刘都尉便再没多言，将她拉到自己身后："躲好！"

可是茫茫敌阵，哪那么容易聚齐人手？
他们攻入的这个角落，赤兔营士兵本来少。很快，没有一个自己的人靠过来，他们二人反而被敌人包围了。
"呼——"有人一刀斩向破月。刘都尉不得已手一松，破月才堪堪避过这一刀，却也与刘都尉迅速分开了。
周围人声如雷，杀声震天。破月双手握刀，抬头望着周围三个敌军士兵。他们看到破月的脸，俱是一怔，竟没有立刻挥刀砍过来。
破月怕得要死，颤巍巍地横刀在胸前，脱口而出："我投降，你们俘虏我吧，别杀我。"
那三人互相望了望，其中站得离破月最近的一人，收刀、抬手，抓向破月的胳膊。

破月虽然想投降，可见一双满是鲜血的粗大的手抓向自己的手腕，下意识就往后微微一缩。然而士兵的手如铁钳般执着地伸过来……

刀光森然如雪，从天而降。
破月觉得眼前白光一闪，便听那士兵爆发出凄厉的惨叫，她看到一只手应声落地——那士兵的手，竟被人齐腕斩断！
她一抬头，望见面前三人都露出惊恐神色，刀光如闪电般掠过，鲜血如潮水喷射！
一眨眼间，面前三人脖子上秃秃的，脑袋不知滚到了哪里，狰狞可怕得令她倒退一步。
她没来得及回头，腰间便一紧，一只大手将她从地上捞起，她腾云驾雾般落入一个温热而熟悉的怀抱。

她望见身下骏马通体漆黑，唯有四蹄雪光般践踏着地上的尸骨，张狂而不可一世！

"步千洐！"她的眼泪一下子涌出来，大声喊他的名字，回身抱住了他的腰。

"嗯。"头顶上方，有人哑着嗓子应了句，然后松开了她的腰，重新握紧了缰绳。

"刘都尉，随我杀出去！"他对边上喊道。

阎罗，他是真正的阎罗。

破月将头埋在他怀里，激动得不能自已。

她看不见周围发生了什么，她只感觉到他带着她，以极快的速度穿行在敌阵里。所过之处，只有鸣鸿刀干脆利落的低鸣，只有此起彼伏的惨叫声。

"开城门！"她终于听到他一声厉喝，惊喜抬头。

"大哥！敌人退兵了！"她听到容湛的声音就在身后。

周围骤然欢声雷动，仿佛要掀翻整个墨官城。

破月一把抓住他的衣襟："太好了！"

他背着光，宽阔的肩膀像山一样坚毅，俊脸上溅满鲜血，五官模糊而狰狞，沉默地望着她。

"……小宗，你怎么在这里？"身后，容湛认出她的背影，惊讶道。

破月忽地有些紧张起来，要怎么对他们说呢？她看步千洐高深莫测的样子，似乎并没有生气，略略松了口气。正要转头跟容湛说话，却被步千洐眼明手快扣住了肩膀。

"且慢。"

她迟疑："为何？"

"面具掉了。"他沉肃沙哑的嗓音中，终于泛出一丝笑意。

夜如碧海，火光冲天。

步千洐想象过许多遍破月的样子，俏丽的、英秀的、可爱的……或许鼻尖上还有两颗小雀斑，脸色会绯红得像每一个妙龄少女。

可他实在没料到，她竟然长得这个模样。

苍白、纤弱、清丽、精致。

仿佛碰一碰，她就会碎在自己怀里。如此柔弱，仿佛天生需要男子的呵护和关怀。

容湛说得没错，妖精般的女子。可就是这么个女子，日日与他斗嘴、斗气，言行举止从来都跟男子一样粗鲁。就是这么个女子，曾经被自己悄悄搂在怀里。也是这个女子，带着他的一支残兵无法无天地跑到城外反攻。

他盯着她宛若白色花瓣的脸蛋，脑子里忽地冒出个念头——

她真是胡闹啊，可他该拿她怎么办？

可破月人生中头一回出生入死，又被他从鬼门关带回来，心情还处于极度的亢奋中。听到他说面具已掉，微一诧异后，露出愤愤的神色："掉了就掉了。我知道有点儿恶心……"

步千泸不明白她为何说"恶心"，可她已转头看向容湛："容将军！"

容湛微微一怔。

远处的士兵们还在欢呼笑骂。容湛背后，近处数十人，循声望来，全部呆住。

看到众人一副见了鬼的表情，破月心底油然生出爽意，索性一不做，二不休，向步千泸背后探头，笑嘻嘻道："刘都尉，多谢你的救命之恩。"又朝方才跟着步千泸冲出的那几十人道："大伙儿辛苦了！"

刘都尉早见了她的真容，讷讷不能言。其余军士尽皆错愕。

"她是谁？"有人小声问。

"……小宗校尉。"刘都尉无奈地答道。

军士们瞬间失语，你看看我，我看看你。

半晌，忽地有人爆发出爽朗的笑意，然后所有军士仿佛都被感染，开怀大笑起来。一副副疲惫的身躯、一张张满是血污的脸、明亮的双眸，都温和地盯着破月。

破月的热血再次沸腾——那是刚才与她一同出生入死的英雄们啊！

她身形一动，正要跳下马与他们再叙一二，却被步千泸摁住了。

135

他先跃下马，眼睛盯着前方，话却是对她说的："你先回营。"

不等她拒绝，他大掌在踏雪臀上重重一拍，破月身子一歪，便被踏雪带着一溜烟儿似的跑入城中。

夜凉如水，满城匆忙而喧嚣。

一人一马踏过枯枝断骨，在往来的兵士间纵横穿梭。有人恰好抬头，瞥见骏马上娇颜如雪，震撼僵立。那一骑却如流星飞逝，瞬间跑远了。

虽然心情一直激动得不能自已，但破月回到营房，洗了个澡，已累得浑身发软，瘫在床上。

只是一夜辗转反侧，脑子里总冒出那些血淋淋的尸首。好容易迷迷糊糊睡着，午夜梦回，却惊出一身冷汗。

这一觉极不踏实，她醒来时已是日上三竿。有粗妇走进来，神色颇为敬畏地对她道："姑娘，将军说，你醒了便去城楼。"

破月知道步千洐必是要详问昨日缘由，点点头，便出了门。

一路上，士兵们侧目不断。破月微笑点头，神色自若。

她受够了。每日顶着个面具，就算是苏隐隐的绝妙作品，也是很难受的。她知道自己如今的样子很怪，穿着士兵服，却没有束胸，也没缠腰，不男不女。但真是好多日子以来从未有过的舒服。经历过生死，她只觉得一切豁然开朗。反正相貌不用隐藏了，她也不怕了。

只是一步步走向步千洐指挥所所在的城楼时，她的心还是一点点地往下沉。

胜了，他们胜了。

胜了便意味着，危机已解。

那也就意味着，颜朴淙也许很快就会来。

她从没想过要跟着步千洐和容湛一世，若不是起了战事，她现在早已在哪里的村落隐居了吧。

她该走了，才不会拖累这两个男人。

营房的门打开，步千洐英俊的脸赫然在面前，清黑的眸如墨色深渊，令她瞬间感到一种温暖的踏实。

他特别平静地看了她一眼，转身又走了回去。

她觉得他稍微有点儿怪，但哪里怪，又说不上来。

破月走进去，容湛正好抬头，先没看到她的脸，却看到戎装包裹的玲珑饱满的曲线，不由得一僵。自此之后，目光便紧锁破月的头顶了。

步千泓坐下，依然没看破月，盯着地图。

"胆子够大啊。"他语气还是一如既往地轻慢。

破月早想好了说辞，特别平和道："当时我被人带到城楼，也是为了活命，来不及禀报啊。"于是便将昨日的情况、自己的判断，尽数说了一遍。

步千泓与容湛交换了个眼色，容湛微笑道："知道昨日你们杀了多少敌军吗？"

破月想了想："五六百？"

容湛难得地露出有些玩味的眼神："两千五百余人。"

破月一愣，难以置信地看了看他，又望向步千泓。步千泓原本神色冷峻，此时脸上也露出一丝笑意，朝她点点头。

破月眉目一展，绽开了一个大大的笑容。

步千泓缓缓移开目光，却沉声道："你妄传军令，打开城门，极为凶险，功过相抵，我便不罚你了。"

破月讪讪点头。虽然步千泓平日吊儿郎当，但是在军事上，一向言出如山。故他如今训斥，她很乖觉地老实应着。

"对旁人，还按你原来的说辞，说是大哥的命令。"容湛微笑道。

"明白。"破月很清楚，如果军士们知道真相，就算战果是好的，也会觉得她太胡闹、步千泓太纵容。

"此次五国联军，一共在墨官城折损两万余人。"容湛叹息道，"今日一早，信使来报，朝廷的三万北路军，已动身驰援前线战事，大皇子殿下亦亲往前线犒军。联军已闻风而逃，墨官城之危已解。"

破月不由得大喜："太好了！敌人彻底退兵，这一仗算是打胜了！"

"破月，我们想问你，今后愿不愿以幕僚身份，为大哥参议军事？"容湛柔声问道。

破月一愣，抬眸望着步千洐。不知为何，他今日话特别少，对她似乎也有些……冷漠？

"我可以吗？"她心头阵阵悸动。

她声音微颤，问得恳切，步千洐脸上的笑意一闪而逝："马马虎虎吧。"

容湛则道："破月不必自谦。大胥最重军功，若不是你身份特殊，亦没有军籍，此役之后，自应连升三级。"

她心头一甜，真好。

原来在他们眼里，她终于不再是需要被保护的弱女子了。

她笑道："好，那我考虑考虑。"

容湛和步千洐对视一眼，同时失笑。此时有士兵来报兵器损耗，两人神色一正，细细地听着士兵的禀报，又吩咐一番。

破月听得无聊，目光瞥见一旁的桌子上放着盘包子，才觉饥肠辘辘。于是便走过去，拿起一个，大口大口吃起来。

真香，也许胜利之后，吃什么都格外香吧！

她三下五除二干掉了大半个，将剩下的一小块全塞进嘴里，伸手去拿第二个。谁知一抬头，却见步千洐和容湛都望着自己。

她以为有什么紧急情况，只得狠吞了几下，噎得发慌，艰难地问道："怎么了？"

两人默默望着她纤细精致的香腮，生生被撑成鼓鼓的包子。许是在军中跟男人们待久了，刻意模仿小宗又成了习惯，她的吃相干脆利落、大开大合，隐隐透着豪迈的粗鲁。

妖精般迷幻的长相，壮汉般粗放的动作，实在是太违和了。

两人都没出声，同时别过脸去，继续吩咐那士兵。士兵已然望着破月呆住了，又恍然惊醒般唯唯诺诺。

之后一连两日，破月都没见到他二人。战后诸事琐碎繁忙，两人早忙得脚不沾地，哪有空顾及她？

只是她偶尔在城中闲逛，士兵们虽然还是会惊讶，但"叶校尉"这个名头，却是叫开了。

"叶夕，叶校尉！"刘都尉还专程来拜见过她，转达了兄弟们的感谢和尊敬。

"叶校尉虽是女子，但大伙儿今后都愿意跟着叶校尉。"刘都尉道。

破月知道，大胥也有不少女军官。步千泔打算将"叶夕"这个名字报上去，禀明她的功劳，坐实她的假名，给她校尉的身份。可她知道，那样也阻止不了颜朴淙。她已经决意走了，面对步千泔的帮助和刘都尉的忠诚，觉得受之有愧。

"我只是误打误撞，并没有什么真本事，都尉不要对我期望太高。"她道。

刘都尉却呵呵地笑了。

好容易将墨官城整肃完毕，两千多赤兔营残军意气风发，破月也收拾好行囊打算不告而别。却在这时，一封紧急求援的书信，被送到了墨官城。

"大皇子亲赴前线犒军，亲卫队于黑沙河畔遭遇数千敌军包围，危在旦夕！命步千泔速速驰援！"

书信上盖有大皇子的印章，步千泔和容湛一看就明白过来——黑沙河就在墨官城西北五百余里，赤兔营是离他们最近的部队——大皇子极可能是倒霉地遇到了从墨官城溃逃的联军，陷入了重围。

救人如救火，步千泔再无迟疑，也来不及向赵初肃将军请命，迅速点齐一千五百人马，只余五百交给容湛守城，集结于北门。

破月一得到消息，就从营房往北门跑。她已经打算走了，兴许这是见步千泔的最后一面！

想到这里，她心里有点儿不是滋味。

此时正是傍晚，晚霞笼罩着墨官城。她刚跑到城门口，远远望见千余骑蓄势待发，眼眶就有些湿润了。

队伍开始向前移动。因为城门口战场还未清理完毕，他们移动的速度并不快。

破月又往前跑了几步，便见乌云踏雪立在队伍最末端，两个人站在马前，正是步千泔和容湛。

周围还有些兵士在送行，见到破月，都沉默下来。步千泔脸上挂着笑，正跟容湛说着什么，一抬头望见破月，笑容便凝滞了。

容湛也回头望见了她，招了招手。

破月跑过去，望着步千泔清朗的容颜，一时竟不知说什么好。

那日打了胜仗后，他基本就没跟她说几句话，谁知这一转眼，又要去打仗。

还是步千洔先开口，一本正经："好好待着，勤练拳法，今后做幕僚、做校尉，可不是儿戏。"

"嗯。"破月不知怎的脱口而出，"你要少喝酒啊，过量伤身。"

容湛和步千洔都目露诧异。步千洔笑了一声道："这丫头，好像我不回来了似的。本将军只是去驰援大皇子，快则两三日，慢则四五日便返。"

破月点点头，目光一直盯着他的衣襟，不想看他俊朗逼人的容颜。

步千洔见她一直低头，也不多言，抬手握住马缰，便欲上马。

听到马蹄声轻响，破月猛地抬头，直直瞪着他。这一瞪把步千洔都惊了一下，然后未等他询问，破月上前一步，一把抱住了他。

静默，死一样的静默。

围观的士兵们是静默的，静默地看着自家将军被女校尉抱紧，大部分人都恨不得被抱住的是自己。

容湛也是静默的，脑海里只有一个念头：啊，她抱了大哥！她抱了大哥！她为什么要抱大哥？男女授受不亲，她这是要对大哥以身相许吗？

步千洔也呆住了，只觉得那温香软玉的身子，轻轻靠在自己怀里；柔滑的小手，紧贴着自己的后背——她居然主动抱了他？

"你……"他听到自己声音有点儿干。

"保重！"破月在他怀里深吸一口气，撒手，后退，微笑望着他。

她这是……不舍吗？

步千洔想要问明缘由，想要逗她两句，可所有话到了嗓子眼儿，却一句也说不出来。只是怔怔望着她温柔淡然的容颜，从来冰冷坚硬的心肝，仿佛也被那温热的手，撩拨得一片滚烫、糊里糊涂。

"将军！"队伍最末，有人见步千洔迟迟未动，扬声呼喊。

步千洔猛地收回目光，翻身上马，在踏雪身上重重一拍。踏雪发足飞奔，顷刻便奔至队伍最前面。

剩下的人伫立在原地，还是破月最先转身，笑中含泪，对容湛道："回去吧。"

容湛木然点头，转身往回走。

步千洐策马行于队伍最前，望着惨淡的落日，只觉得全身依然僵硬如木石，血脉始终凝固。

天是白的，地是黄的，四野茫茫，将军一生征战，终有一日尸骨埋于荒野。

这是他一直以来的期盼，一直以来的豪情。

可为何，今日被她这么一抱，从来洒脱的胸怀，便添了几分从未有过的柔软情意？

不，并不是今日。

是将她从五虎手中救下那日，看到她皓月般清澈的双眼；是她病倒在地牢，全身发抖，伏在他的胸口，宛若受伤的小兽；是她胆大包天地扒掉他的裤子，气息轻拂过男儿热血之躯。

是她的马如流星坠入敌阵；是她亲手制造阎罗炼狱，敌军溃败如潮，尸首堆积如山。

而最后，是她站在敌阵中，面具开裂，茫然四顾，孤独而无助。

那个时候，他看清了她的脸，看清了那惊心动魄的容颜。

步千洐心头猛地一抽，骤然勒马。

这几日，他一直有意躲着她、疏远她。昔日她长相丑陋，她扮作小宗，他与她朝夕相处，自由自在，怎么逗她都不尴尬，可如今她换了那么一张脸，他却浑身不自在——因为他不能忽视，她是个女人，还是个粉雕玉琢的女人。他怎么能还像大爷一样奴役她，还能耍赖装睡让她给自己上药、偷偷找借口搂她呢？

有那么一瞬间，他宁愿没有见到她的真容，便还能如往常那样，与她亲密无间。可如今……为何他会觉得，若他此刻不回头，便会错失什么？

不能回去，不能去！有个声音在心里道：步千洐啊步千洐，你不过五品，无权势、无蒙荫，如何护得住她千金娇躯？她又如何看得上你这粗莽浪荡的武夫？

可他却听到自己的声音从未有过的决绝："你们先行，我随后就到。"

而后他掉转马头，朝城门冲去。

破月刚走入城门数十丈，便听到身后马蹄纷乱如擂鼓。她下意识便靠到街旁躲闪，正欲回头，那马蹄声却闪电般瞬间已至身后！

她身子一轻，已被人大力从地上捞起。马儿四蹄如飞，越过那人熟悉坚实的肩膀，她看到容湛等人惊讶的脸越来越远。

"怎么了？"破月诧异地望着他。

他却沉默着，沉默着。从来漫不经心的容颜，头一回绷得死紧，甚至连额上的青筋都微微凸起。他的手搂着她的腰，搂得格外紧，隐隐有些生疼！破月下意识就往外靠，却被一股更大的力量，紧扣在他的胸口。

她趴在他胸口，完全不能动了。

他抱着她，马儿一直跑一直跑。不知道跑了多久，久到破月都有点儿害怕了，不知道哪里惹到了他。他却忽然勒马停住，抱着她跃下了马背。

破月勉强站定，发现周遭是一片荒野。大约也遭受过战争的洗礼，田地已然荒芜，山林也被烧尽，光秃秃一片。

天地间只余苍茫，四野无人，只有他们俩。

他带她来这里干什么？

破月疑惑地抬头。

只见步千泠沉着脸，瞪着眼，嘴重重地堵了上来。

像是饥渴了许久的人，他的吻明显透着慌乱，透着急切。他用力含住她的嘴唇，又舔又吸，全无章法。破月嘟囔含糊道："你……"舌头就被他逮到了，含住、黏住不肯再放。

破月一开始是惊愕，而后是抗拒，最后……则是彻底软了下来。他把她抱得太紧了，她根本动弹不了。她只能闻着他嘴里的热气，闻着他身上的血腥味，而舌尖上酥麻的感觉，一直从嘴里传到全身，传到心里。

过了许久，他才松开她。

俊脸通红，可他的神色明显放松下来，跟方才的青筋暴起、强势拥吻，完全判若两人。明亮的双眸中，全是她熟悉的疏懒笑意。疏懒中，又带着某种满足。

明明是他轻薄她，破月却觉得很尴尬，紧张地问："你……为什么吻我？"

他的胳膊状似无意地轻轻搭上她的肩膀："因为你先抱了我。"

这算什么回答？破月嘴唇上还有点儿痛，他亲得太重了。

可为什么她的感觉是又甜又涩？

"我送你回去。"他将她抱上马背，顿了顿又道，"等我。"

破月耳根都是滚烫的，心跳如雷，心里只有他的声音反复回荡——

等他……

142

等他……

噢，她为什么觉得全身的血都要因为这简单的两个字燃烧起来?

步千洐暗暗等了一会儿，见她明明面若朝霞、神色凌乱，却并不将他推开，更没赏他一个耳光。他不由得心怀舒畅，惊喜暗生，长啸一声，声震云霄。

破月吓了一跳，身子一缩，他趁机将她的腰搂得更紧，策马扬鞭，掉头朝墨官城奔驰而去。

美人如梦

第十三章

"看好，别让她走了。"

步千泷朝容湛丢下这句话，便策马一溜烟儿似的朝大部队追去。

彼时容湛在城门已立了许久，望着破月被步千泷动作温柔地抱下马，两人皆面色潮红。一瞬间，他似乎明白了什么，讷讷地不知说什么好。

此二人是极相配的。他心道，或许他该为大哥高兴。

可心底那一点儿隐隐的羞愧和酸楚是为了什么？是因为在梦里遐想过……人都说日有所思，夜有所梦，所以若是破月姑娘跟大哥情投意合，自己会觉得对不住大哥吗？

他做事、为人从来清白无愧，此时心中却像藏了个小鬼，惴惴不安。破天荒头一回，他没有对破月和颜悦色，而是淡然点了点头，转身就走。

破月跟在他身后，却未察觉他的异样。她心里可比容湛混乱多了，一会儿想着，刚才不该搂步千泷的，他多聪明啊，现在他让容湛看住自己，哪里还走得了？一会儿又想，方才骑马回来的路上，步千泷又低头亲了她几次，亲得她嘴都疼了，他却一个劲地笑。

两人一前一后，各怀心思。走了一段，到底是容湛先平和下来，转头对破月笑道："大哥有令，容湛不能不从。破月，我知你怕拖累我二人，可是兵荒马乱，

144

你还是留下吧。这几日我命人加强城防，决不让那人的人马进城，待大哥回来，再作打算。"

破月心知容湛认定的事，八匹马也拉不回来，只得默默点头。

就这么在墨官城又逗留了三四日。前方传来消息，说大皇子困境已解，步千浒两日内便能返回墨官城。

听到这个消息，破月当晚就失眠了。黑黢黢的夜里，她脑子里尽是步千浒在马上低头，笑着吻自己的样子。

忐忑不安中，奇怪的事情却发生了。

三日过去了，不仅步千浒没回来，他带去的千余人马更是断了消息，容湛派去查探的人只回复说，黑沙河畔已无人驻扎。

终于，第八日日落时分，容湛接到一份飞鸽传书。当时破月就站在他身旁，看到他脸色大变，她心里越发不安了。

"发生了何事？"

容湛放下信："大哥……昨日被关入了婆樾城的死牢，不日问斩。罪名是贻误军机、私通敌寇。"

破月瞪大了眼，立刻否定："怎么可能！"步千浒通敌？绝无可能！

可婆樾城是昔日离国都城，如今是大胥东线指挥部所在。步千浒竟被押解到那里的死牢，可见情况真是危急了。

容湛神色凝重："信上说……他私放了当日围攻大皇子的五百残军。"

破月目瞪口呆："为什么？"

容湛摇头。

他没对破月说明的是，大皇子和二皇子表面相亲，实则明争暗斗许久。而皇帝似乎也有意从中选择一个继位，所以对他们的争斗，亦是睁一只眼闭一只眼。如今步千浒出了事，容湛回想起来，大皇子被围黑沙河，只怕其中另有隐情。但步千浒为何会放走敌军，却连他也想不清楚缘由。只是皇室龌龊，不便向破月说明。

他背起长剑，毅然望着破月："我这就去婆樾城，你留在此处。"

破月哪里肯依，一把扯住他的衣袖："带我去！"

容湛望着她惨白的脸，心尖上有点儿莫名发疼、发涩，摇头道："不成，我连夜赶路，带不上你。"

"你留我在此处，颜朴淙找来怎么办？"破月急道，"况且若真的事关步千洐的性命，我愿……我愿……"

我愿舍身相救。

这不是因为那个吻，而是她欠他的。

就算容湛匆匆赶去，他军衔比步千洐还低，又有什么办法救他出来？劫狱？纵然他武艺高强，可大胥军中藏龙卧虎，不说别的，颜朴淙才是大胥军中武艺第一啊！

她当然要跟去探明情况。若真的回天无力，她……愿意舍了自己，让手眼通天的颜朴淙换步千洐出来。他不过五品，在颜朴淙心里，她应该值这个价吧？

想到这里，她心头猛地一抽，疼痛难当。

容湛浑身一震。

破月这些日子如何顽强地想要逃离颜朴淙，他看得分明。只怕世上，没有比她更加不屈的女子了。可今日一听大哥有难，她言下之意竟愿以身饲虎，换取步千洐的性命。

看着她灰白的脸色，他忽地觉得心尖上某一点被戳得仿佛要滴下血来，也不知是心疼她，还是心疼步千洐，抑或是心疼他们两人。

他眸色微沉，缓缓道："好，咱们一起去救大哥。你亦不必害怕，容湛自护得你周全！"

容湛挑了最快的骏马，与破月连夜出城。夜色如水，四野茫茫，两人穿行于战乱的土地上，只觉得处处焦土，触目惊心。

天色一明，破月已累得有些发慌，视线也模糊起来。容湛心细如发，迟疑许久，沉默地将她从马上提过来，放在自己身前，继续赶路。

破月在容湛马上睡了有两三个时辰，一睁眼却见容湛双眼湛若秋水，竟似全无疲惫，依然在策马赶路。

"需不需要休息会儿？"她关切地问。

"不必。"容湛的声音有些沙哑。

当然不必。他没告诉破月，信上写的是，步千洐七日后问斩。这分明是有人为了掩饰内情，要以迅雷不及掩耳之势杀了步千洐啊！

146

可墨官城与婆樾城一东一西相距甚远。他若不日夜兼程，如何能赶到？好在破月身量极轻，带上她速度亦不减。

到了第三日夜间，原先的马已跑死了，容湛抱着破月就这么徒步跑了一整天，到了晚上，才在驿站得了匹马。

这下连破月都有点儿心疼了。他是人，不是神仙。

尽管他双眸依旧清明，可眼眶已赤红一片，渐生血丝。一路风霜，他发束凌乱、满面风尘、浑身汗臭，是破月从未见过的潦倒模样。可他整个人似魔怔了，不吃不喝、披星戴月，不要命地往婆樾城赶。

转念想起尚在死牢的步千洐，她更觉柔肠寸断，抑郁难舒。

终于，在第七日早晨，第三匹马猝死在婆樾城百里外。容湛毫不迟疑地抱起破月，一路狂奔。

破月看着他竟有几丝癫狂的模样，又怜又痛，不由得道："你放下我吧，你先去！"

容湛不知想什么，整个人都呆呆的。抱着她又跑了十余里，才恍然惊觉她方才说的话，柔声道："无妨……大哥身在牢中，若是见到你，必是很欢喜的。"

他答得没头没脑，破月心头疼得发堵，只恨自己没有通天的本事可以救他们于水火，报答他们的大恩。

临近晌午，终于远远望见一座雄伟城池的轮廓。容湛抱着破月，几乎足不点地，径直朝城门飞奔。因为这一片都已由大胥控制，所以城门并未戒严关闭。容湛纵身一跃，冲进城里，城门守兵根本连人影都没看清楚。

容湛竟似对这婆樾城极为熟悉，毫不迟疑地在城中穿行择路。破月在他怀里，只听得劲风阵阵。他眉目沉凝，像覆上了一层薄冰。

她很想问问，他到底想怎么营救步千洐，可见他一脸坚毅，竟似已打定了主意，她只能静观其变。

终于，容湛脚步一顿，将破月放下来。

这是城中最严整华丽的大屋子，门口诸多士兵守卫，见到两人，都沉下脸。

"来者何人？"有人问道，"胆敢擅闯禁地！"

"跟着我。"容湛径直快步往里走，破月连忙紧随其后。

"让开！"容湛眸若寒星，声厉如刀。破月微微一惊——他向来谦恭有礼，如今真的发起火来，竟是铮铮傲骨，不怒自威。

门口士兵正要再拦，容湛从腰间摸出块金牌，锵然往士兵身上一掷。士兵捡起来看清了，一时竟吓得去了半条命，"扑通"一声跪倒，双手捧了那令牌，大气也不敢出。

其他士兵迟疑着要上前，那士兵的头目厉喝道："统统跪下！"

容湛看也不看他们，径直往里走。那士兵不敢让令牌躺在地上，恭恭敬敬捧着，一路跟随着二人。

破月怔怔望着他疲惫而坚毅的容颜，不发一言。

一路穿堂过室，来往的兵士见到令牌，亦"扑通扑通"跪了一地。

终于，行至一处拱门前时，容湛突然停步。

他停得急，破月差点儿撞上他的后背。她抬眸望去，顿时全身如坠冰窖——一名锦衣男子，静静站在拱门处，俊白的脸珠玉般清冷，狭长的眸中寒光大盛，已然牢牢锁定了她。

那人身后数名黑衣侍卫，见状都拔出长刀。

颜朴淙！

他竟然也在这婆樾城！

她其实早有预料！这里是东路军机要处，他位高权重，当然也会停留在此处。

破月心尖一颤。

"月儿……过来。"颜朴淙缓缓开口，声音轻柔，却令她不寒而栗。

破月全身僵若木石，连指尖都在微微发抖。

忽地手心一暖，竟被人牢牢握住。

是容湛。

他的神色极为平静，抬眸看一眼已然大亮的天色——晌午过后，步千洐就会被问斩！他面沉如水，从身后士兵手中夺过令牌，往那些护卫眼前一丢，淡然道："让开！"

护卫们看清那金牌，又惊又疑，望了望容湛，又望望颜朴淙。

容湛视他们凌厉的刀锋于无物，牵着破月，穿过刀丛，一步步走到颜朴淙面前。

错身而过时，破月别过脸去，不敢看颜朴淙。可斜刺里却伸出一只手来，一把牢牢抓住了她的手腕。大力袭来，她半边身子都麻了，差点儿与容湛脱手。

是颜朴淙。

他仿佛无视容湛，双眸深深望着破月，暗潮涌动，似乎下一秒，就要将她扣进怀里，狠狠蹂躏。

"颜朴淙，你敢拦我？"极平静的声音从破月头顶传来，简单的质疑，却透着傲然的威严。

容湛抬眸看着颜朴淙，眸沉若水。

破月的心提到嗓子眼儿。

颜朴淙淡淡与容湛对视片刻，缓缓道："……下官不敢。"

他将破月的手狠狠一捏，而后……松开。

破月的手腕痛得几乎断掉，根本不敢再看颜朴淙，低头随着容湛快步往里走。

容湛深吸一口气，径直冲到最里的正堂前，一脚踹开大门。

正堂里，两名华服青年正在饮茶，一人二十余岁，眉目清俊温和；一人十七八岁模样，肤色黝黑、相貌俊朗。

两人见到容湛，都一惊。年长那人有些迟疑不定，年幼那人匆匆扫了一眼二人，怒道："什么人，竟敢擅闯军机要地？来人啊，拖出去！"

容湛丝毫不惧，牵着破月，一步步走到他们面前。他原本容貌极美，此时衣衫褴褛、容颜憔悴，眼神却偏偏比任何时候都要坚厉。

"澜儿、充儿，"昔日清朗似水的声音，如今沙哑无比，"步千泑不能杀，杀他如杀本王！"

说完这番话，他清瘦的身子晃了晃，竟已全身脱力，砰然倒地。破月被他扯着一起摔在地上，被压在身下，动弹不得，急得一把将他抱住："容湛、容湛！"

未料容湛竟已昏了过去，素白的俊脸全无血色，双目闭得死紧。可冰凉的大手，却如铁钳般紧紧扣住她的手。

破月慌忙抬头，便见颜朴淙阴沉着脸，站在屋子门口。

而身后年长那人已惊呼出声："果真是十七叔？"

另一名青年亦反应过来，喃喃道："小王叔……"

曚昽的日光仿佛一只若有若无的手，从狭小的窗边拂过。幽暗潮湿的地牢，死一般寂静。

步千浒靠坐在地上，长眉轻蹙、双眸紧闭。身上的将军袍皱巴巴的，双手双腿都有沉甸甸的镣铐。

"吱呀"一声，牢门从外推开，一名十七八岁的锦衣青年矮身而入，目光锐利地扫过步千浒，沉默不语。

步千浒慢慢睁开眼，静静盯着他，不起身，也不行礼。冰冷的目光，像是要看透来人的心。

那青年被他看得心里发毛，脸上便添了几分恼意："步将军好大的架子！"

步千浒仿佛半点儿脾气也无，眸中笑意淡然："将死之人，懒得拜天拜地拜君拜神了。"

青年正是当今皇帝次子慕容充。他自幼酷爱武艺兵法，是皇帝诸子中的佼佼者。年纪轻轻便担任东路征讨元帅之职，赢多输少，如今在朝中声势，更是如日中天。

但他万没料到，自己竟会在这个小小的平南将军处踢到了铁板。

想到十七叔慕容湛，他压下心头火气，放软声音道："步将军，他给你死路，本王给你生路。再过半个时辰，你便要问斩了，普天之下，只有本王能救你。不仅能救你，还能保你飞黄腾达，你何苦孤傲绝情？"

"还有半个时辰？"步千浒纵然生性豪情，听到自己的死期逼近，也难免胆寒。可望着面前容颜英武、目光阴骘的皇子殿下，他却无法应允。

数日前他带兵为大皇子解围，原本极为顺利。敌军虽有三千余人，但都是残军，在赤兔营锋锐的冲击下，几近被全歼。

可最后的五百敌军，却格外顽强勇猛，且他们虽然穿着联军服色，但武艺、兵阵竟与大胥军极为相似。步千浒当时在中军指挥，暗自生疑，亲自带兵去追击那五百人的头目。

谁料堵到了人一看，竟是熟人——曾经输给他百年好酒的老苏！此时，步千浒左右近卫都看到了老苏身后数十人皆为赵初肃将军麾下将士，齐齐失色。

步千浒知情况诡谲，连忙屏退左右，拷问老苏。

"是二殿下和赵大将军！"老苏凄然道，"先前只说让我押送这数千俘虏，临到了黑沙河，却命我传令，说让他们追杀大胥叛军，堵住大殿下的车驾。我也受命扮成联军，若是他们失手，我便……"

步千洐听得怒火中烧："老苏，你这浑人！大殿下早识破了你们的伎俩！"

原来他一赶到黑沙河，就发现这支敌军疲弱不堪。而大皇子的一千护卫全是精锐，旁人或许看不出，他这种行军老手，一看便知，大皇子若是刻意收拾他们，早不用拖到步千洐的队伍到来。

步千洐起初还以为大皇子是不屑与他们动手，现下才知，大皇子必定是察知了一切，顺水推舟想将事情闹大。

"那如何是好？"老苏问。

步千洐在凄冷的月色下来回踱了半晌，终于看着昔日好友，心头钝痛麻木，缓缓道："老苏，你必须死。"

可步千洐还是低估了皇家人的狠厉。

当他提着自刎而死的老苏的人头到大皇子慕容澜面前时，对方只淡淡看了一眼："主使呢？"

步千洐深埋着头道："不知。"

慕容澜笑道："不知？步将军，本王听说，你率五百精锐，将这伙逆贼围堵在山上，拷问了整整一个时辰。以'步阎罗'的手段，居然什么也没问出来？你好好想想。"

步千洐咬牙道："末将的确问了许久，只想为殿下找出贼首。可这奸贼极为狡猾，半点儿口风不漏。末将出身贫寒，一心为朝廷、为殿下效忠。若是能为殿下出一点点力，末将也是在所不辞啊！望殿下明鉴！"

大概是听过他的"恶名"，慕容澜沉吟片刻，语气缓了缓道："你是否忠心，本王自然会查明。墨官城一役你做得很好，本王也听说了。你这么年轻，切勿一时糊涂，耽误了大好前程。你知道了什么，就说出来。不要怕得罪谁，本王一定会为你撑腰。"

有那么一瞬，步千洐有些信了慕容澜的话。他本就是正直性子，这事是二殿下杀手在先。虽然大殿下也有不妥之处，但他如实而言，也问心无愧。

可当他抬头，却看到慕容澜明明温润的眸中，闪过一丝狠厉。到嘴边的话，又吞了下去。

不能说。

他后背一阵冷汗。他小小五品，若是卷入这事，即便只是做个证，也死无葬身之地。

想到这里，他慢慢道："末将……的确不知。"

慕容澜便没再说话了，淡道："无妨。将你俘虏的数百人，交给本王。对了，还有昨日跟着你的赤兔营军士们……本王相信，总有人看到了。"

步千洺迈着沉甸甸的步子，走到了军营。

他先到了俘虏营，这里头关押了三百多大胥士兵，只不过他们穿着联军的戎装。

步千洺刀法独步东路军，不少人认得他，纷纷急唤："步将军、步将军，为何将我们抓起来？"

"不是说缉拿叛军吗？"有人哭道，"为何说要斩了我们？"

他默默退出俘虏营，又到了赤兔营，正巧看到大皇子的亲卫军来要人。几个赤兔营军士疑惑："押我们过去作甚？"

一名亲卫冷笑道："不作甚，殿下有话问你们。"

步千洺如醍醐灌顶般了悟——这些人都会死。

无论能不能揪出背后的二皇子，这些人都会死。

俘虏营中的士兵必死，因为他们"私通敌军，袭击皇室"；那晚跟他一起捉拿俘虏的赤兔营士兵们也要死，因为他们看到了真相。就算皇帝会惩戒皇子，出了这么大的丑事，也不会放过知情人。

而他自己呢？或许他刚刚立下军功，可在前线，无论大皇子还是二皇子，要让他这个不小心知道真相的人"死于意外"，易如反掌。

步千洺从身体一直冷到心里。

之后，他下达放走俘虏的命令完全出于义愤。

他知道这样做，必死无疑。可他一个人死，总好过这四五百无辜的士兵死！他们中的许多还是新兵，十七八岁的年纪，年轻到无知！

又或许，他是想发泄心中压抑许久的不平和怒火。

然后，他果然进了死牢。

私通敌军是重罪，二皇子是前线元帅，无须请示皇帝，便能先斩后奏。这十日来，大皇子来过两次，二皇子来过三次。大皇子劝他开口；二皇子大概见他宁死不吐露真相，表示愿意相救——只要他从此投诚，并替二皇子杀一个人。

二皇子没说杀谁，但是步千洐明白。

甚至连赵大将军也来过一次。他看到步千洐，只是叹气，他说不会让步千洐受皮肉伤。

"我们虽是武官，可这朝廷就是个旋涡，你是青年将领中的佼佼者，又怎能独善其身？二皇子虽行事重了些，可也才华出众。你素来机敏，在大事上，怎就如此执拗？"他这么说。

步千洐始终没有说话。赵大将军沉默片刻，便离开了。

今日，是他的最后一日。他选择放走俘虏，让这件事消弭于无形，已料定有这一日。大丈夫死则死矣，他心中并无太多沮丧。只是临死二皇子还来骚扰，令他心头越发焦躁郁怒。

"殿下，能赏末将一杯酒吗？"他顾左右而言他。

二皇子观他神色，已知此人的确冥顽不灵，挥一挥袖子，转身便走。到了牢门口，却又回头问："你与我十七叔如何相识的？"

步千洐不解："谁？"

二皇子以为他装傻，冷哼道："别以为有十七叔护着，你就能如此张狂。该说的、不该说的，自己掂量！"

他虽年幼，这一番话却也说得威风凛凛。步千洐望着他修长笔挺的身影，脑海中却浮现出另一个清俊温和的青年。

三年前认出他背的是湛泇剑，步千洐便猜测他出身显赫世家，可没料到……

十七叔？

他嘴角泛起苦笑——小容，是你吗？

时间一点点推移，直至日头偏西，却始终没有人来牢中押解他行刑。步千洐望着狭长的地牢通道，知道必定是小容救下了自己。他早将生死置之度外，但此刻却觉得心潮难平。他心想，就算即刻死了，有小容这个好兄弟，也不虚此生了。

对了，还有她。他亲了她，岂止是不虚此生，简直是赚了。

地牢里阴暗寂静，地上东路军指挥所里，却是灯火通明，所有人忙得四脚朝天。

破月静静望着床上沉睡的容湛。

两位皇子已经当着她的面，传令暂缓步千洐的刑罚，这令她松了口气。可容湛昏迷了，令她的担心又多了一重。

不，或许应该叫他慕容湛，当朝皇帝唯一的胞弟，传闻中最受帝宠的十七王爷——诚王慕容湛。

破月望着他近乎煞白的容颜，清秀的一张脸惨淡无光，只觉得世事无常，莫过于此。

她的目光又滑向与他紧紧交握的手，再次用了用力，想要抽回。可他实在握得太紧，每一根细长白皙的手指都与她紧紧相扣。她无奈地想，这只怕是他迄今为止做过的最逾矩的事了吧？待他醒转，估计会郁闷得不行。

可他明明是王室中人，却甘愿在军中受苦，而且还养成了如此诚挚干净的性子？

破月默然。

"王爷这是连日奔波，操劳过度，加之又受过内伤，才会猛然昏厥。"须发皆白的随军御医恭敬道，"无妨，调养几日便好。"

一旁的慕容澜和慕容充二人这才松了口气，让御医退下配药。慕容澜的目光先扫过破月清透如雪的容颜，又停在她被昏迷中的慕容湛握得死紧的小手上，柔声笑道："叶姑娘，我王叔如何受的伤？父皇近日一直特别忧心王叔，他日父皇问起，我也好答话。"

破月想了想，答道："回殿下，大概是墨官城 役受的伤。他未曾对我提起。"心中却想，难怪他会昏迷，之前受了伤，却未提及。

慕容充见破月看起来比自己还要小上几岁，语气也就轻佻几分，笑道："父皇常说王叔生性忠厚淳朴，却在梦中也将姑娘的手紧握。若是父皇见到，定会吃惊。"

破月脸上一热。

"两位殿下，步将军现下如何了？"破月小声问道。

未料她话音刚落，床上沉睡的慕容湛长眉微蹙，竟缓缓睁眼。慕容澜与慕容充见状大喜，连忙围上去。

"十七叔！"

"小王叔！"

慕容湛本就生得极美，此时也已净了脸，凤眸先是迷蒙，后是沉凝，波光流转，灿若美玉，只看得三人都心神一凛。

可下一刻，他立刻从床上坐起来："我大哥……步千洐将军如何了？"

慕容澜先答道："十七叔放心，人还在地牢。"

慕容充语气则活跃些，嗔怪道："小王叔说杀他如杀您，咱们谁敢动王叔？不怕被父皇剥了皮吗？"

慕容湛这才松了口气，看着他二人。破月忙将手边热水递过去。他大概也惦记着步千洐，根本没回头看破月，就着她的手喝了水。

慕容澜眉目不动，慕容充眸中含笑。

热水入喉，慕容湛神色缓和了许多，肃然对他二人道："你们都是皇兄最出色的儿子，他放你们到前线历练，十七叔不会干涉，也不会过问。可步千洐忠君爱国，更是救过我多次。你们动谁，都不可以动他。"

两人都没出声。慕容澜与慕容湛年岁相仿，情同兄弟。慕容湛生性持重，对皇兄的这些儿子又极好，故虽多年没见，他的话，慕容澜却不能不听。

至于慕容充，小时候更是跟在慕容湛身后练武习字。当今皇室，慕容湛算得上是第一高手，故慕容充自小就对慕容湛仰慕有加。

慕容湛人虽迂腐，却也不是不通世故。他知道两兄弟现下不吭声，心里自然还有计较，索性直言道："我从墨官城动身之日，便已写了信送给皇兄。我相信不日便会接到他赦免步千洐的圣旨。你们早放晚放，不过是几日时间罢了。"

慕容澜二人这才心头微惊。他们如何听不出慕容湛的意思——两兄弟明争暗斗，父皇虽然不管，可若被慕容湛捅到父皇面前，知道牵扯进无辜忠良，两人必定没有好果子吃。

慕容澜先开口道："王叔这样处置甚好。其实我也一直觉得黑沙河之役，必有隐情。"

慕容充被他说得有些忧心，可想起步千洐宁死不向自己投诚，也不说出真相，倒也不是很担心了。他笑道："一切都听十七叔的。十七叔，先别说了，身子要紧，喝了药，睡一晚再说。"

慕容湛却摇头："我要去看步将军。"他扶床欲起，这才发觉手中一直握着个柔软的物什。

他一抬眸，望见一双清澈如潭的眸子，那里面写满了关切和喜悦，仿若两道柔光撩过心窝。他一时竟忘了松手，怔然凝望。

原来他握着的，一直是她的手。梦中一直牵挂着、不能放不能放一定不能放的，原来是她的手。

慕容澜两兄弟见王叔盯着破月发愣，心下雪亮。破月虽容颜娇弱可人，但两人见过的美人多了去了，倒也未觉得太惊艳。慕容澜率先道："便请叶姑娘好好照顾王叔吧。"

慕容湛触电般松开破月的手，脸颊热气蒸腾。但他在侄子面前自觉要有叔叔的威严，故低下头，不让他们望见绯红的脸色。

三叔侄说话时，破月一直沉默着，此时却开口道："我陪……王爷先去看步将军吧。"

慕容澜二人无法，只得送他们去地牢。到门口时，两人都托词不进去。慕容湛也不勉强，想起一事，让破月先进了地牢，自己却转身对他们道："有一事需要托付你二人——除了我，不要让任何人靠近叶姑娘。她若是出什么事……"

他话还没说完，慕容充已先笑了："小王叔放心，侄儿立刻就给亲卫下令，绝不叫任何宵小，靠近我小婶婶半步！"

慕容湛原意是要提防一直未露面的颜朴淙，没料到他们误会了自己与破月的关系。但他亦不便解释太多，只得讪讪道："她与我情同兄妹，你们不要误会，有损她清誉。"

慕容充还是笑，慕容澜持重些，微笑道："十七叔，你一路牵着她闯进指挥所，梦里还抓着她的手不放。她的清誉，自是要着落在你身上了。父皇知道了，必定很欢喜。"

慕容湛虽脸色潮红，意志却是坚定的，心想：我与皇兄解释便是。也就不再多言，转身进了地牢。

地牢中极为昏暗，除了牢门有人把守，里边的守卫早被两位皇子授意遣退。慕容湛一走进去，便见破月安静地站在角落里，正在等自己。

"他们说的话，你不必放在心上。"慕容湛柔声道。

破月就怕他尴尬，闻言松了口气，笑道："自然不会。"

慕容湛微笑，心中却忽地忆起数月前，他还在东线，收到皇兄的亲笔信。

"……颜朴淙有一独女，年方十六，闺名破月，容颜姣好，娴雅可人。颜战功赫赫、官名甚好，但朕始终瞧不透他。澜儿与充儿已立了妃，你娶了那颜破月，可好？"

当时他虽有些怅然，却回复："一切皆听皇兄安排。"他能在军中自由闯荡，已是皇兄格外纵容，如今皇兄要他娶妻，他不能不娶。

从那之后，他也想过那颜氏千金的模样，却只能想象出一个模糊的、稚嫩少女的模样。他也想过，如果娶了她，即便不是他喜欢的性子，也必定全心全意、好好地爱她，宠她一世。

谁料后来皇兄却改了主意，将颜氏千金指婚给下级将军。听到这个消息时，他松了口气，又似有些失落——他生性内敛，却也青春年少，心中其实已将那颜小姐当成自己的妻子，也曾一遍一遍想"容颜姣好、娴雅可人"到底是什么模样，日子久了，竟也对未曾谋面的未婚妻寄托了一些情愫。

却未料只是路人。

后来，就遇到了破月。

再后来，因为见过她的真容，又见到了颜府暗卫，隐隐便猜出了她的身份。

原来那个颜氏千金，是这个模样。纤弱得令人怜惜的容颜，跟"娴雅可人"半点儿沾不上边，性子粗放、随和，没有半点儿女子的扭捏；甚至在战场上，亦不输男儿——百人追击数千人。这事慕容湛自问不会做，也许连步千沪都不会做。

可她却做了。

一将功成万骨枯，她不知道，叶夕校尉，一战名扬天下。

"隐瞒身份实属无奈，破月莫怪。"他含笑作了个揖，"还当我是容湛便可。"

他抬起头，看到幽暗的月光下，破月的笑容灿若桃花，贝齿晶莹如玉。

"我怎么会怪你？"她含笑的声音柔若酥糖，慕容湛只听得心神一荡。

"走吧，小容。"破月转身往里，"咱们去见他。"

慕容湛走在她身后，望着她纤细若柳的腰肢，忽地生出一个念头——若是皇兄当日将她许给了自己，大概……也是会欢喜的吧。

这念头像是热炭灼伤了他的脑子，他收敛心神，快步跟上去。

地牢里阴湿极了，破月走了两步，便打了个喷嚏。慕容湛见她肩头微颤，想解下自己的外袍披在她身上，手摁上袍子，却迟迟未动。

两人就这么一前一后走到光亮处，却见一个高大的人影静静站在牢房正中。里面已经点了一盏烛火，衬得他英气逼人。大概是几天没刮胡子，他满脸乱糟糟的，衣服也脏兮兮的，眼睛却亮得吓人，深深的笑意就像要溢出来。

"步大哥！"

"大哥！"

两人同时失声低呼，快步走上前。

情之所至

慕容湛打开牢门，三两步抢上前，与步千洐抱了个结结实实。破月站在两人身旁，又欢喜又紧张。她虽大大咧咧，可初涉情事，反有些不知所措，只是呆呆望着步千洐又脏又黑的脸，还有那乱糟糟的胡子，心想，他留胡子可不好看啊。

步千洐松开慕容湛，挑眉轻笑："小容，你瞒得我好苦啊！"

慕容湛答得真挚："你当年冒死从箭阵中将我拖出来时，可不知我姓慕容。大哥莫要与小弟生分了，否则小弟……愧疚万分。"

步千洐知他性子，心头越发激荡，便点点头，这才转而看向一旁的破月。四目对视，俱是无言。破月柔声道："你别担忧，容湛已经请了圣旨，一定能救你出去。"

步千洐自出事之后，虽频频想起她，但思及自己生死难料，往往强行压下绮念，将她置之脑后。今日终于死里逃生，她竟不远千里来探，俏生生站在眼前，一时怔怔望着她，心头又感动又心疼，往日的油腔滑调，反而全派不上用场。

便在此时，破月全身一抖，又打了个喷嚏。

步千洐瞧她身量单薄，脸色有些乌青，不由得伸手将她的手轻轻一握，果然冰凉。他身上衣物脏乱，戴着镣铐又脱不下，便转而对容湛道："小容，把你的外袍给她穿上。"

慕容湛一愣。他身上的外袍，是方才出门时，慕容充给他披上的，倒是干干净净。

他缓缓除下外袍，递给破月。破月迟疑地瞧着慕容湛，慕容湛看懂她的眼神，是怕自己受凉，轻声道："我没事。"破月也怕自己生病反而耽误事，便不推辞，接过披上。

她人本就瘦小，慕容湛的袍子实在太宽大，就露出张小小的脸，长袍拖在地上，十分不伦不类。步千洐望着她便笑，心想，她可真是小啊，搂在怀里，更是那么一点点。慕容湛却只是默然，脑子里冒出一个念头——她穿着他的衣物，这实在太亲密、太不该了。可她终还是穿了他的衣物……

过了片刻，慕容湛才接着破月的话茬道："大哥，黑沙河到底发生了何事？"

步千洐沉思片刻，便压低声音，一五一十地对二人说了。

破月听得怒火暗生。方才在房间里，她对看似温厚的大皇子与活泼诙谐的二皇子印象还不错，未料他们为了争权夺位，竟不惜牺牲前线战士的性命，甚至还连累了步千洐这样难得的将才。

慕容湛早料到其中有蹊跷，只是万没料到两人已闹到这个地步。沉默片刻，却只是满怀歉疚地对步千洐道："连累大哥了，我先代他们向大哥赔礼！"

步千洐却道："你见外了。若没有你，我此刻已身首分离。"

三人又互相嘘寒问暖一阵，慕容湛想起一事，迟疑片刻，还是开口："老乌龟也在这里。"

步千洐脸色微变，目光转向破月："老乌龟没对你如何吧？"

破月想起手腕上被颜朴淙捏得乌青的一圈，摇头。

步千洐却不太放心："若是他挑明身份，说破月是他的女儿，索要回去，如何是好？"

破月心头一紧——这便是她一直忧心的事。可慕容湛昏迷后，那颜朴淙一直没出来向两位皇子索要她，倒让她忐忑不安。

慕容湛却微微一笑："当日破月被陈随雁掳走，那老乌龟便对我皇兄说，女儿和女婿新婚之夜尽遭仇敌毒手，还确认过两具尸身。他这可是搬起石头砸自己的脚，如何能从我这里要人？且澜儿和充儿，都见到我与破月……"

他的声音猛地刹住。他原本的意思是，破月被他一路牵进来，那么多人看见了，颜朴淙若是相认，将来破月自然会做他的王妃，所以颜朴淙一定不敢相认。

可当着步千洐的面，要如何说？

步千洐见他忽然住口，也没多想，接口道："你与破月如何了？"

破月忽然笑着接口道："他们见容湛从来不近女色，这次带了我来，误会了我们的关系。他……颜朴淙自然不敢认，怕皇帝把我指婚给容湛。"

步千洐闻言不由得笑了："误会便误会！就是要令老乌龟哑巴吃黄连。破月，这些日子你好好跟着小容，老乌龟不敢动你！"

见他心无芥蒂，慕容湛却没来由觉得有些愧对，于是越发真挚道："大哥，我定会救你出去，护好破月，放心！"他想起一事，又微微一笑，"况且那老乌龟，在这里也待不了几日。"

"哦？"步千洐和破月都有些意外。

慕容湛笑道："我向皇兄写信求他放你时，也提到两位皇子都在前线，军权分散，于指挥不利，现下又出了黑沙河的事，因此建议由颜朴淙护送大殿下回京。依皇兄的性子，必会召他回去。"

两人闻言大喜。

三人又坐了一会儿，慕容湛功力深厚，扬声命狱卒送来酒菜。两兄弟对坐着饮酒，虽身在囚笼，一室简陋，但彼此心意相通，又有破月在旁添酒，均觉得满心都是畅快温柔的情怀。

饮至半酣，慕容湛停杯道："我只怕是要回去了。"

步千洐和破月均一怔，慕容湛苦笑："去年，皇兄便透露出让我回帝京的意思。这次……墨官城一役太过凶险，他必定不高兴。如今我又主动求他，欠了他大大的人情，不能不归。他一人支撑江山社稷，身旁也得有个信得过的帮手。"

"那你还会回来吗？"破月问。

慕容湛坚定道："当然。"

步千洐什么也没说，与慕容湛满饮一大碗，才道："待战事一了，我们去帝京探你便是。"

慕容湛长眉一扬："极是！小弟便在帝京恭候大哥与破月！"

约莫是因为谈及分离，两人又饮了一阵，都没再说话，地牢里静悄悄的。步千洐靠在墙上，微合双眼，悄悄盯着破月的脸；慕容湛则端坐如山，想着回帝京后，如何向皇兄解释黑沙河的事，不由得有些为难。

破月一直没好意思插空跟步千洐说话，眼见两人都不吭声了，就想张嘴对他说些什么。可她似有满腹的话要说，到了嘴边，却都觉得不重要，只是默默望着他，见他完好如初，已觉心头一块大石落下。

她欲言又止，步千洄看得分明，低笑道："这一路过来，没受苦吧？"

"没，多亏了容湛。"破月盯着他明亮的双眼，只觉得那含笑的眼神，令自己整颗心都荡漾在他的眼波里。

慕容湛一抬头，便见大哥目光极柔和地望着破月，而破月虽神态拘谨，眉梢眼角却都是羞怯的笑意。他们明明神态坦荡、言语寻常，可他却分明察觉到，那是不同的。

他不知道到底哪里不同，可就觉得这两人低声说话时的神态与三人一同交谈时，是不同的。

他忽然觉得有些局促，有些不自在，猛地站起来。

两人都诧异地看过来。慕容湛尴尬道："我再去讨些酒来。"立刻转身出了牢房，径直走到牢门外。狱卒和门口的护卫见他一人出来，全部跪倒在地。他抬头望着天上的明月，深深呼吸，才觉心境清明平和，哑然失笑。

眼见慕容湛远去，步千洄和破月反而沉默下来。

步千洄那日亲她全靠冲动，可自己经历大难后，虽对她的情意有增无减，却也多了许多顾忌，一时只觉得那近在咫尺的红唇，比梦境所见要更娇嫩，可他却挪不动身子去亲上一下。

"破月，你说我不当将军好不好？"他寻了个话题。

破月一愣，旋即笑道："也不是非得当将军啊，做个普通百姓也挺好的。嗯，你还可以做个大侠啊。"

步千洄虽一直豪情万千，但这回差点儿进了鬼门关，颇有些心灰意冷。他虽知朝政自有朝政的龌龊，那也是他极为不喜的，但他一直以为，自己只要安心打仗，自不须与这些蝇营狗苟有牵连——他实在没有耐性。

未料皇子们在军中的势力已渗透得这么深。显赫军功，也比不过皇子的一句话，这令他颇为郁闷。且经过这次事件后，慕容湛虽说要救他出去，但方才言语之意中，也对他的前途颇为忧心，所以他才会问破月，自己不当将军好不好。

现下听她全不以为意，反而赞同他做个普通百姓，他不由得有些欢喜，心想她果然与寻常女子不同，寻常女子只盼着……只盼着相好之人飞黄腾达吧？

可想到离开军营，他心头又有些怅然，叹息道："我自小便想做大将军。学习武艺，我比其他孩童都快；读兵法，大伙儿都觉得无味，只有我欢喜得不得了。"

162

他虽语气温和，破月却听出他的不甘，知他虽心生退意，可他这么个放荡不羁的性子，真去耕地种田，只怕会抑郁一世。

"先出去再说。"破月微笑着换了个话题。

步千洐点头，望着她略带疲惫的容颜，心生愧疚，忽地脱口而出："你跟容湛走吧。"

破月一惊，她当然听出了这个"走"是什么意思，不由得哑口无言。

步千洐话一出口，才察觉这念头已在心中萌动许久——他从来自负才艺过人，心想终有一日成了大将军，必要手刃颜朴淙，替破月出气，替死去的朋友们报仇。可这次自己差点儿死了，还要靠容湛拼死来救。况且他今后仕途未卜，很可能从此贬谪，不再被起用，破月跟着他，岂不是受苦？

"这世上能护你自由一世的人，只有小容。"他缓缓道。

话出口时，却觉得心底某处钝钝地痛，但思及大丈夫在世，岂能只顾自己贪念，置心上人于险境？方才他二人步入地牢，倒是郎才女貌，极为登对。容湛生性忠厚、地位显赫，破月若跟着他，必定一世无忧，且小容似乎一直对破月照顾有加。

每一条理由都是理所当然，他胸口虽堵得难受，可面上却越发轻松淡然："……听我的，就这么定了！"

破月却发火了。

"步千洐，你的脑子是被驴踢了、被门夹了吧？"她瞪大眼睛，"你是我什么人，我的事要由你决定？"

步千洐心头一震，想：是啊，我是她什么人？可面上却在笑："我不是你的救命恩人吗？"

破月见他笑容轻飘飘的，便知他言不由衷，又瞧着他此刻实在狼狈，思及他近日所受的天大冤屈和苦楚，心中的气忽地消了大半。

她的语气缓和几分："事情没你想得那么简单。"

步千洐一怔，可见她不肯跟容湛走，心头又一松。

破月斜他一眼道："我要真的嫁了容湛，以什么身份？颜破月已经死了，我若只是个校尉，嫁给他肯定只能做侧妃啊、侍妾啊，地位很低的。将来皇帝还要给他指个正妃，我岂不是会被欺负死？"

步千洹摇头："小容不会。"

破月往他身旁挪了挪："那你就不知道了，一入侯门深似海啊，当今皇帝英明神武，哪里由得容湛？到时候跟很多女子抢来抢去、斗来斗去、累死累活的，还要日日下药、下绊子、栽赃嫁祸，搞不好我斗输了，最后落得个死无全尸。你怎么对得起我？"

步千洹听她说得夸张，不由得大笑。可他也听说过大户人家的龌龊，倒也被她说动了几分，最后听她说——你怎么对得起我，不由得心神一荡，只觉得她的嗔怪令自己极为舒服。

"所以呢，我这辈子肯定是要归隐田园的。"破月眉目含笑，眼神明亮，"做一个闲云野鹤般的人，颜朴淙他还能把大胥每一座山都刨了？"

步千洹见她如此豁达，竟有些汗颜，心想：步千洹啊步千洹，她一个女子，被父亲迫害，胸襟尚且如此，你受了小小挫折，岂能就此颓废？你既然中意她，一心想要护住她，自是要做顶天立地的男儿，不惧一时挫败，奋发图强，为她撑起一片天！

想到这里，他胸中阴霾尽散，望着她纤弱清丽的容颜，不由得有些意往神驰，柔声道："好月儿，是我失言了。对不住！"

破月听他喊得亲昵，心头微颤，茫然地想：他叫我"月儿"，虽然这昵称很俗，可他叫我"月儿"！

原本被他强吻之后，她心乱如草，只想找到答案。

她不知道步千洹吻她是否只是一时冲动，也不知道自己是否真的对他动了心。可她对步千洹的感觉始终是不同的——从第一次遇到，她就对那双黑眸印象很深，总是想起，但要说一见倾心，似乎也没有。

到了他的军营后，两人渐渐抹去嫌隙，朝夕相处、同甘共苦，她只觉得跟他在一起很自在、很快活。他不拘小节，她亦大大咧咧，将军不像将军，亲兵不像亲兵。那感觉，就像特别合得来的朋友。不过在他无意间搂她、抱她的时候，她却不能像对待普通男性朋友那样释然……似乎，她也有些欣喜，有些紧张，有些期盼。

后来他看到了她的真容，反而几天都不太理她，她心中不能说不失落。等他真的吻了她，她整个人似乎都要酥了。那个吻，跟颜朴淙的吻完全不同。颜朴淙只令她害怕、抗拒；可他的吻，那么生涩、那么粗鲁，却那么……令人心悸。

想到这里，她不由得看向步千洹的嘴。此刻那薄唇正埋在杂乱的胡子里，完

164

全不是她喜欢的模样。

　　未料步千洐见她走神，盯着她嫣红的唇，也想起了那个吻。眼见她朝自己脸上看过来，两人对视一眼，竟都有几分尴尬，同时别过脸去。

　　"我去找容湛了。"她起身，"你保重。"

　　"嗯。"他慢慢地意有所指，"待我脱身了，再找你……好好说话。"

　　极普通的话，却说得破月面上燥热。她匆匆一点头，又有些不舍地望他一眼，快步走了。

痴儿苦恋

这晚，破月便宿在外间。第二日一早，破月起床时，慕容湛却还没醒——他多日未曾合眼，昨夜见到步千洐完好无缺，又心情激荡、精疲力竭，此时睡得极沉。

破月一推开门，便见一众丫鬟端着各色物什，似在门口等了多时。她在外间用了早点，梳洗完毕后，却有丫鬟奉上几套华丽的女装。

破月毕竟是女孩心性，看见这几套衣物俏丽而不失素雅，不由得心动，便挑了套换上，却听一个领头的丫鬟笑道："果真是很衬姑娘！这衣衫还是二殿下亲自挑的呢，殿下说小婶婶……姑娘姿容出众，若是好好打扮一番，诚王殿下必定更加喜爱。"

破月愣了一下，才反应过来她说的诚王是慕容湛。

诚王诚王，她心知昨日自己跟容湛同宿一屋，必定让所有人误会了。可这也是没办法的，连容湛都觉得必要——否则半夜被颜朴淙掳走怎么办？有他坐镇，颜朴淙才一直没出现吧。

她但笑不语，心想：他日容湛回京，我跟步千洐走了，自不惧旁人的误会。

丫鬟们都退了出去。破月可不敢瞎逛，老老实实坐在外间，望着满床的衣物首饰，不由得发愁——都是两位皇子派人送来的，可她往哪儿搁啊？

正拿起些珠玉无聊地把玩，忽听内间有人轻咳一声，脚步声渐近。她忙起身回头，便见慕容湛站在七八步远的地方。他已自己穿好外袍，墨色长发披落在肩头，俊白的面目清秀如画，湛湛生辉。

"好些了吗？"她忙走过去，关切地问。

慕容湛似乎猛地惊醒，别过脸去，雪白的耳根泛红："好……好多了。"

"我帮你叫丫鬟过来服侍？"破月瞧他脸色晕红，心想：他莫非有些发烧了？

慕容湛却摇头："不用，我自己来就好。"

他走到水盆前洗脸，冰凉的水泼在脸颊上，那温度才稍稍降下去。

方才醒来，他只觉得通体舒畅、精神充足。一起身，却见外间小床上，坐着名锦衣丽人。一袭百蝶穿花丹碧双纱复裙，衬得她腰肢细软、轻盈玲珑。乌黑的秀发用五色绢盘了个单螺髻，两缕发丝垂落脸侧，只衬得那侧脸莹白如玉。

待她徐徐转身，慕容湛只见墨瞳顾盼，玉面清浅，朱唇轻抿，熠熠生辉。一时只觉得呼吸都被那波光流转的双眸夺去，望得痴了。

不同的，慕容湛脑海里冒出一个念头——竟是不同的。

依然是纤弱精致得令人心惊的容颜，可她的肤色竟比以往红润许多，在华服映衬下，更是肌光如雪，盈盈动人。

"没事吧？你在流汗？"破月见他呆立在水盆前，忙走过来，见他额头一层细细密密的汗，不由得吃了一惊。

"无妨！"慕容湛忽地大喝一声，竟不能回头看她的艳色。他自小出入宫廷，见过皇帝身旁许多佳丽。论容貌，许多人远胜破月，于他眼中，也不过红颜白骨，没有分别。可今日偏偏是这纤弱的小女子，令他觉得有些把持不住。仿佛她若再上前一步，他便会将她拉入怀里，紧抱不放。

不可！

他在心中厉声说："不可！"

她分明已与大哥暗生情愫，长嫂如母，他岂可胡思乱想？他暗自平复了片刻，转头淡然对破月道："我去地牢瞧瞧大哥，你待在屋里，不要乱走。"说完，不等破月回答，看也不看她，便大步出了屋门。

一直走到地牢入口，慕容湛忽地心头一惊，心想：方才我为何不带她一起来

167

见大哥？是我不愿意吗？还是……不想让大哥见到她如此模样？

思及此处，他更是羞愧万分，随即转身往回走，决意将她带来见大哥，仿佛因为他已见了她的女装，若是不让大哥看见，反而心中有愧。

他徐徐走回房间，思绪已然平复，轻轻敲了敲门，却无人应。门口护卫道："姑娘并未出来过。"

慕容湛心头一惊，推开门三两步闯进去，望见外间床上和衣而卧的女子，这才长舒一口气。

她既已睡着，慕容湛转身便要出门，一下子瞥见她沉睡的侧脸，步子就迈不开了。

身后的侍卫还在向内张望，慕容湛突然就不想让他们看到破月，背对着门，冷着脸将门关上，心中却似已生了一只鬼，正冷冷地盯着自己。

他一步步走近床旁，站在离她很近的地方，低头看着她的容颜。那身形看起来如此娇小，可换了女装，却又显得均匀修长。

他站得这么近，轻易便能嗅到女子淡淡的幽香。鹅蛋小脸粉嫩柔滑，乌黑的长眉如墨色细细晕开，精致清秀。挺翘的鼻尖下，是樱桃小口，闪烁着玫红的诱人光泽。

不可，慕容湛，不可！

他脑子里有个声音在喊，可他却神差鬼使般，双手撑在床上，缓缓俯低了高大的身躯。

每接近那红唇一分，那涌动的欲念就强烈一分，可心头罪孽的煎熬也添了一分。他觉得脑子昏沉沉的，眼里只有那新雪般娇嫩的容颜，只有那紧抿的檀口晃来晃去。周围明明很静，他却分明感到脑子里有许多声音在嘶吼、在叫嚣！

这女子如此动人，这色相如此蛊惑，可是慕容湛，不可！

终于，他的唇停在离她只有寸许的地方。她温热的呼吸轻拂他的鼻翼，她整个身体都已在他的臂弯里。只要再往前一寸，便能吻到她的唇，便能将她抱在怀里。

邪念已如藤蔓爬满他的心头，他心里隐隐有个声音道，他若开口向皇兄要了她，她一定会是他的。她与大哥虽有些好感，但情意毕竟不深。他若是亲了她、抱了她，甚至……要了她，大哥知晓，必定也会将她让与自己！假以时日，她必定回心转意，专心做他的妻子……若不是颜朴淙从中作祟，她原本，就该是他的妻子。

得到她如此轻易，不过一句话、一伸手、一低头。

他的唇就停在离她寸许的位置，可始终像被铁钉钉在原地，不能再往前半分。

半晌后，他蓦然清醒过来，身子骤然后倾，拉开与她的距离。

他跟跄着往后弹开数步，大汗淋漓。望着数步外的娇颜，只觉得咫尺天涯。

破月早上醒得早，故又忍不住睡了个回笼觉。待她一觉醒来，只见屋内四下无人。她推开门，见慕容湛静静伫立在庭院里，护卫们静立在侧。

察觉到她的动静，慕容湛缓缓回头，脸上笑意浅浅："醒了？方才圣旨已到，大哥已放出来了，快去瞧瞧他吧。"说完便看一眼身旁护卫，那护卫连忙恭迎上去："属下带姑娘过去。"

破月又惊又喜："这么快？他在哪里？"

慕容湛的目光停在她身侧低矮的树丛上，微笑道："皇兄派了身边得力的人过来。"他话刚说完，破月已跟着护卫走到了走廊拐角，头也不回地朝他摆摆手，闪身走了。

慕容湛这才抬眸望着她离去的方向，沉默不语。

"这女子是何人？"一道尖细的声音，缓缓响起。

慕容湛回身，便见树后走出个矮小的老人。那人一袭灰色锦衣，头戴黑色笼冠，发色全白，面白无须，目光如炬，看起来已有五十余岁。慕容湛连忙躬身行礼："师父，她是徒儿的一个朋友。"

那老人沉思片刻，轻笑。

破月随护卫走到外院一间屋门前，还未等她敲门，门已从内打开。

步千洐已换上干净衣衫，一脸清爽，黑眸湛亮，看到她的那一瞬，眸光便凝滞了。

破月心头突地一跳——她见过他更好看的样子，可如今怎么，越瞧越顺眼，

169

越瞧越英俊？思及自己换上女装，又有些惴惴期待。

步千浒看着她略有些紧张的小脸，只觉得眼前人儿不仅漂亮了许多，换上女装后，更显得柔弱精致了几分。他生性豪迈，见意中人如此纤丽，心中爱怜之意更是大盛，只想就此将她搂在怀里护着不放手。

饶是步千浒想搂她、想亲她，想得热切，也不好意思当着王府护卫的面造次。况且她此时容光逼人，也令他有几分拘谨羞涩。于是话一出口，变成了戏谑："换了女装，马马虎虎。"

破月不由得横他一眼。

他哈哈大笑，还是没忍住，伸手在她乌黑可爱的单螺髻上一摸，指腹顺势擦过她柔软腻滑的颈后皮肤，这才道："小容呢？"

破月如何没感觉出他粗糙温热的指腹？只觉得脖子上都要着火了，讷讷道："他在内院，咱们去找他吧！"

护卫远远在前面带路，两人你瞧瞧我，我瞧瞧你，俱是满心欢喜，一时竟将所有纷扰抛诸脑后。破月思及一事，问道："这事已了了吧？"

步千浒淡淡笑道："了是了了，只是我今后不是平南将军了，降为八品都尉，去守粮仓。"

破月见他神色略有些抑郁，弯眉笑道："守便守，又不是没守过。你这么厉害，他日必定会重新被起用。"

难得被她夸奖，步千浒胸中郁气一荡，想到今后有她做伴，别说是茫茫粮仓，便是深山苦林，也是极惬意的。

两人一路行到后院，便见慕容湛负手静立在院中，身旁站了个白发老人。慕容湛微笑引见："大哥，这是传授我武艺的师父，便是他奉了皇兄的旨意，连日兼程，今日才能将你及时解救。"

步千浒虽不屑结交权贵，可对于武艺高强之人，却是敬服的。他一直觉得容湛一身武艺敦厚质朴、精湛纯正，没料到竟是眼前这白发老人所授，不由得立刻拜倒："末将拜见前辈。"

那老人笑笑，虚扶一把。步千浒只觉一股大力排山倒海般袭来，却偏偏又绵柔平缓。他这一拜，便拜不下去了，不得不起身，心头暗生冷汗——他一向自负武艺惊人，却未料这貌不惊人的老人，武艺远在自己之上。

那老人淡道："我不过是宫中老人，将军不必客气。承蒙将军多年来对十七王爷的照顾，他日将军若有吩咐，小老儿在所不辞。"

他说得客气，步千洐对他好感倍增。他又转而看向破月，目光仔仔细细将她打量一番，笑道："卫尉大人的独生女儿，生得的确标致。"

此言一出，破月和步千洐都有些吃惊。慕容湛忙道："是我告诉师父的，师父不理朝政之事，无妨！"

两人这才放心，却听那老儿又道："颜小姐，这位将军的身手不错，可与卫尉大人相比，只怕还是欠了火候，难以护得小姐周全。你既不愿归家，小老儿瞧在十七王爷面上，倒愿意照拂一二。今日我们便回京，你同我们一起走吧。"

一言既出，其他三人皆是一惊。步千洐听他说自己不能保护破月，微生怒意，心念一动，问道："前辈，颜朴淙号称大胥第一高手，不知身手到底如何？"

那老儿微笑道："小老儿平生佩服的人没几个，但颜大人年纪不到四十，武艺却是在小老儿之上的。"

三人同时静默下来。步千洐只觉得心头愤愤不快，经历过昨日后，他自是不愿与破月分开，但听老儿说得头头是道，那颜朴淙的身手只怕远在自己之上，不由得也有些难受。

忽听破月平静地说道："多谢前辈美意，只是破月已决意去其他地方，若真的被擒，那便生死各安天命，不要紧。"

老儿一怔，还要开口，却听慕容湛道："师父，你不必说了。今早颜朴淙也接到我皇急召，已动身护送澜儿回帝京了。今后，破月愿去哪里便去哪里，若有人加害，徒儿与大哥自当营救，必不让她受奸人毒害。"

他一直对师父恭敬谦和，这一席话说得缓而有力，隐隐带着不容置疑的语气。那老儿知他性子，轻轻一笑，竟也不理众人，转身走了。

这日，步千洐和慕容湛没有让破月相伴，两兄弟对酌痛饮，聊一起经历过的战役，聊一同月下奔袭只为一壶好酒，也聊理想、聊破月。

日落时分，步千洐已然醉倒在房间，酣然入睡。破月欲送慕容湛，他却笑着说让她好好照顾大哥。眼见她眼眶湿红，便要掉泪，他不敢看，快步走了出去。

一直走到府外马车旁，他的脚步才缓下来。他与步千洐对饮过多次，每次都是他先醉。可今日不知为何，或许是不敢醉，所以大哥醉了，他却还醒着。

躺在马车里，听着脚下辚辚作响，只觉得浑身都松了，心里却沉甸甸的。正昏昏欲睡间，车帘却被人撩起，师父坐了进来。

他坐起来，慢慢道："师父今日为何要邀破月进京？"

师父是大内高手，常年不问世事，为何今日主动开口，邀破月同往帝京？

师父看着他晕红的脸颊上已有些发痴的眼神，叹息道："十七，为师从未求过你，今日有一事相求，可否？"

他语气如此郑重，慕容湛心神一震，酒意醒了几分，正色道："师父说哪里的话，但有吩咐，徒儿在所不辞！"

师父点点头："你回去便求皇上把颜破月指给你。"

慕容湛心头怦怦地跳，心想：莫非师父看出了我对她的情意？他窘道："师父休要胡乱猜测……我……"

师父却摇了摇头，压低声音道："我观那颜小姐不似寻常女子。她虽脚步轻浮无力，是个没有武功的模样，可为师却察觉到她体内有一股邪门的真气震荡。你二人内力尚浅，自觉察不出。日间我问你她的身世，你提到她自幼便被颜朴淙养在别院，又生食毒血、日日浸在寒潭里。颜朴淙不顾伦常，想要染指这个女儿，倒令我想起几十年前的一个传言……"

"什么传言？"

"或许……她是颜朴淙炼的人丹。"

"……人丹？"慕容湛听到这个称呼，心头便有些厌恶，对破月的怜惜更多了几分。

师父点头道："正是。只是其中端倪，我也不是很清楚。但我推测，这女子的身子，对男子大有裨益。你若是要了她，与她勤行夫妻之事，或许功力倍增、延年益寿！否则那人精似的颜朴淙，为何逮着这女子不放？"

慕容湛原本听得入神，待听到"勤行夫妻之事"时，只臊得满脸通红，一时忘了眼前是师父，低喝道："荒唐！哪有如此匪夷所思之事？若真的能功力大增，那人人不用苦练武艺，去养个女子便可！"

师父却摇头道："我猜想人丹炼制十分不易，光是那些毒物，便不易集齐。总之，将她要来，有益无害。回到京师，你便跟圣上请旨吧！"

慕容湛沉默片刻，却摇头说："师父，对不住，此事不可。"

师父微微变色："纵然你对她毫无情意，今后遇到心仪的女子，再娶了便是。"

172

慕容湛心尖一颤，强自压抑，正色道："师父，岂能因她的身子对徒儿有益，便强取豪夺？她已有了意中人，并不钟情于我，就是有天大的好处，我也不能勉强。此事就此作罢，师父不要再提，对我皇兄，也请不要提起。"

师父观他神色，知他心意已决，回天无力，只得长叹一声："痴儿、痴儿……"纵身跃出马车，兀自摇头叹息。

慕容湛怔怔坐在马车里，低头只见清透的月光如流水覆在手背上，明明触手可及，却永远也握不到手心里。

生死离分

第十六章

　　初冬，山上比城里清寒许多。刚入十二月，漫漫大雪已将整座山盖得密密实实、素白冷冽。官道上的积雪足有半尺深，马蹄踩在上面，吱呀闷响，仿佛踩在往来行人的心头上。

　　颜朴淙着一身素白的狐裘，静静立在山脚下，双眸淡淡望着山腰。林中隐隐可见几个尖尖的屋顶，明明若隐若现，可在他眼中，却极为醒目。

　　因为破月就在那里。

　　颜朴淙微垂着眸，俊白的脸上看不到一丝表情。

　　面前的暗卫还在继续禀报："……那日步千洐孤身一人到这粮仓赴任，小姐并未跟随。诚王留下的护卫，带着小姐一路往北。四五日后，小的们就发现马车中并无小姐……

　　"原本线索已断，监视步千洐的弟兄们跟了他十来日，也未发现端倪。粮仓的副官是步千洐出生入死的部下，跟着他一起贬谪到此。副官原是不肯配合的，属下颇使了些手段，才叫他每日乖乖禀报步千洐的行踪……

　　"天公作美，降下这场大雪。副官说步千洐看到大雪，十分忧心，立刻便往这处废旧粮仓来。步千洐已在山中待了一晚，属下们推测，小姐应当就在此处……"

　　颜朴淙眸中渐渐露出笑意。

"我亲自去。"他随手从一名暗卫手中取了柄长剑，道："你们在此等候。"

暗卫一愣："需不需要属下们……"

颜朴淙淡笑："那步千洐的刀法有些造诣，你们去了只是碍手碍脚。就守在此处，明日此时，你们再上山，收拾他的尸身，烧光这粮仓。"

暗卫恭敬称是。颜朴淙提着剑，径自沿着山道上去了。暗卫们站在原地，也不见颜朴淙如何发力，修长的身姿却如鬼魅般飘忽，顷刻已至山路尽头，眨眼就不见了。

破月的确在这山中，并且对颜朴淙的逼近浑然未觉。今年的雪来得实在太早、太大，出乎她和步千洐的意料。眼见上下山的路都被大雪封堵，她还没想好对策，半边屋顶就被积雪压塌了。

这是当年守仓人住的屋子，用最结实的圆木搭建，故虽然半边屋顶和一根细梁掉了下来，但房屋还没倒塌，人也没受伤。

她用棉被将全身包裹，坐在烧得极旺的炉火旁，一个人正发呆，忽听屋外马蹄声由远及近，声声回荡在山谷间，纷沓便至屋前。

不等她有任何反应，门已"哐当"一声被人推开，一股寒气嗖嗖地往屋里灌。

月色朦胧，雪光幽暗，在那人身后掩映成黯淡的光景。他连斗篷都没穿，只系了条黑色披风，全身落满雪花。高大挺拔的身影，像是要跟身后的雪夜融为一体。

漆黑的眸在看到她的那一刻，骤然一亮。

"阿步！"破月不由得惊喜交加，"你怎么来了？"自她安顿在此处后，为了避过颜朴淙的耳目，两人还未见过面，算起来已有十数日了。

"我原本在南仓巡视，看到下雪，立刻赶过来了。"步千洐答道。

破月心想，南仓与这里相隔数里，他却来得这么快。

"冷吗？"他问。

破月点头。

他脱下披风，抱着她在床上躺下，用被子严严实实盖住。破月身子软软地随他抱着，只觉得就算一直这么抱着，也是极欢喜的。

只是步千洐一低头，便见小小的一张脸躺在自己臂弯里，雪白光滑，煞是惹人怜爱。他一路牵挂着她，此时只觉得怎么看都不够。

过了一阵，破月被他灼热的目光盯得不自在了。

"你别老这么看我。"她小声道。

步千洐心神一荡："我未过门的妻子，还看不得吗？"

说话时，唇便碰到了她的耳垂，只觉得又香又软。此时瞧她面上阵阵红晕，偎在自己怀里格外温顺，忍不住一张嘴，含住了她小小的耳垂。

他此刻也极想就此玉成好事。可他从定情之初，便打定主意要好好爱她、惜她，不愿委屈了她，让她无名无分便跟了自己。

于是他强自忍耐，痛下决心，唇舌不舍地离开她光滑如玉的肌肤，手臂一收，便将她整个扣紧在怀里，不再动了。

"亲了许久了……好困，咱们睡吧。"他故意打了个哈欠。

破月已然被他吻得神魂颠倒，窝在他怀里，心头甜蜜而满足。可她并不知道，这个二十四岁的处男，十分辛苦才抑制住冲动。在她看来，这只是一次亲密拥吻。

听着他心口"怦怦"地跳，破月慢慢放松下来，竟在他怀里睡着了。

步千洐连夜奔波，也略有困意，抱着她舒舒服服小寐了片刻，一低头，发觉她依然在沉睡。

于是他又捧起她的脸亲了亲，这才翻身下床，去屋外烧了热水，又重新生了火，烘得整个屋子暖洋洋的。

待他忙完，破月已在床上睡成个"大"字形，半边被子垂在床下。他不由得失笑，细细替她掖好被角。望着她的睡颜，他觉得有些好笑——这还是他第一次伺候人，对象还是个女人，可他心里竟然莫名地觉得踏实。

他在地上和衣躺下，与她床上床下只有一尺之遥。闭目躺了一会儿，黑眸又睁开，手探到被中，找到她温软的柔荑，握在掌心，仔细看了许久，又狠狠地亲了几口，这才心怀畅快地睡去。

破月睡到半夜，忽然惊醒。

她梦到了颜朴凉。

梦里，她又回到了帝京。她穿着他喜欢的薄纱裙，系着鲜红的兜肚，躺在床

176

上。而他眉目含笑，坐在她身旁，一手拿了本书，看得专注；另一只手搭在她的腰间……

那梦是如此安静而恐怖，只令她心如死灰，后背阵阵冒冷汗。

待一睁眼，却只见满室月光，炉火温暖，而自己垂在床旁的手，被一只大手紧紧握住。他掌心的暖意，仿佛要从手里传到心里。

她循着炉火的微光望去，只见步千洵的眉目在夜色里格外朦胧而俊朗。高大的身躯就这么大拉拉躺在地上，乌黑的眉目紧合，呼吸均匀悠长。

破月的心就这么安宁下来。

其实她是喜欢他的吧。

似乎很喜欢很喜欢，越来越喜欢了。

她忍不住倾身过去，伸出另一只手，细细抚摩他饱满的额角。他不笑的时候，原来是这般英武俊逸，比她见过的任何男人都要顶天立地。

指尖沿着他挺拔的鼻梁徐徐往下，破月的心尖也在微微地颤。她这才发现，自己也是很想亲近他的，如今夜里趁他睡着了"轻薄"一下，她很紧张，又觉得刺激。

然而她的手指刚触到那薄薄的唇，他那两道长眉已是微微一展，湛黑的眸徐徐张开。

破月的手停在半空。

不是没料到他会醒，他是那么警觉的人。

好吧，她其实也有点儿……明知故犯的意思。

四目凝视，步千洵目光微沉，轻轻一用手劲，破月一声惊呼，被他从床上拽下来，跌入他怀中。

破月趴在他怀里，心跳如雷，也听到了他的心跳。

她刚一抬头，他的唇便重重覆了上来。

破月并不知道，对于一个男人来说，抱着自己心爱的女人却要忍耐，是多么不容易的事。此时她自己送上门，步千洵哪里还舍得放？

之前的戏谑和散漫完全不见，他脸上没有半点儿笑意，目光比夜色还要暗沉。他一手搂着她的背，一手揽着她的腰，将她紧紧锁在怀里，动弹不得。他的唇舌凶猛而热烈，像是压抑了许久，一旦爆发就难以控制。破月的脸被他扣得很紧，只能任他肆意亲吻。

他咬着、含着她两片幼嫩的唇，火热的舌重重舔舐着她每一寸气息；他的呼吸格外急促，越吻越激烈，越吻越觉得不够、不舍。猛地一个翻身，他将她压在身下，双手紧扣她的手，令她动弹不得。本能，却驱使他的唇舌离开她的唇，沿着她的脸，一点点向下。

破月的抵抗全无用处。如此厮磨了许久，步千洐才深吸一口气，兀自摇头失笑，将她放回床上，替她盖好被子，自己却在床边坐下，定定望着她。

两人皆是衣衫凌乱，呼吸急促。步千洐望着她绯红的面色，已是格外满足。他执起她一只手，沙哑着嗓子正色道："月儿，我不能委屈了你。过些日子咱们便结为夫妻。"

破月一愣。

她虽与步千洐定情，但万万没想到要成亲。此时见他满脸坚决地说要娶她，她心头甜甜的，却感觉太快了，又担心自己会给他带来麻烦。然而转念一想，成亲哪有那么容易，于是释然。

未料他下一刻又不正经起来，握着她的手，懒洋洋地继续道："……等你成了我的娘子，咱们方才做的事，我可就不会停下了。"

破月被他说得脸颊滚烫，抬头望着他，他虽神态懒散，但英俊的脸颊上却也是一片红晕，看在眼里十分可爱。她不由得失笑，心想：原来你跟我一样不好意思，装什么装！

忽地想起一事，她忙道："有件事咱们得说清。我知男人三妻四妾司空见惯，可我是不愿意的。"

步千洐没料到她说这个，笑意越发深了："我以前没看过别的女子，今后也没心思看别的女子一眼——你放心嫁我便是。"

破月被他说得心里甜丝丝的，心念一动，起身在他唇上落下轻轻一吻。

这还是她第一次主动亲他，他哪里舍得仓促结束，一把搂住她的腰，扣在怀中，辗转厮磨，只盼着漫漫长夜，永远也到不了尽头。

两人正满心欢喜间，忽听屋外一道低沉含笑的声音，仿佛穿破夜色雪光，幽幽传来："极好，极好，如此郎情妾意，真叫本官不忍令你们情断义绝、天人永隔。"

心头甜蜜的爱意烟消云散，破月仿佛全身被冷水浇了个透心凉，恐惧便如幽暗的夜色将她包围，喉咙发紧，几近窒息。

"颜……颜朴淙……"她颤声道。

步千泫也辨出了颜朴淙的声音，暗自心惊——他自恃耳力过人，今夜又有积雪，微小动静都逃不过他的耳朵。未料这颜朴淙竟踏雪无声，听他的话语，竟似已在屋外听了一阵，才出言讥讽。

他当机立断，从地上跃起，一把将破月拉过来，凑到她耳边，以微不可闻的声音道："你从后门骑踏雪走，我拖住他。"

破月有些迟疑——她若走了，颜朴淙岂不将步千泫碎尸万段？可她留在这里，又有何用处？

见她不动，步千泫脸一沉："愣什么！快走！"将她往后门一推，破月一个踉跄，跌行几步，心如刀绞。

门外那疏淡的声音再次传来："走？一个两个，统统给我留下。"

更强烈的恐惧再次袭上心头，破月一咬牙，转头朝后门跑。步千泫见她肯走，再无迟疑，拔出鸣鸿刀，破门而出，刀光已如雪花般璀璨大盛，堪堪向颜朴淙的方位逼去！

但见雪地里，颜朴淙静静负手伫立，眉目清俊，黯黯光华竟若天神般悠然。他似全然无视步千泫狠绝的刀光，只抬起手中长剑，轻轻一挡！

步千泫竟被颜朴淙这随意一挡，震得胸口气血上涌。他心底暗惊——鸣鸿刀削铁如泥，他用尽全力的一击，至今尚未遇到对手，未料颜朴淙只持一柄看似极普通的长剑，剑还未出鞘，仅用剑鞘，便轻易挡住了他的劲力！

高手过招，一招便知深浅。而步千泫此刻已知，对方功力远在自己之上，深不可测。

他对敌多年，还是第一次遇到这样的对手。四目交错，他看到那细长的眸中冷意凝聚，杀气勃然。

破月骑了踏雪于月下狂奔，山路崎岖，积雪湿滑，抬眸只见四野苍苍，满目悲凉。身后打斗声渐远，她的心却收得越发紧。她不敢想，颜朴淙会如何折磨步千泫！她也不敢想，若是步千泫为救她而死，她要怎么独活一世？

正痛苦万分间，忽听一个声音远远传来："月儿，回来。"

明明极远，却似就在她耳边轻喃低唤。破月全身一僵，勒马停步。

又听那声音缓缓道："我数一声，便捏断这小子一根骨头。数十声你若不归，我便挖出他的心肝！"

破月全身一抖。

夜色这么静，隔得这么远，她竟然隐约听到一声闷哼。是错觉吧，一定是错觉，她怎么可能听见？

可她就是听到了。

那是步千泞，咬紧牙关发出的极低的一声。

低不可闻，可她竟然听到了。

破月只觉得仿佛有一把刀从自己心尖上缓缓割过，不等她再细想，已脱口而出："别伤他！别杀他！我回来！"

不等她策马，踏雪似也感应到步千泞的困境，一声长嘶，已掉头朝小屋奔去！

夜色如魅。

近了，更近了。

泪光模糊的视线里，破月影影绰绰看到颜朴淙长身而立，单手掐住一人的咽喉，高高举起！

那人面目狰狞，唇角鲜血狂流，黑眸圆瞪，正是步千泞！他一看到破月回来，便怒不可遏，沙哑着嗓子吼道："你回来作甚？"

颜朴淙冷冷一笑，手劲一收，步千泞的声音戛然而止，脸憋得发青！

马背颠簸如浪，还未等破月骑到他们跟前，忽地马儿高高跃起，她坐立不稳，一下子摔在雪地上。一抬头，却见踏雪抬起两只矫健的前蹄，重重向颜朴淙踩去！

步千泞脸色一变，颜朴淙侧身，冷冷望着落下的马蹄，眉都没皱一下，抬掌抢先在马腹上重重一拍！

踏雪呜咽一声，砰然侧摔在地，四肢僵直，痉挛战栗，很快便不动了。

破月万没料到颜朴淙一掌便打死了踏雪，只觉得心肝俱裂。再望见步千泞越来越没有血色的脸，越发悲痛难当。她全身被摔得疼痛难忍，勉强爬起来，扑到颜朴淙脚下，抱着他的双腿，一脸泪水道："放了他！放了他，我跟你走，我再也不跑了，一辈子都不跑了！求你放了他！"

颜朴淙从未见过她如此歇斯底里地哭喊。他一低头，便能望见她又脏又小的脸上，满是绝望的哀痛。

他长臂一捞，轻而易举地将她从地上拖起来，再将她的腰一揽，终于将她整个人扣在怀里。

破月双足已然离地，被他抱在怀里，脸紧贴着他的胸口。她呆呆地回头，便见步千浉双目赤红，望着自己，他眸中的痛惜和不甘，宛若汹涌而压抑的潮水，瞬间要将她淹没。

破月的声音安静得出奇，岂止是安静，她的声音温柔娇软得不可思议。那是她万念俱灰、心甘情愿身入地狱的声音。

"放了他，好不好？"她趴在颜朴淙胸口，软若无骨，"月儿再也不敢了，放了他，咱们回帝京吧。"

颜朴淙从未得她如此温言软语，心神一怔，竟展眉对她笑了："不可。他必须死。"

破月全身一僵，又听他淡淡道："敢动我的女人，又怎能让他死得轻易？"

他一抬手，步千浉高大的身躯便被扔了出去，砰然重重撞在墙上，墙体瞬间倒塌，将步千浉整个身子埋住。

"畜生……"步千浉沙哑的声音从那堆废墟里传来。他竟又跟跄着从废墟里爬出来，持刀又要上前。颜朴淙淡淡一笑，扬手便朝他掷出了长剑！

步千浉嘶哑地低吼一声，长剑便穿胸而过，巨大的力道，将他再次撞进屋里，竟被钉在内墙上。

破月不知步千浉生死，又惊又怒，一把揪住颜朴淙的衣领："你杀了他？你竟杀了他！"

颜朴淙反手扭住她的手腕，只听"咔嚓"一声脆响，破月手骨脱臼，痛麻难当。他抬眸望了望依然深黑的天色，一把将她打横抱起，轻声道："我没杀他。"

破月一怔，又听他柔声道："他碰过你，我怎能让他死得如此轻易？我伤了他肩井穴，他此刻痛不欲生，求生不得，求死不能，只能睁眼看着。"

破月的心倏地沉下去，不祥的预感涌上心头。她拼命挣扎，却被他抱得死紧。

他一脚踹开屋门，扫一眼被钉在侧墙上的步千洐，缓缓走向正中的床。

步千洐人在角落，望着他将破月放在床上，高大的身子慢慢覆上去，只觉得脑中如有人用一把灼热的刀反复搅动。他想要怒吼，却根本发不出半点儿声音；想要冲过去，却根本不能挪动半点儿。

他觉得痛苦极了，根本感觉不到躯体的痛，只觉满心满胸仿佛有灼热的火在烧。他的意识半昏半醒，迷迷糊糊再一定神，竟望见颜朴淙的一只大手握住了一只纤滑如玉的脚踝。

步千洐脑子里仿佛有根弦断掉了。他觉得全身血液上涌，以从未有过的迅猛速度，直扑自己面门。

"啊——"他发出一声痛苦的号叫，猛地喷出一大口鲜血，肩膀一抖，竟慢慢从那贯穿的剑身中移动出来。

要救她，要救她！

这个念头像是熊熊火焰，燃烧在步千洐的脑海里。他忘却了痛苦，忘却了危险，他眼中只有破月拼命挣扎的躯体，刺得他满心疼痛难当。他并不知道自己情急之下，真气逆行，冲开了被封的穴道；他也不去想，即便他再上前一次，也只会被颜朴淙踩在脚下。他只是眼神阴鸷地盯着眼前的一幕，强烈的怒意和杀意，如野火般在他身体中凝聚！

颜朴淙一抬眸，便见步千洐奇迹般地又朝这边走了过来。可在他眼里，步千洐纵然冲破被封的穴道，也跟蝼蚁没什么区别。他甚至没有多看步千洐一眼，依旧低头看着破月，只待步千洐走近，一掌打死便是。

怀中的女子在挣扎，剧烈地挣扎。她越挣扎，他越想给她一个终生难忘的教训。他原本可以点了她的穴道，为所欲为。可鬼使神差地，他想看她憋屈的样子，想看她在他怀里拼尽全力却无能为力。

她也够血性，抬起未受伤的手，重重扇向他的脸，却被他轻而易举擒住，"咔嚓"，又一声脱臼，双手都不能再动。

破月爆发出一声尖厉的呼叫，一脚就踢向他的胸口，他顺势抓住她的双足。

他眸色瞬间暗深，心神便有些恍惚，正欲抬手触碰，忽听身后一阵劲风袭来。他心中冷笑一声，头也不回，抬手便挡，谁料一掌却打中个冷硬物什。"啪"的一声脆裂声，冰冷黏滑的液体浇了他和破月一脸一身，猝不及防。

他闻到身上气味，已觉不妙，匆匆看了一眼同样全身湿滑的破月，一手抹干脸，大怒回头。

只见步千洐白着张脸，肩头血流如注，眼神却狠厉，如夺命阎罗。他刚刚抛向颜朴淙的，正是破月做饭用的一桶菜油。此刻他左右手各持一根火把，不等颜朴淙回神，就将右手的火把用力朝颜朴淙身上掷去。

颜朴淙往后一跃，轻巧地避过。步千洐瞅准时机，一个箭步抢过来，接过破月，往后退了数步。破月落入他怀里，只觉得心肝俱裂，被他紧紧抱着腰身。两人心灵相通，俱是想，今日就算一起死，也甘心了。

步千洐本是强弩之末，做完这些动作，已是全身脱力，半步不能挪动。但他反而苍白地笑了，咳嗽两声，将手中火把向颜朴淙一指，哑着嗓子道："老乌龟，再过来，我便同她一块儿死在你跟前。"

生生世世

第十七章

颜朴淙的脸在火光中阴晴不定。

忽地，他勾唇一笑，在步千洐狰狞的视线里，在破月又恨又怕的眼神里，他居然慢条斯理地脱下狐裘，从怀中掏出洁净的丝巾，拭去自己脸上、头发上的油污。

然后他站在原地，抬眸望着两人。

"你烧不死她。"他将丝巾一扔，"我身手快你数倍，只要你稍动，我便能将她从你怀里夺去。顶多……烧坏些容貌罢了。她的人，依然是我的。而你，会死得很惨。"

步千洐心下雪亮，颜朴淙说的是事实，但迟迟不动，却也是忌惮火焰烧伤破月。于是他哑着嗓子道："你可以试试！她既然决心赴死，你是拦不住的！"

颜朴淙不动声色地看着破月。

只见她衣衫残破，纤体微露，宛如一只雪白的羊羔，娇弱无依。可偏偏深潭般的双眸里，写满坚毅，这令她整个人都透着一股誓死不屈的凛然，与她的柔弱交织在一起，令人心头又恨又痒。

颜朴淙想要做的，就是毁掉这份坚毅。她骨头硬了，他偏要让她乖乖趴在他脚边。

"月儿，你是个识时务的女人。"他含笑望着她，"若不是陈随雁横插一脚，你我已是夫妻。我宠你、怜你，能让你享尽一世荣华富贵，你又何苦受这些日子的

184

颠沛流离之苦？"

步千泹和破月没料到他的态度忽然变软，俱是一怔。

他又道："烧伤是很痛的，还会变得奇丑，受尽一世苦楚。爹恨不得将你捧在手心，怎么忍心你受那样的苦？你过来，过去的事，爹既往不咎。而这个小子，我答应你，放过他的性命。如此皆大欢喜，岂不更好？"

步千泹虽身受重伤，但气血强冲之后，内息反而逐渐顺畅。说话这空当，他的功力已恢复了两三成。

他知颜朴淙正在攻心。颜朴淙根本舍不得破月的容貌，所以才不上前。

他决定用自己最后的生命，为破月搏一线生机。

"好，我也不想死。我让她跟你走。"步千泹慢慢道。破月原本沉默不语，听他这么说，虽与自己想法一样，却还是心头一痛。

颜朴淙闻言微微一笑，却也暗自提防着步千泹，步千泹又道："你退开两步，让我和月儿再说几句话。"

颜朴淙暗生怒意，但在他心中，步千泹的小命确实比不上破月的容貌。压着怒火，他依言退了两步，只是细长的眸依然浸着寒意，看着二人。

步千泹见他退得远了，先是狠心抓住破月的左右臂，快速一扭。破月接连痛呼，麻痹之后，手臂却复位了。他低头凑到破月耳边，以微不可闻的声音道："我一推你，你便从后门走，切记不可回头。山腰上还有许多废弃仓库，你躲上几日，小容的人见我不归粮仓，自会来寻。"

破月听得分明，心头大恸："那你呢……"

步千泹没出声，只是望着她。火光低暗，俊脸煞白，偏偏一双眼睛灿若星辰，温柔坚毅得不可思议。

破月的眼泪滚滚而下，她如何猜不到他的心思？火把、菜油、倒塌的屋顶、残破的躯体，他这是要跟颜朴淙同归于尽！

破月慢慢抬手，轻轻覆在他握着火把的冰凉大手上。不远处的颜朴淙察觉不妙，还以为她要以身赴死，低喝一声："月儿！"

破月恍若未闻，抬头对步千泹道："对不住……这回，我不能听你的了。"

步千泹黑眸一敛，一把抓住她的手，而她身形已动，朝颜朴淙的方向迈了一步。

"此话当真？你会放过他？"

颜朴淙冷笑道："我固然是恨不得将他千刀万剐。可他的命，如何及月儿的容貌重要？月儿，你还迟疑什么？爹纵然杀生千万，答应月儿的事，何曾食言？"

破月点头——颜朴淙说得对，他从未对她食言。只要她过去，步千洐就能活命。

她缓缓转头，看着步千洐。步千洐全身僵若木石，只是紧抓着她的手，不肯放开。

她柔声道："阿步，是我的错，都是我惹出来的，才连累你如此。你好好养伤，实在没必要为我断送性命。其实也没什么，他待我也极好。你忘了我吧。我今后会心甘情愿跟着他，咱们就此别过。"

她声音低颤，步千洐已听得痛不能言。

颜朴淙听到她说"他待我也极好""心甘情愿跟着他"时，原本充斥着冷意的心底，竟是一柔，脑子里陡然冒出一个念头——她对我倒也不是完全无情意，定是被诚王和这小子哄骗，才移情别恋。这念头令他心生一丝愉悦，心中也就打定主意，待带她回去后，自要让她从身到心都服服帖帖，今后绝离不开自己。

破月狠狠一甩步千洐的手，步千洐哪里肯放？长臂一收，反将她整个拥入怀中。

破月泪流满面，狠着心想要挣开，却怕触动他的伤口，全身僵硬麻木。

他一低头，几乎是含着她的耳垂，也是最后一次含着她的耳垂，哽咽道："别挣，别挣！你听我说，我的心里，已将你当成妻子。十年、二十年，终有一日，我会成为大将军王，杀了这狗贼，迎你回来。我会……守你一世。"

破月心如刀绞，却偏偏在他怀里破涕为笑："嗯……别让我等太久。"

步千洐也笑了，手臂慢慢落下，松开了她。

两人在军营日久生情，但也未到生死相许的地步。步千洐肯为她赴死，多是义气和责任使然；而她愿与他同死，也是因为义气。

可经历了今夜的变故后，两人面临分别，心中情意却若潮水漫涌，越发情深义重了。

颜朴淙亲眼见到二人离别情深，脸色早已阴晴不定，淡淡道："月儿，过来。"

破月含泪转头看着他，心下骇然，却也无计可施。正要迈步，忽见颜朴淙眸中精光一闪，转而望着窗外。

一道苍老而低沉的声音，缓缓从外面传来。

"颜老弟，多年不见，别来无恙？"

步千洐和破月都一怔。步千洐见机极快，又将破月拉回怀里。

颜朴淙听到这声音，微一沉思，便辨认出来，脸色微变。

他淡淡扫了一眼墙角相拥的男女，也不急着收拾他们，慢慢踱到门边，朗声道："原来是杨大哥。杨大哥一向忙着武林正义，怎么今日有空管小弟的家事？"

步千洐听到来人姓杨，又是武林中人，年纪比颜朴淙还要长，不由得心头一动。

难道是刑堂堂主杨修苦？

惩奸除恶、神出鬼没的杨修苦？

步千洐不由得生出几分希望，但见来人似乎与颜朴淙是旧识，又有些吃不准了。

却听窗外那声音再次叹息道："颜老弟，你我十六年未见，没料到今日相见，竟是在如此境地。你一向义薄云天，是小哥哥我最佩服的大英雄。为何今日罔顾人伦，对这双小儿女苦苦相逼？"

颜朴淙冷笑道："杨大哥真是忙糊涂了。破月是我从小养大的姬妾，她与这步千洐私奔，我亲自捉拿，有何罔顾人伦？我现在已不是武林中人，杨大哥的刑堂再无所不能，似乎也不该管本官的事。还是早早离去，好自为之，免伤和气。"

步千洐心中惊喜，破月也听出了端倪，两人四目凝视，都看到彼此眼中燃起的希望。

杨修苦似乎并不惧怕颜朴淙，淡淡道："这步千洐与老朽有些渊源，还请大人看在我的薄面上，饶过他二人吧！"

颜朴淙长眸一敛："不可。"

杨修苦叹息道："刑堂虽势单力薄，倒也不惧官威。既然大人执迷不悟，那老朽只好勉力与大人一战了。"忽而厉声喝道："老三、老五、老七，围着屋子！老八、老九，救人。"

颜朴淙早已听出对方有数人在门外，只怕他留在山下的暗卫，也尽数被擒。可破月就在身旁，他如何肯放？听杨修苦下令围攻，他眼疾手快，飞扑过来便抓向破月的肩膀。

步千洐抬臂就将破月护在怀里，用自己的背对着颜朴淙！

只听风声如雷鸣般疾劲，一道瘦小的身影闪电般破窗而入，双掌堪堪拍向颜朴淙面门！

颜朴淙面上戾色凝聚，提气翻掌，也朝那人袭去。两人肉掌在空中甫一交接，明明寂静无声，却又似有无形的风雷颤动。

斜刺里冲出一名中年女子、一名青年男子，抓住破月和步千洐就往屋外急速退去。待破月定睛一看，竟已身在屋外。

那女子看到破月身形，一皱眉，解下披风，覆在她躯体上。而后身手疾如闪电，抬手便在步千洐数道大穴上点过，血流即刻减缓。又从怀中掏出金创药和酒壶，为步千洐清洗、上药，动作如流水行云，顷刻便妥妥帖帖。步千洐感激道："多谢！"

那青年男子却拿过酒壶扔给步千洐："步将军提提神。"步千洐如获至宝，满饮而尽，只觉得精神一振，似乎四肢又有了热力。他一把将破月搂紧，喜极道："咱们……不用分开了！"

破月大悲大喜之后，亦是心潮澎湃，将头深埋在他怀里。

两人相拥坐在地上，只见八匹通体漆黑的骏马，静静立在雪地里，将小屋围住。原来除了方才的老八、老九，杨修苦一共带了八个人。

只是杨修苦两人还在小屋里，隐隐只听见沉闷的打斗声，不知具体情形如何。

等了半炷香光景，忽听砰然巨响，两道矫健身影如弓箭般从小屋破顶飞出，平地拔起两三丈高！顾长的正是颜朴淙，矮小的自然是杨修苦！

两人在空中缠斗不断，到了顶点，又急速下落。忽地同时拍出一掌，乍然一听，肉掌竟发出金石之声，声震群山。

一掌过后，两人同时倒跃开去！

颜朴淙的身子宛若大雁展翅，刚一落地，疾疾倒退数步，竟吐出口鲜血，这才站定。

杨修苦却只退了两步，并未吐血，立刻站定。

破月这才看清，这是个长相极为普通的瘦小佝偻的老人，一对长眉下垂，塌鼻厚唇，看起来面相极苦。可真是人不可貌相，他竟是鼎鼎大名的刑堂堂主。

那杨修苦忽地叹了口气道："二十余年前老朽不是颜大人的对手，今日能打个平手，已十分欣慰。"

一席话说得中气十足，颜朴淙不由得心头一沉。方才与他一战，自己气血翻涌，已受了严重内伤，可他竟似全无异样。

颜朴淙又看了一眼不远处的破月，却见她与步千淆紧紧相拥，不由得又怒又恨。然而他清楚，今晚在这些武林人士手里，绝讨不到好处，到嘴的羊羔又要吐出来，他如何甘心？正恼怒间，谁知未理顺的真气再次激荡，"哇"的一声又吐出一大口鲜血。

杨修苦的八名弟子见状，全部持兵器围上来。那中年女子厉声道："师父，此人禽兽不如，不如今日便结果了他！"

步千淆和破月对望一眼，俱是一怔。

步千淆本就不是心慈手软的人，又对颜朴淙恨之入骨，只是不能亲手杀他，颇有些恨恨与不甘。

破月望见颜朴淙长身玉立，容颜苍白，血迹斑斑，神状竟有几分可怜。但思及他方才竟要杀了步千淆，心又麻木下来，转过头去，不看他的惨状。

颜朴淙倏地低笑，哑着嗓子道："你们胆敢刺杀朝廷二品大员，本官就真要佩服你们了。若是想叫皇上出兵剿灭你们这小小江湖派别，那便动手吧。"

众弟子一听他言语相激，有的迟疑，有的恨得咬牙切齿。那杨修苦却叹息道："大人何出此言？刑堂与你并无深仇大恨，只是实在看不过你逼迫他二人，这才出手。大人的护卫都被困在山脚城隍庙，大人这便下山去吧。只是希望大人看在老朽的薄面上，今后不要再为难他们了。"

颜朴淙冷冷一笑。他方才调整了下气息，功力已然恢复了四五成。只是今日大势已去，他只能求自己脱身了。

他忽地看向破月，声音疏淡却有力："破月，记住洞房时我同你说的话。你要的，我都能给。"

话音未落，他纵身跃起，踩雪踏树，身形如鬼魅，顷刻便往山下去了。

却在此时，杨修苦身形一晃，"哇"地吐出一大口鲜血。

"师父！"诸弟子全急了。杨修苦轻轻摇了摇手，一名弟子在地上铺上披风，扶他就势坐下，运气调理。

半晌，他才缓缓睁眼，望见步千洇，微微一笑。

步千洇让破月搀着自己拜倒，两人齐声道："多谢前辈救命之恩！"

杨修苦长吐了口气，正要说话，忽地瞥见步千洇身旁的破月。他之前一直未见她容貌，此刻隔得极近，看清了七八分，瞬间脸色大变："你……你……"脸色一白，又吐了口鲜血出来。

步千洇心头生疑，破月心头一动，柔声道："前辈，你……认得我？"

杨修苦又仔仔细细看了她几眼，眸色复杂难言。

"你是颜朴淙的女儿？"

破月摇头："我不是。我是他的义女。"

杨修苦沉默半晌，神色已恢复如常，淡淡道："你长得有几分像我的一位故人。不过仔细一看，却是不像的，应当是老朽认错了。"

步千洇和破月俱是沉默片刻。步千洇恭敬道："前辈侠肝义胆，还为营救我二人受伤，步千洇无以为报！"

杨修苦脸上泛起笑意："老朽已跟随步将军多日，今日在山下见到颜朴淙的人马，才立刻召集弟子到此。"

步千洇心头一凛，心想：我从未行逾矩之事，你刑堂为何盯上了我？

杨修苦见他沉吟不语，扫了一眼破月，道："步将军，先让老朽为你疗伤。"那被唤作老八的中年女子立刻上来，扶着破月到了屋里。

半个时辰后。

杨修苦放下抵在步千洇后心的手，两人同时睁眼，俱是一笑。

步千洇得他相助，虽伤口甚痛，但内息已然顺畅，心头一阵喜悦，却听杨修苦道："是不是想问我，为何跟随你？"

步千洇点点头："请前辈指教。"

杨修苦站起来，踱了几步，微笑道："其实老朽这次专程来找将军，只想问将军一件事：倘若你最亲近之人，犯了天大的错事，你是会大义灭亲，还是盲目维护？"

步千洇听得心头一凛，忍不住想：他说"最亲近之人"？啊，莫非月儿犯了什么错事？她一个小丫头，能犯什么错？再说，纵然她捅了个天大的娄子，我又怎么忍心责怪？大不了带她远走高飞。

想到这里，他含糊答道："我定会出手惩戒，不让她再犯错。"心想：若是月儿，我自有自己惩戒的法子，亲一亲，搂一搂，她自会听我的，不会再犯错。这也不算骗前辈。

杨修苦当然不知他的心思，满意地点头："极好！极好！我也知你必会如此！老朽跟了你月余，见你为了无辜的墨官城百姓，甘愿违抗大将军的命令，身受杖责；又见你舍身守卫墨官城，勇退敌军，便知步将军是真正的忠肝义胆。"

步千洐未料他连这些都清楚，显然这些日子一直在暗地里窥探，自己却未发觉。自己一向自诩武艺高强，今日却连遇两大绝顶高手，果真是山外有山，人外有人。

杨修苦又道："你安心养伤，我会留下弟子在城中守护。若颜朴淙再来作恶，刑堂自会一呼百应，群起而攻之。"

步千洐恭敬道："多谢前辈！"

杨修苦观他虽遍体鳞伤，却仍是俊朗坚毅、谦恭有礼，不由得起了爱才之心，道："你年纪虽轻，可武艺过人，我的弟子中，也只有小十三与你不相伯仲。你愿不愿拜我为师？"

他如今的武功也算独步武林，多少少年英雄梦寐以求得他传授一招半式。

未料步千洐想也没想，开口拒绝道："多谢前辈好意。但晚辈曾拜一位高人为师，不得他允准，晚辈不能改投别派。"话一出口，步千洐心头一惊——杨修苦说的最亲近之人，难道是师父？可师父他侠肝义胆，又怎么会做对不起大胥的事？

杨修苦见他言辞坚定干脆，便道："你不愿，老朽自不会勉强。"

两人又静默半晌。步千洐拒绝了他，也有几分歉意，灵机一动，寻了个话题，笑道："我与十三是好兄弟，算起来我已一年没见到他。前辈是他的恩师，便与我师父无异，请再受晚辈一拜！"

杨修苦听他提到关门小弟子唐十三，笑道："不错。你们年轻人意气相投，倒是极好的。"

他见步千洐一表人才，气宇轩昂，又思及方才见到破月一脸妖娆之相，实在不喜步千洐被她蛊惑牵连，想了想便道："不过你的武艺，与那颜朴淙相比，却是远远不及的。你护得了那女子一时，护不了她一世。"

步千洐沉默不语。

191

杨修苦叹了口气道："这样吧，你将她交给我，由刑堂暂为保护。我那第八名弟子是女子，今后便让她跟老八做伴。"

步千洐闻言一惊，他万没料到杨修苦的建议竟是将他和破月分开。饶是他生性豁达，此刻也喃喃道："这……"

他知道杨修苦说得极有道理。

慕容湛虽有能力保护破月，但他身在帝京皇家，风云变幻，总怕有不测；而刑堂独立于世，门规极严，破月若由他们保护，自是妥帖无恙。

可是……她那么活跃可爱的性子，若是跟刑堂的前辈们一起生活，怕是会很无趣吧？

这样酸涩地想着，步千洐终究还是狠下了心肠，缓缓道："全听前辈吩咐。"

日头冉冉升起，步千洐缓步走入小屋。

他一进屋，那中年女子便起身走到屋外避嫌。破月正坐在床上，抬眸笑望着他。两人历经生死，还未得好好一诉衷肠。步千洐在床边坐下，破月轻轻靠进他怀里："伤口还很痛吗？你真是太傻了。"

步千洐摇头，握着她的手，静默片刻方道："月儿，你的去处，步大哥已安排好，万不叫老乌龟捉住你。"

破月心头一沉，道："你想让我跟刑堂走？"

步千洐未料她心思转得这样快，微微一怔，淡笑道："正是。我如今要励精图治，早日上战场立功。你跟着我很是凶险，不如先去刑堂住个一年半载，步大哥再来接你，可好？"

他原以为破月亦会难过，不肯离去。谁料她垂头低声道："好，我跟他们走。"

步千洐瞧她神色凄然，心头怜意大起，一把将她紧紧抱入怀里道："罢了！我这就辞去差事，跟你同去，咱们不分开。"

破月心里先是一喜，却又迟疑了。

她深知他的性子，他是决计放不下战事的，此时不过是一时冲动，将来必定心有不甘。她摇摇头，语气轻快了几分："你怎么跟小容一样呆？你是要做大将军的，可不要因为儿女私情耽误了。而且咱们只是暂时分别，没事的。别人都说小别胜新婚啊！"

步千洐原本满心不舍，却被她说得失声而笑，黑眸越发深沉。他从怀里掏出块通体碧绿的玉佩，塞到她手里："戴好了，这是我的传家之宝，见它如见我。"

破月原本眼眶含泪，见那玉佩质地温润，定是上品，上面又镌刻着"千洐"两个小字，不由得止住眼泪，好奇道："你还有这种东西？以前都没见过。"

步千洐柔声道："我是孤儿，还是婴孩时，身上唯一的东西便是此玉佩。今日交给你，务必妥善保管，以后还得传给我儿子。"

两人刚刚历经生死分离，正是感情浓烈汹涌之时，破月心头一酸，险些掉下泪。可她实在不想再拖累他，强自按下心头酸涩，装作特别轻松地笑道："我如今只是跟你好，将来是不是同你过一辈子、给你生孩子，还得另当别论。"

步千洐的注意力果然被转移，脸色微变。

他虽不至于像慕容湛那样迂腐守礼，但也跟大多数男子一样，一旦有了相好，又亲又抱的，自然觉得已是一生一世一双人。

他堂堂男儿，听得破月这一番惊世骇俗的话，自不会去想她爱他多还是他爱她多这样婆婆妈妈的问题。他心里只是想：坏了，我与她定情不久，她对我的感情自然不深。如今便要分离，月儿若遇到其他情投意合的男子，如何是好？

破月眼见步千洐被自己一句话堵得不吭声，又有些心疼，双手搂住他的脖子，柔声道："当然，你若是信守承诺，不看别的女子一眼，好好待我，我自不会看旁的男子一眼，一心一意等你来迎我。"

话虽这么说，破月却自有小心思：步千洐如此英俊出众，他日必定非池中物。大胥女子多仰慕武人，此刻两人不得不分离，若是有旁的女子纠缠，他又生性洒脱豪放，万一他把持不住呢？所以她先扔下狠话，叫他老老实实。

步千洐哪料到依依惜别之际，女孩子家还有空想这些乱七八糟的，听到她只要自己信守承诺，他不由得心头一松，将她扣在怀里狠狠一顿亲。

见她被自己亲得全身软若烂泥，面颊绯红，他胸中却是豪气顿生，凑到她耳边低声道："那便是了。你还是会给我生儿子，因为我绝不会负你。"

步千洐将破月送到门边，那老八策马过来，将破月拉上马。此刻山上又下起了大雪，两人隔着纷飞的雪花，无语凝望，皆欲言又止。可刑堂弟子，又怎会是能解风情之辈？老八轻喝一声："抓稳！"马儿已第一个飞奔，顷刻便将步千洐丢得极远了。

破月拼命回望，却只见雪色苍茫。破败的小屋前，那个孤零零的人影在漫天风雪里久立不动，似是已经痴了。

唐门十三

第十八章

半个月后。

客栈里人声喧哗，来自四面八方的武林侠客们，虽风尘仆仆却热情不减，大多在讨论同一个话题——武林盟主靳断鸿，召集天下英雄，二月初八于无鸠峰顶论剑。

破月头戴斗笠，隔着层黑纱，听隔壁桌的汉子们描述靳盟主如何英明神武——既是北部第一大富商，又有一副侠肝义胆、一身精湛武艺。

听说靳盟主这次召开英雄大会，为的就是商讨武林人士助军北伐的方略。大胥人人尚武，所以这武林大会才如此引人注目。破月遇到这种十年难遇的盛事，当然也会感兴趣，只可惜去不了。

那日自粮仓离开后，刑堂一行人一路往南，返回总堂。破月虽十分思念步千沂，倒也不会每日伤风悲月，过了几日，心情也就平复了。反而是跟着刑堂诸人，有时看他们路见不平、拔刀相助，威风凛凛，受百姓爱戴，倒也很沾光，很带劲。

未料刚入徽州境内，杨修苦便收到武林大会的消息。他当即带了七名弟子掉头向北，只留老八一人，护送破月去总堂。不过徽州离总堂已经很近，杨修苦走前又向沿途刑堂分堂传递号令，要他们小心颜朴淙的人马。老八带着破月继续往南走了两三日，迄今安然无恙。

194

老八姓凌，让破月唤她"凌姑姑"。前日破月也曾问她，有没有人皮面具。凌姑姑答得掷地有声："咱们行走江湖坦坦荡荡，要那些虚假的东西作甚？"

破月顿时明白，这人的刚直大概跟容湛有一拼。只不过容湛虽刚直，对人情世故却也看得分明。这凌姑姑我行我素，却有些不通世事。

破月怕被颜朴淙的人发觉，自己买了顶斗笠戴着，凌姑姑不置可否。

这日中午在客栈用了饭，两人继续赶路，终于在日落前抵达徽州分堂。凌姑姑打算歇息一晚，明早再赶路。

徽州分堂其实是个小小的院子，天寒地冻，更显得门庭冷落、寂静无声。破月随凌姑姑走进去，半天都没看到一个人。

凌姑姑与破月刚在客舍安顿下来，忽听屋外一阵喧哗。凌姑姑走了出去，破月在门边探头张望，见院子里站着五六个男子，个个穿黑色劲装，笑呵呵地向凌姑姑行礼。

"凌姑姑，您老人家来徽州，实在是蓬荜生辉。姑姑，堂主他老人家可好？"为首的是个二十余岁的胖子，身材高壮，脸圆眼圆，生得极为喜气。

凌姑姑在他们面前依旧不苟言笑，淡淡答道："很好。"

那胖子正要再寒暄几句，身旁的另一男子忽地朝破月的方向看去，惊讶出声："咦……"

破月不欲接触太多闲杂人等，连忙关上房门，便听凌姑姑冷冷道："师父派我护送一人到总堂，没有我的允许，你们任何人不许打扰她。"

众人忙点头称是，不敢再多言。院子里很快又安静下来。

破月听得分明，心想这些人倒跟杨修苦的亲传弟子大为不同，性子十分活络。不过刑堂要维持势力和收入，肯定也要招收些外门弟子。见他们似乎很敬畏凌姑姑，破月也就没放在心上。

这晚破月刚睡下，忽地感觉体内那消歇许久的寒热气流，复又侵袭全身。她连忙坐起，按照步千洐所授法门细细调理。过了半个时辰，方觉心腹舒畅。

一睁眼，却见对面的凌姑姑已经坐起，若有所思地望着自己。

"你修炼的何种内力？"凌姑姑问道。

破月信得过刑堂弟子的为人，也不隐瞒，将自己自小的体质大略说了一遍。凌姑姑听她说完，神色却有些动容，起身走到她床旁，手指搭上她的脉搏。

破月却不知，这凌姑姑是杨修苦弟子中专修医术的。论武功，她或者距内外兼修的步千洐还有一大截，但论内力疗伤，却已是武林翘楚。

片刻后，她眉目越发紧蹙，望着破月的神色，十分吃惊。

"十六年纯阴内力……难怪如此浑厚……却偏偏又……"她话没说完，已陷入沉思。

破月大气也不敢出，等她考虑了许久，见她缓缓睁眼后，眸中竟破天荒有了笑意："我传你一个法子，每日修习，虽不能助你运用自如，但免去这每日寒热之痛，却是举手之劳。至于你能运用几分，便要看你的造化了。"末了又特别直接地加了一句，"比步千洐的法子要好。"

破月听她说要传自己法门，心下感激，却也不会特别激动。见她不再严肃，宛如一位慈祥的阿姨，破月忍不住道："姑姑，你笑起来很好看。"

凌姑姑神色一僵，几乎立刻收了笑，淡道："这便教你吧。"

传授了半个时辰，破月便已记牢。依法修习了一刻，果然通体舒畅，比之从前更加轻盈。她大喜拜倒："姑姑，你果然厉害，比步千洐的法子厉害多了！"

凌姑姑自幼被师父养大，习惯了清苦枯燥的生活，还是第一次与年轻女孩相处，与破月相处半个月以来，见她虽容貌娇美，生性却沉稳。她并不刻意讨好自己，却一路端茶倒水，侍奉得极为妥帖。这令凌姑姑对她刮目相看，心想：师父说她是妖女，可我见她本性纯良，倒不是很妖。

此时她听破月连声夸自己厉害，神态天真烂漫，比起那些隔代弟子的马屁，不知真诚多少倍！

她心怀畅快，微笑道："你朝烛火打一掌。"

破月猛地想起当日打断那棵被虫蛀的小树，不由得惊喜万分："我也有内力？"

破月按她说的法门，气沉丹田，经胸腹缓缓而上，进入手少阳三焦经，一掌豁然拍出。掌风过处，火焰猛收，瞬间熄灭。

凌姑姑沉肃道："换作普通人，一掌也能打灭。但你掌中已含了真气，勤加练习，假以时日，定能有所成。"

破月大喜，连声道谢，也不睡了，一掌掌打向火焰，练得不亦乐乎。凌姑姑背对她而卧，望见墙上火光忽明忽暗，不由得微微一笑，合目浅眠。

这夜，破月一直练到月上中天，竟真的略有所成。

隔着两三步远，她的掌风能熄灭烛火；凌空拍向门框，能感觉到其咣当作响。

这还是她第一次尝到"武功"的甜头，而且是速成的那种。这令她颇有种苦尽甘来、形势一片大好的感觉。

因为兴奋，她了无睡意，推开房门走到庭院里，打算对着那些树再练习。

刚走到廊道，忽听左侧不远处，劲风一闪而过。

她不由得停下脚步望过去，却听见对话声断续传来："……那婆娘今日到了咱分堂，真是天赐良机……绿林盟出二十两黄金买她的命……"

破月听得目瞪口呆，"那婆娘"莫非说的是自己？

又听另一个有点儿耳熟的声音道："今日子时，绿林盟便动手，咱们只需袖手旁观……谁叫她杀了绿林盟的崔焱？不过掳了几名良家妇女，就结下梁子……"

破月明白过来——这声音是白天那为首的胖子！只怕他们要对付的是凌姑姑！

绿林盟，她听说过，是当今武林三大门派之一，与清心教、刑堂并驾齐驱。据说都是些鸡鸣狗盗的绿林人士，人数众多，在武林中颇有声威，只是鱼龙混杂，很难说好坏。上次替她换面具的苏隐隐教她使用法门时，还提到"我们绿林盟"，所以破月一直对这个门派印象不错，未料今晚却听到他们说要加害凌姑姑！

她心下有些奇怪，他们对话为何不避人，被自己偷听得清清楚楚？难道是故意说给自己听的？这其实是陷阱？

她却不知，经过一夜练习，她已能运用小股真气，自然也比寻常人耳聪目明许多。那两人自在房间里说话，却被她听得清清楚楚。

但她历经磨难，性子已谨慎许多，毫不迟疑地退回房间，叫醒了凌姑姑。

凌姑姑听破月说明原委，不由得大怒。她虽生性迂执，却也不是硬闯硬拼之人，略一沉思，便叫破月拿起行李，趁夜色从房顶跃出，撒足疾奔。

两人刚跑出分堂数步，便听身后脚步声纷杳而来："人跑了！速速拦住她们！"

话音刚落，巷口闪出十余道黑影，那些人持刀握剑，蓄势待发，在夜色里显得狰狞而凶狠。

凌姑姑将破月往边上一推，拔剑便迎了上去。

凌姑姑剑若繁花，轻盈敏捷，顷刻便刺中两人胸口。然而双拳难敌四手，敌人中也有刀法极为精湛的，专门挑她防御的空当下手，很快，凌姑姑便有些不支了。

破月站在黑暗的角落里，正心焦间，忽见一名男子挥刀朝自己攻过来！

顷刻刀光已至面门，破月吓得呆立当场，哪里还能想到抵抗，开口便是："别杀我！"她的声音清脆柔软，那男子一怔，抬手掀开她的斗笠，神色便有些异样了。

他一把抓住她胳膊，就往怀里扯。破月撞进他怀里，正心跳如鼓，忽见他门户大开，简直就是聪玉长拳第一招入门式的活靶子，不由得忐忑不定。

"英雄……"她低唤一声，单手抱住男子的腰。男子被她如此热情地一搂，又意外又惊喜，心想今日难道好运捡到了个放浪货？

然而他还没来得及一亲芳泽，便见怀中人儿抬起小小拳头，不偏不倚、中规中矩地朝自己腹部打过来！

一声闷响。

破月全身冷汗，紧张地抬头望着他。

他身子晃了晃，低头呆呆地望着破月。

完了完了！破月心想，自己太异想天开了！她忙娇声道："英……英雄，方才只是开个玩笑……"

未料那男子猛地松开她，刀也"哐当"一声掉在地上，双手捂住肚子，弓下腰，怒喝道："疼死老子了！老子宰了你！"这男子本是绿林盟中的喽啰，虽有些好色，却全无怜香惜玉之意，被偷袭一拳，剧痛难当，眸中便全是凶狠的杀意了。

然而他的眸中，很快有一片银光闪过。他脸上惊诧的表情，彻底放大了。但他已不能有其他动作了，因为他的脑袋，已经从脖子上斜飞出去，像个西瓜被切了个平整的缺口，血液四射。

他面前两步远，破月手持寒月刀，全身僵若木石。

她被男子的血喷得满头满脸，整张脸变得猩红难辨。她望着地上断成两截的尸首，脑子里木然一片——

她杀人了？

前方诸人很快察觉了这边的动静，立刻有两人同时撤剑，朝破月围过来。

便在此时，一道蓝色光亮，宛若流星划破夜空，一直到达视野可见的最远处。

"不好！这婆娘叫帮手！"

"速速解决了她！"

放出信号弹的正是凌姑姑。她趁众人分神，陡然跃出战团，落在破月面前，一把抓住她的衣领，向外一丢："走！"

这也许是她竭尽全力的一掷，破月只觉得腾云驾雾般飞了出去，砰然落在五六丈外的大街上。

已是半夜，大街上黑黢黢的，一个人也没有。破月摔得全身剧痛，可还是忍着爬起来，转头只见巷子里斗成一团，有两人持刀飞快地朝她冲过来。

她拔腿就跑！

刚跑了几步，倏地只见东侧天空，一道血红的光亮，疾疾冲上天空。那烟火弹与方才凌姑姑所发极为类似，只是颜色不同。

破月拔腿便往烟火的方向跑！

"坏了！"身后追兵惊惶地喊道，"赤色！赤色是唐十三！他竟在左近！"

破月一听，朝那方向跑得更快了！心头暗想，听他们的语气，似乎对唐十三极为忌惮。若是早点儿撞上此人向其求救，或许能助凌姑姑一臂之力！

大概对方也想速战速决、斩草除根，竟没有放弃追击，脚步声越来越近！破月虽拼命地跑，但与他们的差距，却在逐渐缩小。

"别跑！臭娘们儿！"

"再跑老子整死你！"

身后两人一边跑，一边怒喝！

她不过修习了一夜内力，又怎么会是这些武林壮汉的对手？

很快，两人与她的距离只有几步之遥，似乎只要一伸手，便能抓住她的衣领！

"啊！"破月一声尖叫，惊破夜空。

马蹄声。

一连串清脆、急促的马蹄声，仿佛战鼓连绵，惊破幽暗夜空，响彻寂静长街。

破月从未听过这样疾劲的马蹄声，只觉得光是听声音，都带着势不可当、追魂夺命的气魄。

她一怔，身后追兵亦一呆。

就这一分神的工夫，前方青石路尽头，一匹神骏的白马忽然冒头，风驰电掣般朝他们冲过来！马上伏着一人，惊鸿一瞥间，只见黑色披风下，素白的一张脸隐隐发青。

"唐十三！"一人惊呼。

刚刚还凶神恶煞的两个追兵，转身就跑。

"救我！"破月迎面朝他跑去，眼睁睁看着一人一马快若闪电，顷刻便至眼前。

那人未作丝毫停留，与破月错身而过！

破月一呆，停步转身，恰好那人马旁凭空生出两道白光，灿若流星。再定睛一看，那人马速不停，顷刻已冲过了头，将两名大汉远远丢在身后。

破月原本还在疑惑——他怎么不管不顾自己，跑到前头去了？正要向他大声疾呼表明身份，忽然她眼睛一瞪，一时喉咙像是被堵住了。

因为她看到了最诡异、最血腥的场景。

两名大汉又跑了几步，半个脑袋却慢慢滑落，"骨碌碌"掉在地上。可他们还在往前跑，连痛呼都没来得及发出，顶着半边脑袋又跑出了几步，才猝然倒地！

方才那两道白光，不是凭空生出的。

那是他的剑，快若闪电，一闪而逝。

这一幕实在狰狞且恐怖，破月不敢再看，一抬头，却吓得魂飞魄散——

那明明跑出数丈远的马骑，竟已沉默无声地立在自己面前。

马上的黑衣人冷冷望着自己，而他右手中那把窄窄的长剑，剑身殷红染血。

剑尖抬起，精准地抵住她的咽喉。破月感觉到微微的刺痛，那是剑尖的寒气，隔着半寸的距离，无声威慑着。

高大、清秀、阴冷，是唐十三留给破月的第一印象。

染血的黑衣，微湿紧贴，勾勒出挺拔修长的线条。墨色长发简单束起，如泼墨般垂落在肩。削尖的脸白若细玉，双眸秀气。偏生一双凌厉的眉和厚实坚毅的唇，令他看起来既有男人的冷酷，又有少年的戾气。

而破月并不知道，自己留给唐十三的第一印象糟糕极了——发髻凌乱、满脸血污、气喘吁吁，被他剑尖所抵危在旦夕，一双眼中却尽是兴奋的亮光。

疯妇。

唐十三心头淡淡飘过这个论断。

"坠马巷！"破月当然兴奋，因为凌姑姑有救了！她大声疾呼："快去救凌姑姑！"

唐十三长眉一蹙，收剑勒转马头，顷刻身姿疾如闪电。

见他的马瞬间跑远，破月连忙追过去："你带上我啊！别留我一个人在这里！我跟你一起去！"

"嗤——"

黑暗中，什么东西急速破空而来，直直撞上破月的胸口。

破月只觉得一麻，却并不痛，低头一看，一颗极小的石子滚落到脚边。

等等我！

她张嘴欲喊，却发现没有声音——哑穴被点了？

谁？她瞬间一头冷汗，紧张兮兮地四处张望。夜色迷离，却不知哪里潜伏了敌人。点中她的哑穴，是要让她无法向唐十三求救，然后对她下手吗？

她全身发冷。

偏偏这时，一道清冷寡淡的声音远远传来，却清晰如在耳边。

"很吵，跟上。"

那嗓音本身清澈柔润，宛如冬夜檐下滴水，寂寂动人。可他的语气，却明显带着几分戾气，还有几分不耐烦，与这温柔的嗓音格格不入，令人难生好感。

破月只一怔，便明白过来。

那个方向，是唐十三……

她默立片刻，有点儿郁闷地朝这位阴森森的救命恩人追去。

猫氏剑法

第十九章

破月跑到巷口时，里面已经很安静了。

死人，满地都是死人，血腥味扑鼻而来，远远只有一个虎背蜂腰的黑衣劲装男子，一动不动地蹲在地上。

破月尽量不踩到那些残缺的尸首，可走了几步，她还是差点儿吐出来——这些绿林盟的恶人死了也就算了，可他们偏偏都被斩成数截，左边半个脑袋，右边一条大腿，四处都是白花花的断肢和喷射状的血迹，漆黑的小巷里满目血腥。

这里哪还是人间？分明是地狱修罗场！

破月心惊胆战，看到前方那男子缓缓转头，清秀至极的一张脸，阴沉若死神。

他就是死神，是这片修罗场的主宰。

破月被他望得全身发冷，可当她看到他臂弯里奄奄一息的凌姑姑时，立刻忘记了害怕，焦急地冲过去。

凌姑姑腹部有一道深深的伤口，鲜血汩汩流出。她脸色格外苍白，眼见活不了了。昔日木讷的眼眸迷迷蒙蒙瞥见破月，竟泛上几分柔和的色彩。

凌姑姑！破月张嘴，却无声。只觉得难以置信——一个时辰前，她还慈祥地教自己内力法门，怎么此刻，已是垂死之人？

"护住……她……"她粗糙的手轻轻抓住唐十三的衣袖，然后无力垂落。

她的眼神僵直了，她死了。

"好。"唐十三沉默半晌，才对尸体吐出这个字。

破月开始抽泣。

他恍若未觉，面沉如水地将凌姑姑的尸身打横抱起。破月跟在他身后，眼泪哗啦啦地往下掉。

唐十三将凌姑姑放上马背，这一回，他的速度却很慢，慢慢牵着马，默默地向前走。

一直走了小半个时辰，才到了城郊一处山头。他默然盯着脚下泥土看了半晌，朝破月伸手："寒月刀。"

破月不明所以，解下寒月刀递给他，忽地惊觉——他怎么认得此刀？难道他认得步千浒？

她心下惊异，他却没打算解释，伸手将寒月刀插进土里。

破月嘴唇乱动，却依然发不出声音。

猛的一声嗤响破空，她胸口又是一麻。

"你想干什么？"她能出声了！

"挖坑，埋她。"

破月明白过来，他是要葬了凌姑姑。只见他用寒月刀在土中急速搅动，土渣四溅，很快便出现了一个小坑，且坑越来越大。

可他自己不是有兵器吗，为何要用她的刀？难道寒月刀隐藏了什么玄机她不知道？

破月心头怦怦地跳，试探着问道："大侠，为什么要用我的刀？用剑不行吗？"

"会脏。"他头也不抬，继续挖坑。

破月揣摩了片刻，才艰难地明白过来。

难道……他怕弄脏自己的剑，所以用她的刀刨坑吗？

破月默然不语。

不一会儿，他就挖了个一丈见方的大坑，将凌姑姑放到坑底，又填好了土。而后他举目四顾，砍了一棵树，三两下削成一块板子，咬破指尖，用鲜血"唰唰唰"写了几个字，往墓前一插，静默不语。

破月一看，上面只有四个字："老八之墓。"

凌姑姑对破月有恩，她实在有些看不过眼了。
"要不要写上她的名讳？或者写凌姑姑？"
"不必。"

破月想了想，也对，万一凌姑姑仇家发觉，岂不是更要侮辱凌姑姑的尸体？
她含泪在凌姑姑墓前磕了十多个响头，这才起身。
唐十三没磕头，却忽然问她："你是步千洵何人？"
破月心想，寒月刀都在我手上，说没关系估计他也不会信，只得含糊道："朋友。"
唐十三也没追问，翻身上马。破月只觉得眼前一闪，腰间一紧，瞬间双脚离地，已腾空落于马上。

不等她调整到舒服的姿势，身后那人一甩马缰，大白马已如闪电般，朝山脚疾冲下去！

进了城，一直跑到客栈门口，唐十三才跳下马，踹门而入。
被惊醒的客栈老板匆匆赶来，唯唯诺诺。唐十三从怀里掏出碎银往台面一丢："一间上房。"
老板见他们一个全身染血，一个满脸血污，早吓得魂飞魄散，连忙拾了银子，引他们上楼。

到了房间，唐十三淡淡看她一眼："一个时辰。"说完便提着剑又走了。
破月推测了半天，推测出他大概是想说自己要出去一个时辰，于是自行沐浴更衣，不多时，便靠在椅子上昏昏欲睡。

她正等得迷迷糊糊，忽听门"吱呀"一响，正是唐十三推门回来了。
比起昨夜，他身上的血腥味更重了，一双靴子就像在血水里泡过。拜他所赐，破月已经能分辨出死人的气味，只嗅到他身上的气息，便明白过来——他刚才是去杀人了。
他一进屋，就抱着剑在门口盘膝坐下，看也不看破月一眼，闭眼就似要睡觉。

破月凑过去："大侠……"

唐十三很给面子地睁开眼，目光只在她脸上微微一停，没有任何波动："十三。"

"……十三，你打算如何处置我？"

"无鸠峰。"

破月一惊，武林大会？

转念一想，她便明白过来——这唐十三也许原本是要去跟杨修苦等人会合，他应允了姑姑保护自己，所以也带自己上路。

她心想，也好，这徽州分堂竟有内贼，可见刑堂的外门弟子也不是很可靠。现在没有个信得过的人，她贸然去了总堂，反而危险。

只是这人实在是残忍嗜杀，跟着他难道就靠谱？

可她似乎并没有选择的余地，因为唐十三已经闭眼蹙眉，看样子不太想再跟她交谈。

破月心想，既来之，则安之，也回床睡了。

唐十三睡了两个时辰，便清醒过来。他抬头一看，破月还在沉睡，呼吸均匀，便开门走了出去。

到了客栈外的小巷里，他吹了个悠长的口哨。半晌后，一只雪白的信鸽盘旋而落，停在他手臂上。

刑堂虽神出鬼没，可也颇能探听到些消息。上个月，他便听说，步千洐已被贬至青州余良县守粮仓，遭奸人迫害，幸得师父相救。师父还从步千洐手上带了个女人回来。

这是近日来，他发给步千洐的第二只信鸽。

上一封是十日前发出的，内书："没死就好。"

这一回，他掏出炭笔，很难得地迟疑半瞬，落笔道："女人在我处。"

这日天光大亮，破月起床，发现唐十三已经买好了另一匹马等在客栈门口。两人都不多话，埋头赶路。

只是经过城门时，破月隐隐约约听见守卫在讨论："……昨个夜里，整个绿林盟分舵、刑堂分堂，都被人屠了……"

205

"不知是不是敌国刺客干的……"

"兴许是清心教……这些武林人士，啧啧……"

破月想起昨晚唐十三一身血腥味，静默不语。

二十日后，两人终于抵达无鸠峰下。

这一路，破月彻底服了唐十三——一路过来，他跟自己说的话几乎不超过二十句，且大多是"嗯""闭嘴"和"麻烦"。

但他也是个极可靠的人。每日晚上，他都抱剑坐在房间门口守护，夜夜如此。有时破月睡到半夜醒来，看到门口死神般寂静肃杀的身影，不由得又无奈又感动。

这日天色已晚，上峰还需一日路程，唐十三干脆利落："住店。"

他们一路疾行，破月根本没机会买斗笠，一直光着一张脸。她刚随唐十三在热闹的客栈坐下一会儿，便被周围惊讶而炽烈的目光瞧得有些不自在。

其实，倒不是她美到让人惊叹的地步，这些武林好汉也并不都是登徒子。

实在怪她的长相太纤弱、太稚嫩、太精致，慕容湛第一次见到她时，便误会她是权贵之家精心豢养的禁脔。这些武林人士也许见过英姿飒爽的侠女，也见过仙子般的美人，但大多是头一次见到她这样精美、苍白、宛若人偶的长相，自然多看几眼。

破月微窘，轻轻拉了拉唐十三的衣袖，低声道："你能搞到人皮面具吗？或者明日替我买个斗笠，好吗？"

唐十三一抬眸，先看到她扣在自己衣袖上的手指，雪白纤细，似有柔和的暗光。唐十三一挥袖子，甩开她的手。

他恹恹地抬起头，暗色的眸力凝霜雪，环顾一周，戾气陡然一盛。

周围人瞬间一静，只觉得那阴郁的眼神实在瘆人，像一把无形的尖刀，寒气逼人地抵在自己的咽喉。

"谁再看她，我刺瞎谁的眼。"声音冷酷得令人胆寒。

众人一怔，有的惊惧，有的愤怒。有人想要破口大骂，却被周围人拉住，指了指他的剑，小声道："还没看出来吗……他是快剑十三！"

破月心情很复杂地望着他，惊讶、错愕、无奈都有，还有一点点崇拜。

206

他却不太耐烦地望着她："无人再看，快吃。"

破月："……"

在山下住了一晚，破月还是托小二买了顶斗笠。第二日天未亮，破月和唐十三便上山。

山道狭窄崎岖，只能步行，这让破月有机会欣赏沿途风景。只见山谷两侧，俱是刀削般的笔直悬崖，有百丈高，险峻崔嵬、气势磅礴。再往上行，便雾气弥漫，山廓朦胧，宛若仙境。

及至峰顶，山势竟豁然开阔，面前是一个人工开凿的平台，平台后的林中，隐隐露出些雅致房屋的轮廓，那便是赤刀门的所在。

正前方，是一座高耸的石碑，上书刚劲有力的"无鸠峰"三个大字。早有数名身着黑衣、镶金腰带的赤刀门弟子，站在喧嚣热闹的山门前恭候上峰的侠客们。

两人随弟子到了一个幽静的小院中。唐十三进入其中一间房，"砰"地关上房门，照旧对破月不理不睬。破月一个人也不敢乱跑，只得进房待着。

补了一下午觉，到了夜间，她反而睡不着。打开门想透气，却吓了一跳。

一个黑衣人抱剑端坐在门外，正是唐十三。

他被惊醒，不太耐烦地看着她。

"你为何在这里？"破月惊讶。

唐十三用一种看白痴的目光看着她，根本不答。

破月明白过来，吃惊了："你在保护我？"

他不吭声。

破月怔怔地望着他。

初春夜凉如水，他就穿着单薄的黑衣，抱剑靠在门旁。清秀的容颜看起来比日间少了许多戾色，多了几分人气。

破月忽然明白过来——这里往来人很多，关乎名节，所以他才不在屋里守着她。破月几乎可以想象出，这一晚他是如何冷着脸、我行我素地坐在门口，不理会往来人的指指点点的。

破月有些感动了，她想，眼前其实是个细心、体贴、忠义的男子吧！凌姑姑的一句托付，他便牢记在心。

只不过他有点儿冷血，然后还有点儿人际交往障碍。

嗯……有点儿可爱。

“你不冷吗？”破月挨着门槛在里面坐下。

这回他连看都不看她一眼了，显然是觉得这个问题没必要回答。

“谢谢你啊！”破月真心实意道谢。

听到她的道谢，唐十三才瞄她一眼，忽道：“他刀法精进否？”

破月一怔，迟疑道：“步千洐？应该有吧。”

“比我差多少？”

“……他很厉害，你也很厉害。”

“看着。”他站起来，拔剑。

庭院中月色清亮如水，而他长身而立，眉如远山、眸若寒星。刹那间剑光如银蛇，在月光下肆意游动翻跃。但他剑法实在太快了，破月只见一团团银光笼罩着他，片刻后，他收剑淡然问：“如何？”

“……很好。”

“你使一遍。”

“啊？”

大概是见她太震惊，唐十三不耐烦地解释：“师父不让我跟他动手，你学了，使给他看。”

破月：“……”

半个时辰后。

在唐十三这样的学武天才眼里，没有什么招式是学不会的。可对于破月这种菜鸟，任何精妙招式都能让她糟蹋得不成样子。又过了半个时辰，本来就没有好脾气的唐十三爆发了。

“拔刀！”他冲进屋里将寒月刀扔给破月，剑光已风驰电掣般袭了过来。

以唐十三不善育人的风格，能想到在打斗中强化她记忆招式这个点子，已经十分难得。可对破月来说——

一剑封喉！

又是一剑封喉！

在第十二次被唐十三随便抬抬剑就抵住咽喉，然后被他满脸轻蔑地鄙视后，破月也终于爆发了！

大家都是人！她就不信一招都接不了！

第十三次攻击，不等唐十三发招，她一挥长刀，迎面劈了过去！

破月想得很简单，他不是快剑嘛，那她再怎么努力防守，他也能比她更快！所以她干脆反守为攻！抢在他前面进攻！

然而在她笨拙而狼狈的刀光里，唐十三却呆住了：这么慢？她居然用这么慢的一刀，朝我强攻？

世人皆知，唐十三的剑，天下最快。连步千洐都不敢强攻，只能守得密不透风，再寻破绽。可她就这么破绽大开地一刀劈过来，在唐十三的眼里简直是慢若蜗牛！

可他却走神了。

生平第一次，对敌时走神了。

因为眼前女孩咬牙切齿的模样、慢得不可思议的强攻，与记忆中的少年如此类似——那是十年前的自己，刚刚拜入师父门下，他虽然是众师兄弟中功力最浅的，却狂妄地拿着剑，想要强攻功力最深的大师兄。那时师父说："好孩子，终有一日，你的剑法会是最快的。"

他一回神，破月刀尖已至胸口。而破月显然没料到这一刀真的能劈到他，一脸震惊，刀势却来不及收了！

生死攸关，身体已自发做出了反应。他随手闪电般的一剑，隔开她当空一刀，再一掌拍出，正中她肩头！她便如破布般被拍飞出去。

唐十三收剑而立，正要说"再来"，忽地反应过来，一个箭步冲过去，将她从地上抱起。她面色惨白，"哇"地吐出一口鲜血，喷得他满襟。

唐十三一把抱起破月冲进屋内，将她放在床上。他一向自诩受人所托，忠人之事。如今破月伤在他手里，他焦躁万分，干干说了声"等着"，转身就飞出了屋子。

破月起初胸口剧痛，只觉得气血上涌。可那口血吐出来后，气息倒平顺了许多。但她还以为自己是回光返照，越发难过——她并不知道，内力已会自发护体，唐十三又只使了三成力，大多都被她的内力弹开，所以她并无大碍。

唐十三也不知道。

过了片刻，唐十三拽着一名青袍中年书生走进来。那人一脸无奈地走到床边，看到破月的容貌，神色倒是柔和了几分："姑娘就是被他打伤了？"

破月点点头。

那人将手搭上破月的脉搏，笑道："我叫谢不留，不留钱财，不留女人，专留人命。"

破月惊喜道："原来是谢神医。"她在路上听到有人提及他，传得很神。据说是位宅心仁厚的神医，但他是绿林盟的门人。

她忍不住瞟了一眼沉默立在床头的唐十三，谁料他竟似知道她想问什么，淡淡道："不同。"

破月自动脑补：哦，这人跟那些绿林盟人不同。

未料谢不留这一搭脉，竟搭了许久。破月见他神色不定，手一直将自己手腕抓紧，不由得心生警惕："谢神医，怎么了？"

谢不留似乎这才恍然惊觉，连忙松开她的手道："哦，姑娘的内力修为十分特别，我从未遇到过。不知尊师是何门派？"

破月一怔，笑道："刑堂凌姑姑。"

谢不留看她一眼，似笑非笑道："她可没这个本事。"

破月心头一凛，收手不语。

一旁的唐十三不耐烦了："如何？"

谢不留虽与唐十三是旧识，却恼怒他方才将自己从爱妾的床上拖下来。此刻瞧唐十三破天荒对一个女人很关切，不由得计上心头。

他当然察知破月已无大碍，面上却蹙眉道："不妙，不妙！"

破月心里一沉，唐十三脸色一僵，又听谢不留继续道："内伤不重，但伤到了根本。要治愈也不难——一年之内，不能圆房。唐十三，能办到吗？"

破月松了口气，正要说"没问题"，却听唐十三答道："管不了。"

破月一呆，脸上一热——她当然知道，唐十三的意思是，她又不是他的人，他管不了。可听在谢不留耳里，自然理解成别的意思——我管不了，我忍不住。

果然，谢不留没料到从来清风明月般孤傲的唐十三，对男女之事如此直接，瞪圆了眼，满脸戏谑。破月忙道："神医，还有什么？要服药吗？"

谢不留摇头，见唐十三还是孤傲的样子，索性再添一把火："你体质阴寒，还需每晚以纯阳内力，向你涌泉、独阴穴运气疗伤，一月之后，方见成效。"他心里却想：让你每晚抓着美人的玉足，却不能与她交欢，憋死你这臭小子！

谢不留走了，唐十三沉默片刻，便在床尾蹲下，抓住了破月的脚踝。

破月赧然，心想事出无奈，可不能让阿步知道。正想着，唐十三已脱掉她的鞋袜，将她一双小足抓在掌心，而后闭目而坐，竟似打算睡觉了。

破月在外闯荡已久，虽不觉自己倾国倾城，但也知萝莉纤美的容貌，总能让男子多看几眼。就连正人君子慕容湛，无意触碰到她，都会满脸通红。

未料这唐十三不管看到她的容颜，还是握着她的赤足，竟似对着一具枯骨，没有任何表情。

他无论在哪个方面，都显得没有人性。

她居然有点儿佩服他。

"对不住。"

清冷的声音，沉闷的语调。

破月没有睁眼，微微一笑："没事，睡吧。"

天色暗白，朝阳初生。

破月原本睡得香甜，忽觉得脚心痒痒的，像有一只蚂蚁在咬。她以为是蚊子，埋头继续睡。可那蚊子似乎又爬到了脚背上，缓缓地咬着她的皮肤。

她突然反应过来。

那触感，不是蚊子。

分明有人，在摸她的足。

是唐十三！

一睁眼，她看到唐十三双手捧着她的足，长眸清亮，神色极为专注。

破月悚然一惊——难道知人知面不知心，他也是个好女色的？抑或他有恋足癖？

211

他也察觉到破月醒来，只淡淡抬头看她一眼，然后苍白纤长的指尖，又沿着她脚趾的顶端抚过。

破月被他摸得全身起鸡皮疙瘩，连忙收脚想要从他掌心挣脱。未料他手劲一收，她立刻动弹不得。

"别动。"他目光全在脚趾上，声音还有些阴森严厉。

破月不敢动了。

此时天色刚明，已有薄薄的日光从窗户透进来，照在他净白如玉的脸上，越发显得俊美而……阴冷。

可他竟似沉溺在自己的世界，紧盯着她的足。冰凉的手指，沿着轮廓一点点轻蹭。她的注意力全在足上，那里的皮肤也变得异常敏感。被他这么一摸，全身一颤，脚趾便微微蜷起。

他看到手心那细小的脚趾微微颤抖，眸色竟然明显一亮，又去摸她的小脚趾。不仅摸，还用长着薄茧的掌心揉了揉。

终于，在他不断重复蹭、摸、揉的动作后，破月尽管心头惊惧万分，也忍无可忍了，怒喝道："唐十三！你想干什么？！"

这一声喝得凶神恶煞，唐十三仿佛惊醒般忽然抬头："我想……"

唐十三头一回对着一个女人觉得尴尬了。

昨日他睡到半夜，一睁眼，发现自己趴在床上，眼前正对着一双晶润如玉的纤足。他从未近观过女子的足，这下仔细一看，却发觉有一种浑然天成的美。

他生性内敛，一向喜欢小巧精致的事物，便在总堂里养了一只通体雪白的小猫，如今见到破月的足，便觉如那猫一样惹人怜爱。

他没起色心，也从未有过这种东西，只是有了突如其来的剑招灵感。观乎那珠圆玉润的脚趾，观乎那纤长均匀的脚背，再联系白日里破月那一套柔中带刚的拳法，一套新剑法渐渐在脑海中成形。

他并非不通世事之人，也知握住女子的足实属失礼。但武痴劲儿一上来，他就忘了其他。

于是又握又摸，忘乎所以。

面对破月强自镇定的惊恐眼神，他沉默片刻，面无表情地站起来，拔出长剑，跃到屋中。

"看好。"冰冷倨傲的语气。

一套剑法使将下来，破月已眼花缭乱。她正惊疑不定，却见他已收剑回鞘，淡然道："新创猫氏剑法，从你双足参透。"

破月："……"

武林大会

第二十章

烈日当空，旌旗飘扬。

巍峨的峰顶，已有数百英豪聚集。武林大会尚未正式开始，所有人热烈地议论着，人声鼎沸。

唐十三的座位在中央的高台上，相当于贵宾席——他是刑堂唯一露面的代表。

破月觉得，从这一点可以看出两件事：其一，刑堂得罪的人太多，该低调的时候，他们还是会低调，所以杨修苦和其余弟子都隐藏在人群里——要是相貌都被武林人士认全了，他们离死光也就不远了；其二，唐十三虽然武艺精湛、名气极大，但派他当代表，得罪的人兴许更多——可见刑堂真是不太在乎人情世故。

临近巳时，人越来越多。破月戴着斗笠，站在唐十三身后。由于刑堂一向神出鬼没，所以大伙儿都当她是刑堂弟子，没人注意。

这两日夜里，唐十三都握着她的足坐在床边睡觉，并无撩拨之举，破月也没办法对他生气。

只是破月有时夜半醒来触景生情，想起在粮仓那晚，步千洐将她冻僵的双足抵在火热的胸膛，不由得心底百般相思，辗转反侧。

"丁当家！"

"丁当家！"

前方一阵喧哗，人群耸动。

只见一名三十五六岁的精壮汉子，被一群人簇拥着，走上峰顶。他穿了件深紫的锦袍，腰佩玉带，头戴金冠，打扮得像个大财主。只是方方正正的脸上，一对鹰眸精光四射，甚为有神。

"绿林盟丁仲勇，替三万八千门人，向诸位问好！"那汉子朗声笑道。

"丁当家好！"众人齐声道。

破月并不喜欢这种看起来很精明又不帅气的大叔，看了一眼就去打量其他人了。

丁仲勇在左首第二张椅子上落座，目光淡淡扫视一周，在唐十三身上一停，便立刻移开。

又过了一会儿，众人又是一静，而后纷纷小声道："是普陀寺清悟方丈。"

只见一身着半旧金色袈裟的白眉老人，慈眉善目，面带微笑，缓缓步上高台。他身后有十余名僧人，俱是神色肃然、气质超然。

那清悟在唐十三上手坐下，微微一笑："唐施主有礼！"

破天荒地，破月看到唐十三起身回礼："方丈有礼！"她不由得想，看来这个清悟，是个人物。

巳时整，各路英雄悉数到齐。

高台旁，十名赤刀门弟子赤裸上身，手持木槌，将十面蛇皮鼓敲得震天响，顿时满场肃静。

一名四十余岁的中年男子，从人群中步出。只见他身穿黑色武士劲装，身姿挺拔，相貌英武。他昂首走上高台，短短几尺距离，却已是龙行虎步、气宇轩昂。

"靳盟主！"台上台下，诸人齐声抱拳恭敬道。

那靳断鸿朝台下一抱拳，笑容明朗，不输青年，声音低沉，话语干脆："靳某恭迎诸位英雄！"

破月有些意外——由于有丁仲勇的例子在前，再考虑到靳盟主的境况，她以为会看到一个跟暴发户似的精明男人，谁料却是这么个质朴、豪爽的俊朗大叔。

难怪武林人士都这么爱戴他。

靳断鸿先是朝高台上的贵宾们问候一番，再朗声对台下道："各位朋友，天下英雄给靳某这个薄面，在无鸠峰一聚，靳某很是感激。今日，既是要推选出一位带头人，带领大胥武林人士，襄助国家安定，当然，也是天下英雄共聚一堂，美酒佳肴，不醉不归！来，我先满饮此杯，以表敬意！"

他端起案几上的阔口杯，昂首一饮而尽。众人齐声叫好，纷纷端起面前酒杯喝了个干净。

那靳断鸿见众人喝完，转身朝高台上诸人恭敬道："各位英雄，靳某不才，先说说自己的提议。这位带头人，襄助的是军事，故还是以武艺为重，各位看妥善否？"

三位武林前辈缓缓点头，清悟方丈合掌道："阿弥陀佛，虽是军事，还望带头人能有仁义之心，不得妄动干戈。"

丁仲勇笑道："在下赞同武艺为重，不过在江湖上一呼百应，也是必需的。"破月听他这么说，不由得皱眉——这个人，私心很明显啊！

靳断鸿笑容不变，朝二人点头，又以质询的目光看向唐十三。

唐十三："随便，快点儿。"

破月忍笑，肩膀微颤，许多人则一口酒喷出来。

靳断鸿问了一圈，见诸人皆无异议，便朝台下道："如此说来，那便以武艺定高下。选出带头人后，有关助军、北伐事项，皆以带头人号令为准，各位以为可否？"

"可！"

"靳盟主所言极是！"

众人欢呼。

清悟微微皱眉道："不妥，不妥！"

此语一出，台下又有些人想到了其他，附和道："是啊！万一此人行差踏错，大伙儿岂不是跟着遭殃？"

靳断鸿笑道："方丈此言差矣。咱们大胥数千好汉，一心只想报国，但为何一直没成效？只因咱们总是各自为战，各有各的想法，不能成大事。这一回，须得拧成一股绳，如军队一般，令行禁止，干出些实事来，大伙儿说是不是？且带头人是大伙儿一块儿选出来的，难道大家还会选个不忠不义之徒？退一万步说，带头人若有何行差踏错，几位武林前辈大可联手将他擒下。"

他的话极有煽动力，台下欢声雷动，清悟也不说话了。

破月觉得，虽然一人独揽有些不妥，但如果让她选，她也会这样选——因为这是最好的选择，尤其在面对一盘散沙似的江湖游侠们时。

这时，便有人高声笑道："其实我看不用选了，靳盟主带领大伙儿多年，谁人不服？干脆靳盟主当这个带头人好了！"

众人齐声称是。破月一抬头，便见那丁仲勇一只手轻轻拨动拇指上硕大的绿扳指，微笑不语。

果然，人群中又有人道："靳盟主固然是真英豪，但他老人家又要带领赤刀门，又经营了如此大的产业，再当这个带头人，实在太辛苦。"

另一人马上接口道："是啊，我提议丁当家、快剑十三，都可以当这个带头人。"

破月心里失笑，心想：唐十三，你可是要给人当垫背啊。

可唐十三怎么会替人垫背？

只听一道清冷柔润的声音，冷冷响彻山峰："没兴趣。"

整个山峰瞬间一静。

到底是靳盟主打了圆场，微笑道："这样吧，请大家将提名的人选都说出来。靳某不才，虽已过不惑，却也要斗胆毛遂自荐。"

台下欢声雷动。

一炷香时间，众人七嘴八舌。但由于有靳盟主和丁仲勇两座大山在前，而普陀寺和刑堂又无意参战，所以真正能与他们匹敌的寥寥无几。

最后，大伙儿推选出两个门派的首徒，但怎么看怎么都是垫背的那种。

破月低声问唐十三："他们很厉害？"

"差。"

破月顿时明了——这些少侠，应该是想借武林大会扬名。她不由得想起了步千泾，听唐十三的语气，步千泾与他不相伯仲。这么说，她的步千泾，是年轻一辈里最出色的。

她心中又甜又喜。

靳盟主将丁仲勇和一名少侠请上台，大伙儿凝神屏气，静待比武开始。忽听台下一道清脆悦耳的声音道："我提议一个人。"

众人都没料到，这个时候还有人打岔，不由得都循声望去。

这一望，众人大吃一惊。

人群正中，三个白衣人风姿绰约，亭亭而立。她们虽作男装打扮，但个个相貌俊美，女儿娇态难掩。只因之前她们都戴着斗笠，所以未引起旁人注意。

明眼人谁看不出她们的身份？靳盟主眉头紧蹙，声音不太客气："今日武林大会，招待的可是天下英豪。邪魔外道，不请自入，还不速速下山？"

中间那个年轻的女子上前一步。她于三人中生得最美，一张雪白的瓜子脸，黑眸精致，高鼻薄唇。只见她弯眉一笑，用几乎娇软噬骨的声音道："老头子盟主，你别欺负人啊，让我把话说完——我提议，清心教圣教主殷似雪，担任这带头人，统领天下热血男儿！"

话音未落，许多英雄豪杰一口酒尽数喷了出来。

转瞬间，众英雄哄堂大笑，于山峰间久久激荡。也有不少男子，趁机窥探她三人。

只见那年轻女子左手旁，站着个高挑女子，二十七八岁，阔额深鼻、大眼厚唇，轮廓极为深邃，倒似西疆女子，漂亮得盛气凌人。

右手边，却是一年轻美妇，看起来已有三十出头，但五官极为清秀，樱唇微抿，凤眸轻垂，颇有几分名门贵妇的娴雅可人。

许多人忍不住想，这清心教虽然邪名在外，但的确有不少美人。

待众人笑罢，那年轻女子甜笑道："天下兴亡，匹夫有责。这些年来，难道我清心教杀的敌寇还少吗？众位英雄，到底在笑什么呢？"

她语气含笑，言辞却锋利，刹那间整个山头都安静了下来。

原来这清心教虽危害武林，但在抵抗外敌上，从不含糊。此次大胥东征，更传出不少敌军将领被清心教女子刺杀的消息。当然，刺杀的地点多半在床上，所以爱面子的正道人士们，很少谈及她们的"英勇"，反倒是鸡鸣狗盗之辈，甚为推崇。

众人皆沉默，却有一道苍老的声音道："阿弥陀佛，清心教在民族大义上，的确是巾帼不让须眉。"

原来是普陀寺方丈清悟。

破月看到丁仲勇几乎是立刻皱眉，而靳断鸿却不动声色。

218

那年轻女子听到清悟赞同自己，不由得眉梢眼角都是笑意，娇滴滴道："老和尚，你还是个有见识的。只可惜是个和尚，也太老了，唉……"

原本沉默的群雄一愣，哄然大笑。破月觉得这姑娘很有趣、很调皮，不由得心生好感。

在众人的嬉笑声中，清悟既无笑意，也没生气，神色疏朗淡然。望见他如此法相尊严，群雄不由得收敛几分，很快安静下来。

这时，忽听丁仲勇道："小丫头，你们教主呢？在下武艺微薄，却愿意与殷教主切磋一番！"

群雄一阵耸动，许多人翘首以盼，想要见到传说中样貌妖媚、武艺高强的邪教女掌门。

那年轻女子却笑着对丁仲勇道："不成不成，我圣教主日理万机，今日没有过来。"

群雄齐齐一怔，靳断鸿正色道："若殷教主不能亲至，如何比试？"

年轻女子捂嘴一笑，道："所以圣教主派了咱们三个弟子过来啊。丁当家，先别急，我跟你讲，我叫赵君陌，这是我大师姐、二师姐……"

她话没说完，众人齐齐"哦"了一声，心想原来是殷似雪的首徒，顿时不敢小瞧了。

那赵君陌继续道："……我先说个道理，大伙儿说对是不对。这带头人虽要武艺超群，可单打独斗，跟领军打仗自是不同的，不光要自己厉害，也要能教授出厉害的弟子。大胥武林的将来，不正是要落在我们这些后辈身上吗？"

赵君陌说到这里，丁仲勇心里暗叫一声坏了。

靳断鸿面色沉肃，不动声色。

清悟倒是听得频频点头。

唐十三则压根儿没听。破月听到轻微的鼾声，探头一看，他睡着了。

"所以呢，你们几位前辈就不要比了。干脆派各自的徒儿出来比一比，谁教出的徒儿最厉害，谁便是带头人！"

她一直嬉皮笑脸，这一番话却说得不疾不徐，群雄纷纷点头称是。倒不是因为她说得多么有道理，而是恰好迎合了在场大多数人的心思。谁不希望长江后浪推前浪，在这次武林大会上露一把脸呢？

这时忽见三道白影一闪，她们竟平地跃起，轻盈的身姿在空中一翻，翩翩落在高台上。台下诸人都忍不住齐声喝彩。

那赵君陌对台下一抱拳，道："清心教派出我三人应战。其他门派，若是要一争这带头人之位，可三战两胜。我们若是败了，立刻下山，决不食言。"

群雄被她们说得跃跃欲试。破月却在想一个问题——清心教争这个带头人之位做什么？到底有什么阴谋？

这时，丁仲勇和靳断鸿对望一眼，都看到彼此眼中的担忧。

原来两人虽未与殷似雪交过手，多年前却也听闻，她的武艺已入化境，深不可测。她的三位大弟子一起上场，靳断鸿不敢打包票能胜，丁仲勇更是担忧。

因为绿林盟手下多是鸡鸣狗盗之辈，说三万八千门人，那是把两万流氓地痞也算上了。真拿得出手的弟子，就那么一两个。

但这丁仲勇也心思奇快，开口便道："不妥不妥！今日上山，诸位掌门都只带了数名弟子，像我绿林盟，三万八千门人，很多得力的弟子都留在盟中主持事务。而你清心教有备而来，派出三名最强的弟子，当然不公平。

"我看这样——今后大伙儿一起抗敌，本不该有门派之见。你们派三人参战，其余门派共同再选出三人。你们若是胜了，今后大伙儿都听殷教主号令；若是败了，其余门派再按之前商定的法子，推选出一名带头人。"

他话音刚落，群雄还没听得太明白，赵君陌已板起脸道："丁当家以众欺寡，并非英雄！"

清悟却道："丁当家说得是，投军报国，本不该有门派之见。"

靳断鸿也笑道："既然丁当家如此提议，靳某并无异议。"

台下诸人虽然想看热闹，但心中并不真的想让清心教统领天下豪杰——丢不起这个人啊！现下听靳盟主也赞同，便都点头称是。

未料那三名女子倒也洒脱，低头商议一番，赵君陌笑道："成，敢问诸位英雄，派哪三位弟子出战？丁当家，我看你带了百十来人哦，要不三人都从你那里推选吧！"

丁仲勇虽然嚣张，却也不敢托大。靳断鸿这时却已与清悟耳语几句完毕，转

220

头笑道："靳某与方丈提议，由绿林盟、赤刀门、刑堂各出一人应战，诸位以为可否？"

话音未落，台下欢声雷动。丁仲勇亦大喜，当即叫了名最得意的弟子到身旁，嘱咐一番。

片刻后，那弟子走到台中，朗声道："我乃绿林盟莫焱，敢问谁人应战？"

众人见他肩宽体阔，气宇轩昂，眸中精光四射，都在心中暗喝一声彩。

那三名女子中，最为高挑艳丽的二师姐，神色冷峻地走出来："清心教薛锦绣，请。"

一炷香后。

台上台下，寂静无声。

薛锦绣纤臂一挥，收剑入鞘，冷冷道："承让。"

莫焱从地上爬起来，肩头一点血如泉涌，面若死灰，三两步便下了高台。

若说之前还有人对她们存了轻蔑的心思，此时则全都冷汗淋漓，哑口无言。丁仲勇自觉丢人，只坐在台旁不作声。

赵君陌朗声笑道："靳盟主，你方再派何人出战？"

靳盟主脸上却无半点儿难色，似乎早料到有这个结局，侧目对唐十三道："便请刑堂出一人吧。"

唐十三被破月一推肩膀，似乎才醒，沉默地站起来。

台下静默片刻，欢呼声一片。

破月一阵激动。

这一回，对方三人中看似最文静也最年长的女子，缓缓步出。与两位同门的气势不同，她显得极为文雅，美眸环顾四周，看清唐十三的容貌，眼睛一亮，含羞带怯："清心教水柔儿，敢问大爷是何人？"

破月实在没憋住，"扑哧"笑出声来。台下亦是哄笑声一片。

唐十三轻蹙眉头："废话，快打。"

两炷香后。

唐十三收剑入鞘，目不斜视走回来。

那水柔儿呆呆地趴在地上，俏脸上挂着滴眼泪，长剑断成两截。赵君陌神色凝重，薛锦绣死死盯着唐十三的背影。

台下诸人已然看得近乎神魂颠倒，连喝彩都忘了。

原来那水柔儿的剑法，比之前薛锦绣的精妙许多，可唐十三的快剑更是出神入化。两强相争，酣斗了二百余个回合，唐十三的剑尖才堪堪抵住水柔儿的喉咙。

但更让大伙儿惊呆的，不是唐十三的武艺，而是他对女人的粗鲁。

"大爷……"当时水柔儿落败，顷刻梨花带雨，身子一矮，就要抱他的大腿。明眼人都看得出，她或许怀着偷袭的心思。可唐十三最讨厌女人哭哭啼啼，想都没想便一脚踹在她身上，令她连翻两个跟头，摔得满脸灰土。众人万没料到唐十三如此不怜香惜玉，尽皆愕然。

破月望着唐十三额头上的一阵细汗，面颊也有些薄红，低声笑道："恭喜你胜了！"

他抬眸望了破月一眼，低低"嗯"了一声算是回应，转身正要坐下，忽听一声娇斥破空，尖厉刺耳："你就是唐十三？"

正是薛锦绣的声音！

话音未落，三道白色身影，如鬼魅般朝唐十三疾扑过来！

惊变生得太快，所有人尚未回神，那三人已至唐十三和破月身前，占住三个方位，长剑一挺，齐齐朝唐十三攻来！

唐十三长眉一敛，反手拔剑，便精准地挡住了水柔儿的迎面强攻！

然而他虽剑法超群，但方才与水柔儿一战，已然精疲力竭，此时挡了水柔儿的剑，却被那薛锦绣斜刺里一剑，正正从右肩穿过，力透穴道，顿时半边身子僵麻，手中的剑便收不回来了！

站在他右侧的赵君陌厉喝道："就是你在南疆屠杀我三十余姐妹性命？纳命来！"挺剑便朝唐十三心口刺来！

台下群雄一听，尽皆失色——须知大伙儿虽瞧不起清心教，但她们终究是女子，一旦交手，都不太好下狠手。

谁料这唐十三全无怜香惜玉之意。他之前只是在南疆办事，见清心教掳走当地青壮年，背着剑就追了上去。因清心教下手也阴毒，往往致人身残。他是个暴脾气，看到几名村民被毒瞎后，直接把那三十余名妙龄女子杀了个精光。

222

然而唐十三今日，的的确确是虎落平阳被犬欺了。

若是平日，水柔儿和薛锦绣两人联手，他也能战个平手。可对方偷袭在先，他身中一剑，穴道被制，于是这当今第一快剑，竟只能眼睁睁看着赵君陌的剑光迎面刺来！

说时迟，那时快，高台上数人同时跃出大喊："不可！"他们纷纷向前抢，想要抓住赵君陌的后心。

台下各个角落，数名隐匿的刑堂弟子拔地而起，厉喝道："休伤十三！"

然而千钧一发间，咫尺竟是天涯！

靳断鸿最快，他的手离赵君陌的背还有半丈远，而赵君陌的剑离唐十三的心口，却只有数寸！

来不及了。

饶是十多名江湖顶尖高手同时发难，也来不及救唐十三了！

刀光，雪白的刀光。

悄无声息地从斜刺里砍出，幻化成繁花般灿烂，千钧一发之际，逼退赵君陌的夺命一剑！

所有人俱是一怔。

他们看到唐十三背后一直沉默呆立的蒙面婢女手握尖刀，肩头瑟瑟发抖，似是极惊恐，却坚毅地护在唐十三身前，半步不退。

是破月。

方才她只是想着不可让唐十三死在这里，无意间将这两日练得纯熟的一招刀法，使将了出来！

因唐十三这一招专为步千洵创立，方才与水柔儿对打时，他并未使过。于是破月虽剑法比唐十三慢了许多，但这一招也算得上精妙绝伦，一时令赵君陌寻不着半点儿破绽，心生怯意，反而倒退两步，被靳断鸿一把抓住后心，不能动了！

然而旁边的薛锦绣对敌经验却比赵君陌丰富许多，一眼便看出破月脚步虚浮、神色紧张。她厉喝一声，一掌朝破月后背拍出："小贱人！"

唐十三倏然惊醒般厉声大呼："不可！"

薛锦绣越发恼怒，掌力疾劲，隐有风雷阵阵。

破月呆呆地转头，只看到唐十三脸上露出从未有过的愤怒。

"砰——"

台上台下，尽皆沉寂。

时间仿佛在这一刹那静止了。

众目睽睽下，薛锦绣一掌结结实实打在破月身上。破月便如一块破布般，向后摔出丈许远，撞在岩石壁上。

斗篷掉落，露出苍白精致的一张小脸。破月"哇"的一声吐出一大口鲜血，衣襟和地上顿时血斑点点。她伏在地上，肩头微颤，甚是可怜。

那薛锦绣得意地一笑，正要说话，忽地神色一僵，身子晃了晃，脸色瞬间煞白，躺在地上不动了。

"师姐！"两名女子脸色大变，也不管唐十三了。赵君陌甩开靳断鸿的手，与水柔儿同时冲到薛锦绣跟前，却见她双目紧闭，气息全无，四肢软弱无力，竟死了！

"月儿！"

只听当空一声暴喝，原本从台下跃向唐十三的一道人影，于空中猛地转向，单足在台上一点，高大的身影便如黑鹰坠落，稳稳落在破月身旁。

那人身着布衣，满脸胡子，乍一看只是名庄稼汉，偏生剑眉星眸，甚为有神。待到看清破月的惨状，那人黑眸中顿时一片惊痛，小心翼翼地将破月抱入怀里。

"阿……步……"破月认出那双眼，又惊喜又难过。她此时胸腹中仿佛有万把刀搅动，痛不堪言。

这人正是步千泐。

他瞧着破月惨白失血的脸色，只觉得心若刀绞。

前些日子他收到唐十三的信，又听闻刑堂凌姑姑被害，甚为担心，于是便朝军中告了假，乔装赶向无鸠峰。

因动身迟了，他今日一早才抵达峰顶，混在人群里，远远望见唐十三身后的女弟子，便已猜出是破月，心中欢喜异常。只等大会散去后，忽然现身，给她个天大的惊喜。

未料惊变突生，他已鞭长莫及。

眼见她在自己怀中奄奄一息，步千泐紧紧将她搂住，握住她的手心，将体内真气潮水般灌入，只盼能助她逃过此劫！

步千泐眼里只有破月，并未看到薛锦绣被打死。其余人却看得分明，全伸长了脖子，想要将神秘的破月看分明。全场的目光都聚集到两人身上，高台上下鸦雀无声。

水柔儿和赵君陌与薛锦绣姐妹情深，此时再无迟疑，对望一眼，拾起长剑。

赵君陌恶狠狠道："这小贱人杀我师姐，与清心教不共戴天。此时已不是比试，而是私仇。谁若出手帮她，便是清心教的公敌，举家上下，斩草除根，鸡犬不留！"

群雄皆悚然一惊，刹那间竟无人敢说话。

唐十三原本被跳上高台的师兄们解了穴扶着疗伤，此时听到赵君陌的狠话，他脸色骤冷，将身旁人一推，拔剑就又要站起来。身旁师兄眼明手快，一把将他按住。

清悟方丈恍若未闻，跃到破月和步千洐身旁，掏出怀中白瓷药瓶，让步千洐给破月服下疗伤药，又道："让老衲看看女施主的内伤。"

清悟出手相助，赵君陌二人就有些迟疑不前。

步千洐根本不看她们，眼见清悟双掌抵上破月后心，热气蒸腾，破月脸色渐渐转红。她虽内伤极重，却也应是堪堪逃过了死劫，步千洐不由得稍稍放心。

虽有清悟这座大山在前，赵君陌二人却也不甘罢休。两人往前一跃，挺剑正要攻过来，那水柔儿忽地"咦"了一声，反而将赵君陌的剑柄一抓，退了两步。

"她是何人？"水柔儿望着坐在地上的破月，颤声急问，"她……她叫什么名字？"

赵君陌先是不解，循着水柔儿的目光望去，也神色大变，说道："师姐，她……她……"

步千洐原本心思全在破月身上，听到声音，这才转身看向两人。眼见破月已无大碍，他压抑的怒火瞬间烧上心头，鸣鸿刀未出鞘，已如风雷阵阵，隐隐震动。

"她一个不会武艺的弱女子，你们竟然对她下杀手？"

步千洐提刀站起来，脸色阴沉，漆黑的眸中全是骇人的杀意，只瞧得旁人都是心头一惊。

他本就是杀惯人的将军，虽平日不打女人，可此时哪里还有半点儿怜香惜玉？刀光如白练凌厉划出，只惊得二人倒退一步，他已持刀跃起，凌空劈下！

鸣鸿刀如一条迅猛的白龙，砍向水柔儿。水柔儿的功力是三姐妹中最深的，抬剑便挡！未料兵器刚一交接，她却只觉步千洐的刀沉若千钧，快若闪电，低低"啊"了一声——

台下诸人也齐声发出"啊"的一声，因为步千洐刀意竟丝毫不减，势如破竹般斩断水柔儿的长剑，再将这娇滴滴的美妇拦腰斩成两截！

众人全看呆了，谁也未料到，忽然冒出的这个青年男子，竟强悍残忍至此！唐十三都花了两炷香的时间才打败水柔儿，他却一刀将水柔儿分尸。

其实倒不是步千浒高出唐十三许多，只是他是军人，在战场上，哪有那么多招式顾忌，往往狠狠一刀便杀敌。而他此刻又极怒，下手更狠，是以一刀便将水柔儿杀了。

一旁的赵君陌已然看傻了，呆呆拿着剑，竟忘了抵御。可她虽貌若娇花，此刻在步千浒眼里却若草芥一般。他眸中戾色凝聚，挥刀便朝她头顶劈落。

眼看这名妙龄女子转眼也要命丧当场，众人齐声惊呼。忽地一个人影冲上来，抓住步千浒握刀的手："千浒不可！"

正是靳断鸿。

这一抓，令包括丁仲勇在内的所有人暗暗一惊。须知步千浒这一刀劈出，在场大多数人，自问都挡不住，可靳断鸿只这么一抓，就阻住了他的攻势，可见其内力之深。丁仲勇甚至立刻打消了与靳断鸿争夺带头人位置的念头。

步千浒原本已起了杀心，猛地回头看到靳断鸿，一愣，声音微不可闻："师父，我……"

靳断鸿用只有两个人能听到的声音道："不能让清心教三名大弟子都命丧此处！"

步千浒悚然惊醒般站直了，收刀入鞘，低声道："一切但凭师父吩咐。"

他随即跃到破月身旁，执起她冰冷的手，将她重新搂入怀里，根本不看全场目瞪口呆的英豪们。

台下众人面面相觑，事情闹成这样，谁也不知该如何收场。

靳断鸿朗声对赵君陌道："今日你们死了二人，我们也伤了二人。事出无奈，你下山去吧，还望转告贵教主，望她以大胥统一大业为重，不要伤了和气。改日我再修书一封，向教主说明缘由。"

赵君陌虽对步千浒二人恨极，却也知今日大势已去。她跪下重重磕了三个响头，满脸泪花道："此处离缚欲山甚远，望靳盟主替我葬了二位师姐。"

众人见她哭得可怜，又思及她们死了两人，不由得心下恻然。

破月经清悟大师调理气息，已缓了过来，只是胸腹甚痛，站都站不稳，被步千浒抱在怀里，坐在地上。她这时才知薛锦绣死了，震撼万分，抓紧步千浒的手，声音弱不可闻："她……怎么死了？"

步千洐也有些奇怪，但见她神色惊慌，怕她乱想，心念一动，低沉嗓音含着笑意道："谁知道呢？邪教的人古里古怪，不管她。"

那赵君陌原本起身欲行，远远望见步千洐抱着杀人凶手，神态亲昵。她从小还未受过如此欺侮，不由得怒火中烧。几个起落，她已至人群外，声音却远远传来："奸贼！我不杀你，誓不为人！"

她虽放了狠话，顷刻却行得远了。

步千洐根本不理会她，一心一意抱着破月，退到一旁。周围许多人已看清破月容貌，都眼前一亮，但碍于步千洐虎威，只敢远远瞧着。

因为这突发的变故，众人都有些不知如何是好。靳断鸿见步千洐二人已无大碍，重新步回台前，朗声道："今日有死伤，实属意外，但带头人还是要选的。既然清心教已离去，便按照之前丁当家的提议，再选一名带头人出来吧！"

众人皆点头称是。有些游侠却盯着步千洐，此起彼伏叫道："少侠！少侠！那位少侠是何门派？"

靳断鸿微微一笑，朝步千洐一招手。

步千洐抱着破月，舍不得松手，但师父有命，只得将破月交给唐十三和刑堂师兄，走到台上，朝靳断鸿拜倒："师父在上，请受徒儿一拜！"

他跪下磕头，台下诸人先是惊讶，而后欢声雷动。

"原来是靳盟主的高徒，难怪刀法出神入化！"

"妙极，妙极！这带头人之位，除了靳盟主，还有谁能担任？"

这一回，就连丁仲勇都默不作声。

靳断鸿笑道："这是我关门小弟子步千洐，因他已经投军，故一直未在江湖行走。"

一听这个名字，众人皆惊——他们都听说过墨官城步千洐将军以五千击退六万的辉煌战功，不由得惊喜交加，齐齐拜倒："原来是'步阎罗'将军！"

步千洐挂念破月，也没心思与大家寒暄，抱拳行礼，便退开了。他一转身，恰好见唐十三将破月抱在怀里，目光极为专注地盯着她雪白的脸，而她垂着眼眸，脸色有点儿薄红。

步千洐还从未在唐十三脸上看到这样的神色，心里忽生几分异样的感觉，脚

228

步也快了几分。他小心翼翼地从唐十三手里抱过破月，道一声：“谢了！”

“对不住！”唐十三闷闷地对他道。

步千洐知他说的是没有保护好破月，并不多言，在他后背轻轻一拍以示安抚，然后抱着破月在角落里坐下，方才心头的些许异样，顷刻置之脑后。

四目凝视，俱是满心痴缠爱意。

“你怎么……来了？”破月唇形微动。

“想你了。”

他答得特别理所当然，又带着他惯有的那股懒懒的劲儿。破月不由得心头一荡，顾不得身子虚弱，甜笑道：“才一个多月……”

步千洐握紧她的手，一本正经道：“才一个多月？你没记错？”

破月被他逗得“扑哧”一笑。步千洐低头见怀中人儿一双翦水大眼灵动有神地望着自己，不由得越发欢喜。

他倏地抬头，见周围人都看着靳断鸿，便快速低头，在她额上偷偷落下一吻。

破月靠在他怀里，虽然身体还很痛，心中却是这一个多月来从没有过的欢喜。她忍不住道：“别把我送走……”

步千洐原本身在粮仓，日日忆起她的声音笑貌，已觉相思蚀骨，今日见到她，更是后悔将她交给刑堂。

他凑到她耳边，嗓音低哑下来：“好月儿，我哪里舍得？今后咱们日日在一起，一刻也不分开。”

整个会场喜气洋洋，许多门派都在向靳断鸿道喜。

步千洐抱着破月坐在高台下的角落，自成一个小小的世界。破月体力不支，窝在他怀里昏睡。他的腰背挺得笔直，让她睡得更舒服安稳。

偶尔抬头，他远远望着师父温和含笑的容颜，只觉心怀大悦。

他是小户人家养大的孤儿，五岁时靳断鸿神秘出现，只说他是学武奇才，两人有缘，便教授他武艺，传他鸣鸿宝刀，并要他保守秘密。

成年之后，他虽对师父极为敬爱，却不愿到赤刀门练武、经商，执拗地要从军。师父虽然恼极，但依然对他眷顾有加，甚至花费钱财，为他在军中多方打通关系，否则以他一个贫民出身，就算武艺、胆略超群，也不会这样顺风顺水。

这回，师父出来争这个带头人，甚至不惜将二人师徒关系昭告天下，他有些疑虑——因为师父一直不是在乎地位这等虚名的人。但思及师父或许是为了大胥的统一大业，也就释然了。

这时，忽听一道苍老醇厚的声音，如洪钟长鸣，瞬间压下所有喧嚣，响彻整个山峰。

"且慢，靳断鸿不可以做带头人。"

破月被惊醒了，迷迷糊糊睁眼，看到步千洐神色凝重地望着高台。

不只是他，周围已是一片肃静，所有人都看着同一个方向。

一个黑衣老人跃上高台，神色冷峻地落在靳断鸿面前，可不正是多日不见的杨修苦！

破月心里"咯噔"一下。靳断鸿是步千洐的恩师，她已将其当成了自己人，现下看杨修苦竟似要对靳断鸿发难，她忽觉不妙。

在场许多人不识得杨修苦，开始纷纷议论。

靳断鸿恭恭敬敬地抱拳行礼："杨堂主，你带刑堂诸位弟子上无鸠峰已有十数日，不知今日忽然现身，所为何故？"

台下诸人"啊"了一声，才知这貌不惊人的老人，竟是大名鼎鼎的刑堂堂主。但更多的人跟破月一样惊疑——刑堂怎么会找上声名极好的靳断鸿？

杨修苦冷冷瞥一眼靳断鸿，朗声道："刑堂今日来，是要揭穿一个大阴谋！某位鼎鼎大名的'英雄豪杰'隐藏多年的大阴谋。"

许多年后，当破月想起杨修苦这个人，都不知该感谢他还是该憎恨他。如果不是他，那晚在粮仓，她会落入颜朴淙的手里。

可也是他此时自以为是的"义举"，间接将她和步千洐推入万劫不复的深渊。

当她对步千洐说起这个人，那时已是天下兵马大元帅的步千洐道："他是个好人，只是太偏执，参不透这世事如棋。"

当然，这个时候，破月还只是有些紧张和担忧。

高台上，丁仲勇第一个反应过来，朗声附和："杨前辈，请说吧。若真的有这样的奸贼，哪怕他位高权重，咱们也要随杨前辈惩奸除恶！"

杨修苦点点头，倏地拔出腰间长剑，厉喝道："刑堂诸弟子，将君和国奸细斩断鸿拿下！"

话音未落，台上台下数道黑影腾空而起，剑光闪烁，十来名刑堂弟子落在斩断鸿身旁，将他围得水泄不通。

斩断鸿面沉如水，没有任何表情。在场也有几十名赤刀门弟子，见状纷纷拔刀，冲上高台，反将刑堂弟子围在正中。

"混账，休伤师父！"赤刀门弟子怒喝道。

剑拔弩张，一触即发。

步千洐抱起破月就要往台上走，忽地边上走出个黑衣青年，哑着嗓子道："步少侠，记得杨堂主跟你说的话吗？忠君爱国，大义灭亲！"

步千洐心头一凛，他已明白，当日杨修苦说的"最亲近之人"，原来指的是斩断鸿。可他无论如何都不信师父是君和国奸细，心中已笃定，此事定是误会了！见台上的杨修苦似还要继续说话，他便朝面前的刑堂弟子点点头，不再挪步，静观其变。

他心里却想：救命之恩虽重若泰山，但若你们刑堂栽赃污蔑，我定不能袖手旁观。虽这样想着，心里却隐隐明白，刑堂一反常态大张旗鼓，只怕真的是有隐情。

破月那日虽未听到他和杨修苦的对话，此时也隐隐猜到大概——必定是斩断鸿做了不义之举。她不由得有些心疼地看着步千洐，心想：他师父若真是奸细，他必定很伤心。唉，他本就是孤儿，今日若又没了师父，小容现下高不可攀，天下间便只有我一个人疼他、关心他了。

这时，一名刑堂弟子从怀中拿出一本簿册，打开示众，然后朗声道："半年前，为了探明君和国边境兵力虚实，我们随师父远赴君和国境内……"

台下众人都"啊"了一声，极为惊讶。

君和国与大胥有广阔沙漠相隔，天堑难越，故十多年来，大胥从无君和国的消息。刑堂诸弟子竟越过沙漠潜入君和，可见其毅力非凡。

只听那弟子接着道："……无意间，却叫我们发现了一个大秘密！君和国庞刀门门主，也是君和国东南军大将军，二十多年前，便将小儿子送入了我大胥，企图监视大胥武林动态，一旦两国交战，钳制我大胥武艺高强的侠义英雄，以便君和践踏我大胥河山！"

众人听得愤怒，有人吼道："那小儿子是谁？定要将他碎尸万段！"

靳断鸿一直面沉如水，此时脸色却有些僵硬了。

刑堂弟子继续道："……这簿册上，记载了那小儿子在大胥的养父母名字：靳平逐、谢明婉。敢问靳盟主，你的父母叫什么名字？"

靳断鸿铁青着脸，负手不语。

杨修苦见他始终沉默，冷冷道："我们还发觉，庞刀门的武艺套路，竟与赤刀门十分相似。靳断鸿，你以七十二路赤焰刀法独步武林，它真是你独创的吗？"

这时丁仲勇插嘴道："靳断鸿，你速速说清楚，若是冤枉了你，在场数位武林前辈和同人，定还你个清白！若你真是君和人，丁某第一个杀你，以祭大胥数万军士的亡灵！"

台上台下，原本寂静一片。听丁仲勇如此说，大伙儿才悚然惊醒般，场内忽地叫骂声一片。

"师父绝不可能是奸细！"步千洐的脸色亦格外难看。破月紧握他的手，默然不语。

众目睽睽之下，靳断鸿忽地笑了。

笑容云淡风轻，仿佛此刻被天下英雄逼问的，不是自己。

全场忽然自发地安静下来。

靳断鸿没有立刻说话，而是往后退了几步，在自己的椅子上坐下，眸色清明，神态安详，仿佛独立于世，与这吵闹、充满愤怒的会场格格不入。

"君和国，不是你们想的强盗之国……"他清朗的声音里有低低的喟叹，"杨堂主说得没错，我的确是君和国人。"

这话从他嘴里说出来，会场倏然一静后，瞬间炸开了锅。

"奸贼！速速就擒！"

"竟欺瞒我们这么久，君和奸细，快快受死！"

也有受过靳断鸿恩惠的，高声喊道："靳盟主他老人家义薄云天，怎么可能是……靳盟主，你当真是君和人？"

靳断鸿只轻轻一抬手，争论声立刻消歇。

他虎眸精光四射，微笑道："可靳某自问数十年来，从未干过对不起大胥的事。那位刑堂弟子，麻烦你将簿册传阅，上面写得清清楚楚。"

那刑堂弟子道："没错，这几十年来，你的确没有传递任何不利于大胥的讯息，只劝你的父亲禀明君和皇帝，与大胥建交，化干戈为玉帛……"

步千洐心头一喜，在场诸人亦一愣。

那弟子继续道："……可上头记载，二十多年前大胥与君和一战，你年方十六，却潜入军中，将大胥许多兵力分布消息传递给君和。难道这不是背叛吗？"

靳断鸿轻轻摇头："对不住！那时年少，尚不知两国交战，生灵涂炭，到头来还是百姓受苦。对不住诸位了！"

话说到这个分儿上，众人一片哗然。

"杀了他！""杀了他！"呼叫声此起彼伏。

数名赤刀门弟子焦急而立。靳断鸿虽是君和人，却一直教导他们忠君爱国，他们万不敢相信师父是奸细。但听师父亲口承认，又不能不信。最后，他们纷纷弃了刀，退到一旁，默不作声。

"今后你再不是我大胥的武林盟主！"丁仲勇怒喝道。

步千洐眸色极为阴沉："月儿……他真是君和人……"

破月对君和国没有深仇大恨，柔声安慰："君和人不一定是奸细，你别太难过。静观其变。"

"且慢，先不急着杀这狗贼。"杨修苦厉声道，众人立刻安静。

他目光锋利，盯着靳断鸿："你将天下英雄召集于此，又拼尽全力争这个带头人之位，到底是何目的？是不是君和即将对大胥用兵？你是不是想加害在场所有人，削弱大胥的实力？"

靳断鸿忽地哈哈大笑，声音激越。他内力深厚，笑声令众人耳膜阵阵发疼。

笑罢，他鹰眸一敛，沉声道："杨修苦，枉你自称侠义英雄，可你全错了！其一，不是君和要对大胥用兵，而是大胥扫荡东南诸国，在为进犯君和做准备；其二，我召集天下英雄来此，不是为了加害。就任带头人后，我便欲带着诸位先到东南，看看战争令多少百姓流离失所，再到君和，与君和国武林豪杰相交。假以时日，两国互相了解，消除隔阂，重新交好，天下太平，亦不无可能！"

全场悚然一静，因为这番话实在太匪夷所思了。

多少年来，大胥人只有一个观念，只有一个念头，那就是君和国占领大胥东北八州，是不共戴天的仇敌。每个大胥人，都应当抵御外贼，终有一日，完成大胥朝一统天下的大业。

可今日，这个身败名裂、遭万人唾骂的君和奸细，口口声声，却是要恢复两国邦交！

"哈哈哈哈——"丁仲勇第一个笑出声来，厉喝道，"荒谬！阴毒！我大胥从来都跟君和势不两立，你休要再争辩！今日我就杀了你这狗贼！"

他喊得慷慨激昂，加之绿林盟人数众多，一呼百应。靳断鸿看着他，冷冷笑道："就算要取靳某的性命，也轮不到你！"

一直沉默的清悟方丈忽道："我佛慈悲！靳盟主这番话若是发自肺腑，实乃以天下苍生为己任！请受老衲一拜！"

他一拜倒，身后诸位普陀弟子也齐齐拜倒。

靳断鸿今日遭万夫所指，已料定自己会身首异处，万没想到清悟仗义执言，不由得虎目含泪："好！好！得方丈这番话，靳某今日便是死在这里，也是心甘情愿了！"

两人相对拜倒，台下诸人却看得迟疑了。

清悟与靳断鸿知交甚重，长叹一声道："断鸿，保重。我不忍杀你，亦不能助你。"说完便率众弟子，竟先下山去了。

见清悟一众人离去，杨修苦冷冷对他道："你自己动手吧。"

靳断鸿哈哈大笑，怆然道："死有何惧？可是杨堂主，你既能潜入君和刺探军情，就没有勇气随靳某去君和走一遭吗？靳某答应你，回来之后，无论是战还是和，我即刻自刎！"

这番话说得实在正气滔天，所有人都静下来。

毫无疑问，许多人因他的话动容了，被他置生死于度外的气魄震撼了。此刻的靳断鸿，怒目而视、威风凛凛，让赤刀门的弟子们又想起了他昔日的正直刚毅，让曾经受他恩惠的侠客们又想起了他救人于水火的侠骨仁心。

寂静，死一般的寂静。

破月望着步千洐，却见他的手紧紧握住刀柄，脸绷得死紧，虎背僵直。破月知道，他是个军人，征战和军令已牢牢烙入他的灵魂，哪怕此刻被靳断鸿说得再动情，他都不会放弃自己的原则。

所以，他已经选择了阵营。

一个令他痛苦的选择。

这时，忽听一个略带激动的声音道："大伙儿可不要被靳断鸿蒙蔽。他是真正的居心叵测，妄图颠覆大胥武林。"

众人都循声望去，出声的人却是方才沉默了一阵的丁仲勇。他的神色，看起来与方才有那么些不同，仿佛带着几丝古怪的兴奋和紧张。

他目光迅速环顾一周，在步千洐和破月身上一停就走，而后朗声道："各位，这个君和狗贼，还隐藏了一个大秘密，幸得被我绿林盟查知了。"然后对身后一人道："元初，你跟大家说吧。"

破月靠在步千洐怀里，强撑着精神，有些好奇地望过去，见丁仲勇身旁走出一个高大的青年，他抬起头来，破月看得分明，顿时全身一僵。

许多念头在脑海一闪而过，最不祥、最恐怖的一个猜测，像一块嶙峋巨石，重重砸在破月心头。

"快……快带我走……"破月哑着嗓子急道。

步千洐的注意力都在靳断鸿身上，没有看她，哑着嗓子道："月儿，我知你辛苦，你先睡会儿。我现下不能走。"

"陈……随雁！"破月颤声急道。步千洐听到这名字，循着她的目光望去，声音骤然阴沉几分："是他？"

这时，十多个绿林盟门人，已悄悄持兵器绕到他们身后。步千洐耳听八方，听得分明。他暗自提气，只待对方发难，即可抱了破月踏空跃走。

那陈随雁已乔装、变换身份，只是破月见过他的乔装，所以一眼认了出来。

只见他朝众人一抱拳，声音尖厉："诸位前辈，我是丁当家门下陈元初，今日在此，只是不忍大伙儿被靳断鸿这一对师徒蒙蔽。"他看着靳断鸿，一脸正气道："靳断鸿，你若真是为大胥武林安危着想，为何偷偷豢养这名体质特殊的女子？师徒二人从她身上采阴补阳、提升内力，难道不是为了独霸大胥武林？你们还谈什么正义？"

他的手指，清晰地指向破月。

众人一片哗然。

靳断鸿皱眉："你在胡言乱语什么？靳某虽甘愿受死，却不容宵小随意侮辱！"他虽不明就里，但看对方言之凿凿，竟是要将矛头对准师徒二人，当机立

235

断厉喝道："千洐！"

步千洐拔腿欲行，数名刑堂弟子率先跃过来，将两人拦下。

步千洐心中早有计较，半点儿不慌，忽地转向，抱起破月跃到台上。他朗声笑道："好笑，真是好笑！居然有人求爱不成，编出如此荒谬的事！"

他这么一说，众人都起了好奇心。陈随雁生怕步千洐要揭穿自己，立刻道："你休要胡说！她从小——"

步千洐内力高过他一倍有余，此时立刻提气，声如洪钟，非常霸道地将他的声音压下去："我抱着的，是我未过门的妻子，东南军叶夕校尉，想必许多人听过她的名字。而这位仁兄，觊觎我娘子的美貌多年，已有些疯魔，所以今日才编出这匪夷所思的话语……"

"你胡说……"

"我胡说？陈元初，我问你，去年三月，你是否意图趁我出战，潜入军营，想要对她不轨？结果你打不过她，被她一刀砍成了太监！"

陈随雁顿时气得脸色发白："你……你……"

"我、我？我有没有说谎，随便上去个人摸一摸他是不是太监便知。"他话锋一转，语气轻慢："丁当家，你身为当家，收了这么个疯疯癫癫的门人，他求爱不成，反而编出一通采阴补阳的鬼话，晚辈真替你……唉！"

陈随雁投靠丁仲勇也不过三月有余，原本丁仲勇听陈随雁言之凿凿，他又一心想整死靳断鸿，下意识驱使他听信陈随雁的话，向大家捅出这个大秘密。未料步千洐此时说得绘声绘色，台下更是已有人嗤笑出声。他不由得大怒，将陈随雁一推，道："说，你是不是诬骗了大家？"

步千洐哪里会让陈随雁再说话，转而又扬声对台下赤刀门弟子道："诸位师兄，你们跟随师父多年，除了师母，师父可曾看别的女子一眼？可有过任何不检点？"

"从未！"众弟子义愤填膺，齐声吼道。

台下诸人本就觉得陈随雁的话匪夷所思，此时又见步千洐怀中人儿娇美，而陈随雁嗓音尖细，不由得都信了七八分，哈哈大笑。

破月全未料到，她以为的天大危机，被步千洐这么一搅，竟成了一场闹剧。她心中又紧张又好笑，微微宽心。

这时，杨修苦忽然高声道："丁当家，管束你的门人，勿再说这些乱七八糟的。步千洐，你身为靳断鸿亲传弟子，又是大胥的将军，今日你如何表态？"

236

一言既出，大家都不笑了，全看着步千洵。

步千洵慢慢环顾一周，抱着破月，走到靳断鸿面前，"扑通"一声跪下。他将破月小心翼翼地放在身旁靠着，双手伏地，"咚咚咚"磕了数十个响头，再抬起头时，额上已是鲜血长流。

众人看得骇然，屏气凝神，望着他师徒二人。靳断鸿瞧他神色，已知他心意，虎目含泪："好孩子……师父不怪你！"

步千洵眼眶湿红："师父，保重！"

他毅然抱着破月站起来，对杨修苦道："我是军人，他日大胥讨伐君和，我愿为先锋！师父……他是君和国人，不能放他回去，亦不能听信他一面之词！只是……杨堂主，诸位英雄，他虽是君和人，可是他英雄一世，何时做过对不住大胥的事？只求你们能将他囚禁于刑堂，让他终老便是！"

杨修苦迟疑片刻，正要开口，忽听丁仲勇道："……且……且慢！"

众人循声望去，步千洵不怒反笑："丁当家，有完没完啊？你到底收了多少乱七八糟的徒弟？"

众人哈哈大笑，破月也望过去，看到丁仲勇身旁站的人，顿时面如死灰，一把抓住步千洵的衣袖。

丁仲勇咳嗽两声，正色道："大伙儿不要被他们师徒骗了，刚才这小子说的话统统都是放屁。不留，你同大家说！"

他身旁一中年书生面沉如水，朝大家一拱手。许多人认出来，纷纷喊道："谢神医！"

谢不留，谢神医，绿林盟门人。

破月的心瞬间沉到谷底。

他没看破月，神色疏淡："是否危害武林，在下不知，只说知道的事实。数年前，我听师父提过，曾经有古籍记载，若将体质极阴的女子，从小喂食万种毒物，再辅以外力，练就一身亦阴亦阳的内力，及至十六岁时，便成'人丹'。

"那人丹极难炼制，光是闻其气息、亲近发肤，都有延年益寿之功。男子若与人丹圆房，一年抵得数十年，功力突飞猛进，称霸武林亦非难事。

"在下原本不信这些说辞，只是步千洵怀中这名女子……我把过脉。若按照我师父所述脉象，她的的确确，是一枚稀世难求的人丹！"

森然如雪

第二十二章

谢不留的话，令峰顶数百人，陷入诡异的寂静。

没人说话，因为方才听到的一切他们闻所未闻；也没人动，因为在天大的诱惑面前，贪欲虽已冲昏他们的头脑，但还没人想做出头鸟。

很快就有人煽风点火了。

"斩断鸿、步千沅，你们是不是要借人丹之力，妄图颠覆武林？"丁仲勇一脸正义地怒喝道。

"各位英雄，弟子觉得，他们师徒若真的为大胥武林好，就该献出人丹，让大伙儿都提升功力，才是真正的造福武林。"陈随雁阴阳怪气道。

众人更静。

有许多人听到陈随雁的话，双眼放光，也有些人心里隐隐觉得不妥，但是他们在短暂的挣扎后，都忍住了没开口。

"别动这个女人。"一个冰冷的声音传来，率先划破已然透着几分焦灼的沉寂。

所有人循声望去，却是唐十三，他以剑点地，面色冷酷地站起来。

丁仲勇还有点儿要面子，讷讷不能言。但陈随雁的提议，着实让他心动。

这时陈随雁却道："你说错了。她不是女子，不是人。她就是被当作人丹养大的，她唯一的用处，便是供男子享用。既然斩断鸿师徒用得，难道我们这些武林正道用不得？况且斩断鸿通敌叛国，这名女子亦是同罪，难逃一死。如今让她将

238

功赎罪，有何不可？"

这话说得实在是冠冕堂皇，但许多还有犹疑的人，仿佛都找到了一个说得过去的借口，按下心头的忐忑，下定了决心。

"陈少侠说得没错！与其让两个奸贼提升功力，不如匡扶正道！"

"她是人丹，不是人，擒下她，造福武林！"

听着周围越来越激烈荒谬的言辞，步千洐把破月紧紧搂在怀里，将鸣鸿刀当胸而立。他脸色铁青，刀光锋利，一时教众人不敢上前。

"住口！"忽地有人怒吼一声，却是杨修苦。

场中一静。

"步千洐！"杨修苦喝道，"你将这女子交给刑堂，我刑堂信你忠于大胥！"

步千洐还未说话，那边丁仲勇已呵呵笑道："杨堂主，这可不行。这人丹价值连城，你刑堂独吞，是想叫天下英雄耻笑吗？"

台下诸人顿时反对声一片。

杨修苦本不信人丹这一套，但听丁仲勇质疑自己的用意，不由得勃然大怒，目光如电般看向步千洐："步千洐，你即刻杀了这妖女，以示清白！"

"你们禽兽不如，反倒要我杀了月儿？"步千洐早听得怒火中烧，哪里还会念及刑堂的救命之恩。刀锋如疾电般在空中画出白亮的半圆，顷刻间周围人倒下一片！

他身形一动，几名刑堂弟子立刻跃下高台夹攻过去！丁仲勇见机不妙，抬手便吹了个尖哨，早就包围在步千洐二人身边的绿林盟弟子们，抢先同时发难！

步千洐冷笑一声，从旁边一人手中夺过单刀，猛地朝人群投掷过去！这一投掷极快，力道极劲。所有人只见白光一闪，刀已从一人胸中穿过，正是暗自得意扬扬的陈随雁！只见他目瞪口呆，仿佛不能相信自己的死亡，双手扶着刀柄倒退数步，砰然倒地气绝。

情势虽危急，步千洐却是胆大心细。方才他一刀斩杀、砍伤的，正是后方挡住退路的数人。此刻见众人围堵上来，他半点儿不慌，单臂持刀于空中挥舞，仿若白虎下山，顷刻便杀出条笔直的血路来！

"奸贼！"丁仲勇哪里还会袖手旁观，从高台上笔直跃下，直直抓向步千洐的后心！

"千泫快走！"一道更威猛的怒喝，是原被包围的靳断鸿发出的，他双拳击倒前方刑堂弟子，于空中快行数步，一掌拍向意图偷袭的丁仲勇！

丁仲勇哪敢硬接，双足在下方人肩膀上一踩，急急转向！靳断鸿一心想为步千泫挡住这个强敌，从旁边一人的刀鞘中抢过长刀，攻了上去。

这一转眼的工夫，步千泫已杀了十数人，冲出了两三丈。然而刑堂诸人皆是好手。到此刻，外围是其他武林人士，紧紧与他缠斗的，却是刑堂弟子！

"刑堂也要加害一个弱女子吗？"步千泫暴喝一声，刀光如惊鸿霹雳，竟将一名刑堂弟子拦腰斩成两截！

高台上杨修苦见状大怒，拔剑跃起，身姿在空中敏捷如燕，顷刻已至步千泫后心，一剑朝他后心刺去！

斜刺里却有人比杨修苦更快，鬼魅般的一剑，挡在杨修苦剑前。杨修苦定睛一看，又惊又怒："十三！你干什么？"

唐十三伤势未愈，方才击出的一剑已令他微喘着气。他剑尖垂落，哑着嗓子道："师父，他们是好人！"

杨修苦眼尖，见步千泫抱着破月已要冲出包围圈，不由得大怒："让开！"

唐十三不动。

杨修苦勃然大怒，长剑如灵蛇般袭向唐十三面门！唐十三不敢进攻，拼尽全力挥剑一挡，杨修苦的一掌却如追魂夺命般跟上来，重重拍向他的胸口！

唐十三身子一晃，向后飞出数步，"哇"地吐出一口鲜血。周围追击步千泫的数人都一惊，不太敢对他动手。唐十三颤巍巍地提着剑站起来，剑法快若流云，瞬间斩杀数人，却也为步千泫逃出包围圈，助了一臂之力。

杨修苦大怒，提剑朝唐十三攻了过来！

血，到处都是血。

步千泫抱着破月举步维艰。

他的虎口已然酸麻，他的脸上全是飞溅的鲜血。他不知道自己杀了多少人，更不知道自己还要抱着破月逃多远。

他只知道不可以让、不可以退，退一步就是破月万劫不复的深渊。

破月受了重伤，本就不能移动，她双手紧抱他的胸口，一直怔怔发呆。

她从未见过这样的步千泫。

240

漫天血光，他整个人都笼罩在漫天血光里。深邃黑眸不复清黑明亮，只有杀意在那片乌黑中满溢；他的脸是冷漠的，仿佛已笃定要为了她，与天下人为敌；昔日明朗的眉梢眼角，此时都是骇人的戾气。

他亦是残忍的。没有半点儿迟疑，没有半点儿心软，刀光过处，尸横遍野、哀号不停。而他仿佛已经入了魔，看不到数百倍于自己的敌人，看不到前路茫茫，仿佛也感觉不到敌人的刀剑加之于他身上的数十道伤口。

他唯一记得的、唯一不变的，是紧抱着她的那只手臂，如精钢锤炼，纹丝不动，刀林剑丛中，也不肯松开。

泪水弥漫了破月的眼眶。天地在她眼中阴黑下来，唯有步千洐越来越苍白的侧脸，像火烙般刻进她的眼里，刻进她的心里。

我会死在这里，她想，我们逃不出去的。

可这一回，我不会让他放下我独活。因为我知道他不会走，能够和这样一个人死在一起，我还有什么难过？还有什么不值得？

步千洐抱着破月一直跑到山腰，敌人中亦有轻功绝顶者，虽不敢上前对攻，却一直不远不近地跟着他，令他无法脱身。及至山路拐弯处，步千洐竟眼前一黑，险些将破月掉落在地。他长吐一口气，深知体力已竭，不可再战。

他躲在一棵树后，脱下长袍，系在破月腰间，将她紧紧缠在自己胸口。破月一直沉默地望着他的动作，及至被牢牢绑在他胸口，她忍着伤痛，颤声道："你的伤口还好吗？"

步千洐肩上、背部有数道深浅不一的血痕，破月一问，他才察觉剧痛，强自忍着，面不改色道："一点儿小伤，不碍事。"

见她眼眶红肿，步千洐这才察觉自己胸襟已被她的泪水打湿了一片，反而笑了："哭什么？没志气。他们都不是我的对手，我自会带你下山。以后咱们浪迹天涯，逍遥快活。"

破月重重点头。

步千洐休息了一会儿，体力恢复了二三成，起身欲行，却听身后脚步声纷至沓来。

这一处地势稍为平坦，山路在密林间穿行。步千洐从树后探头，恰好看到前方山丘上，丁仲勇的紫色锦袍露出一角。

他心底一沉。若来的是喽啰，他还能奋力一战，可丁仲勇武艺与师父靳断鸿齐名，他此刻精疲力竭，如何能敌？且思及方才正是师父缠住丁仲勇，自己才能脱身。如今丁仲勇追上来，却不知师父如何了？

只是此刻，他已顾及不了太多了。眼见丁仲勇越来越近，就要发现两人的藏身处，步千洐灵机一动，计上心头。

他仰面躺在地上，低声对破月道："哭，说我死了，把他引过来。"

破月趴在他胸口，闻言一怔，再回头一看，恰好与丁仲勇的视线对上。丁仲勇是孤身一人追上来的，眼见破月梨花带雨，娇弱无力地望着自己，登时心头大喜。再见步千洐躺在树后，双目紧闭，却一阵迟疑。

"步大哥……"破月嘤嘤哭了起来。这哭却不用装，她本就难过得不行，眼泪哗啦啦往下掉。

丁仲勇隔着十数步站着，看她哭得真切，心头一喜：莫非那小子已经死了？

破月见他停步不前，又哭道："步大哥……被你们害死了！"

丁仲勇心头狂喜，却还是半信半疑，往前走了几步，柔声道："小姑娘，我不是奸贼。方才我只是想抓住你们问个究竟，都是陈元初那小子提议什么共享人丹。他真的死了？"

破月的心提到嗓子眼儿，只哭，不作声。

丁仲勇早存了独吞的心思，怕身后其他人赶到，又道："小姑娘，你跟我走，我送你去安全的地方，断不让其他人染指你的清白！"

破月擦干眼泪哽咽道："真的？"

丁仲勇忙道："自然如此。你与我女儿年纪一般大小，既然步大侠已死，今后你便做我的干女儿，我护着你，可好？"

破月却摇头，深吸一口气，提起力气，冷冷道："你别说这些，我不信的。方才就是你害得我们被人追杀。咱们直接说吧，我可以跟你，但你要保证，今后不让别的男人碰我，只让我跟着你一人，护我一世周全。咱们互惠互利，各得其所。"

她若真的一副相信丁仲勇花言巧语的样子，丁仲勇疑心重，反而不信。此刻见她冷峻地说互惠互利，丁仲勇反而信了七八分，忙点头道："姑娘快人快语，正该如此！"

破月正要再引他过来，忽地腰腹一痒，垂眸却见步千洐面色不动，知道是他方才挠了自己一下。如此生死关头，他听到她对别的男子假以辞色，却还胡闹以示抗议，她不由得又好气又好笑，紧张的心情却又轻松了几分。

怕丁仲勇看出端倪，她喘了口气，忍着内伤之痛，又道："你过来……帮我松开腰间绳索。"

此时丁仲勇已信了七八成，但还是心有疑虑："你先将他的刀扔掉。"

破月低头一看，步千洹右手的鸣鸿刀握得死紧。她伸手便去掰，步千洹虽装成死人，却不肯松手。破月知道他要有兵刃在手，忙用身体挡着丁仲勇的视线，握着他身侧的左手，轻轻往里一触。

步千洹触到她腰间的寒月刀，正是方才在高台上，他替她拾回来的。只因被她身体挡住，丁仲勇才没看到。步千洹这才缓缓撤下手中力道，由她取走了鸣鸿刀。

破月体力本就不支，将鸣鸿刀扔在脚边，冷冷道："你快些，否则人多了，你我都不能如愿。"

丁仲勇哪里还有迟疑，将长剑也收回腰间。他走来，双手便摸向破月的腰。触到她柔软的腰身，破月微微一颤，转头朝他笑了笑。丁仲勇还是第一次隔这么近看她，心头"怦"地一跳，心想今后与她双修，真真快活！

"快些啊……"破月嘟囔一声，小手轻轻握着他的手，往自己腰间引。丁仲勇被她小手一摸，顿时有些心神震荡，柔声道："小娘子……"

刀光。
凌厉的刀光，从天而降。
丁仲勇只觉得眼前一闪，左肩一轻，片刻的麻木后，钻心的剧痛才从左臂袭来！

左臂，左臂？
他骇然回神，瞥见步千洹抱着破月从地上跃起，手上寒光如雪。他反应亦奇快，疾疾倒退数步，堪堪躲开步千洹夺命的一刀。

下一刻，他已痛得咬牙切齿、瑟瑟发抖——只见左肩血骨嶙峋，整条左臂早被步千洹一刀卸下！前方草地上那粗粗的一长条，不正是他的断肢？

眼见步千洹三两步抢上前，从地上拾起鸣鸿刀，一刀又劈了过来！丁仲勇吓得转身就跑，顷刻已至山丘之后。

其实他就算断了一臂，此刻步千洴也不是他的对手。可他不是步千洴，他怕死，他怕痛，所以他根本没想过抵挡，只想着活命。

他跑出十几步远，听到身后并无脚步声追来，转念一想，又极为不甘。此刻也顾不得要独占人丹了，他勉强提起内力，高声长啸："诸位！人丹在此！"

步千洴原本就没打算追他，提刀刚往山下跑了几步，便听到丁仲勇出声示警。他和破月都吃了一惊，知道情况不妙。他加快步伐，往山林中跑。

脚步声从各个方向传来，很快就越来越近了。

步千洴抱着破月，躲在一片一人高的灌木草丛里，一动不动。

已有四五拨儿人从这里搜寻了过去。好在绿野茫茫，要在这漫山遍野中找到他们，并非易事。只是破月渐渐体力不支，时睡时醒。

天色全暗的时候，步千洴抱着破月从草丛里缓缓起身。

破月被惊醒了，大气也不敢出，抬头却只见漫天星光下，步千洴的脸疲惫而温柔。他无声地抱着她，蹑手蹑脚地往草丛外走。破月知道，这是他们唯一的生机。天色一亮，群雄必定开始新一轮的搜寻，那时他们苦撑了一夜，只怕难敌。

刚走出草丛，便听身后一个女声幽幽道："终于现身了。"

步千洴和破月俱是一惊，对望一眼，步千洴已拔刀，冷然回首。

然而夜色幽暗，迷迷蒙蒙，又哪里辨得清敌人的方位和人数？

步千洴面对着声音传来的方向，持刀在前，缓缓后退，却听先前的声音又叹道："步千洴，将她交出来吧，我让你活命。"

步千洴知道自己身在明处，避无可避，冷冷道："你可以试试。"

那女声却叹道："你刀法太厉害，我自是打不过的。可我也有别的法子……"话音未落，步千洴忽见林中升起浓浓的白雾。

雾是易散之物，原本不能聚集，可这一团大雾却似有了生命，以极快的速度往林中扩散。

步千洴原本一手鸣鸿一手寒月，辨明方位后，将左手寒月刀抛掷而出。只听树丛里传出"啊"的一声惨呼，跌出一个人。步千洴转身欲行，未料那白雾竟极快，顷刻已至身后。即便他跃出白雾之外，空气中也有令人双目刺痛的腥臭气息，步千洊连忙伸手挡住破月双眸，发足飞奔。

　　破月不知何时又陷入了昏睡，再次醒来时，周围异常安静。没有颠簸，也没有逃命。她发现自己躺在一个熟悉而温热的怀抱里。

　　头顶依旧是灿烂的星光，仿佛浑然不觉这世间的疾苦，熠熠生辉。破月目光一偏，便见步千洊俊脸低垂，双目轻合，神色安详。

　　"醒了？"他柔声问，没有睁眼。

　　破月觉得哪里有些不对，可又说不上来。她发现缠在自己腰间的长袍已经解开了。她身子还虚弱，扶着他的肩膀起身一看，只见两人正坐在一块空旷的草地上，周围是密密的林子，后方却是嶙峋峭壁，漆黑若鬼。

　　"后面是悬崖。"步千洊顿了顿才道，"没路了。"

　　破月这才察觉出哪里不对，抬手抚上他紧闭的双眼："你眼睛怎么了？"

　　步千洊的声音中居然有笑意："中毒了，不妨事。"

　　破月想起之前他一只手始终捂着自己双眼，不由得心痛如绞："你……你太傻了。我盲了不要紧，你盲了，如何逃得出去？"

　　步千洊没回答，将她的手牵下来，握在掌心，又从她靴中摸出慕容湛所赠的匕首，塞到她手里。

　　"敌人很快便到了。"他柔声道，"我身死之时，你便随我去，可好？"

　　破月鼻子一酸，终于忍不住道："你走吧！别管我！"

　　步千洊抬手摸到她的唇，轻轻印上一个吻，低声道："大丈夫死则死矣，休要再说让我先走的浑话。"

　　破月已经哭不出来了，听到他的话，强行忍着泪意，靠在他怀里。夜冷风清，俱是无言，却已胜过千言万语。

　　"你不会瞎，我做你的眼睛。"

　　"那我赚了，你的眼睛比我的好看多了。"

　　"呵……步大哥，我问你句话，很傻的话。若我不是我，如果我是另一个人，没有颜破月的长相，只是个普通人，你还会为我做这些事吗？"

　　步千洊微微一笑，搂紧她道："月儿，我说真心话，你别生气。即便换作另一个人，即便不是我喜欢的女子，即便是个七老八十的老太婆，或者是个丑八怪——习武者侠义为先，我也断不会袖手旁观。"

破月没想到会得到这个答案，却也释然，点头道："嗯。步大哥，我从来没遇到过你这样的人。我从小便知道，这世上最重要的，是自己。拔刀相助会被许多人认为傻，有时候还反被诬陷。我们大多是自私冷漠的。可遇到你之后……我知道自己以前错了。来生不管旁人怎么想，我一定要换个活法……跟你一样的活法……"

步千泂听她气息急促，怕她牵动了伤，忙道："别说了，睡一会儿吧。"

然而破月睡不成了。

步千泂只觉耳际一颤，已辨得数人的脚步声，缓缓朝这边过来。

他们终于来了。

步千泂抱着她站起来，缓缓往身后悬崖走去。因为目盲，他走得极慢。还没走到悬崖边，数丈外的林中，已有数人探出头来。

破月已看到了前方深不见底的悬崖，不由得心生寒意。步千泂将她轻轻放在地上，柔声道："月儿，我去了。若是怕痛，你便跳下去。"

眼见他松开自己站起来，背影于夜色里孤寂挺立，唯有一抹刀光森然如雪。破月心头剧痛，低声喊道："你、你别去了！我求你，你走吧！将来再为我报仇！"

步千泂没有回头，闭着眼，嘴角微勾，大踏步朝前走去。

林中的敌人越聚越多。

步千泂单臂持刀。他的世界一片昏暗，隐隐只见许多灰影在面前闪来闪去，在他已然通红的瞳仁里，却什么也看不清。

有个声音高喊道："步千泂，你中了我师妹的独门暗器，快快闪开，交出人丹，否则你的双眼再拖两个时辰，就永远也救不回来了。"

周围顿时静了下来。

"我有眼睛。"他说，语气淡淡的，带着几分旁人不懂的孤傲和温柔。

"杀了他！"有人出声道，"别让人丹跑了。"

步千泂听了半阵，却没听到杨修苦和靳断鸿的声音。最后一点希望破灭，他知道大势已去。

然而死到临头，骨子里的一股傲气却陡然勃发，他反而笑了。

"月儿，这是步大哥的最后一战。"他缓缓道。

身后数步外的破月听得分明，泪流满面。

或许是他赤红眼眸、全身伤痕的模样太吓人，一时将他包围的数人，竟无人敢上前。

步千洐脸上戾气大盛，怆然道："天下英雄齐聚于此，却只为玷污她的清白。在下今日便为她舍了性命，向诸位英雄讨教一二。"

话音未落，他双足已在地上一点，刀锋宛若闪电破空，朝正前方的敌人劈去！

破月抬眸，却只见前方茫茫一片。许多人战成一团，哪里有步千洐的身影？

唯有一道刺目的白光，始终在人群中若隐若现。

地上倒下的尸体越来越多，围聚在这崖边的百十余人，眼见已折损了二三十，可他们倒下的速度却越来越慢。

猛地，破月听到有人在喊："他中了一剑！"

过了一会儿又有人喊道："他中了暗器！"

"他的刀脱手了！"

破月听得心肝俱裂，再无法忍耐，提气怒喝道："你们放了他，否则我立刻死在你们面前！"

她的声音被淹没在已然杀红了眼的男人们的嘶吼里，根本没人听到。

有一个人听到了。

一个人影，几近仓皇地从人群中腾空而起，几个起落，脚步踉跄，顷刻便落在她面前。

破月望着来人，悚然大惊，心疼万分！

正是步千洐。只见他披头散发，双目赤红，目光涣散，身上数道伤口，血流如注。

他中毒更深了，辨不清破月的准确方位，双手开始在地上胡乱地摸。身后诸人见状，快步追过来，还差十数步，便要至跟前。

破月一把抓过他的手，将他鲜血淋漓的身躯抱入怀中。

步千洐触到她柔软的身体，长松一口气，反手将她抱起。

众人见两人离悬崖边不过三四步，顿时一惊，都不敢上前。

步千洐全然不顾强敌在侧，哑着嗓子，声音极为柔和，道："月儿，咱们这便去吧。"

破月身受重伤，又一路颠簸，早已精神涣散，此时将头靠在他怀里，只觉得心境空明，了无牵挂，"嗯"了一声，双眼一黑，便昏死过去。

步千洐眼前昏黑一片，抱紧她的娇躯，猛地发力便往崖边跃去！

"不可！"身后惊呼声一片。

猛地只听"簌簌"数声，不明之物疾疾破空，步千洐两边膝盖被暗器打中，同时一痛，仅余的气力浑然一散。绝望如潮水没过心头，他一口气再提不上来，抱着破月，趔趄昏死在离崖边尺许远处。

浮浮沉沉

破月感觉像在油锅里煎熬一般，全身燥热，头疼欲裂。她睁不开眼，也说不出话。一会儿仿佛看到千万只手在撕扯自己的身体；一会儿又感觉到一只冰凉的手放在自己额头上，舒服极了，她忍不住转头，想要得到更多的清凉。

"你认得我……"

朦胧中，她似乎听到一个女人的声音，带着几分欢喜，几分无奈。

可她还是很难受，身体不听使唤，喉咙里像塞了一块火热的布团。某一瞬间，她脑子里闪过一个认知——她在发烧，而且烧得很厉害。

阿步呢？步大哥？

她又难过，又难受。

"他死了。"那个声音又在耳边冷冷道，"他连你都护不住，活着有什么用。"

破月想摇头，拼命摇头，可脑子却越来越迷糊，一会儿竟看到自己在一个漂亮的房间里走来走去，一会儿又看到了容湛。

容湛！慕容湛！诚王殿下，快去救步大哥！

"你认识他？"那个声音又道，"诚王这几日一直在无鸠峰下找寻，看来人似不错。你中意他吗？"

不，不，让他来救我，救步大哥！

破月猛地只觉一股冰凉的气息从双手脉门注入，顿时全身都舒服起来，困意排山倒海般袭来。她听到自己呜咽一声，便失去了意识。

再后来，意识断断续续，只感觉到自己又躺在一个温热的怀抱里。那个怀抱有几分熟悉，她却始终想不起来。双手一直被人紧紧握住，那双手掌温柔而有力，分外令人安心。可她始终记挂着步千洐，记得似乎听到有个声音说他死了，不由得一直用力喊着："阿步、阿步……"

不知何时，唇上忽地一凉，似被什么堵住，而后有人的舌头缓缓探了进来。

阿步，一定是阿步！只有他会如此温柔缠绵地吻她！她全身一松，用自己因发烧而同样滚烫的舌头拼命迎了上去，就此沉溺在他的拥吻里，昏天暗地。

步千洐醒来的时候，视野一片黑暗，眼皮却感到一层柔软。

他立刻明白过来，有人在自己眼上蒙了一层布。他首先感觉到的是，双眼并不像之前那般刺痛难忍，反而冰凉舒服，似是已上了药。

再一定神，记忆便如潮水般涌上来。他心头一痛：破月呢？破月在哪里？

他正要起身，忽听身旁一个有些耳熟的声音道："他杀了大师姐，我真不想救他。"

步千洐心念一动，全身放松，假装还在昏睡，想要听出些端倪。只听另一个陌生的年轻女子道："你不要再想这个，他救了那个人，教主说他立了大功，所以咱们要救活他的命，还他的情。大师姐虽死得可怜，可她的命，又怎能有那个人重要？"

"好吧！教主有命，咱们自当遵循。现下治好了他的眼睛，又治好了他的伤，等教主召见他之后，我再捅他几刀，可不可以？"

步千洐原本听得云里雾里，等听到这里，不由得心头失笑。他已辨认出来，这个要捅他几刀的，正是在无鸠峰顶仓皇而逃的清心教小师妹赵君陌。听她们的对话，竟是清心教教主救了自己？可她们说的"那个人"是谁？难道是月儿？可月儿跟清心教并无瓜葛，难道是他以前无意救下的其他人？

按下心头疑惑，他听见一人脚步声轻盈远离。他屏气凝神，却感觉到有人的气息喷在自己脸上。那气息香软清新，令他颇有些不自在。

"仔细看长得是挺俊。"赵君陌的声音紧贴着他的面门，"就可惜是个大恶人……啊！"

她的嗓音卡在喉咙里，因为步千洶听声辨位，一把掐住了她的脖子。

他扯下围眼布条，只觉视野一片刺亮，眼前一个模糊的人影在拼命挣扎。他用力眨了眨眼，这才看清面前脸憋得通红的女子。

"破月呢？"他出声，发现声音嘶哑无比。

赵君陌瞪他一眼，不作声。

他手劲加大。

赵君陌自恃美貌过人，占尽教主和师姐宠爱，还是第一次遇到如此不怜香惜玉的男人，不由得越发恼怒。

"你就……这么对待救命恩人？"

步千洶眉目不动："你们把破月交出来，我自然放了你，还向你磕头谢恩。"

赵君陌感觉到他的手劲在一点点加大，忽然想起他一刀斩杀水柔儿，终于明白这个男人是真会杀人的，不由得怕了。她已发不出声音，朝他打了个手势，他这才手劲略松。她连忙喘了几口气，思及那人身份特殊，她也不敢乱答，含糊道："她很好。"

步千洶心头一喜，手劲却收紧："她在何处？带我去。"

赵君陌全身一抖："她……她已被送给了……诚王。"

步千洶闻言一愣，见她脸色已有些青紫，才松开她，只是手依然搭在她肩上震慑。他又问："为何？"

赵君陌脖子上已被他掐出一圈青紫，又委屈又难过，怒道："诚王带着军队封了无鸠峰，每天在那里瞎转。教主得知后，便将颜破月交给他了。我怎么知道为什么？"

步千洶听到此处，不由得心头大喜。他想自己与慕容湛相交，外人知之甚少，赵君陌绝对编不出诚王之类的谎话。若是破月当真被交到慕容湛手里，总比跟自己待在清心教强。

"谁救了我和破月？"他问，不过语气比之前已柔和了几分。

"自然是教主。那日她本就在无鸠峰下等我们的消息，听我道峰上缘由后，她老人家便上了峰，杀了围攻你们的百余人，救下了你们。"

步千洶这才松开她，忽地起身下床，朝她拜倒："多谢姑娘救命之恩！"

赵君陌见他高大的身躯单膝拜倒，倒真的很想冲那张英俊的脸踢一脚，将他踢破相。可她又不太敢，冷哼一声，觉得自己刚才被他胁迫着实狼狈，转身欲走。

"赵姑娘且慢！"步千洐忙道，"教主在何处？她为何要救我们？"

他心里挂念破月，只想早日向教主道谢，然后去帝京寻她。

"教主此刻还未起呢。"赵君陌见他神色甚为轻松，不由得心生怒意，有些恶毒道，"至于为什么救你？大概，是看上你了吧？"

未料步千洐哪是会被吓唬的男人，闻言只淡淡一笑："哦？多谢姑娘指教！"

赵君陌一拳打在棉花上，顿时又觉得怒火攻心，愤愤走了。一直冲出百余步远，忽地想道：我今日为何如此沉不住气？

之后十余天，步千洐一直在这个房间养伤，并未见到传说中的圣教主。那赵君陌每天来一次，指挥哑奴为他疗伤上药，偶尔也会在药中做些手脚，譬如令药味极苦，或令他拉肚子，或令他伤口奇痒难当之类的。可步千洐什么苦没受过，察觉到她的小动作，他却全无半点儿反应，令她气恼万分。

到了第十五日，步千洐完全复原，去寻破月的心思便有些急切了。这日赵君陌一到，他便诚挚地询问："赵姑娘，我今日能见教主了吗？我着实挂念月儿，想早日向贵教主辞别，去寻月儿。"

不知怎的，赵君陌一听他提到破月，就特别容易冒火。原本今日教主就是让她来察看他的伤势的，如果痊愈便要带他觐见。可她此刻却不知为何，不想听教主的，脑筋一转，沉肃道："教主有令，让你跟我去个地方。"

一刻后，她将步千洐带到了后山的菜园。只见大片青绿鲜嫩的菜地里，只有一个高高大大的菜农，佝偻着背在挑粪。

"你去帮他。"赵君陌一本正经道。

步千洐瞧她一眼，也不废话，走过去，接过那老农肩上的扁担。老农一转头，倒吓了步千洐一跳——这老农看背影甚为壮硕，未料容貌却奇丑，脸上红一块白一块，全是火烧之后留下的狰狞疤痕。

"哑叔叔，教主让他来帮你几日。"赵君陌在两人身后甜声道。

这清甜的嗓音，却叫步千洐想起了破月，不由得心神微颤，再看故意捣蛋的赵君陌，似乎也不那么可恶了。

"大叔，我来帮你。"步千洐既来之，则安之，挑着粪便走。反倒是那哑农慌忙摆手，来抢扁担。步千洐微微一笑，侧身避过。

如此在菜园干了三四日，步千洐从头到脚都染上了一股清新的臭味。赵君陌自觉出了气，才向教主禀报，安排步千洐觐见。

已是三月天，傍晚略有凉意。赵君陌带着侍女捧着一身黑色新衣新靴、梳子发冠，走进步千洐的房间。

步千洐原本穿着粗布旧衣，更是满脸胡子，见状迟疑："我穿这个就好。"

赵君陌厌恶地摇头："我们教主不见丑男。快些换了，梳洗干净。"

眼见赵君陌和侍女伸手朝自己腰间摸来，步千洐心头一凛，侧身避过，再从侍女手中取过衣物："二位姑娘请回避，在下自行换衣即可。"

赵君陌摸了个空，指尖便有些空落落的，心想谁稀罕摸你啊，一跺脚便跟侍女出了门。

步千洐换好衣服走出门，赵君陌摇头，非要他把胡子剃了，他只得又剃了个干干净净。再出门见到赵君陌，她却只看了一眼，便扭过头去，半天没作声。

这一路赵君陌格外安静，步千洐只想着早日离去，也没太理她。两人一前一后，穿过回廊，走入一片茂密的树林，再行得数步，听见潺潺溪流，只见一处极为恢宏的宫殿般的建筑耸立在林间，偏有山泉环绕，门前绿树花香，宛若仙境。

"教主倒很有雅趣！"步千洐赞道。

赵君陌又扭头看他一眼，忽然低声道："若是教主要收了你，你会如何？"

步千洐思及即将辞别，心头舒畅，开玩笑道："救命之恩虽重若泰山，可我已有了意中人，又打不过你们圣教主，自然只能以死殉情了。"

赵君陌瞧着他的笑容竟似阳光般刺眼，别过头去，不作声了。

赵君陌站在门外，停步不前。步千洐一人进得内室，只见处处雕龙画凤，清雅高洁，甚为别致。再走到深处，处处红纱清扬，宛若梦境。而正前方垂着一帘红纱，纱幔后似是一张卧榻。卧榻四角各缀一颗碗口大小的夜明珠，盈盈光亮，将内室照得宛若白昼。

两名女弟子站在榻前守卫，隐约可见一个纤细的人影坐在那红纱之后，面貌却看不分明。

步千洐走到距离那卧榻两丈远处，便避嫌停步不前，躬身道："晚辈步千洐，多谢前辈救命之恩！"

"你上前几步。"声音清亮，听起来竟十分年轻。

步千洵依言上前。

"抬起头来。"

她的语气听起来十分倨傲，这令步千洵有些不悦。但他并不想触怒这个偏生救了自己的大魔头，便微微抬起脸。

过了半晌，她含笑道："皮相是不错，难怪她……"

步千洵当然不喜女子点评自己的相貌，便道："前辈救命之恩，没齿难忘。今后若有差使，千洵赴汤蹈火，在所不辞。只是千洵有军务在身，亦挂念着朋友，今日便想向教主辞行了。"

那人笑了一声，忽道："要走也可以。我教中弟子千千万，你随便娶一个，投入我清心教吧。"

步千洵吃了一惊，心思转得极快，最后还是直言："多谢前辈好意，贵教女子自是极好的。只是晚辈已有了意中人，不能辜负她再娶。"

"这么说来，你倒是个长情的？"那声音懒洋洋道。

步千洵索性笑道："正是。"

未料教主殷似雪冷哼一声，道："我平生最讨厌的，便是自诩长情，偏又护不住妻儿的自以为是的大侠！你不许再喜欢她，不许再想她！这辈子你休想娶她！"

步千洵万没料到她忽然蛮不讲理，待听她说不许自己娶破月，不由得心头微怒，心想：我与月儿情投意合，你虽是救命恩人，可也没有棒打鸳鸯的道理。

"多谢前辈指教。"他语气便有几分傲然，略带讽刺道，"可晚辈实在对她喜欢得不得了，日日夜夜都在想她，这辈子非她不娶，只怕天王老子也拦不住。"

殷似雪没作声。

忽地平地起劲风，步千洵只看到榻前轻纱一扬，一个人影鬼魅般朝自己疾冲过来。他连她的面目都没看清，却已感觉到一道劲风朝自己面门袭来。步千洵心下暗惊，抬掌便挡。

她"咦"了一声，似乎并没料到他能挡住自己这一击，于是变拳为掌，快若闪电，狠狠拍向他胸口要穴。

这一击，步千洵却是无论如何也避不过了，瞬间穴道一麻，不能动弹。她一得手，竟平地朝后倒退数步，又坐到了轻纱后。

这一系列动作如行云流水，步千洐甚至没看清她的脸，不由得冷汗淋漓，心想这教主的武功果然深不可测，听声音却很年轻，果真邪门儿。

他正思忖办法脱身，却听那殷似雪阴恻恻地对左右弟子道："将他拖到内室，叫年轻弟子来，把他生米煮成熟饭，免得这癞蛤蟆总想着吃天鹅肉。"

步千洐僵立在原地，见两名弟子走过来作势要拖自己，不由得又错愕又恼怒。

步千洐被拖到内间，扔在大床上，不由得惊怒万分，张口便骂："殷似雪，你这老妖婆！老不正经的臭婊子……"

众弟子吓得魂飞魄散，也不解衣了，全都胆战心惊地转头看着门外。

殷似雪阴阴的声音传来："你敢骂我？"

步千洐也发火了："老子骂的就是你！老妖婆！逼良为娼，难道清心教的弟子都喜欢倒贴？见不得旁人情投意合，非要倒插一脚？"

未料殷似雪沉默片刻，忽地笑道："十多年了，还是第一次有人敢当面骂我。连靳断鸿那老小子，都要尊我一声'教主'。你这乳臭未干的童子鸡，居然敢骂我？不错，不错！"

步千洐性子本就倔强，及至此刻，就算是死，也不愿意被几个女人侮辱。他索性骂得酣畅够本："乳臭未干的童子鸡，也好过老妖婆装嫩扮俏！"

只听外间"啪"的一声脆响，不知什么被摔破在地。殷似雪的声音彻底冷下来："步千洐，我再问你最后一次，要么你投入我清心教，今后都不准见颜破月；要么我即刻杀了你，你去阴间装情圣吧！"

步千洐听她又提到破月，蓦然间好像想到什么，失声道："月儿……你是月儿的母亲？！"

可话一出口，自己又觉得匪夷所思。她若是月儿的母亲，自己与月儿情投意合，她为何要从中阻拦？

未料外间"啪啪啪"三声，不知殷似雪又摔了什么，然后是她颤抖愤怒的声音："放屁！本教主……哪来那么大的女儿！敬酒不吃吃罚酒，好、好、好！来人，挑断他的手脚筋，让他做个废人！我看他还怎么风流倜傥！看他还怎么义薄云天、自以为是！"

步千洐心尖一颤，便见一弟子拔了剑，走到自己身旁。他暗自提气，想要真

255

气逆行，冲破穴道。然而那封在他要穴的真气，竟似大山般难以撼动。

转念之间，忽听赵君陌颤声道："师父她……"

她的话没说完。

因为那弟子的剑已"唰唰唰"数声精准地划下。步千洐只觉得手腕、脚踝一阵刺痛，心头一沉，逆行的真气陡然翻涌如海，他眼前一黑，晕死过去。

冷，全身发冷。

步千洐睁开眼，只见寂寂黑夜，天色阴沉，没有半点儿星光，群山于夜色里仿若暗兽蛰伏，寂静无声。

他感觉到自己被人扛在肩上，颠簸着往山下冲。垂眸一看，是两个身量纤细的女子，她们身着黑衣，脚法极快。

"教主说丢在缚欲山脚下。现在已出了山门，就扔在这里吧。"其中一人道。

两人手一松，步千洐砰然落地，身子和脸都撞在崎岖的地面上，隐隐生疼。

那两人瞬间走远了。步千洐只觉得双手双脚奇痛无比，隐隐可见凝固的血迹。他暗自提气，却发觉双手依然软若无骨，凝不起半点儿气力，不由得心下黯然。

那妖妇竟真的挑断了他的手脚筋。从此，他就是废人了？

他只觉得心头一片麻木酸涩。

他勉强以手撑地，想要支撑着站起来，未料手脚一软，重新摔倒在地，半点儿也不能挪动。

那妖妇果然歹毒。步千洐想，只消个几日，他便会饿死在这荒芜的山脚下。罢了，死则死矣，也好过以色侍奉那帮妖女，苟活于世。

他对生死向来豁达，思及破月已经脱险，心头一宽，眼前一黑，终是体力不支，又晕了过去。

步千洐再醒来时，浑身却是暖洋洋的。睁眼便见摇曳的烛火，一个苗条的身影背对自己坐在炉火旁扇风，满屋都是苦涩的药香。

"水……"他喉中干涩不已。

"你醒了！"那人惊喜回头，满脸炉灰，却依稀能辨出是赵君陌。

步千洐心神一敛，举目环顾四周，只见这是一间普通农舍，而周围并无其他人的气息。他心念一动，问道："你……救了我？"

赵君陌咬咬下唇不语，转身将药罐端到桌上，小心翼翼地倒出一碗，吹了又吹，这才送到他唇边："先喝药。"

原来那日步千洐被教众丢到缚欲山下时，赵君陌正一路尾随。她原本是想给他补上几刀，亲手杀了他为师姐报仇的，未料远远看着他挣扎起身又摔倒、挣扎又摔倒，竟鬼使神差地将他救了回来。

她不敢回缚欲山，便一路背着他，于山下数里外的集镇找了农舍住下。好在缚欲山时常有人来挑衅，而后被打残废，所以山脚下亦不乏名医。她找人替步千洐接了手脚筋，再过月余，他便能行动自如，只是全身武艺，能施展开的只怕不到半成了。

步千洐见她脸色通红，又言语麻利地说明缘由，又意外又感动，颤抖着手朝她抱拳道："多谢姑娘！千洐无以为报！"

赵君陌听他说得真诚，心头竟升起喜悦。但她装作恶狠狠的样子道："我可不是救你，我是等你好了再杀你。"

步千洐吃了药，赵君陌又给他喂些野菜粥，他便又昏昏沉沉睡去。

如此在集镇上住了十余日，步千洐恢复得比预计的要快，已能勉强行路，只是一身武艺，几乎是废了。

这日夜间，步千洐问赵君陌："你不用回缚欲山吗？"

赵君陌笑道："我经常自己溜下山玩，师父不管我的。"

步千洐转过头去，朗声道："姑娘救命之恩，千洐牢记在心。今后若有千洐能帮忙的，姑娘尽管说。只是千洐还有要事在身，明日一早，便与姑娘别过。"

赵君陌原本端着药罐，"啪"的一声，药罐摔碎在地，她失声道："你要走？"

步千洐并非迟钝之辈，如何看不出赵君陌对自己由恨变爱。他觉得匪夷所思，但既察觉到，自然能避则避，所以伤势稍微好些，他便想告辞，免得再生纠葛。见她失态，步千洐咳嗽一声，道："是的。天下无不散之筵席，姑娘今后若有驱使，千洐不敢不从，决不食言。"

赵君陌脸色有些难看，慢慢在床边坐下，道："你都成这个样子了，还想去找她？"

步千洐微微一怔，笑而不答。

赵君陌不等他说完，忽地一把抱住他的腰："步大哥……你别去了！我不嫌弃你，你配得上我！我，咱们……"

步千洐感觉到一个温软的身子贴到自己胸口，不由得浑身一僵，想要甩开，却敌不过她的力气。

"松手！"他冷喝道，"男女授受不亲，姑娘请自重！"

"我就是不自重！"赵君陌抱得更紧。

步千洐深吸一口气，勉强提起几分游离的气息，轻轻地，抚上她的背。她察觉到他的触碰，心头一喜，未料下一刻，肩井穴一麻，顿时不能动弹了。

这一指却已令步千洐手腕剧痛无比。他平复了片刻，缓缓扯开赵君陌的手，起身下床。

赵君陌吃惊："你要去哪里？"

步千洐只着单衣，拿起赵君陌给他做的拐杖，颤巍巍地扶着墙走到门口，恭敬地朝她作了个揖，道："得姑娘照顾数日，已是千洐三生有幸。然姑娘错爱，千洐恐不能受。今日就此别过，望姑娘见谅。"

说完也不管她神色惊怒，转身便行。

"步千洐！你这傻子！废人！你回来！"清脆而焦急的嗓音，久久回荡在寂静的村落。而步千洐抬头看了看星空，辨明方向，深一脚浅一脚，摇摇晃晃朝西北方的帝京去了。

缚欲山位于大胥中部山林中，与帝京相去甚远。步千洐走了一夜，筋疲力尽，却也不过行出十数里。他以往骑踏雪夜行八百，何曾如此落魄，不由得心中自嘲道：步千洐啊步千洐，那老妖婆说得没错，如今只怕月儿的脚法都比你快，你哪里还配得上她？

但他与破月在绝境中分离，自清醒后，日思夜想的便是要见到她。故虽体弱疲惫，一想到她，还是充满力量，又缓缓向西北行了。

待到天色渐明，他到了下一个小镇，闻到早点摊的肉包香味，才觉饥肠辘辘。思及在军中时，破月一双巧手乖巧侍奉，不由得甚为思念。

他一摸口袋，却只摸出些铜板，也不知是何时落在口袋中的，估计连两三日都支撑不了。他索性买了两个肉包，要了壶酒，将铜板花了个精光。店家见他衣衫褴褛、满面灰土，不喜他玷污了洁净的桌面，让他到一边吃。他也不在意，往街边一坐，狼吞虎咽一番，才觉精神一振，缓过劲儿了。

他拿起酒壶欲喝，忽地斜刺里伸出一只手，将酒壶夺去。步千洐见机极快，反手欲夺。那人是名高大的乞丐，伸手将他一推，步千洐站立不稳，往后摔倒在地。

"原来是个跛子！"那乞丐鄙夷道，举起酒壶咕噜噜地开始喝。步千洐嗜酒如命，又哪里受过这等屈辱，见状不由得大怒，撑着地爬起来，猛地朝乞丐扑过去！

此时正值天明，正是乞丐们一天外出觅食之际。这名乞丐又是个流氓，冷不丁被步千洐扑倒在地，脸颊吃痛，酒壶也被夺去，便怒火中烧，"呼咻"一个尖哨，招来了几名乞丐。

一名乞丐一脚将步千洐踢倒在地，步千洐大怒："老子……"

另一名乞丐一拳狠狠打在他的腰腹，步千洐内力未散，这一拳不甚痛，反倒震得乞丐手掌发麻。众乞丐一拥而上，噼里啪啦将步千洐一顿暴打。

乞丐们都不傻，很快便知道踩他手腕与脚踝、踢他的脸。他拼命护住伤口，却也被踢了个鼻青脸肿、鲜血直流。

人越来越多，乞丐们已觉解气，便四散而去。步千洐在地上趴了很久，才慢慢爬起来，拾起拐杖。他踉跄着走了几步，行人见到他都四处避让，他心头怆然，心想：月儿要是见到我这副模样，会不会认不出来？

这样痴痴迷迷、恍恍惚惚想着，却也咬着牙，继续往西北方向去了。

虽已身无分文、手无缚鸡之力，但步千洐是个环境越艰险越不服输的人。没钱吃饭，他便利用军中所学，在山林间布些陷阱，逮些飞禽走兽。有时候直接烤了充饥，有时候到集市上卖了换钱，也能勉强维持。

两个月后，他终于行到了帝京。这并不是他第一次来这座大胥最雄伟繁荣的城市，却是他来得最辛苦的一次。连日奔波，他已衣衫褴褛、瘦骨嶙峋，完全与乞丐无异了。他也不在意，向守城卫兵问清诚王府所在。那士兵转头向身旁人笑道："诚王大婚已有数日，依然广布善粥，这下好了，附近州县的乞丐都赶过来了。"

步千洐闻言一怔，先是惊喜，而后是隐隐地……他一下子不敢深究。

"诚王娶的是何人？"他终于缓缓问道。

那士兵浑不在意道："你连这个都不知道，还来白喝粥？天下皆知，皇帝赐婚，诚王殿下娶的是卫尉颜朴淙大人的独生女儿颜破月。"又对身旁人道："前一阵还听说这颜小姐死了，没料又寻了回来，改嫁诚王，真是好命。"

身旁那人笑道："听说颜小姐貌若天仙，诚王亦十分俊美，真是郎才女貌啊！"

步千泪听了片刻，慢慢转身，一时脑子里竟空荡荡的，恍惚只有一个念头——小容已与破月成婚了？

他这一路历尽艰辛，却从未有过放弃的念头，只因想着到了帝京，便能见到慕容湛和破月。他虽已是废人，但深知慕容湛义薄云天，破月情深意重，一心只想与他们团圆。至于破月，他也曾想，自己已无力护她，见了一面，便与她告辞，不要拖累她一世。

只是他初识情滋味，当日热情似火，却屡生事端，不得不与破月分离，万般柔情与冲动化作流水。如今她已近在咫尺，他又隐隐生出些期盼——倘若破月执意要留在我身边，我又如何狠得下心弃她于不顾？

于是豁达间带着几分忐忑，支撑着他一路走来，却没料到，小容已与她成婚了。

饶是他熟知二人性情，稍微一想便知其中必有隐情。但想到她已嫁入王侯之家，皇帝指婚，要脱身又如何容易？且比起自己，慕容湛实在是好上太多的良配。

他本就有将破月托付给慕容湛的打算，现下更觉得冥冥中自有天注定。只是思及从此与她分离，胸口一堵，一颗滚烫的心，浮浮沉沉地便要冷下去。

片刻后，他心中便有了决定，但终究还是格外不舍他二人，便迈着沉重的步子，低头往诚王府去了。

碧血嫁衣

青石长街清冷肃静，巍峨华丽的诚王府便矗立在巷子尽头。步千泪刚走到巷口，便被士兵拦住。

他不想表露身份，环顾四周，便将目光锁定在隔着一条巷子的寺庙屋顶上。好在庙中和尚友善，也不管束他。他辨明方向，缓缓地，费尽九牛二虎之力，攀上了屋顶。

终于一览无余。

诚王府占地并不广，但如此俯瞰，却也是个绿意葱葱、精致清净的所在。他站在初春的寒气里，望着诚王府的朱红大门，想着破月和小容已成为一对夫妻，隐隐地，竟觉得这是极好的，也是……钝痛的。

正出神间，忽见一辆马车，自巷首缓缓驶入。那马车金顶雪绸，华美异常。二十余名护卫鞍前马后，严整肃然。步千泪心里"咯噔"一下，屏气凝神。

马车在王府门口停稳，墨色垂帘缓缓掀起，一个高挑颀长的男子先走了下来。只见他头戴墨色卷梁冠，身着雪领紫红银纹三爪蟒袍，长袖翩翩，玉面俊美，不是慕容湛是谁？

步千泪从未见过他如此穿戴，只觉得他神色清肃，面沉如水，浑身上下都透着股陌生的贵气和凛然。

一旁侍从上前想要帮他拢起车帘，他却摆摆手，一手挑起垂帘，一手伸出，似在等候。

261

马车里伸出一只素白的手，轻轻搭上他的手腕。

步千洐浑身一颤，便见一宫装丽人矮身而出，扶着慕容湛的手下了马车。此时已近巳时，日光清亮，蓝天碧透，而那宫装丽人微一侧脸，青黑长眉，如墨明眸，几近苍白的脸色，疏离清冷的神色，不正是他思念了数月的破月？

步千洐身在屋顶，这一失神，身子前倾，差点儿摔下。他定了定神，稳住身子，再抬头望去。他目力极好，远远只见慕容湛说了句什么，破月笑了，如雪容颜便若娇花盛开。她款款步入大门，而慕容湛在她身后呆立了片刻，竟似望着她的背影出了神，片刻后，才快步追上去，与她并肩而行。

朱漆大门徐徐合上，仿佛将传说中的诚王府与尘世间的一切都隔开。

步千洐在屋顶呆呆地立了许久才爬下，走出寺庙。与诚王巷的清冷不同，这条长街熙熙攘攘，热闹非凡。他抬首一望，只觉日光晃眼，人潮汹涌。

他想，无妨，总是了了一桩心事。

他便这样浑浑然，明明没有方向，却不知不觉走出了东城门。

这几日临近帝京，他日夜兼程，加之有几日未进水米，此刻只觉得脑子昏昏沉沉，身子也越来越沉重，却不觉腹中饥饿。

他一直走一直走，竟走到了一片山林中。山脚下农家炊烟缭绕，农田嫩绿。山顶寒意刺骨，四月间，竟还有冬日积雪未化。步千洐望着那纯净的雪色，一时竟痴了。他想也没想，席地坐下，捧起那薄薄一层雪，胡乱地堆起了雪人。片刻后，却只得了一个小小的雪胖子，歪头歪脑，甚为拙劣。

"月儿……这是你啊……"他将雪人捧在掌心，只觉得阵阵泪意涌上眼眶。脑子里忽然闪过一幕，是她皓白如雪的手腕，轻轻搭在慕容湛细长如玉的手上，那么登对，那么令人宽慰，也那么刺目。

步千洐迷迷糊糊想着，抱着那手掌大的雪人，便倒在地上昏睡过去。

他不知道自己睡了多久。

也许是一日，也许只是一刻。

他只知道，艳阳高照，他却发冷，全身瑟瑟发抖。一睁眼，他看到掌中残雪，刹那间竟难过得不能自已。

"你来这里，是寻死吗？"

一道极难听的声音，沙哑得像是被人把喉咙扯成了两半才能发出的声音。

步千洐虽四肢俱废，但内力尚在。然而这人上得山来，竟没叫他听出半点儿动静，他不由得一惊，一转身，更加吃惊。

菜农。

清心教的菜农，身材高大，满脸沟壑与疤痕，静静站在他身后。

"不，我不会死。"步千洐淡淡答道，"身体发肤，受之父母，岂能轻贱？"

菜农老人却继续问："即使手脚筋被挑，成为废人，也不想死吗？"

"武功被废，是我技不如人，回东路军做个伙夫，也是报国，为何要死？"

"你豁出性命保护那女子，她却与旁人成亲，你也不想死？"

"我护她是因为怜惜她、爱她，知她平安，有了更好的归宿，我自为她欢喜。今后我还能默默守她一世，为何要死？"

老人沉默不语。

步千洐冷冷道："是老妖婆让你来追杀我的？动手吧。大丈夫死则死矣，若想叫我改变心意投入清心教，那是万万不能的。"

老人忽地微微一笑，因他相貌丑陋，这一笑，便显得越发狰狞难看。可步千洐望着他脸上唯一完好的澄黑双眸，竟从中看到了几分豪气。

"她性子任性古怪，对你……是做得过分了。"老人淡笑道，"但她终是长辈，你不能骂她老妖婆，否则她更加不喜欢你。"

步千洐一怔，那老人看他一眼，目光湛然锐亮。步千洐忽地明白过来，眼前不是浑身恶臭、相貌丑陋的菜农，而是一位深不可测的武林前辈。

老人忽地叹了口气，道："冥冥中自有注定。"话音未落，抬掌猛地将身旁一块巨石击落。

掌风过处，寂寂无声。

巨石纹丝不动。

他收掌而立，负手垂眸。

慢慢地，一道裂痕从巨石中部脆断。

然后是第二道、第三道……

粗粗细细的裂纹，如花枝般在巨石上盛开，渐渐爬满整个巨石表面。最后，在步千洐暗暗吃惊的视线里，整块巨石仿佛终不能承受内里滔天般的力量，砰然碎开，竟化作千千万万碎石屑，炸裂在地。

263

步千洐一眼便看出这一掌惊世骇俗，力道之刚猛，后劲之绵长，收发之自如，闻所未闻，见所未见。颜朴淙、杨修苦之流，亦不可与之同日而语。

老人微笑着望着他道："十六年前，我同你一样，被人废掉手脚筋，丢下悬崖。幸得高人相助，易筋接脉，重拾武艺。斩断鸿是君和国人，已不是我大胥子民，你改投他派，不算辱师。你我二人相遇，实是奇缘——我上哪儿去找一个筋脉俱断却又天分极高的弟子，传承我一身武艺？步千洐，你愿不愿意拜我为师？"

步千洐见他掌法神奇，早已心痒。听他所言，又惊又喜，但还有一丝疑虑："我可以拜你为师，但今后你若想让我做不忠不义之事，那我宁愿做个伙夫。"

那老人哈哈大笑，刹那间声震群山，数鸟惊飞："傻小子，你救人是无所求；我教你，亦是无所求。学成之后，你要去哪里、要干什么，与我没半点儿干系。若违此誓，天诛地灭。如此，你放心了吗？"

步千洐大喜，深深拜倒。因破月而起的愁苦，也暂时置于脑后了。

破月往王府中走了几步，心头忽生异样的感觉。

她霍然回身，却只见两扇朱漆大门，已关得严严实实。

慕容湛见她怔然回望，快步上前，柔声道："有何不妥？"

破月静默片刻，摇头："没什么，约莫是乏了。"

一旁的王府管家忙殷勤地对侍女道："快扶王妃入内休息。"

破月摆摆手，不让侍女上前，长裙拖曳，步摇轻晃，面沉如水，缓缓走入廊道，顷刻便没了身影。

慕容湛一直站在原地，望着她走远。片刻后，他才走入书房，唤来暗卫。

他常年在军中，根本没有暗卫这种人马。这一次，却是破例跟皇兄借人。皇帝当时还有些意外："能令你如此大动干戈，找的是何人？"

他答："军中兄弟。"

他没有直言，是过命的兄弟，他慕容湛能为之肝脑涂地的兄弟。

只是这一次，暗卫的答案依旧令人失望。

"王爷……无鸠峰里里外外已找遍，下游的江河中也打捞过，确实没有找到步将军的尸体……"

慕容湛闭了闭眼又睁开，平稳呼吸，仿佛这样就感觉不到心头钝痛，看不到肺腑里血肉淋漓。

步千洐于他，岂止是手足兄弟？

当日，他得到步千洐的消息，知道步千洐去了无鸠峰，破月也在。他在帝京待了数日，对他们甚为思念，便向皇帝告了假，借巡视军务之名往无鸠峰去了。

未料赶到无鸠峰下，才知已翻天覆地。

狭窄崎岖的山路上，处处都是尸身。他抓住一个逃下山的赤刀门弟子，断断续续才知山上惊变。

按照大胥的惯例，官府向来不理武林纷争。然而这一次，慕容湛没有迟疑，直接到就近州县提兵。数千兵马，封了无鸠峰。

然而，他还是来迟了一步。

他们不知所踪。

他惶惶然在峰下守了数日，直到清心教教众送来昏迷的破月。

他又惊又怕。

因为只有破月。

“步千洐？”那教众蒙着脸，语气极冷傲，“他死了。他武功太差，当日就被打死了，尸首被人丢下了无鸠峰，我们许多人亲眼见到。诚王殿下，你会善待这位姑娘吗？”

他全身发冷，喉中仿佛被什么堵塞，怔忡许久，才恍恍惚惚对清心教教众道：“本王以慕容氏起誓，会善待她一世。”

那晚，他独坐在无鸠峰下，喝得酩酊大醉，浑浑噩噩间，眼前只有步千洐昔日爽朗不羁的音容笑貌。暗卫只见他黯然独坐，沉静不动，却不知他心痛如刀绞。

而她在马车里翻来覆去，苦苦挣扎。

直到他将她抱入怀里，她才仿佛溺水的人终于得救般，蜷在他怀里，蹙眉痴语，泪水沾襟，一心一意只是在梦里找寻“千洐”。

而他被她搂着脖子，被她的脸紧紧贴着，一低头，便碰上了她的唇。意识还未反应，唇舌已经不受控制地朝那娇嫩滚烫的红唇、朝那入梦千万遍的红唇，颤抖索求。

然后她便如溺水的人，绝望而热烈地回应。

而他抱着她，僵坐如木偶，唯有唇舌，缠绵似水，激烈如火。

她终于以为良人归来，心满意足地在他怀里睡去。

而他酒意醒了大半，呆呆地抱了她一宿，望了她一宿，只觉得满心痴迷，痛不堪言。

"王爷……还继续找吗？"暗卫的声音，惊断了慕容湛的思绪。

"继续找。"慕容湛恍然回神，轻声道，"若王妃问起，只说人还没找到，生死未卜。"

破月今日随慕容湛进宫觐见诸位太妃，一路言笑晏晏，姿容娴雅。此刻回到房间，她全身力气便似被人抽走，心肝似乎也麻木下来。

她独坐了一会儿，抬眸望着满室大红，这还是前几日成婚时的布置，处处喜庆。

只除了一处。

她的目光滑向檀香木案，那上面架着一把暗沉古朴的刀，血气隐隐，与满室精致奢华，格格不入。

那是鸣鸿刀。

她起身，拿出手绢轻轻擦拭。其实刀上并无落尘，但每当她心神不定时，握着这把刀，便能安心。

六十四日了，她想，从她醒来到现在。

一个半月前，慕容湛将她带回了帝京。一路上，两人话都不多。他骑马在车外护卫，始终面若冰山，沉默寡言；而她大半时间都坐在马车里，反复地想那晚在无鸩峰顶的场景。

想每一个追杀者的容貌，想步千洐身上的每一个伤口，想他双目赤红如鬼，想他背对着她，又冷酷又傲慢道："……在下今日便为她舍了性命，向诸位英雄讨教一二。"

只要想到任何关于他的细节，她的心就被一种莫名的，也是陌生的情愫填满。

这种感觉，跟之前的感情完全不同。之前是很甜、很涩、很悸动，也很不安。没见到他的时候，痴痴缠缠地想起就满心欢喜；见到他的时候，一颗心仿佛要被他塞满。

可如今不同了。记忆中任何有关于他的，他的刀、他的侧脸、他的嗓音，甚至只是他的名字，步千洐，或者只是"步"字、"千"字和"洐"字，都有了触目惊心的味道。那种感觉很厚重，像宿命，压得她喘不过气；又像咒语，在她身体深处下蛊。只要想起他，血脉和心跳都会快一个节奏。

266

世界空旷下来，而她的心已经毫无空隙。

抵达帝京那日，慕容湛迟疑片刻，对她说："还没找到他……"

"活要见人，死要见尸。"她冷冽的语气大概令他有点儿吃惊，她却只是笑笑，"否则，咱们不放弃。"

慕容湛点点头，她故意不看他眼中隐约的泪意。

而她从此，绝口不提步千洢。

除了等待。

一具尸体，或者一个风尘仆仆、笑容散漫的归人。

然而抵达帝京的第二日，皇帝便召诚王觐见。

还有破月。

"皇上听说颜小姐跟诚王一起回来，很是高兴，还召了颜大人进宫，让父女相见呢。"传旨的宦官如此说。

破月与慕容湛俱是一怔。果然，普天之下，莫非王土，只怕宫中那两人，都将一切内情摸得清清楚楚。

尔后锦冠华服，重重宫阙，三叩九拜。

破月没料到，皇帝是这样一个清隽、温和的中年男子。雍容的龙袍，低沉的嗓音，乌黑的眉目，俊美却慈祥。只是与慕容湛相似的狭长凤目中偶尔一抹锐光深不见底，提醒破月，这是当年五龙夺嫡中唯一还活着的真命天子。他的锋利，早随着岁月不动声色地沉凝，只余温润而厚重的表象，主宰天下众生。

皇帝看到破月，眸中只有极浅的笑，反倒是对着慕容湛，嘘寒问暖，眉目生动，听他愧疚地说擅自提兵封了无鸠峰。皇帝哈哈大笑，说他骨子里终也有慕容氏的血性。

破月静立一旁，眉目不动，偶尔察觉到头顶两道极具压迫性的目光，她只当没看到。她已不再是昔日的破月，她心里已沧海桑田，无人能撼。

直到颜朴淙也进了勤昭殿。

朱紫官袍，颀长身姿，缓缓的步伐却似有千斤重。颜朴淙在她身旁跪倒，山呼万岁。平身之后，他徐徐侧眸望着她，玉面仿佛凝了皑皑霜雪："月儿！"

她心里忽然觉得好笑。

才三个月不见，她怎么就不怕他了呢？

她从来都是怕他的，细长的眉眼、薄怒的面容、强势的双手，每一样，都叫她冷汗直流。可如今，她看着他震痛和喜悦的表情下，眸中只有她能看懂的玩味和威胁，她忽然就觉得好笑了。

颜朴淙，我是你的棋，难道你就不是别人的棋？

"爹……"她柔声唤道，凄凄婉婉。

"颜卿，你们父女多日未见，十七弟又不知轻重，先将她带回了府，才让你们父女今日团聚。朕准你携女儿先退下。"皇帝笑容沉静，体贴无比，叫人看不透他的用意。

颜朴淙谢恩，起身时已动作温柔地执起破月的手，只是暗中力道却大得令破月半边身体已经麻痹。

"皇兄！"慕容湛还未想好理由，已惊呼出声。只是天下间，有什么理由，能让女儿不回父亲身边、不回名义上的家呢？

沉静的暗涌里，慕容湛的欲言又止里，忽听一道清脆娇软的声音道："我不回去。"

满座沉寂暗惊。

破月猛地提气，寒热气流便似一把匕首，从她的脉门逸出，刺向颜朴淙的手腕。其实这法门她用得并不纯熟，而且即便她真的熟练运用了全部内力，也绝对不能与颜朴淙为敌。

只是两个多月来日日练习，今日忽然偷袭，倒也令颜朴淙猝不及防，指力一松。

手上重压骤减，她故意做了个很大的甩开颜朴淙手的动作，引得众人侧目，然后她朝皇帝深深拜倒。

"皇上，小女子不想回去。"

"月儿，休要御前失言！"颜朴淙冷喝道。

"哦？你为何不想回去？"皇帝似乎觉得有些意思。

"我不认他做爹爹，我今日不能再忍了。爹，你一直怨母亲跟马夫跑了，从小就不喜欢我，动不动就迁怒鞭打。从小到大，我何时吃过一顿饱饭？你明知陈随雁有异心，还将我嫁给他，让我受尽折磨；明知我流落在外，却不找寻，任我受尽颠沛流离之苦。若不是遇到了诚王殿下，我早已命丧黄泉。我是你的亲生女儿，可你何时把我当成女儿？颜府于我，就是阎罗地狱。我不回去！"

一番话语，徐徐道来，沉静有力，像是在述说另一个人的遭遇，更透露出了像被伤透了心之后的麻木和坚定。

皇帝身旁的大太监面沉如水；小太监们个个垂着头，怕泄露眼中的惊诧和兴奋。然而谁都清楚，今日之后，颜朴淙大人刚正严谨的威名旁，还会放着个狠毒虐女的屎盆子。

慕容湛怔怔地望着她，她瞄他一眼，眉目平和，特别严肃正经。

然后他就笑了，有点儿温柔，又有点儿难过。

他懂她的意思。这是步千洢这无法无天的家伙才会使的颠倒黑白的手段。她有样学样，搅乱一池浑水，学他一般肆意妄为，哪管世俗的束缚，哪惧恶人的奸诈？

然而皇帝没有笑，声色俱慢："颜卿，可有此事？"

颜朴淙万没料到她胡搅蛮缠。她在他面前，一向弱得像纸片，吹口气便能倒下。然而颜朴淙虽城府似海，但自恃清高，断断不能在皇帝面前像她这样唱作俱佳。望着她低俯的背影，他心头只余微怒和冷意。

"皇上明鉴。微臣与女儿之间，有些误会。她自小体弱，微臣便让她学些武艺，约莫是管教太严，让她误会了。至于陈随雁，的确是微臣看走了眼。她流落在外，微臣也是不知的。"颜朴淙缓缓答道。

"原来如此。"皇帝轻啜一口茶，"你府中没个女人管教女儿，难免过于粗鲁。颜破月，我朝最重孝道，父女间有何误会，说开便是。"

"是。"破月答道，心里想：哎哟，孝道？皇上你当年直接或间接杀死四个哥哥，正史不提，野史我可看过不少。

屋里一片静默，慕容湛一直垂首不语。

宦官细声笑道："颜大人，今日你父女有些争执，却是圣上为你们从中调停，真是天大的面子。"

颜氏父女齐齐拜倒谢恩。

皇帝摆了摆手："朕乏了，都退下吧。"

"皇兄！"慕容湛忽然将身旁破月的手一拉，拉她拜倒，满脸通红，"我与破月情投意合，早已私订了终身，求皇兄赐婚。"

有时候破月会想，皇帝对于她的事，到底知道多少呢？

没人知道。

只是那日皇帝先是怔忡，而后发了脾气骂了慕容湛，说他枉读圣贤书；后来便渐渐龙颜大悦，兴致高昂地亲自提笔拟了圣旨。

而颜朴淙在短暂的沉默后，笑容竟也染上几分惊喜，也许在场只有她能看到他眸中的冷意。而后他握着她的手，跪下谢恩。于是她的手再次被他捏得快要断掉。

无声的威胁，又来了。她想：颜朴淙，你这个老乌龟。

这一次，她没有再用内力弹他。

她只伸出尾指，在他手背轻轻一挠，又一挠，连她都觉得痒痒的。

颜朴淙的手立刻松开了——被她用内力弹过一次，他存了戒备她的心思，他怕有毒。破月用袖子捂住脸，微微侧脸，叫他看到一双眼中盈盈的得意笑意。

他低着头，脸黑得不能再黑。破月山呼万岁，谢主隆恩。

后来，皇太后"恰好"来勤昭殿看望两位儿子。听到赐婚后，太后大喜，对破月表现得喜爱有加；而太后身边的女官，恰好提了句"娘娘最喜欢听江湖逸事"，于是顺理成章，破月被邀到宫中小住。

破月来不及跟慕容湛对口供，便被带到宫中，不过貌似也不需要——其间，她从未对太后讲过江湖逸事，而太后也只跟她有过一次正式交谈。

那是她住了七八日后，有一天午后，太后将她叫到跟前。这个培育出帝王的女人，提起闲云野鹤般的小儿子，却是满目慈祥。

"湛儿他从来都是不同的。"太后柔声道，"这是他第一次求我为他保护一个女子。这傻孩子，你说他宠人是不是宠得没了边儿？你这小姑娘同父亲有了争执，他便将你护在身后，还为你撒了谎，说你是平民女子。真是胡闹啊！

"……本宫原都怕他将来会入了空门，不肯娶妻。现下很好，你们要相亲相爱。

"……湛儿是个干干净净的孩子，本宫和皇上，希望他身旁的一切，永远干干净净。"

破月这才知道，太后的出现并不是皇帝安排的。原来慕容湛回京当晚，便入宫求了太后。当时他并未提她是颜朴淙的女儿，只说是平民、叶夕校尉。

当晚，破月也躺在宫中的榻上，脱光衣物，任由两名嬷嬷检查。最后，她们露出了满意的笑容。

婚期很快定了下来。

因为颜氏千金第一嫁轰动京城，改嫁虽然是皇族婚姻，但多少也有些低调。破月根本不在意，外头是喧哗还是清冷，都与她无关。

洞房之夜，她才见到阔别一个月的慕容湛。

那时慕容湛被一些王侄灌得满脸通红，迷迷瞪瞪走入洞房。她已自己掀了盖头，扶他在桌对面坐下，第一句话便是："有阿步的消息吗？"

慕容湛的眼神便清明了几分，哑声道："还没有。"

破月看着他："大恩不言谢，今后你若有别的心仪女子，我一定为你向她解释清楚。"

慕容湛看着她，半晌不语。

而后他和衣往地上一躺，背对着她，与她相似的鲜红喜衣，流云般层层叠叠，铺在地上。破月望着他的背影，忽然觉得有几分莫名的酸涩。

一夜无眠，一夜无言。

直至天明，她见他沉睡未起，自己咬破了中指，想要在白布上涂抹。他背后却似长了眼睛，从地上跃起，咬破自己的手指，涂了上去，又递给她手帕，让她包住伤口。

饶是破月极为坦荡，望着白布上那一点绯红，也有些不自在地失笑。

慕容湛更是面色通红到有些狼狈，柔声道："我早拟好了一份和离文书，日期便是皇上赐婚那日。将来大哥回来了，他一看便知。皇兄那边，我自会应付。"

破月心下感激，想了想又道："我也要给你一份和离文书吗，或者其他凭证？"

慕容湛一怔："不，不用。当然不用。"

他答得太快，瞬间语塞。

四目凝视，破月忽地觉得从他那温柔的凤眸中，看懂了什么。

而后她转过头去，有意无意地，就此放过心头的异样。慕容湛望着大红嫁衣衬得她肌光如雪，顿觉又似昨晚一般，不能直视一眼，仓皇寻了个借口，出了新房。

271

欲念煎熬

草长莺飞，斜阳清暖。

西城门外百余里，便是帝京守备军的训练营。此时，兵士们刚结束操练，大汗淋漓、热热闹闹地散去。

破月随慕容湛站在营中一角，望着远处那些年轻而神采飞扬的脸，只觉恍如隔世。

慕容湛亦怔然，默立了片刻，才淡道："走吧。"

两人今日都穿着便装，俱是容颜胜雪、清贵逼人。禁军副统领恭敬地在前头带路，往来士兵都知道来了贵人，虽好奇，却乖觉地绕道而行。

一直行到禁军所辖天牢，抵达关押重犯的地下第三层，副统领才停步恭送。

第三层有十来间牢房，却只关了两名犯人。

是谁?

今早听到慕容湛说"带你去见两个人"时，破月就想，是谁?

昏暗的烛火旁，破月首先看到了一个人。他穿着素白的囚服，身材魁梧，长发披落在肩头，一时看不清面目。

慕容湛似乎并不忌惮犯人有恶意，掏出钥匙打开门，率先走了进去。

"前辈。"他对那人作揖。

"是诚王殿下啊。"那人缓缓抬头，俊朗的脸上虎目慈和。

"是你!"破月失声，眼前明显比两个月前苍老数倍的，不正是步千洐的恩师

272

靳断鸿？

靳断鸿看到她，微微色变，惊喜期待之情难掩，几乎是立刻看向她身后："千洐呢？"

破月顿了顿才答道："……还没找到。"

原来那日慕容湛提兵封山，没找到步千洐和破月，却在山腰找到了被群雄围攻、奄奄一息的靳断鸿。

慕容湛当时并不知内情，只知道他是步千洐的师父，便将这一干人等尽数锁拿了。而杨修苦、丁仲勇这样武艺高强、门徒众多的，轻而易举从军士的包围中脱身。慕容湛挂念步千洐，也未再追杀。

后来慕容湛才知道靳断鸿的身份，当即秘密将其锁拿回京。

数日来，皇帝已派人数次拷问过他，甚至还亲自与他密谈过一番，整个过程，靳断鸿没吃什么苦头。

不过这个拷问过程，慕容湛是回避的。直到皇帝下旨将他秘密监禁在此，似乎再无兴趣，慕容湛才决定带破月来见。

"是我拖累了你们二人。"靳断鸿双目含泪，"若是他回来了，让他来见我一面。"

破月点点头，忽地跪倒，朝靳断鸿"砰砰砰"连磕数个重重的响头。靳断鸿望着她，沉默不语，一旁的慕容湛却看得心疼，待她起身，一把将她拉过，看到她额上青红一片，不由得蹙眉不语，抓着她的手，忘了松开。

"你是步大哥的师父，便是我的长辈。"破月缓缓道，"今后我会替他孝顺你、侍奉你。"

靳断鸿没料到她会这么说，怔然静默。

"好……好孩子！"他怆然笑道，"诚王他是极宽厚的，我在这里很好，你不必挂心。待找到千洐的时候，你好好照顾他，我便安心了……"

说到这里，他的目光不由得落在破月作少妇打扮的发髻上，又不经意地滑过她和慕容湛交握的手。

破月注意到他的目光，才察觉到手被慕容湛握住，缓缓一抽。

慕容湛本就只是关心她，才忘了松开。但手中一空，心头竟也微微一空，沉默不语。

靳断鸿便不再言。

慕容湛见时间已不早，正要告辞，靳断鸿却忽地盯着破月，柔声道："月儿，你上前来，让我把一下你的脉门。"

破月全无迟疑，将手腕送过去。

靳断鸿闭目沉思片刻，睁眼道："诚王殿下，月儿她还有些内伤未愈。靳某不才，可以助她清除体内淤积的顽疾。"

慕容湛面露喜色——破月虽已痊愈，但太医确实诊断出她脉象古怪，断定为顽疾。此时听到靳断鸿一语道破，不由得十分欣喜。

他本就是惜英雄、识英雄之人，此时听说能救月儿，当即点头，道一声"多谢"，再关切地看一眼破月，便转身走开回避了。

靳断鸿待他走远，目露赞赏道："这诚王性子憨直，竟将王妃丢给我一个敌国奸细，难怪千洐会与他成为莫逆之交。"

破月笑道："他有自己的原则。"

靳断鸿松开她的手腕，道："那日薛锦绣打了你一掌，她自己却死了，你记得吗？"

破月迟疑："她不是走火入魔了吗？"

靳断鸿摇头。

破月不语，片刻后再次拜倒："求前辈指点！"

靳断鸿盯着她，道："你信我？"

"步大哥信的，我都信。我的命是他给的，他就是我，我就是他，没什么分别。"

她的语气极为平缓，仿佛在陈述一个尘封已久、波澜不惊的决定。靳断鸿还是头一次在这么年轻的姑娘身上，看到这样落寞、沉静的神色，竟令他这历尽千帆的老人，心头微微一酸。

"好，好。"靳断鸿欣慰地笑道，"我探你内力，似乎归纳梳理过了，但那法门与你内力根源不同，终究不得要领。我现下教你个法子，虽不能助你功力再进，但将一身内力收敛自如，今后独步武林，亦非难事。孩子，你愿意……拜我为师吗？"

"我为什么不愿意？"破月反问。

她跪下来，连磕三个响头："师父！"

她心里却隐约飘过一个念头：奇怪，为什么他这么肯定他的法子与我对路，其他法子却是"内力根源不同"？他不是君和国的武功套路吗？

但靳断鸿似乎并不想解释，她也就不问了。

而靳断鸿见她如此果断，心头大慰，又暗想：我将她调教出一身武艺，也算是替我那千洐徒儿做了件好事。

"今后在人前，包括诚王，你还是叫我'前辈'。"靳断鸿道。

破月点头。

两人席地而坐，靳断鸿细细向她讲述内力运用之法，她悉数记牢。之后，靳断鸿又抓住她双手脉门，助她调息。她感觉到有真气源源不绝注入脉门，不由得有些吃惊："师父，这是……"

"噤声。"靳断鸿闭目淡道，"专心，否则走火入魔。"

她便不敢再问。

内力运行两个周天后，他才松开破月的手。破月浑身舒畅，只觉得真气似乎又充盈了不少，而靳断鸿却是满头大汗，竟似十分疲惫。

"你回去吧。"他有些虚弱道，"三日后再来。"

破月沿来路走出了地牢，便见慕容湛负手静静站在门外空地上，俊眸怔怔望着远处一群战马，夕阳在他脸上染了薄薄的微光。他头戴乌冠，身着雪白锦袍，青带束腰，清俊飘逸得不似凡人。

"王爷。"破月唤他，因为不远处有人。

他缓缓回头，清冷的眸瞬间染上温柔，牢牢锁定她，几乎是快步走了过来。

"如何？"他高她一头，站在她对面，颀长的影子瞬间将她笼罩。

破月望着他满目拳拳的关切，忽地觉得有点儿受不住。他见她神色不太好看，心头一惊，一把抓住她的手，另一只手又停在她已然青紫的额头上："不舒服？"

此刻的他，不是不羞涩，不是不避嫌。三番两次抓她的手，只因关心则乱，只因抱过她、亲过她，日日看着她、伴着她，无意识地，就习惯了与她的亲近。

而破月却感觉出他的不同，针扎般一把将手抽回来，倒退一步道："没事，我很好。三日后我还能再来吗？"

慕容湛原本并无他心，可她的手抽得太快，令他心头莫名地痛。

"好，我陪你过来。"他的嗓音有些干涩。

破月掠去心头尴尬，笑道："还要见一个人，是谁？"

"唐十三。"

另一间地牢门口。

破月走到那人面前时，那人都没抬头，似乎对周遭一切都不关心。

直到破月深吸一口气，笑道："唐、十、三！"

唐十三猛地抬头。

穿着与靳断鸿同样的囚服，只是他看起来气色好很多。还是一张臭脸，又冷又傲，而且没有上镣铐。

看到破月时，那比冰还冷的眸，难得地闪过一丝惊讶的笑意。

破月已经听慕容湛说了，当日唐十三被杨修苦打成重伤，瘫在地上，没人敢杀他，也没人管他，于是就被慕容湛顺手带了回来。

牢狱无疑是安全的地方。经过两个月的调养，他已经痊愈，所以慕容湛今日来，不仅是要探他，也是要放他。

"他呢？"唐十三问，那点儿微薄的笑意早已褪尽，恢复冰块脸。

破月沉默片刻："生死未卜。"

唐十三点点头。他是个敏锐的人，忽然看着慕容湛："你变心？"

他问得直白，慕容湛有一点儿尴尬，俊脸薄红。

破月答得更干脆："你别管。"

唐十三也不生气，还点了点头。

然后三人相对无言。

破月忽然笑了："十三，我们今日是来放你走的。你打算去哪里？"

"你别管。"唐十三将她的话原原本本奉还。

破月失笑。

唐十三当日肯留在这里，便是因为慕容湛告诉他，自己在找步千泐，且破月已经找到，正在休养疗伤。此时得到他们的消息，他哪里还肯留下？

三人一起行到地牢门口。唐十三也不客气，拿起慕容湛给他的包袱，骑上骏马，背好自己的长剑，然后朝慕容湛道了声"多谢"，才又看着破月冷冷道："过来。"

破月走到马前。

唐十三看一眼慕容湛，不作声。

慕容湛淡淡转身，走出几步回避。

"他很好，他更好。"唐十三声音极低，言简意赅。

破月点点头道："好不好不重要，他只有一个。"

唐十三便不作声，破月忽道："有件事我一直想问你。听说那日在无鸠峰上，你还帮过靳断鸿——为什么，十三？我想义气虽重，但还大不过师恩吧？"

唐十三微微蹙眉，忽地笑了。

她从未在他脸上看到这种程度的明朗笑容，一时呆住了。

他却猛地俯身，凑到她耳边。破月微微一惊，却没避开。

"我跟他一样。"他丢下这句话，陡然直起身子，马鞭一扬，顷刻奔驰而去。

"保重！"破月大喊。

回答她的，只有被马蹄踏起的漫天烟尘和沉默渐远的身影。

破月心头怦怦地跳。

他，哪个他？

在原地默立片刻，她听到身后那个柔和的声音道："咱们回去吧。"

她点点头，与他踏上等候已久的马车。

天色渐渐暗下来，马车在官道上平稳奔驰。约莫要到半夜，才能回到帝京。

慕容湛与破月共处一室，自拿了本书，默诵佛经，很快便心如止水。

破月却在打坐，回想靳断鸿教自己的运气法门。慢慢地，心沉似海，只觉体内真气运转自如，越发酣畅淋漓，竟对周遭一切浑然不知了。

不知过了多久，她只觉得整个胸腔越来越重，仿佛被什么无形的事物填满，压抑得喘不过气来。

其实这正是终于得到释放的真气，在她丹田充盈激荡。高手修炼内力，每到一个境界，就会有这样的关口。只有冲破最后束缚，经脉全数打通，方能大成。只是十六年的醇厚内力，本就已入化境，她又从未经历过更低层次的磨炼，自然觉得难受万分。

"破月、破月，你怎么了？"隐隐约约中，有人在耳边急切地询问。

破月为真气所激荡，根本说不出话。然而完全是下意识的动作，她双掌朝前齐齐拍出，只听"砰"的一声巨响，马车外数人发出"啊"的一声惊呼。

而后，马车便如倾倒的水桶，重重朝道旁的大树撞去。

破月猛地睁眼，却只见前方车门已经变成了一个大洞，自己更是随着马车疾疾往旁边一甩！她虽有内力，应变却还不熟练，正怔然间，慕容湛一把将她搂入怀里，让自己的背重重撞在车壁上！

"王爷！"

"王爷！"

数名护卫急忙冲过来，看到王爷抱着王妃靠在车壁上，两人均无恙，才宽心。

"方才是我失手，击了一掌，无妨。"慕容湛淡道。

"是。"护卫退下了，很快又牵了马套上，放下车帘。

破月长吐了一口气，抬头对慕容湛笑了："对不住，之前没告诉你，我体内的寒热气流其实是内力。以前我不会用，方才……我只是试试，没想到会这样……"

慕容湛早看到她那一掌打得车门破损、马儿惊蹄，这才令马车失控。此时听她这么说，他正要再仔细询问，一低头，却见她眉梢眼角都带着亮闪闪的笑意，一张雪白的小脸，珠玉般晶莹可爱。

数日来，她都郁郁寡欢。今日还是他头一回看到她明媚的笑颜。

他忽地就忘了自己要问什么，喃喃道："……好。"

破月这才注意到他靠在车壁上的姿势有点儿僵硬，脸更是有一点儿紧绷。

"你撞伤了？"破月急道。

"无妨。"他瞧着她一笑一颦，忽地就有点儿痴了。方才只顾着护她，全部真气都为她环绕，哪里记得自己，所以才撞伤了。

破月不由分说，抓起他的手臂，撸起袖子。他虽有内力护身，但终究是皮肉之躯，修长结实的胳膊上，赫然青紫一片，肘关节更是有点儿僵硬。

"脱臼了！"她心疼地蹙眉。

"是。"慕容湛呆呆答了句，心中却想，她隔得这样近，整个人都在他怀里。

278

"得接上关节。"她握着他的手。

"好。"见她为了自己焦急关切，慕容湛越发有些神魂颠倒，木木地抓起自己脱臼的手臂，"咔嚓"一声接好。

破月被惊了一下，他却仿佛感觉不到痛，轻松道："好了，月儿不必担心了。"

破月也觉得他整个人好像被撞得有点儿愣，仔细瞧着他的神色。

慕容湛被她澄黑的眸盯着，只觉得元神仿佛都游离在身体之外，恍惚间仿佛看到那晚的自己，抱着柔弱的破月，心如油煎，惶惶然吻了又吻，不知满足、不知疲惫。而今她又在自己怀里，触手可得。

"真不要紧？我去找护卫要点儿金创药。"破月意欲起身。

"不，不必。"慕容湛恍然惊觉自己脑中强烈的欲念，脸顿时涨得通红，连雪白的耳根都是赤红一片。他狼狈起身，仿佛被鬼追着，三两步跳出了马车。

众人见王爷跳下马车，都有些惊讶，但不敢问。护卫队队长连忙将自己的马让出来，慕容湛策马行在车旁，望着遥遥星空，忽地便生出个令他心惊胆战的念头。

他想：慕容湛，你还忍得了多久？

缠绵似水

第二十六章

半年后。

秋意清冷，万峰萧条。

步千洐着一身破旧的黑衣，长发凌乱、蓬头垢面，满脸络腮胡子，唯有一双眼精光逼人。

他于山林间穿腾起跃，时不时发出一声清啸，声音久久激荡于山间。他听群山应和，豪气更胜，竟似猴狲一般，在林中急速攀缘奔跑起来。

习武一十八年，他还未曾像如今这般淋漓舒畅。

若说以前的步千洐，武艺高强在于精、稳、狠，那么现在的他，全身每一根骨骼、每一缕血脉，甚至每一寸皮肤，仿佛都随意念而动，随意收发，绵厚刚劲。

他也隐隐知道，以前跟着靳断鸿修习，靳断鸿已倾尽所能，自己的武功已经到了某个不能再逾越的瓶颈，然而与杨修苦、颜朴淙这样的绝顶高手相比，却依旧天差地别。

现在的师父为他续经接脉后，教授给他一套内外兼修的拳法，竟像是为他量身定做的，让他不仅内力突飞猛进，招数更是质朴精悍，威力大增。

他品尝到从未有过的喜悦，也感觉到从未有过的强大。

他练得痴迷，练得入魔。他几乎不眠不休、不吃不喝，疯魔了般日日练习。每次都要师父摇头失笑，将他拉回林中小屋，才记起自己腹中饥饿。

一晃半年而过，他竟毫无知觉，还以为只过了数日。

这日天未亮，他便来到林中，现下稍作休息，忽然看到远处一只野鹿，不由得有些流口水。

他想生擒那野鹿，便提起内力，轻手轻脚跟上去。

刚追得几步，忽听"嗖"的一声，利箭破空。步千洐反应极快，闪身躲到树后，猜测是冲自己来的——因这里离无鸠峰不远。他戒心重，自然想到，会不会是武林余孽不死心在寻找自己？

按下心头的微怒，他偏头一看，却见前方小鹿颈部中箭，鲜血汩汩，已然活不成了。

他屏气静立，过了一会儿，便见两个黑衣劲装男子策马冲过来。

"好肥的鹿！"其中一人道，"一会儿烹制了给王妃，王爷必定高兴。"

步千洐听到他们说王爷和王妃，便想起破月和慕容湛，心头微微一痛，心想：步千洐啊步千洐，他们已做了半年夫妻，你还有何不甘的呢？

步千洐当日武功尽失，走投无路，见他二人成婚，虽能狠下心离开，但终是割爱相让，心痛不已。

如今半年过去，他武艺已非昔日可比，精神焕发，豪气充盈，再思及他二人，倒也不会如当初心痛，只余微微的落寞罢了。

他转身欲走，忽听另一人道："你说诚王殿下和王妃，到底在无鸠峰找什么人呢？这几座山都翻遍了，找了这么久，还不死心。"

步千洐身子一僵，停步。

另一人叹道："咱们不要多管，还是按画像找吧。听说那画像是王爷和王妃亲自向画师口述的，一张有胡子，一张没胡子，嘿，咱们可真不容易。"

步千洐沉默片刻，终是按捺不住，悄声跟了上去。

远远地，便听到溪流潺潺，隐隐有稀疏的马蹄声。步千洐索性超过那两名护卫，一路踩着树梢，轻盈掠过。不多时，偏见前方山涧处站了两个人，一高一矮，一修一纤，不是慕容湛和破月是谁？

步千洐呼吸一滞，放轻脚步，轻轻一跃，落在他们头顶的大树上，竟未惊动任何人。

半年不见，慕容湛和破月似乎都长高了些。他们穿着极相似的素色锦衣，男的清俊，女的娇妩，看起来，比从前更登对了。

步千洐先看到了慕容湛，心头微暖；目光再缓缓滑向破月时，胸口忽地就有些堵。

俏丽的小脸，还是很苍白，总像没有血色；宽袍外的小手，就那么一点点，仿佛一不留神，就会滑进袖子里找不到。

而她怔怔望着远山，清黑长眉下，墨眸写着淡淡的忧郁，似那远山的愁云，氤氲得让人心怜。

步千洐原本以为自己再见到她时，会心如止水，未料只是一个侧脸，已叫他心头满是酸楚。

她是在想我吗？她是因为我，才会哀愁吗？她还没忘了我吗？

望着她清冷沉凝的容颜，他一时仿佛也痴了。

"听话，睡一会儿。"慕容湛忽然道。

步千洐忽然觉得，此时的慕容湛，跟平日有些不同。具体哪里不同，他却说不上来。

"嗯。"破月点点头。约莫是站了太久，她一转身，身子竟微微一晃。

月儿！步千洐心头一紧，然后一僵。

他看到她身旁的慕容湛，毫不迟疑扶住她的身子，然后将她打横抱起。

"你别逞强。"慕容湛柔声道。

"嗯。"她低低应了句，没有挣开。

步千洐默默地想：以往小容碰月儿的手都会脸红，如今抱着她，却似轻车熟路。也对，他们是夫妻，他们已经这样亲密了……

慕容湛抱着她，小心翼翼地上了停在山道旁的马车。车帘是掀起的，步千洐看到慕容湛将破月放下，替她盖好薄薄的白色羊毛毯。

而她竟似累极，过了一会儿，步千洐便听到她均匀悠长的呼吸声，他知道她睡着了。

她约莫是病了，步千洐怔怔地想。

慕容湛一直坐在她身旁，先是看着窗外，在她沉睡后，便低头看着她，神色极为专注。

步千洐忽然有点儿不想看了。

可又舍不得。

舍不得他们二人。

然后步千洐看到慕容湛轻轻握住破月一只手，慢慢俯低了身子。

清俊的侧脸，在马车中看起来暗沉一片。

他的唇，缓缓落在破月的唇上，带着几分步千洐熟悉的隐忍和虔诚。

亲了一会儿，他就将双手撑在破月身体两侧，他的背，挡住了步千洐的视线。那背脊高大而温柔，也遮住了破月。

步千洐心头骤然抽痛，瞬间麻木一片。

胸中的戾气疾冲直上，令他骤然一惊，清醒过来。他别开了脸，像来的时候一样悄无声息，转身便潜入了密林。

步千洐越跑越快，最后竟似踩着荆棘乱草，麻木地狂奔。

一直跑到峰顶，他才大汗淋漓地回头，却见苍黄的天地间，群山蛰伏，云雾缭绕，世间万物都是肃静而孤独的。

“既然重逢，为何不去相认？”一个声音在身后叹息。

他身子一僵，转头拜倒：“师父……”他深吸一口气道，“他们已经是夫妻，我何苦再给他们平添烦恼？”

师父望着他，点头道：“是，极是。男子汉大丈夫，本该如此。她过得好，是世间最紧要的事，哪怕她心里已没了你，你只要守着她便是。”

步千洐被他说得心痛，却也觉得理当如此。师徒二人静静望着面前的群峰，俱是黯然无语。

半年来，帝京风平浪静，东、南两路军平定了诸个小国，大胥迎来了近十年来最辉煌的时刻，天下歌舞升平。

破月与慕容湛的相处，也渐渐形成了固定模式。慕容湛是皇帝钦点的帝京守备军总统领，日日要去练兵；而她白日里勤修苦练，只觉得功力精进得不可思议。

两人在同一屋檐下朝夕相处，人前要做出亲密相爱的样子，人后则是相敬如宾。有时候她练步千洐以前拿手的赤焰刀法，他会在旁观看指点；有时他在书房看书、写折子，她会替他做夜宵、磨墨洗笔。

直到两个月前的某一晚，她不小心睡着了，迷迷糊糊醒来，却已在他怀里。他抱她到房间床上，她怕他尴尬，闭眼不醒，以为他已经走了，正欲翻身，额头却是一热——他落下一个吻。他的唇微微颤抖，在她额头停了许久，才恋恋不舍地离开。

这个吻实在太温柔、太痴迷，破月竟然有就此沦陷在他的怀里、他的吻里的冲动。

险险刹住。

因为她想起了步千洐。

世间诱惑太多，何止慕容湛。

可正如她对唐十三所说，步千洐只有一个。

他也许已化作枯骨，躺在不知哪里的谷底；他也许只是失去了记忆，懵懵懂懂生活在另一个地方，这辈子都想不起她——每当她想起这些时，就会心如刀绞。

可是活要见人，死要见尸。

小容是很好，可他还有母后、有皇兄，有慕容氏的尊贵，他什么都有。

而步千洐什么也没有，没有父母、没有师父、没有前途，甚至没有了双眼。

若某一天他奇迹般地归来，她怎么能不等着他？难道才半年她就放弃了？

所以她想：颜破月，你不过是孤独了，贪恋慕容湛的温柔情意罢了。

她不擅长爱情，于是开始僵硬地疏离。

慕容湛在家的时候，她不再练刀；他在书房的时候，她离得远远的；他进房的时候，她假装已经睡着，面朝着里面把头埋在被子里。

这个过程并不愉快，但她找不到其他出路。

慕容湛很快就察觉到了她的变化，然后他也有了变化。

他开始连日不归，每日都宿在军营中；偶尔回家，也是让管家传话，一停就走。旁人只道诚王殚精竭虑，她却知道，他跟她一样，都怕越陷越深。

直到太医在数日前诊断判定，靳断鸿活不过半年了。

这半年里，破月的武艺突飞猛进，师父却一点点苍老消瘦下去。

于是破月再次跟慕容湛来到无鸠峰，抱着渺茫的希望，但愿能找到步千洐，去见师父最后一面。

来无鸠峰前，她和慕容湛已有十来日未见了。

然而一路过来，他除了夜间在她睡熟后，进房卧在地上，也极少与她交谈。

破月已经打定主意，这次回去后，好好跟他谈一谈，不要再尴尬，不要再有隔阂，她已经快受不了了。

可她并不知道，慕容湛也快受不了了；她也不知道，像他那样温和的性子，压抑得太久，反而会爆发得比常人更热烈。

这几日，山间清冷，她自恃功力深厚，却偏偏染了风寒。故今日，找了许久也无所获，她已是恹恹欲睡。

慕容湛抱她上车，可她实在太累，就没有拒绝。睡得迷迷糊糊，忽然感到唇上有人吸吮舔舐。

她迟疑了一下，那人却扣住她的双手，越吻越深。

破月还是睁开了眼。

她看到慕容湛细密的长睫，轻合着微微颤动。

"王爷……"人前人后，她已习惯了这个称呼。

看到她静静望着自己，慕容湛才惊醒。

四目相对，无语凝视。

"你……"破月想让他松开自己。

未料他忽地俯低，又吻了上来。

破月哪里料到慕容湛也会强吻，猝不及防被他吻了个结结实实，恍然间只觉得他的唇一片冰冷，舌却是火热的。破月心神一颤，忽然就感觉到了他的挣扎渴望、他的懵懂期盼。

与步千泷不同的是，他的吻极温柔，极小心，一点点探入她的嘴，像对待稀世珍宝一般。

与步千泷相同的是，当她想往后缩时，他会手劲一收，将她的腰扣紧，唇舌依旧在她脸上肆掠。只是他的强硬里，明显带着几分害怕被她拒绝的迟疑。

破月酸涩地想，也许任何女人，都无法拒绝这样的慕容湛。温柔是他，强势也是他。世间最尊贵的慕容氏，却偏偏在自己面前，透出一点点令人心酸的卑微。

转瞬之间，她脑子里一个激灵，一把将他推开，气喘吁吁。

他亦呼吸急促，定定地望着她。眼中有尴尬，有羞愧，有莫名的坚定，也有隐约的痛楚。

她想要开口阻住他说话，但已经来不及了。

"月儿，我也中意你。"他缓缓地、一字一句道。他很清楚，每个字说出来，都会诛他的心。可他也知道，再不说出来，他就会被那个压抑的念头逼疯。

"从很早以前，我就中意你。从我还未见到你时，就中意了颜破月。

"月儿，你不必害怕，也不要厌烦。我知道你要等大哥，我也要等他。哪怕清心教已经传来他的死讯，我也不愿放弃最后渺茫的希望。

"我只是中意你，没有半点儿歹意，没有半点儿私心。

"我的耐心并没有在半年内耗尽，我会陪你等下去。你等到白头，我就等到白头。

"等你不想再等的那一天，等你疲惫的那一天，我能不能、能不能代替大哥，保护你、怜惜你？"

破月静静地听着，听他颠三倒四的表白，听他痴痴迷迷的期盼。

半晌后，她转过脸去。

"对不起，小容……你不要等我了。"

破月一句话就拒绝了慕容湛，然后在他脸上看到……非常令人不忍的表情。

有点儿恍惚，又有点儿失落，最多的却是沉沉的痛惜。这些情意，映在那澄澈而美丽的眼里，交织成一种惊心动魄的光泽。

破月被他看得心头一揪，只觉得灰灰暗暗的马车压得人喘不过气来。

"我出去透透气。"她跳下马车。

天色渐渐暗下来。

破月漫无目的地走在林中，望着荒芜清冷的秋景，原本剧痛的心，很快平和下来。

夕阳斜斜挂在树梢尽头，那黯淡的光线，仿佛永远照不进阴冷的林中。一棵棵大树静立如高大的巨人，看着人间的悲欢离合。地上枯叶堆积，踩在上头，"吱呀吱呀"发出空旷的脆响。一切看起来如此凄美，又如此薄情。

我已经有了决定，破月静静地想：爱情不该有备选，不该有退而求其次的选择。非他不可、刻骨铭心，这才是爱情应该有的样子。既然我现在还不能放弃步千沣，就该快刀斩乱麻，拖泥带水只会误人误己。

她又走了几步，便察觉到身后远远跟随的那个人影。他并不刻意隐藏踪迹，只是隔着数十丈跟着，小心翼翼。

她知道他是不放心染了风寒的自己。

破月还是继续走，不知道走了多久。

天色昏暗下来，新月升上墨蓝的天空，皎皎月光，将辽阔的山林、蜿蜒的溪水，都笼罩在薄雾般的月色里。

破月抱着肩膀，在一湾溪水旁坐下，只觉心境空明，郁气一扫而光。

过了一会儿，身旁草地一响，那人在离她尺许远处坐下。

因他的到来，鬼魅般的夜色、跳跃的水声，仿佛都染上了他特有的温润柔和的色彩。

破月肩膀一沉，却被搭上了他的外袍。那外袍又长又大，将她包裹得严严实实，有淡淡的薰衣草的清新香味。

"对不住。"他的声音听起来如溪水般清润动人，"是我逾越了。今日我说的话，你别放在心上。"

破月抬头，望着苍茫的夜色，繁星点点，柔声道："你说，步大哥此刻，是不是跟我们一样，看着天上的月亮？"

慕容湛静默片刻，声音中染上了温柔的笑意："嗯，或许他还提着个酒壶，喝得东倒西歪，倒头就睡，又脏又臭。"

破月便笑了，转头望着他："小容，咱们今后别尴尬了。"

慕容湛嘴角微勾，侧脸清俊如画："好。"

"不躲我了？"

"嗯，你呢？"

"我当然也是。你再在军营睡下去，皇上肯定以为咱们闹翻了。"

慕容湛有些无奈地笑道："他已经以为咱们闹翻了，前几日还把我叫去训话，说……"

他的声音戛然而止，想起那日皇兄哈哈大笑道："她是你自己闹着要娶的，怎么才半年，便住到军营去了？母后可说了，等着抱小孙子。半年之内，须得给朕办妥了！"

他垂眸，缓缓道："……皇兄说要我让着你，不许再整日待在军营。"

他修长的脖子微微低着，声音闷闷的，不知怎的看起来有几分委屈的模样。破月慢慢笑道："皇上一定以为我是个凶悍的妇人。"

慕容湛便转头望着她，一直望到她盈盈生辉的眼里去："咱们回去吧。"

"好。"

破月起身欲行，慕容湛一低头，见她鞋上有湿湿的水渍。

"踩水里了？"

他一提，破月才觉得双足发冷："方才可能没太注意。"岂止是没太注意，根本是没管过。

慕容湛微一迟疑，背对着她蹲下："上来。你染了风寒，不可再踏水。"

破月怔忡片刻，伏在他背上："谢谢。"

慕容湛微微一笑，起身正欲提气疾行，忽地一怔，便散了真气，缓步行了起来。

夜色清朗，群山深幽。

破月伏在他背上，隐隐只见他侧脸柔润的线条，雪白的耳朵，如同孩子般可爱。他的身形修长如竹，他的背却宽厚如山，每一寸肌肉都柔韧有力。

周围如此清冷，他却只穿单薄的内袍，缓缓踏水而行。破月不由得张开他给自己披上的外袍，为他遮寒。他脚步一顿，低低的声音传来："谢谢。"

素色长袍将两个人都包裹在其中，暖意渐渐传来，仿佛自成一个小小的无人打扰的天地。

破月的眼眶忽然就湿润了，悄无声息地抬手擦干，嘴角露出一丝苦笑。

而他并未察觉，只埋头行路，清俊的轮廓在夜色里沉静似佛，温柔似佛。

"你像我的父亲。"破月侧脸靠在他背上。他就像父亲一样，包容、温柔，对自己好得无微不至。

慕容湛身子一僵："……我像颜朴淙？"

破月失笑："不不，我的意思是，像慈爱的长辈。"

慕容湛嘴角微微弯起："我如何做得你的长辈？若是大哥回来了，我还得叫你一声……"

他的声音戛然而止，不知为何，这一次破月却不觉得尴尬，轻贴着他的背，低笑道："你说得没错，呆小容。"

慕容湛只觉得整颗心都融在她温柔的笑意里，强忍了一晚的悲伤，忽地如潮水般袭来。他眼眶微湿，怕她察觉，骤然提气，发足狂奔。

两人很快便回到了马车上。护卫们见王爷背着王妃回来，都道伉俪情深。慕容湛一直将破月背上马车，轻轻放下。破月脱掉湿鞋，他用毛毯将她全身包住。

破月被他裹成个雪白的小人，靠坐在马车上。而他端来热茶，看着她喝光，才自己除鞋，坐在马车另一侧。

夜色已深，护卫们都在车旁和衣而卧，周围静悄悄的，仿佛世间万物都回避了，怕惊扰到马车上沉默的二人。

破月躺了一会儿，还是睡不着。不经意间转头，却撞见一双清黑的眸子，是那样安静，跟自己一样，了无睡意。

与方才的温柔愉悦不同，他的目光幽深得像夜色，静静地望着她。

破月仿佛全身被定住，说不出话来。

"我会等下去。"清澈的声音，放得很低很低。

仿佛思虑了很久，终于做了这个决定。

破月没作声，一偏头，看着车窗外的漫天星光，清冷逼人，寂寂无声。

秋去冬来。

一夜清寒。天明时，整个帝京都被笼罩在茫茫白雪里，厚重的城池轮廓，都沾染上了铺天盖地的寒气。

诚王府的池塘已经冻住了，丫鬟们得了王妃应允，在冰上打雪仗，银铃般的笑声透过纸窗传来。慕容湛一身戎装，清俊挺立，回头微笑望着破月："你待她们极好。"

破月听见窗外北风阵阵，又从柜中拿出件披风，给慕容湛围上。慕容湛便不作声，低头看着她纤细雪白的手指在面前晃来晃去。

"我走了，明日会早些回来。"他柔声道。

破月点点头。明日宫中有宴会，她也要随他出席。

破月随他走到正厅，随扈早已等候多时，牵马侍奉他出了王府大门。破月忽地想起什么，对一名家丁道："王爷忘了带雨具，立刻去送。"

连日大雪，守备军大营离城中有些距离。她不想看着他每次回家时，都几乎成了雪人。

慕容湛刚策马离开府中不久，便见一名家丁急忙奔来。随扈收了雨具，笑道："王妃对王爷实在是关怀备至。"

慕容湛不由得想起她早晨为自己整理衣物的认真模样，心头一荡。

其实雪水虽然冰冷，但他功力深厚，真气运转，衣衫顷刻便干透，并无大碍。

可连日来，他冒雪夜行，都没用过真气。

只因为他浑身湿冷地回到家中，破月就会威风凛凛地指挥家丁们手忙脚乱地为他烧水换衣。

只因为有时夜里，她会起床给地上的他掖好被角。

那丝丝点点的情意，是冬日里最温暖的眷恋。

慕容湛策马，队伍行得更快。明明才离开了不到半个时辰，他却只想尽快视察完军务，早点儿回家。

这厢，破月带了几名丫鬟，坐上马车，往另一条巷子去了。

行了一炷香时间，便到了间青瓦白墙的小宅子前。她上前敲门，便有家仆恭敬开门。

宅子虽不大，却清雅别致。她一走进庭院，便见堂屋天井下，一个人坐在宽大的椅子上，膝盖上搭着条厚毯，面带微笑看着自己。

"师父！"她快步走过去，到了跟前，轻轻握住他冰凉而粗糙的手。

靳断鸿头发已然花白，但高大的躯干依旧挺拔，精神也很好，只是眉宇中总有一丝疲态。

"他心静若尘，早将生死置之度外，王妃无须太难过。"上个月，太医这么说。

因他已病危，皇帝也默许了慕容湛将他移到帝京居住——或许这也方便皇帝监视这个君和国人。破月也每日就近照料他。

陪靳断鸿说了一会儿话，破月便出了宅子回王府。到门口时她跳下马车，正欲走向大门，忽觉得背后有些异样。

这一年来，她功力早已收发自如。按靳断鸿所言，比当日之步千洵、唐十三，都要稍胜一筹，同时也耳聪目明了许多，周围稍有不对，立刻便能察觉。

此时她便觉得有人在看自己，猛地转头，却只见数步远外，堆满积雪的巷子角落里，几个孩童正在追逐嬉闹。他们时不时偷偷看她一眼，又兴奋又好奇的样子。

她摇头失笑，正欲收回目光，却见一个衣衫褴褛的大汉，静静垂头坐在孩子们身后。

破月心头"怦"地一跳，猛地上前两步。

那人慢慢抬起头，垂着眸，没有看破月，拿起了身旁的酒囊。

破月脚步定住——不，不是他。

这人比步大哥消瘦许多，容貌也极为普通。

而步大哥的双目，已经失明了。

破月远远望着，只见那人长发凌乱，满脸胡须，黑着张脸，连双手都又黑又脏。

天寒地冻，他裹了件破破烂烂的棉衣，脚上还穿着双草鞋。他手里提着个酒壶，仰头咕噜噜地喝个不停，不看周围任何人，更不看破月，仿佛天地间，唯有饮酒才是最最紧要之事。

那大汉很快便喝完了，将空酒囊往雪地里一丢，孩童们嬉闹着就去抢，他也不管，倒头就睡，背对着破月诸人。

破月沉默片刻，对家丁道："送他一坛酒、一件狐裘。"

家丁没有迟疑，领命去了。

破月怔然在雪地里立了片刻，转身进了大门。

家丁抱着酒和狐裘，跑到那大汉面前："这位大哥，这是我们王妃赠你的。"

家丁以为大汉会感激涕零，未料他静了片刻，才缓缓转身，睁眼看着家丁。家丁"咦"了一声，只觉得他虽邋邋遢遢倒至极，但隔近一看，一双眼却生得湛然有神。

大汉也不道谢，从家丁手里拿过酒坛，没要狐裘，就往巷口走去。约莫是醉了，他的脚步有些踉跄，单手提着酒坛，仰头痛饮。家丁远远望着酒水沿着坛口流下，沿着他修长的脖子，一直流到宽厚的胸膛，竟透出些洒脱不羁的豪气。家丁不由得想，王妃挺怪，这人更怪。

良人归来

临近新年，破月随慕容湛到帝京守备军大营过年。边关无战事，慕容湛为人谦和，特许家在帝京的将士们轮班回家探亲，这一来，军营里倒是空了一半。

破月倒未扮作男人，毕竟有慕容湛在，也没这个必要。在军营里待了两三日，看慕容湛练兵、巡营，比起帝京的无聊，倒是有趣许多。只是这么下来，全营都知诚王与王妃秤不离砣，越发爱戴他们夫妇。

除夕这日，营中放了大假，伙房热热闹闹地杀猪宰羊。慕容湛特意哪儿都没去，就在自己的营帐里，看破月准备烧烤饭食。只是看到烤肉，两人难免都想起步千洵，便比平日沉默了许多。

傍晚，有军士过来请慕容湛去喝酒。慕容湛有点儿舍不得破月，想带她一起去。破月刚将肉烤到一半，哪能放手，摆摆手让他先走。

过了一会儿，破月发现盐用完了，便去伙房拿盐。刚走到热闹的伙房门口，便见一堆火头兵端着饭菜往外走。

她微笑侧身避过，令士兵们受宠若惊。她没太在意，走进伙房后，忽地回神，觉得方才过去的士兵中，有个人似曾相识。她转身跑出去，却见士兵们早已走远，军营中到处都是人，哪里还辨得出那个人？

是谁呢？她一时没想起来，便拿了盐，又回去烤肉了。

夜色渐深，军营中到处欢喜热闹，笑声震天。慕容湛的亲兵跑来报信，说驻地的百姓专程为将士们送来了烧腊美酒，慕容湛已带军官们去营门口接待，很快便回来。

破月也没在意，一个人拿着烤肉先吃。正无聊间，忽听身后一道柔润的声音低叹道："你吃东西的样子……更美。"

破月动作一顿，缓缓转身。

那人从阴暗的角落步出，一身黑衣，黑布蒙面，只露出细长清亮的眸，带着惯有的似笑非笑的神色。

颜朴淙。

破月又拿起根竹签咬了一口，淡道："这里是五万禁军大营，帐外便是诚王的亲兵，诚王很快就回来了。我只要大叫一声，老乌龟，你就会被抓个现行。"

颜朴淙低声笑了，负手看着她："帐外的亲兵已被我点了昏睡穴；慕容湛现在营门处，过一会儿，就会有士兵向他禀报天干物燥、粮仓失火，他不得不出营查看；而你，你说，这么大的帝京，我能不能藏住一个人？"

出乎他的意料，听完这些，破月的神色竟极为平静。她又拿起几根竹签，颜朴淙静静望着她，却听她道："颜朴淙，你回头看看，你背后是谁？"

颜朴淙心头一惊，暗自提气，猛地回头，却见营帐里空荡荡的，哪里有人？

正在这时，身后有物疾疾破空而来！颜朴淙反应极快，侧身避过，低头一看，却是数根油乎乎的竹签躺在地上。

他立刻抬头，却见破月已奔到帐门口，眼见便要抢出门去！他心头冷笑：这丫头从哪里学了一身功夫？可虽然机警，却终是少了对敌经验，此时背对着我，岂不是自寻死路？

思及此处，他身若白鸿，骤然跃起，竟抢在破月出门前，落在她身前。破月实在未料到他来得如此快，全身一颤，迎头便是一掌！

颜朴淙一手抓她衣领，一手接她掌力。未料破月身子一偏，这一抓竟被她避过。"砰"的一声，两人肉掌相接。

颜朴淙虎口微微发麻，心头一震，万没料到这丫头的功力进展如斯，内力雄厚竟似已有数年之巨，虽弱于自己，但亦不可小觑！

破月一击得手，见他面露惊疑，便也添了几分勇气，拔出腰间鸣鸿刀，朝他强攻过去。

然而这一来，却恰好是以己之短，攻人之长。若她现下与颜朴淙拼内力，颜朴淙心存疑虑，一时半会儿还不能将她拿下。但她用武器攻击，又如何是身经百战的颜朴淙的对手？才攻了十数个回合，颜朴淙就稍稍露了个破绽。破月不疑有他，欺身攻上，颜朴淙反手一掌，拍在她胸口要穴上。她顿时全身一麻，僵立不能动了。

听得有人声渐近，颜朴淙将破月扛上肩头，足不点地，几个起落，便已出了大营，遁入夜色。

一切悄无声息，连营门口的亲兵，都只觉一阵风掠过。

然而营门口隔着数丈远处，却有一个人影如鬼魅般穿梭而出，也是几个起落，跃出大营，紧随他们而去。

颜朴淙脚步不停，在山道中穿行。皑皑大雪，将万水千山都笼罩成灰白，寂寂夜色，仿佛也染上蒙蒙雪气，越发迷离幽深。

破月按靳断鸿所授法门，暗自提气。真气逆行，想要冲破穴道，攻他个出其不意。无奈颜朴淙的真气力透穴道深处，一时竟是全无进展。

行至一片开阔处，前方便是密林，颜朴淙心神一凛，忽地停步。

他没料到，有人来得这么快。即便扛着破月，他也自恃难有人及。

却有人绕到前方，拦住去路。

破月也察觉到异样，嘴角笑意更深，也略有些惊讶——小容来得这么快？

颜朴淙并不多言，拔剑等待。片刻后，便见一个高大的人影从树林里走了出来。显然这人原本想在树林中伏击，却被颜朴淙察觉了。

颜朴淙剑尖在地上一点，骤然往前一送，真气盈盈震荡。

"拦我者死。"他静静道。

那人沉默拔刀，攻了上来。

破月看不分明，隐隐只见一道雪白的刀光，与颜朴淙纠缠在一起。转眼间两人过了百余回合，竟是平分秋色，破月微惊——难道杨修苦来了？

又过了百余回合，那人一刀直取颜朴淙心口，颜朴淙转身避过，却听"砰"

的一声闷响，那人一掌打在他胸口。颜朴淙结结实实受了这一掌，"哇"地吐出一大口鲜血，脚步不稳，竟受了极重的内伤。

那人见机极快，欺身上前，又一掌朝颜朴淙天灵盖击去！颜朴淙抬剑便挡，未料这一掌是虚招，那人长臂一勾，竟将破月从他怀里夺了去！

人已入怀，那人动作却一滞。

颜朴淙岂肯善罢甘休，还欲再战，夺回破月。未料一提气，却发觉胸腹间撕裂般地痛，这才知道方才那人一掌刚猛无比，竟伤到了骨骼经脉。

颜朴淙如何回想，也想不出武林中多了这号人物，转念一想，立刻断定——来人是慕容氏的人！他自知难敌，强行提气，挥剑猛攻。那人抱着破月侧身避过，再一回头，却见颜朴淙纵入夜色，已然逃远了。

破月被那人抱在怀里，抬眸便见那人相貌平常，一双眼更是浮肿得如死鱼。她骤然想起那日在王府门前撞见的潦倒大汉，不正是这人？

破月虽被他从颜朴淙手里救出，心中却并不轻松。显然这人早就盯上了自己。她穴道被封，还不能说话，暗自提气，想要早点儿冲破穴道。那大汉竟也一语不发，抱着她潜入夜色。五丈高的城楼，对他而言竟似平地般纵身跃过，他又潜入了帝京。

他一路疾行，终于在城南一条老旧的小巷里停下，推开一间小宅的门，将她抱了进去。

这是一间小院子，巴掌大块天井，栽着棵细细的树。月色稀稀疏疏洒下来，洒在他寡淡的五官上，透出几分冷漠的意味。

庭院里积雪未化，却有人堆着十数个大小不一的雪人，个个圆头圆脑、晶莹剔透，与这满室凄冷格格不入，也与他的冷漠神秘很不搭调。

他抱着她穿过堂屋，走到内室。屋内陈设亦很简单，只有一张桌子、一张床，显出主人生活的清苦。

破月被他放在屋内唯一的那张木板床上，稍稍有些害怕。未料他完全不碰她，转身便走了出去。

破月躺在冰冷的床上，只能看到简陋的天花板，过了一会儿，却闻到了包子的香味。那人又走到床前，抬手解开她的哑穴和上身穴道，将包子递给她。

295

破月双手能动，松了口气，接过包子，怕惹恼这个神秘人，低声道："谢谢。"
他没出声，自己拿了个包子，走了出去，带上了屋门。

面点里面，破月最喜欢吃的就是包子。以前在东路军营时，她也经常给步千洧和慕容湛做。她此刻闻着香味，也觉腹中饥饿，心想：他若真要对我做什么，方才就做了，自然也不会下毒，于是吃了个干净。

今晚是除夕，方才他抱着她踩着屋顶过来，只见下头家家户户热热闹闹，处处欢声笑语。破月躺在这个陌生的地方，有点儿想慕容湛，也想步千洧。只是已隔了一年，想起那个人，面目仿佛都有些模糊，唯有那晚他赤红的双眼，依旧如火烙印在眼前。

冬夜清冷，破月扯过旁边的薄被，覆在身上。出乎意料的是，那人看着邋遢，被子却全无异味，甚至令人觉得清新柔软。破月盖着被子，莫名地安心了许多。她继续提气冲穴，未料过了一会儿，却迷迷糊糊打起了瞌睡。

不知睡了多久，她忽觉脸上传来异样的触感，心头一惊，睁眼一看，那人悄无声息地站在自己床前，手停在自己脸上。

屋内黑漆漆一片，唯有窗户外透进点儿惨淡的光。他背着光站着，看不清面目，而方才在她脸上摩挲的手指，骤然一停。他收手不语。

"你究竟是谁？"破月问。

那人还是不说话，静静看了她片刻，转身欲走。破月苏醒时便察觉穴道已经被冲开，此时哪里还有迟疑，抬掌便朝他后背攻去！

那人听得掌风袭来，微微一顿，便侧身避过，回头看着她，目露诧异。这表情令破月稍觉异样，然而对方能打伤颜朴淙，她不敢托大，拔出鸣鸿刀，低喝一声，攻了上去！

只是那人的反应，竟似比方才与颜朴淙对阵时慢了许多，直到她的刀几乎攻到他面门，他才偏头避过，依旧是定定地望着她。

破月竟被这陌生男子盯得心神不宁，低喝道："你报上身份，说明来意。若无恶意，咱们就此停手！"

那人还是不作声。

破月被所谓的江湖人士害惨过，眼见这人武功深不可测，只怕又是强敌，便想与他缠斗，拖得慕容湛赶来即可！

想到这里，她刀锋一盛，展开赤焰刀法，凌厉地攻了过去。

那人终于拔刀，只听"铮"的一声，刀锋交错，破月的刀险些脱手，他却纹丝不动。

屋内狭小，两人很快破窗而出，到了开阔的堂屋里。然而破月攻势凶猛，他却似不紧不慢，游刃有余。待破月将一套刀法使将完，都被他一一化解，两人却又丝毫未损。

破月无法，又开始使第二遍，猛地瞥见他一直看着自己，看得极为出神，她心头一惊——莫非他故意让自己使出赤焰刀法，否则为何只守不攻？

破月虽不明白为何这人武艺高出自己许多，却冲着赤焰刀法而来，但她知鸣鸿刀乃天下神器，这是步千洐留给她的，她岂能拱手相让？趁着他一个空当，她猛地变招，使出唐十三所授的那记绝招，朝他攻去！

这一招甚为精妙，连靳断鸿看她使出后，都是想了许久，才想出破解的法子。她原以为这人必不能抵挡，未料他神色一怔，刀锋偏转，竟使出跟靳断鸿一模一样的应对之法——单掌直入她的刀锋中，直取她的心口！

破月一惊，要躲闪已经来不及，"砰"地一下被这人打在胸口。她见过方才他打颜朴淙的那一掌，只觉得心口一痛，顿时面如死灰，身子也不由自主地朝后面飞去！

未料眼前一个人影比她更快，骤然抢过来，一把将她抱入怀里，应声坠落。只听砰然巨响，哐当数声，身后那堵墙倒了一半。破月后背完全无恙，心口竟也不似想象中疼痛，才知方才他一掌袭来，中途竟已强行卸了大半力道。

那人为了护着她，后背结结实实撞在墙上，此时两人俱是灰头土脸。破月怔怔不动，他抱着她从土堆里站起来。

破月紧贴着他温热的胸口，感觉到他的气息喷在自己额头上，心莫名地跳得更快。

她一抬头，便看到他修长的脖子上方，方方正正的下巴。忽地看到一条细细的凸起痕迹，一下子反应过来。

297

那人并未察觉到她已发现了人皮面具，将她往地上一放，又走到那片废墟里，拾起鸣鸿刀，塞到她手中，然后静静地看了她片刻，忽地抬手，摸了摸她的头发。

那掌心温热有力，破月也静静地望着他。他忽地笑了笑，转身欲走。

破月一把抓住他的袖子，他身形顿时一滞，没有回头。

破月正要说话，忽地一愣。

他亦有察觉，偏头看着小院的屋门。

夜色里，许多脚步声、马蹄声，以极快的速度冲过来，而后将小院包抄。摇曳的火光，已将小小的屋门边缘，镀上一层血红的颜色。

听声势，竟有数百人之众，亦有一片狂躁的狗吠声。

片刻后，一道清亮的声音，明明微喘着，却带着几分从未有过的冷意："屋里的人听着，立刻交出王妃。若她有半点儿差池……本王杀无赦！"

破月心头一暖，不禁抬手摸了摸腰间的香囊——那是慕容湛专程为她寻来的王室密物，只要佩戴这个，哪怕相隔千里，王室专门饲养的猎犬，也能寻到。

"王爷，我没事。"她扬声道。

那人见她出声，静静望她一眼，提气一跃。破月忽地"哎哟"一声，抚着心口倒下，暗用内力逼出一头冷汗，低声呻吟。

那人本已跃上屋顶，听到她痛呼，稍一迟疑，又跃了下来，三两步抢到她面前，一手将她抱起，另一只手抓住她的脉门，想要查看她的伤势。

她低着头，嘴角露出个不易察觉的笑容，内劲猛地一吐，反手抓住了他的脉门。不等他惊讶，她一抬手，抓住他面具边沿，往上一掀："唐十三，你真的很无聊……"

他侧头想避，已然来不及。面具还是被掀开了大半，露出一张与唐十三截然不同的棱角分明的侧脸。

她的手停住，原本愉悦的声音也戛然而止。

她全身瞬间僵硬似铁，呆呆地望着她朝思暮想、终于近在咫尺的面孔，仿佛世界就此空旷下来，唯有面前这人鲜活的容颜，触目惊心。

阿步……阿步！

她听到心中有个声音，嘶哑而激烈地呼喊着他的名字，可喉咙里却像堵了块坚硬的石头，什么也说不出来。

　　而他避无可避，只得缓缓转头望着她，清亮而深邃的双眸，比月光还要沉静。

江山不悔
下

丁墨
著

北京燕山出版社

目录

——

CONTENTS

目录

—

CONTENTS

兄弟情深

"砰"的一声，小屋正面的门和墙同时被撞倒，无数弓箭手在夜色里蓄势待发。慕容湛静静地站在他们最前头，面色冷峻，提剑望着屋内的二人，眸中杀意凝聚。

慕容湛一路疾行，心急如焚。方才虽听破月出声报了平安，却依旧焦急。如今撞开门一看，却见一名男子背对着自己，将破月抱在怀里，不由得心头震怒。

"撒手！"不待其他护卫出手，慕容湛挺剑便朝那人后背攻了过去！

那人动作竟如鬼魅般快速无比，将破月一松，身形一偏，便朝旁退出了数步。然而破月见他退开，以为他又要走，怒喝道："步千洐，你别走！"

此语一出，慕容湛骤然一惊，剑意瞬间凝滞，呆呆地转头，看着那人。却见月光下那人静静而立，虎背蜂腰，面目俊朗，眸色温和，不是死而复生的步千洐是谁？

慕容湛慢慢地、一步步地走到步千洐跟前，四目凝视。

"小容！"步千洐一把抱住慕容湛，慕容湛亦紧紧抱着他。

"大哥！"慕容湛眼眶一热，滚滚热泪淌下。

步千洐亦是眼眶湿热，松开他，却依旧抓住他的肩膀道："对不住，叫你们担忧了！"

慕容湛见他双眸清澈，喜道："我听月儿说你眼睛瞎了，究竟发生了何事？"

步千洐微笑着拍了拍他的肩膀道："清心教治好了我的双眼，但也让我吃了点儿苦头，后来我逃了出来，拜一位高人为师，一直在山中学艺。"他不愿提及当日手筋脚筋被挑断的惨状，只简单带过。

慕容湛听他轻描淡写，有些疑惑，但思及他终于回来，已是万幸，也就不再深究，只握着他的手道："这，实在是好极了！好极了！"

"为何不早点儿来找我们？"冷冷的声音，却带着微微的颤抖，在两人背后响起。

两人同时转头，便见破月白着张脸，眼神暗暗地盯着步千洐。她本就只着单衣被颜朴淙掳了出来，方才又弄得灰头土脸，此时瘦瘦小小站在半堵废墙前，神色恍惚，便似一个被遗弃的提线木偶，弱不禁风。

慕容湛心头一疼，也没多想，脱下外袍，走到她跟前，为她披上。步千洐目光静静地滑过他二人，淡淡道："学艺未成，不便离去。"

破月回想今夜与他相处的种种，哪里还觉察不出，他原本不打算相认！此时听他语气极为冷漠，只觉得遍体生寒。

"那今日为何又要来？"破月冷着脸逼问。

慕容湛一想，已明白过来，问道："是大哥从颜贼手上救了月儿？"

步千洐和破月都没作声。步千洐偏头看着一旁，破月却紧盯着步千洐。

慕容湛心头没来由地微痛，仿佛又回到当年在婆樾城的牢房里。

步千洐跟她才是一个小天地，而他根本融不进去。

步千洐却未答话，只看向慕容湛："小容，你跟我来。"

步千洐跃上屋顶，顷刻不见。慕容湛快步跟上去，两人很快并肩而行，一直到了条幽静无人的小巷。步千洐这才停步，落在一棵大树下，转头看着慕容湛。

他微笑道："我原本不打算惊动你们，只想远远瞧你们一眼，过了除夕便走。若不是今日老乌龟忽然对……她发难，我人已经在去找东路军的路上了。"

慕容湛一听就明白，只怕是步千洐暗中跟着破月，才能在第一时间救下她。

他心里某处，隐隐地、重重地塌陷下去，面上却始终带着温和的笑意："大哥，我与月儿并无夫妻之实，她一直在等你，她心里只有你，你不要误会了她。

现下你回来了，自该带她走。皇兄那边，你不必担心……"

每说一句，慕容湛就觉得心底那个洞大上一分，慢慢就有锐利的痛从那个洞口爬出，开始一点点噬咬他的心。但他语意丝毫不缓，他知道必须说个清楚分明。

步千洐静静望着他，看着自己最疼爱的义弟。曾几何时，这性格直爽率真的义弟眸中，也染上了无法言喻的隐痛。

步千洐也因"并无夫妻之实"这句话，心头起了些许涟漪。但他暗自平复，微笑着拍了拍慕容湛的肩头："傻小子，我并没有误会你们，一直都没有。我当日并不是因为……这一年来，若不是你护她周全，她早遭了老乌龟的毒手。我心中对她的念想早就淡了，你们已经是夫妻，今后我只当她是弟妹，不要再说胡话。我志在从军，今后自会来探望你们，不要挂念。"

他的坦言相让，却未令慕容湛有半点儿轻松。他见步千洐神色真挚，这一番话竟似发自肺腑。而他转念思及自己对破月的爱意，却越发觉得愧疚痛楚。

步千洐见他神色凝重，宽厚地一笑，复又将他重重一抱。只是两人虽都无言，心里想的却是同一个念头：我便将破月让给他，又有何妨？

这厢，破月独坐于庭院中，心绪难平。

这大半年来，破月不是没想象过他回来的情形，也想过，如果他回来了，慕容湛怎么办。每当她想起这个问题，都会心疼不已。但纵然深情难却，她却一直很清楚，也很坚定。她知道，感情里没有心软，没有拖泥带水，当断不断，反受其乱。那次慕容湛表白后，他们也一直保持着好朋友的距离。

她甚至想过，或许过个三五年，又或者哪日真的找到步千洐的尸体，她也许会接受慕容湛，也许不会，也许就此一人浪迹天涯。

可怎么会是如今的样子？他连问都不问，就替她做了决定，把她让给慕容湛。眼睛瞎了又怎么样？手筋脚筋俱断又怎么样？纵然他今日不是武功绝顶，他当日能为了她不顾性命，难道她就会嫌弃他？

又或者，兄弟情在他心里，比爱情更重？

他一定在清心教受了不少苦，可他方才却轻描淡写，只字不提，是怕她和慕容湛愧疚吗？

她的心跳又骤然加快，仿佛尘封了一年，血脉深处因他而起的阵阵悸动，又开始复苏。如同又回到他刚刚失踪时，自己日思夜想，想的都是他俊朗的容颜、散漫的笑容，想得心都要碎掉。

百般激烈的情绪，悄无声息地交织在心头，所以当步千泓二人回来时，破月脸绷得铁青，她甚至未察觉到，自己正愤恨地死死地盯着步千泓。

约莫是从未在她脸上看到过如此狰狞的表情，他二人都是一愣，随即不约而同地别开目光，跃下屋顶。

慕容湛想起一事，忙道："大哥，我先带你去见靳断鸿。"

他提到师父，破月才回神，也点了点头，说："对！马上去。"

步千泓震惊道："师父，他老人家没死？！"

慕容湛点头，步千泓将他手一抓："快走。"

破月抢上一步："我也去。"

步千泓看了她一眼，没吭声。慕容湛仿佛听到心头有人重重叹息，口中却缓缓道："这一年来，都是月儿在照顾靳前辈。她如今是靳前辈的关门弟子。"

步千泓和破月都沉默着。

慕容湛将破月的神色看得分明，心底仿佛被人重重打了一拳，痛不堪言。他恍恍惚惚地想，大哥回来了，太好了。他应该很欢喜很欢喜的。

只是，他以为能等到的，原来还是等不到了。

很快便到了靳断鸿休养的宅子。步千泓三两步抢进去，推开内室的屋门，破月和慕容湛紧随其后。

烛火摇曳，床上的老人原本合目沉睡，寒风骤然灌进屋子，他咳嗽两声，睁开眼，看清眼前人，登时惊喜交加。

"千泓！"他挣扎着坐起来，又是一阵猛烈的咳嗽。

步千泓"扑通"一声跪倒，连磕几个重重的响头。破月见状连忙抢过去，扶住靳断鸿枯树般的身体，轻抚他的背。

外间守着的仆童立刻送来热水和煨好的汤药，靳断鸿却摆摆手："不必再喝了，哈哈！"眼圈却已红了。

步千洐亦是双眸含泪，起身在他另一旁坐下，抓住他的手：“师父，小容都对我说了。徒儿不孝，不能侍奉跟前。今后徒儿自当陪伴师父，让师父快些好起来。”

当日在无鸠峰上，步千洐虽然同意将靳断鸿囚禁，但终是出于民族大义。

昔日步千洐与靳断鸿师徒情深，几乎当他是父亲。此时又听小容说皇帝已经审问过他，并未定罪，而他随时会撒手人寰，步千洐自然放下对君和国的敌意，全心全意地侍奉自己的师父。

靳断鸿听他言语真挚痛切，笑道：“你不要自责，这一年来有月儿照顾我，我过得很好。现下……你不是我的关门弟子了，她才是。”

步千洐和破月都没吭声，靳断鸿喘了口气，看着他们身后的慕容湛道：“诚王，我有话想对两位徒儿说。”

慕容湛看着他二人一左一右，同时扶着靳断鸿，这幅画面略略有点儿刺眼。他点点头，转身出屋回避。

慕容湛走了，靳断鸿眉目慈祥地看着步千洐，道：“千洐，你的眼睛可大好了？”

步千洐在师父面前不愿隐瞒，便将这一年的遭遇，清楚说来。只是提到菜农，他简单带过，也不提自己曾经到帝京的事。破月听他亲述手筋脚筋被人挑断，心头剧痛，默默望着他。他几次与她目光交接，都是波澜不惊地移开，仿佛当她隐形。

靳断鸿听完，喜道：“极好！不知是哪位高人？你这孩子，终究……福泽深厚。”他老于世故，早将两个徒儿尴尬的神色收在眼底。他虽劝过破月跟诚王好好过，但每次破月都只说“我要等阿步”。此刻真的见到徒儿回来，他的心自然还是偏向步千洐些。于是他将两人手一抓，重叠到一起。

两人都未料到他有如此举动，微微一惊。破月没动，步千洐却要抽手。靳断鸿手劲一紧，虽力道不大，步千洐却不敢硬抽了。

破月的手背与他的掌心相贴，明明平静无声，她却分明感到一股强烈的悸动，从肌肤相贴的地方，重重袭向她全身、袭向她的心头。这种感觉她已经很熟悉了，只关于步千洐。

而步千洐神色却淡淡的，看不出任何表情。

靳断鸿轻咳道："千洐，今后你要好好照顾小师妹。"
步千洐点头道："师父放心，我自当如兄长般照顾她。"
破月不吭声，心头发冷。

靳断鸿神色已有些疲惫，又道："你们答应我一件事。"
"师父请讲。"两人齐声道。

靳断鸿闭了闭眼又睁开，脸上浮现出柔和的神色："叶落归根，你们将我的骨灰送回君和国赤刀门。我也希望……你们去君和国看一看，看看那到底是什么样的国家……看看，我的故国……

"只有去看了才知道……千洐、月儿，没人天生喜欢战争。我的民族，比你们想象的更希望和平……去看一看，告诉无鸠峰上的每一个人，我没有……撒谎，天下……明明可以……太平……"

他的声音越来越低，渐渐低不可闻。步千洐猛地反应过来，反手抓住他的脉门，只觉沉静无声，哪里还有气息？

破月也察觉到了，骇然抬头望着面容安详却死不瞑目的老人，呆滞不语。

"师父！"破月一把抱住靳断鸿的遗体，眼泪滚滚而下。步千洐沉默地抓着靳断鸿的一只手，终是在床前跪倒，重重连磕数十个响头。

直到天亮，三人才回到了诚王府。一进府门，步千洐便道："小容，陪我喝酒。"

破月原本走在慕容湛身旁，闻言脚步一滞。慕容湛点点头，对破月道："你先回房睡。"

破月头也不回，走进了内室。

慕容湛叫人在花园摆了酒席，又将最好的藏酒统统拿了出来。步千洐失踪这一年，天知道从来两袖清风的他，搜刮了多少美酒，只为某年某月某日，大哥回来痛饮。今日这个愿望终于实现，他心头亦豪气顿生，因破月而起的悲伤，也暂时被置之脑后。

两人对饮一向沉默而实在，顷刻便干掉了两坛酒。常言道，酒不醉人人自醉，今夜对两人而言更是如此。不多时，慕容湛已满脸酡红、眼神迷离，呆呆笑着，抓起长剑，便开始在花园狂舞。

"大、大哥，你瞧我剑法……可、可有精进？"他又有些沮丧，"我如今、已不是月儿的对手……皇兄若是知道了，又会说、说我夫纲不振……"

步千泓原本醉眼蒙眬，淡笑着靠在榻上，看他使剑，闻言神色微滞，并不作答。

慕容湛舞了一会儿，将剑一扔，抓起酒坛咕噜噜喝了许多，这才躺下道："大、大哥，你还要去军中吗……"

步千泓答道："师父让我去一趟君和国，我去了就回军中。"

慕容湛呆了片刻，应道："极、极好，知己知彼、百战……不殆……"

步千泓点头："我也是这么想的。"

慕容湛又跟他喝了一坛，忽地将酒坛一放："月儿……也去吗？"

步千泓眸色微沉："她不必去。"

慕容湛点点头，手枕在案几上，人趴了上去。步千泓以为他醉倒了，便不再言语，静静独酌。

忽听他闷闷的声音传来："大哥……你带、带月儿走吧。"

步千泓端着酒碗的手一顿，一口饮尽。

慕容湛又道："我、我亲过她。对不住，我亲了她，可她……也是不愿意的。对不住，她本就与你定情，清心教说、说你死了……我以为……"

步千泓猛地想起那日山间所见，慕容湛低头亲吻破月的样子。他再听不下去，狠狠将酒碗往地上一砸，一把抓住慕容湛的肩膀，将他提起来。

慕容湛全身一抖，呆呆望着他。步千泓眸色阴沉无比，一字一句道："那如今呢？她心中没有你吗？你心中，难道没有她吗？"

慕容湛望着他，眼眶湿润了，迷迷糊糊只觉心头剧痛。

步千泓手一松，将他往榻上一丢，决然道："这种浑话，今后休要再提。她是你的妻子，与我再无瓜葛。"

片刻后，步千泓才转身，回头一看，却见慕容湛已趴在榻上，睡得人事不知。

步千泓望着义弟，他如何不知慕容湛的赤诚心意？心头涌起深深的爱怜，他将慕容湛扛在肩头，走向内室。

王府侍从们早得慕容湛嘱咐，知他是王爷义兄，此时见他扛着王爷，往王爷王妃的寝室走去，也不敢多问。

步千洇问明方向，穿过庭院，一直走到最深处的大屋。只见窗户透出几丝烛光，里面的人还没睡。

他心头黯然，想：步千洇啊步千洇，你终究……还是想在走之前，见她最后一面。

他敲了敲门，破月平静的声音响起："进来。"

他走进去，不看满室精致奢华，不看破月的眼神。

破月没料到他会送慕容湛回来，微微一惊；见慕容湛醉如烂泥，习惯性地想要上前接过，可看到步千洇冷漠的脸色，却又停步不前。

步千洇见她不动，径自越过她，走到床边。刚把慕容湛放下，慕容湛便睁开眼，迷蒙地看了一眼，低喃道："我、我不睡这里。"

而后不待步千洇反应过来，慕容湛一个翻身，便掉在地上，似乎这才安心，抱着被子，面带笑容。步千洇这才注意到，床边的地上铺着层厚厚的褥子。很显然，两人并不是第一日分床而睡。

破月沉默片刻，蹲下将被子从慕容湛手里扯出来，好好地替他盖上。

慕容湛睡得迷糊，一睁眼看到破月，惊喜地嘟囔道："月、月儿……你也来喝酒了？"他轻轻抓住破月的手，破月一挣，立刻松脱。步千洇站在边上看得分明，别过头去。

慕容湛却浑然不知东西南北，痴痴看着破月，缓缓道："月、月儿，你跟……大哥走吧……"

破月身子微微一僵，柔声道："你醉了，快睡吧。"

慕容湛摇摇头，一抬头又看到步千洇，忽地浅浅笑了："月儿，是、是大哥的，月儿是大哥的……"

破月听得心头绞痛，步千洇亦深吸一口气，缓缓道："弟妹，照顾好小容。"

破月心头狠狠一抽，却见他看都不看自己一眼，大踏步出了屋门。

冬日的早晨日光淡薄、清寒逼人。步千洇从马厩牵了匹马，夺门而出。他穿过冷寂长街，越过巍峨城门，孤身一人，头也不回地往北去了。

慕容湛醒来的时候，已是黄昏。

这一年来，他还未醉得如此酣畅淋漓，虽觉头疼欲裂，可亦隐隐有种发泄后的快意。

他抚着头从地上坐起，一抬眸，却见破月背对自己，站在窗前。

慕容湛微微一怔。

昨夜酒后说了什么，他全然不记得，但见破月一身黑色劲装，桌上更是放着鸣鸿刀和一个包袱，心下一沉。

他摇摇晃晃地站起来，破月听到动静，转身快步走过去扶住他："知不知道昨天你们喝了多少坛？傻子。"

慕容湛微微一笑，侧头望着她："大哥呢？"

"他今早便走了。"破月给他倒了热茶，头也不抬地答道。

慕容湛的笑容便有些干涩："那你……快些去找他吧。"

破月顿了顿："嗯，我一会儿就走。"

慕容湛低头看着杯中明晃晃的水面，宿醉的感觉又袭上来。他的头阵阵发沉，勉力道："正该如此。月儿，大哥为了你颠沛流离，受尽折磨。现下他约莫是有些心结，你多些耐心，不要生他的气。"

破月看着他："别说了，我都知道。我走之后，你要好好的，少喝酒，不要太辛苦。"

"嗯。"慕容湛只觉得头仿佛要炸裂，笑容也有些恍惚了，"那是……自然的。你说的，我自然会记得。"

破月见他有些失魂落魄，胸口一堵，却终是狠下心肠，道："那我走了，你保重。"

她深吸一口气，抓起桌上的包袱和刀。慕容湛见她转身欲行，头疼得更加厉害，心也抽痛难当。在他意识到之前，已伸手抓住了她，一把将她搂进怀里。

破月被他搂得死紧，身僵如铁。他将头深深埋在她的肩窝，猛地抬头，低头便要吻上她的唇。

破月呆呆不动，眼睁睁看着他的俊脸俯下。两人几乎脸贴着脸、鼻挨着鼻。慕容湛瞧着她苍白的脸，猛地清醒过来，心想：慕容湛，你口口声声说要将月儿让给大哥，现下又在做什么？！

他的唇险险一偏，从她脸颊擦过。他骤然松开她，深吸一口气道："对、对不住。"

破月不知要说什么。

慕容湛垂头站了片刻，忽地拿过她的剑和包袱，牵起她的手。

破月已然平复下来，抬头冲他甜甜一笑。他亦微笑着，牵着她一直走到王府大门。管家牵了匹最好的马过来，慕容湛将她的包袱都放在马背上，望着她上马。

两人凝望一阵，破月缓缓道："那我去了，小容。"

慕容湛点点头，终是松开一直被她紧握的手，微笑道："保重。"

破月不忍再看，扬鞭策马，顷刻便已奔到巷子尽头。终究还是舍不得，转头一看，却见朱红的大门前，慕容湛挥开管家，一手撑在门廊上，一手扶额，高大消瘦的身躯，有些落寞地佝偻着；微微抬起的脸上，凤眸暗沉如水，默默遥望。

破月心尖一抖，转过头去，策马跑远。

出了潼关，越往北走越荒芜。即使是晴日，天空的蓝也是浅浅的，透着蒙蒙的苍白。地上的积雪足有尺厚，将所有土丘、田地覆盖得了无痕迹。行人若是抬眸望去，只见天地间茫茫一片。

步千泺策马缓行，时不时提起酒囊喝上一口。冰凉的酒，入喉之后渐渐灼如烈火，他趁着醉意，回头一望，果见那一人一骑，隔着数步的距离，远远跟着自己。

去往边境只有这一条路，也难怪她能寻到自己。三日来他对她不理不睬，她却一直追随。步千泺捏紧酒囊，抬头只见前方一片光秃秃的树林，村舍林立，他便策马疾行，进了村子。

步千泺刚寻了客栈坐下，片刻后，便见客栈薄薄的木门又被人推开。她脱下斗篷，抖了抖上面的雪，递给小二，面沉如水地走进来。

北地荒芜，客栈里只有四五桌客人，见到她的容貌，周围人俱是一惊，一时竟无人说话。小二更是迷迷瞪瞪捧着她的斗篷，结结巴巴道："姑、姑娘，住店还是打尖？"

她眸光淡淡扫过步千泺，走到他对面的桌子前坐下，抬眸对店小二微微一笑，低声道："他是住店还是打尖？"

她声音极低，步千洦却听得分明，垂眸不语。店小二早已见步千洦英武不凡，这客栈也经常有走南闯北的侠客路过，他心下了然，低声答道："住一日。"

破月点点头，掏出碎银，正要吩咐小二，忽听步千洦低喝道："小二，拿酒来。"

小二还是觉得步千洦难伺候些，朝破月道了声"稍候"，冲到柜面上抱了坛酒来。步千洦打开闻了闻，点点头，抬手一摸荷包，却发觉已空空如也。

他一年来跟师父学艺，本就清苦。之前也是因师父留下书信，说已无可教，叫他离去，他才只身前往帝京。从慕容湛府中离开时，他也没什么盘缠，身边一点儿碎银，这几日竟是不知不觉用了个精光。

眼见小二抱酒立在面前，步千洦老脸一红，笑道："小二哥，跟你打个商量。"他将佩刀解了，扔在桌上，"这可当得酒钱？"

这刀是步千洦当日营救破月时，顺手从一名军官手里夺的。刀柄精致、刀刃锋利，倒是把难得的宝刀。小二也不敢得罪这些江湖人士，拿起刀一看，点头道："我去问问掌柜。"片刻后小二回转，还送了两碟小菜。

破月将一切看得分明，也不动声色。小二复又跑到她面前，殷勤道："姑娘要些什么？"

破月笑："你们店里最拿手的菜是什么？最好的酒是什么？"

小二欢喜地报了一大堆菜名、酒名。

破月点点头，从包袱中摸出一锭银子，"哐当"丢到桌上："菜全上了，一样两份，酒来五坛。"

她声音不小，虽是平平静静的语气，但也正因为如此，反而显得比飞扬跋扈更加嚣张。一时店中客人全看过来，有的低头窃语。破月将他们的对话听得分明，也不抬头，自顾自喝茶。

步千洦举着酒碗，亦垂眸不语，心里却想：她想干什么？看我喝不起酒，故意点一桌酒菜给我？可我已决意离开，岂能吃她的酒菜，叫她徒生念想？

不多时，热腾腾的饭菜端上来，一桌竟然不够摆，小二又推了张桌子过来。

这下客人们都有些兴奋了，频频朝破月看去。小镇消息传得快，很快便有村民聚集到客栈门口，看这个神仙般的小美人，到底要干什么。

破月目不斜视，拿起筷子，小口小口吃着。她在诚王府锦衣玉食，桌上的虽说是这乡村客栈的拿手菜，但都是鸡鸭鱼肉、大腥大荤，味道不佳，她如何吃得惯？勉强吃了一小碗饭，也就饱了，拿出手帕擦了擦嘴。

众人见她的菜几乎没动，酒更是没开封，不由得议论纷纷。终于，邻桌一名高大的男子笑嘻嘻地走过来。他亦是江湖人打扮，眉目端正、人高马大，倒也有几分豪气。

"小姑娘，点这一桌酒菜不吃，真是浪费啊！"那男子瞧她一身贵气、神色冷漠，倒也不敢太冒犯，看她几眼，便盯着酒食。

破月瞥见步千洐亦抬头看着这边，心念一动，柔声笑道："大哥，你也想吃？"

原本要那男子当众承认自己嘴馋，颇有些为难。但面对的是这么个娇滴滴的美人，那男子倒也不觉尴尬，反觉能与她同桌而食，也是缘分，遂点头道："饭菜无所谓，只是可惜了这酒。姑娘若是不喝，在下愿意代劳。"

破月笑道："来者便是朋友，大哥既然爱酒，这一桌酒菜相赠又有何妨？不过呢……"她在那男子耳边低语。

那一侧，步千洐却将她的细语听得分明，脸色微变。

过了一会儿，那男子哈哈笑道："姑娘真是有趣。那人得罪姑娘这样的妙人，别说骂一句，便是骂一万句，在下也愿代劳。"他提起一坛酒，朗声大骂："步某人狂妄自大、始乱终弃！实乃我辈男儿的耻辱也！"骂完便抬头痛饮。

原来，破月竟是请他骂步千洐。

兴许是他骂得太气壮山河，已经挤进客栈门口的村民中，有个年轻的小伙子开始热烈鼓掌。

破月一抬眸，恰好与步千洐的目光撞上，见他微红着脸，单手提着酒坛，神色还是冷冷的，但多多少少添了几分尴尬窘迫。

很快，门口一个挺拔的青年走到破月面前："姑娘，我要是骂了，是不是也能坐下喝酒？"

"当然。"

"步某人狼心狗肺、猪狗不如、奸淫掳掠、丧尽天良！"

这回换破月被茶呛到了。毕竟并不是每个人都有方才那男子的眼力见儿。她悄悄抬眸，却被青年挡住，看不清步千洐的表情。

"步某人榆木脑袋、好吃懒做、不知好歹！"邻桌的大汉端走了一盘鱼。

"步某人口中生疮、脚底流脓，嘴巴还很臭！"只有桌子高的黑脸村娃，抓走了一个鸡腿。

"步某人蠢笨如猪、忘恩负义、生儿子没屁眼！"一名农妇抢走了一坛酒。破月一怔，觉得不妥，反手飞出一支筷子，酒坛"哐当"掉在地上碎了。

客栈里骂声一片，热热闹闹，人人喜笑颜开。

破月望着面前的杯盘狼藉、人潮涌动，忽觉意兴萧索。她默默站起来，走到无人的角落，却发觉他的位子已经空了，再看向楼上，却见他黑色衣袂一闪，房门已然紧闭。

是夜，客栈里寂静无声。步千洐并未睡着。

他只是静静躺在床上，明明收敛心神，隔壁房间的动静却清清楚楚传进耳朵里。

她在床上坐下，又站了起来。

她来来回回走动。

她叹了口气。

她又倒在床上，也许还滚了两圈……

步千洐并未察觉到自己嘴角泛起的笑意。也只有隔着一堵墙，他才能静静地听着她的动静。这么近，又这么远。

"啊——"一声娇弱的惊呼。

步千洐几乎是立刻从床上弹起来，一下子冲到门口，却又停住不动。

屋子里的破月将他的动作听得分明，心头又甜又涩，只得再接再厉，朝门口的小二打了个手势。

小二点点头，冲到步千洐的门口，"砰砰砰"地敲门："大爷，大爷！快开门！"

步千洐拉开门，却见小二一脸焦急："大爷，隔壁的姑娘被蛇咬了！不知是谁放进她房间的，小店、小店没有伤药……"

步千洐眉头一沉，心想莫非是颜朴淙的人？抑或是有江湖人士认出她是当日无鸠峰上的女子？他一把推开小二，冲进她的房间，赫然见到破月坐在床上，双手抱着左小腿，脸色苍白，一头冷汗。

步千洐冲到她面前，动作只微微一滞，抬手便要抓她的腿："我看看。"

破月泪水汪汪，咬着下唇，侧身一避。

步千洐毫不迟疑，身手如电，擒住她的双手，再将她左边脚踝握住。

手指触到纤莹如玉的脚踝，依然如记忆中那般，令人窒息的柔腻温软。步千洐浑身一震，强自忍耐，沉着脸在她面前蹲下，却见肌肤如雪光滑，哪里有蛇咬的伤口？

步千洐心头一松，忽地反应过来，一把松开她的足。只是指间那细腻柔软的触感，仿佛轻纱层层缠绕，从此挥之不去。

他起身欲行，却听她的声音微不可闻地传来："阿步……不要走……"

他身子一僵，缓缓回头。

只见她瘦小的身子微微蜷着，双手抱着膝头，头搁在膝盖上，看起来就那么一点点个娇小的人，显得格外孤弱无依。

她泪汪汪地望着他，一双大大的黑眼睛实在楚楚动人，像极了被人遗弃的小狗。兴许是见他还是没反应，她试探性地伸出几根小小的手指，抓住他一方衣角，轻轻摇了摇，又摇了摇。

步千洐如何不知她的意图？

以前她在他面前，从来都是肆意、随意的，有时还会强硬、不听话。今日刻意做出可怜的姿态撒着娇，只为叫他心软。

可他就算心知肚明，面对着一年来只在梦里能见的娇弱人儿，他还是无法抑制地心软得一塌糊涂。

他正满心酸涩恍惚，她却又开口了。只是那柔得随时要化掉的甜软嗓音，竟也染上了几分少女的痴痴情意："你说过的，咱俩日日在一起，时刻不分开，你怎么能赖账呢？咱们若是分开了，你是孤零零一个，我也是孤零零一个，没人陪伴，也没人怜惜。阿步，你忍心吗？"

生死相随

第二十九章

夜色再暗，也暗不过步千洐的眸色。

破月的目的虽是让他心软，却也是真情实意，此时见他一言不发地将衣角抽离，破月的心头一股寒气上涌。

"颜破月，我对你已无情意。"他盯着她，缓缓道，"望你就此回头，君和之行，我一人足矣。"

破月从未被人如此直白地拒绝过，刹那间只觉脑子里一片空白，反反复复只有他那句话回荡：我对你已无情意。

颜破月，我对你已无半点儿情意。

"我与慕容湛并无夫妻之实……"破月颤声道。

"住口！"步千洐面色阴沉得叫她心底再次发寒，"小容对你一往情深，你既已嫁他，今后须得好好待他，不要辜负他！"

破月心头一沉，隐隐生疼间，忽然就明白了。

原来，不是因为误会。

是因为兄弟情。大男人的兄弟情。

原来，步千洐对一个女人绝情的时候，可以绝情到这个地步。

"步千洐！"破月全身发冷，声音抑制不住地颤抖，"你把我让给他？你把我让给慕容湛？我以为你是误会，以为你也没忘了我，结果你却是为了慕容湛？！好！你不要就不要，不要就拉倒，我等了你一年，仁至义尽！君和国我去定了，不用你管！"

她虽言辞狠厉，说到最后，却也带了哭腔。步千洐还是头回见到她如此咄咄逼人，只觉得原本已麻木的心肝，再次因她的绝望透顶，被搅得阵阵刺痛。他一刻也不想待在她身边，转身大步走了出去。

步千洐回到房间，未作丝毫停留，便提起包袱，出了客栈，策马疾行。此时正值四更天，夜色凄迷，大雪铺天盖地。他冲得很快，可在颠簸的马背上，灰白的天地茫茫，仿佛望不见尽头。

步千洐的心，忽地就如面前一朵朵孤单单的雪花，摇摇晃晃、碾落成泥。

他原以为，已经不在乎了。

山中一年，每日废寝忘食，心头对她的念想，也一日日淡了。待那日见到慕容湛亲吻她，他更是死心得彻底。

慕容湛是何等矜持隐忍的人，步千洐比谁都清楚。能让慕容湛主动亲吻，只怕已爱到了骨子里。

步千洐当日武功被废，自觉没办法保护破月。回想当日，破月如果不是跟着他，又怎么会在无鸠峰上差点儿坠入万劫不复的境地？

他思前想后，下定决心将破月托付给慕容湛。如今又见慕容湛对她暗生情愫，他做大哥的，当日既然已决意退出，如今岂有过河拆桥、横刀夺爱的道理？

所以，这次他回帝京，便已打定了主意，看一眼便走。

只是他步千洐虽用一年时间便能得高人真传，练成独步天下的武艺，却哪里参得透"情"字？在诚王府外只望了她一眼，便足足有十来日心神恍惚。

那感觉是极淡的，已无当日的热烈缠绵，仿佛每时每刻都会想起她，想起她静静地站在雪地里，想起她略带失望和叹息的声音："送他一坛酒……"

曾几何时，调皮而坚强的月儿，也会有这样落寞的声音？

于是他故意忘了自己看一眼便走的决心，诚王府、军营，他跟着她，只想远远瞧上她一眼。

新年，他给自己的底线是新年。过完除夕，他便重返军中，再不回头。

未料颜朴淙忽然发难，叫她察觉了自己的身份。

想起方才她可怜巴巴朝自己撒娇的样子，步千洐只觉得心头又甜又痛。可他能如何？慕容湛那晚念叨着"月儿是大哥的，不是我的"，直直要捅入他的心里。慕容湛待自己如此赤诚，强忍一腔爱意拱手相让，自己又岂能对他不住？

思及此处，他心意越发坚决，心想月儿对小容也不是全无情意。而她跟自己在一起的时间也短，当时她便说过，不一定跟自己成婚生子，她对自己的感情，自然也未到海枯石烂的地步。

假以时日，她必定回心转意，夫妻俩琴瑟和谐。而他本就孤儿一个，就此混迹军中，浪迹天涯，只要知道他们平安幸福，又有何妨？

夜色孤寒，一骑绝尘，头也不回，往北去了。

行了半个晚上，天色微亮，便至一处荒芜山林中。北部的林子都是秃秃的，望不见尽头的黄色冻土，被大雪覆盖得结结实实。步千洐行了几步，忽听林子四个方向俱有马蹄声隐隐传来。

是冲他来的。

他索性停步不前。

果然，等了片刻，便见四骑缓缓从前后左右步出。只见他们都骑着黑色骏马，穿着红、黄、蓝、绿四色衣衫，脸上戴着四色鬼怪面具，狰狞而古怪。

"好狂的小子！"穿红衣、戴红面具的道，"居然敢等在这里！小子，我问你，你是不是也是冲那个人来的？"

黄衣人道："大哥，休要与他废话。这是咱们漠北四魅的地盘，岂能再多一人分食？"

蓝衣人尖声笑道："不错不错，女人只有一个。"

步千洐虽一直关注武林动态，但对这极北之地的武林势力，却是知之甚少。此时听他们说到"女人"，哪里还有迟疑，伸手摸刀却摸了个空，这才想起刀已经典当在客栈，不由得也想起方才她胡闹叫众人骂自己的恶作剧，心头恍恍惚惚一荡。

四人见他沉默不语，正要发作，却见他抬头冲他们淡淡一笑。

半炷香的时间后。

红、黄、蓝三人伏尸在地，面目狰狞。步千洐单手拖着绿衣人的脖子，神色阴鸷："仔仔细细说。漏了一点，我即刻将你五马分尸。"

绿衣人早吓得魂不附体，颤巍巍道："大、大侠！别杀我，我都说！去、去年无鸠峰武林大会的惊天一战，大侠可知道？"

步千洐不耐烦道："说重点！"

绿衣人急道："漠北二十四侠，在各处都有眼线！那人丹一踏入漠北，便被'蛮熊'的手下盯上。'蛮熊''独眼笛仙'，好几路人马，都是当日从无鸠峰上逃生的，认得这人丹。大伙儿约定今日傍晚，在云福客栈动手！"

步千洐沉思片刻道："人丹在漠北的消息，还有谁知道？"

绿衣人摇头道："知道的今日都会去。大伙儿怕、怕中原人士得知，故行事极为低调，一旦、一旦擒得，便藏在漠北……"

步千洐点点头："极好！极好！"单手一扭，"咔嚓"一声，绿衣人瞬间气绝。

步千洐见天色还早，挖了个大坑，将四个尸首埋了进去，扒下身材与自己相似的蓝衣人的衣服，摘下面具，折返往云福客栈去了。

步千洐回到客栈外时，不过晌午时分。他等了会儿，便见林中陆陆续续来了七八个人。

"老三？你其他三位兄弟呢？"一个高大、白壮的汉子策马过来，拍了拍他的肩膀。

步千洐压低嗓音："有事耽搁了，晚些到。"

那白壮汉子笑道："此事见者有份儿，来晚了，莫怪我'蛮熊'拔得头筹！"

步千洐沉默不语，仔细打量这人。当日在无鸠峰上围攻他的人众多，但这人生得极白，又极胖，倒真有几分印象。

步千洐按下心头杀机，心想：只待你们人到齐了，将你们杀个干净！

耐心等了大半日，日头终于西沉。步千洐正凝神静气间，忽听身旁一尖瘦脸的年轻男子道："'独眼笛仙'去叫阵了。唉，第一晚是他的了。"

步千洐微微一惊，抬头一看，却见有五骑越林而出，疾疾奔到客栈门口，那"蛮熊"亦在其中。他们都带着兵器，客栈门口的小二一见这架势，立刻缩了回去。

其中一个戴眼罩的单眼书生，手持一根粗黑的铁笛，阴恻恻地高声道："住天字第三号房的姑娘，这里有许多朋友，想与你聊聊。速速出来吧，否则我们放火烧了客栈，连累无辜。"

步千洐听他说话中气十足，倒也是一名好手，不过与月儿却是相去甚远，他便不是很担心，转头问身旁人："怎的他们先去？"

旁人答道："这不是说好的吗？他们先去打头阵，试探那人丹还有没有帮手。不过若是一击得手，他们自然也是要……呵呵！"

步千洐按下心头怒火，又问："咱们人到齐了吗？"

那人答道："除了你的三个兄弟，还有两人在路上。一会儿要再不来，擒下人丹，可没他们的份儿。"

步千洐便不作声了。

雪色旷野，一片寂静。

约莫是怕极了这些武林亡命之徒，很快，村落里变得静悄悄的。路上没了行人的踪迹，各家各户更是门窗紧闭，没有半点儿声响。

只有客栈门口的幌子，在风中呼呼作响，令这极寒的黄昏，越发显得肃杀沉静。

一个人影，缓缓从客栈里走了出来。

月白的衫子、浅绿的长裙，简单至极，却越发显得腰肢细软、曲线婀娜。素白的一张脸微微抬起，清光莹然，美眸深湛，便若大漠中一轮皎皎明月，叫人移不开目光。

"真他娘的……"步千洐身旁的男子没了声音。

虽然破月手里提着刀，但并未给男人们造成任何威慑。那"独眼笛仙"笑道："姑娘，还认得我吗？当日在无鸠峰上，我这只眼，可是被你男人刺瞎的。'玉面笛仙'变成'独眼笛仙'，都是拜你们所赐啊！他人呢？"

破月脸色微微一变，抬眸看着他："无鸠峰？那日你也在？"

"姑娘，你还没说，你的相好呢？"那人又问。

破月不答反问："你们当日，都在无鸠峰上？"

那几人都点头，今日对破月的围剿，也是他们召集的，所以林中众人才默认他们先上前。

破月拔出鸣鸿刀，似乎有些恍恍惚惚，声音很轻："请赐教！"

众人齐齐一怔，还未反应过来，破月刀光大盛，宛若闪电降临，"嚓"的一声便砍掉了那"独眼笛仙"的头。鲜血喷了她满脸，她的表情看起来有种冷漠的肆意，极大的双眸，黑漆漆的，有些瘆人。她抬手拭去脸上的血迹道："你们都是当日伤他的人，我不能不杀。"

话音刚落，其余四人一拥而上。破月刀光如大雪铺天盖地，顷刻又杀了"蛮熊"。

步千浒看得分明，她每杀一人，脸色便惨淡一分，可眼神却执拗一分。

这个破月是陌生的。以前的破月，从不杀人，甚至不伤人。哪怕当日在墨官城外险些为敌所擒，她也是拱手投降。

可此刻她的眼神是那样漠然空洞，只因为这些人，曾经伤了他？

步千浒心底某处，仿佛被一只小手轻轻扯着，隐隐地痛起来。

不，不对！他的月儿，应该明朗可爱，在男人的庇护下无忧无虑地活下去，不该双手沾满鲜血，不该陷入肮脏的仇恨。

她应该，干干净净的。

片刻后，那五人已被她杀光。

她提刀站在满地尸首中，宛如女修罗般冷酷。林中数人都吃了一惊，一时无人出声，也无人上前。

唯有步千浒望着她清冷的侧影，心疼不已。

眼见夕阳越发惨淡，旷野中仿佛只有她一人孤零零地站着。她沉默了一会儿，忽地抬头，竟似一脸惊惶不安，茫然四顾，跌跌撞撞地将刀一扔，退出数步，而后竟蹲下抱着双膝，把头埋在臂弯里。

她哭了。

纤弱的肩头一下下抽动着，低低的哭声随风轻轻送入每个人耳里。

"阿步……阿步……浑蛋……"

她的声音茫然而卑微，痴迷而疼痛。

嘶哑微弱的声音，像随时要滴下血来。

步千洐只觉得自己的喉咙仿佛被一只无形的手掐住，堵得喘不过气来。

"攻上去！"有人低喊了声。

"她刀法厉害！放毒！"有人从怀中掏出暗器。

步千洐身旁那人正要策马疾冲，冷不丁被他一把抓住。那人惊出一身冷汗，暗想：四魅的身手，何时这么快了？

"人到齐了吗？"步千洐缓声问。

那人点头："就差你的兄弟了。"

"好！"步千洐松开他，拔出马腹旁的佩刀，也紧随众人冲了出去。

破月自步千洐走后，先是满心愤痛，而后便是恍恍惚惚，隐隐有些后悔。

正失魂落魄间，遇到恶人挑衅。破月原本只打算击退他们便罢手，但听闻他们当日也在无鸠峰上，念头忽地就变了。

变得盲目，也变得麻木。

脑子里只有一个念头——这些人，逼得他抱着她跳崖，逼得他跟她生离死别！若不是他们，现下步千洐又怎么会跟她分手？！

只是杀人不过头点地，面对一地尸身，她才惊醒。她干了什么？屠杀？

她抱着双膝，牙齿微微打战，眼泪根本抑制不住。

正茫然失措间，忽听背后马蹄纷乱。她心下一惊，再顾不得其他，抓起刀一跃而起，怔怔回望。

却见漫天黄沙间，数十骑凶神恶煞般朝自己奔来。

打得过吗？

她紧握鸣鸿，手心出汗。她不知道。

忽然，在离她三丈远的地方，在那些人身后，一道刀光如惊鸿升空，毫不留情地当空劈下，领头的一人，顷刻便被劈成了两半。

"唰唰唰"，刀光迷离，有人如鬼魅般在人群中穿梭。

刀锋过处，皆是一刀毙命、尸首分离。

瞬间，只是一瞬间。

十多人没了声响，唯有惊蹄的骏马四散逃去，地上全是残留的肢体和鲜血。

那人一袭蓝袍，戴着蓝色鬼怪面具，持血色长刀，静静立在一地尸身前望着她。

面具后的双眸，暗沉如水，隐有血色。

破月亦沉默地看着他。

他摘下面具，又脱下蓝袍，将手中的刀丢入血泊里。而后，他走到她面前。

他没有看她。他的目光停在她身后某处，不知道盯着哪里的虚空。

"你执意去君和？"他问，声音一如他的刀，冰冷无情。

"不、关、你、的、事。"破月一字一顿道。

他忽地抬手，从她手里取走了鸣鸿："一起上路。"

破月伸手便要夺鸣鸿："谁要跟你一起走？"

他却侧身一避，沉默地拿着刀，径直往前头走去。

孤胆枭雄

第三十章

黄沙漫天、官道通畅，远处的城郭，渐渐露出雄伟的轮廓。

两匹骏马，一前一后，隔着四五步的距离，徐徐而行。

第五天。

自那日步千洐在客栈外斩杀数人，拿走鸣鸿刀后，破月一直没理他，他却默默跟随着。两人一路向北行了五天，终于抵达北方边境最后一座城池：青仑。

忽听身后马蹄声加快，破月心尖一抖，假装没发现，继续前行。

直至他与她并肩，他手里拿着个斗笠。

"城里人多。"

破月不接，抬眸淡淡道："生死有命，我受够了。"策马已行到前头。

她的声音里还有几分愤怒，却不知是说受够了遮挡容貌，还是受够了他？

步千洐沉默地将斗笠往路旁一丢，不急不缓又跟了上去。

青仑城依山而建，土黄色的城墙起伏连绵，几乎要和山融为一体，蔓延到视野不可及的天边，徒生张牙舞爪的粗犷。

边境极地，竟有如此恢宏的城池，倒叫破月颇为惊讶。

官道上有徒步而行的青仑奴，穿着厚厚的棉衣棉裤，却赤着双脚，似乎不知寒冷。他们三三两两，有的扛着木材，有的拉着雪橇。无论粗壮或瘦弱，每一个人的脸上，都有常年疾苦导致的麻木和疲惫神色。

等到了城门处，往来的青仑奴更多，大多被汉人驱赶着，畏畏缩缩地前行。

两人行至一处偏僻的小巷，刚要住店，忽听得前路喧嚣声起，只见一名大汉一瘸一拐地在前面跑，数名官差在后面追。

眼见一名官差一刀砍向那大汉的背，大汉怒喝一声，竟徒手抓住刀刃，将官差连人带刀扔了出去；另一官差瞅见空当，一刀劈在那大汉的手臂上。大汉吃痛，一个趔趄倒在地上。众官差蜂拥而上，拳打脚踢，相当狠厉。

"赵魄！你把那些女子藏在哪里了？"有官差拿刀柄狠狠敲大汉的头，大汉顿时头破血流，怒喝道："不知！"

"郡守大人亲自要的人，你敢窝藏？"另一人用刀逼住他心口，仿佛再不招，就要将他开膛破肚。

那大汉满脸满身的血，却哈哈笑道："郡守？她们不过才十来岁，就要被送到帝京做娈女？人我已尽数杀了，免得她们蒙受耻辱。"

"赵魄你个泼皮！"官差一脚狠狠踢在他腹部。

步千洺听得分明，哪里还忍得下？冷着脸跃过去，三拳两脚便将那些官差打得鼻青脸肿，官差们瘫在地上动弹不得。他抓起那赵魄的手："兄弟请起！"

赵魄倒也硬气，受了那么多皮肉伤，一声不吭地让他拖着从地上站起来，朗声道："多谢！"

两人正要说话，却听巷口又有官兵的声音传来。

"他们在那里！追！"

"走！"步千洺抓起那大汉，转头对破月道："跟上。"

是夜。

这是青仑城里相对贫瘠的东城中一间破破烂烂的小酒馆。巴掌大块店面，统共也就步千洺他们一桌客人。

以步千洺和破月的身手，要摆脱官差简直轻而易举。倒是那赵魄见两人疾行如飞，看得暗暗称奇。一到酒馆中，他便深深拜倒："多谢兄弟救命之恩！"

步千洐仔仔细细打量他，只见他生得极为魁梧，比自己还要高半个头。方方正正一张脸上，粗眉虎目、挺鼻阔唇，虽然此刻鼻青脸肿，亦是气度豪迈、英武不凡。步千洐将他扶起道："举手之劳，不足挂齿。只是不知赵兄究竟如何惹上了官府？"

赵魄微微一笑，徐徐道来。

原来这赵魄是城中青仑奴头领的长子，今年三十二岁。原本官府每年按二比一的比例征收成年青仑奴，他们也就忍了，未料今年郡守大人不知从哪里讨的招儿，非要征收十来岁的女娃娃。后来官府流出消息，说是要把这些女娃娃送到帝京当娈女。头领本来已经答应了，可赵魄看不过去，带人杀死了押送女娃娃的官兵，将她们偷偷藏了起来，这才遭到官府追捕。

步千洐听完，重重一拍桌面："好！"他平生最喜结交真英雄、真好汉，当即道："赵兄放心，我定当护送你回营寨，绝不叫人伤你分毫。"

那赵魄略带苦涩地一笑，却立刻昂然道："今日能遇到兄弟这样的大侠，赵魄虽死无憾！"

男人的情意迅速集结，两双虎目俱是亮光闪闪。破月见步千洐意气风发，不由得想：他果然不是儿女情长的男人，叫人越看越恨！

步千洐遇到知己，哪能无酒？叫来小二，一摸荷包，却想起早已空空如也。他轻咳一声，这才望向沉默地坐在一旁的破月："拿坛碎银来。"

破月神色冷冷的，摸出碎银，重重放在桌面上。步千洐老脸一红，拿过来给了小二。

因步千洐方才一直未介绍破月，赵魄也就没打招呼，此时见她掌管步千洐银钱，哪里还有迟疑，朗声笑道："这位一定是弟妹，赵魄有礼！"

破月冲他嫣然一笑，道："赵大哥有礼！我不是他妻子，你误会了。"

步千洐沉默不语。赵魄见两人神色，还道是步千洐落花有意，破月流水无情，暗自好笑。

酒是个神奇的玩意儿，有了它，两个平时看不对眼的男人，都能称兄道弟，更何况他二人颇有些惺惺相惜、相见恨晚的感觉？待到第二坛喝完，两人聊军事、聊兵法、聊天下大势，颇为意气相投，已是"大哥""小弟"地叫了起来。

赵魄将酒坛重重一放："小弟，今日你我二人有缘，不如结为兄弟，不求同年同月同日生，但求同年同月同日死！"

步千洴一击掌："极好！小弟也正有此意！"

两人摇摇晃晃站起来，便对着窗户外的明月拜倒。破月在旁坐着不吭声，步千洴却忽然回头，一把抓住她的手腕将她提起来，放在自己身旁的地上。

他的眼神深邃，看不懂他到底醉是未醉。破月想要挣脱他的手："你干什么？"

"你也结拜。"步千洴的手如铁钳般抓得死紧，声音也绷得紧紧的，"咱们结为……兄妹。"

"你去死！"破月狠狠一扭，从他手里挣脱。赵魄哈哈大笑，拍拍步千洴的肩膀："老弟，世间唯'情'字难勘破，大丈夫休要婆婆妈妈，就随她去！咱们再喝。"

这话简直说了在步千洴心坎儿上。他也不再管破月了，又跟赵魄坐下对饮。破月见他已有三分醉意，心头恨恨的，闷闷不吭声。

"眼见朝廷已结束对东南诸国的用兵，显然是要对君和国开战了。"赵魄沉吟道，"却不知君和会不会抢先一步？"

步千洴眼睛一亮："想不到大哥也懂用兵。"他拿出些饭粒，扮作君和国大军，排兵布阵。

两人你来我往，说到高兴处意气风发。破月本来对兵道还挺感兴趣，只是被步千洴扰得忧心，心想：我心思纷乱，你却同旁人聊打仗聊得神色飞扬。心头恨恨的，不多时，竟迷迷糊糊趴在桌上睡着了。

步千洴见她睡着，立刻解下外袍，盖在她肩头。赵魄笑而不语。

不知过了多久。

步千洴倏然一惊，睁眼醒来。

他一抬头，便见满地的酒坛，赵魄仰面倒在榻上，打着呼噜，径自睡得沉稳。

他微微一笑，正要起身，忽觉左臂不能动弹，转眸一看，立刻定住。

原来是破月趴在桌上，头压着他的手臂，睡得正香。

不知道是他饮醉了酒，无意识地去抚摸她的脸时被她压住，还是她在梦中迷迷糊糊地靠近，安心地睡在他的臂弯里。

夜色如此幽暗清冷，手臂上传来些许温热和重量，如此温柔依赖，竟让步千洐酒意醒了大半，趁着月光呆呆地看着她，一动也不能动。

第二日破月醒来时，发觉自己躺在楼上的房间。她刚一推开门，就见步千洐站在门口，神色甚为平和："走吧。"

"去哪儿？"

"赵魄的山寨。他们熟悉沙漠，帮我们打点行装，事半功倍。"步千洐接过她手中的包袱，才发觉左臂还有些酸痛。他淡淡地看了她一眼，沉默不语。

赵魄早已在楼下等候，熟练地带着他们二人穿街过巷，轻而易举地避过官差。不出半个时辰，三人便到了青仓人聚集的山寨。

原来青仓城北部大片地区都依山而建，是青仓族的祖屋所在。只见黄澄澄的土丘下，一间间圆顶木屋错落有致，七色彩旗密密麻麻插在每一个屋顶，在风中飘扬。村中人不多，多是些老妇人和孩童。看到赵魄，孩子们都很高兴地扑过来："少头领！"

赵魄哈哈大笑，带步千洐两人往寨中走，很快就有十几个青年人迎出来。他们穿着厚厚的粗布棉衣，赤着双足，个个脸上有伤，看到赵魄，俱是惊喜交加。

"二弟，这便是昨日随我救人的义士。"他又对众人道："这是我结义兄弟步千洐！昨日他一人击退二十名官差，助我脱身！"

青年们齐齐拜倒："多谢英雄！"步千洐豪气顿生，一一将他们扶起："路见不平，拔刀相助，兄弟们切勿多礼！"

一群汉子兴高采烈，哈哈大笑。有人也瞧见了破月，只是不敢多看。步千洐还未介绍，赵魄笑着对众人道："这是二弟的女人，漂亮吧！"说完，也不待步千洐反驳，拉着他往寨中走。

"二嫂！"汉子们腼腆地朝破月笑，紧随赵魄进寨。

"稍候！"步千洐脚步一顿，回头等破月走到自己身旁，进入绝对安全的范围，才继续与赵魄并肩而行。

步千洐之前只对赵魄说，要去沙漠中寻找经商久未归家的父亲。赵魄也没多问，这日便让寨中兄弟拉来两头健硕的骆驼，又备齐了充足的水、干粮和一顶帐篷，而后拍拍步千洐的肩膀："今晚不醉不归！"

这晚，寨中篝火通明，赵魄命人杀鸡宰牛，款待步千洐二人。汉子们身旁都坐着自己的妻子。青仓男子多豪迈，青仓女子多羞涩，时不时便有男子给自己妻子灌酒，笑声一片，极其尽兴。

破月也坐在步千洐身旁，与赵魄夫妇邻桌。只不过全场最相敬如宾的就是他二人了，别说就着同一个碗喝酒，别说抱着亲昵，就是瞧都没瞧上一眼。

很快便有青年过来敬酒。步千洐见人敬酒就干，博得喝彩声一片。

有人听说破月也是高手，就过来给她敬酒。步千洐从她手里夺过碗，一饮而尽，全部代饮。

破月一声不吭，随他去。

终究还是有人逗趣，高声笑道："步大侠怎么不与妻子喝一碗？"

立刻有人起哄："喝一个！喝一个！"

闲人众多，步千洐不愿说与破月的纠葛，只淡笑道："她喝不了酒。"

众人不依，笑道女侠怎么能不喝酒。破月一直沉默，忽地朗声道："多谢各位！"端起酒喝了一大口。未料青仓酒辛辣无比，她顿时被呛得连声咳嗽，面红耳赤。

众人哈哈大笑。步千洐趁着火光，瞧见她面颊酡红、神色窘迫，便愣住了。

他方才与数十人对饮，酒不醉人人自醉，早有些糊涂。此刻听众人在耳边不断喊："步大侠，步大侠，喂嫂子喝一个！"他脑子陡然一热，理智竟被丢到九霄云外，一把抓住破月肩头，紧紧将她按在自己心口，端起酒碗便送到她嘴边。

破月被他的突然袭击搞蒙了，忽地想起当日在墨官城内，他也是这般，突然搂住自己，往自己嘴里灌酒。往日那萌动暧昧的甜蜜情怀，忽地袭上心头。

一分神间，已被他灌了一大口，破月再次被呛得连声咳嗽。步千洐原本醉意阑珊，听到她的咳嗽声，脑子一个激灵，心生悔意。他将酒碗往桌上一丢，轻轻拍了拍她的背，别过头去，耳根阵阵发烫，胡天胡地地与汉子们聊了起来。

月上中天，汉子们竟也不顾天寒地冻，醉倒在寨中地上。步千洐本就心情抑郁，自然也醉得彻底，与赵魄抱着躺在地上，不省人事。有妇人咪咪一笑，领破月到屋子里睡了。破月见步千洐睡得死沉，想起他的情不自禁，想起他的拒人千里之外，不由得心头恨恨，往他腿上踢了两脚，这才解气，进屋睡觉。

刚躺下一会儿，忽听寨外有人用青仑语大喊什么。破月一下子坐起来，冲到屋外，却见寨子外有无数火把，像是要将漆黑的天空都照得通亮。

醉倒的男人们陆陆续续坐起来，神色俱是惊惶而愤怒。步千洐猛然睁眼，立刻抓起刀，抬头四处寻找。破月早已站在他身后，故意不吭声。直到他焦急地拔腿要往前冲，她才拍了拍他的肩头。

他身子一僵，回头看到破月，神色一松，四目凝视，俱是无言。

"大哥，怎么回事？"

赵魄站起来，脸色阴郁："二弟，他们来抓我了。"

步千洐和破月俱是一凛，只见寨外火光通明，至少来了上百官兵。

过了一会儿，便见一位高壮的老人急匆匆跑了过来。

"赵魄！"那老人生得眉目英武，与赵魄有几分相似，他怒喝道，"官差已经来了，快把那些女子交给他们，否则爹也护不住你！"

"女子？"赵魄声音中有几分醉意和恨意，"那些都还是孩子！还有、还有我的小妹！你的女儿！今日死则死矣，绝不会将亲妹子交到他们手里！"

其他青年听到赵魄的豪言，已按捺不住，怒吼道："对！跟他们拼了！"

步千洐是军中人，本不欲与官府正面冲突，但听众人决意赴死，却是一股豪情涌上心头，朗声对赵魄道："大哥，小弟今日助你退敌！"

赵魄哈哈大笑，端起两碗酒，与他对饮而尽，砸了酒碗却道："义弟，大哥与官府作对，杀了这些狗官差，又会有新的过来。大哥已是死路一条，你速速带着弟妹从寨子后门走吧！咱们就此别过！"

步千洐略一迟疑，他若一人自然无牵无挂，可如今破月在此，他不想叫她受半点儿损伤。

"先将他们领头的制住，总有法子叫他们知难而退。"破月忽然道，神色淡淡的。步千泞原本也是这样想的，听她说出，心头一热，情不自禁柔声道："不错！"转头对赵魄道："大哥在此等我！"提刀纵身便朝寨外跃去！

破月从身旁一位汉子手里夺过尖刀，一声不吭也跟了上去。众人见他二人身法精妙，顷刻没入夜色，俱是"啊"了一声，面面相觑，随即快步追上去。

破月随步千泞跃出寨门，正欲发难，却见寨外静得出奇。数百人整整齐齐跪了一地，半点儿声响也没有。

破月心里"咯噔"一下，步千泞亦缓缓回头，只见前方火把林立的大树下，两个黑衣人静静立着。一个穿着官服的男子跪在他们面前，头埋得极低。一个黑衣人淡淡地将一块金色令牌收回腰间，对那官差道："退下吧！不许再来！"

官差一脸惊慌，点头哈腰，扯着嗓子对手下们低吼道："还不快走！"一群人退潮般撤了个干干净净。

步千泞和破月俱是沉默不语。身后赵魄等人已赶过来，看到官府退兵，俱是又惊又喜。那两个黑衣人低着头走过来，在步千泞二人面前拜倒，其中一人道："属下青雀街麾下暗卫，奉主人之命护送二位到边境。"

他这么一说，步、颜二人都明白过来，诚王府正是在青雀街上。破月问："你们怎么忽然来了？"

那暗卫答道："前些日子，邕州边境的云福客栈出了件大案子，主人怕路上不太平，怕有牵连，便叫我们暗中护送。今日见他们叨扰二位，故才现身。"

步千泞顿时明白过来——定是当日在云福客栈斩杀数人，慕容湛也得到了消息，猜到是自己动手。慕容湛怕沿路官府追查凶手，为难他二人，所以派暗卫带着金牌赶过来。

"替我多谢你家主人。"破月道，"告诉他，我们都很好，无须挂心。"

两暗卫点头称是，道："已至边界，我们不便北行，望二位保重！"说完便起身退开，身影很快匿入夜色。

赵魄等人站得较远，不明缘由，待到听步千泞说官差退去，不会再来，顿时又惊又喜。

赵魄死里逃生，拉住步千洐再次痛饮。新的酒菜轮番而上，众人欢呼雀跃。步千洐彻底醉了，醉得稀里糊涂、人事不知，抱着酒坛一声声低唤"月儿，月儿"。破月坐在他身旁，望着头顶清寒的明月，望着他俊朗的容颜，又怜又恨，垂首不语。

沙漠的天空，竟比城镇的还要碧蓝许多，通通透透，如一汪漫无边际的深泉，镶在头顶。

连绵起伏的沙丘，有的如高山壮阔，有的如波浪轻柔，在破月面前呈现出一种瑰丽的景象，令人心旷神怡。

两匹骆驼一前一后，离得很近。他在前，她在后。或许是这孤旷的荒漠足以融化每个人的心，他们没有再冷战，也没有比以前更靠近，只是真正像两个结伴而行的朋友，平静地往荒漠深处越走越远。

两人已按照赵魄指的方位，在沙漠里走了十来日。虽四野茫茫，但步千洐惯于行兵打仗，咬准北方，倒也没走弯路。

此时正值午后，太阳烈得像要将人的皮肤剥下来。步千洐取了水囊递给破月，破月接过刚要喝，两人俱是一凛，都听见前方有动静传来。

两人下了骆驼，身形隐在沙丘后，却见一行数十人，踏着黄沙从沙丘后冲出来。那些人面色焦黄、面容凶悍，个个赤裸着上身，腰间佩一把长刀，见到两匹载满东西的骆驼，还有容颜姣好的破月，都眼睛一亮，沉默地围了上来。

步千洐心下雪亮，知道遇到了赵魄所说的沙匪。不过十几个宵小，他也没太放在心上，转头叮嘱破月站好，拿起刀便迎了上去。

沙匪刀口上求生，俱是凶悍的性子，半点儿废话不说，扑上来就打。

起初，毫无悬念。

步千洐甚至未拔刀，便打倒了四五人。他听闻沙匪在荒漠中杀人如麻、恶行累累，故下手毫不留情，每一个都是断筋错骨，一招毙命。

余下的沙匪这才慌了，转身想跑。可步千洐哪里肯让，拔出刀纵身跃起，追了上去。

有个沙匪却极为机灵，起先躲在沙丘后不动，见步千洐朝外面追，拔刀便朝破月扑过来。可他没料到自己打错了如意算盘，破月连眉都没皱一下，一刀将他砍翻在地。

然而破月没想到，骆驼却忽地受惊，一声长嘶，两匹骆驼朝不同的方向撒蹄跑去。

破月一愣，瞅准负着十来个水囊的骆驼，拔腿就追。未料刚翻过沙丘，眼看便要追上，忽听骆驼嘶叫一声，身子缓缓开始向下沉！

破月心里"咯噔"一下，只觉脚下一空，流沙便如泄洪般疾疾下坠。

"千泸！"她脑子一空，双掌在沙面一拍，借力想要跃起！未料身子刚往上腾出寸许，流沙复又下旋，似有股重重的力道，将她向下拉！

"月儿！"沙丘后陡然跃出个高大的身影。

"别过来！是流沙！"破月急道，心下惧怕万分，想要提气，流沙却源源不绝，身子陷得更快！

步千泸紧贴着沙丘落下，看清她的状况，顿时面色一白。好在他见机极快，立刻取了腰带，系在鸣鸿刀上，长臂一扬，将腰带甩在她面前。

流沙已经掩住破月的脖子，她慌忙抓住腰带，这才松了口气。步千泸低喝一声："起！"绵长的力道大盛，破月只觉身子一轻，已然破沙而出，身子堪堪落下。步千泸长臂一捞，跃起将她接住，紧紧搂在怀里。两人惊魂未定地立在沙丘上，对望片刻，俱是无言。

"骆驼跑了！"破月忽地想起，急忙喊道。

步千泸的心一沉，举目四顾，可茫茫沙丘，哪里还有骆驼的影子？

"还有水吗？"步千泸问。

破月指了指地上的一个水囊——那是方才步千泸递给她时，掉落在地上的。

只有一个了。

可他们离君和国边境，还有十日以上的路程。他们已在沙漠里走了十日，退回去亦来不及。

步千泸脸色微变，旋即淡淡道："无妨，赵魄说沙漠里有绿洲，到那里再补充水源便是。"

三日后。

烈日如火盆，在头顶灼烤。

破月完全没有料到，他们会落入这样的境地。

明明前些日子，他们还在赵魄的山寨里，看着青仑人欢声笑语；明明他无情地拒绝了她，她已打定主意，只待完成师父的遗愿，就放弃这段感情。

明明她偷偷地想，除非他道歉，除非他求她原谅，否则她不会再跟他在一起。

却怎么一步错，步步错，他们竟然陷入荒漠！别说等到他想通的一天，别说等到她决定留下或离开的一天。

似乎再多一天，他们都等不到了。

破月又看了眼昏黄的日头，心想，这下可好了，他是否痛改前非都无所谓了，她是否原谅他也无所谓了。

因为他们极可能要一起死在这里了。

可恨的是，他到死，都不肯承认对她的情意；他到死，都还念着与小容的兄弟情，多过对她的爱意。

破月心头酸涩，舔了舔干裂的唇，强自忍耐不去看步千洐。步千洐却察觉了，将她的手一握，从腰间摘下水囊，塞到她手里。

"你也喝。"破月不动。

步千洐点点头，拿起水囊，拔出盖子，喉咙动了动，放下给她。破月疑惑地看着他："你骗我！"

"喝，别废话。"

破月接过水囊，微微抿了一小口。

她如何不知，一个水囊，两人喝了三日，还有一小半，这怎么可能？他也许根本就没怎么喝。

"咱们能找到绿洲吗？"

他头也不回，答得漫不经心："一定会。"

八日后。

破月觉得，日头像是疯掉了，越往北走，晒得越厉害。

她已经两天没喝水了，她的脑子晕沉沉的。黄澄澄的沙漠看起来茫茫一片，她知道已经走不到尽头了。

步千洐也许渴得更厉害。后来两天，他连拿起水囊做做样子都省略了，只看

033

着她，道："我不渴。"她不依，他就点了她的穴道抱着她灌，等她喝下去了，才为她解穴。破月气极了，抬手打他，他动也不动，只是有些散漫地笑道："我内力比你深厚，听我安排。"

此时，步千洄原本走在前头，似乎察觉出什么，回头看着她，见她风尘仆仆的脸上，嘴唇又干又黑，隐有血痕。

"走不动了？"嘶哑的嗓音传来。

"走得动。"破月双腿一软，眼前一片昏黑。

破月是被嘴里的腥味呛醒的。

热热的液体流入干涸许久的食道，有点儿咸，又有点儿涩，还有点儿铁锈的气味。不太好闻，可破月却感觉到麻痹已久的胃和口腔，仿佛瞬间复苏，朝那液体的来源重重地吸吮着。

猛地一个激灵，她睁眼一看，却望见一双暗色的眼。

步千洄在月色下静静地望着自己，英俊而憔悴的脸像是浮雕，随时会被风沙和月色蚀去。

她悚然，这才发觉他的手腕正堵着自己的嘴。那哪里是什么甘泉，是他的血！

"步千洄，你疯了！我不要！走开！"她发出虚弱的嘶吼。

此刻的步千洄，目光那么温柔，动作却像一头霸道的野兽！他一把扣住她的双手，抬起手腕又想往她嘴里灌。

破月觉得他疯了，自己也要疯了！他很多天没喝水，他还要她喝他的血？她哪里肯依？死都不肯依！

"神经病！你是我什么人？谁要喝你的血！滚！"她吼道。

他或许也没有太多力气了，竟被她挣开！他也火了，低吼道："别动！"抬手又点了她的穴道。

可这回破月不依了，死都不依了！咬紧牙关，任他抬起手腕，将她涂得满脸满嘴都是血，她也不肯要！

"张嘴！"他眼神阴鸷地望着她，俊朗的脸绷得铁青。

破月死死盯着他，眼泪大滴大滴地掉。

"我是你什么人？你说我是你什么人？"他猛地低头，咬住自己手腕，狠狠吸了一口，而后单手捏住她的下巴，俯下头，嘴唇重重地覆了上来。

火热的唇舌，夹杂着某种熟悉而遥远的气息，还掺着重重的血腥味、沙土味，统统往她嘴里灌。破月心痛得不能自已，如木偶般任由他的唇舌有力而疯狂地与自己纠缠。

他也似已忘却了一切，紧紧抱着她，想要嵌入她的身体。口中的血已经逼着她尽数吞下，他却仿佛忘了自己的初衷，狠狠地，像猛兽般亲着她，亲着她的唇、亲着她的脸、亲着她的耳垂、亲着她的脖子，亲着每一寸曾经令他迷醉、令他思念、令他神魂颠倒的地方。

破月抱着他宽厚而冰冷的背，只觉得又绝望又欢喜。而他在一番几近歇斯底里的亲吻后，深深埋首在她的长发里，与她十指交缠，将她压在柔软的沙丘上。

破月痛苦地抱着他："步千洐，我们也许都会死在这里，你还要让吗？"

回答她的是他的沉默。他沉默地抬头，重新将她死死吻住。

第二日破月醒来时，人已经在步千洐的背上。

他长发已乱，浑身又脏又臭，手臂上的血迹更是乌黑而狰狞，深一脚浅一脚地在沙地里行走。

前几日，他们还能纵身轻掠，日行数里。可如今，他们渴了十来日、饿了十来日，武林高手也与寻常人无异。

破月盯着他被风沙吹得干裂的后颈看了半晌，轻轻将头靠上去。他身形微动，继续沉默前行。

待到了夜间，又是极冷。他抱着她躲在沙丘后，不等她说什么，已抬手点了她的穴。

"我不喝！"

"由不得你。"他的声音里居然还能有几分笑意。他用刀划破自己另一侧手臂，埋头狠狠吸了一大口，低头又堵了上来。

半晌后，两人吻得同样气喘吁吁，同样虚弱无力。

步千洐抱着她，两人俱是无言凝视。

他的目光深窜，令她觉得有些异样。可具体哪里异样，她又说不上来。

"你想干什么？"破月哑着嗓子道。

他没回答，将点了穴的破月放在地上，然后拿起了刀，刀锋对准了自己的小臂。

"步千洐，你，你疯了！住手！"破月只觉得眼前阵阵发黑。

他的神色却极为冷酷："你不是问我让不让吗？我不让了，现下你不是小容的人，是我的人！我的人就得听我的！我要你活下去！"

之后的一切仿佛梦境般迷离，她也分不清真假了。她似乎看到步千洐沉着脸，脸上的肌肉轻轻抽搐着，然后他手臂上多了个血洞，刀锋上多了块血肉。她拼命地挣扎、抗拒，他沉着脸，抓住她的下巴，将那血肉塞了进去。

她觉得自己要疯了，真的要疯了。她要将他的肉吐出来！可他好狠，太狠了，吐出来又塞进去，吐出来又塞进去，终于强迫她吞了下去。

她大口大口地干呕，只觉得自己如坠地狱，而他从怀里掏出伤药，胡乱撒在手臂上，又扯下一截袍子把伤口包扎得紧紧的。血水从他的袖子里透出来，破月拼命想要推开他，不想再靠近他。他却是从未有过的霸道与强势，将她死死搂在怀里，抱着她睡去。

这一定是一场梦，她想。

她宁愿从来没认识过他，宁愿被他抛弃，也不愿喝他的血、吃他的肉，而后让他悄无声息地死在这片荒漠里。

执子之手

第三十一章

很热，全身上下仿佛都在火上烤。

破月难耐地呻吟了一声，迷迷瞪瞪举目四顾，却只见漫天黄沙如迷雾，什么也看不清，哪里还有步千洐的影子？

她跑了几步，忽地发觉手上还拿着什么，举起一看，竟是一截血淋淋的断臂！那手臂修长结实，五指骨节分明、指腹有茧，不正是步千洐的手？

破月感到一阵强烈的恶心难过，就像有一只无情的手，死死摁住她的胸口、掐住她的咽喉，她大口大口干呕起来……

破月猛地睁眼。

周围一片寂静，远处隐隐有稀疏的人声传来。

圆屋顶、帐篷、毛毯。她发觉自己躺在一个帐篷里，身上换上了亚麻袍子。周围暗暗的，微弱的烛火摇摇欲坠。

她一下子坐起来，四处看，却没看到那个令她痛苦牵挂的身影。

"阿步！阿步！"她哑着嗓子喊道。

"你醒了！太好了！"一个面貌敦厚的年轻姑娘，也穿着长袍，挑开帐门走了进来，手里还端着水和热气腾腾的粥。

"这是哪里？是你救了我吗？"破月焦急地望着她，"我的同伴呢？"

姑娘梳着黑亮的长辫，两颊被晒得通红，她说道："我叫司徒绿。我们的商队经过沙漠，遇到了你们两个，就把你们带了过来。这里是沙漠游民聚居的绿洲，你的同伴在另一个帐篷里。"

破月踉跄着便要站起："多谢……多谢……他在哪里？他要紧吗？"

司徒绿扶着她往帐外走，有些嗔怪道："你吃点儿东西再去看他啊，他比你醒得早，当时是很吓人，现在没事了……"

破月不答，抬眸只见日头西沉，晚霞绚丽。前方一汪开阔的湖水，像落入沙地里的一块碧玉，旁边数十棵细细的绿树随风摆动着身姿，青草铺满了湖边的土地，为这遥遥荒漠添了几分生气。几十个帐篷围着湖水而支。湖边一角，一排骆驼背满了东西，立在帐篷外。有几个穿着中原服饰的大汉蹲在骆驼旁抽着草烟，应当就是司徒绿所在的商队了。

司徒绿边走边道："那日我们还没到绿洲，便在沙漠里遇见了你们。当时你的同伴可惨极了，抱着你，你昏迷着，他全身都是血，把我们吓了一跳。他跪在我们面前，连磕了好多个头，只说了两个字——救她，然后就晕了。他手臂上有几处伤口，我还以为被狼咬了。后来我多看了他的伤口，说是刀伤。你们是不是遇到沙匪？"

破月怔怔地听着，脑海中浮现出他当日皮肤干裂、眉目污黑、满身血迹，野兽般往她嘴里灌血、灌肉的样子。她只觉得恍恍惚惚，心跳阵阵加快。

不知不觉间，她们走到一个山坡上，坡顶有个帐篷，她们隔着十几步站定。

"好啦，他就住在这里面。"司徒绿凑过来耳语道，"我知道他是你的情郎，这几日你没醒，他每晚都来探望你，抱着你坐很久，一动不动呢。他刮了胡子，生得好俊……快去快去，记得探望完他回来饮粥。"

司徒绿挥挥手跑下了山坡。破月静静立了片刻，才悄声走过去，掀开了帐门。

帐内暗暗的，唯有一盏烛火轻轻摇曳。

一个高大的男子，穿着长袍，缓缓转身。

破月只看了他一眼，就愣住了。

他看起来比之前又消瘦了几分，平日里刚毅的下巴，如今看起来都有些尖了。漆黑的眸静静地望着她，一动不动，脸色亦是十分苍白。

破月的目光从他脸上移到他手中的包袱上。

他一只手还拿着鸣鸿刀。

破月的内心夹杂在浓厚难言的情意里，原本十分忐忑，可见他此时的装扮，她心头骤然一沉。

"你又要走？"

他静默片刻，声沉如水："月儿……"

破月只觉得一股寒气飕飕地往上冒，瞬间侵袭全身，心里变得又酸又涩，堵滞难言。她上前两步，一把揪住他的衣襟："难道沙漠里发生的一切都是假的？你抱我、吻我都是假的？"

步千泝脸色微变，没作声。

破月只觉得一股熊熊的无名火，势不可当地将她的委屈难言全压下去。

只剩怒火。

被抛弃、被侮辱的怒火。

"步千泝……步千泝……"她狠狠揪紧他的衣服，都快要攥出水来，"你对得起我吗？对得起我吗？"

她刚刚苏醒，本就体虚，气血上涌，眼前顿时一黑。步千泝一把将她搂紧，她定了定神，提起真气，狠狠一掌打在他胸口上。

步千泝猝不及防，闷哼一声，倒退两步。饶是他武功胜过破月，也难受她突如其来的一掌，脸色霎时一白，嘴边缓缓溢出一缕鲜血。

破月看得心疼，可她的气愤却因他甘愿承受的模样，更加强烈！

"步千泝！我受够了！我就算被颜朴淙抓回去当奴隶也心甘情愿，这辈子不要再见到你！"

步千泝脸色一变，一把抓住她的胳膊。破月猛地一挥，却没挥开。他的双眼沉默而执拗："别说浑话！我当日决意成全你跟小容，只因为……"

"谁要你成全？别以为我不知道你怎么想的，没错，我爱你是没爱得那么深，从没到过生死相许的地步。咱们才在一起几天就分开？我不知道你喜欢什么，不知道你讨厌什么，不知道你的养父母叫什么，甚至不知道你跟我在一起，将来会不会吵架，会不会对不起我，会不会让我失望！

"可我只是不想放弃啊！咱们的感情才开了个头，就被颜朴淙追杀，被那些所谓的天下英雄追杀！怎么办？

"可是爱一个人，不就是应该排除万难、披荆斩棘，直到哪一天实在坚持不了，才放手吗？那才是爱情啊！你和我都还没用心爱过，我怎么能因为一年见不到你，怎么能因为有别人对我好，就轻言放弃？

"小容他……他中意我，你不好过，难道我就好过吗？他那样一个人，我弃他不顾，我甚至觉得这辈子都亏欠他，因为不能回应他的深情厚谊。可我没办法啊步千洐，世事岂能尽如人意？他再叫人怜惜，他也是另一个人啊！我当日既然决定跟你在一起，断无不明不白跟了别人的道理。

"可是步千洐，到现在你还要让？到现在你还要走？算了！我放弃了！你走吧，咱们一刀两断，两不相干！"

破月说到后头，声音已然哽咽，体内气血翻腾，喉咙一阵甘甜。她强自忍耐，一抬头，见步千洐正怔怔望着自己，神色极为震动。

她是真不想再看他一眼，一把将他挥开，转身拔腿就走。

有力的大手仿若火钳，一把抓住她的胳膊。不等她再爆发，他一下子将她带入怀里，狠狠抱住。

"松手！"破月嘶哑着声音低吼道。

可他将她箍得更紧。低垂的俊脸，绷得铁青，粗黑的眉紧紧拧在一起，双眸一片难辨的阴霾。

"你还抱我做什么？你这个浑蛋！抱自己弟妹做什么！"

她提起真气，一脚朝他膝盖踢去！步千洐侧身一避，身体失重，抱起她就倒在床上。

高大沉重的身躯将她压得死紧，黑眸深深望着她，呼吸的气息轻轻喷在她脸上。破月的眼泪流了出来："步千洐！我不要你再虚情假意！放开我！"

"谁说我是虚情假意？"他低吼道，牢牢扣住她的双手和双腿，一低头，狠狠吻了上来。

他们从未吻得如此野蛮。

他将她压得死死的，火热的唇舌野兽般在她嘴上乱舔，拼命想要撬开她的嘴。她闭嘴不纳，他就捧着她的脸一顿狂亲。

破月被他亲得耳根都麻了，怒火更盛，张嘴就咬住他的舌头。步千洐不躲不避，生生受了，疯狂地往她嘴里探。她结结实实咬下，血腥味瞬间遍布两人的口腔。他仿佛失去了痛觉，继续缠着她的舌头纠缠。

破月不忍心再咬下去，拼命将他的舌头往外推。可他一旦得手，哪里肯让？鲜血淋漓的嘴重重地堵着她，像是要将她的每一缕气息都吞咽下去。

过了许久，久到两人都气喘吁吁，无力挣扎。

他终于放过了她的唇，却依旧扣紧她的双手，令她动弹不得。

"你什么意思？"破月冷冷道。

"就是这个意思。"步千洐低头又要吻，破月心头火起，怒喝道："我不是你召之即来，挥之即去的人！松手！"

步千洐沉默片刻，松开了她，双臂却依旧撑在她身侧，高大的身子几乎完全笼罩住她，漆黑的眸死死盯着她。

破月呼吸依然急促，转过身背对他。

半晌后，听到背后传来他缓缓的声音。

"月儿，是步大哥浑蛋，是步大哥对不住你。"

她不吭声。

他继续道："你方才说的话，我都听明白了。"他的声音中带了几分自嘲，"枉我以为自己义薄云天，今日才知，尚不如你这小女子豁达通透。你骂得好，骂得痛快，现下我清清楚楚地知道，不是什么事，都能拿'义'字衡量。"

破月的声音有些哽咽："晚了！我现在不要你了！"

他静了片刻，却仿佛没听到她绝情的话，柔声道："是我的错，平白让你受了这么多委屈。当日我见小容那副模样，于心不忍，自以为这是两全的法子，对得住你们两个。"

破月道："狗屁！"

他轻轻抱住她的肩头道："月儿骂得对！狗屁！都是狗屁！什么兄弟情，什么顾及你的安危，都是狗屁、都是借口。说到底，是我没坚持，是我对不住你。"

他慢慢将脸贴近："这些日子我每日对着你，过得浑浑噩噩，我也难受得紧。月儿，步大哥实在错得离谱、错得可笑。只求你再给步大哥一次机会，再原谅步大哥一次，好不好？"

破月被他说得心都要化了，却依旧冷声道："原谅你？你要我原谅你？好，那我问你，等回了大胥，见到小容，你如何面对他？"

步千浵脑海里闪过慕容湛那日醉酒后的痴痴告白，心头隐隐作痛。他静默片刻，哑着嗓子道："回去后我同他说，是我对不住他，与你无关。"

破月听他提到小容，心头一痛，沉默不语。

步千浵将她身子翻转过来，却见她神色凄迷，甚为可怜。他静静地望着她，慢慢俯下身子，捧着她的脸，又凑了过来。

"我还没原谅你……"破月狠狠地别过头去。

步千浵已沿着她的脸颊，反反复复亲了起来。

破月被他亲了又亲，渐渐只觉得全身血脉仿佛都被点燃，开始无声地奔腾，开始歇斯底里地叫嚣。她清清楚楚知道，知道这熟悉的感觉。这一年里，每当她想起步千浵，她的全身血脉都会为之悸动。而今天，它们在压抑了一年后，终于得到了他的回应，它们如疯魔了般，开始在她体内激荡。

它们终于不再委屈，汹涌澎湃、毫无顾忌地释放，眼看便要将她湮没。

她怎么能怪他呢？怎么忍心真的怪他，真的不理他呢？他这么一个人，唉……

破月猛地抬头，抱住他的背，含住他的唇舌，极其用力地亲吻。

步千浵身子一僵，只觉得身体深处有一股火气噌噌地往上冒。他眸色越发暗沉，一下子将她压倒在床上，长腿钩住她，四肢都紧紧与她纠缠。

神魂颠倒、昏天黑地。世间一切都不存在了，什么都不重要了。只有她温软的馨香萦绕在自己身下，撩拨着他压抑许久、沉寂许久的情意，让他热切地想要将她占为己有，从此再不叫任何人窥探、不叫任何人痴想。

"步兄弟……"帐门一响，有人"啊"了一声，立刻退了出去。

步千泓身形一顿，没有回头，继续埋首咬着破月的脖子。

"有人……"

"没事。"步千泓含糊道，"是商队头领，明日让我护送他去另一个部落交易，见着咱们……他自然会走。"

破月迷迷糊糊反应过来："你方才收拾行李不是要走？你只是要护送他？"

步千泓微微一笑："自是如此。你以为我还舍得下你？"

"那你不早说……"

步千泓没答。

他又如何说得出口？这一路北行，自己越来越割舍不下她，待身陷沙漠死地，更是认清了自己的心，根本舍不得将她让给小容。可大丈夫出尔反尔，他也有些踟蹰，无法开口罢了。

"你傻啊……"破月低声道。

步千泓静静地望着她，目光锐利逼人，却又抓起她的手指，一根根含在嘴里，仔仔细细地舔。破月被他盯得面若红霞，被他亲得酥麻难当，情难自已、满心欢喜。

两人又低低说了一会儿话，步千泓怜她体弱，拿了些干粮亲手喂给她吃。破月靠坐在床上，任他伺候，心情大起大落后，终于缓缓被喜悦填满。

两人四目凝视，都觉仿佛又回到了昔日粮仓，荒山中只有他二人，满心柔情蜜意。

步千泓心结已解，心境坦荡，抱着她片刻，沿着她的脸颊、脖子，一寸寸吻着，却听她低声道："阿步，你敢不敢要了我？"

步千泓压抑多日的情意终于得到释放，一心只想与她亲近。此时听她忽然来这么一句，只觉得仿若往烈火上浇了瓢滚油，浑身难耐。

可他盯着她道："你刚醒，身子虚弱……"

回答他的，是破月勾着他的脖子，开始轻吻他的脸。

破晓。

破月迷迷糊糊一睁眼，便被身后人察觉，手劲一收，将她搂得更紧。

想起昨晚的癫狂，破月只觉得恍然如梦，此刻身体更是酸麻酥软，不由得低骂道："你、你太坏了，一点儿也不君子。"

步千泻紧贴着她，高大的身躯几乎将她整个都包裹住，低笑道："可你也是很喜欢的。"

破月被他说得羞赧，不吭声。步千泻将她翻了个身，正对着自己，哑着嗓子道："我赠你的玉佩呢？"

破月挣开他的怀抱，抬手在床头衣物里摸了摸，将玉佩拿过来。步千泻见她随身带着自己的信物，越发感动。他接过玉佩，低笑道："还说将来不给我生儿子，如今木已成舟，再不会有差池了。一回大胥，咱们就成亲。"

破月却道："我只是跟你好，可现下也不一定就跟你过一辈子啊。咱们互相还不够了解，先相处一阵再说。"

步千泻听得眉头一皱，却见她眼中都是调皮的笑意，这才明白她在逗自己。他心神一荡，将玉佩往边上一丢，翻身又压住她："如此是要再多了解几次，方能让你安心嫁我了。"

破月尖叫一声，拼命推他，他耍赖般用身体重量压住她，气得她佯怒不语。他这才定定望着她："月儿，谢谢你！"

"谢我什么？"破月明知故问。

步千泻不答，闭上眼抱着她。

谢谢你骂醒我的蠢笨愚钝，谢谢你对我不离不弃。而我步千泻得妻如此，夫复何求？苍天在上，父母亡灵见证，步千泻自当宠你、爱你一世，白首不相离。

破月再醒来时已是早上，步千泻不在床上。她下床走出帐篷，看见他坐在山坡上，似在出神。

旭日在他头顶升起，将他挺拔而消瘦的身躯，笼上薄雾般的光影。他微垂着头，侧脸轮廓棱角分明、沉静英俊。

破月望着他的背影，只觉心底一股热流暖暖淌过。

"在想什么？"破月在他身旁坐下。

步千泂原本在想小容，一看到她，眸光顿时柔和，轻笑道："想你。"

他抬臂搂住她的肩膀，两人俱是无言。

日头正好，湖面波光荡漾，牧民们牵着牛羊，放声高歌；司徒绿站在山坡下，看到他两人，用力地挥手。

一派令人沉醉的安详。

破月忽地想起一事，忍不住上下将他打量一番。步千泂抬手在她鼻尖上一刮："想什么呢？一脸古怪。"

破月用指尖戳戳他胸前硬而韧的肌肉："你有没有……觉得内力有增进？"

步千泂笑意渐深。

"似乎并无增进。"他懒懒地在她耳边低语，"莫非在下不够努力？"

"去你的！"破月捏住他挺拔的鼻梁，"我是认真的！"

步千泂之前还真没想起这个，闻言正色提气，运转了一个周天，摇了摇头："内力并无变化，不过……着实通体舒畅。"

"难道人丹之说是假的？"

两人思索片刻，却都没有答案。

晌午过后，步千泂和破月随商队上路。护送商队到了下一个部落，两人补充了水和食物，便跟商队告辞。

数日后，两人终于走出了沙漠。面前是连绵不断的光秃秃的石山，天堑难越，可对于他二人来说，又有何难？

白日里，一前一后于悬崖峭壁上穿梭飞跃；夜里，便宿在空寂无人的山谷中。

又在山间行了两日，远远已可望见前方城池的轮廓——他们终于抵达君和国的边境了。这日傍晚，两人在溪边小憩，天黑后，潜入城中。

天明时分，步千泂和破月走在街头，对望一眼，俱是笑意盎然。

慈州，是当年大胥割让给君和的八州之一。破月和步千泂原都以为，踏上这片沦陷的国土，会看到焦土遍地、民不聊生，未料逛了半日，未见任何不平事，只见热闹和安详。即便在一些老人脸上，也未看到亡国奴的痛楚。

两人又在城中走了半个时辰，还真没遇上任何不平事，处处一派祥和，倒叫步千洐这满心家国故土的大侠毫无用武之地。傍晚，步千洐问了当地人，便带破月寻到了一处有名的饭店，两人要了个临湖的二楼雅间。正值初夏，碧波清寒，岸边垂柳迎风飘荡，湖光山色，静美宜人。破月倚在栏杆上，望着广袤的原野，听到湖边行人的欢声笑语，只想起四个字：天下太平。

步千洐贪杯，小二一送上当地美酒，他就抱着喝了半坛。此时酒意微醺，他抬头便瞧见破月。晚霞金黄灿烂，她纤柔的腰身也镀上了一层金边，玉一样细致的脸庞，朦胧得越发柔弱可爱。

步千洐平生第一回连酒都顾不上了，缓缓走过去，将她拦腰一抱，埋头就亲。

正亲得如胶似漆，步千洐忽地停住，缓缓回头。

破月一愣，凝神静气，也听到了声响。

步千洐察觉到门口的人已经站了一会儿，只是他方才意乱情迷，刚刚发现。他将破月挡在身后，低喝道："阁下既已来了，何不现身？"

破月也暗自提气。

片刻后，门被推开，清风灌入，一个消瘦的黑衣人默默走了进来。他清秀而苍白的脸庞上，漆黑的眸色寒气逼人，薄唇却暗红如血。

他完全不管步千洐和破月的惊讶，径自在桌前坐下，端起酒，闭上眼："继续，我等。"

步千洐哑然失笑，松开破月走过去。

"十三！"破月惊喜地跟上前。

唐十三这才看着他们，眸中笑意一闪而逝。

破月望着他，阔别一年，他竟似毫无变化。唯一的不同是，他穿着君和国的服饰。

"你怎会在此处？刑堂又有任务？"步千洐拍拍他的肩膀，唐十三抬起手，两人手掌在空中有力交握，步千洐这才坐下。

"在街上看到你们。"十三答道。

破月明白过来，她跟步千洐在异国自然毫无顾忌，招摇过市。大概恰好被十三撞见，他便尾随过来。她贴着步千洐坐下，小声补充："那个……他也是君和国人。"

当日他说"我跟他一样"，不正是说，自己跟靳断鸿一样吗？破月当时还不太明白，后来仔细一想，虽然这个事实匪夷所思，却是最合理的推测。今日在君和见到他，谜底自然揭晓。

步千洐长眉微挑，脸色一沉："当真？"唐十三点点头："真。打不打？"他一跃而起，拔出长剑，脸上隐有喜色。

破月顿时哭笑不得。

敢情家国仇恨，在他看来，还比不过跟步千洐打一架畅快？真真是个极品武痴啊！

步千洐却根本不买账，抬眸看着他："为何潜入大胥？"

唐十三面无表情："闯荡江湖。"

"可曾背叛大胥？"步千洐缓缓问道。

"不曾。"他淡淡道，末了破天荒耐着性子补了句，"我从不诳你。"

步千洐便不作声了。

他还真没诳过自己，包括他是君和国人的事——回头想想，他还从没说过他是大胥人。当年初识时，步千洐问他是哪里人，他就不耐烦地抬手指了指北面，谁能想到他指的是君和？

唐十三见无架可打，收剑回鞘，神色明显黯淡了几分，这才望着破月："你可好？"

破月点头："很好，你呢？"

"不大好，没人打架。"

破月忍不住笑了，唐十三看着他两人交握的手，目光滞了一瞬，缓缓点头："更配。"

破月一怔，步千浠也扬了扬眉。

十三又看向步千浠："打一架，你出气。"

破月也看着步千浠，她知道他骨子里还是个铁血军人，现下不仅师父是君和人，连最好的一个兄弟，也是君和人，心里必定不舒服。她本就没有那么强烈的国别观念，想起无鸠峰上十三维护他二人，她更加不希望步千浠因为这个失去唐十三这个真兄弟。

想到这里，破月看着唐十三，未料在这个冰块儿的眼中，看到了几分紧张。

他也会紧张？怕步千浠恨自己？破月被他的情绪感染，居然也有点儿紧张，小心翼翼地望着沉默不语、脸色暗沉的步千浠。

片刻后，步千浠却笑了，懒洋洋道："打就打。"

十三道："走！"

两人随十三下楼，走了一炷香时间，到了一个朱门大户前。十三上前一脚踢门，府门轰然作响。很快，里面响起紧张的脚步声，一个老奴慌忙开了门："二爷，您回来了！"

十三连点头都欠奉，抬手指了指步千浠二人："住下。"老奴点头哈腰，退下去招呼家仆们准备。

十三没说自己到底是何身份，步千浠和破月也没问。这大宅极为奢华，竟有一片人工湖修在院内，小桥长廊更是百转千回，精致动人。

这日步千浠跟十三在花园里打了个通宵，直到天亮才回房睡。白日里，十三便带二人四处游玩。过了两天快活日子，步千浠二人便欲告辞北上。十三当时没说什么，扔了一大把银票给步千浠。辞别当日，他却也拿了个小包袱："无聊，同去。"

步千浠与破月未成婚，路上便与十三同宿一屋。有时候破月被隔壁的打斗声吵醒，总是忍俊不禁。

一个月后，三人抵达君和国的都城——承阳。

破月觉得，如果帝京给人的感觉像恢宏而庄严的帝王，那么承阳就像一座温儒而包容的大佛。不仅城内建筑优美雅致，甚至连天子脚下的百姓，都无半点儿骄横之气，反而人人和善好客。

"客官是外地人吧？想去皇城逛逛吗？想饱览承阳美景吗？"客栈的小二殷勤地推销，"只需二十文钱，小的便能为你们找一位可靠的向导。"

"不必。"十三冷眼将小二逼退。

步千洏和破月都有些吃惊。

"逛皇城？"步千洏问。在大胥，皇城从来都是由禁军把守、万民景仰、神秘而不可侵犯的皇权之城。

十三居然文绉绉回了句："君臣一体，天下大同。"

步千洏沉思不语。破月则觉得，这个君和国有点儿意思。

日落时分，十三领他二人走到城西一座大宅子前。只见朱门黑匾，匾上三个金光灿灿的大字：赤刀门。

十三停步不前："不便。"

步千洏点头，上前敲门。再回头时，十三已不见踪迹。

片刻后，便有一青衣男子来开门，疑惑道："小兄弟找谁？"

步千洏恭敬道："靳断鸿弟子步千洏、颜破月，奉师命，将恩师骨灰送回故里。"

那青衣男子神色一震，进去通报，片刻后返转："请！"

步千洏和破月随那男子走进去，只见内庭占地极广，却十分质朴清雅。又走了一炷香时间，到了花园，眼前一派郁郁葱葱、花香扑鼻。前方蜿蜒的葡萄架下，摆着张棋盘，两个老人对坐着。

左首的老人穿一袭黑袍、头戴帕巾，身材健硕、龙眉虎目，与靳断鸿长得有几分相似。他的表情十分震惊，盯着步千洏手中的黑色骨灰盒，脸色已有些发白。

右首却是个和尚，穿一身洗得发白的旧袈裟，眉毛是白的，胡须也是白的。他并未抬头，一直盯着棋盘，似已出神。皱纹如沟壑爬满他的脸，他双眸微垂着，看不清表情。

按辈分，靳断鸿之父算步千洏的师公，但他是君和国人，又是领军将领，步千洏如何能拜？步千洏一拱手，不卑不亢道："前辈，师父他……已于两个多月前去了。"

左首老人正是靳断鸿的父亲、退役大将军庞清池。他闻言上前两步，接过步千浒手中的骨灰盒，踉跄着坐下，抬手轻轻抚了又抚，默默流下两行热泪。

破月道："前辈，师父去的时候很安详，大胥亦待他极好，并未为难。"

她一开口，那和尚倒是抬眸看了她一眼，旋即低下头去。

庞清池点点头，忽地拜倒："多谢你二位千里迢迢送他回来！"千浒和破月连忙将他扶起。

"生死有命，他死得其所，清池何必挂怀？"那老和尚忽然开口道，声音浑厚平静。

庞清池将骨灰盒轻轻放在桌上，恭敬道："大师说得极是。"

老和尚下了颗白子，庞清池复又执起黑子。

步千浒见他们态度疏冷，也不想多留，沉声道："既已完成师命，晚辈告辞了。"

"且慢！"庞清池忽地抬头，虎眸精光四射，竟与方才伤心绝望的老人判若两人，"你们从大胥来？"

"正是。"

"我君和与大胥势同水火，岂容你们想来便来、想走便走？"

步千浒眉目不动："你待如何？"

庞清池将手中棋子一扔："好张狂的小子，陪老夫过两招吧！"身形未动，长袍宽袖已是隐隐风动。

破月没料到他忽然发难，忙道："前辈，我们好心送师父骨灰回来，你怎么能翻脸不认人呢？"

庞清池冷笑一声，从腰间拔出长刀，欺身攻了上来。

"月儿让开！"步千浒冷喝一声，拔出鸣鸿。

庞清池微微一怔："鸿儿竟将鸣鸿传给了你？"

两人很快便缠斗在一起。

破月有些焦急地驻足张望。她知道自己与步千浒相比，武艺还有差距，而且他跟人比试，又怎么会让女人插手？眼见两人斗得激烈，忽听身旁老和尚道："清池打不过他。"

破月一愣，听明白了，心头又惊讶又高兴，竟对他的话信了七八分。

果不其然，两人足足打了半个时辰，步千洺收刀而立："承让！"

庞清池衣襟被步千洺的刀锋划了道长长的口子，怔然片刻，不怒反笑，声音清朗道："好！好！好！许久没有碰到这么厉害的后生了！你们是大胥人，老朽已尽力擒拿，无奈技不如人，甘拜下风。你们就此去吧。"声音一扬，"来人，送上黄金百两，另将百破刀拿来，赠予这位小姐。"

破月一愣，步千洺微微一笑。两人都才明白，这庞清池身为军人，跟步千洺一样身不由己，所以才与步千洺打一场，再放他们走。

两人对视一眼，齐齐拜倒："多谢前辈！"

"黄金就不必了。"步千洺推开家仆呈上的礼物，"宝刀她的确缺一柄，谢了！"

庞清池微微一笑，也不勉强。破月道："多谢师公！"

庞清池再不答话，低头又看棋盘。步千洺和破月正欲告辞，忽听那和尚静静道："且慢，燕惜漠是你何人？"

步千洺抬眸与他目光一触，只觉他双眸浩然如水，苍苍渺渺。步千洺敬他仙风道骨，语气倒是客气几分："前辈，我不认得你说的这人。"

老和尚微微一笑："这一身武艺，又从何得来？"

步千洺一愣，菜农师父教他武艺时，从不提自己的来历，后来不辞而别，更是未留只言片语。现下听老和尚这么说，心下已了然："晚辈一年前被人挑断手筋脚筋，武功尽废，后拜高人为师，传授武艺，只是不知师父的身份。"

老和尚点点头："是了，他必定不愿意透露身份。"

步千洺沉默不语。

老和尚长眸一敛，却看向破月："女施主，你这一身功夫出自我南天檀寺，又是为何？"

步千洺和破月俱是一惊。

"我的师父只有靳断鸿。"破月答道，心中却惊疑不定。

老和尚摇头："女施主不说实话。"

话音未落，清瘦的身影如鬼魅般闪过，步千洺和破月都只觉眼前一花，座位上已无人。破月再定神一看，吓得心神一颤——老和尚就站在她身旁，大手搭在她肩膀上。

感觉到一股无比浑厚的力道从肩头透入，破月想要运气抵挡，竟半点儿没有反应。她练功至今，还从未遇到过如此强大的对手，不由得目瞪口呆。

步千泻见破月被制，抬手便要将她抓过去。老和尚身形不动，按着破月肩头，竟瞬间倒退一丈远，步千泻连片衣角都没抓到。

"奇怪！奇怪！"老和尚的神色越来越惊讶，转头对庞清池道："我要带她走。"

庞清池点点头，步千泻哪里还有迟疑，拔刀如疾风骤雨般攻上。老和尚抓起破月跃到屋顶，袈裟竟被步千泻砍掉一片衣角。他惊讶道："施主刀法修为竟到如此境地，实在是后生可畏！"说完，身形一闪，快如疾风，顷刻便不见踪迹。

步千泻持刀跃上屋顶，追了片刻，却见夜色茫茫，哪里有老和尚和破月的身影？他已知那老和尚武艺诡谲，自己只怕难望其项背。他静了片刻，按下心头的焦急纷乱，重新回到庞府，朝庞清池拜倒："求师公指点！"

庞清池笑着将他扶起："苦无大师带那位姑娘走，必定有他的道理。你去南天檀寺后山寻他们吧。"

步千泻走出庞府屋门，厉喝一声："十三！"

一个人影慢慢从阴暗里走出来，清秀的脸微微诧异，看着他空荡荡的身后。

"去南天檀寺。"步千泻道，"她被苦无大师带走了。"

十三静了静，眉目瞬间舒展："无妨。"

步千泻看了他一眼，终究还是思及破月的人丹体质，如今身在异国，更是危机四伏。他的眸色冷下来，慢慢道："她若有丝毫差池，于我皆是切肤之痛。"

十三沉默半晌，答道："苦无一代宗师，打不过，只能求。"

"求便求！磕头认错都无妨！速带我去！"

十三看着他，默默吐出一个字："痴。"他转身拔腿疾行，步千泻快步跟上，两人身影顷刻没入夜色，往南郊去了。

　　两人行了一夜，便到了百余里外的南天檀山。旭日晨光中，只见绿野漫山，一座巍峨的寺庙静立在山腰，清寂庄严。

　　十三走到寺门前，轻轻敲了敲。步千洺还是第一次看到他如此郑重，沉默不语。

　　片刻后，一个小和尚探出头来，双手合十："施主有礼！"十三静静说道："唐茶、步千洺，求见祖师爷苦无大师。"

　　"二位请随小僧来吧。"

　　步千洺看了他一眼："祖师爷？"十三点头。

　　步千洺眸光微沉："君和兵马大元帅唐忠信是你何人？"

　　"家父。"他看着步千洺，顿了顿，补充道，"关系不好。"步千洺点点头，不再问了。

　　偌大的练武场上，首先看到的是几十名俗家弟子，随着一名武僧，在晨光中勤力操练；场旁数棵参天大树，看起来皆有百岁以上，将这古刹衬得更加肃穆。

　　再往里走，便经过数间精舍，僧侣们正闭目念经，极为虔诚专注；偶尔也能见到一群练功的年轻僧人，招式沉稳，龙行虎步，庄严大气。小和尚带他们穿过热闹的前山，又在山间行了小半日，这才到了后山。

"苦无大师潜修于此，弟子不便打扰，二位施主请自行上山。阿弥陀佛！"小僧干脆转身走了。步千洐和十三沿山路攀岩而上，终于在山顶林中，望见一座僧舍。

步千洐刚要扬声报上姓名，却听"吱呀"一声，屋门从里推开。一个苗条女子走了出来，眯着眼打了个哈欠，不是破月是谁？

"月儿！"步千洐跃过去。破月惊喜道："你来得好快！"

步千洐心头一块大石落下，一把将她抱在怀里。

十三静立在他们身后，看着别处。

这时，却听屋内苦无的声音缓缓传来："都进来吧。"

破月吐吐舌头，松开步千洐。步千洐将她手一拉，眼神询问她到底如何。破月柔声道："我也不知道，我没事。"

昨晚破月被带到山上后，苦无只替她把了脉，就让她睡觉。今天刚睡醒，步千洐就已经到了。破月觉得这和尚并无恶意，决定静观其变。

三人来到屋内，只见这精舍全是由细竹搭建的，室内极宽敞，布置得格外雅致。苦无席地坐在窗前，窗外是一湾绿水静静淌过，衬得他的枯容沉静安详，看似并无敌意。

步千洐心念一动，拉着破月上前拜倒，磕了三个响头，也不吭声。

破月以前只见他给靳断鸿磕过头，此外就是听司徒绿说，他当日为了她给商队磕头。如今见他又为了自己，向苦无磕头，不由得整颗心都疼得发软。

她比谁都清楚，他是多么骄傲和自我的一个人。可两人冰释前嫌后，他似乎总觉得对她极为亏欠，骨子里的傲气，一旦到了她这里，就会变得温和而宽厚。

是爱情，改变了这个固执而傲气的男人？

她心头一甜，待他起身，用力捏了捏他的手。步千洐嘴角微弯，只将她的手紧握。

苦无一直目光微垂，过了半晌，才抬眸淡淡看着步千洐："你求我作甚？她从小修习邪魔外道，不得要领，将我南天檀寺的纯正内力，练得阴毒无比。她五脏六腑已伤，活不过二十岁。"

步千洐原本是技不如人，想求他放过破月，未料他道出这个结果，心下大惊，怔怔不能言。

破月也是又惊又悲，满心茫然。

唐茶却已跪下："祖师爷，求你救她！"

步千洐震惊过后，立刻反应过来，拉着破月重新跪下："求前辈救她！"

苦无抬眸看他，眼中隐有锐光，语气冷凝："若我要你的命才能救她，你可答应？"

"不可！"

"无妨！"

破月、步千洐两人同时开口，对视一眼，俱是无言。

苦无眸中锋利散去，眉目重新柔和下来："这条命暂且记下。"

步千洐听他的意思是要出手相救，心头一喜，破月却对苦无道："若是要他的命，我便不要你救了。"

十三的声音幽幽传来："他不会。"

苦无看了一眼十三："多嘴！"他从旁提起紫砂茶壶，为三人都倒上一杯，自己轻啜而尽，这才缓缓开口："一切自有命数，道与你们也无妨。

"事情由两百年前而起。南天檀寺有两名极为出色的俗家弟子，武功已窥天人之境。他二人是夫妻，创了一套玉涟神龙功，分男、女两部，每部又分内功与刀法两册。

"两位老前辈创出这套功法后，对我寺方丈道：'此秘籍无人能敌，若流于江湖，必天下大乱。'然而心血所成，他们不忍毁去，便求方丈代为保管。

"只是这消息不知为何，终是传了出去，且传得玄乎其玄，说只要练此神功，不仅功力大进，且能延年益寿。本寺倾全力护书，后来却还是叫贼人潜入我寺，盗走了秘籍第三册，也就是女部的内功册。数年之后，本寺才将原籍夺回。然是否有复本、残本流落在外，已无法得知了。姑娘，你既然到了君和，还是将那复本交还吧！"

苦无话锋一转，语气清冽。

破月听得分明，摇头道："在大胥九卿之首、卫尉颜朴淙的手里。"她将自小遭遇简略讲了一遍。

苦无听完，蹙眉道："此人心术不正，妄自推断。玉涟神龙功正大光明，所谓万毒不侵是指内力修为到了化境，自然修成金刚之身。他却叫你服下万种毒物，难怪累你一身阴毒。"

破月一时无言，果然，武功是把双刃剑！

苦无对步千泂道："你回去告诉燕惜漠，让他替老衲将复本讨回，就地焚化，再废了那颜朴淙的武艺，以示惩戒。"

步千泂沉默片刻道："晚辈寻不到他。"

"益州青芜峰下。"苦无淡淡道。

步千泂哪里还猜不出，只怕当年燕惜漠被打下悬崖时，救他的高人便是苦无！却不知那燕惜漠到底是何来历？这个名字他越想越熟悉，却始终想不起在哪里听到过。

步千泂按下心头疑惑，点头道："若晚辈有命回到大胥，自当为前辈办妥。"

破月偷偷用手肘捅了他一下，步千泂但笑不语。苦无一怔，笑了："你倒是个不肯吃亏的性子，并不迁执。好吧。"

他起身从书柜上拿出一摞薄书，走到两人面前："将武功归于正道，为时不晚。颜破月，这是女部原籍。你自今日起，须留在南天檀山，日夜修炼。十年之期，或有大成，毒性尽去，性命无忧。"

听到要留在山上十年，破月和步千泂都是一愣，一时不知该喜还是该忧。

步千泂心念极快，见他手里还有男部两册，便道："大师，若是有人修习男部，是否可助她早日祛除余毒？"

苦无看了他一眼，慢慢道："无据可考，或可一试。"虽这么说，但眸中却明显流露出几分喜色，似乎步千泂的聪颖通透，很对他的胃口。

步千泂将他的神色看得分明，心头暗喜，深深拜倒："求前辈赐教！"

破月一听，心头也一甜，心想：只要他陪着我，待上十年其实也没什么。她自己其实不太在乎练成多厉害的神功，现在就够用了。但想到步千泂能独步天下，心头一喜，诚挚道："大师，我活命就够了，你让他拜你为师吧！"

苦无淡淡道："要我将这玉涟神龙功传给你二人，不是不可。步千泂，你本就是燕惜漠和靳断鸿的弟子，算得上是我南天檀寺的俗家弟子，一身内力根基均源自我寺。颜破月，你修炼的本就是神龙功。只是今后，你二人拜我为师，身家性命，却都是老衲的了。"

步千洵道："只要不是伤天害理之事，今后前辈若有差遣，晚辈莫敢不从。"

破月点头："我跟他一样。"

苦无静静地看了他们片刻，淡道："跪下。"

步千洵和破月同时跪倒，听苦无道："你二人学成之后，可愿以拯救天下苍生为己任，救百姓于水火，安邦定国？"

步千洵闻言便笑了："习武者侠义为先，自当如此。只是晚辈现下不过是平头百姓，若要拯救万民于水火，实在是说大话了。月儿更是女子，亦无军籍，如何安邦定国？"

苦无神色不变，只静静地望着他们。

步千洵也不多话了，与破月一起发了誓，跪下拜师。苦无长叹一声，郑重地将书册交与二人。

步千洵想起一事，又道："师父，颜朴淙一直把月儿当人丹，说是能……采阴补阳，究竟是真是假？"

苦无摇头叹道："无稽之谈，污秽不堪！约莫他们看到残册上的'双修'，便误会了。其实其本意指的是各自修习男、女两部秘籍，学成之后，双刀合璧，自然独步天下。"

步千洵和破月都松了口气。步千洵道："师父，能否请你给大胥清悟大师写一封信，向他解释人丹的缘由？"

破月没料到他早已想到此节，心头升起一阵暖意。

苦无点头应下，忽地又道："数年前，也曾有本寺男女弟子修习此功，虽功力大增，但距两位前辈相去甚远。如此想来，两位前辈是夫妻，之后修习的弟子都不是。双修乃道家说法，但精元相通、内力互助，或许更有增进，也难以断定。"

步千洵的眉目立刻一展，看了一眼破月。破月知他意思，有点儿好笑，装作没看到，一脸严肃。

当日，步千洵与破月便在南天檀山住下，唐十三告辞下山，不知去了哪里。

破月收拾屋子的时候，步千洐靠在床上看着她的身影，声音中的笑意都快要溢出来了："月儿，原来你是我一个人的人丹。咱俩姻缘天定，举世无双。"

破月抓起枕头丢在他身上。

半年后。

日落时分，破月站在灶前，刚把面条捞起，冷不丁被人从后头抱住。青年男子的热气瞬间将她包围，她靠在他硬硬的胸膛上，嘴角弯起。

半月前，两人已经学完玉涟神龙功图册上所有的心法和刀谱。武功一日千里，实在妙不可言。尤其是步千洐，如今已能与苦无对战百余招才落败。

苦无道，两人真的要领会这套武功的全部精髓，至少还需五年时间。尤其是其中的刀法，还需多加练习，方能配合无间，发挥最大威力。他对二人已无可授，嘱咐他们自行在山中练功后，便下了山，云游四海去了。

头半年，因有苦无在，两人从未越雷池一步。如今孤零零的后山只剩他二人。

是夜，两人在屋前各自修炼刀法。刚练了一会儿，步千洐忽地停手，遥遥看向山下："有人来了。"

破月也停刀，仔细听了听，疑惑道："谁？"

步千洐收刀回鞘："十三。"

破月展眉而笑。两人并肩而立，等了片刻，果见一道颀长消瘦的身影，埋着头默默往山上来了。

十三依旧是黑色劲装，默不作声地往两人面前一站。破月见到他手里提的食盒，大吃一惊："这是……月饼？"

十三点点头，将月饼盒子朝她一丢，破月抱了个满怀，不觉惊喜，只觉诡异——原来，十三也会送人礼物啊！

"中秋，下山赏月。"十三道明来意。

步千洐在心里算了算，果然，三日后便是中秋佳节。转头见破月眼睛一亮，步千洐心头怜意暗生——山中清苦，她却从不埋怨。

"大后日是中秋佳节，咱们随十三下山去玩，可好？"他柔声问。

"当然好！"破月高兴得拉着他的手不放，"我都快憋死了。"

她本意是说山中无聊，步千洐却意味深长地看了她一眼，破月顿时面色一僵，又羞又躁，转身欲走。步千洴无声笑了，将她拉回来。

两人目光一撞，心头都是甜甜暖暖的，忽地同时想起还有十三在场，不由得都看向他。却见十三已在一块岩石上坐下，拿着块手绢，专心擦剑。

"好了？"他头也不抬地问。

破月一怔，明白过来——他这是擦了剑，准备跟步千洴过招呢。

步千洴拍拍破月的头，让她站到一旁。十三蹙眉，神色略有尴尬："不是跟你，跟她。"

结果是……

当晚，破月美滋滋地抱着刀睡了。

当晚，十三扛着剑蹲在步千洴房间里，郁闷了一个晚上。

次日，承阳城内。

君和的风气远比大胥开放，时常可见青年男女牵手而行，而行人亦见怪不怪，这令破月对这个国家的印象更是好上几分。

天色刚暗，宽阔的青石长街挂满了莹莹宫灯，将整条街点缀得灯火通明，宛如珠玉闪烁。每家酒楼都人声鼎沸、热闹非凡，每隔几步，便有杂耍艺人玩着绝活儿，引来路人围观。街上往来的大多是年轻男女，欢声笑语毫无拘束。

十三负手走在一侧，低眉垂眸，浑身上下散发着生人勿近的冰冷气息。步千洴走在当中，起初还有些尴尬，后来便如其他青年情侣般，牵着破月的手，英朗的眉目在灯火下越发沉静醒目。破月倚着他，只觉得身子都要飘起来了。

三人说说笑笑，继续往前走，到了一处小摊儿前，十三忽地止步。

破月探头一看，却是个拿着炭笔的画翁在卖画。

破月拿起桌上的成品一看，眼前一亮。原来这老翁用炭笔画的人物栩栩如生，几乎与真人无二。

这时，唐十三抬手指了指他二人："画他们。"

破月和步千洴对视一眼，心下雪亮——他想要他们的画像。

其实三个人都清楚，待他们回了大胥，将来两国若是开战，兄弟情断难再续，所以十三才想留下幅画像做纪念吧。

"画三个人！"破月将十三拉过来。十三先是浑身肌肉一僵，然后一脸木然地立在她身旁，不动了。

半个时辰后，老翁画好了两张，十三抽出一张，小心翼翼地叠好，放入怀中。

三人正欲前行，忽听前方马蹄声骤然响起，快速接近。

行人纷纷闪开让道。步千洐和破月也站到一边，十三却眉头一蹙，仰头看着疾速策马而过的那人，忽然纵声喝道："唐甜！"

破月这才看到，马上竟是名相貌英秀的少女。她听到十三的呼喊，骤然勒马回身，看到十三，脸色一变，翻身下马，三两步抢奔过来。

"二哥！"唐甜生得明眸皓齿，看起来比十三清爽精神许多。她一脸焦急，一把抓住十三的胳膊，"我刚收到东北边境消息，大哥被蛮人伤了。蛮人凶悍，大哥性命危在旦夕，我正要找你，快随我去保护大哥！"

十三脸色大变："速去！"

破月心下惊疑，按照步千洐所说，十三的大哥，不正是君和大元帅长子、当世第一名将唐卿吗？

她看向步千洐，却见他看着十三，面色沉肃。

十三转身欲行，忽地想起什么，转头看着步千洐："你不便，我走了。"

步千洐点头，他知道十三的意思。这是君和军务，他是大胥军人，两人虽为好友，介入却是不便。

十三便朝两人点点头，顷刻便与那少女一同消失在长街尽头。

围观人群渐渐散去，破月捅捅步千洐的胳膊："你怎么看？"

步千洐侧眸看着她，声音隐有笑意："知己知彼，百战不殆。名将与蛮人，都得瞧上一瞧。"

破月眼睛一亮："当真？"

步千洐微微一笑："咱们偷偷跟着十三，不叫他察觉便是。"

给苦无留了封书信，步千洐二人便往东北去了。

十三兄妹日夜兼程，累得他二人也是披星戴月。一个月后，终于抵达君和国东部边关紫平城。

远远目送十三兄妹进了军营，步千洐二人不便再跟，在城中就近寻了家客栈住下。

"先歇息。"步千洐道，"三更时分再入营探个究竟。"

三更天已过，步千洐牵着破月的手跃到客栈后巷。从客栈到军营短短一段路，两大绝世高手亲亲热热，走了足足儿一炷香时间，哪有半点儿夜探重兵驻守大营的紧张，倒像是来谈情说爱的。

一入军营，两人便察觉出异样。

大半夜里，整个军营灯火通明，许多士兵快速跑动集结，明显是出了事。

步千洐早打了两名士兵，二人换上君和军装，也随着人潮往火光明亮处跑去。

"蛮人！唐将军设的陷阱抓住了几个蛮人！"有人喊道，"快去看！"

两人对望一眼，步千洐目露喜意。破月知他心意——可以同时看到名将和蛮人了。

破月也冲他笑。戎装扮相的她，意外地比女装还要青嫩诱人几分。步千洐一时竟移不开目光，忽地抓起她的手，送到唇边亲了口。几步远处，另一名士兵看得分明，眼神顿时变得古怪，摇了摇头快步走了。

步千洐低笑出声，索性将手搭在她肩膀上。破月揍了他一拳，警告他不许再造次。

两人自当日在墨官城定情，不是要掩饰容貌，就是躲避追杀，受制于人，颠沛流离。如今武艺大成，出入万军把守之地，却是随心所欲。破月虽不许再亲近，心中亦是从未有过的闲适放松，只觉得快意人生，莫过于此。

前方许多人举着火把，围成个拥挤的大圈。步千洐二人跃到练武场旁的一棵大树上，竟未惊动任何人。

两人朝下方一看，只见练武场正中，一名白衣青年负手而立，二十七八岁的年纪，相貌儒雅，神色沉肃，只是脸色隐隐透着青白，显然体质虚弱。十三和妹妹唐甜都站在他身后。

"将军，如何处置蛮人？"有人高声问。

破月二人便知，这白衣青年正是君和第一名将——唐卿。

061

没想到他是个病秧子。

士兵提到蛮人，他们这才望见隔着半丈远的地上，有三个巨大的麻布袋，里面有什么在剧烈地蠕动着。破月一把抓住步千洐的胳膊，步千洐自然毫无惧意，将她搂进怀里，看得颇有兴致。

"打开看看。"唐卿沉声道。

有士兵举起长钩，挑开了布袋的口子，又拿长刀，划开了布袋，里面赫然露出三个被绑得结结实实的魁梧大汉。

破月目瞪口呆——只见那三人长发披散、肌肉纠结，光是背影，都甚为可怖。可更要命的是，深秋寒日，他们居然赤着上身，且下身只挂了一小块兽皮！

破月刚望了一眼，眼睛就被一只大手遮住。

"亏了亏了。"步千洐在她头顶低声道。

破月失笑，一把拉下他的手："正经点儿！"

"蛮族，你们不在深山部落里待着，为何扰我君和边境？"唐卿朗声问。

"啊……呀……啊……"那几个蛮人张了张嘴，发出极其嘶哑难听的声音。

"哑巴？"唐卿蹙眉，忽地扶住胸口，咳嗽两声，脸色发白。

十三身影一晃，已上前扶住他："杀了。"

唐甜也赞同道："大哥，当日若不是蛮人冲撞了你的车驾，你也不会受重伤。杀了他们，方解心头之恨。"

唐卿摇摇头："当日马匹受惊，我才坠马。不急着杀了，将他们押入我帐中，我亲自审问。"他挥开十三的手，缓缓转身。所有士兵都望着将军虚弱的身影，不发一言。

便在这时，只听数声崩断闷响，三个被绑紧的蛮人，忽地如大鹏展翅，一跃而起，齐齐朝唐卿后背抓去！

所有士兵都未反应过来，十三的快剑已宛若惊鸿，斜刺里闪出，深深刺入唐卿身后那蛮人的胸膛。

夜色中，只见十三眉目冷若冰霜。

另一蛮人已扑向唐卿，动作迅猛无比，旁边的军士们一脸惊诧，救援不及！十三反手便欲抽剑，格杀第二名蛮人，未料这一抽，长剑竟只退出半寸！他猛地回头，却见那被他刺中胸口的蛮人，竟空手牢牢抓着剑刃，暗色的眸死死盯着他，仿佛丝毫不觉得痛。

十三勃然大怒，提起真气，剑锋一抖一削，从那蛮人胸膛带血而出，齐齐将他一只手臂斩断！然而那蛮人发出"呀"的一声怪叫，反而朝他的剑锋扑上来，剑再次贯穿了蛮人的身躯，蛮人也一把抓住十三的肩头，张口便要狠狠咬向他的脸！

十三"砰"地一掌打在蛮人脑袋上，只打得他脖子一偏，头骨脆响。这下他终于怒目圆睁，不动了。十三一脚将他踹开。

步千洵二人看得暗暗吃惊——十三已算当世高手，可一名普通蛮人，竟也能与他缠斗这么久，可见蛮人着实厉害。正在这时，步千洵眉头一挑，骤然纵身跃起，快如鬼魅般朝练武场奔去！

破月紧随其后，看得分明——方才十三打死蛮人的瞬间，另一名蛮人正抢过一名士兵的刀，斜斜劈向十三！

她正欲跟上，忽地瞥见另一角的情形，身子骤然转向！

步千洵到得好快！在刀锋落在十三肩头的瞬间，一手抓住蛮人的胳膊。那蛮人自恃力大，虎眸圆瞪便抓向步千洵胸口。未料步千洵内力雄厚，功力尽透他全身血脉，那蛮人瞬间一僵，不能动了！

"大哥！"唐甜凄厉的叫声骤然拔高！步千洵和十三同时回头，却见第三名蛮人已抓住了唐卿！唐甜原本扶着唐卿的身子，此时拼命想要推开蛮人！而周围一圈士兵，至少有十柄刀剑插在蛮人身上。蛮人全身血流如注，竟然不倒，他忽然松开唐卿，朝一直拼命打他的唐甜抓去！

步千洵和唐十三骤然同时发动，然而相距两丈距离，已然来不及！

斜刺里一道凌厉的刀光从天而降，一个瘦小的士兵高高跃起，闪电般落下，带着剥皮抽筋的狠意，直直劈向那蛮人的头部，刹那间血喷如注。那士兵的半边身子瞬间浸染鲜血，刀意却丝毫不减，生生将那蛮人从头到脚劈成两半！

众人皆静！

十三一纵一蹿抢上前，将唐甜扶着倒退一丈："你可好？"

唐甜惊魂未定，看着几步远外，持刀而立的瘦小血人。

步千洵如黑鹰疾坠，顷刻已至那人面前，一把将她搂进怀里。

"好臭……"她的声音闷闷的，被蛮人的血喷了一身，好恶心！

步千洵抬起衣袖，动作轻柔地为她擦去脸上的血迹。

"一会儿回去就洗干净。"他搂紧她的腰，柔声哄道，"你怎么都不臭。"

方才一幕太过惊心，数百军士都望着他二人。可他们旁若无人，动作亲昵，倒叫众军士目瞪口呆。

十三方才已看到步千洵，此时毫不惊讶，指着他二人对唐卿道："兄弟、嫂子。苦无门下。可靠。"

唐卿神色一凛，没料到苦无竟有如此年轻的弟子。他让十三扶着自己走过去，唐甜惊魂未定地跟上，军士们望着二人，又是景仰又是好奇。

"多谢二位救命之恩！"唐卿朝二人行礼，只是中气不足，听着虚弱。

唐甜亦是一脸感激，眸色清亮："多谢二位相救！"

步千洵淡淡地点头，破月笑笑也不作声。营救君和第一名将，无异于又给大胥添了名劲敌，事出突然，非步千洵所愿。

唐卿虽贵为大将军，见二人态度轻慢，却毫不在意。他当他们是世外高人，自然会有些清高。唐甜仔细看着二人，见两人双手始终紧扣，倒对这二人好感倍生。

"三万人在此，却叫大将军受伤。传令下去，全体都尉以上军官，杖责三十，以儆效尤！"一名身着黑衣的军官厉喝。

唐卿淡淡道："那是军法官，叫二位大师见笑了。"

步千洵点点头，早听闻唐卿治军甚严，今日一见，名不虚传。蛮人凶悍，忽然发难，只是个意外，并不能说明唐卿的军队羸弱。

这时，十三忽地朝二人拜倒："多谢！"

步千洵这才笑了，一把将他从地上抓起来，破月笑道："少客套！我们无聊，就跟着你来了，本来不打算现身的。"

她知道步千洐不会开口解释太多，所以三言两语替他道明缘由。

十三并不在意，眸中难得地现出温和的笑意。

步千洐看了一眼旁边负手静立的唐卿，低声道："是因为他？"

十三沉默片刻，点头。

破月明白过来——是因为这个有经天纬地之才却体弱多病的哥哥，所以十三才游历天下、勤学武艺，只为保护哥哥。

"十三，你好爱护兄长啊！"破月看着他乌黑的长发、安静的双眸，觉得他实在可敬可爱。她真想摸摸他的头，未料手刚动，就被眼疾手快的步千洐一把抓回来。她斜眼看着他：奇怪，我也只是想想，男女授受不亲，又不会真的摸，你怎么都知道？

步千洐哪里看不出来？在山上看到野狗、野兔，破月冲上前抚摸调戏时，就是这副爱怜的神色。

十三自然完全察觉不出两人间因他而起的暗涌，眸中再次升起笑意："住下，玩两日。"

步千洐的目光不经意地掠过前方，唐卿正被唐甜扶着走回营帐。

步千洐淡淡笑道："好。"

第二日傍晚，唐卿以私人身份设宴，在营中款待步千洦和破月。

步千洦既来之，则安之，欣然打算带破月赴宴。十三在晚膳前跑到步千洦的营帐，只淡淡地说了一句："他不知。"

步千洦理所当然地点点头。破月对他和十三佩服万分：两人虽属敌对阵营，却毫不尴尬。显然两人之间已有了男人的默契承诺——步千洦不会对唐卿下手，十三也不会对任何人吐露他们的身份。

夜凉如水，月弯似钩。酒过三巡，宾主尽欢。

唐家三兄妹虽气质迥异，但喝了酒，俱是脸颊酡红，透出股质朴可爱的本真。步千洦本就千杯不倒，清亮的眸始终挂着淡淡的笑意，懒散中透着肆意，叫人看不透他在想什么。

破月对酒则是浅尝即止，听的多说的少，不动声色。

唐卿不着痕迹地旁敲侧击，问了几次两人来历，都被步千洦挡了回去。有一次他甚至问："我看二位大师的佩剑是鸣鸿与百破，据我所知，鸣鸿多年前已被带往大胥，百破是庞大将军的藏刀。莫非二位大师与赤刀门也有渊源？"

步千洦答得干脆："师父给的。"

他说的是真话，鸣鸿不正是靳断鸿给他的吗？可唐卿以为师父指的是苦无，便不再多问。

破月寻了个空当问道："唐将军，蛮人到底是什么？怎么如此厉害！"

唐甜笑道："大师，我为你解答。"她并无武艺在身，所以昨日见到破月那刚劲决绝的刀法后，很是喜欢羡慕，故对破月格外友善。

"此处乃君和与流浔国边境，丛林绵延数千里。自古以来，便有蛮族在林中游居。他们茹毛饮血，生性凶悍，愚昧粗暴，与世人大相径庭。只是他们向来聚集在极北之地，极少南下。

"上一次蛮族南侵，发生在三十年前，当时遭殃的是流浔国。流浔向来富饶，那次几乎被蛮族毁掉一半，死伤超过十万，元气大伤。近十年，流浔才渐渐复苏。"

"今年与三十年前有何相似？是什么促使他们南侵？"步千洐沉声问。

唐卿抬眸望了步千洐一眼。

唐甜摇头："那我就不知道了。"

十三："不懂。"

唐卿微微一笑："大师心思敏捷，这么快便看到关窍所在。我读过父亲三十年前的行军札记，又对比了流浔国国志，发现当年冬季极长，连日大雪，百兽绝迹……"

步千洐眸中闪过了然之意，唐卿盯着他，点点头，继续道："只是今年并无当年异状，且只发现这三个蛮人，故还不能判定是否会有蛮人大举南侵。"

唐卿举起酒杯，步千洐淡淡回敬，两人一饮而尽。

其余三人听得云里雾里，看着他二人。

"到底是何原因？"

"原因是什么？"

唐甜和破月几乎同时发问，十三单手捧着下巴，亦听得专注。

"粮食。"

"粮食。"

唐卿和步千洐同时答道，对望一眼，步千洐平平静静，唐卿隐有笑意。

破月最先明白过来——必定是当年天气奇寒，蛮族在森林中无法觅食，才会南下。可正如唐卿所说，今年天气极为正常，这几个蛮人的出现，或许只是偶然事件?

正在这时，一名军士来报："将军，流浔国西北都督求见。"

"快请。"

步千洐放下酒杯站起来："将军还有军务，我二人先回帐中。"

唐卿却笑道："不必。你二人既是唐茶的知交，但坐无妨。"他这么说，步千洐也就无所谓地坐下了。

过了片刻，只见一身着紫色锦袍、头戴高冠、身材浑圆的中年男子，小步快跑上前，朝唐卿一拜："下官诸葛瑾拜见大将军！大将军战无不胜、攻无不克、福泽深厚！"

唐卿微微一笑："诸葛都督多礼了，折煞本将！都督请坐！"

只见那诸葛都督抬手一抹额头上的细汗，一脸讪笑道："大将军，听说您昨日擒了三名蛮人？"

唐卿静静点头。

"唉！此事都怪下官！"诸葛都督叹道，"下官……治下不严，有一小队士兵，私自深入密林，误闯蛮族猎场，蛮族这才往南追杀……"

唐甜"啊"了一声，唐卿缓缓点头。

诸葛都督继续道："想是那几个蛮人胡乱冲撞，这才惊扰了大将军。实在是罪过！罪过！"

"原来如此。"唐卿道，"昨日那三个蛮人已经被格杀了。"

"那便好！那便好！"诸葛都督目露喜色，"此事都因我流浔而起，我国君听闻此事后，大发雷霆，命下官送来黄金千两、锦缎三百匹……"

唐卿失笑摇头："不必。"

那诸葛都督唯唯诺诺地退下了，唐甜对破月二人解释道："蛮族以狩猎为生，听说他们视牧场为极神圣的地方。流浔国的士兵向来羸弱，这次还惹出事端，连累哥哥，真是可恶。"

唐卿宽慰道："事情水落石出，已是万幸。"

这晚宴席散去，各人便回帐中休息。

唐卿一回到军帐，就秘密招来几名心腹，将诸葛都督今日的话道与众人。众将皆沉默不语，其中一人道："当真如此简单？"

另一人道："若不是这个原因，还有什么理由令蛮族南下呢？"

唐卿沉思片刻，问诸人："我军有多久未入丛林巡逻了？"

"立秋之后，天气寒冷，便未再巡视。"

唐卿淡淡笑道："若是林中忽然多了一队大军……"

有将领失声道："将军，你怀疑林中有伏兵，才惊得蛮族南下？"

唐卿点头："大胥去年发兵，已平定东南诸国，北侵意图昭然若揭。若是他们派一支奇兵绕行到此处，实在令人猝不及防。而流浔曾是大胥属国，万一两国联手……"

他的话令人匪夷所思，却也叫众人心惊肉跳。

"那怎么办？"有人问，"可要禀报皇上，发兵大胥？"

唐卿摇头："此事皆是我的猜测。若要验证，也不难。"他的目光缓缓扫过面前的作战地图，最终停在一角上。

"森林险恶，若是大军深入，既要随时对我边关发动袭击，又要补给水源，还要避开蛮族牧场。如果让我选，他们的屯兵处，只有……"他的长指在地图上一点，"文峡山脉。"

他的容颜苍白而疲惫，眸中却是犀利的光芒。

"传我军令：斥候队立刻动身，搜寻文峡山脉。"

众人退下了。

唐卿靠在椅子上，脑海里浮现的是另一个人名：步千洐。

其实步千洐只是中级军官，按理说根本不能引起唐卿这样的一国大将的注意。但唐卿自小就是个谨慎细心的人，这些年来，他一直通过细作获得大胥领军大将的资料。与旁人不同，他也关注一些中级军官的情况——因为他清楚，这些中级军官，才是军队的未来。

一个很偶然的机会，他注意到了"步千洐"这个名字。因为他发现，这个人虽然官职不高，却几乎没打过败仗，甚至……很多次，都是以少胜多的大捷。

一次还可以说是侥幸，许多次，则很值得推敲了。

于是他专程让细作送来步千洐的画像，心想，他日若在战场相遇，一定饶步千洐不死。他要真是百年难得的将才，自己愿将他请入麾下。

却未料昨日蛮人发难，步千洐近在眼前。

十三言之不详，唐卿稍一推敲，便知端倪。只是蛮族异动，步千洐这么巧便在此处，不能不令他生疑。所以他才有那个猜测——是否大胥军队已北上偷袭？

但愿……不是这样。唐卿淡淡地想，即使是为了十三，他也并不想杀步千洐。

"此处可以屯兵。"步千洐指着破月从一座军帐中顺来的地图，慢慢辨认出文字，"文峡山脉。"

破月蹙眉站在一旁，奇道："你对着地图看了半宿，得出这个结论的目的是？"

步千洐将地图折起，放入怀里："不知道。"

"不知道？！"

"就觉得不对劲。或许是流浔国屯兵在此，想要攻打君和？那我便速速给大胥通风报信，前后夹击，不算对不起十三。"步千洐将她肩膀一搂，"索性你再准备些烤肉带上，咱们去文峡峰顶观日出。"

破月失笑："吃货！"

翌日，太阳落山，唐卿面沉如水，等在军帐里，终于等到了返回军营的那队斥候。

"为何去了这么久？"一名将领率先责问，"不该天明便返回吗？文峡山脉上可有异状？"

斥候队长面色古怪地点头："有人。"

唐卿脸色微变："多少兵马？"

那斥候队长却摇头："不是，只有两人。"

众心腹不明所以，唐卿脸色沉静难辨。

斥候队长这才详细汇报："昨日末将带人到了文峡山脉，搜寻到天明，并未发现屯兵。在半山腰正欲折返，忽然闻到一阵肉香……"

"肉香？"有人不太相信。

斥候队长点头："末将当时也十分奇怪，带人悄悄上了峰顶，却只见地上一摊篝火，还扔了些油腻腻的竹签。我们立刻四处查探，忽地只觉后背一麻，已被人点了穴，动弹不得。

"过了片刻，便听到一个男子的声音道：'月儿，咱们在山下就给他们让道了，却还是被他们搅了兴致。'

"一个极好听的女声答道：'你不能怪他们，这山又不是你的。'

"那男的笑道：'各位军爷，我们这就下山。请转告十三他哥，步某此行并无恶意，多谢款待，今日便告辞了。'

"末将心想，十三是何人？十三他哥又是何人？又听那女子道：'阿步，咱们就这么走了，没跟十三和甜妹妹告别啊！我还挺喜欢甜妹妹的。'

"那男子又道：'无妨，十三也没这习惯。你跟人家妹妹又不熟，咱们还是逃命要紧。'"

众人听得匪夷所思，斥候队长微红着脸道："将军，末将无能，只听到了声音，连人都没见到。直到晌午，穴道才自行解开，下得山来。"

唐卿沉默片刻，道："我知道了，你退下吧。既已查明文峡山脉并无伏兵，全军解除禁令，操练如常。只是……"

他的话没说完，众将都望着他沉思的侧脸，忐忑不语。

他却遣退众人，独坐沉默。

蛮人南下已证实不过虚惊一场，可他的谨慎也得到了预期之外的回报，那就是步千洐。

一个异国小将领，竟然这么快就察觉到文峡山脉的重要，这种洞察力，不能不叫他心惊。

唐卿出身世家，他深知成为一个名将不难，指挥能力、经验，再加上一点儿运气，这些都能造就一位名将。可要成为不世的名将，这些远远不够。

洞察力。一个将领对战局的敏锐洞察力，甚至有一种天生的敏锐直觉，才是将不世名将跟普通将领区分开的关键。

而步千洐，显然具备这种特质。

唐卿有点儿后悔，前日没有将步千洐二人格杀。他很清楚地知道，如果这个人回到大胥得到重用，那么在不久的将来，他会多一个无比强劲的对手。

步千洐和破月二人一路游山玩水，轻轻松松回到了南天檀寺。

一回到后山精舍，便见苦无独坐在屋前，左手与右手对弈。

两人已有三个月不见苦无，俱是惊喜，在旁静立等了一个时辰，苦无才落下最后一粒子，抬眸望着二人："练得如何？"

二人不敢敷衍，使出全力在苦无面前拆解玉涟神龙功的所有招式。半个时辰后，悉数演练完毕。苦无沉吟片刻，身形一晃，便至两人面前，搭上两人手腕脉门，用真气探寻一番，才微笑着点头："好吧，你们下山去吧。"

步千洧和破月都做好了在山间待上十年的心理准备，万没料到苦无忽然赶他们下山，不由得惊诧，继而沉默。

苦无笑道："缘分已尽，速速下山。只需记得当日誓言，若有半点儿违背，南天檀寺虽与大胥相隔千里，也必会清理门户。"

他说得严厉，两人却都有些不舍，破月眼眶含泪。

步千洧忽然问："师父，若是他日君和与大胥开战，徒儿身在大胥军中，又该如何？"

苦无淡淡笑道："只要你问心无愧。"

步千洧沉默不语，拉着破月磕了数个响头。

苦无默默看着他们，笑道："你二人皆是洒脱性子，怎么今日如此婆婆妈妈？"

两人又与苦无说了会儿话，苦无便说时辰不早，逐两人下山去了。

两人离开大胥已有年许，如今意外学得一身异国功夫后重返故土，竟是悲喜难辨。只是来时的天堑，如今已如履平地，两人数日便过了南部边关，穿过沙漠，往大胥去了。

那日二人离开西北后，唐卿深知他们武艺高强，也没有派人再追。十三在边关住了半月，见已无危险，便告辞兄长，护送唐甜回了帝都承阳城。

这日十三刚回到唐府，便撞见了下朝回来的父亲——兵马大元帅唐忠信。十三只淡淡地点了一下头，算作打了招呼。唐甜笑吟吟地将爹抱了满怀，才拿着手里的画像继续往房里走。

唐忠信见到一双儿女归来，本是很高兴的，忽地眼角余光瞥见唐甜手里的画像，惊疑道："这是何人？"

十三还未答话，唐甜已道："这是二哥的好朋友，苦无大师的两位关门弟子。爹，他们长得好看吗？跟二哥站在一起，立刻把二哥比下去了！"

唐忠信夺过一看，脸色剧变，半晌后，对十三道："老二，你这两位朋友，是何来历？”

十三缓缓将画像抽回，默不作声，转头就走。

唐忠信沉思片刻，厉喝道："来人！备马！"

他一夜疾驰，日出时分，终于赶到南天檀寺后山。却见晨光之中，精舍房门紧闭，冷清寂静。

唐忠信已五十有余，须发花白，却"扑通"一声跪在精舍门口："大师，你为何……收了那人做弟子？"

半晌后，苦无苍老的声音才传来："原来你也认出他了。他长得的确很像他的父亲。"

唐忠信听他肯定了自己的猜测，神色一冷："不出三年，君和与大胥必有一战，大师既然猜出了他的身份，为何还要出手相助？常言道，虎父无犬子，大师却将连茶儿都不传的神功传给他二人。这岂不是帮着敌国外人？"

苦无长叹一声道："何谓外人？何谓自己人？忠信，天下大同，大胥子民与君和子民，又有何区别？

"阿弥陀佛。那人与老衲有过一面之缘，当日他……抱着重病缠身的妻子，千里迢迢到了南天檀寺，只为求老衲以佛家纯阳内力相救。老衲当时正是怀着与你同样的执念，不肯出手相救，结果……终致那人妻离子散、嗜杀成性，天下生灵涂炭。

"老衲清楚地记得，当时那襁褓中的婴儿生得极为清秀，脖子上挂着一枚玉佩，刻着'千洐'二字。我佛慈悲，如今老衲倾尽所有教授千洐，只不过偿还数年前的这桩命债罢了。"

唐忠信听得诧异，沉思片刻，却道："可大师如今教出一名绝世高手，他若是跟那人一样擅长兵法，岂不是又为天下招来兵祸？"

苦无沉默片刻，声音平静如水："你我皆知，大战将至，乱世方始。他或许为祸天下，又或许，只有他，能平定这乱世。你又岂知我今日种下的，是福缘，还是祸根？阿弥陀佛。上天既然将他送到老衲面前，老衲不过顺应天意，赌一赌罢了。"

一年前。

面前是暗色锃亮的硬木地面，在宫灯照耀下，映出幽暗的光泽，也映出一个久跪不起的身影。清淡温暖的檀香，填满了空寂而巍峨的大殿，却更显皇家威严的沉静。

慕容湛盯着地面，细长凤眸静如死水，修长身形久久低伏着，比岩石更坚毅。

他不知道等了多久。

"砰——"茶盏摔碎在距他半丈外的地面，殿内数名侍从悉数跪倒，头埋得极低。

"求朕也没用。"低沉的声音缓而有力，"自太祖建国以来，慕容氏还未出过这等丑事！"

"皇兄！"慕容湛狠狠一磕，再抬起头时，额头已是鲜血长流。

"颜破月与我本无夫妻之实，亦是我遣她走的。一切皆是我胡作妄为，求皇兄责罚我一人！"

皇帝冷冷道："事到如今你还不说实话。好，朕成全你。传旨，诚王罚俸一年，前往邕州守皇陵三年；命大理寺即刻缉拿颜破月，杀无赦！"

"皇兄不可！"他厉声道。

皇帝微微色变。

慕容湛察觉失言，却依旧固执地望着皇帝。

皇帝慢慢道："是朕太纵容，才令你如此放肆行事吗？"

眼见皇帝脸色越来越差，慕容湛深知已瞒不过，深深拜倒："皇兄，求皇兄开恩，此事的确另有隐情……"

首领太监见状，朝其他人递了个眼色，宦官与宫女悄无声息地退了出来，首领太监恭敬地关上了殿门。

慕容湛这才将破月是颜朴淙养女、颜朴淙的禽兽用心道与皇帝，并称破月早已是自己救命恩人步千洐的未婚妻子，只因当日步千洐卷入江湖纷争，导致破月孤独无依，自己才代他娶妻，保护破月不遭颜朴淙毒手。但关于"人丹"的事，慕容湛却只字未提。

"步千洐？"皇帝面色沉静地抬眸，"便是墨官城大破五国联军的平南将军？"

慕容湛心中微微一喜："正是。他武艺出众、胆略过人，是难得的将才，对我大胥忠心耿耿。"

"放肆！"皇帝重重一拍龙椅，"枉你姓慕容，却没有半点儿慕容氏的果敢狠绝！颜朴涤贵为九卿，豢养名女子，何错之有？你既横加干涉，与他相争，便该一力承担到底。皇家婚事又岂能儿戏？你对那颜破月一往情深，为何又让与他人？天下谁人受得起我慕容氏的相让？你大错特错，错得离谱！"

慕容湛原本以为道明缘由，皇帝的怒火至少能缓解，未料他怒火更炽。慕容湛的额头冒出细细的冷汗，他虽对皇帝的话不能完全赞同，却也无话可说。

皇帝冷冷道："事关皇家体面，步千泞不能留，颜破月更不能留。"

慕容湛心头一抽，重重一拜，低哑而干涩的声音仿佛从肺腑深处发出："皇兄若是不饶了他们性命，湛儿便长跪不起。"

皇帝脸色铁青，一挥袖子骤然起身，离了勤昭殿。

连日小雪，令巍峨大气的朱红宫殿，也染上了几分冬日的凄迷冷清。

御书房里静得掉根针也能听到。皇帝靠坐在雪白的羊毛毯上，将手中奏折放回桌案，拿起个手炉，静默片刻。

"什么时辰了？"

"回皇上，已是戌时了。"内侍答道。

皇帝沉默不语。

内侍细声细语道："钦天监报今夜子时还有大雪，宫里都添了炭火，勤昭殿也添了一盆。"

皇帝挑眉："十七还跪在那里？"

"是，已经跪了三日三夜了。"内侍静静道，"方才大殿下和二殿下也入了宫，陪诚王一起跪着。"

皇帝脸色微变："他们知道了那件事？"

内侍连忙摇头："诚王未曾告诉二位殿下。二位殿下大概以为，是皇上对诚王训练禁军的效果不满意。"

皇帝眉目这才舒展，冷哼道："算他知道轻重。好端端一个诚王妃下落不明，传出去朕都丢脸。"

内侍静默不语。

皇帝淡淡地看着内侍："让他们三个都滚吧，朕看着烦心。"

内侍道了声"是",趁机递上本折子:"皇上,二殿下还上了折子,求皇上让诚王随他去军中,将功赎罪。"

皇帝不置可否,也不接折子。内侍静静退了出去。

次日,皇帝收到暗卫的折子,说是诚王已随二殿下往北平定青仑族叛军去了。皇帝看完,将折子放在书案左上角,静默不语。

冬去春来,夏日炎炎。

御书房书案左上角的折子,越堆越高。

每日,皇帝操劳疲乏后,总是会拿起来看一看,有的时候会有笑容,更多时候是蹙眉不语。

"六月十三,诚王率东路军与青仑叛军正面遭遇,各有胜负。"

"七月十五,二殿下与诚王合兵。"

"八月初九,诚王率军将叛军驱出益州全境。"

……

最新的一封暗卫密报,上书"九月初二,诚王率军与叛军于青仑城会战,中敌埋伏。诚王身中两箭,昏迷八日,终脱险"。

看着这封密报,皇帝只觉得内心一阵烦闷,将书信一丢,便朝御书房外走去。

内侍们跟了一段,却见皇帝在御花园一处极偏僻的角落停步。

皇帝回头淡淡地望了一眼内侍,内侍们顿时停步不前,垂首低眸。皇帝这才继续向前走,一直走到冷宫附近的一片菊花地,才在树下闭眸静坐。

过了约莫一炷香时间,一位佝偻的老花匠缓缓走到菊花地里。他竟似没看到皇帝,自顾自洒水锄地,垂垂老矣的身影,在地间默默劳作。

"我慕容氏当年以骁勇夺天下,怎会生出湛儿这样心慈手软的痴情种?"皇帝叹息道。

那老花匠身形一顿,慢慢转身,看了一眼皇帝:"慕容氏痴情的,又何止小殿下一个?"

皇帝一怔,脸色添了几分阴霾。他静静地望着老花匠苍老而平静的容颜,终于脸色舒缓,声音也柔和了几分:"湛儿像他的母亲。"

老花匠摇摇头:"论痴情,小殿下又如何比得过皇上您?只为了保全夫人名节，将亲生儿子当成弟弟，父子不得相认；只因为她说了句不愿让小殿下双手沾上鲜血，皇上便将小殿下交给念经诵佛的太后抚养。明明他在诸位皇子中资质最佳，却与皇位无缘，只因皇上您承诺了夫人，要保他一世欢喜平安。”

他的话令皇帝恍然失神，想起许多年前那个欢欢喜喜叫自己"阿离""阿离"的女子。天下只有她一人，对当年阴鸷骄纵的太子如此放肆；也只有她，被迫失身于他，甚至生下他的儿子后，却依然固执地爱着另一个男人。而那个男人，大胥第一权臣，最终助他慕容离登上了皇位。作为交换，他也带走了她。

"阿离，我不怨你，从不怨你。我只要你答应，不要让我们的湛儿做皇帝，让他做一辈子富贵闲人，好不好？"

想到这里，皇帝眸中隐有泪意。但他只失神了片刻，双眸立刻恢复清明。

"朕不想令湛儿失望，但也不会容他行差踏错。"他慢慢道。

在慕容离还是太子时，这名老花匠便是他的随侍宦官，也知道他所有的秘密。如今慕容离将他安置在此处，既是囚他一世，也是护他一世。而当慕容离有任何心事时，也会来这片菊园，跟老花匠说一说。

所以此刻，老花匠静静地看着慕容离，听着他语气中的无情，却只是沉默不语。因为他知道，这位帝王已不是当年稚嫩的太子，他一旦做了决定，无人能更改。

皇帝朝老花匠点了点头，缓缓走回了勤昭殿，屏退众人。不多时，慕容氏暗卫首领悄无声息地入殿跪倒。

"朕令你们杀两个人。不是现在，或许是三年，或许是五年后。记下他们的名字，追踪他们的足迹。一旦时机成熟，朕要你们就地格杀，不容有失。"

"是！"

浮生若梦

第三十四章

背后是大漠黄沙，前方是群山环抱。斜阳如火烧流云，将广袤大地笼罩在幽静而空旷的金黄里。

一骑黑马慢吞吞踏响官道，因为节奏太过闲适慵懒，显得与焦黄荒芜的边关格格不入。

步千洐坐在破月身后，手臂绕过她握住缰绳，将她小小的身子圈在怀中。

因步千洐觉得走重复的路无聊，所以两人绕了个小圈，没有从青仑城入关，而是到了东面的湖苏城。两人一马又走了半个时辰，终于远远望见城池的轮廓。

"没人？"破月望着城门外空荡荡的官道说。按说正是晌午，就算边关荒芜，也该有百姓进出。可此时一个人都没有，地上倒是丢了许多乱七八糟的东西：锅碗瓢盆、衣服鞋袜，活脱脱一副战乱的景象。

可君和不是还未与大胥开战吗？

"城门关了。"步千洐眸光幽深，翻身下马，牵住缰绳，说："留神！"

又往前走了数十丈，却见厚木城门关得密不透风。土黄色城楼上方，数十个士兵躲躲闪闪地探出头来。

"来者何人？"有人喊道。

步千洐沉声道："我们是益州人，之前往沙漠边陲探亲，刚刚返转。出了什么事，为何关闭城门？"

"放屁!"有士兵怒喝道,"仗都打了大半年了,探什么亲?一定是叛军奸细!"

"我是东路军都尉步千洇,这是我的文书。"他从怀中掏出身份证明,"速开城门。"

城楼上沉寂了片刻,终于城门大开。

步千洇二人缓缓步入,就见众兵士簇拥而下,一彪壮大汉神色激动地迎了上去:"步、步将军!您怎么会在这里?"

这人不正是当日跟着破月在墨官城大破五国联军的刘夺魁都尉?

"一言难尽。"步千洇笑道,看着刘夺魁的戎装,目露欣慰,"你已是郎将了?"

刘夺魁点头:"都是托将军的福。将军,自从你……去守了粮仓,大伙儿便再寻不到你,已经两年了。你究竟去了哪里?"

破月与刘夺魁相见,也是意外而惊喜。刘夺魁恭敬地将两人引到城楼里,步千洇对自己的经历轻描淡写带过,反而追问刘夺魁战况。

刘夺魁一一作答。步千洇二人这才知道,因为不堪长年累月的欺压,青仑族已于三月间发动了兵变。事情起因是几名青仑奴错手杀了益州州牧,被当地官差五马分尸。未料此事引起了益州青仑人的不满,当晚青仑人就攻入府衙,杀了所有官员,此为"益州之变"。

原本帝京对此事并不太在意,只责令益州方面早日将贼首捉拿归案。未料那贼首竟相当彪悍,不仅躲过了追捕,甚至还发出一纸檄文,号召天下青仑奴,还有被权贵欺压的平民百姓,推翻慕容氏的残暴统治。

"那贼首还真是厉害。"刘夺魁道,"就这么打了几个月,队伍竟越打越大,已占据了三个州。直到几个月前,二殿下和诚王殿下调了我东路军过来,才将贼人的势头止住。现下两边都打得火热。"

步千洇和破月听到"诚王"二字,对望一眼。过了一会儿,破月静静道:"青仑世代为奴,如今终是揭竿而起,须知星星之火,可以燎原。"

步千洇眸光一闪,看了她一眼,转而问刘夺魁:"贼首是何人?青仑族中也有如此出色的……"他的声音戛然而止,已然想到了一个人。破月也是心神一凛。

"赵魄。"刘夺魁果然答道，"青仓城首领之子。两个月前，诚王率军与赵魄在青仓城会战，赵魄用兵如神，我们失了青仓城，诚王殿下也受了重伤。"

"啊？"破月低呼一声，步千浒眉头紧蹙："诚王……他现在可好？"

刘夺魁点头："听说昏迷了数日，已经大好了。"

"诚王人在何处？"步千浒问。

"末将不知。"

步千浒看向破月，柔声道："咱们去寻他，定要护他周全。"

"好。"破月握紧他的手。

刘夺魁听得奇怪，但没有追问，因为他有更紧急的事情。他"扑通"一声跪在地上："将军！请您救救这一城的将士和百姓！"

步千浒和破月听得奇怪，刘夺魁已三言两语说明缘由。

原来探子日前回报，有一支两万人的青仓军正朝湖苏城来。而诚王和二殿下的大军在前方与赵魄正面决战，无暇分兵援助，只命他们死守此城半个月。湖苏城守军只有五千，且都是东路军，水土不服又不熟地形，要守住湖苏城本就吃亏，三日前，城守又跑了，更令城内将士人心惶惶。

破月有些担忧，步千浒却微微一笑，将刘夺魁扶起："别再叫我'将军'，如今你的军职已比我高。我自会助你守城，五千人足矣，放宽心！"

五日后。

血腥味扑鼻，杀声震天。

破月坐在城楼里，闲得无聊。

大概是此城防守荒废太久，当日一听刘夺魁说清城内情形，步千浒便跟刘夺魁躲进城楼里，几天几夜都没出来。

夕阳斜沉，城楼下的厮杀声也稀薄了许多。破月居然还睡了个下午觉，谁料一睁眼，看到的不是步千浒，而是刘夺魁焦虑的脸。

"叶校尉！"刘夺魁还记得这么叫她，"叛军头领突围出去了！步将军千叮万嘱，一定要生擒他！末将决定带兵出城追击，能否请校尉代我守住城门？"

破月立刻坐起来："他人呢？"

"去了东城门。"

破月抓起剑，随刘夺魁走到城垛上，只见城楼下已尸横遍野、满地血肢。穿黑衣的大胥将士们，与穿着杂色服饰的青仑叛军厮杀成一团。而正前方，有十多骑正从黑衣军的包围中突围出去，往东南方向逃去。

"我去！你在此指挥。"破月转身跃下登城道，夺了匹马，厉喝一声，"开城门！"

她动作太快，刘夺魁惊呼"不可"的声音，远远消逝在风里。望着她的身影顷刻不见，刘夺魁只觉得头昏脑涨——瞎子都能看出步千洐与她亲密无间，她要万一出点儿事，自己还不被步千洐活剐了？

破月并非莽撞之辈，她骑着快马绕过兵阵，并未受太大阻挠。偶尔有几个青仑士兵冲上来砍杀，都被她以刀柄重击在地。

她追出了几十里，终于看到了那队青仑人马。

他们也察觉到背后有一骑风驰电掣般追来，转身一看是名女子，都很惊愕。破月哪里肯给他们空隙，双足在马背上轻轻一点，已如离弦的箭疾扑过去！

手起刀落，流水行云。

破月如一道闪电劈入马队，顷刻便用刀柄击伤数人，纵身直取被士兵们护在正中的那位中年将领。

"放箭！"士兵们拉弓齐齐瞄准了她。破月微微一笑，长刀出鞘，脚步丝毫不缓，迎面而上。

"嗖嗖嗖——"忽听数声破空，竟是从侧面传来。破月定睛一看，前方数名青仑兵尽皆中箭落马。她转头看着来人，却是一队穿大胥服饰的士兵。再往远处一看，只见尘土飞扬，竟似有数千人。

援兵来了？破月心中惊喜。

"你是何人？"有士兵喝道。

"我是湖苏城守军。你们又是何人？"她扬声道。

她的声音随风飘得远远的，在这队士兵身后数十丈，有一辆由数名帝京亲兵护卫的车驾。车中有一人原本闭目歇息，忽地听到模模糊糊的声音，骤然坐起，素白的手拨开车帘，举目眺望。

"我们奉安国将军之令，驰援湖苏城。"士兵亲眼见她追杀青仑将领，倒也不怀疑，"这位……姑娘，你从湖苏城来，城池是否已失？"

"当然没有。"破月答得骄傲，"我们大胜。"

"王叔！"

那辆精致华丽的车驾旁，有人低呼出声，而那人虽脸色苍白，身体虚弱，却不顾旁人震惊的神色，顷刻便夺了匹马，朝前方疾驰而去。

众人愣了片刻，反应过来，连忙跟上。等追上后，远远只见那人勒马停步，静静地立在一个身形娇小的女子身后。似是怕惊扰了那女子，那人笔直地坐在马上，竟如雕塑般纹丝不动。

士兵们将青仑将领和士兵绑起来，推搡着往湖苏城走去。破月跑得满头大汗，也不急着走，站在原地歇息。

她感觉到身后有人勒马停步，以为是路过的士兵，就未加留意，然后举着士兵给她的水囊，抬头便饮。

直到身后马蹄声纷乱，由远至近。

破月忽然身子一僵，像是预感到什么，缓缓转身。

只见身后数步，静静立着一骑。马上的人一袭白衣，狭长凤眸，眼眶微湿微红，定定地望着她，姿态清俊，不似凡人，不正是慕容湛？

"……小容。"破月仿佛中了咒，举着水囊，定定地立在原地。

慕容湛翻身下马，双手紧紧握住缰绳，一动不动。马儿却被勒得吃痛，惊蹄跃起，慕容湛这才反应过来，骤然松手，马儿狂奔而去。

他不动声色地将颤抖的手负到背后。

"……月儿，你可……安好？"

破月望着他明显清减许多的容颜，胸口有短暂的刺痛，但很快被一种温暖而微痛的感觉填满。她笑道："我很好，你呢？小容，你可安好？"

慕容湛负在身后的手缓缓收紧，苍白而清秀的面容上，露出温和的笑意。

"我很好。"

我很好，我很好。

我心若古井，沉寂无声。唯有相思如无声惊雷，令我午夜梦回，茫然四顾。惶惶不见你娉婷芳踪，只余我对影孤立，始觉浮生若梦。

四野喧嚣的人声，缥缥缈缈钻入耳中，似近似远，已听不分明。

唯有四目凝视，湛若秋水，默默无言。

"婶婶，王叔他身体刚刚大好，你们还是去马车上说话吧。"慕容充看看他二人，语气轻快地建议。

破月一凛："你的伤没事吧？快上马车。"

"好。"慕容湛几乎是立刻答道，话一出口，才察觉自己的浑浑噩噩。

如同曾经与她的朝朝暮暮，总是恍恍惚惚，回首一看，才知那是平静无声的醉生梦死。

帝京专程赶制的马车，精致宽敞得不可思议。

车帘放下，破月端坐在一角，微笑平和。

慕容湛只与她对坐了半刻，便觉无法继续，起身笑道："先喝点儿茶。"提起水壶，却发现手微微地抖，静默片刻，才能平稳。

"大哥呢？"他背对着她。

"他在城中。"破月提到步千洐，心已全然落到实处。

"太好了！"他端着茶转身，放一杯在她面前，一眼便瞥见她露在宽袖外的纤纤十指，晶莹剔透。

"为何去了这么久？"他端起茶，大袖掩面，滚烫入喉，心神微定。

"路上出了些差池，好在有惊无险。"她微笑道，"待入城之后，让阿步同你详说。"

他点点头。

再次相对无言。

破月盯着面前茶杯中微漾的水面，忽然想，她还是先回城中吧。

正欲起身告辞，忽听他开口，声如静水，偏有清风拂过，涟漪轻颤。

"你们……定情了吗？"

破月的手悄无声息地抓紧袖子。

"嗯。"

又是静默。

他的眉目很平静，也很柔和，没有半点儿波澜起伏，似朝阳澄湛，也似死水沉静。

"对不住。我一走这么久，皇帝有没有为难你？"破月柔声问，心里满是愧疚。

"没有。"他几乎立刻答道。

"……那就好。"

片刻后，马车外传来人声。

"殿下，马上就到湖苏城了。"

"知道了。"慕容湛静静地答道。

破月起身："我先回城中。我是突然出城的，大伙儿估计很忧心。小容，一会儿见。"

"好。"

她掀开车帘跃下，顷刻人已走远。

车帘再次被挑起，慕容充探头进来："婶婶怎么走了？"

慕容湛正静静地望着她半点儿没动的那杯茶水，闻言缓缓抬头。

"充儿，我与她已和离，今后她不是你婶婶，无须再问。"

头顶是明晃晃的日光，脚下是堆积如山的尸首，士兵们宛如川流入海，往城门处越聚越多。破月先是快步疾行，到后来越走越快，临近城门时，已是提气跃起，左扑右闪，顷刻便入了城。

翻上登城道，迎面便见刘夺魁大大的笑容，他转身就往城楼跑："将军，将军，她回来了！"

破月精神一振，三两步蹿上城楼，忽地心底闪过一个念头——原来她行得这么快，只为早点儿见到他。

城楼上一人负手静立，听到声响急急回头，一看到她，英俊的面容明显一松。她忽然很想扑进他怀里，但不等她主动，他已快步抢过来，一把将她搂进怀里。

城楼上，刘夺魁等人尽皆扭头，悄无声息地纷纷走远了几步。

"敌军将领抓到了？"破月冲他眨眨眼。

他微微一笑。

"阿步，小容来了，此刻就在城外。二殿下也来了。"

步千洐眸中浮现出明亮的笑意。

"传令！"步千洐提起真气，洪亮的声音瞬间响彻城门内外，"开城门，迎接诚王殿下、二殿下！"

落日金光点缀在满地尸血上，残忍、诡异而隆重。

城门洞开，步千洐、刘夺魁以下，全城守军、百姓，从城门一直跪到视野不可及的长街尽头。

两位王爷的亲卫，皆是鲜衣怒马，立于官道两旁。正中两匹高大骏马，于军队簇拥下，缓缓朝城门处来。

距离城门几步远时，慕容湛勒马停步，不再上前。慕容充独自策马行到城门下，目光缓缓环顾一周。

"诸位将士请起！"慕容充扬声道，"诸位击退数倍于我军的敌军，获此大捷，着实辛苦了。本王身为全军统帅，必将上奏父皇，为此役中的将士请功！"

"多谢殿下！"城门内外，欢呼一片。

慕容充微微一笑，策马行至步千洐和刘夺魁面前。他在入城之前，已先行派人探明了一切，所以知道，城中真正的指挥，是步千洐。

"步千洐，此役你居功至伟。本王会向父皇请旨，荐你为安北将军。"他朗声道。

"谢殿下！"步千洐拜倒，神色平静。他历经磨难，如今身负绝世武艺，倒不是很在意品级。只是如今国家有难，他不想弃之不管。

他身后的刘夺魁诸将，均齐声欢呼。破月在他身后，则是喜忧参半。喜的是安北将军亦是五品，他恢复了原先的品级；忧的是如今兵荒马乱，他还是走上了从军的路，却不知前途是好是坏。

慕容充点了点头，便策马进了城。

步千洐和破月抬着头，望着缓缓驱马过来的那人。许多将士也望着他，望着经过青仑奴战争后声名鹊起的安国将军——诚王慕容湛。

却见他笔直行到城门处，就此停步，翻身下马。

他单膝跪下，于众目睽睽下扶起拜倒在地的步千洐。步千洐反手握住他的胳膊，两人静静凝视片刻，眸中都有了笑意，张开双臂，紧紧拥抱在一起。

"月儿，你先回去，我与小容说会儿话。"步千洐丢下这句话，便与慕容湛并肩走了。

月朗星疏，步千洐与慕容湛沿着城墙缓缓而行。偶有巡逻士兵撞见两人，大气也不敢出，恭敬地避让。

"如此说来，那唐卿是个病秧子，却十分能征善战？"慕容湛沉吟道。

步千洐点头："是个厉害角色。"

两人足足聊了一个时辰，步千洐将这一行的经历细细道与慕容湛，只略过破月与他的情事。

"大哥此行因祸得福，练成神功。"慕容湛含笑道，"小弟今后再不是大哥对手了。改日大哥多多与我拆招，叫我也瞧瞧君和武功，到底厉害在何处。"

步千洐微微一笑："那是自然。你若是想学，拜我为师，我必倾囊相授。"

慕容湛失笑："平白矮了个辈分，容我思量斟酌。"

两人对视而笑，恰好已走到东城门。步千洐抬眸一望，将慕容湛肩膀一勾："前方有家酒肆，去喝酒吧。"

慕容湛点点头，转身对隔着数步跟随的暗卫道："去我马车上，取些好酒来。"转头又道："寻常酒馆的酒，只怕你喝着味淡。我车上一直存着几坛，等你开封。"

步千洐挑眉："甚好。"

已近子时，小酒肆早就打烊了。

两人上了阁楼，一个坐在榻上，一个倚在窗边，对月而饮。酒肆老板送来些小菜，便立刻退了出去。

或许是方才聊了太多，两人一时都未说话。半晌后，步千洐收回放得极远的目光，转头直视慕容湛。

"小容，我已与月儿重归于好。"

慕容湛面色平静，露出个微笑："方才在城外，月儿已告知我了。恭喜！"

步千浒举起酒杯，一饮而尽，眸色幽深地盯着他："对不住。"

慕容湛轻轻摇头："大哥说哪里的话，你二人本就……情投意合。我当日……"他深吸一口气，"我当日也只因朝夕相处，她又姿容出众。小弟我……我从未跟女子相处过，才会……才会对她有些不舍。如今这念想早淡了，大哥千万不要放在心上。以后我自敬她为嫂嫂，若再妄动念头，便叫我五雷轰顶、身首异处。"

步千浒静静地注视他片刻，点点头："喝酒吧。"

夜风清凉，酒意醉人。

步千浒因为慕容湛的话，心里隐隐发痛，他沉默地一杯杯喝着。慕容湛更是一杯杯畅饮，他酒量本就不如步千浒，一坛酒下肚，已是醉眼迷离。

"对、对不住……"他趴在桌上，眼神已有些发痴。

步千浒紧紧握住慕容湛的手："小容，大哥知道，都知道。她那么可爱的女子，自是有很多人喜欢的。你没错，没有对不住我。"

慕容湛听他语气温柔，眼眶一红，只觉得压抑在心头多日却无法道与他人知晓的汹涌、暗沉的情绪，忽地有了个出口。

"大、大哥……"他抬眸望着他，声音有几分哽咽，"你、你会不会瞧不起我？"

"决计不会。"步千浒坐到他身旁，一把搂住他的肩膀，"大哥自会护你、助你，咱们是一辈子的兄弟。"

慕容湛用力点点头，声音落寞："大哥，我只是、我只是……"

只是喜欢了她。

话没说完，他单手捂住了脸。

步千浒心头一颤。

男儿有泪不轻弹。慕容湛生性温和，但从来傲骨铮铮，步千浒从未见过他流泪。

可是此刻，他靠在步千浒肩头，眼眶通红，额头青筋暴起，指缝间有泪水滚滚而下。

"大哥，我只是、我只是……"他紧咬着牙关，泪水却滚滚而下，微不可闻地抽泣着。步千浒心头剧痛，一把将他抱紧，下巴抵在他额头上："小容，哭过这一次，今后不可落泪。"

子时末，步千洇将慕容湛送回房间，只觉得心头发堵，于是转身出去，独自沿着幽静的长街，漫无目的地晃荡。

不知不觉间，他就走到了城楼。守城士兵见到他，连忙起身，行了礼后，顿了顿道："将军，姑娘……上城楼了。"

他一怔，知道士兵说的"姑娘"是破月。

须得早日把婚事办了，否则旁人不知如何称呼她。想到这里，他心头微暖，信步便上了城楼。

远远便见一个瘦小的身影，抱着双膝，坐在城垛上。

这可是有点儿危险的动作。步千洇蹙眉上前，破月回头见到他，眸中升起笑意，身子不动，朝他伸出双臂。步千洇心底一软，抬手将她抱起，自己坐在城垛上。

夜风孤寒，两人身体相贴，却是格外温暖甜蜜。

"我刚把小容送回去。"

破月一怔，没吭声。

步千洇见她沉默，将她的脸扳过一看，却见眼眶湿红。

"哭了？"他捏着她的下巴。

破月别过脸，不作声。

步千洇低头在她脖子上亲了亲，过了一会儿才道："我方才与小容谈清楚了，他也哭了。"

破月原本只是心头怅然，独坐在城楼上，思及慕容湛的温柔隐忍，略略有些难过，才掉了两滴眼泪。她以为他仅止于此了，未料此刻听步千洇简简单单地说"他也哭了"，忽地心头一阵剧恸，待反应过来时，两行热泪已滚滚而下。

步千洇原本未察觉，待她的泪水落在他的手背上，忙将她的脸抬起一看，却见泪眼蒙眬，已哭成了花猫。

步千洇心头忽地微微刺痛。

破月却已把头埋进他怀里："阿步，我没别的意思……我……"她的声音起先还带着几分窘迫，慢慢就抽泣起来。

步千洐沉默地抱着她，任她在怀里发泄心头的愧疚与不忍。直到她哭声间歇，偷偷地、有点儿不好意思地抬眸看他，他才笑着抓起她泪水斑驳的脸，重重吻上去。

破月被他吻得几近窒息，只能双手抵住他的胸口，无力地抵抗着。许久后，他才松开她，沉沉笑道："我怎么觉得自己是个老妈子，带着两个孩子，哄完那个，又来哄这个？"

破月破涕为笑，打他一拳："你跟他才是孩子。"

步千洐抱着她跃下登城道，将她放下，在她面前蹲下："上来。"

破月轻车熟路地爬上他的背，舒舒服服地将头靠上去。

月光清亮如水，映得石板路幽幽生光。长街清寂，两人都没说话，只能听到彼此缓而有力的心跳声。

"月儿。"

"嗯？"

"今后，别再为旁的男人哭了。"

月儿，只为我一个人哭，为我一个人笑。你是我的挚爱，我不想与任何人分享你的心，哪怕那个人，是我的手足兄弟小容。

　　"步将军，今后还望你多多襄助，早日平定青仑之乱。"

　　二殿下慕容充一身华服，面容俊朗，举着酒杯，一饮而尽。

　　步千洳满饮而尽，慕容湛亦面带笑容，破月微笑不语。

　　距那日湖苏城一役，已过了一个月。朝廷的嘉奖令已经下来，步千洳果然升为安北将军。今日慕容充专程在城中酒楼设宴，为他庆功。

　　虽然慕容充也是当日陷害步千洳的人之一，可如今同席欢饮，他竟无半点儿尴尬，甚至有一次还主动提起婆樾城往事："千洳，当日我并非针对你。其实于你，我是很欣赏的。来，满饮一杯，你是王叔的结义兄弟，今后咱们如同兄弟一般！"

　　他说这话时，神态极为坦荡。

　　破月完全相信他的话。因为他是皇子，他姓慕容。除了慕容湛这个怪胎，历史上哪一辈慕容氏的皇子，不是为皇位争得你死我活？所以他当日行为虽然龌龊，但设身处地地想想，却也是他会做的事。而他今日重用步千洳，看的也是一个"利"字，与情分无关。

　　步千洳自然也看得通透，淡笑道："末将与殿下也算是不打不相识。"

　　聊到近日的军事，大军稳步推进，青仑叛军已龟缩到两个州内，人数也从之前的十五万缩减到八万。大家都觉得胜利指日可待。

"战事一了，我会上书皇兄，"慕容湛沉声道，"谏议废除青仑奴隶制。"

慕容充还未说话，步千泖一击掌："好！早该如此。青仑人与汉人并无不同，如此才能长治久安。"

他二人相视而笑，慕容充却摇头："王叔，这个谏议，你不提也罢。朝中不是没人提出过……父皇他不会同意的。"

大家俱是一愣。

慕容充见气氛冷下来，举杯笑道："来，祝大军早日旗开得胜！"

夜色已深，慕容充又饮了几杯，便起身告辞，步千泖跟慕容湛落得自在。多饮了几杯，步千泖便将破月搂在怀里，时不时拿酒杯逗上她一逗。破月颇觉尴尬，慕容湛面沉如水，微笑不变。待到慕容湛如厕的时候，破月一把将他推开："你干吗？"他眸色便如墨玉般通透坦然："咱们三个都得习惯。"

喝了一会儿，酒坛已空，破月扬声道："小二，拿酒来。"

很快，一个佝偻的老妇人慢吞吞地送了一坛酒进来，又给三人斟满了酒。步千泖眼神瞄过这老妇人，觉得哪里不对，但具体是什么，又说不上来。一转眼，老妇人已退了出去。

慕容湛第一个举起酒杯："大哥，你与嫂嫂就快成婚了，小弟恭祝你二人白头偕老。"说完，一饮而尽。

步千泖和破月都微笑，举杯便饮。步千泖对酒的品鉴造诣更胜武艺，刚一入喉，便感觉到口感与之前有些许不同。

"且慢！"他压低声音道。

可已经晚了。

慕容湛和破月一对乖小孩，放下空荡荡的酒杯，不明所以地望着他。

步千泖失笑。

"我似乎……醉了。"慕容湛几乎是立刻发作，抬手抚额，"醉了……是极好的……""砰"的一声，趴倒在桌案上。

破月望着步千泖："他怎么说倒便倒？"

步千泖心念一动，想起玉涟神龙功"万毒不侵"的字样，两人练功已有些时日，莫非已初有成效？

步千泖朝破月递个眼色，破月会意，点点头。两人将酒杯一丢，仰面靠在墙壁上，佯装晕倒了。

破月心里有点儿紧张和兴奋，是谁在酒中下药？慕容充？颜朴淙？如果是颜朴淙……哦，她竟然有点儿期待？

可破月想破了脑袋，也没料到来的会是这个人。

雅间里静静的，没有半点儿声响。过了约莫一炷香时间，只听"吱呀"一声，门被缓缓推开。

步千洺的眼睛微微睁开一条缝，便见门口地上多了道佝偻瘦小的影子——不正是方才那上酒的妇人？雅间门外有数名亲卫把守，此人却能下药潜入，可见身手必定不凡。步千洺不敢托大，继续佯装昏迷。

那人的脚步声轻不可闻。过了一会儿，却发出一阵奇怪的响动。步千洺和破月俱眯眼一瞧，却见她正拖着慕容湛往内间走。两人心头都有些惊疑：难道是冲着慕容湛来的？

内间有一张供休憩的大床，只见她拽着慕容湛走到床边，将他抱起，放在床上。步千洺和破月俱是屏气凝神，只待她稍有不对，立刻发作。

未料她放好了慕容湛，又转身朝二人走来。

两人连忙闭眼，仔细听着动静。

破月感觉到一双柔软的手将自己抱了起来。那人的气息竟然是温热清香的，扑在脸上软软的，很舒服。那人似乎静默了片刻，才抱着她往内间走去。

步千洺看得分明，她将破月跟慕容湛并排放在床上，然后……居然伸手脱慕容湛的衣服！步千洺一心想看她到底要作甚，也不急着动。只是想起小容醒来，必定窘迫万分，有些好笑。

她很快将慕容湛上身脱了个精光，下身只余一条底裤，而后看着破月。

"今日便叫你们生米煮成熟饭。嗯……越看诚王越是喜欢。"她似乎自言自语，嗓音极为柔软低沉，而后抬手又开始解破月的腰带。

步千洺这下可不能忍了，低喝一声："妖妇你作甚？"话音未落，人已掠行过去。那老妇一惊，将将转身，便被步千洺点中胸口要穴，瞬间僵立不动。

破月之前没敢睁眼，此时翻身坐起，看到慕容湛赤条条躺在一旁，大吃一惊。她扯过被子盖在慕容湛身上，拍拍他的脸："慕容湛，慕容湛？"却见他双目紧闭、呼吸沉稳，似已睡着了，但气息匀长，应无大碍。

步千洐仔细打量这老妇，见她虽容貌奇丑，身姿却如弱柳扶风，婀娜苗条。难怪他方才觉得不对劲。

他心念一动，手伸到那老妇人的下巴上，老妇人微微一缩，声音已含了怒意："你敢？"

面具脱落，露出水芙蓉般的脸颊，有几分少女的娇俏，更多的却是成年女子的妩媚。

步千洐怔住。

"是谁？"破月绕过来，一看清那人相貌，呆住。

很熟悉的一张脸。

清黑修长的眉、墨色剔透的眸、小巧挺拔的鼻梁、玫瑰色的樱唇——只是比起破月的苍白纤弱，她的轮廓要饱满许多，眉宇中也多了几分妩媚。但无论怎么看，两人相貌都有八九分相似。

她的神色又窘迫又恼火。破月早听步千洐说过对这个人的猜测，今日再见她真容，不能不信。

"好久不见。"步千洐将手里的面具抛了抛，"殷教主，今日又想作甚？"

她冷哼："你配不上她。"

步千洐顿悟，又好气又好笑——当日她便痛下杀手，不想破月跟自己好，今日更是故技重演。瞧她方才的举动，是想玉成他二人，搞不好还会顺手杀了自己吧？

步千洐如今已得破月，倒也不再恨她当日恶行。他懒懒一笑："殷教主，看在月儿的份儿上，小婿自不与你计较。但你若再从中捣乱，新仇旧恨，小婿必不轻饶。"说完，看向破月："月儿，这是你娘。"

殷似雪全身一抖："胡说八道！我、我不是她娘，我、我是她姐姐！谁要你当女婿？混账！"

步千洐笑了："瞧瞧你脸上的皱纹，她有你这么老的姐姐吗？"其实殷似雪保养得极好，看起来并无皱纹。但他的话，却叫殷似雪脸色一僵。

破月之前一直很安静，此时冷冷道："我没娘，没她这样的娘。阿步，让她滚蛋，我不想再见到她。"

饶是步千洐也没料到破月会如此决绝。他虽不喜殷似雪胡作妄为，但他自小是孤儿，尝遍了孤独无依的滋味，所以虽然殷似雪对他赶尽杀绝，他心里想的却是有机会叫她们母女相认。他爱的女人，他希望她受尽宠爱，永不孤单，永无哀愁。

殷似雪闻言眸色巨变，眼眶一下子红了："你为何不认我？"她之前死不承认自己是破月的母亲，如今被破月一激，却不打自招。

步千洐握住破月的手："你不该说这等话！她再胡作妄为，也是你母亲。"

破月看着他，眸色平静："她差点儿杀了你，我为什么要认她？"殷似雪虽生下她，但对她全无养育之恩，且任她在颜朴淙手下受折磨，她哪里会有半点儿孺慕之情？

殷似雪咬牙切齿："他一介莽夫，还是个狗屁将军，将来不是死于武林纷争，就是战死沙场，你跟着他有什么好？诚王对你一往情深，又是皇亲国戚，你为何不选他？"

破月都气笑了："真是奇了怪了，若真是你生下我，将我丢给颜朴淙那个禽兽这么多年不闻不问，现下为何要管我跟谁好？要不是阿步，我早死了千百回。我偏要与他长相厮守，哪轮得到你指手画脚？"

殷似雪脸色微变："禽兽？颜郎怎么会是禽兽？他那样的正人君子……我当时生下你，明明是个死婴。我以为你死了，我不知道颜郎养大了你。我一直、一直挂念你……"

"颜郎？"破月听到这个称呼，怒火愈盛，"你这个娘我不会认，他那个爹我更加不会认！"

"不！他不是你爹，他怎么会是你爹！"殷似雪声音忽地柔和下来，"你爹他……"

步千洐听到这里，已知必有隐情，却见殷似雪越说眼眶越红，忽地身形一动，转身竟要往窗口跑去！

步千洐暗暗一惊，他全力点中她穴位，她竟在这么短的时间冲破，可见她身为当今武林绝顶高手，的确有其独到之处。但她语之不详，步千洐怎么能让她跑了？两人隔得极近，刀法无法施展，他身随意动，使出燕惜漠教给自己的擒拿手，攻了上去。

殷似雪回身挥掌便挡，刚过了几招，脸色便煞白，"砰"的一声竟被步千洐一掌打在胸口。步千洐只想留她，并没想伤她，这一击中，也微惊，收掌不再进攻。

"漠阳扶雪手？你、你怎么会这套擒拿手？"她的声音都因焦急而嘶哑了。

步千洐心里"咯噔"一下，霍然如电光石火般通透！漠阳扶雪手！他终于想起，燕惜漠是何人了。

他想起幼时读过一本武林野史，上面记载，数年前曾有一位天分极高的武林侠客，名唤燕惜漠，仅仅二十余岁，便已是天下第一，夺得武林盟主之位。书载他的绝学中，其中一门便是漠阳扶雪擒拿手。只是这位侠客如同一颗流星，转瞬即逝，刚成为盟主一年，便暴病而死，所以后世对他的记载很少。江湖人才辈出，这短命的少年盟主到如今几乎不为人知。

如此看来，燕惜漠当日根本不是暴病而死，而是遭人迫害！

步千洐反问道："这擒拿手是有人教我的，怎么了？"

"他人在何处？他人在何处？"她眼中全是急切。

"不知，高人居无定所。"步千洐自然不会轻易透露燕惜漠的行踪。

"他生得什么模样？"

步千洐心念一动，试探道："他全身被大火烧伤，早已面目全非。十八年前，他被人挑断手筋脚筋，扔下悬崖，幸得不死。"

殷似雪脸上的血色霎时褪得干干净净："他没死？燕惜漠没死？"

"燕惜漠到底是何人？"破月问道。

步千洐心头一惊。破月今年十八岁，燕惜漠为人所害是十八年前，殷似雪创立清心教也是十八年前。

"他才是我的郎君、你的父亲啊！"殷似雪恍恍惚惚道，"他是个大英雄、大浑蛋啊！"

破月心中一震。

她以前听步千洐说过燕惜漠的遭遇，只知道是位命运多舛的世外高人。可如今听殷似雪说他是自己父亲，虽然匪夷所思，直觉却叫她隐隐信了。思及自己从小被颜朴淙几近变态地养大，亲生父亲却遭人毒手，漫长余生隐姓埋名、孑然一身，不由得心下恻然。

步千洐亦是一惊，随即顿悟——难怪燕惜漠会收他为徒！莫非也是看在月儿的面子上？可师父是仁义高人，若知道月儿的存在，为何不相认呢？他按下心头疑惑，搂紧破月的肩膀，柔声道："别难过，他很好。"

"可他如果活着，为什么不来见我？"殷似雪倒退数步，面如死灰，"不，一定是他！他常说我胡作妄为，常说要替我收拾残局，定是见我挑断了你的手筋脚筋，所以才现身相救。可他为什么不见我呢？我是这样的、这样的思念他……"

她已年近四十，又是江湖第一大门派教主，可此时惶惶然喃喃自语，竟似二八少女，又怨又痴。步千泓心头一软，道："他一直扮作菜农，待在缚欲山上，或许一直在暗中保护你。"

殷似雪神色大骇，满脸难以置信。

"我不如死了干净！"她轻喝一声，双手捂住脸，连退数步，"砰"的一声撞上窗户。

"当心！"步千泓和破月同时惊呼出声，却见她身姿如燕，疾疾坠落。两人冲到窗前一看，楼下空空荡荡，哪里还有人影？

空荡荡的长街，漆黑一片。

步千泓按住破月肩头："她轻功绝顶，咱们追不上。你还好吗？"他伸出手指抬起她的脸。

破月脸上并无他预期的泪水，反而神色凝重："如果燕惜漠是我爹，殷似雪是我娘，他们当初为什么将我丢给颜朴淙？我听说自己幼时身体虚弱，颜朴淙当年专门为我向皇上求得千年人参和宫廷秘药续命，殷似雪又说我生下时是死婴，莫非是颜朴淙从中作祟？"

步千泓沉思片刻道："从颜朴淙处自然问不出来。苦无师父本就让我给师父传话，叫他夺回颜朴淙手中残册。如今你身世不明，明日咱们就去寻他。"

翌日，步千泓便朝慕容充告假，慕容湛也觉事态严重，催促慕容充准了二人辞行。

按照苦无的指示，两人行了半个月，便到了益州青芜峰。在山谷里寻了半日，果见一草庐独立在险峰之上。两人在草庐中等了三日，终于在这日傍晚，看到一布衣老翁缓缓行上峰来。

"师父！"步千泓拜倒，破月盯着他满是疤痕、又红又皱的面容，心头居然一痛。

燕惜漠看到他二人，微惊之后，笑了。他笑得极难看，可和煦的双眸，却有种令人安定的力量。

"看来你们去了君和。"他的嗓音亦嘶哑得仿若火燎，"苦无大师可好？"

步千洓点头："他极好。"却见燕惜漠目光温和，见到破月并无激动神色。破月也注意到这一点，与步千洓交换了个眼神。

三人进了草庐，步千洓先将苦无的话转述。燕惜漠略有些吃惊："颜朴淙他……素来忠义，怎会将君和武功秘籍占为己有，又怎会……"他瞧了一眼破月，"让自己的亲生女儿练那阴损的功夫？"

步千洓和破月俱是一怔。

已经不止一次听到有人说颜朴淙忠义了。当日杨修苦就说颜朴淙向来义薄云天，如今殷似雪、燕惜漠也都这么说，可见颜朴淙在老一辈武林侠客心中的印象极好——足见他的奸猾。

可燕惜漠似乎以为破月是颜朴淙的女儿。

步千洓便将那日遇到殷似雪的情形，从头到尾说了一遍。燕惜漠原本听得沉静，待到听说破月是自己女儿时，霍然抬头："她当真这么说？破月真是我的女儿？可当日，她明明是怀了颜朴淙的孩子……"

破月听到这里，已明白了七八分，只怕当年殷似雪跟两个男人纠缠不清，才有了自己这笔糊涂账。

"她虽行为颠倒，但徒儿觉得此事应当不假。"步千洓道。

燕惜漠看着破月，目光先是惊讶，而后激动，最后是浓浓的欣慰和愧疚。

"好孩子、好孩子……"燕惜漠深吸口气，"爹对不住你。"

破月望着他丑陋而激动的容颜，心头怜意更盛，低声道："爹，你吃了许多苦，我不会怪你。"

燕惜漠眼中竟有泪水滚滚而下，枯树皮般丑陋的手一把抓住破月的手："想不到我燕惜漠潦倒一生，到老竟有了个女儿！哈哈哈！死有何憾！只恨爹未能亲眼看着你长大，未能亲自教授你武艺，叫你受尽了苦头！好孩子，你受苦了！"

破月见他眸中爱怜之意大盛，几乎可以想象，如果是这豪气干云的燕惜漠养大自己，他该对独生女儿多么宠爱！如今瞧着他垂垂老矣、面目全非，却似孩子般兴奋异常，破月竟也如他一般又喜又悲，一时哽咽。

"爹，当年到底发生了何事？"破月轻轻抚摸着他粗糙的手。

燕惜漠眸中精光褪去，反而染上几分落寞和清冷。

他沉默半晌，长叹一声："只是一桩孽缘罢了。"

只是桩孽缘，却叫不世英雄甘愿舍身，只为红颜永远无忧无虑地欢笑。

"我原是普陀寺俗家弟子，少年学成，下山闯荡江湖，很快便搏出名气。当年武林大会上，更是力挫群雄、一战成名，夺得武林盟主之位。

"我以为前途无量，踌躇满志，却偏偏叫我遇到了她。

"殷似雪，江湖第一妖女，胡作妄为的江湖毒瘤。

"旁人皆厌她睚眦必报、出手阴毒。可我见到的，却是二八少女落寞地独坐在悬崖上，比明月皎洁，比春风明媚。

"于是便恋了、痴了。我不想管江湖琐事，盟主之位我也愿拱手相让，只要有她陪伴。她当时对我爱理不理，骂我迂，骂我笨。可骂虽骂了，却终是浅笑盈盈，柔弱承欢，两情相悦。

"我以为就此定了终身，不料有一日她却慌张地跑来说，她原与那颜朴淙有过一段情缘，已有了白头之约，如今颜朴淙来寻她了。

"'惜漠，我当日不知道会遇到你，我原以为自己喜欢的是他那样的公子，可如今我才知道，我喜欢的是你。等我回来，我去与他解除婚约，然后便跟你成亲。'

"颜朴淙是少年武状元入仕，官声清明，于江湖也小有名气。我毫不介怀，等了又等。只要雪儿能与我长相厮守，我又怎会在乎她的过往？

"未料一个月后，我收到颜朴淙的来信：'雪儿已有了我的骨肉，她不愿再见你。'

"我不甘心，潜行数千里到了帝京。堂堂武林盟主，如鸡鸣狗盗之辈，躲在颜府的屋梁上，却见他二人相携入房，莺声燕语，行鱼水之欢。

"我自心如死灰，武林盟主也不想做了，整日烂醉，却在半月后，收到颜朴淙的血书：'江湖人士聚集，要置雪儿于死地。颜某自当拼尽全力护她。只是颜某武艺低微，此去只怕身死。望燕兄今后不计前嫌，保她一世！'

"我当时震惊了！可雪儿既选择了他，我又怎么能让他们劳燕分飞、生死分离？于是我告诉他，他不必去，我去。

"我去了颜朴淙与武林豪杰们相约的地点，几乎杀了所有人，可后来自己也被挑断手筋脚筋，扔下悬崖……"

"武林人士为何要杀殷似雪？"步千洇问。

燕惜漠神色微震，慢慢道："因为她是君和人。"

破月悚然，可她还未发问，门外已传来一个极度震惊的声音："胡说！我怎么会是君和人？"

门被拉开，一前一后走进两个身影。

前一个娇容煞白、满目含泪，不正是殷似雪？后一个苦眉低垂、神色激动，却是久未谋面的杨修苦！

"惜漠！"

"师哥！"

两人齐齐扑倒在燕惜漠脚边。

"小师弟……"燕惜漠扶起杨修苦，两人紧紧抱在一起。片刻后，他才松开杨修苦，转眸看着一直愣愣的殷似雪。

步千洇和破月二人看到杨修苦，对看一眼，都存了戒心。可见他老泪长流，神色悲痛，与燕惜漠抱在一起，又有些吃惊。

"惜漠！不是这样的！不是！"殷似雪明显有些失魂落魄，眼神迷蒙，"当日我一直在等你，我怀的是你的孩子。颜朴淙说我身体阴寒，奔波会导致落胎，叫我在颜府等你过来。我还给你写了信……"

"妖女！果然是你害得我师哥落难，你还狡辩作甚？"杨修苦怒道。

燕惜漠神色大变，轻拍杨修苦的肩膀，淡淡道："往事已矣，殷似雪，你不必再说。你是君和人，我是大胥人，咱们早就两不相干。"

破月却看向殷似雪——若殷似雪说的是真的，那么一切、一切的一切，燕惜漠的劫难，殷似雪的堕落，她的孤苦，全都是颜朴淙一手造成的。她真的与颜朴淙有不共戴天之仇！可他费尽心机拆散她一家人，又将她养成人丹，莫非就是因爱生恨，要报复殷似雪和燕惜漠？

"去你的君和人！"殷似雪却已勃然大怒，"我一辈子都没出过大胥，我父母都是江南侠士，我怎么会是君和人？你就是因为这个，这么多年也不来见我吗？"

燕惜漠怔住："你不是？你若不是，当年为何挑衅各大门派，结下诸多仇怨？"

殷似雪怒道："我看他们不顺眼罢了！自我跟了你，哪里招惹过别人？"

燕惜漠喃喃道："你不是君和人？你当真不是君和奸细？可颜朴淙言之凿凿……"

"我若是君和人，叫我天打五雷轰，不得好死！"殷似雪恨恨道。

"颜朴淙。"步千洐忽然道，"月儿是死婴、殷教主移情别恋、殷教主是君和人，皆是他一人所言。您当日险些身死，当世武林前辈也几乎被您杀光，可谓是两败俱伤。颜朴淙到底有何图谋？"

燕惜漠和殷似雪闻言神色一震，破月心神恍惚。

"他一直待我极好，怎么会……"殷似雪的声音戛然而止。

"大哥！"在旁一直沉默的杨修苦，"砰"的一声又跪倒在燕惜漠面前，抱住他的双腿，"你怎会变成这个样子？为何多年来不现身？"

燕惜漠目露柔光："小师弟，我一直听说你的消息。你成立了刑堂，很好。大哥不是不想见你，只因曾为她杀了许多武林人士，又练了一身君和功夫，无颜再面对你。你做得很好！"

杨修苦的泪水滚滚而下，长跪不起。

原来殷似雪一路跟踪步千洐二人。她轻功独步武林，步千洐功力虽已胜过她，却也不易察觉。路上她恰好撞见了杨修苦，杨修苦照例没给她什么好脸色。

殷似雪也讨厌他，但见到故人，又挂念燕惜漠，便吼道："他没死！你白恨了我这么多年！"杨修苦一听就觉得不对劲，于是也尾随她上了青芜峰。

杨修苦自小孤苦，是燕惜漠将他养大。他从小对燕惜漠敬爱有加。当年燕惜漠出事，他恰逢在外地，再回来时，两人已是阴阳相隔。所以他愤怒之余，才创立了刑堂，专管江湖不平事，清苦地过一世，只为实现师哥的遗志。他恨殷似雪，当年见到破月也心生厌恶。但他没料到，今日能见到死而复生的燕惜漠，大悲大喜，难以言喻。

"小师弟，是师哥当年行差踏错，叫你失望了！"燕惜漠握住杨修苦的手。杨修苦身为刑堂堂主，在武林中刚毅威严，此时却如孩子般痛哭流涕、泣不成声。燕惜漠轻抚他的背，柔声道："破月是我女儿，千洐是我徒儿，今后你便替我护着他二人，可好？"

杨修苦哽咽道："师哥放心，今后我必定将他们视为己出！"

燕惜漠点点头，又对殷似雪道："咱们生了这个女儿，却一日也没有爱护过她。今后你不要再胡作非为了，多为她着想。她既然喜欢千洐，两人如此般配，就由她去。"

殷似雪当然答应："我听你的，都听你的。那你呢？你今后要去哪里？不管你去哪里，休想再丢下我！"

燕惜漠笑而不答，对步千洐二人道："你们过来。"

他执着两人的手，放到一块儿："今后你二人要相亲相爱、行侠仗义。世道虽然艰难，但我们习武之辈，不能被世事左右，无论在江湖还是沙场，都应当心存侠义之心，替天行道。"

"是！"两人同时答道。

殷似雪忽然道："你别教他们你那一套，我不想、不想叫月儿吃苦。"

燕惜漠笑着摇摇头，骤然抬手，快如闪电，点中两人肩头大穴，反手又是两指，点中殷似雪和杨修苦的穴道。因为众人皆情绪激动，故他突然发难，竟无人能防。

"你干什么？"殷似雪失声道。

步千洐亦是一惊："师父！"破月最先反应过来："爹，你不要一个人去！"

燕惜漠站起来，摇摇头。

"上一辈人的事，还是由上一辈来解决。颜朴淙是官身，你们动手，势必被牵连。我孑然一身，了无牵挂，自当为你们解决了这个遗患。"

他最后看了一眼殷似雪和破月，眸中柔光敛去，杀气瞬间满溢："他当年谎称你是君和人，终致我们夫妻分离、父女失散，天各一方不得相见。此仇不报，燕惜漠枉自为人。你们不要跟来。待杀了颜朴淙，我自会来寻你们，一家团圆，再不分离。"

前尘往事

　　燕惜漠的身影走远了，草庐内四人全静了下来，倾尽全力冲穴。

　　两个时辰后，殷似雪第一个站起来。她虽功力与步千洐不相上下，但多年修为，到底更胜一筹。她没有马上追出去，而是看了一眼屋内众人，抬手封住三人数道大穴。

　　"你干什么？"破月倒吸一口凉气。

　　"你爹说得对……"殷似雪的声音听起来很柔和，"上一辈人的事情，还是由上一辈人自己解决吧。今后你俩要好好的。步小子，好好宠着月儿。待颜朴淙事情了了，今后你若要报仇，便冲我来。"

　　"我也去。"杨修苦怒喝道。

　　殷似雪摇头："我才不要你去。"转身跃出了草庐。

　　殷似雪点穴着实霸道，直到两天后，步千洐才冲破穴道。他替破月和杨修苦解开，只匆匆朝杨修苦作了个揖，便带着破月自行走了。

　　然而当他们赶到帝京时，一切已来不及了。

　　当殷似雪隔着一扇门站在颜朴淙卧房外时，她的心情是非常悲愤的。

　　两年前察觉到破月的存在时，她不是没上门找过颜朴淙。当时他怎么说？

"当年你产下她，太医断定活不过五日，所以我才瞒着你说她已死，只是怕你伤心罢了。"

"我怎么会将她当成人丹呢？当时只有这一个法子能救她，否则她如何活下来？"

"你生下她几日便离开了我，创立了清心教。她是名女子，养在我身旁，不比跟你入了清心教更好？"

在殷似雪心里，颜朴淙始终是那个翩翩少年官员，穿着朱紫官袍，少年老成、独具风流。加之当年殷似雪悔婚在先，所以他的话，殷似雪总是信的。

可如今才知，当年他布下这样一个局。殷似雪难以置信，却不能不信。

"雪儿，既然来了，为何不进来饮一杯？"疏淡含笑的声音传来。

颜朴淙的功力本就与殷似雪不相上下，只略逊于燕惜漠。他的卫尉府守卫森严，能不惊动暗卫的，当世也只有数得出的那几个人，所以他立刻猜出了来者何人。

殷似雪推门进去，却见颜朴淙着一身灰白狐裘靠在榻上，单手托腮，另一只手端着个瓷白酒杯，冲自己笑。

"颜朴淙，我今日是来杀你的。"殷似雪拔出长剑冷冷道。

颜朴淙心头微惊，不动声色地缓缓笑了："你若来杀，我心甘情愿。"说完竟真的继续闲适地喝酒，毫无防备。

殷似雪心头一痛："你当年为何要骗惜漠，说我已变心，还说我是君和人，叫我们失散多年？你好狠的心！"

她以为他会辩解，没料他只淡淡道："原来你都知道了。"

"为何？"

颜朴淙单手抚着额，嘴角弯起："我不过以为……这样可以留住你。没料到你如此偏激，宁愿创立清心教，被天下人辱骂，也不愿留在我身边。赔了夫人又折兵，约莫说的就是我吧！"

殷似雪又恨又怒，可她终究与颜朴淙有过一段夫妻情缘，此时见他堂堂卫尉宁愿束手就擒，神色落寞，心头又有些不忍。

"惜漠他没死，他原本要来杀你的。"殷似雪咬着下唇，抬起剑尖远远对准颜朴淙，"我偷偷点了他的穴道，叫他晚来一步。我不想叫你死在他手上，你便自行了断吧。"

颜朴淙盯着她，缓缓笑了。刹那间眸光流转，俊脸生辉。

"我当日做下那些恶毒之事，早料到有今日之果。也好，胜过我这些年的良心谴责。"他站起来，步伐翩翩，走到殷似雪面前，右胸对准殷似雪的剑尖。"哧"的一声，他竟将胸膛往前一送，剑尖透进去寸许。

殷似雪倒吸一口凉气："你……"

"这不是雪儿所愿吗？"颜朴淙缓缓后退，剑尖从胸膛退出来，鲜血汩汩冒出。殷似雪整个人都呆住了："你、你何苦如此？"

颜朴淙又将左胸对准剑尖，伸手从桌上取了杯酒："雪儿，我便要死了，你最后陪我饮一杯，可好？"

殷似雪原以为会有场恶战，全没料到颜朴淙痛快地承认了自己的所作所为，甚至甘愿受死。她心想：是了，他还是原本的性子，正直、固执、心高气傲。当年他对我和惜漠做出那样的事，真的是一时行差踏错。其实当年，到底是我变心在先。

殷似雪凄然接过他手中酒杯，一饮而尽："颜郎，你对我的好，我终生都会记住。将来，我也会叫月儿将你当成爹，年年供奉。你……放心去吧。"

颜朴淙抬眸，温和地笑笑，乌黑的眸柔光灿然。

"月儿回来了？"他抬手轻轻格开剑尖，声音低了几分，"你女儿，可比你聪明许多。"

殷似雪听他语气有异，心神一凛，忽觉全身酥麻脱力，竟半点儿真气也提不上来。

"你、你……"殷似雪身子一软，被他拦腰抱住。

他动作温柔地从她手里取走长剑，又抬手点了她数道要穴，这才抱起她，放在榻上。殷似雪这才知道中了圈套，怒喝道："颜朴淙，快放了我，否则惜漠来了，定将你碎尸万段。"

颜朴淙抬手封住自己的伤口要穴，又取了金创药敷上，血流很快止住。他活动了一下右臂，这才在床边坐下，握住殷似雪的手，柔声道："来一个，我杀一个；来一对，我杀一双。"

殷似雪咬唇不语。她闯荡江湖多年，什么伎俩没见过？可女人一旦遇到男人，总是会迟钝几分。尤其是面对余情未了的旧情人，难免将自己的魅力想象得多了几分，将他想象得一往情深。此刻她心里又悔又恼，咬唇不语。

颜朴淙唤来暗卫，细细叮嘱一番。殷似雪听他诸般狠毒布置，越发面如死灰。颜朴淙交代完毕，屏退暗卫，这才低头看着她。

他看着她俏丽如昔的脸庞，那是曾经令年少的自己如痴如醉的容颜。当日她是那样绝情、那样幸福，所以他使尽万般手段，也要毁掉她的幸福。

他的手轻轻沿着她的脸颊抚摸，这令她微微战栗。可他的心情居然十分平静，脑海里浮现的却是另一具更稚嫩、更柔弱也更顽固的身躯，这令他有些恼怒。他的手指沿着面前极其相似的身体，慢慢下滑，骤然发力。

殷似雪嘤咛一声，低喘着气。而他伏低身子，狠狠咬住她的唇。

步千泂和破月赶到颜府的时候，已是四天后的深夜。

夜色幽冷，朱红大门紧闭着，空气中隐隐有血腥味浮动。两人对望一眼，已知不妙，纵身越过高墙，待看清眼前情形，皆倒吸一口凉气。

尸身，满地都是尸身。

从大门到正堂，笔直的小路上，隔着两三步，便有黑衣暗卫气绝身亡。血迹在月色下泼洒成幽暗的画，昭示着这里曾经发生过一场激烈的搏杀。

两人穿堂过室，搜索每一个房间，只见尸身、兵器、血迹，甚至暗器，却不见活人。

"爹已经来过了。"破月扯住步千泂的衣袖，"他会不会已经走了？"

步千泂摇摇头，侧耳仔细听了听，骤然转头，看向郁郁葱葱的花园："去那边瞧瞧，当心。"

两人穿过悠长的林荫道，到了一片草地前，远远便见三个人影坐在月光下，各自隔着几步的距离，俱是一动不动。方才步千泂听到的，便是他们发出的微弱呼吸声。

"爹！娘！"破月看清其中两人容貌，大惊失色，上前两步，却又止住。

颜朴淙，第三个人是颜朴淙，暗沉着眸看着他二人。

步千泂将她一把拉住，护在身后，拔出长刀对准颜朴淙，慢慢退到燕惜漠身旁。破月一下子扑倒在燕惜漠身旁，眼泪流了下来。

原来燕惜漠后背有一把长刀透右胸而过，直直将他钉在草地上。而他左膝盖以下，已是空荡荡的，断口血肉模糊。他的脸色格外苍白，眸光却在看到破月的一瞬，柔和而明亮："月儿……爹没事。别哭。"

"月儿……"微不可闻的声音传来。破月抬眸，看向坐在正中的殷似雪。比起燕惜漠，她看似并未受伤，只是脸色白得像纸，嘴角有一道血渍，雪白的衣襟上有星星点点的红色。看到破月，她张嘴正要说话，却"哇"的一声又一大口鲜血喷出来，显然受了极重的内伤。

"娘！"破月终是不忍，扑过去抱住她的双腿，"你跟爹怎么了？"

殷似雪虚弱地笑了："你……肯叫我娘了？"

"定是这厮作祟！杀了他！"步千洐心头剧痛，冷冷望着颜朴淙。只见他跟殷似雪一样，并未受外伤，但胸襟已是湿黑一片，嘴角鲜血不断溢出。

"别杀他！"殷似雪有气无力，露出阴狠的笑容，"他中了你爹……十掌，活不了了……别一刀杀了他，叫他筋骨脆断……慢慢痛苦地死去……"

"怎么会这样？"破月抱住殷似雪，步千洐跪坐在燕惜漠身旁。可后者境况实在太惨，连步千洐都不敢碰他。

"别问了……都是娘的错……"殷似雪凄惨地笑笑，"好孩子，我动不了……把我抱到你爹身边去……"

"你别说话。"燕惜漠忽然看着她，道："月儿、千洐，带她走，给她疗伤。"

"可你呢？"破月望着他狰狞肃然的容貌，难过地哽咽。虽然她与他刚刚相认没几日，可他身上那股豪气、决绝，却叫她没来由地心疼。他是个真正的末路英雄，潦倒一生，终于与妻女团聚，却又落得如此境地！

燕惜漠没答，殷似雪一滴泪水无力滑落："我是不会走的。你们……若是带我走，我立刻自断……经脉。抱我过去……"

破月依言将殷似雪抱到燕惜漠身旁，却感觉到怀中的殷似雪软得似没有骨头，只怕是骨骼、经脉都已被打断。破月心头一痛："娘，你别这样，我给你疗伤。你以后陪着我……"

"不行……我要陪你爹……"殷似雪缓缓伸手，轻轻触到燕惜漠消瘦的腰身，脸上露出满意的笑容："惜漠，我总是……对不住你，如今又连累你如此……你怨不怨我？"

　　原来她当日被颜朴淙用苦肉计所擒，很是受了几天折磨。待到燕惜漠找上门，杀光所有暗卫，到了两人面前时，已是受了极重的伤。他虽武艺高过颜朴淙，可颜朴淙守株待兔，他又如何能敌？只是颜朴淙终是高估了自己的实力，与燕惜漠混战半宿，两败俱伤，如今都坐在这片草地上，不能动弹半分，已过了三个时辰。他们本以为会同归于尽，却未料步千浒二人寻了来。

　　燕惜漠侧眸望着殷似雪，嘶哑的声音极为柔和："我不怨你。"

　　殷似雪笑了："那你还……喜欢我吗？"

　　"喜欢。"燕惜漠缓缓伸手，极艰难地落在她一摊烂泥般的背上，"没有一日不喜欢，没有一刻不思念。"

　　殷似雪已感觉不到他的触碰了，可望着他温柔的眼神，她便笑得如二八少女般欢喜。

　　"惜漠，我也思念你……"她抬手，却无力垂落。破月含泪将她的手牵起，与燕惜漠的放在一起。殷似雪深吸一口气，柔声道："月儿，你到我怀里，取样东西出来。"

　　破月探手进去，摸到块冰凉的硬物，小心翼翼掏出来一看，却是块墨黑色的花纹精致的玉牌。

　　"我那些弟子……"殷似雪颤声道，"都是些苦命女子。今后你……散了教也好，替我……当教主也好，多多……照拂她们，待她们，要如同手足……姐妹……"

　　破月含泪点头。

　　"将我和你爹……葬在……无鸠峰……"她的笑容逐渐恍惚，"当日我便是……在那里，瞧见了他……那么英气的盟主……"

　　她的气息渐渐微不可闻，终是缓缓闭眸，再无声息。

　　破月呆了片刻，瞬间哽咽不能言。她对殷似雪的印象一直很差，可见殷似雪如此安详地死在面前，心底某处忽地一阵锐痛，牵扯着整个胸腔都疼了起来。

　　"她……去了？"燕惜漠声音微颤。

　　破月没办法回答，步千浒静默不语。

　　"扶我起来。"燕惜漠的声音静静的。步千浒一把将他扶起。这当今大胥武林第一高手，发出一声低沉的闷哼，竟缓缓站了起来。

"把你娘给我。"燕惜漠朝破月伸手。

破月望着他摇摇欲坠的身影，此刻的他如何能承受任何重量？可她还是将殷似雪送到他怀里。他接过，身形晃了晃，缓缓转身。

"雪儿……"他哑着嗓子道，"惜漠大哥带你回无鸠峰。"

他刚走了两步，身子一晃，轰然倒地。插入他右胸的长刀"铿"的一声撞在地上，伤口又喷出些血来。他忽然长叹一声，跪坐在地，宛如一座雕塑，再无半点儿动静了。

步千洐一个箭步冲上去，却见他双目紧闭，面上泪痕湿透，已是气绝了。

"师父！"步千洐大喝一声，抱住他的残躯，心痛如麻。

破月还跪在原地，单手捂住嘴，泪水长流，已不能移动一步。

便在这时，破月忽听身后劲风破空而来。破月正伤心欲绝、精神恍惚，猝不及防，只觉一股浑厚的力道从后背神堂穴注入，瞬间全身僵麻。

步千洐听到动静，猛然转身，登时脸色大变。却见原本奄奄一息的颜朴淙已一跃而起，单臂从后面抱住破月，一脸阴骘。

必定是他方才并未受伤到垂死地步，却使计骗过了燕惜漠二人。若不是步千洐二人及时赶到，只怕他此时已脱身。

"撒手！"步千洐大怒，松开燕惜漠，挺刀上前。

颜朴淙单手扣在破月脖子上："你再上前一步……"他喘了口气，"我便杀了她。弃刀！"

破月这才回神，牙关都要咬出血来："禽兽！我与你不共戴天！"

步千洐立刻丢了刀，厉声道："放了她，我容你一条生路！"

颜朴淙气若游丝地冷笑："你是什么东西，我要你给生路？"话音刚落，他身子骤然倒退数步，到了花园一角，地上有一口黑黢黢的井。步千洐见状大惊，快步抢上，颜朴淙狰狞一笑，抱着破月纵身跃入井里。

破月感觉到身体急速下坠，耳边是呼呼的风声，眼前是嶙峋井壁，身后颜朴淙的手收得越来越紧。

"砰"的一声，两人跌坐在一处柔软的物什上，接连又是"咚"的一声，身下的地面竟然翻起，两人又往下疾坠，再次摔倒在地面上。

破月抬眸一看，只见身处一个四四方方的石室，前方墙上镶着颗浑圆光亮的夜明珠，照得周围幽亮。

她登时明白过来，井中有暗格。颜朴淙是何等人？自然狡兔三窟。

"砰！"头顶石板忽然传来一声闷响，"咚咚咚"似乎有人在敲。破月心中一喜。

"五尺厚的巨石，他进不来。"身后传来颜朴淙沙哑的声音。

破月全身血往上涌，一颗心"扑通通"地跳。

身后传来窸窸窣窣的响动，过了一会儿，他竟然站了起来，走到她跟前。

他哑着嗓子，声音很轻，抬手轻轻抓住她的脸："月儿……爹错就错在，对你太心软。"

破月不吭声，目光不与他直视。

他咳嗽两声，吐出口鲜血，胸前衣襟又添了块湿黑，几乎看不清原本的颜色。

两人隔得极近。他身上黏糊糊的血迹就贴着她的裙子、胸口，她几乎能闻到他身上淡淡的檀香味，夹杂在极重的血腥味里，有种令人微微眩晕的感觉。而他抬眸，静静地望着她，细长黑眸不悲不喜，深若夜星。

破月心头激荡的痛楚也逐渐平复下来，只余安静的漠然。就是眼前这个人，与她有不共戴天之仇。虽然她与亲生父母没什么感情，但今日见到他们惨死，实在骇然，又痛彻心扉，心头对颜朴淙的厌恶和杀意也更重了。

"月儿，我要死了。"他忽然说。

破月只淡淡吐出两个字："终于。"

他笑了笑，抬起一只手，缓缓伸向她的脸。破月僵硬地看着，感觉到他冰冷似雪的指尖触到自己的皮肤，不由得打了个寒战。

他连手指都是死气沉沉的，仿佛仅靠手腕残余的力量，缓而无力地在她面颊上拖行而过，最后停在她的嘴唇上，轻轻按住。

"你对我，就没有半点儿情意？"他盯着她，目光暗得似乎有些涣散了。

破月都想笑了：情意？颜朴淙从来只考虑自己，怎么临死前，缠缠绵绵地问我对他有没有情意？

约莫是她的表情刺痛了他，他的脸色慢慢冷下来，抬手将破月一搂，破月便倒入了他怀里。

他的呼吸喷在她的脸上，痒痒的、毛毛的。破月大气也不敢出，而他低头，静静地望着她，双手将她轻轻搂住。

然后他低下头，用满是血气的嘴，封住了她的唇。

热切、冷酷、欲望、绝望、虚弱……他的舌头来得很突然，一下子将她包裹席卷。破月只慢了一秒，便狠狠咬下去，他猛地一缩，已是满嘴鲜血。

他低笑道："永远记住我。"他缓缓伸手，从袍子里拿出两块碧绿古朴的精致玉佩。

"知道这是什么吗？"他拿起一块玉佩，轻轻挂到她脖子上。

破月喘着粗气，狠狠地瞪着他。

他哑着嗓子道："既然你恨我入骨，我也不想叫你快活。"

"这是何物？"破月终于忍不住问。

他微微一笑，拿起另一块，"砰"的一声扔在地上，玉佩登时被摔得粉碎。

"你真以为……我当日拆散雪儿和燕惜漠，只是为了私情？"

破月心头一震："那是为什么？"

他抬手轻轻抚过垂落在破月胸口的玉佩，目光深远了几分："当年燕惜漠积极召集武林人士从军，响应者甚众，我不过是要毁了这个人，进而削弱大胥军队实力罢了。这些年，大胥的根基叫我摸得一清二楚，呵呵……"

破月骇然："你不是大胥人？你也是君和人？"

颜朴淙慢慢笑了，却不回答，盯着她，目光可谓柔情似水，他提起最后一口真气道："我筹谋多年，时机已经成熟。我的故国，他日必将一统天下。大胥？哼！终有一日，胥人贱如猪狗！这玉佩是我颜氏唯一的身份证明，可保一世荣华平安。玉佩原本两块，为我和雪儿预备，后来便是你我二人。今日你若对我有半点儿真心，我便将两块玉佩赠予你和那小子又有何妨？可是颜破月，你终是对我不住。今日我死于此地，他日大胥国破，你必将承受与爱人生离死别之苦……"

他的声音越来越低，终是头颅一歪，静静与破月面颊相贴，就这么僵坐在原地，不动了。

破月呆呆地躺在他僵硬的怀里，感觉到他的身体一点点冷下来。她心里有些愤怒，又有些茫然，只怔怔地想：我以为自己在这个世界是孤零零的，却忽然有了都是英雄的爹娘。可他们一日间都死了，我的大仇敌也死了。他们都死了。

这个可恨的人，临死前为什么要那么说？"他日大胥国破，你必将承受与爱人生离死别之苦"？明知他是恶意，明知他或许是故意扰乱她的心志，可她为什么觉得，这句话就像预言，将会一语成谶？

头顶"咚咚咚"的声音，像是从很远的地方传来。破月抬起头，看到那颗夜明珠，静静地闪耀着，满室寂静清冷。

她忽然莫名地难过。不知是为燕惜漠、殷似雪，还是为颜朴淙，抑或是为自己、步千洔和小容。

又或者，是为了冥冥中的宿命。

颜朴淙的尸体彻底冷了，她抬起头，看到头顶的石板已经被劈出几条巨大的裂纹，而石室外那人，还在不知疲惫地狠狠敲砸着。她动了动僵麻的身体，将颜朴淙推到一旁，站了起来。她看着这个曾经主宰自己生命，也造就了自己命运的男人，终是叹了口气，将他抱起，端端正正放到石室的石床上。

你死于此地，但你料错了，我不会让步千洔死。

她起身环顾四周，很快在夜明珠旁发现了一块凸起。她按下去，只听"哐当"一声，一个人影疾速从上方坠落。他满脸灰土，神色焦急，正是步千洔。

"月儿！"他看到她，骤然松了口气，两人紧紧抱在一起。

半月后，两人将燕惜漠和殷似雪的尸身送到了无鸠峰上安葬。清心教教众得到消息纷纷赶来，从峰顶到山脚，几乎跪了一地。破月不愿跟她们回缚欲山，将教务交给了一名年长的教众。赵君陌也来了，远远看着他二人，没有上前。

下山的时候，破月掏出那块玉佩交给步千洔。步千洔奇道："这是何物？"

破月对他撒了谎："这也是我娘给我的。我拿了你的玉佩，这块便赠给你吧。定情信物，不许摘下。"

虽然颜朴淙心思诡谲，可她凭直觉判断，那日他死之前说的话是真的。这块玉佩，将来也许真的能保命。

步千洔自然欢喜地接过，整日佩戴在腰间爱不释手。两人日夜兼程，往北部青仑战线折返了。

一路北行，破月情绪自然不高，总有些恹恹的。步千洐不动声色地哄着、宠着，渐渐地她看似心情开朗了许多。

路上他们遇到了几拨儿军队，都往北边赶。这叫两人有些意外，因为大军调动，一般是大决战的前兆。

步千洐并不觉得目前是决战的时机。首先，朝廷就没派出多少兵力剿灭青仑军，以致一开始就错过了将其扼杀在摇篮中的可能；其次，两军僵持多日，赵魄又是个狡猾狠辣的性子，他的总兵力远不如大胥，怎么会愿意决战呢？

可等两人赶到北部边关慕容湛叔侄的指挥所所在地麟右城时，才知道没猜错——两军真的要决战了。路上遇到的，都是二殿下从各地抽调的兵马。

步千洐匆匆让人在指挥所给破月安排了个房间，水都没来得及喝一口，就去找慕容湛了。破月等到深夜，他才面色凝重地回来，带了张地图，打开摊在桌上，看得目不转睛。

"怎么了？"破月问。

他头也不抬："有些蹊跷，你先睡。"

"你不陪我，我睡不着。"破月巴巴地望着他，其实不过想叫他好好休息罢了。

他这才抬头冲她笑道："军务虽然繁忙，夫人若是想同在下一起练功，在下稍后再看军务也无妨……"

破月哪里听不出他话语里的调侃意味？佯怒道："不必！"转身朝里头睡下。

他盯着她紧绷的后背，微微失笑；再低头看地图，很快入了神。

破月睡到半夜醒了，发觉烛火幽亮，他竟然还在看地图，不由得吃惊："到底发生了何事？"他今日才回来，有什么事让他如此挂心？

步千洐这才将烛火一吹，翻身爬上床抱住了她："日间我去军中报到，二殿下给了我前锋将军的差事，五日后领一万猛虎营兵士与赵魄前锋决战。明日起，我便要去军中住了。你好好待在指挥所，这里很安全。"

破月静了片刻才道："又做前锋？"

步千洐听出她有几分不悦，几乎可以想象出她噘嘴的样子，不由得伸指摸了摸她的唇，这才道："此次二殿下一共召集了八万余兵马，名将云集。我在其中只能算后辈，能领前锋将军差事，已是很不错了。以我的身手，你有何可忧心的？"

破月想想也是，问："那你还愁什么？"

"我始终觉得，如此正面决战，不像是赵魄会做的事。"他答道，"他必有后招，只是咱们还没想到。"

"你跟他们提了吗？"

"跟小容提了。"步千洐道，"他也有同感。只是二殿下信心满满，斥候探到赵魄主力确实就在东面。没有确切证据，我们又岂能阻止二殿下？"

破月想了想道："会不会是声东击西？赵魄若同你所说般心思缜密，他将咱们大军引到此处，是为了什么？"

步千洐握住她的手道："好月儿，我也是这么想的。我有个猜测。"他抱着破月坐起来，又点亮了烛火，将她引到桌前，指着地图问道："瞧见兵力调动的方向了吗？"

破月看着地图，数条黑色箭头，从各方扑向他们所在的麟右城，而东面数百里，标注着青仑军的方位。

"若我是赵魄，能将大胥兵力全吸引到此……"他手指往西北面一点，"此时通往帝京的路，可是畅通无阻……"

破月一惊。这个想法太天马行空，也让人觉得惊悚。她看着地图，帝京当真是门户大开了。

"你是说，赵魄另有奇兵，偷袭帝京？"

113

步千洐手托着下巴："但咱们一路过来，并未见到赵魄的军队。他若真有支军队，会藏在哪里？"

两人相视无言。

"听说开战之后，许多地方的青仓人揭竿而起，响应赵魄，这才打得朝廷措手不及。"破月道，"这次，会不会也是号召帝都周边的青仓奴隶起事呢？"

步千洐眼睛一亮，旋即又摇头："不可能。自赵魄起事后，各地都大肆捕捉青仓奴，听闻监狱里已经人满为患。帝京周边三州的青仓奴，都统一关押在慈州做苦力修筑皇陵……"

他的声音戛然而止，两人对望一眼，看到彼此眼中的兴奋之色。

"慈州！"步千洐的手指停在帝京以东三百里的一点。

"若是赵魄派人去劫了皇陵，放出那数千青仓奴……"破月道。步千洐接口道："原本皇陵有两万慈州军镇守，但慈州军这次也被二殿下抽调了过来……"

"走，月儿，咱们去找二殿下。"步千洐为她披上外袍。

"赵魄偷袭帝京？不可能。"慕容充失笑。

他坐在指挥所正堂的主位，身上只披一件锦袍。灯火幽暗，照得他的面目有些阴森，眉宇间还有几分被惊扰醒的不悦。

"大哥，你可有其他证据？"慕容湛立在一旁，沉声问道。

步千洐摇头。

慕容充嗤笑："大战在即，本王岂能凭你臆断就调转大军、不战而退？"

步千洐静了片刻道："如果赵魄真有此打算，现下掉头也是来不及的。"

"你！"慕容充面色一沉，他当然不喜欢听到如此直接的论断。

步千洐又道："方才我与月儿商议过了，慈州皇陵的青仓奴不过数千，帝京西郊禁军有三万，他们要想攻城，自是不易。但若是化整为零、潜入帝京、里应外合，却也能扰得帝都不安。"

"放肆！"慕容充厉喝道，"帝京固若金汤，又怎会被青仓奴攻下？步千洐，你是否不愿为我先锋，才诸多推辞？"

步千洐沉声道："末将愿为前锋，绝无推搪。只是此事已关乎皇上安危，请二殿下三思。"

他提到皇上，慕容充倒是一愣，也有点儿心虚了。只是如今这份大决战的计划，是他数十名幕僚呕心沥血所制，他实在是希望借此机会创下不世基业，这样才能压大皇子一头。在这样巨大的利益面前，他岂能因步千泐几句话而放弃？

慕容充看向慕容湛："王叔，你怎么看？"

慕容湛道："步千泐和破月只是猜测，并无证据，自不能因他二人之言就不战而退。"慕容充大喜，却又听慕容湛道，"但本王认为，他们的猜测是极有可能的。若是帝京城破，充儿，后果不堪设想。"

慕容充脸色一变，沉思片刻道："王叔，你若快马到帝京需要几日？"

慕容湛点头道："充儿，我会日夜兼程，通令禁军即刻保护帝京。我也会亲入皇城，不会教皇兄有任何差池。"

破月听到这里，对慕容充刮目相看——虽然他有点儿自大跋扈，但也算机敏决断，不愧是慕容氏的人。

只是……破月看向步千泐。

步千泐并未察觉到她的注视，反倒是与慕容湛交换了个眼神，都看到彼此眼中的担忧——希望还来得及。

从正堂退了出来，步千泐和破月并肩往房间走。步千泐自想着过几日前锋营的布兵安排，破月也格外安静。到了房门口，步千泐才察觉出异样，看了她几眼，反手关上门，便将她的腰一搂："怎么了？"

"小容很可能来不及。"破月缓缓道。

步千泐没作声。她说得对，此去帝京即使快马加鞭，至少也有半月之遥。若是赵魄早有图谋，只怕过不了几日，便会发动偷袭。

"若是帝京真的破了，二殿下以下的所有人都难辞其咎。二殿下是皇上亲儿子，再罚也顶多不能继承皇位。可你这次是前锋营将领，为二殿下重用，就算你打了胜仗，只怕也会受到牵连。"破月有条不紊地分析。

首先，二殿下不一定能吃掉赵魄主力；其次，就算吃掉了，万一帝京出事，过远大于功，到时候肯定要有人背黑锅。反观步千泐现在既无靠山，也无倚仗，简直是背黑锅的最佳人选。她甚至怀疑，会不会刚才二皇子都想到了这一点。

"我知道。"步千泐柔声答道，"你不必太过忧心。我只不过是小小的前锋将军，顶多降级罢了。"

破月心里却涌起个大胆的念头，事实上当这个念头清晰地浮现在脑海时，她才发现，其实这一路，她都隐隐有了这个想法，只是一直没敢提出来。

"阿步，咱们归隐山间好不好？"破月问，"你别做将军了，过几日的仗你也别打了。咱们明日就走。"

步千洐失笑："不成。我已领了军令，岂能临阵退缩？且大丈夫在世，我又学了一身武艺兵法，去做个农夫，实在太无趣。"

两人这些日子情浓意厚，破月提出来只不过是存了侥幸的心思，也没想他真的会答应。她叹了口气，柔声道："刀剑无眼，打仗总是要死人的。你现下不是一个人了，我很担心你。"

步千洐听她如此说，心底一柔，将她抱起来放在大腿上。两人坐在床上。

"你还不相信夫君的身手？"

破月从他怀里挣脱起来，摇头道："我知道你不肯归隐。但至少，这场仗你能不能不要打了？"

步千洐微微一怔。

"称病。二皇子麾下那么多名将，不差你一个。可如果帝京真的出事，他的前途肯定完蛋，只怕还有一堆人要背黑锅。你的出身最低微，这次又被重用，肯定会被拖来背黑锅。"

步千洐静了片刻。其实破月说的，他都想过了，但这些并不会影响他的决定。作为一个忠诚还有些骄傲的年轻将军，他根本不可能有临阵脱逃的念头。相反，在外流浪了两年，又学得一身武艺，他其实对这次的机会跃跃欲试。若真的帝京事发，上头怪罪下来，他也没觉得有多严重，大不了一走了之——他虽忠于大胥，但断不会枉送了性命。

只是这些想法，他并不觉得需要与破月细说。他虽年轻，却也是老将，出生入死多年，根本未将这次前锋一役放在眼里。且他一直在同僚中算得上出类拔萃，一旦做了决定，并不喜旁人多言。之前跟破月整日黏在一起，并未涉及军务，如今却被自己的女人阻挠，他实在不习惯。

"月儿，我知你关心我。"他柔声道，"但我军务上的事，你容我自己抉择，成吗？"

"我知道这是你的军务。"破月道，"但你要是出了事，我怎么办？"

步千洐笑了笑："我不会出事。月儿，我是个男人，有些事，你让我自己定夺便是。"

破月觉得自己的推断没有错，可步千洐却摆出一副不太想谈的态度，这令她有点儿不太舒服，她冷下脸来："那我也自己定夺——你不走我走。我不想待在这里，不想到时候看皇帝下旨抓人。"她本是气话，倒真没想过离开。只是这一段时间父母双亡，又被颜朴淙来了个临死诅咒，心情一直不大好。此刻生了气，语气便有些狠厉的味道。

步千洐听得一惊，一把抓住她的手腕："哪里都不许去！"

破月这下怒了："你的事不让我管，我却要听你的，哪里都不许去？松开！"

步千洐将她搂紧，沉声道："你是我的女人，自是要跟着我！"

破月怒道："松手！"

两人相恋数日，今日还是头一遭红脸。步千洐见她神色冰冷，吃了一惊。他本无太多与女子相处的经验，也看不出破月说要走只不过是情绪不佳的气话，哄两句多半也就算了。他以为她真的去意已决，也没多想，长指如流水行云，先封住了她数道大穴。

破月浑身僵硬，简直不敢相信——他竟然点她的穴？

"步千洐，你太过分了！"她骂道。

"你答应我不走，我便立刻给你解穴。"步千洐见她生气的样子，又觉得有些好笑。

"我走定了！"破月吼道。

步千洐脸色微微一沉。

如此闹了半宿，院子里却传来集合的号声。步千洐披上外衣，破月怒道："你敢走？"

步千洐抓住她的脸狠狠亲了口："好月儿，别生气，过几日我便回来。皇上若真的怪罪下来，我便同你浪迹天涯，成不成？"

破月咬着下唇不吭声。步千洐这才抬手解了她的穴，破月一掌朝他拍去，他不躲不闪，由她拍来。破月怕他受伤，只得中途转向，一掌拍向虚空。

"等我回来。"步千洐出了房间，走了几步，还是觉得不放心，叫来个亲兵叮嘱道："看好我的夫人。有任何异动，到军营通知我。"

他离了指挥所，便朝军营去了。

十二日后，前锋营破青仑叛军两万人，再追击，却察觉叛军驻地已是空荡荡一片。赵魄主力便似上天入地一般，消失不见。

五日后，帝京传来噩耗，一万叛军如平地生出，里应外合，破了帝京。叛军一路攻入皇城，皇帝不知所终。三万禁军次日便紧急夺回了帝京，叛军全军覆没。然而经此一役，即便是君和人也不曾攻下的帝京、百年来固若金汤的帝京，也被赵魄以如此大胆而儿戏的方式长驱直入，玩弄于股掌之中。从此天下人皆知，赵魄非低贱莽夫，实乃当世名将。

二殿下收到帝京城破的消息，面如死灰。让他更忧心的是，若是父皇真出了事，自己远在北部，而大皇子与禁军素来亲厚，近水楼台先得月……二殿下立刻陷入惊恐、自责和愤怒中，连夜召集幕僚商议对策。

步千洇倒是很平静，收拾了行装便去城内指挥所找破月。未料到房间一看，早已人去屋空。当日被他嘱咐的亲兵，脸上瘀青未褪，委屈说道："夫人命我吃了毒丸，说我若是给您通报，回来后便不给我解药。她说叫您不用找她，也找不到，她想回来时，自然会回来。"

步千洇对着空荡荡的房间僵立许久，又思及当日对她态度不太温和，后悔不已。只是天大地大，破月现在又有一身绝世武艺，若要躲着他，简直易如反掌。她到底负气去了哪里？

步千洇去军营的第三天，破月就离开了麟右城。她的气其实当天就消了，只是冒出了别的想法。

这次步千洇八成要倒霉，他明明知道，却有些无所谓。破月知道，在他心里，有自己牢固的价值观。可这一次，破月不想让步千洇、让皇帝，抑或是其他人决定自己跟步千洇的将来。

以往，她虽努力活着，却总是将命运交给别人决定，总是靠别的男人来保护自己。现在，她艺高则胆大，性格也变得独立，再加上颜朴淙的诅咒、爹娘的死，让她一直有点儿压抑。她需要找一个出口，她想有所改变。

她不想跟着命运走，她想主动去争取一些东西。很多事她以前没能力做，现在却可以。

于是她背着百破刀，从营中偷了匹快马，日夜兼程，终于在距离帝京二百里的地方追上了慕容湛。而五日前，慈州皇陵青仑奴暴动的消息已经传来。

远远望见慕容湛脸色铁青、策马疾驰，破月没打算跟他相认，只远远跟着。离帝京越近，路上衣衫褴褛的行人越多。破月暗惊——她一路过来，都没发现异样，直至现在，才察觉端倪。可见这些青仑人极具组织性，一路西行，掩饰得很好。不多时，便有一群人来抢马。破月不欲与之缠斗，弃马提气疾行，很快便将他们抛在身后。

临近帝京城门，才发觉战况惨烈。

城门竟是关着的，禁军将城门围得水泄不通，焦急得破口大骂。显然破月来晚了，青仑人已占了帝京四门。

破月一直跟着慕容湛，见他策马往返于几个城门间，神色焦急，终是忍不住出声唤他。慕容湛回头看到她，大吃一惊。

"我助你入城！"破月道。事态紧急，慕容湛无暇多问，只能点头。破月将平时与步千泓惯用的法子教给慕容湛，两人轻而易举攀上一处城墙。

好在城楼上青仑人的人数并不多，破月与慕容湛杀出一条生路，跃下城楼，疾速朝皇宫奔去。

城内的境况更糟。青仑人把持了城中数条要道，百姓早被赶进了家里。破月和慕容湛出现在大街上，无疑引得所有人注目，立刻便有数十人攻过来。

"上屋顶！"慕容湛的巷战经验远胜于破月，当即低喝一声，两人一前一后翻上屋顶，发足狂奔。两人轻功了得，很快便跃入了皇宫。

一路杀将过去。

皇宫侍卫大多横尸宫门，少数勉力支持，被叛军挤到宫墙角落里围剿屠杀；宦官、宫女更是尖叫奔走，死伤无数。昔日华丽威严的皇城，如今处处染血。

慕容湛带着破月径直奔往勤昭殿。一入宫殿外门，他们不禁倒吸一口凉气。只见至少三百青仑叛军，手持武器，将宫殿围了个水泄不通，数名精铠护卫气喘吁吁地手持兵刃守在门口，且战且退。

慕容湛鲜有地大怒了，厉喝一声："谁敢伤我皇兄？"拔出长剑，便朝青仑叛军杀将开去。破月瞧他应当游刃有余，也不拖延，纵身跃起，在数名青仑人肩头连点，翻身跃入殿中。

两人一前一后入了殿。不同的是，破月是施展轻功溜进来的，慕容湛是浑身杀气闯进来的。

殿中情形更加惨烈。

地上已躺了数十具尸体，有青仑人，也有黑衣人。破月知道那黑衣人是慕容氏的暗卫。

正前方龙椅上，皇帝静静地坐着，瞧神色竟没有丝毫张皇。他身后站了名老人，破月认得，是曾经有一面之缘的慕容湛的师父；他身前数步，则是十余名黑衣暗卫，正与拥进殿内的数名青仑人战成一团。暗卫们的身手显然远胜青仑人，虽然只十余人，却如同一架绞肉机，不断有青仑人倒在他们的刀锋下。

"杀！"忽听得数人齐声怒吼。破月抬眸一看，竟有数十名青仑人从皇帝身后，也就是偏殿冲入了正殿——看来另一侧也失守了。

"皇兄当心！"慕容湛大喊一声，想要冲过去，却被青仑人的刀剑阻挠。

皇帝远远见到慕容湛，惊喜失声："湛儿！"一旁的师父神色冷肃，拔出腰间长剑，便朝后方攻来的青仑人杀将过去。

他武艺超然，十多名青仑人顷刻死得干干净净。然而不多时，又有数十人攻了进来。

破月和慕容湛已杀到皇帝身旁，一左一右护住了他。

皇帝喜道："湛儿，你怎么来了？"

慕容湛沉声道："臣弟推测帝京有变，连日兼程，便是想提前通知禁军，未料还是慢了一步！"

皇帝连声道："好！好！好！"看了一眼破月，眸色微沉。

慕容湛立刻道："她随我一同回来保护皇兄。"

皇帝点点头，没说话。

这时有三名青仑人绕过师父，持刀攻了过来。慕容湛自小将皇帝视若神明，早已怒火暗生，此时下手毫不留情，顷刻便砍倒三人。他正欲回到皇帝身旁，转头一看，四名青仑人正朝皇帝攻去！

"皇兄！"慕容湛怒喝而上。

皇帝望着迎面而来的青仑人的闪亮刀剑，心头微惊，身子却纹丝不动。

斜刺里一柄刀平平如水地递过来，刀锋骤然一翻，斩断直刺过来的刀尖！动作干脆得如菜刀切豆腐，平淡无奇的动作，却有龙腾虎啸之内劲。

皇帝定睛一看，破月收刀而立，神色平静。

慕容湛见状松了口气，与师父并肩作战，将从偏殿攻入的青仑人杀了个干

120

净。偶尔有漏网之鱼从前后攻过来，都被破月解决掉了。

这时，殿外声势更大，拥入殿内的青仑人越来越多。眼看暗卫们支持不住，师父和慕容湛都退到了皇帝身旁，与破月并肩护住皇帝。

师父扬声道："叛军人数太多，皇上，咱们不妨先避一避？"

皇帝冷着脸点头。

师父单手在龙椅侧面某处一按，只听"咚"的一声，四人身子骤然下落，头顶光线一暗，厚石板竟封得密密实实。

破月仔细一看，原来身处一条幽暗的密道里。慕容湛从墙壁上取下火把，掏出火石点燃，转身朝皇帝伸手："皇兄，臣弟为您引路。"

皇帝微微一笑，手搭上慕容湛的胳膊。师父走在最前头，破月只能走在最后。

"月儿当心。"慕容湛扬声道。

破月还没答话，师父用平平的语气道："她的内力远胜于你，当心你自己吧。"

慕容湛便不说话了。

四人在阴暗里走了约莫一个时辰，时而听到头顶脚步声纷乱，时而听到侧面有潺潺的水声。破月知道，走了这么长时间，只怕早出了皇宫。

待走到地面，竟是一处农家小院。周围一片农田，看环境应该已在帝京郊外了。

小院收拾得很干净，破月跟慕容湛走进去一看，粮食、水都有。慕容湛清理出一张椅子，小心翼翼地将自己的披风铺上，这才将皇帝迎进来。

皇帝表现得很平静，淡淡地往那农家竹椅上一坐，倒也雍容威严。

"患难见真心，今日你们护驾有功，他日朕自会厚赏。"他微笑道，"你们都坐吧。"

师父还是立在皇帝身旁不动，破月找了张椅子坐下，慕容湛也在她身旁坐下，笑道："臣弟只要皇兄龙体安康，不要赏赐。皇兄，咱们接下来往哪里去？要不要往北去，与充儿会合？或者往东去，与赵初肃将军会合？"

皇帝冷哼一声，道："朕是真龙天子，岂有避祸外逃的道理？便等在此处吧。"他这么说，慕容湛也不能多问。破月心想：慕容湛你急什么？看皇帝这样，肯定还有后招儿，不然怎么会在这里等。

皇帝又问："此次青仑人偷袭帝京，实在是出乎意料，那赵魄有几分本事。你远在麟右，怎会料到帝京有变？"

慕容湛恭敬道："皇上，其实此次帝京有变，是步千洐将军与月……颜破月推断出来的，找我和充儿商议。我便连日赶回帝京报信，却还是慢了一步。"

皇帝这才注意到他一脸风尘，点了点头，然后看向破月："你们如何推断的？"

破月便将那日与步千洐的对话复述一遍。皇帝听完，淡淡道："仅凭猜测便驰援千里，那步千洐行事倒也出人意表。"话锋一转，语气沉了几分，"充儿这次可是向赵魄的陷阱扑了个结结实实！"

农舍只有两间房，皇帝住了一间，破月原本推辞，但慕容湛坚持让她睡了一间。师父睡在堂屋，慕容湛抱剑在门口守了一晚。

第三日天刚亮，破月迷迷糊糊便听到马蹄震动，她立刻抓刀翻身起来，冲到门口一看，但见黑色大军如潮水般站满了田间便道，远远望去，至少有万人。破月心头暗惊——皇帝果然不是吃素的。周围的兵马被慕容充调走许多，又从哪里冒出了一万人？

一名中年武将单膝跪在小院门口："末将护驾来迟！"

皇帝在农舍住了两日，龙袍早已褶皱不堪，但这不妨碍他款款步出柴门，接受军士们的跪拜。

"禁军昨日已夺回了城门，俘虏叛军三千，其他尚在追捕中。"那武将恭敬道。

皇帝淡淡地点头，上了道旁马车，转身道："湛儿也上来。"目光再淡淡掠过破月："你也来。"

122

柔情蜜意

帝京之变带给后世的影响，不仅仅是残破的宫城、殉国的后妃，也不仅仅是一场战役的胜负。此役之后，青仑叛军声势大振，仿佛衰弱的病人忽然振作，投奔者甚众，不出两个月，又壮大到十万余人；而在大胥士兵心里，无疑对赵魄存了几分莫名的恐惧，也生出了仇恨——因为在大胥人心中至高无上的帝都，被赵魄一贱奴荼毒。

这日破月随皇帝入了宫，处处可见残垣断壁、尸首分离。皇帝倒还心平气和，坐在勤昭殿染血的龙椅上，听各路臣子汇报战后情况。破月和慕容湛随侍左右。不多时，大殿下慕容澜也来了，原来他之前在青州查勘水务，收到消息马上赶了回来。

城内事项安置完毕，皇帝沉声道："慕容澜、慕容湛、颜破月听旨。"三人立刻跪倒。破月最不喜欢的就是这种至高无上的圣旨，不能拒绝、无法预知。

"慕容澜为北路军元帅；慕容湛为监军；颜破月护驾有功，封镇北将军。你们速去北路军中，让那个不肖子给我滚回来！此次北路军如此疏忽，酿成大错，澜儿，你给我查个清清楚楚，决不轻饶！"

三人接旨，皇帝抚了抚额头，正要让他们退下，忽听破月清亮的声音道：

123

"皇上，我……末将能不能不要赏赐？求一件别的？"

皇帝抬眸静静地看了她一眼，对慕容湛二人道："你们都退下。"

殿中人瞬间退了个干干净净。慕容湛的师父不知从何处冒出来，站在皇帝身后，沉默不语。

皇帝喝了口热茶，静静地打量着破月。足足一炷香时间的静默，破月眼观鼻、鼻观心，可后背还是微微出了一层汗。

"你想求什么？"

破月拜倒："北路军前锋将军步千洐对皇上忠心耿耿，并无过错，求皇上赐他无罪平安！"

皇帝静默片刻，笑了："他若无罪，澜儿自会查得清清楚楚。"

破月十指紧握成拳，依旧坚持："是他第一个察觉帝京有异，让我赶回来相救。求皇上下旨，恕他无罪。"

破月知道，有些事，不用说得太明白。此次慕容充犯事，皇帝让慕容澜去查，显然是给了慕容澜机会，将慕容充的党羽一网打尽。慕容澜会做得多绝，皇帝不可能不知道！往深里一想，皇帝或许已经放弃了慕容充吧？或许这次青仑之战，本就是他观察皇子、选择储君的机会。而步千洐是这次战斗的前锋，慕容澜当年又对步千洐心怀不满，怎么会放过？

她对这些宫闱秘事知道得不多，可有关步千洐的，她的脑子转得好像都比平时快，也可能是她瞎想了，关心则乱。

皇帝看着她深深低伏的纤细腰身，不知为何，感觉不到她的谦恭，却感觉到了沉默的固执。她垂着头，露出颈后一段柔白滑腻的线条，偏偏十分紧绷，令他轻而易举地分辨出她看似镇定，其实十分紧张。

"你与湛儿，为何失和？"皇帝忽然问。

破月吃了一惊，只将头伏低："求皇上恕罪！是我行为不端，有失贤德，导致与诚王失和。诚王这才给了我一纸和离文书。诚王人中龙凤，自该与世上最好的女子结为连理。我已是粗陋武人，如何配得起诚王？"她的确真心实意地觉得对不住慕容湛，说到后头，带着满满的愧疚。

皇帝沉吟不语。她若此刻跟他扯什么早与步千洐定情、与慕容湛不过是掩人耳目，皇帝兴许会大发雷霆。可她只将所有过错揽在自己身上，丝毫不提内情，

124

反而合了皇帝胃口，心想她倒也是个知道进退的女子。

"你起来吧。"皇帝淡淡道，"朕也知道强扭的瓜不甜。湛儿的婚事，朕自有主张。"

破月站起来，神色一松："谢皇上。"

皇帝神色已有些疲惫："退下吧。"

破月往后退了几步又停住，挣扎片刻，抬头道："皇上，您还没给我恕步千洐无罪的旨意。"

皇帝便笑了："你倒是得寸进尺了。传朕口谕，恕步千洐无罪。"

破月惊喜跪倒："多谢皇上！"然后不动。

皇上见她还是不动，不禁挑眉。破月迟疑片刻，还是道："皇上，您不写个书面的圣旨给我吗？"

皇帝一愣，忽地朗声大笑："朕金口玉言，你便去传朕口谕，澜儿不敢造次。不要再废话，去吧。"

破月退出了勤昭殿，皇帝对师父道："告诉暗卫，这两个人，不用杀了。"

师父迟疑片刻，答道："是。"

破月一出勤昭殿，便见一道灰白身影静静伫立在宫墙边。见到她出来，他几乎是立刻迎上来，略有些憔悴的俊颜上神情关切："……皇兄没有为难你吧？"

破月摇头，笑道："没有。他说让我传他口谕，恕步千洐无罪。"

慕容湛眸色一柔："其实在今日回来的马车上，我已经求过了，皇兄给了我手谕。"他没说出口的是，他也拿救驾的功劳，换皇帝对步千洐和破月二人的宽恕。皇帝只是摇头骂他痴。

破月一愣，心想也是，自己一直想着为步千洐做点儿什么，却忘了还有慕容湛这个强援。

"咱们明日便动身往北路军中去。"慕容湛道，"如今帝京也不太平……你随我回王府住一晚吧？"

破月一怔，笑道："好。你先回王府，我难得回来，还要去探访一个朋友。明日什么时候动身？在哪里见面？"

慕容湛静静地望着她，知她是避嫌不愿与自己独处，心中略有些难过，却也觉得这样更妥。两人一起走到宫门外便分手。破月一路直行，没有回头。慕容湛站在原地，瞧着她的背影走远，这才策马疾行而去。

破月其实无处可去，在街上晃了半天，便去了清心教在帝京的分舵，在那里睡了一个晚上，第二日到了时辰，便去寻慕容湛。

慕容澜约莫急着去收拾慕容充，一行人走得很快，不出半月，便到了麟右城。这一路大家都是骑马，破月并没和慕容湛说上几句话。只是沿途吃饭时，时不时有她喜欢的菜色奉上；夜里住宿，亦有护卫为她值夜；天气冷暖变化，慕容湛的随扈会将她留在王府的狐裘、手炉及时送上。破月不好说什么，只对随扈道，自己并非娇弱女子，不需如此细致照料，让他代替自己谢谢诚王。随扈只是笑说："要致谢请您自己去。"

破月远远望着慕容湛端坐在马上的身影，只得策马过去，将对随扈的说辞又讲了一番。慕容湛回眸淡笑："你是我嫂嫂，沿路艰辛，若是有差池，我如何跟大哥交代？这些不过是举手之劳，慕容湛亦无他意，你不必介怀。"

破月只能点头退开，不再纠缠这个话题。她只是觉得，自从上次步千泐跟慕容湛谈过后，他似乎有了很大的变化，面对自己的时候，变得很平和，也很冷静。昔日那个压抑而愧疚地说中意自己的男子，似乎已经死去，可她不知道，剩下的是什么。

他们抵达麟右城这日，城门外，慕容充以下的将士跪了一地。慕容澜当众宣读了圣旨，将慕容充"请"上了回帝京的马车，同时将慕容充所有心腹和谋士收押。

破月策马立在人群里，远远便见步千泐跪在人群中，头埋得很低。士兵们上来绑了许多人，到他身边时，却绕了过去。他似乎有些惊讶地抬头，先看到了慕容湛，然后看到了她，眼神便有些异样了。

及至一切处置完毕，人群退去，他静静地立在原地，看着她走近，眉宇间慢慢浮现喜色。破月扬手将皇帝的手谕砸在他身上："我和慕容湛求来的。"

慕容湛站在她身后，望着步千泐笑。

步千泐打开手谕一看，笑容逐渐放大，一把将她抱起转了个圈："原来你去了帝京，干了如此大事！"

破月笑道："其实也是运气。你看你杀两万人，还不如去救一人。"

步千泻闻言淡笑："在我心里，千万将士的命，却比那一人的命重要许多。"

这话有点儿大逆不道，破月不由得回头看向慕容湛，却只望见个静静走远的背影。

步千泻握着她的手，静静地看了许久，牵着她一直走回指挥所的房间。沿途众将士见两人相携而行，不由得注目。破月略有些尴尬，想要挣扎，却被他握得死紧，抬眸一看，他的侧脸亦浮现薄红，心头好笑，也便随他去了。

一回到房间，步千泻"砰"的一声关上门，低头静静地看着她。破月被他盯得不自在，虽分离一个多月，心里很思念他，嘴上却装作不太在意道："现下知道我的厉害了吧？你若再惹我生气，我自有去处——"

话没说完，已被他一把抱住，狠狠朝嘴唇吻下来。这是个非常热烈的吻，他用力吸吮着她的唇舌，大手疯狂地在她身上游走。破月嘤咛一声，便被他推倒在床上。

"我都知道……"步千泻双手撑在她身侧，将她锁在自己身下，"你再不归，我只能天涯海角去寻了。"

"你是不是猜到我去了帝京？"

步千泻"嗯"了一声，低头看着阔别一月的娇容。她面上添了风霜之色，眸色却比离开时明亮璀璨许多。步千泻看得满心柔情，哑着嗓子道："你这丫头，才学了三脚猫功夫，便胆大包天了。你纵然成了天下第一，也是个女子，也要由我护着你，明白吗？"

破月点点头，双手轻轻勾住他的脖子，朝他背上抚摸过去。她难得的主动令他眸色一沉……

步千泻不动了。

破月点了他的穴。

"月儿你作甚……"步千泻失笑。

破月翻身下床："这是提醒你，今后无论如何，不许再点我的穴。沙漠里一次，上回又是一次，大男子行为还可以再膨胀一点儿吗？"

"速速替我解了！"步千泻维持着趴着的姿势，有点儿狼狈，神色与语气却很沉着威严。破月根本不理他，出门去烧热水，欢快地在柴房洗了个澡。

　　算着他的穴道至少还有一个时辰才能解开，破月舒舒服服、慢吞吞地踱进屋子，打算睡一会儿，再给他补上一指。谁料一走进房间，就被人拦腰抱住。步千洺一头大汗，双眸异样明亮，笑意很深。破月大呼"糟糕"，心想一月不见，他的功力又精进了许多，这么快便冲破了穴道。

　　然而，人为刀俎，我为鱼肉，破月再挣扎不得半点儿，就被他丢到床上。他抱着她，柔声在她耳边道："月儿，对不住，今后再不要走了。"

　　破月心生怜意，与他唇齿相接，亦是情意绵绵："我也不对。你是个男人，我不该干涉太多的。我也想通了……你想做什么便去做，人生本该如你这般畅快淋漓，不能瞻前顾后、思虑太多。大不了将来一走了之，天上地下谁拦得住咱们？今后你的事都听你的，咱俩的事，两个人好好商量，好不好？"

　　步千洺听得感动，越发柔情蜜意。两人痴缠了半日，待到夜间才出门吃饭。到了饭厅，慕容湛早已用过了饭，见到两人，只淡淡一点头，仿佛没看到破月，邀步千洺随自己去商议军事了。

　　谁也没料到，平定小小的青仑叛变，会拖延到年底，陷入僵局。好在帝京之变引起了皇帝的足够重视，不多日，又派了赵初肃大将军过来总揽全局，并从南部调集五万兵马，与北军合并共计十二万，与赵魄大军交锋。

　　大皇子慕容澜在之后两个月的战事里，显现出了才华和气度。他不似慕容充锋芒毕露，他肯慎重听取赵初肃等大将的意见，对慕容湛、步千洺等人的想法，亦仔细斟酌。他跟赵将军一起制订了稳扎稳打的作战攻略，计划半年内剿灭青仑叛军。此做法稍为守成，皇帝不置可否，但推行了一段时间，却也慢慢有了成效。青仑叛军毕竟实力相对较弱，而大胥军却能源源不断地得到补充。此消彼长，被青仑分裂的国土正在一步步地收复。

　　步千洺在这一盘大棋里，是最犀利的一颗棋子，很快脱颖而出。在慕容湛的推荐下，他单独率领了五部兵马中的一部，有两万余人。这还是他第一次独立指挥如此规模的军队，在总体方略的框架下，又有极大的自由指挥权。他的才能得以最大限度地发挥，便似铁钳最锋利的钳口，总是深深插入青仑叛军阵营。

　　十二月初九，大雪。
　　步千洺着一身精铠，负手站在战车上，头顶的黑色大旗迎风招展。

前方，一座暗黄的城池，正一点点被他的军队吞噬。

青仑城，曾经的北部要塞，抵御君和人最强的壁垒，如今落入青仑人手里已半年有余。它似一根尖刺，插入大胥的咽喉，而今日，步千泭要将这根刺生生拔出来。

从天黑打到天亮，又从天亮打到天黑。

赵初肃原以为青仑城需要月余才能攻下，今日是步千泭围城的第八日，傍晚时分，南城门破。

或许临近年关，大家也打疲乏了，青仑人没有再折腾出什么动静，赵将军和大殿下也命各部原地休整，年后再战。

破月和步千泭落得个悠长假期。青仑城虽天寒地冻、物资贫乏，但两人相伴，倒也快快活活。慕容湛也遣使者送来十坛美酒，还有许多精致食物恭贺新年。

除夕这日，步千泭将美酒、美食尽交与伙房，嘱咐务必让兵士们过一个好年。破月听着他传令，笑道："以前你可是有酒便独吞。"

步千泭抬头，特别肉麻地说："我有娘子就够了。"他转头见窗外大雪纷飞，天空雾气沉沉，心念一动，将破月一搂，"想玩雪吗？"

破月还没见过这么大的雪，自然兴致很高，随他到了庭院里，捧起晶莹的雪，就开始堆雪人。破月刚堆了一会儿，回头只见步千泭面前已堆起个半人高的雪人，好奇地凑过去一看，竟还有鼻子有眼，很像那么回事。步千泭将她搂在怀里，单手伸出一指，继续轻勾雪人的脸庞轮廓。

破月吃了一惊，虽然半点儿不像自己，可那雪人身上硬是有种只可意会、不可言传的神韵，让她不得不自作多情，觉得就是像自己。

"这不会是我吧？"

步千泭点头："是你。"

"一点儿都不像。"

"我心里怎么想，便怎么堆出来了。"

"你看着挺熟练的啊？"

"嗯。山上学艺那一年，经常下大雪，堆了许多个你。"他低笑，"师父当日……还讨了一个去。"

"或许他是觉得像娘吧。"破月柔声道，"给我堆个小的。"

步千洏很快堆好一个，小的自然更加不像了。破月小心翼翼捧在掌心，低头轻轻吻了一下那雪人的鼻尖。步千洏顿时不干了："要亲也是亲我啊！我堆得多辛苦。"

破月失笑，抓起一团雪扣到他脸上。步千洏猛地低头，一脸残雪都蹭到她脸上。破月打了个寒战，他又心疼，将她打横抱起，纵身跃到屋顶上。两人相拥着，望着蒙蒙的天，看着整座城池像是一只兽，蛰伏在茫茫雪色里。

远处传来兵士们的欢呼声。雪夜冷清，城中乃至城外大军驻地，依旧灯火通明。

"相公，新年好！"破月拿头蹭蹭他的下巴，"唯愿年年有今日，岁岁有今朝。"

"娘子……"步千洏听她说得温婉动情，声音骤沉，低头堵住她的唇，气息火热、极尽缠绵。

破月被他吻得娇喘连连，埋首在他肩头，却意外地看到一弯水洗般的新月，从厚厚的云层后冒出个头，盈盈照耀着暗色无边的雪地。

如此安静的一幕，却美得惊心动魄。破月看得痴了，脑子里反反复复只有八个字：岁月静好，至死不渝。

而孤旷的天地间，所有喧嚣遥远得像来自另一个尘世。唯有他真真切切，抱着她如鱼水痴缠，低喘轻喃，意乱情迷。

谁也没料到，赵魄主力会在正月初五掉头，直扑青仑城。

全军暂歇的大胥军队没想到，甚至连步千洏都没想到。因为调集重兵强攻一个城市，并不符合赵魄现在保存实力、展开消耗战的总体方略。

除非是有其他目的。

譬如夺下青仑重镇鼓舞士气，譬如活捉当今大胥军中最耀眼、最强悍的新星——步千洏。

初五子夜时分，超过五万的青仑大军在百里外的冰原中冒头，步千洏布置在外围的斥候几乎死伤殆尽，才将大军来袭的消息带回。

"多少兵力？"步千洏披着军袍，坐在指挥所的正厅里。屋内已灯火通明，破月立在他身旁，心头已是重重一沉。

"太多了，"斥候哑着嗓子答道，"至少超过四万。最快后日能到青仑。"

在座诸将闻言皆惊，面面相觑。

"将军，怎么办？"刘夺魁如今已是步千洺的左膀右臂。

"立刻派人出城通报赵将军。"步千洺沉声道，"点齐三军，今晚开始加筑防务，后日天明迎敌。"

天色刚明，前哨便传来消息，青仑大军已至十里外。步千洺负手站在城楼正中，一对浓眉傲气昂然："全城将士都听好了，叛军不识好歹，大过年的非要来搅和。咱也不能心慈手软，都给我往死里打，让他们记住，猛虎营守的青仑城，不是他们的老巢，而是阎罗殿！"

他内力充盈，沉厚的声音几乎响彻城池。兵士们见主将如此神勇，登时群情激昂，又听他语言诙谐，哈哈大笑后齐声高喊："步阎罗！步阎罗！"

热烈的声浪几乎要将城楼掀翻。破月安静地站在角楼里，透过小窗，目不转睛地望着他高大修长的背影。

一个时辰后。

青仑大军像雨后春笋，密密麻麻地侵袭蔓延。与大胥军队之前遇到的每一支青仑军都不同，他们的军装簇新而统一，他们组成的战线极平整地向前推移，显示出沉稳严明的行军作风。

当至少五千青仑军登上城外平原后，一面黛青色大旗，上绣独角神兽，呼呼迎风招展，出现在众人视线里。

"青仑王旗！"刘夺魁低声惊呼。

众将俱是怔然，步千洺不动声色地握紧刀柄。王旗在此，意味着赵魄就在攻城部队中。果然，不多时，十架战车疾速从后方驶来。正中的战车上，一人身着明光铠甲，高大魁梧，负手静立，多半就是赵魄。

"都听好了，活捉赵魄者，原地擢升五级！杀赵魄者，原地擢升三级！"步千洺忽然朗声大笑，声震长空，"猛虎营的将士们，这可是老天赐给咱们升官发财的机会。杀了赵魄，给帝京和皇上送上一份新年贺礼！"

原本王旗出现，城楼上的将士难免有些忐忑，可听步千洺这么一说，胆怯瞬间变成了豪情，"活捉赵魄"的呼喊声此起彼伏。

当赵魄的车驾在城楼下三百步远停下时，他听到的就是隐隐的毫不客气的叫骂。他心底升起怒意，但片刻就平静了。他看了一眼身旁的副将，副将点点头，打了个手势，身后数十名大嗓门儿的士兵齐声高喊："步千浒！吾王昔日与你有金兰之谊，时常想念，又赏识你旷世之才，实不忍兵临城下、生灵涂炭。胥帝昏庸，穷兵黩武，绝非明主。只要你举兵投诚，吾王愿以胥王拜之，兄弟二人共坐江山！"

城楼上的将士听得分明，尽皆哗然。本来赵魄劝降，只会招来大伙儿不屑的耻笑，可他提到与步千浒是结义兄弟，却叫大伙儿大吃一惊，都看着步千浒。

破月在心中将赵魄骂得狗血淋头——这还结义兄弟？分明是要置步千浒于死地！忘恩负义的狗东西！

只听那些青仓兵又喊道："吾王知步将军忠肝义胆，然大丈夫顶天立地，求的不就是建立一番不世伟业吗？步将军，吾王愿意退兵百里，给你一日斟酌。望你不负义兄所望，弃暗投明！"

"不必！"清清朗朗的声音，如在耳边静述，却偏偏叫城楼上下数万人听得分明，比之几十青仓士兵扯着嗓子的呼喊，不知牛气多少倍，就连赵魄都听得心头一惊。

日光将步千浒的盔甲镀上灿烂的金边，他负手而立，冷眼遥遥望着赵魄，淡淡道："赵魄，昔日我当你是孤弱奴隶，不忍见你被官差欺凌，这才出手相助，又与你意气相投，结为兄弟。然你如今背叛大胥、自立为王，我步千浒没有你这样的兄弟。一日？不必！现下我便与你割袍断义，今后沙场相见，不是你死，便是我亡！"

城楼上刀光一闪，半片衣袍缓缓飘落。守城军士静默片刻后，爆发出震天的叫好声。

赵魄双手紧抓车辕，厉喝道："攻城！"

"攻城！"数万青仓军齐声大吼，只震得城池都要晃上一晃。

"且慢！"一声清啸穿云破风，竟不输万人齐吼的声势。三军一惊，还未听得下文，忽听尖哨破空之声，一支箭矢如流星自城楼上疾速滑落，穿越数百步竟势头不减，朝赵魄的车驾直扑过来！

"王！"

"王！"

车驾旁数人惊呼出声，赵魄只见一道银光朝面门扑来，然他反应亦奇快，一侧身，只听"咚"的一声响，那箭矢震颤着钉入身后粗大的旗杆里。

"背叛大胥者，杀无赦！"步千洊厉喝道。青仑三军尽皆变色，大胥军士欢声雷动。

夜色徐徐降临，一弯新月如钩。

在连续两天一夜的攻击后，青仑人也终于疲惫了，原地安营扎寨。城楼下尸身堆积如山，如人间炼狱，谁都不想多看一眼。前几日修筑如新的城垛，业已残破大半。

子夜时分，不管是大胥军，还是青仑军，都是静悄悄的，他们抓紧难得的时间休憩，迎接天明后的新一轮战斗。

步千洊坐在一方无人的城垛上，破月坐在他怀里。

"你总劝我走，现下想走也走不了了。"步千洊握着她的手，轻轻地捏着她细小的关节。只有在她面前，他才会说出这样的话。

"那不同。"破月柔声道，"当日将领如云，不差你一个，我自然劝你全身而退。如今你是全城将士的砥柱，是赵魄的眼中钉，也是大胥军队的象征，怎么能走？咱们要打得赵魄这老小子满地找牙！"

她的话实在乖顺讨喜，步千洊听得豪气顿生，将她搂紧，低语道："我断不会叫娘子失望。"

"你已经派出信使，援军何时能到？"破月问。

"慢则七八日，快则四五日。"步千洊轻笑答道，"守个十天半月又有何难？人人都说赵魄是当世名将，我倒要看看，他能否从我手里夺走这青仑城！"

之后五日，赵魄不断调兵遣将，派出生力军攻城。步千洊所率猛虎营一万七千人，折损六千，守城器具消耗过半，城池依然牢牢掌握在大胥军手中。

第六日夜晚，步千洊忽地一改严防死守的策略，派一千死士出城，斩敌两千余人。赵魄大怒，天明后加一倍兵力攻城。未料步千洊昨日派出的死士根本就是疑兵，实则在城外壕沟中搬运火油，以蜡封口，不让气味外扬，再派士兵扮死尸潜伏其中。次日青仑军攻城，城楼上大胥军投下火石，瞬间火焰如地龙腾起，数千青仑兵身陷炼狱，伤亡殆尽。

连日折损，赵魄所率五万人竟折损一万五千余人，这无疑是他军事生涯中最大的败笔。次日，他命大军后撤五十里，接下来的五日，青仑军再无半点儿动静。

城中军士们热血沸腾，均知经此一役，猛虎营与步千泀，将一齐名扬天下。步千泀虽参加了军士们自发组织的庆功宴，疑云却重重遮蔽在他心头，不能对任何人言说。

"援军为何不至？"这晚歇息时，破月问他。

他摇头："不知。路上耽搁一两日，也不无可能。"

破月叹气："好在你厉害，把赵魄打得屁滚尿流。要是换了旁人，现下城就破了。"

步千泀笑笑，将她搂在怀里。他没有说出口的是，赵魄的后撤太异常。若是要放弃此城，为何屯兵不动？若要攻城，为何不趁早？须知援兵一至，赵魄便再无半点儿优势。

可赵魄并非胡作妄为之人，他能平心静气围城数日，只能说明一件事——

即使援军来了，他也有取胜的把握。

次日天明，赵魄大军重新将青仑城围了个水泄不通。守城大胥兵早已不将这些手下败将放在眼里，他们摩拳擦掌，意欲重复之前的胜利。

步千泀垂眸看着敌方阵营，他发觉对手很安静，没有了之前数日的急躁。

为什么？

他们果然没急着攻城。青仑兵八人一组，推着十架战车，一直到距城楼三百步处停步。奇怪的是，那些战车上都覆盖着白布。

破月原本在角楼中俯瞰城楼下的动静，见状立刻冲出来，站到步千泀身旁。

"这是？"破月心生不祥的预感，握紧步千泀的手。步千泀立得笔直，眉头紧蹙，纹丝不动。

城楼上的其他士兵，也看到了敌人的异状，纷纷放下手中兵器，向下张望。

那战车旁的士兵，一起抬手，掀开了覆在上面的白布。

步千泀、破月、城楼上的所有人，同时瞪大了双眼。

青仑人的喊杀声仿若平地惊雷炸响，随着那十辆战车，朝城门袭来！

步千泀松开破月的手，脸色凝重，开始发布一个又一个命令。而破月望着他挺直的背影，绝望如藤蔓缓缓爬上心头——这城，只怕是守不住了！

正月初十，北路军麟右城还沉浸在新年的温馨和宁静里。

炭火烧得斑驳，整个屋子都暖洋洋的。镇北大将军、皇长子慕容澜，倚在狐皮卧榻上，在灯下看着青仑城送来的急信。

"殿下，这援军，是派，还是不派？"一名心腹幕僚低声问道。

慕容澜抬眸望他："青仑乃北部重镇，青仑若失，谁担当得起？援军，自然是要派的，不过……"

他语意未尽，另一名书生打扮的幕僚道："望殿下三思而后行！青仑虽然重要，但终究夺得回来。而那步千洐，可是诚王心腹。"

慕容澜神色一凛，默然不语。那书生又道："这次皇上龙体有恙，只召了诚王回京，随侍左右。帝京之变，亦是诚王与那颜破月救驾有功。殿下，皇上虽只有你和二殿下两个成年皇子，可难保被诚王的忠厚表象迷惑……"

慕容澜缓缓点头，道："父皇对十七叔的宠爱，实在太过了。他不过是个闲散王爷，想从军，父皇就派暗卫保护，纵容他胡闹到如此地步；他与那颜破月成婚不到一年便和离，颜破月又与步千洐纠缠不清，做出如此丑事，父皇竟然还不闻不问，实在是……本王做长子的，都觉得颜面无光。"

另一心腹道："那赵魄也是个不顶事的。二殿下中了计，把帝京周围的兵力抽走七七八八；其他残兵，您也暗地里为他打扫干净。可他数千青仑奴直入京师，竟然都不能得手……"

慕容澜神色一敛，眸色阴沉地看着那心腹。之前那书生已反应过来，怒喝道："慕桥，你说什么浑话！"

那被唤作慕桥的心腹这才一惊，满头大汗地拜倒："属下失言，属下失言！"

书生又道："殿下，二殿下铸下大错，今后自不能与您争锋，可诚王亦不能不防，不能任由他坐大啊！若是借赵魄之手除掉步千洐，也就是折断了诚王的臂膀！"

慕容澜冷哼一声，这才对众人道："传令下去，往青仑城派两万援兵。不过如今冰雪封路……"那书生会意，接口道："天公不作美，援兵到得晚了，自然怨不得他人。"

第三十九章 孤城已破

城门被攻破那一刻，破月的心重重跌沉。她望着步千浒的侧脸，他的肌肉绷得很紧，显得沉默而倔强，令她心生怜意。

日光亮得晃眼，穿青色甲胄的士兵踏着大胥兵鲜血淋淋的尸骨冲进了城门，沉若千钧的嘶吼声，几乎要震碎破月的耳膜。

"破城！破城！"他们势如破竹。

破月原地转身，举目四顾，视野可及处，城垛、登城道、城门……所有大胥兵都在拼死抵抗，可每个人眼里，也都有恐惧和绝望。

"报——"一个传令兵跪倒，"南门……已破！"

"报——北门……破！"

跟随步千浒指挥的将士们尽皆变色，刘夺魁愤然道："都是这些鬼玩意儿！"

破月靠近城垛，低头望着城门下静静停靠的十辆战车。没错，步千浒不是败给赵魄的英明指挥，不是败给青仑兵的勇猛强悍，而是败给那些神秘的武器。

当青仑兵掀开白布，显露战车端倪时，大胥兵们面面相觑——四四方方的战车表面覆盖着坚韧的铁皮，像个大铁块，笨重粗陋，众人闻所未闻。

这些战车不需要士兵和马驱动，四个大木轮就能自行运转，显然是装有精妙机括。

眼见战车匀速向城门推进，大胥兵数箭齐发，戳在铁皮上"咚咚"作响，却是徒劳。这时，战车也还击了，无数箭矢从铁皮的细孔中射出，力道之大、射程之远、速度之快，绝非人力可以完成。

要命的是，还有三辆战车与其他的不同。车轮上横着一根巨木，猛地撞向城门，整个城楼似乎都为之一震。

这是改良后的冲车。大胥的冲车没有这么大，承载不了这么重的攻城木，且需要马匹拉动或人力推动，威力完全不能同日而语。

在数百次重重的撞击后，城门终于破了！大胥三军齐齐变色，均知敌众我寡，一旦城破，神仙、阎罗都回天无力。

"砰！"步千洺重重一掌击在城垛上，顿时碎石崩裂齐飞。日光照耀着大胥军旗，在他的脸上投射出明明暗暗的光影，他的身形挺得笔直，手缓缓握住了刀柄。破月生怕他做出死战到底的壮烈决定，立刻劝道："阿步，这种攻城车实在蹊跷，赵魄军中大多是奴隶，凭他们的本领，如何研制得出来？如今一城一池的争夺无关紧要，当务之急，是赶紧将这种武器的消息报给大将军。也许，君和已经参战了。"破月虽被这种战车震撼到了，但不一会儿就冷静下来，想到其中关窍。

步千洺转头看着她，只见她满眼企盼。

"你说得是。"他将她冰冷的手一握，声音缓而沉。

周围的众将也反应过来，齐声道："将军，夫人说得极是。"步千洺点头："传令下去，大伙儿往西门退，撤出青仑城！月儿，紧跟着我！"西门是如今唯一没有被攻破的城门。想必是西门道路崎岖、山林密布，那战车难以逾越，所以才久攻不下。

城中。

虽然历经战乱，但青仑城从未似今日这般鲜血成河，处处有两军尸体堆叠，守军与青仑兵混战成一团，简直寸步难行。城中百姓本就以青仑人居多，此时更有村民提着菜刀、扛着锄头，对落单的大胥兵赶尽杀绝。每一条小巷，都能看到大胥兵三三两两浴血奋战。

步千洺怎能看下去？一路西撤，一路怒火相救。待到了西门，已聚集了近千人。

西门果然还未失，但在青仑兵内外夹击下，岌岌可危。刘夺魁从守军处得知，北门、南门已有数千将士从西门突围出去，步千洴竟开怀大笑，显出几分意气风发的冷酷："众将士，随我杀出城去！"

众人齐声呼应，但当他们刚逃出西门数百步，便见远处尘土漫天，杀声喧嚣——青仑人的骑兵已包抄过来。

步千洴厉喝道："结阵！突围！"士兵们训练有素，见主将坐镇，军心大定，迅速结阵，往西有条不紊地撤退。在步千洴严谨有度的阵法下，大伙儿且战且退。然而再退得五六里，步兵伤亡太快，阵法终是乱了。青仑骑兵撵上了逃兵的尾部。

"夺马！"步千洴下令！士兵们或是跃上无主战马，或是斩杀骑兵夺马，随他往西疾驰。只是这一回合过后，又折损了百余人。

步千洴和破月本就有马，脚程最快，顷刻便奔出数丈远，正要冲入前方密林，忽听身后惨叫声此起彼伏。步千洴浑身一震，急急勒马回身，却见一支数目庞大的青仑骑兵，茫茫如海水奔腾吞没孱弱溪流，以惊人的速度将数百残兵包抄，眼看便要形成合围。

如此神勇善战的骑兵，定是赵魄亲卫！步千洴看到包围圈缺口处的大胥兵一排排倒下，看到年轻的士兵眼里绝望而炽烈的求生光芒，下一刻，士兵的头颅却被斩下，鲜血如注，喷出数尺高，他只觉得五内俱焚，双目刺痛。

"阿步！"破月马不停蹄，超过他数丈，忽地察觉他没跟上，吓得魂飞魄散。她停马转身，便见他孤身立在马上，背影紧绷，微微颤抖。她再往远处一看，明白过来，不祥的预感涌上心头，想要大声叫他回转，嗓子里却像堵了东西，滞涩难当。

却在这时，步千洴忽然回头，在望见她的那一刻，眸中闪过一丝痛楚，但很快被一种沉静的决绝取代。

"你先走！我随后就到！"他大喝一声，毅然转身，一人一骑如离弦的箭，朝铺天盖地的包围圈疾冲过去。

步千洴快马冲入包围圈，原先的豁口几乎立刻在他身后合拢。周围青仑兵见到他的将军服，俱是大喜过望，因赵魄已下令活捉步千洴。

但他们很快笑不出来了。

铁桶般的包围圈，能让大胥兵绝望得逃生无门，但也能让步千泺斩杀百人如探囊取物。只见他策马冷脸伫立在刚刚封住的包围圈最薄弱处，清啸一声，鸣鸿光芒大作。

青仑兵的断肢血肉几近漫天横飞，他浑身浴血如赤色蛟龙，刀意凌厉似大雪急降，生生将数百骑兵逼退十余步。缺口再次打开，甚至不断扩大。五百余被逼得几欲弃刀的大胥残兵瞪目僵立，瞬间热血沸腾，斗志重燃。

"走！"他厉喝一声，内力激荡长空，残兵们顿时杀声震天，声势竟不输百倍于己的敌人，如泄洪般，从那缺口撤了出去。

青仑兵在短暂的震撼后，立刻调整阵形，重新包抄上来。他们不再分神追击逃兵，只一心一意要将步千泺生擒。西门外的人越聚越多，几乎有一小半主力都赶了过来，将狭窄的官道堵得密密实实。

步千泺已杀得兴起，他身旁竟似阎罗地狱，踏入者死，一时都无人敢再上前。然而当他再次展眸远眺时，却见视野茫茫，俱是青仑士兵，有数千人之巨。手持弯刀、长枪的前锋身后，满满的全是蓄势待发的弓箭手，他竟已杀入青仑军腹地。

"放箭！"终于有人放弃了活捉的念头，刹那间箭雨如蝗。步千泺冷笑一声，原地拔起数丈高，想要连步跃出，却被新一轮箭雨逼退，人与刀锋同时落下，又是一圈人头落地。

身边已无活着的大胥兵，想到他们大半已逃了出去，步千泺的心境居然平和下来。然而此处杀机重重，他如何才能脱身，与破月相聚？

忽见前方青色旌旗一角闪过，步千泺心念极快，杀机顿生，心想只要挟持赵魄，必能脱身。退一万步讲，只要擒杀了他，自己即便身死，也值了！

他主意已定，提起全部内力，身影如鸿鹄惊飞，险险避过数道刀锋箭雨，朝那王旗所在处直扑过去！

因是殊死一搏，他这一扑比之前任何时候都要凶猛。百余士兵在足下如落叶枯骨，瞬间被踏过，也有武艺高强者看准时机，抽刀在他腿上狠狠一砍！他身形一侧，刀锋入骨，生生受了，一脚将那偷袭者踢开，攻势丝毫不减，笔直地朝王旗去了！

"保护大王！"眼见他如鬼魅般越来越近，青仑兵这才慌了，呼救声此起彼伏。步千泺定睛一看，前方十步外战车上着铠甲的将军面目英武、神色震怒惊惶，不正是赵魄？

步千洐刀背一翻，出招竟是极稳、极静，宛若子夜一叶扁舟，悄然无声滑过水面。然而赵魄隔着半丈远，面对此招竟已避无可避。

"嗖——"一支冷箭从旁射出。步千洐可以避过，却没有避，身形一晃，刀锋丝毫不缓，斩向赵魄！

"哧——"刀锋劈入血肉之躯。步千洐怒目圆睁，赵魄眸中闪过喜色——是战车上的亲兵疾扑上来，用身体挡在赵魄身前！

鸣鸿将亲兵拦腰斩断，竟有强韧余力，劈向赵魄腰间！刀锋割入血肉，赵魄只觉剧痛难当。

这一眨眼的工夫，已有亲兵疾扑上来，抓起受伤的赵魄向后拖。步千洐背上还插着一支箭，箭深入骨，他不管不顾，提刀正要追上前，四面八方的箭雨已铺天盖地而来。步千洐心头杀意已似潮水满溢，竟连头也不回，后背空门大开，挥刀劈向赵魄。然两名亲兵以身体掩护，挡在赵魄身前。这一刀又斩断了两人，却未触及赵魄身体。

此消彼长，亲卫们射出的箭雨，已射至步千洐后背和头颅！

电光石火间，一道刀光电闪雷鸣般从天而降，凌空斩断步千洐背后的夺命箭矢！步千洐后背一热，怔然回望，却只见破月纤瘦的身子与自己紧贴。她背对着他，只能看到一缕黑发自髻中散落，静静垂在雪白的脸侧。

两人来不及说任何话，又一轮箭雨从四面八方袭来。若说之前步千洐置生死于度外，此刻却无论如何都不肯死了。

要带她逃出去。这念头像是火种，几乎将他全身的血点燃。战斗了许久的身躯原已疲惫，此时陡然精神大振。他厉喝道："走！"提气欲冲，却惊见破月背对着自己，一动不动。

她晃了晃，身子缓缓向后倒去。步千洐仿佛感觉到脑子里有什么东西也随着她的倒下而断裂，慌忙抬手将她抱住，却见她右腰一支长箭对穿，手脚各处更是有无数深浅不一的伤口，鲜血早将她的月白襦裙尽染。她掉头杀入重围，早已伤痕累累、筋疲力尽。腰上这一箭，正是方才救步千洐时为暗箭所伤。

无数刀锋已逼了过来，数千青仑兵严阵以待，只要两人稍有异动，便会被刺个对穿。可步千洐根本不管，抱着破月缓缓蹲下，只见她眸色悲伤、面色煞白，声音有些无奈："阿步……"

"我在这里。"步千洐丢了鸣鸿，紧紧将她抱入怀里。

破月欣慰地笑了，倚在他怀里，发觉自己什么也不惧。

方才在林子边缘，见他义无反顾地折返，她竟然一点儿都不惊讶，一点儿都不怨他再次丢下自己。将军百战死，她对自己说，多么豪情悲壮的言辞。可从没人说过，对将军爱之入骨的女子，又该何去何从？

她只知道，她不要他死。

数步外，赵魄连滚带爬，灰头土脸。他伤势并不重，在亲兵搀扶下站起来，喘着粗气吼道："绑了！"

地牢里阴暗潮湿，步千洐静坐在污黑的地面上，手足上都有碗口粗的精铁锁链，将他拴在墙壁上，让他只能在方寸之地移动。

被俘当日，就有军医为他诊治，他自然不会拒绝。如今数处大小伤口开始结痂，已无大碍。

可他没有破月的消息。

他想得十分清楚，若是破月不幸去了，他生无可恋，自会忍辱负重，直至杀死赵魄、平定青仑叛军，便随破月而去；若破月活下来，定被赵魄利用，威胁他投诚。若换了旁人，他或许有办法虚与委蛇、情义两全，可赵魄生性谨慎狠辣，只怕会逼得他毫无退路。

不过赵魄不杀自己，必然有所图谋。天无绝人之路，只能走一步看一步了。

如今已是第五日，他看着头顶小窗上的幽幽月光，面上不动声色，实则心急如焚。

正在这时，牢中响起凌乱的脚步声。步千洐精神一振，暗自戒备——来了。

数名亲卫持刀保护，赵魄缓缓走到牢门外。亲兵搬来桌椅，布置丰盛的酒菜。赵魄款款坐下，也不看步千洐，举杯独酌，神色悠然。

比起一年前，如今的赵魄可谓改头换面。他身着黑色锦袍玉带，头戴金冠，脚踩鹿皮靴，俨然帝京贵人。只是多年奴隶生涯，令他英武的面容饱含风霜，看起来更像戎马一生的将军枭雄。

步千洐虽对赵魄毫不畏惧，闻到酒香，却暗咽口水。赵魄似察觉到他的馋意，给亲卫使了个眼色。亲卫从食盒中拿出些酒菜，摆放在步千洐面前。

步千洐也不废话，拖着沉重的镣铐，拿起酒壶，仰头咕噜噜一饮而尽，而后放下酒壶，眸色舒展："好酒！"

赵魄放下筷子："义弟喜欢，明日便将我搜集的数百坛美酒搬过来。"亲卫恭敬答是。步千洐面色平静："既叫我声'义弟'，不知你将弟妹如何了？"

赵魄笑道："放心，她好得很。她若有事，我今日跟义弟还有何相谈的必要？"

步千洐眸色冷淡，但饮不语。

牢中武士们退得干干净净，只余数十名亲卫。赵魄看着步千洐："当日我在青仓城外所言，诚意不变。只要你弃暗投明，今后兄弟二人共坐河山，岂不畅快？"

步千洐将酒杯一丢，淡淡道："先让我见她，否则什么都不必谈。"

赵魄见他神色坚决，也不气恼，笑道："夫妇情深，令人感动。罢了，我也不想多费口舌。来人，将颜破月抬上来。"

步千洐眸色一震，一下子从地上弹起，上前两步，却被锁链阻住。他举目张望，神色倏然大变——两名青仓兵抬着担架，缓缓从阴暗的过道步出。担架上那人俏容煞白，双目紧闭，不正是破月？

"月儿！"步千洐奋力一挣，锁链"哐当"巨响，可破月似是昏迷，眉头轻蹙，没有睁眼。她的脸毫无血色，比几日前还要虚弱憔悴许多。步千洐心头怒火炽烈，紧盯着赵魄："你将她如何了？"

士兵将破月放在地上。赵魄道："她的伤势说重不重，说轻不轻。军医说，已是第五日，过了今晚再不医治，内力再深厚，也无活路。"

想到破月这几日受尽伤痛折磨，步千洐心如刀绞，按捺下怒火，道："你要怎样我都答应，立即替她医治！"

赵魄眼睛一亮，笑容加深："义弟快人快语，果然真英雄。本王也不叫你为难，只要你立誓拜我为主，供我驱策，我保你与弟妹一辈子夫妻美满，荣华富贵，决不食言。"

"好。"步千洐面沉如水，没有半点儿迟疑，"我步千洐今后便是赵魄之仆，一世听候差遣，赴汤蹈火、在所不辞。若违此誓，叫我五雷轰顶、身首异处。快救她！"

赵魄笑笑，片刻后，一名老军医走到破月跟前，蹲下开始治疗。步千洐松了口气，目光始终锁在破月身上。

赵魄却笑道："口说无凭。千洐，你要如何证明自己的诚意呢？"

步千洐心头冷笑："你要我如何证明？"

赵魄摇头："义弟是多么聪明的人，只怕今日我救了弟妹，他日你翻脸比翻书还快。就算你投了我，他日有诚王做靠山，天大的枷锁你都能脱身。"他这么一说，军医又停下手中动作，站了起来。

步千洐隐约看到破月腰上袒露的一小块苍白肌肤，深深的伤口仍在流血，而她嘤咛一声，蹙眉咬唇，似乎极为痛苦。他强行将目光移到赵魄脸上，冷笑道："你既不信我，到底要如何？"

赵魄淡笑："去杀个人。"

步千洐神色一震。

赵魄道："我自不会叫你去杀皇帝。以你的性情，只怕宁愿与破月殉情，也不肯对皇帝动手。这样吧，你去杀了赵初肃，他就在距此不远的湖苏城。五日之内，将人头带给我。"

步千洐心头一震，赵魄此计甚毒。杀了赵初肃，再传出步千洐叛变的消息，北路军势必军心大乱；而他步千洐，即便不投靠青仓，今生今世也不能容于大胥了。他心中一时没了计策，便想多拖得一日是一日。

"好，我答应你。"他答得毫不迟疑，话锋一转，道："只是赵初肃身旁高手如云，要想取他人头并非易事。若是一击不得手，再难成事。五日太短，半月方能成事。"

赵魄看着他轻蹙的眉，知道他说的是实情，便道："最多十日。"

步千洐犹豫片刻，点头。军医这才继续替破月治疗。

过了半个时辰，小兵将煎好的药送来，军医撬开破月的嘴让她服下，起身道："夫人的伤，再过十天半月，应无大碍。"

步千洐依旧沉默地盯着破月，静如雕塑，仿佛对一切都不关心。

赵魄见他神色凝重，眸中爱意笃深，对他的决心又信了三分，笑道："当然，你不要拿假人头来蒙骗大哥。我与赵初肃交手数次，更有他手下降将。你若玩半点儿花样，我这娇弱的弟妹便只能……"

步千泷心念一转，冷道："若我杀了赵初肃，你却不放月儿，又该如何？"

赵魄正色道："本王以真神之名起誓，若步千泷杀了赵初肃，我必毫发无伤地放了颜破月。若违此誓，教我子子孙孙沦为奴隶，灵魂堕入地狱。"这对于青仑人来说是很严重的誓言了，步千泷却摇头："不成，大哥翻脸亦比翻书还快，小弟如何敢信你？只怕我杀了赵初肃，你转眼再杀了我二人，真是轻而易举。"

这话本是赵魄说他的，如今被他如数奉还，赵魄不怒反笑："那你要如何？"

"我不能将赵初肃的人头送回军营。你的骑兵着实厉害，我算领教过了。咱们另约个地方，待月儿安全脱身，我了无牵挂，也已不容于大胥，自当忠心追随你。"步千泷道。

赵魄听他说自己的骑兵厉害，倒是心头一悦，不过还是有些迟疑。毕竟步千泷武艺高强，若是离了上万人的军营，万一他使诈，掳了颜破月去，自己岂不是赔了夫人又折兵？

"不成。"赵魄道。

步千泷摇头："若是保不住她的命，那我只能与月儿同生共死，来世再做夫妻。"说罢再不看赵魄，径自看着破月。

赵魄沉默片刻，到底是杀死赵初肃令大胥军心大乱的诱惑占了上风，便朗声道："好，那就约在十日后日出时分，大营东面五十里，我派五百士兵押送颜破月。"他对步千泷武艺到底有多高并无概念，但派这五百人，并非托大。这五百人比当日围攻步千泷的骑兵更加精锐，结成铁甲阵更是威力倍增，且步千泷带着个重伤的颜破月，实力大打折扣，一定不是这五百人的对手。

步千泷心头一沉，想也是带着重伤的破月，极难脱身，但面上不露分毫，眉宇中竟似有些疲惫，嗓音亦低哑："我既应承，自会做到。我有个要求——去杀赵初肃前，让我同她待一会儿。"

赵魄以为他还要讨价还价，未料"步阎罗"生性洒脱、纵横无敌，却提出如此痴愚的要求，不由得哈哈大笑："罢了，将她抬进去。"

士兵将破月抬进来。步千泷立刻坐下，双手撑在担架旁，大气也不忍出，静静地望着她。

待他回转神来，才察觉包括赵魄在内的所有人已退得干干净净。他便掀起担架上的薄被，只见纤细的腰身伤口处缠着干净的白布，没有血迹渗出来；再查探她脉门，虽脉象虚滑，内力却充盈。他这才松了口气，知道的确已无大碍。

因服了药，她似乎睡得越发沉。但见稀薄的月光下，她素白的脸上长眉舒展，痛楚似已得到缓解。步千洇将她的手握在掌心，贴着自己脸颊，默默凝视，就这样坐了通宿。

翌日天没亮，步千洇便在数名兵士的押送下，出了青仑军大营。然而他并未去湖苏城，而是待士兵走远后，原地折返，又潜了回去。

他昨日跟赵魄又要延时，又要约定地点，不过是要赵魄相信自己去杀赵初肃的决心，如此才能伺机潜回来营救破月。

天色全黑时，步千洇瞅准个落单的士兵将其杀了，扒了衣服混进了军营。然而五万人的军营实在太大，他又要避开巡逻士兵，整晚一无所获，既未见破月，也未见赵魄。

凌晨，步千洇离开军营，寻思赵魄心思缜密，必是料定自己会折返来寻，只怕早将破月和他自己藏得上天入地皆难以寻获。如此大海捞针，的确不是办法。他左思右想也没有良策，只得先往湖苏城去，路上再作打算。

步千洇猜得没错，这日凌晨，便有军中斥候报告赵魄，说昨日几处埋有伏兵的医帐均有响动，只是来人身手太快，根本连人影都没看清。赵魄闻言冷笑，他既放了步千洇出去，又岂能让步千洇这么容易潜回把人掳走？他已叫斥候密切关注，决不能叫步千洇从湖苏城带回一兵一卒。

翌日响午，步千洇已出了青仑人的控制范围，快马奔于官道上，忽听前方林中似有隐约的脚步声，听声响竟有数人，内力修为都不低，若换了常人，恐怕无法察觉。

他立刻牵了马隐入林中，等了一会儿，便见二十余人从林中疾掠而过，个个黑衣蒙面、腰佩兵器、步伐轻盈，似刻意隐瞒行踪。他看那些人中至少有一半身形苗条，似是女子，不由得心下生奇，远远跟着他们。

那二十余人又行了小半个时辰，在一处林间稍作休息。步千洇伏于一棵大树上，只听得一个娇软的女子声音道："再有二日，便到青仑狗贼的军营了。"

另一女子问："你探得没错？教主她老人家的确在这军营中？"

"自然。城破那日，我亲眼所见。"

另一个男子声音道："却不知步将军和燕教主是否平安？"这回步千洇听出来了，是当日在粮仓跟着杨修苦救自己的一位刑堂弟子。他大喜，道："诸位！

145

我是步千洐！"

树下众人闻声大惊，步千洐已一跃而下。

"步将军！"

"姑爷！"

众人俱是惊喜异常，纷纷扯下蒙面黑布。步千洐一看，有十余人是清心教弟子；另有四五人是刑堂弟子；还有三四人，却不认得。

"姑爷！你怎会在此处？教主呢？"一名清心教弟子问道。

"你们又怎会到此？"步千洐奇道。

原来，自从破月跟步千洐去了军营，清心教群龙无首，由年长的姑姑主持日常事务，但也遣了弟子暗中跟着保护破月。城破那日，十余名留在青仓城的弟子亦战死大半，还有几人寻机逃了出去。

教主被擒，这还得了？幸存弟子立刻联络最近的分堂，召集北部诸州好手过来。今日来的是第一批，还有数人在路上。

而自从燕惜漠当日向杨修苦托孤后，杨修苦也一直在注意破月、步千洐二人的动向。听闻青仓城破，北部各州刑堂弟子亦马不停蹄地赶来。清心教大动干戈的消息也在江湖传开，于是两边联络上，一起来了。杨修苦自己也在路上。据说普陀寺听到两夫妻义举，亦派了僧人前来。

剩下的几名江湖人士则是听到风声自愿赶来的游侠。

刑堂弟子谨慎，嘱咐大伙儿沿途不可露出行踪，叫青仓斥候察觉，所以迄今青仓人应该还未发觉他们的行踪。不过到底要怎么救出教主，这帮年轻弟子心里也没谱，毕竟行军打仗不同于解决江湖恩怨。

如今看到步千洐，人人都如释重负。

"姑爷，咱们怎么做？"

"是啊，步将军，大伙儿听你吩咐。"

步千洐看着面前一张张激动的脸，深为感动。

只不过，要是潜入军营救人，杨修苦若在，兴许还能助他一臂之力。这些年轻弟子虽然不错，但毕竟能力有限，进了军营，只怕很快就会惊动哨兵，难以成事。

所以潜入军营的想法怕是不成，只能在十日后再作打算。

他沉思了片刻，抬眸道："请诸位在此处山中静候，小心不要叫青仑人发现踪迹，等帮手到齐再作打算。步某去一趟湖苏城，三日便返。我回来之前，切勿轻举妄动。"

次日深夜，湖苏城。

军营中灯火通明、守卫森严。赵初肃回到军帐，脱下甲胄，坐在案几前，对着烛火静思。

他今年三十八岁，是赵锡平老将军的幼子，二十岁从军，从普通校尉做到一方大将，虽有祖辈荫庇，但也靠自己一点一滴累积了军功。

与只懂沙场杀敌的父亲不同，他自认是个精通世故的人，所以在两位皇子同时向军营伸手时，他深思熟虑，选择了聪颖善战的二皇子阵营。不料帝京之变后，二皇子失势，新掌兵权的大皇子表面对他恭敬有加，暗地里许多大事都不同他商量，令他分外恼火，却也无可奈何。

及至数日前失了青仑，据逃回的士兵说，敌人有神奇的新武器，步千泂亦身陷重围、多半战死。他大吃一惊，立刻将新武器的消息上奏了朝廷。只是当他得知派往青仑的援兵竟是迟了五日才到时，他犹豫半宿，决定隐瞒不报。

此事稍一琢磨，便知与大皇子脱不了干系。当初他收了斩断鸿的好处，一手提拔了步千泂，时日久了，也真心爱惜步千泂的才能。如今步千泂生死未卜，他心下亦愧疚不已。

想到这里，他长叹一声，正欲吹灯歇息，忽听身后军帐有动静。他心生戒备，悄悄抽出匕首，猛然起身回望，却见阴暗里站着个高大的人影，面目俊朗、眸色沉寂，不正是步千泂？

"千泂！"他大喜，"都说你被赵魄俘虏，为何在此……"他声音戛然而止，见步千泂面色凝重，心下生疑。

步千泂缓缓步出，隔着七八步站定，头低垂着，看不清表情。

"大将军。"他忽然跪下，重重磕了数个响头，"千泂有一事相求。"

又过了两日，青仑族潜伏在湖苏城的奸细飞鸽传来消息，大将军赵初肃遇刺身亡，刺杀者极为残忍，竟砍了赵将军的人头，连全尸都不留下；又报湖苏城守军连夜往各个方向派出骑兵，似乎在搜捕什么人。

同日，本向赵魄大军逼近的大胥军队后撤五十里，军营中竟有人挂白戴孝，处处哭声震天，营门高挂免战牌。

赵魄收到消息大喜。虽未见到人头，但这么大的动静，着实不像假的。不过他生性谨慎，怕步千衍作假，特意安排赵初肃手下降将同去。他嘱咐铁骑军首领，一旦情况有异，立刻诛杀他二人。

同日，杨修苦率刑堂好手三十余人，另有南天檀寺弟子二十人、清心教好手五十人、江湖游侠等共计二百人，悄无声息地与步千洐聚齐于赵魄大营以东两百里的深山中。离跟赵魄约定的时限，还有五日。

转眼，已是第十日凌晨。

青仑大营以东五十里。

这是处阴面山坡，地势甚高，周围皆是悬崖峭壁。人躲在山坡后，前方平地一览无遗。

数名青仑兵严阵以待，从半夜守到天色微明。角落里有名小兵打了个哈欠，耐不住问老兵："老宋，那人这么厉害？派咱们这么多人守着？"

"咱们这点儿人马算什么？你那日是没见到！"老兵啧啧两声，脸上浮现出恐怖的表情，"那人跟鬼似的……"

有人插话道："真不愧是大王的结拜兄弟！听说这几日大营周围戒严得厉害，有一群南边来的和尚，说要给亡兵念经超度，大王都没准许他们入营。可怜咱们青仑人，身死异乡，若是有大师超度多好！"

之前的老兵忽然压低声音："别说话，来、来了……"

众兵士齐齐屏气凝神，朝山坡下望去。只见一骑翩踏而来，扬起漫天沙尘，一眨眼工夫已至眼前。那人利落地翻身下马。

他一袭黑色劲装，身高体阔，虎背蜂腰，又生得极为俊朗，两点黑眸更若寒星锐利。他只淡淡朝山坡上望了一眼，便慢慢悠悠道："在下步千泷，来赴青仑王之约。"

众兵士原本藏匿在坡后，纷纷只于草丛后悄悄观望，未料叫他察觉端倪，都有些胆寒。为首的一名都尉探出头来，见他马腹旁果然挂着个狰狞的人头，便走出来道："将军，请弃马。"

步千洇神色不变，松开缰绳，缓缓上坡。一名小兵远远绕过去，将马牵开。

"大王有令，请将军交出兵器。"

步千洇沉默了片刻，解下鸣鸿，淡淡道："好好收着，蹭坏一点儿，小心你的脑袋。"

都尉知他与大王关系密切，不敢多言，小心翼翼地用双手捧着刀道："将军，请吧！"同时拿起胸口上坠着的一只骨哨，用力一吹，嘹亮的声音瞬间响彻长空。不多时，前方响起此起彼伏的哨声，越来越远。

步千洇见山坡后几名士兵的胸口上都戴着骨哨，知是防备自己。即便是他，也不能一眨眼杀光这几十人，便冷笑道："你们倒也想得周全。"提气疾行，顷刻走得远了。

士兵们站在原地，望着他的身影面面相觑。又过了一会儿，都尉忽觉背后山林有异，转头一看，却全无动静。

"头儿，看什么呢？"有人问。

都尉盯着那片林子："老宋、张五，去山上仔细查探。"

老宋笑道："都尉，那边是悬崖，怎会有人上来？"

"去！"

两人只得爬上了山。

步千洇已走，众兵士好歹松了口气，靠在坡后歇息。那都尉也交代哨兵轮班，自己小寐片刻。待他一觉醒来，忽觉不对，问旁人："老宋和张五还未回来？"

"来了来了！"有人喊道。众人抬头，只见树林晃动，冒出两个人来，不正是他二人？老宋走在前头，手里还提着只血淋淋的死禽。

"我道是什么……"老宋笑着说，"原来是只野鸡。"

众人哈哈大笑。老宋说："都尉，我这便去烤了。"都尉心想还得守到天黑，只能吃寡如清水的干粮，便点头同意。

之前那小兵看到老宋，奇道："老宋，你脸上怎么有血？咦，下巴这一圈泥是什么？"老宋别过脸去，笑道："野鸡挠的。"

破月躺在担架上，只能看到暗沉的天和身旁士兵的甲胄。沉甸甸的脚步声，显示押送她的是一支极为精锐的部队。

十日过去了，她已能坐起或勉强站立，只是因为伤到筋骨，尚不能提气，与废人无异。这些日子，她都在提心吊胆中度过。直到昨晚，赵魄告诉她，步千泃杀了赵初肃投靠青仑，她想都不用想，便知他是受赵魄威胁。

她实在无法相信这个事实，若是真的……她心头怜痛不已。他要真的为她杀了赵初肃……杀便杀了，她才不管天下人的唾骂，生死都要追随他。只是……他怎么办？

如此忧心忡忡地又行了半个时辰，天色终于大亮。破月勉力坐起来，只见一轮红日从地平线冉冉升起，前方树林雾气弥漫，身旁铁甲兵们默默等待，她却最先听到那个轻盈敏捷的脚步声，心头又喜又忧——他来了！

果然过了一会儿，便见一道黑色身影旋风般到了阵前，正是步千泃！破月被铁甲兵层层围住，远远见他身影挺直，沉默而立，手上提着个圆滚滚的物什，心跳越发急促。

铁甲兵领头的是一名青仑校尉，名唤马骐，还有赵初肃手下一名降将，名唤何舒怀。两人交换了一个眼神，马骐一摆手，两名士兵将破月抬出兵阵，另一名士兵的钢刀始终架在破月的脖子上，防止她有异动。

步千泃看到破月，脸上浮现喜意，上前两步："娘子！"

破月心头一酸，哽咽道："阿步！"

马骐手一举："且慢！步将军休要再上前，先将人头给我。"步千泃的目光全在破月身上，手一扬，将人头一丢。马骐上前一步，接了个满怀，看了看，交给何舒怀。何舒怀对赵初肃终是有些敬畏，顿了片刻，才将脸转过来仔细看了看，又查看了右耳后的一颗黑痣，点点头。

马骐摆了摆手，挡住步千泃的士兵这才撤刀。步千泃一个箭步冲上去，小心翼翼地将破月抱入怀里，转身道："我先送娘子走，稍后再去大营。"

马骐却道："步将军，大王说了，不指望你真的供他驱使，那样只怕一不小心就人头落地。今次以夫人胁迫，是为了战事大局，望将军体谅。你落入大王手里而不被杀，大王已报答你青仓城救命之恩。愿步将军今后远离战事，与夫人和和美美，做一双世外高人。"

步千泓一怔，倒没料到赵魄居然真的放他们走，点头道："替我多谢大王！"转身欲走。

"等等！"何舒怀一声惊呼，马骐瞬间色变，步千泓身形一僵。

只见何舒怀两根手指捏住那首级的脸部，用力一扯，竟提起一层人皮！

"假的？！"马骐怒喝道，"结阵！"

步千泓清啸一声，提气疾行；铁甲阵变阵奇快，瞬间便从两侧包抄上来！

忽听侧面林中亦响起数声清啸，铁甲兵们齐齐注目，只见数道人影倏地越出，顷刻已至眼前。为首之人是一黑衣瘦小老人，手持长剑，面色苦肃，人刚一落到阵前，剑亦劈下，将一名铁甲兵斩为两段。

这突如其来的攻势，只令铁甲阵稍微一乱，便重新整肃，阵内密不透风。但也只是这一会儿工夫，步千泓已出了包围圈。两名女子冲到他身旁，接过破月。他只低头看了破月一眼，哑着嗓子匆匆道："等我。"便从另一女子手中接过鸣鸿，拔刀复又朝铁甲阵迎了上去。

马骐本就是赵魄手下一员猛将，当日并未跟步千泓交过手。他见来人不过五十，冷哼一声，厉喝道："杀光他们！活捉步千泓！"那何舒怀却是在阵中痛哭哀号，举起的右手乌黑一片——原来那人皮下有毒。何舒怀只又哭了两声，便倒在地上，没了气息。

步千泓横刀立于阵前，面色寒冷，比马骐还要张狂，喝道："破阵！"

马骐差点儿笑出声——五十人想破五百人的阵？

但是他很快再笑不出来。

真的是破阵，破得彻底！

只见先是数十名劲装男子持剑朝铁甲阵冲来，待到了阵前，忽地一矮身，就地疾滚，身法之快，任铁甲兵长枪锋利迅猛，也触不到他们衣角。可铁甲兵一回神，身子一坠，轰然摔倒在地，才知马腿已尽数被砍了。

还未等内层的士兵回神，数道白绫又从空中袭来，女子的娇斥声如黄莺轻啼，叫士兵们疑惑不已。一转眼，那白绫已紧紧缠住他们的腰身，士兵身子骤然一轻，被拽得跌落马下。

如此一层一层，一时间铁甲兵坠马无数。可刚要站起迎敌，又见数十名和尚身形如电，已至面前。他们没有拿兵器，一双肉掌在刀剑中翻跃，十指灵活翩飞。众兵士只觉得腰腹各处一麻，顿时僵直，不能动弹。末了还有和尚颇为木讷地合十低喃：“阿弥陀佛！”

这便是他们的破阵！根本不与你缠斗，不会陷入阵中，只摧了你的人马，斩草除根！

而步千洐与那黑瘦老人，更是一刀一剑，直接杀入铁甲兵阵。铁甲兵害怕步千洐声威，纷纷围攻那老人。未料那老人剑如惊鸿，杀人干脆，不输步千洐。

一炷香时间过去，厮杀声完全消歇，战斗结束。

校尉腰上被砍了一剑，伏在地上，额头上大汗涔涔。铁甲兵战死一百有余，其余三百多皆被点穴，僵立原地不得动弹。

群雄哈哈大笑，兴高采烈，议论纷纷。清心教一名弟子升起一道黑烟，这是教中通信手段，旁人看见只道是林间炊烟。

步千洐顾不得与众人商议接下来的步骤，迫不及待地越众而出，快步跑到不远处的破月面前。两名清心教弟子娇声唤了句“姑爷”，避嫌走开。

多日不见，破月见他一脸风霜，下巴上都是青黑的胡楂，一身鲜血汗臭，邋遢极了。可那双眼，灼灼望着她，便如昔日般，叫她悸动不已。

“阿步！”破月一把抱住他，他单膝跪在她身旁，将她搂进怀里。

“月儿，你受苦了！”步千洐抱着香软娇躯，长吐一口气。

“他们怎么来了？”破月看着他背后的众人。

步千洐微微一笑：“稍后再同你解释。不止他们，这是其中身手最好的五十人，其他人随后就到。”

破月奇道：“你们还要做什么？”

步千洐笑意更深：“你先跟她们走，明日等我好消息。”

破月神色一凛：“赵魄身旁有许多精锐保护，你千万不可轻举妄动。”

“放心，我会随机应变。”今日大获全胜，救出破月，他心怀畅快，此时望着牵肠挂肚的娇颜，不由得越发情动，压低声音道，“时辰尚早，援兵未至，娘子，让我亲一下。”

破月身子一僵：“这么多人……”

"他们看不到……"步千洐话音未落，头已俯下，封住了她的唇。破月只觉又羞又臊，虽有他背影遮挡，但两人姿势暧昧，根本就是掩耳盗铃。然而他唇舌来得极为凶猛，狠狠吮着她的气息，顷刻便叫她的理智飞到九霄云外，任他的大手紧扣着后脑，身子软软地伏在他胸口。

过了许久，他才移开唇，可还是将她抱在怀里，头埋在她肩窝。破月呻吟道："厚脸皮。"他声音中的笑意都快满溢："嗯……夫君是天下脸皮最厚之人。"

破月笑出了声，他这才恋恋不舍地松开道："你先回湖苏城。"

破月知道自己此时是累赘，只得道："千万小心！"

步千洐点头，叫来五人用担架将她抬起，嘱咐一番，顷刻便行得远了。

两日后，掌灯时分。

破月躺在湖苏城一座普通军帐里，拿着玉佩，一遍遍勾勒"千洐"二字，仿佛一颗心也随着婉约细腻的笔锋千回百转。

正甜蜜地忧虑着，忽听外间喧嚣声起，许多声音远远近近地在喊"步将军"。她一下子坐直，刚扶着床站起，就听到一片嘈杂声中，熟悉的脚步声沉稳而略带急促地靠近。

"姑爷！"守在外间的清心教弟子欢欣雀跃。

"她可好？"低沉的声音似乎还有未褪的爽朗笑意，却又多了几分小心翼翼的期盼，"睡下了吗？"

弟子答道："夜间服了药，已经睡下了。"

他没出声，似乎在犹豫是否要惊扰她。破月听得心急，不由得低喊："我还没睡！"

弟子"扑哧"一笑，他没出声，但破月猜他的嘴角一定弯了。眼见帐门被他挑起，忽听有人喊："步将军，快些，大将军和大殿下都等着你呢！"

他单手挑着帐门，颀长的身躯侧立着，破月看不到他的面容，却能听到他压低的嗓音中泛出的满满笑意："我去去便来。"话虽这么说，但他还是匆匆探头。刚朝营帐里望了一眼，身旁已有人笑道："猴急什么！敢让大将军等？"帐门被人放下，脚步声又远了。

破月哪里还睡得着？脸上都要笑开了花。正坐立不安时，数名清心教弟子进

154

帐拜见。

破月见她们多多少少都有伤，大为感动，亲手将她们一个个扶起。以前破月根本不想当这个教主，没料到这次有难，她们竟冒死营救。她并不扭捏，立刻表示之前不够负责，今后一定专心打理教务，倒叫众弟子喜出望外。

几位年轻弟子兴高采烈地说起这几日的经历。原来步千浔带着她们易容成当日青仑士兵的模样，潜回赵魄大营，竟瞒天过海，偷了一辆神秘战车出来。只是赵魄防卫森严，未能杀了他。

但这个结果，已令破月又惊喜又佩服，同时也甚为懊恼，因为自己没能加入。

"教主，姑爷实在是智勇双全、才貌兼备的好男儿！"一弟子道。

破月失笑，但也不谦虚："他是很好。"话音刚落，便见帐门被挑起，一道颀长身影步入站定。

破月一愣。教众们见她神色，也回头望去，俱是一怔。

步千浔换了件干净的黑色长衫，没有束腰，宽大的袍子显得极为松散疏懒，更衬得他体格高大修挺。微湿的墨色长发披散在肩头，脸上干净白皙，胡楂也被刮得干干净净，眉目越发生动俊朗。这哪里还是日前杀伐果断的将军，分明是洒脱风流的青年！

其实步千浔跟赵将军等人议完事，特意去洗了澡。方才虽听到帐中有旁人，但没想到会有数十人。这一路，他与江湖游侠们称兄道弟，格外亲热，对着清心教女子却是老成持重、不苟言笑。此时被众人瞧见自己刻意梳洗打扮了才来见破月，不由得老脸微烫。

他和破月互望着，俱是眸光闪动、面颊发红。年轻弟子低声失笑，年长姑姑亦是忍俊不禁，道："咱们先告退，别打扰姑爷和教主团聚。"一行人快速退了出去，经过步千浔身旁时，一个两个脆生生喊"姑爷万福"。步千浔沉着脸，不动声色地点头，待人都走完了，一双黑漆漆的眸盯着破月，缓步逼近。

破月被瞧得微垂下头。他叹息一声，坐上床，将她搂进怀里。

破月伸手轻戳他的胸膛："你的伤都好了吧？"

"一点儿小伤，无碍。"步千浔抓起她的手扣住，唇舌从她的额头一路往下缱绻流连，"月儿，我要升官了。"

破月并不在意他的官职，但却替他高兴："哦？"

"嗯……"他咬着她的脖子，热气喷在她耳后，痒死了，"大将军说，青仑城歼敌万余，又盗来战车，功劳甚大。他会跟皇上请旨，提拔我为前将军。大皇子没说什么。"

破月大喜："三品！太好了！"要知赵初肃是一品大员，但二品迄今还是闲置的，也就是说，他在军中几乎是一人之下、万人之上了。

步千洐笑着点头："今后你夫君也算是一国大将，手握重兵，断不会再累你受苦。等平定青仑回帝京面圣听封，有了将军府，咱们也算有个家了，你便可专心给我生个小将军。"

破月原本听得豪情万丈，最后却听来这么不正经的一句，便学之前清心教弟子笑骂："猴急什么！"

五日后。

积雪皑皑、天地苍茫，偌大的湖苏城仿佛也染上了冬日的倦意，格外静谧暗沉。军营中遥遥传来的士兵操练声，给这里增添了活气。

懒洋洋的午后，营外远哨士兵忽听一匹快马从官道而来，踩风踏雪声如沙漏，疾疾如催魂夺命。再过得片刻，便见一骑伏身快冲而来。

"来者何人？"士兵厉喝一声，长枪便要出手！那人不避不闪，甚至身形不动，头也未回，只一抬手，掌中金牌光芒大作。士兵大惊，丢枪深深拜倒。

如此一路疾驰，明暗哨拜了一地。那人穿过营门，将马缰一丢，俊脸紧绷，拦住个士兵，声音颤抖："步千洐是死是活？"

士兵见他锦衣华服，容貌清贵，不敢怠慢，往东边一指："步将军……正在兵器库！"

此人正是慕容湛。他闻言松了口气，转身欲走，忽地顿住，静静望着士兵："颜破月呢？她……是死是活？就是……步将军的夫人。"

士兵见他神色凝重，更奇怪了："步夫人？哦……她刚跟步将军在一起。"

慕容湛眸中徐徐升起笑意，作揖道："多谢！"

兵器库是片连绵的院子，十分幽静，唯有东首院落隐隐传来兵刃交接声。慕容湛走到那处院门外，首先看到几个戎装崭新的青年，靠在走廊上说说笑笑，应该是新兵。他们见到慕容湛，微微一愣，点头算是打招呼。

院子正中，一彪壮大汉与一矮小青年手握兵器斗得正酣。忽见那矮小青年剑尖一挑，竟将大汉手中的千斤坠挑飞了出去。

　　"好！"众人齐声喝彩。慕容湛微微一笑，正欲迈步，忽听一个含笑的低沉嗓音道："如何？崔将军，我新得的伍长，可是十招内挑了你？"

　　慕容湛心头一喜，这声音不正是步千泔？

　　原来步千泔那日回到湖苏城，江湖人士大半告辞返回中原，一些游侠却要留下投军。今日，正是崔将军找他手下士兵挑战，却被打败。

　　慕容湛侧眸望去，正欲扬声，待看清情况，却微微一怔。

　　侧前方走廊上，步千泔和破月并肩坐在栏杆上。步千泔穿着件黑色长衫，她穿着湖蓝复纱裙。他一只手撑在她身旁柱子上，另一只手从她怀中的篮子里拿花生，那样子就像把她圈在怀里。

　　"谦虚点儿你！"破月低骂他一句，大概是觉得他方才太不给人留面子。众人听得分明，哈哈大笑。他似乎极为受用，低头对破月说了句什么，破月面颊明显一红，将篮子往他怀里一丢，起身就走。

　　众人更是促狭地看着步千泔，步千泔板着脸喝道："你们速速操练，不得有误！"起身就追了上去。

　　院子一侧有块老早遗留下来的假山，恰好挡住对面众人的视线。只见破月刚走出几步，便被步千泔长臂一捞，将她缓缓抵在假山上，笑着低头就亲了上去。破月先是轻捶他一拳，手被他抓住，慢慢就顺势滑到他腰身处将他抱住。两人身躯紧贴在一起，步千泔双手捧着她的脸，侧脸上长睫微合，吻得沉默、专注而热烈。

　　慕容湛猛地转头，看向一侧。对面军士见他神色有异，喝道："你是何人？"这一出声，步千泔探出头来，微微一愣："小容？"

　　破月转身，也看到慕容湛，眸中升起喜意。

　　"大哥，你先忙，我过几日再来！"慕容湛忽地朝步千泔一抱拳，转身就走。步千泔和破月对望一眼，两人松开。步千泔道："我去追他！"破月点头。

　　步千泔追出兵器库，便见慕容湛快步奔到前方空地上，从一士兵手里接过马缰，翻身上马。步千泔一个箭步冲上去，扣住马身："你这是作甚？"

慕容湛露出尴尬神色："我本是跟赵老将军同来，可……我一人快马而来，将他丢在半路，现下赶去接他。"

步千洵明白过来，笑容放大："你这小子！"

慕容湛也笑。

原来，慕容湛数日前在帝京听说青仑城破、步千洵夫妇被俘，当即向皇帝请旨要来前线。皇帝允了。不料赵初肃的父亲——七十余岁的赵老将军，自感时日无多，老夫聊发少年狂，非要到前线来。赵老将军还是楚余心元帅之前的大将，战功赫赫，皇帝命慕容湛沿途好生照料。

缓缓行了十数日，慕容湛听到许多消息，一说步千洵夫妇战死，一说赵初肃战死，一说青仑大败。他实在放心不下，五日前便撇下赵老将军，自己快马赶过来。如今看到二人平安，立刻想要折返接人。

"速去速回！"步千洵含笑望着他的马跑远！

过得三日，步千洵正在赵初肃营帐参议军事，忽听探子来报，诚王车驾已在三十里外。赵初肃挂念老父，有些意动。但他身为一军主将，按理不可轻易出营。步千洵亦想早些见到慕容湛，便道："大将军，我骑快马前去迎接他们！"

赵初肃闻言也觉得妥当。步千洵便牵了匹快马，出营去了。

不到半个时辰，便见前方山脚下一支马队缓缓而来，为首一骑锦衣玉面、神色沉静，不正是慕容湛？

"诚王！"步千洵迎上去，慕容湛亦是十分欢喜，两人并肩而行，说了会儿话。慕容湛想起赵老将军还在后面车上，便邀步千洵一同拜见。

行到马车前，慕容湛恭敬道："赵将军，我是慕容湛，您可安好？"

车帘后传来个苍老的声音："是诚王啊……末将刚吃了饭、喝了水，好得很啊！早上你不是说要离开三日吗，怎么一个时辰就回来了？"

步千洵微微一愣，见慕容湛笑容不变，明白过来，这赵老将军只怕脑子已不太灵光。慕容湛上前，挑开车帘道："将军，这是我义兄、安北将军步千洵，他也来拜见你！"

步千洵站在马车旁，朝车内深深鞠躬。赵老将军眯着浑浊的眼，笑道："好，好，小北将军！咦，姓北的不多见，后生可畏啊！"

步千洐和慕容湛都笑了。

慕容湛见赵老将军身上盖的毯子滑了下来，便对步千洐道："我先陪老将军说会儿话，后面的车里有十坛好酒、腌好的熟牛肉。我一会儿便来寻你。"步千洐将他肩膀一勾，抬起脸道："甚好，我也要同你细说这几日的事。"便往车后走去。

赵老将军原本眯着眼，听到这声音，微微一愣，睁眼恰好看到步千洐抬头从车前走过。他的神色凝滞了片刻，瞬间色变，一口气堵在胸膛，喘不过气来。

"将军！"慕容湛连忙上前，轻抚他的背顺气，赵老将军半晌才缓过劲儿。

他一把抓住慕容湛的衣襟："方才那人是谁？"又喃喃低语道，"定是我看错了，看错了。小楚从军后就蓄了把大胡子，不像！不像！"

慕容湛心神一凛，能让赵老将军叫"小楚"的，唯有二十五年前的叛国将领楚余心。他有点儿莫名其妙："将军，你的确看错了。"

赵老将军却完全没听到他的话，满是褶皱的老脸上虎眸呆滞，径自低头道："可那眉眼、气魄，很像小楚少年时投奔我的模样！不对，当日小楚明明被诛九族，一岁的幼子也被杀了……"

慕容湛失笑，正要继续安抚，忽地心头一震。

二十五年前？一岁幼子？

步千洐今年，正好二十六岁。他是孤儿，是靳断鸿的弟子，自小武艺兵法天分惊人……

他颤声问道："赵将军，当日楚余心的亲人，的确都死了？"

赵老将军点头："死了！死了！可刚才那人又是谁？难道是他的后人来找我们报仇？"

慕容湛一愣，声音便沉厉了几分："他通敌叛国，死有余辜，怎会找你报仇？"

赵老将军神色大变，忽地朝他拜倒："太、太子殿下！你也在这里？"

慕容湛听得越发奇怪："太子？"

赵老将军一下子抱住他的军靴："殿下！楚余心虽然冥顽不灵，但你岂能置他于死地啊!"

慕容湛听得倒吸一口凉气,皇帝还未册立太子,赵老将军口中的太子——难道是昔日太子、当今皇帝、他的皇兄?他低喝道:"赵将军,你在说什么?"

赵老将军吓了一跳,摇头又往后退,看清了他的面容:"诚王?末将没说什么,没说什么。"

慕容湛沉思片刻,冷声道:"赵将军,其实皇兄已告诉我一切。今日便是要我来问你,看你还记不记得,是不是老糊涂了。你仔细将当日情形说一遍给我,若有差错,定斩不饶。"

约莫是他严厉起来,气度与皇帝也有几分相似,赵老将军立刻沉声喝道:"是!当日皇上你得到消息,楚余心意欲在北伐胜利归来后,扶持二殿下继承大统。皇上你使计断了他的粮草,又命人将楚余心伏兵北部密林的消息传给了君和、流浔两国,楚余心五万大军全军覆没……"

慕容湛心头巨震,轰然软倒,跌坐下去。赵老将军深深拜倒,似乎还在等待他的指示。

慕容湛沉默了许久,才缓缓道:"赵将军,快请起。你看错了,那不是楚余心,方才只不过是皇上派了个人试探你。今日所说的话,休要对旁人提起半句,就算对你儿赵初肃也不可以提及,否则皇上诛你九族,明白吗?"

赵老将军连连磕头。慕容湛见他一脸老态,甚为可怜,也不再逼迫,跃下马车。此刻他并不知道,之后数日,赵老将军果然没来得及跟任何人说起,就因惊吓过度,在军中撒手人寰。

他垂头朝车队后方走了数十丈,便已闻到浓浓的酒香。

"小容?上来!"步千浔含笑的声音传来。

慕容湛立在马车旁,只怔怔地想:我该怎么办?如若赵将军说的是真的,皇兄他……害了楚帅?大哥真是楚元帅遗孤?

可步大哥在军中多年,若是长得极像父亲,为何无人认出?是了,当世没有楚余心的画像流传,且他所带军队全部阵亡,后来与君和一战,大胥惨败,老将死伤殆尽。楚余心位高权重,又常年戍守边关,认识他的人必定不多。

他不由得心头一震,若是他日步千浔面圣,皇兄能否认出他来?又或者大哥从别处得知真相,会不会想报仇?他二人一个心思深沉,一个傲骨铮铮……

想到这里,他的双腿如同灌了铅,隔着咫尺之遥,竟无法提气跃上马车。

三个月后，慕容湛亲率大军，围攻青仑城。

只因大胥仿制战车成功，青仑军优势不再。这一役，赵魄及其心腹举起了白旗，投降之后，自刎而死。

但中间却出了件意外的事。那赵魄投降的条件，是要慕容湛代为求情，请皇帝饶过青仑族人性命。

慕容湛一力应承下来。步千泻和破月自然支持他这个决定，慕容澜却保持沉默，更有些谋士劝慕容湛反悔，只因皇帝对青仑人恨之入骨。

慕容湛不置可否。

大军班师尚需时日，慕容湛却提前起程返回帝京。一个月后的傍晚，他已跪在勤昭殿外的石阶上。

他等了一个时辰，皇帝仍未召见，这种情况还是首次发生。其他臣工进进出出，小心翼翼，尽皆不语。

终于，太后都被惊动，遣了女官到勤昭殿，又给慕容湛送上热茶、蒲团，宦官才宣慕容湛觐见。

慕容湛入内叩首，抬眸只见明黄衣袍静谧不动。

"皇兄，臣弟有事启奏。"他不急不缓将此次青仑城所见以及早已思虑好的有关奴隶制的诸多弊端，一一陈述。

一炷香的时间过后，皇帝低沉的声音终于传来。可他的话却如晴天霹雳，令慕容湛心头大骇。

"湛儿，你想坐这个皇位吗？"

慕容湛连忙抬头，却见皇帝面容枯槁、神色疲惫。他当日离京时，皇帝已是久病缠身，如今看来，病情更重。他不由得将青仑之事和皇帝的质询都暂时搁置，关切道："皇兄！你龙体……"

"混账！"皇帝大喝，随即连声咳嗽。慕容湛顾不得君臣之礼，立刻站起来，上前轻抚他的背。皇帝抬眸看着他，沉怒不语。

待皇帝平歇了，慕容湛重新跪下。皇帝冷道："你还未回答。"

慕容湛立刻低伏下身子："皇兄，臣弟从未有过觊觎念头，天地可昭。"

"那你为何替青仑族求情？"皇帝一拍桌子，气喘吁吁，"自寻死路！"

慕容湛心下微动，有些明白，却又不肯就此放弃青仑族，只重重叩首："皇兄！青仑族也是大胥子民！求皇兄开恩！"

皇帝冷笑道："如此冥顽不灵！朕问你，当日步千泭被困青仑城，援兵为何五日不至？"

慕容湛沉默不语。

"朕回答你，因为你已引起了澜儿的嫉心！因为步千泭是你的左膀右臂！所以他欲除之而后快！"

慕容湛无话可说，连连叩首。皇帝瞧得心疼，喘了口气道："朕不会怪罪澜儿，还要夸他做得好！他是众皇子中最像朕的，他天生就是为皇位而生！若连这点儿手段都没有，朕如何放心他继承大统？可你呢！诚王慈悲，诚王慈悲！且不说青仑族生性彪悍，开国以来便暴乱过三次，如何能信？你如今为青仑族出头，博得三十万青仑人拥护，如此锋芒毕露，他日朕归西，澜儿必对你动手，谁保你的命！"

慕容湛万没料到皇帝如此直言，大汗淋漓，重重叩首。

"退下！今后休要提青仑族一事！"

可是慕容湛不动。

皇帝盯着他孤傲僵直的身影，气息越来越急。

慕容湛深深叩首，声音颤抖而缓慢："皇上，臣弟……求仁得仁！"

死一样的寂静笼罩着勤昭殿，二人隔着一阶之遥，静静对峙。

长久的静默后，皇帝疲惫的声音传来。

"拟旨。"他淡淡道，宦官首领连忙躬身。

"一，立大皇子慕容澜为太子。

"二，慕容湛为青仑王，统领青、幽、平三州。青仑族免除奴籍，一月内尽迁入三州。慕容湛刚愎自用，深负朕望，既为青仑王，终生不准回帝京。"

慕容湛大惊失色："皇兄！我、我……"

"退下吧，今后朕不想再见到你。"皇帝缓缓合上眼睑。

宦官为难地请慕容湛离开，他当然不依，跪着爬到皇帝脚边，连连磕头："皇兄！我不要做什么青仑王。你便让我在帝京做一个庶人也好！我、我很挂念你的身体，我想侍奉你左右！"

皇帝深吸口气，忽地伸手，摸了摸他的头，叹息一声，道："朕意已决，北路军嘉奖大典后，你便动身吧。"皇帝起身，在宦官的搀扶下离开勤昭殿，终未再看慕容湛一眼。

慕容湛在勤昭殿从天黑跪到天明，终是失魂落魄地离开了禁宫。他回到王府，思及皇兄，越发心痛不舍。

他如何不明白，这是皇帝保自己的手段。他甚至觉得，皇帝也许早定下这一步棋，一直留着天下青仑人的奴籍，就是等自己求情，将这三州三十万青仑人的民心，统统留给自己作为日后的倚仗！

如今皇帝终于走了这一步，是因为身体已不成了吗？

他越想越难过，终是抱坛痛饮，大醉不醒。

数日后，步千洇、破月随大军凯旋。

大胥人本就好武，因剿灭青仑叛军的胜利，帝京内处处张灯结彩，百姓群情激昂地欢迎北伐英雄。步千洇是军中炙手可热的新星，随诸位将军连赴三日宴会。破月没兴趣，死活不肯去。步千洇也舍不得月儿的娇美叫许多人艳羡觊觎，便将她留在驿馆，只身赴宴。

日出时分。

驿馆门口静悄悄的，便道上亦无人迹。"吱呀"一声，门被推开，步千洇身

163

着崭新明光铠，长发一丝不乱，束成卷檐冠，牵着匹马走出来。

"路上小心。"清脆的声音从门内传来。步千洐微微一笑，转身又走了回去。门内那人瞬间没了声响，片刻后才听女子微喘着笑骂："不正经。"

步千洐这才又走出来，翻身上马，低喝一声："你再回去睡会儿。"人已走得没影。

驿馆的门复又关上。

慕容湛站在相距丈余的小巷里，望着空荡荡的街道，沉寂不语。

今日，是北伐诸将面圣的日子。他原本想询问皇兄当年楚余心叛国的真相，但自被封青仑王后，屡次求见皇帝都被拒绝，他没有机会。

他如今唯一可做的，是阻止步千洐面圣。只是，他熟知皇兄性格——皇兄向来爱惜军中人才，就算他今日想办法阻止步千洐入宫，明日皇兄很可能单独召见，岂不弄巧成拙？

好在进宫将领甚多，按照惯例，这些武将会隔着两三丈远，远远跪拜，接受皇帝封赐。如果没有意外，皇帝应该看不清步千洐的真容。

慕容湛返身亦往宫中去了，如今，只能走一步看一步，但他不会让任何人破坏步千洐二人的幸福。

鸣銮殿中灯如流火、辉煌璀璨，悠扬的鼓乐声中，舞伎们的腰身妙曼似灵蛇，为将军们渲染了满目缱绻春色。

一曲终了，众人皆心旷神怡，新晋太子最先击掌道："好！"他隔着丈许远，坐在皇帝右首之下第一席，对面是赵初肃，身旁则是久未露面的二皇子。

皇帝便笑了："既然澜儿说好，赏。"兴许人逢喜事精神爽，皇帝今日看起来也爽利了许多。太子听皇帝语气中对自己宠溺有加，顿觉面上有光，暗喜不已。

二皇子笑道："大哥向来温文尔雅，不像我，只懂得欣赏破阵舞。"

太子还未答话，皇帝已笑道："朕也是极喜欢刚劲的歌舞，我大胥以武立国，你喜欢，很好，很像朕。来，同朕饮一杯。"

二皇子大喜，举杯起身，上前跪倒，满饮而尽。太子冷眼瞧着，似笑非笑。

鸣銮殿中有个二尺余高的台阶，将殿内分为上下两层。此刻，诸位皇亲、三公九卿皆列席上层，慕容湛的座次被安排在皇亲最末。下方是十人圆桌，步千泒在首桌。

宴席过半，忽听皇帝对赵初肃笑道："听闻你手下有一猛将步千泒，这次便是他盗了青仑战车？"

皇帝一说话，殿内众人皆停了筷子，安安静静。赵初肃答道："正是。"

皇帝笑道："不错！自古英雄出少年，步卿上前来，让朕瞧瞧。"

步千泒大方站起，上前几步，在阶下跪倒，深埋着头："吾皇万岁、万岁、万万岁。"慕容湛与他隔得甚近，举杯满饮，沉默不语。

只听皇帝又道："步千泒，今后你须好好辅佐赵将军，成就我大胥宏图大业。"

步千泒深深拜倒："是！"

"父皇，步千泒是难得的将才，你要好好赏他。"太子笑道。

皇帝点头，宣布了一连串赏赐，听得殿中诸人艳羡不已。步千泒磕头谢恩，正要退下，皇帝忽然招手道："听闻步将军无酒不欢，很好，这才是男儿真性情。朕再赐你美酒一杯，过来喝。"旁边宦官倒出杯酒，双手捧了。

众人皆动容，须知天子亲自赐饮，是极亲近的表示、极大的恩典。步千泒心想：却不知皇帝喝的酒，是否天下无双？他一边想着，一边意气风发地踏步上阶。

便在这时，一道人影忽地从旁蹿出，上前几步，抢在步千泒身前跪倒："皇兄！臣弟不想去青仑，想留在帝京伺候皇兄，求皇兄成全！"不正是俊脸通红的慕容湛？

皇帝微敛眸色，看了一眼身旁的宦官。宦官连忙上前扶起慕容湛："诚王，您醉了。"

"我、我没醉！"慕容湛一把推开宦官，踉跄几步，锦衣之上，玉面红若朝霞，眸色迷离恍惚。

皇帝沉下脸："成什么样子，退下！"

太子压下眸中笑意，作势起身，却不上前："十七叔，你快退下。今日是庆功宴，其他事日后再说。"二皇子也附和："小王叔，你有什么不快活的事，容后再议啊！"

慕容湛摇头，只盯着皇帝："皇兄……我知错了，你……不要恼我……"

皇帝冷冷地看着他，喝道："还不来人把他拖走？"赵初肃立刻对步千洐使了个眼色。

步千洐点点头，瞧着慕容湛摇摇晃晃的身影，怜意大盛，上前一步抱住他的腰身："诚王，你醉了。"

"我未醉……"慕容湛迷迷糊糊回头，抬手指着步千洐，"你是谁？"

步千洐失笑，正要说话，忽地一阵劲风扑面，他全无防备，躲闪不及，竟被慕容湛一拳打在面门！

"啊——"周围惊呼声一片，步千洐鼻子一热，抬手一摸，全是血。这时慕容湛头一歪，竟倒在他怀里不省人事。

皇帝始终沉着脸，眸色阴霾，一手紧抓龙椅，一手重拍龙案，冷冷骂道："朽木不可雕！"众人面面相觑，心想诚王果然是失宠了。

到底是太子先说话："步千洐，你先扶诚王退下，回家换身衣衫，不要污了圣听。"步千洐也知自己现在极为狼狈，又忧心慕容湛，忙点头称是，扶着慕容湛，退出了鸣銮殿。

三更时分。

步千洐将慕容湛送回王府后没有返回宫中，也没回驿馆。他让人给破月捎了口信，自己便提了坛酒，坐在慕容湛床侧，一个人慢酌。

或许是因为看到今晚众人皆得意，皇帝、太子、二殿下是其乐融融的一家，唯有小容郁郁寡欢。所以他不想走，不想令慕容湛醒来时，只有这孤清的诚王府陪伴。

酒刚喝了一半，慕容湛闷哼一声，睁开眼，扶着床坐了起来。看到步千洐，略有些惊讶："大哥，你怎么在我府中？"他扶着额头，长眉轻蹙，"……咦，我记得……咱们不是在宫中饮宴吗？"

步千洐失笑："你饮醉了，我送你回来。"

慕容湛恍然点头，步千洐起身倒了杯热茶递给他。慕容湛的神情还有些呆滞，木然坐着，不知在想什么。

"心里很不快活？"步千洐问。

慕容湛看着他，面色微窘："大哥……我只是、只是……"半阵也没说出个所以然。

步千洐却笑了："婆婆妈妈的性子，真是要改改！我知道你心里憋屈，只是世事岂能尽如人意，但求无愧于心。你既为青仑族求情，如今皇帝迁怒，亦是情理之中，由他去便是!

"况且，我看皇帝不是要贬你，明明是对你好。你这人如闲云野鹤，留在帝京根本索然无味。青仑地广物丰，百姓淳朴，你如此心软仁慈，将来必定爱民如子，去了青仑，才是另有一番天地，如鱼得水。且有我和月儿陪伴你，将来咱们三人游历天下，岂不快哉？"

慕容湛微垂着头，耳根有些发红："大哥，其实去青仑是极好的。我只是，舍不得皇兄。"

步千洐便安慰道："你心中若是挂念他，将来我偷偷带你回帝京瞧他怎么样？"

慕容湛吃惊："这……违了皇兄旨意。"

步千洐笑道："管他的！只要瞧上一眼，知道他安好，你也放心了。"又故意叹息道，"你不要再伤神了。你总还有个兄长，哪像我，生下来父母便得瘟疫死了。"

步千洐知道慕容湛心软，这么说必然令他反过来安慰自己，从而忘了他自己的愁苦。果然，慕容湛声音低了几分："大哥，你不要难过。我亦是你的亲人，咱们便如亲兄弟一般。"

步千洐点头，又听慕容湛问道："当年是何瘟疫，累得大哥你成为孤儿？"步千洐漫不经心地答道："我也不知。我的养父母只是普通村民，说我父母本是镇上富户，因染了恶疾，全家都死了，才留下我一个孤儿。"

慕容湛抬眸望着他，缓缓又问："当真是瘟疫？会不会另有隐情？"

步千洐一愣，笑道："隐情？你多想了。当初我也怀疑过，是否当年另有奸人害我父母。但我问过村中老人，当年的确发了瘟疫，他们确是病死的。否则以我的性子，若另有真凶，父母之仇，不共戴天，我势必将其千刀万剐，哪容他在这世间多活一日？"

慕容湛静默片刻，点头："大哥所言极是。逝者已矣，你如今已成家立业、仕途顺畅，伯父、伯母在天之灵，必为你感到骄傲。"

167

几日后，慕容湛便要动身了——他即将永离帝京，远赴青仑。步千洐与他对饮到天明，最后跟破月一起送他的车队至城外三十里。

分别时，慕容湛已无之前的颓丧，明眸如墨，温朗而笑："如今正是大哥建功立业之际，小弟我便放过大哥。再过个几年，待我安定下来，便跟皇兄请旨，派你过去。"步千洐大笑点头，破月亦笑。

慕容湛忍俊不禁，翻身上马，却再未回头，渐渐行得远了。

又过了两三日，步千洐被赵初肃叫到了府中。

步千洐已有了心理准备，微笑道："将军，是要出兵君和了吗？"

赵初肃刚从桌上拿起密旨，闻言失笑："你倒机敏得很。不错，昨日我入宫，领了圣旨。看吧。"

步千洐恭敬地接过一看，大意是派遣抚国大将军赵初肃、镇国大将军蒋念宽率两路兵马，于一个月后动身，以扫荡青仑残寇为名，越过青仑沙漠，奇袭君和。步千洐等青年将领的名字，都赫然在随军之列。

蒋念宽是位年过五十的老将，之前接替颜朴淙镇守东南，与赵初肃齐名。这次皇帝不惜将两人同时用在北面，可见一统天下的决心。

赵初肃站起来，眉宇间也颇有些意气风发："青仑降将已招，的确是君和向他们提供了战车图谱。君和乱我大胥之心昭然若揭，双方已成水火不容之势。今次我向皇上举荐你为我副将，咱们定要全胜而归，你不要辜负我和皇上的期望。"

深秋的密林，在落日下呈现厚重苍茫的金黄色。赭色大军于林中蜿蜒前行，脚步声是数千人发出的唯一一声响。

军队正中，有一辆套八匹骏马的黑色大车，车体皆由精铁所制，马蹄、车轮包着厚实坚韧的皮革，于颠簸的坡地上穿行，如履平地。

车内很宽敞，一名面色苍白的青年靠在案几后，手持书卷，看得入神。才十月，车内已放了火炉，他穿着厚厚的狐裘，将自己包裹得密密实实。他时而咳嗽，两颊泛起红晕，显得虚弱无力。唯独漆黑修长的眼眸，精神明亮，为他整个人添了几分活气。

"你该睡觉了。"另一名穿黑衣的消瘦青年抱剑坐在一旁，神色不是很耐烦。

青年抬眸笑了："我这身子还不知能拖几年，时日苦短，这些书我定要看完。对了，阿茶，此次急着挥师南下，有件事我一直没来得及嘱咐你。这次仗打完，你怎么也该娶个妻子了。我们唐家有后，父亲也高兴。"

黑衣青年正是唐茶，唐十三，他闻言蹙眉："你先娶。"

另一人则是他的大哥、君和小元帅唐卿。他闻言苦笑道："我若娶了，岂不拖累人家姑娘一世？"

两兄弟都沉默下来。这时车外有人来报，车帘掀起，正是游击将军唐熙文。

"元帅，我东路、中路军已与大胥军正面交战，破敌前锋两万。只有西路军收获甚小——步千洄坚守城池，与咱们互有胜负。"唐熙文禀报。

唐卿放下书，已无半点儿书卷病弱青年的气质。他寒眸精光四射，似宝剑沉砺锋芒："稳固防线，不许再让大胥军北进一里。"

唐熙文领命去了。唐卿重新拿起书，半阵后又放下，因为他发觉唐十三在发呆。

"怎么，"唐卿淡笑道，"挂念步千洄？"

十三点头："你会杀他？"

唐卿盯着他："那他会不会杀我？"

十三不作声。

唐卿缓缓站起，走到一侧车壁的地图前，指着上头的兵力分布，淡淡道："阿茶，两个月前，大胥军兵分三路千里偷袭，打了我们个措手不及，已攻下我南部四州。"

"不过，南部诸州本就是大胥故土，作为缓冲地带，兵力薄弱，一时换手，倒也无妨……"他的手指在地图上横向轻轻一画，"我的大军已在这里以逸待劳，且快入冬了，我占尽天时、地利、人和。

"刚才唐熙文汇报的，不过是我前锋军第一次小试身手，已歼敌两万。所以这次战争，君和必胜，不会有任何悬念。这天下，必定是君和的。"

他重新坐下，手指在案几上轻轻敲着，眸中升起笑意："然我只有你一个弟弟，若你为步千洄求情，我可以考虑饶他一命。"

十三沉默片刻，点头："求情。"

一个月后。

秋夜寒凉，圆月似玉。步千洐与破月并肩策马，五千人的部队于密林中，沉默逶迤而行。

三日前，步千洐接到赵将军手令，命步千洐率所辖各部，西进与他会合。今晚，是步千洐亲率最后一支五千人的兵力，往西撤离。

前期赵将军分给步千洐四万兵力单独指挥，他如鱼得水，战势势如破竹。现下合兵，意味着丧失了独立指挥权，破月还挺惋惜的。

"为何现在忽然要合兵，不是打得好好的吗？"破月问。

步千洐却笑着摇头："娘子错了。前头咱们是偷袭，攻其不备才能接连攻下城池。如今唐卿已挥师南下，总兵力不弱。咱们自然要集中兵力，才能与之对抗。"

"你的意思是说——要大决战了？"破月有些紧张。

步千洐摇头："应该说是正面会战。决战……只怕还早得很。"

两人正说话间，忽有斥候焦急来报："将军，前方五十里林中，发现一支君和兵，四千余人，朝这边来了。"

步千洐猛然勒马："是君和哪一路部队？谁是领军大将？"

斥候摇头："不知，他们未打出旗号。"

步千洐翻身下马，破月掏出地图铺在地上。步千洐沉思片刻后抬头，隐有笑意："送上门的肥肉，不能不吃。前方十里有片山谷，咱们就在那里设伏。亲兵队，你们到最前头，对方的斥候很快也会到，全杀了，不要透露一点儿风声。"

十余名亲兵领命去了。他们都是上次大败青仓时投靠步千洐的游侠，个个身手出色，被步千洐收为亲兵。有他们打前哨，不怕灭不了对方的斥候。

一个时辰后。

破月伏在一片黑黢黢的山坡后，身旁就是步千洐。此处视野极好，清亮的月光下，远远可见狭隘的山谷入口。一旦敌军踏入埋伏圈，必定九死一生。

步千洐认为稳操胜券，甚至极为放松，示意破月到后头去睡，那意思是：等娘子你睡醒了，一切都已搞定。破月失笑，她哪里肯。

又等了一炷香时间，果然听见马蹄声、脚步声由远及近，越来越密集。众军士屏气凝神，只待瓮中捉鳖。

步千洐和破月最先蹙眉对视——因为他们听到，脚步声停在了谷口外。

紧接着，其他士兵也察觉了。这并不奇怪，或许敌军只是谨慎，很快便会派斥候进谷查探。未料对方静默了片刻，反而冲出一骑直入谷中，脆亮的马蹄声几乎响彻云霄，没有半点儿谨慎低调。

但更惊人的还在后头。

只见那人策马在山谷正中站定，声音格外嘹亮，语气十分傲慢："敢问是大胥哪位将军在此设伏？"

一语既出，步千洐以下，人人皆惊。

不动声色地察觉了埋伏也就罢了，关键他们的反应还如此嚣张、坦荡，实在叫人沮丧中生出敬佩。

步千洐亦一愣，朝副将递个眼色。副将会意，站起来，朗声道："献丑了，是叶夕将军在此设伏。"破月一听，又好气又好笑，步千洐在戏谑敌人的同时，还不忘戏谑她。

副将又问："敢问来者何人？"

谷中那人答道："我们是游击将军唐熙文的部下。叶将军，我家将军问，今晚打是不打？"

副将看向步千洐，步千洐摇头，副将便笑着答："贵军长途跋涉，我军以逸待劳，胜之不武。将军说，让你们休整一晚，天明再打。"

对方闻言似有喜意，答道："甚好，多谢叶将军高义。我家将军说了，明日生擒了叶将军，必放一条生路。"

步千洐哈哈大笑，淡淡道："那倒不必，你们可抓不到叶将军。"

他一开口，山谷内外一惊。

方才对方传令兵明显是个大嗓门儿，每一句都要扯着嗓子，才能叫山头上的伏兵听得清清楚楚。可步千洐平平淡淡的一句话，似乎就在你耳边低语，却叫离山谷最远的君和兵都听得清清楚楚。如此收放自如的内力，实在令人叹服。

对方静默片刻，忽然恭敬道："原来是步千洐将军在此。我家将军说了，他曾是步将军的手下败将，这仗不必打了。我们退兵十里，为步将军让道。告辞。"

此言一出，大胥军都愣住了。步千洐沉吟不语。

过得小半个时辰，斥候来报，敌军当真在十里外安营扎寨。破月忍不住问："唐熙文如此怕你？"

步千洐点头，目光放得极远，似乎正透过夜色看着远方这支神秘的敌军："上个月初九，他在我手上吃过败仗。此人鬼得很，惯用诱兵之计，必是想趁我西撤之时，伏兵偷袭。"

"将军，现下如何是好？"副将问。

步千洐笑道："遣人去探往西的路上是否还有伏兵。"

过得一刻，斥候返回，报路上果然有伏兵的踪迹。步千洐微微一笑："他们伏击，咱们便偷袭，将那唐熙文生擒了，也是美事一桩。传令下去，三更时分动手。"

三更天。

副将率了五百骑兵，动静极大，招摇过市地往君和兵的埋伏圈去了。步千洐早有嘱咐，务必走慢些，一旦不对，掉头回来，定要勾得敌军伏兵心痒难耐。

他和破月则亲率两千人，趁夜色往对方营地偷袭去了。人数太多反而少了机动性，另留两千余人在谷中，灵活策应。

这晚，唐卿特意传令，全军严防步千洐偷袭，但他没料到，还是被偷袭了个彻底。

因为步千洐的速度实在太快，君和斥候报有疑兵在五里外时，他和破月率前锋已到了营门口。也就是说，明知他会来偷袭，但还是拦不住。

一个时辰的时间，双方狠狠打了一场，到底是步千洐的精锐占了上风——君和折损三百余人，军帐被烧毁大半。步千洐虽未抓到唐熙文，却几乎率军全身而退，可谓是大胜。

天明时分，唐卿走出马车，望着一片混乱的军营，苦笑摇头。唐十三站在他身旁，默默地问："哥，输了？"

唐卿失笑："胡说八道！"

然而当步千洐回到山谷中时，却也大吃了一惊——整个山谷像是被火烧过一遍，营地破败，满地灰黑，士兵们的哀号声此起彼伏。

副将所率五百人，毫发无伤地归来："将军……我们未遇到任何伏击。"

眼前的状况已经很清楚——路上的伏兵只是幌子，对方的真实意图是偷袭山谷。若不是他率军出击，只怕伤亡更大。后来粗一统计，竟折损了四百余人。算起来，还是对方略胜一筹。

"唐熙文没这个本事，能在本将军眼皮底下玩偷袭。"步千洐对斥候低喝道，"再探，对方领兵的到底是谁？"

"报——"传令兵冲过来，"有君和兵送来封信。"

呈上一看，字迹苍劲沉稳，只有八个字："礼尚往来，午后再打。"步千洐不怒反笑，对传令兵道："回复君和人，可！传令下去，全军生火做饭，吃饱肚子，午后再打。"

破月迟疑地拉他袖子："他们会不会趁机偷袭？"

步千洐淡笑："他也在头疼，要另想办法，不会偷袭。先吃饭。"

破月心道：他？他是谁？

173

青仑之王

第四十二章

日过中天，步千洹放下酒壶碗筷，从山坡后站起来。

破月问："这仗你预备怎么打？"

步千洹只说了一句话："狭路相逢勇者胜。"

重整兵马，四千余士兵严阵以待，步千洹骑在马上等了片刻，斥候来报："敌军已至谷口外一里。"

步千洹点头，低声对破月笑道："夫君我从来都是以少胜多，如今山林作战，比敌军还多了一千，颇不习惯。"

破月又被他逗乐了，不过转念一想，这四千多人里，慕名来投的江湖游侠就有二百余人，如步千洹所说，狭路相逢，实在占尽优势，所以她也不是很担心了。

军鼓响起，大胥兵出谷。

黑、赭两色军队，隔着一片稀疏的树林，遥遥对望。万余人聚于此处，却只有零散的马蹄声，更显得旷野寂静。

"咚、咚、咚——"君和军鼓先响，赭色大军便如沉睡的雄狮忽然苏醒，厮杀声震天动地，士兵手持长枪狂奔袭来！

"咚、咚、咚——"大胥的鼓声亦不甘示弱,步千洐蹙眉喝道:"用力!"一粗壮大汉从鼓兵手中夺过大锤,鼓声瞬间又洪亮了数倍,几乎要震破所有大胥兵的耳膜。

"杀!"大胥兵如吞噬一切的黑潮,向赭色前锋正面扑去!

兵刃交接、血肉相搏。

十三将车帘掀起一角,唐卿咳嗽两声,静静望出去。片刻后,他目露惊诧:"步千洐的精锐,竟强过唐家军?"

十三虽不通兵法,却也看出黑潮的前端,正一点点朝这边移动着。他答道:"有江湖人,他胜之不武。"

唐卿微微一笑:"两军交战,无所不用其极。他能广纳贤才,岂能算胜之不武?"

"撤吗?"十三看着他。

唐卿看都没看他,慢悠悠地说:"你很不想我跟他交手?"

十三不作声。

唐卿便笑了:"阿荼,你是我亲弟弟,再听见你说长他人志气、灭君和威风的话,我必杀步千洐。"他的语气温和而有力,十三呆了呆,垂眸不语。

唐卿咳嗽两声,胸口微痛,扶着车壁喘气。十三立刻端了热水过来,唐卿就着他的手喝了,面色这才平复,微笑着对车外道:"熙文,叫神弩营准备,二百五十步再射,杀一杀步千洐的威风。"

"是。"车外,唐熙文的声音隐有喜意。

看着战线一点点往敌方推进,步千洐并没有特别喜悦。须知这支五千人的部队,算是他的亲卫营,精锐中的精锐。遇到寻常敌军,不说以一敌十,以一敌五往往绰绰有余。可跟这支敌军正面交锋,竟然只略占上风。

"传令——"他沉声道,"骑兵营准备,一百五十步时换下步兵。"他如此吩咐,已是十分谨慎。普通弓箭能射百步,昔日赵魄战车能射一百五十步。而此处为山地,两军正面冲锋,战车庞大,难以隐藏,再则就算对方有类似的轻便武器,一百五十步时换上速度更快的骑兵,也足以打对方个措手不及。

然而步千洐未料到,他的精锐们,到不了敌阵前一百五十步了。

在二百五十步到三百步的射程内，君和兵似有默契，骤然如潮水般往两边分开。大胥兵都一愣，箭雨已铺天盖地迎面袭来。

强弓，闻所未闻的强弓，箭箭追魂夺魄，穿透大胥兵的头颅和胸膛。一眨眼的工夫，最勇猛的前锋们，都被扎成马蜂窝，轰然倒地。

然而箭雨竟丝毫不停，仿佛射箭者不用停歇、不用换箭，来势又快又密。乱了阵脚的大胥兵倒得更快，第二排、第三排……几乎每个瞬间都会倒下数十人。

"混账！"步千洐陡然从马背上拔高两三丈，从空中俯瞰，这才看清，敌阵前方有五十余粗壮大汉，肩扛一张半人高的弩机，接连不断地射出银色锐利短箭！

步千洐心头一凛，想：坏了，敌人将领着实奸猾，昨日藏着这秘密武器，就是为了今日杀得自己猝不及防。

他身旁的破月也一跃而起，看得分明，低骂道："连弩？又来这一套？阿步，咱们去抢过来！"

步千洐听她一个女子都全无惧意，不由得豪气顿生，转念已有了计策。他倒不是如破月所说，要冒失地去抢连弩，而是很清楚，决不能任由对方这样屠杀下去。

"亲兵队，随我杀过去！月儿留下。"他大吼一声。身后十余名身手最好的亲兵，早已跃跃欲试，一听便拔出兵器从马背上跃起，随他杀入了阵团。破月有些不甘心，但知自己会让他分心，只得站在原地，打算他若有危险，再现身相救。

虽只有不到十五人，但有步千洐带领，这支小分队的杀伤力却超过百人。高手们施展轻功，径直从大胥兵们的头顶踩过，猛虎般朝敌阵扑去。

敌人很快也发觉了这群厉害角色，举起神弩便朝天空射去。步千洐将刀光舞得如漫天雪光，反比气势汹汹的箭雨还要密实几分。"铿铿铿"数声金石交加，竟是他的刀背将射来的铁箭又反弹了回去。林中地势本就狭窄，瞬间便有数名君和兵中箭倒地，甚至还包括两名手持神弩的大汉。其余亲兵虽不能似他将铁箭反弹，但要护住周身无伤，却也游刃有余。

这一交手的工夫，场上形势顿时有了变化。指挥神弩营的唐熙文为了难——

176

神弩虽然厉害，但大而沉，这五十名大汉都是从军中各部挑选的，个个价值千金，如今轻易便折损了两人，他心疼极了。

步千洦这边的情势却明朗得多。他大喝一声："撤回谷中！"在他和亲卫的刀阵掩护下，大胥兵们终于终止了混乱和死亡，掉头就往谷中逃。

步千洦等人随大部队且战且退，饶是这样，大胥逃兵还是在追击中被狙杀三百余人，加上之前被射死的，伤亡竟超过五百。直到大胥兵退到谷口，唐熙文向唐卿请示，唐卿才淡笑道："不必追了，守住谷口。"

谷口阔不足两丈，这晚，唐卿下令二百步兵持弓箭守住入口，并未动用神弩营，便去睡了。三更时分，谷口厮杀声大作，亲兵敲响车板："元帅，大胥兵正在突围！"

十三原本抱剑躺在车辕上，闻言立刻坐直。唐卿在车里甚至没起身，只轻咳两声，问："是不是火攻？"

亲兵张了张嘴，讶然答道："正是。火势猛烈，唐将军正率兵抵抗！"

唐卿低低"嗯"了一声，道："告诉熙文，做做样子，放他们走。"亲兵疑惑地领命走了，十三看着低垂的车帘，默不作声。唐卿的声音却又传来："你不必高兴。步千洦还会回来，我要的是生擒他，不想平白折损士兵罢了。"

十三沉默片刻，问："为何？"

唐卿淡淡道："有神弩作饵，不怕他不来。明日夜里，他必偷袭。"

次日二更天。

十三压根就没睡，抱剑坐在车辕上。唐卿的车驾在营地中央，隐隐可听见前方营地边缘纷乱的脚步声、叫骂声和打斗声。

过了半个时辰，唐熙文亲自来报："元帅料事如神，步千洦果然带人来了，中了长枪营埋伏，被逼退了。咱们伤了十余人，只可惜没逮到他。"

唐卿的声音在子夜显得有些嘶哑："确定是他亲自来了？"

唐熙文点头："我认得他的刀。"

唐卿低笑："若是他来，哪能轻易被你逮到？长枪营可以撤下了，换弓箭营上。不出半个时辰，他会再来。"

唐熙文"啊"了一声，又飞快地点头："对，步千洦那小子，就是这样难

177

缠。"领命去了。十三走入车中,给唐卿倒了杯热水,又握住他双手脉门,以真气相助。片刻后,唐卿气息顺畅了许多,道:"辛苦你了。"

十三摇头,说:"头晕。"唐卿知道他的意思是不辛苦,只是听着军事头晕,笑而不语。

此时,唐卿大营以西五里外,步千洐从密林中站起,对身后五十名好手道:"再入军营!"

有人奇道:"将军,方才我们尚有余力,为何不继续攻入营里?"

步千洐不答,反而似自言自语般道:"那人能不能猜到我今晚还会再去?"

"这都能猜到?"众人大吃一惊。

步千洐却笑了:"方才只去了二十人,这次全去。就算能猜到,也叫他防不住。"

众人茫然点头。

步千洐又看向破月:"月儿,跟紧我,加倍小心。"

三更天。

军营里再次传来不寻常的响动,亲兵有些慌乱地来报:"元帅,大胥兵已闯过了弓箭营、长枪营,逼近神弩营!"

唐十三倏然抬头,唐卿亦吃了一惊,坐起来掀开车帘,远远望去,只见前方火光一片,模糊难辨。他厉声道:"告诉唐熙文,哪怕拦不住步千洐,也要拦下其他人!放步千洐一人入神弩营!"

然而这个时候,唐卿作为一名男性将领,因为观念的缘故,遗忘了步千洐还有个好帮手——破月。又或者他虽作为军事天才,对武学却没有准确的概念,不知道破月的身手与步千洐在一个段位。而士兵们在执行命令时,也有了一个小小的误差——被放进神弩营的除了步千洐,还有他们挡不住的破月。

当步千洐持刀闯入神弩营时,迎面便见约莫二十名大汉,手持沉弩,对自己怒目而视。双方刚打了个照面,便箭雨如蝗,密密袭来。步千洐心头冷笑,平地拔起,跃得极高,堪堪避过劲弩!大汉们反应亦极快、极敏捷,竟分作三排,呈不同角度,对天空射去!

然而他们再快，也快不过步千洐！他一个翻身，竟已落到众人身后，长臂一捞，抓过一个大汉的后领，手刀劈过，大汉痛呼一声便晕倒，连弩已被他错手夺过。

步千洐见已得手，心头暗喜，越发警惕。他不欲缠斗，施展轻功往外掠去。破月正守在数步远的阴暗里伺机而动。他将神弩丢给破月，破月接过就跑，顷刻没影。他转身往另一侧去，想要助正在外围抵挡的好手们一同脱身。

未料刚跑了几步，忽地脚下一陷，竟急急坠落了两三丈深，他立刻明白是踏入了陷阱。他心头骇然，隐隐觉得，莫非对方是故意让自己盗得神弩？方才若不是有破月接应，自己连人带弩都跑不了！

想到这里，他反而略为安心——心想那人必然料不到还有一个破月，神弩还是被盗走了。

只是未等他提气上跃，一张大网铺天盖地罩下来，他瞬间动弹不得。

他挥刀便斩，然而刚从网中脱身，便听上方有人喊道：“抓到了！”已有一名士兵手持神弩，瞄准了他：“不许动！动一下便射死你！”

步千洐身子一僵，脑子转得飞快，想着脱身之计，忽见那士兵身子一抖，竟似被什么重击，埋头栽进了坑中。步千洐哪里会放过这个机会，立刻飞身跃起，落在地面上，却见一清瘦的黑衣人蒙面立在面前，双眸清冷如月。

“走！”那人低喝一声，转身便往东跑。步千洐见他背后数名士兵持劲弩追来，知他的意思是要带自己脱身，于是长啸一声，示意同伴神弩已得手，速速撤退，而后立刻提气追了上去。

那人竟似对军营极为熟悉，脚下不停地跑了一炷香时间，两人早从守卫稀疏的一角出了大营。又跑了一刻，到了营外密林，身后已无追兵声响，那人才忽然站定，朝步千洐一抱拳，掉头就走。步千洐一把抓住他的衣袖：“十三你……”

他却挥开步千洐的手，一言不发地隐入夜色。

十三重新踏上马车时，只瞧见唐卿蜷缩而卧的背影。亲兵小声禀报，说元帅天明时刚刚睡下，已命军队往东北方向继续行进，与三百里外的君和大军会合。

十三便也抱剑靠着车壁睡着了。

约莫过了一个时辰，他睁开眼，便见唐卿裹着狐裘，脸色苍白而晕红，黑眸温和清亮，面前摆个棋盘，正专注地左右手互弈。

十三掀开车帘说："药。"煨好的药很快被送了进来，唐卿就着他的手喝了，甚至未抬头瞧他一眼。约莫药太苦，唐卿微微蹙眉，十三从怀里掏出几个嫩红的小果子，送到他唇边。

唐卿这才抬眸看了他一眼："哪儿来的？"

"摘的。"

"昨晚出营时摘的？"

"……"

唐卿拈起一个果子，慢条斯理地吃了，将果核一扔，淡淡道："你犯了军纪。"

"嗯。"

唐卿手指敲了敲案几："虽然你是我弟弟，但也不能如此放肆。"

"你会杀他。"十三默默道，"你骗我。"

唐卿盯着他片刻，忽地笑道："没错，你很了解大哥。昨晚要是擒住了他，我必除之而后快，绝不会似赵魄，养虎为患。"

十三抬头，神色平静，那模样仿佛在说："我问心无愧。"

唐卿话锋一转，道："知道当日赵魄派人来时，我和父亲为何要帮青仑吗？"

"不知。"

唐卿眸色深沉、语调平和："与君和相比，大胥就像个千疮百孔的老人。大胥人注重门第，上品无寒门、下品无士族。大胥帝铁腕治国、穷兵黩武，对百姓何曾有一丝一毫的仁义之心？甚至还有奴隶制如此匪夷所思的存在。于大胥人看来，青仑奴或许衬托了他们的高贵；于我看来，却是逆天而行，必受天谴。我帮赵魄，不是因为要从中渔利，而是不忍看青仑世代为奴。"

十三点点头。唐卿又道："我告诉你这些，是想让你知道，或许你的兄弟步千洐是个好人，但他背后的大胥，却是个已经腐朽的国家。我说君和必胜，不仅仅是因为兵力强于大胥，也是因为民心所向。所以，你知错了吗？"

十三沉默片刻，点头："错了。不悔。"

唐卿不怒反笑，平静地点头："好。来人！"

亲兵掀开车帘。

"绑了。"唐卿垂下眼眸。

亲兵略有些迟疑，唐卿目光冷冷地扫过去，亲兵不敢再犹豫，上前抓住了十三。十三站着不动，固执地看着唐卿。

唐卿喝了口热茶，慢悠悠地说："想要我谅解你也可以。我已安排好亲事，回承阳后，立刻拜堂成亲，绑进洞房。一年内生下儿子，我便不再计较你今次的大错。"

十三沉默不语，唐卿一摆手，亲兵将灰头土脸的他押走了。

天明时分，步千洐与破月等人成功会合。大伙儿看到弩机，均十分高兴。

步千洐料定唐卿不会追击，故队伍行得并不快。他与破月共骑，让她靠在怀里休息。

破月歪着头，举着手里的弩机，叹道："君和人实在厉害，新武器层出不穷。可惜我……唉。"

步千洐没太在意她的话外音，只点头道："今次盗得此弩，实乃意外之喜，回头交与大将军，令工兵营加紧复制。"

破月静了静，还是直言道："阿步，大胥的武器与君和相比，输在人才上，输在机制上，也就是说，输在根本上，绝不是一两种武器的仿制就可以追平的。"顿了顿，又道，"你今后用兵时，须得加倍谨慎。"

步千洐将她搂紧，柔声道："我正是如此想的！兵器固然厉害，但我今后谨慎指挥用兵，未见就会输。呵呵，月儿懂得如此多，有你做军师，为夫自当一日三省吾身……"破月失笑，骂道，"油嘴滑舌！"

步千洐又将昨日自己险些被擒的事低声说与她听。破月大吃一惊，他笑问："你猜，救我的是谁？"

破月失声："十三？"

步千洐点头。破月脸色一变："那昨日那边领兵的是……"

步千洐叹息道："可惜我手中兵马太少，他又有神兵利器，否则擒了这小元帅，北伐可算成功了一半。只不知十三是否会被责罚。听说唐卿治军甚严，他却出手相助，我甚是对他不住。"

破月脑海中浮现出十三沉默而可爱的模样，不由得感叹："要是不用打仗多好！"

步千洐沉默不语。

181

这时，前方一亲兵忽然冲过来，急急扑到马前，大喊道："将军！前方五十里，发现数万大军，正朝我军疾行而来！"

众将皆惊，步千洇挑眉："是敌是友？"

亲兵高声道："他们……打着青仑王旗。"

步千洇和破月同时失声："小容！"众将亦惊喜万分："是青仑王！"

步千洇一怔，骤然大喜："小容竟然来了！实在天助我也！命全军即刻掉头疾行，追杀唐卿！立刻通知青仑王，让他加快行军，与我对敌形成合围之势！速去！"

慕容湛出现在此处，并非偶然。

早在他赴青仑之初，皇帝便下了密旨，让他抓紧练兵，辅佐北伐。虽然皇帝如今对他极为疏远，但涉及军务大事，依旧钉铆分明。及至最近，唐卿挥师南下，北伐大军停滞不前，皇帝便想到他这一支生力军，派他领五万青仑兵出征。

他三日前刚与赵初肃会合，然而久等步千洇不至，他预感到路上必然出了差池，便向赵将军请了军令，提兵前来接应。

此时，他穿着一身银甲立于马上，听步千洇亲兵说明缘由，亦惊喜："唐卿便在前头？传令，照步将军说的办！务必生擒唐卿！"

两个时辰后，他亲率前锋，顺利与步千洇后军会合。此时正值午后，秋日高艳，面前是一片连绵而枯黄的丘陵，远远望去，可见黑色大胥兵与赭色君和兵在山脚杀得正厉害。他远眺片刻，很快看到前方步千洇的将军旗，立刻策马过去。

待到跟前，果见步千洇和破月二人立于马上，神色沉肃。

"大哥、大嫂！"慕容湛高声唤道。两人同时回头，俱是一脸喜色。步千洇立刻策马迎过来，笑道："小容，你来得正好。唐卿的人马就在前头，你带了多少人马？"

"三万。"

步千洇脸上的笑容骤然放大。

当亲兵来报大胥兵掉头追了上来时，唐卿略有些惊讶："莫非步千洇有了援兵？赵初肃派人过来了？"

亲兵当时还未见青仑兵马，摇头："还是那些人马。"

唐卿沉思片刻，摇头对身旁的唐熙文道："不对。此处距离我东路军大营不到两个时辰路程，步千洐若无生擒我的把握，必不敢追。传令，留五百人断后，全军疾行，半个时辰后，若是摆脱不了大胥军，全军化整为零，躲进深山，两日后东路军大营会合。"

唐熙文骇然："元帅不可！若是化整为零，谁保护你的周全？"

唐卿傲然道："唐家军是我父心血，岂能被他尽数擒了？步千洐想抓的是我，化整为零，你们必能逃脱十之八九。然他想抓我，也没那么容易。快，传令！"

亲兵领命去了，唐熙文拔出长刀："元帅！属下必定护你周全！"唐卿点点头，想起一事，忽道："把阿茶带过来。"

十三被松了绑，重新回到马车上。他依旧没什么表情，坐在唐卿对面，垂头不语。

唐熙文亲自驱赶马车，于山地疾奔。车体极为颠簸，唐卿一下子东倒西歪。十三立刻起身坐到他身旁，抓住他的胳膊，护住他周身。

"十三，昨日未杀步千洐，今日他来杀我了。"唐卿淡淡道。

十三闷闷道："他若杀你，我必杀他。"

唐卿闻言忽地一笑："那也不必。你只需按我说的办，咱们便能脱身。"

虽有数万人围山，亦不能做到滴水不漏。步千洐心思缜密，知道东北部便是君和东路军大营，唐卿必逃往这个方向。于是他与破月提气全速飞奔，最先到了东面山谷。

两人正要查探路上是否有唐卿车驾轨迹，便听得马蹄声、车轱辘声远远传来，两人心头一喜，暗道："来了！"

两人跃起，藏于高树上。过了一会儿，便见一中年将军驱八马大车，朝林子边缘狂奔而来。

步千洐提刀一跃而下，那将军大吃一惊，挥刀便挡。步千洐飞起一脚，将他踢下马车。破月紧随而上，将刀架在他脖子上。

步千洐刀尖一翻，将门帘挑起，忽地神色一怔。

破月见他表情有异，探头过来，也愣住。

地上的唐熙文大喝道："步千洐，难道你是忘恩负义、恩将仇报之人？我护送小少爷脱困，小少爷不是军中之人，你放是不放？"

原来车里坐着的，竟然是十三。只见他面色苍白，额头上阵阵细汗，胸口衣襟上全是鲜血，竟似受了重伤。而他抬起苍白的脸，看着步千洐二人，只淡淡道："让路。"

步千洐与十三对视片刻。十三伸手拔剑，步千洐却转头跃下马车，抓起唐熙文，扔回车上。破月随他跃下，亦沉默不语。

"追！在那儿！"不远处的林中，传来嘶吼声。

"走！"步千洐低喝一声。唐熙文看了他一眼，扬起长鞭。马车再次疾行，飞快地逃进前方林中，行得远了。

"车里还有另一人的气息。"破月低声道。

步千洐收刀回鞘，没吭声。

破月握住他有些冰冷的大手："我觉得你做得对。"步千洐面色有些阴沉，抬手摸摸她的长发。片刻后，大胥的追兵已赶了上来，他低声道："此事不要告诉小容。"

184

情意绵长

第四十三章

秋去冬来。

十二月的深雪，如洁白厚重的绸缎，安静地覆盖山川大地。军营藏在冰雪深处的盆地里，宛如猛兽蛰伏，销声匿迹。

破月裹着厚厚的棉衣，在火盆前的长椅上睡得正香，忽觉脸上痒痒的，睁眼一瞧，可不正是步千洐放大的俊脸蹭着自己的鼻尖？

步千洐将她抱起来，自己在长椅上躺下。破月往他怀里缩了缩："现下竟如此闲了？将军大白天不当值，跑回来陪娘子？"

步千洐双手往脑后一枕，叹息道："无仗可打，我不陪夫人，难道还去陪大将军？"

破月失笑。

步千洐说得没错，这几个月来，战局一直在变化。

起初是正面对抗、平分秋色，大胥军亦未能再向北推进。入了十一月，却有了转机——密探来报，唐卿不知何故秘密返回了承阳。这对大胥自然是好消息——少了唐卿的君和军，如同少了主心骨。在赵初肃、蒋念宽、步千洐、慕容湛的带领下，大胥军一鼓作气，成功将战线往北推进了五百余里。也就是说，昔日大胥被占国土，几乎尽数收复。

嘉奖的圣旨也很快到了前线。将士们斗志昂扬，几乎都要剑指承阳，意图占

185

领君和全境了。

可入了十二月，形势渐渐不利于大胥。

北地天寒地冻，积雪难行，军队又缺衣少粮，许多士兵感染风寒，战斗力大打折扣。更让赵初肃等人没料到的是，君和南部八州的百姓，竟然并不欢迎大胥对他们的"光复"，征粮已是不情不愿，招兵更是几乎无人应征。

天时、地利、人和一样不占，北伐的节奏只得放缓，待来年春暖花开再作打算。幸运的是，君和人并未乘虚而入，他们似乎也打疲了，处处高挂免战牌。

故这么算来，步千洐已有半个月无仗可打。

两人又说了会儿话，百无聊赖间，正要进里屋干点儿白日点灯的事，忽听屋外响起脚步声。

"报——"一名亲兵走进来，神色颇为紧张，"将军，听说君和要派人来谈判！"

"哦？"步千洐和破月都很惊讶，"说清楚些，怎么回事？"

那亲兵答道："方才我从中军大帐过来，听青仑王的亲兵说，似乎是收到了唐卿元帅的信函，近日要派人来与赵大将军、蒋大将军议和。"

亲兵退了出去，步千洐与破月对视片刻，破月眸中终于升起喜色，步千洐瞧着她的笑意，心头亦软绵绵的，弯起嘴角："等着，我去探探。"

过了半个时辰，步千洐回来了。他小心翼翼关紧屋门，将破月带入内间，压低声音道："的确是要议和了。小容说，君和提出的条件是，愿意将南部八州归还大胥，另赔偿黄金两万两。另外，他们希望这八州开放通商，两国就此建交。三日后，唐卿的副手唐熙文便会过来议和。"

"太好了！"破月一把抓住他的胸襟，步千洐握住她的手，眸中隐有笑意："别高兴得太早。此事能不能成，还得听帝京的。"

破月点头道："其实这样停战蛮合理的啊。"

步千洐看着窗外，目光却放得极远："你说唐卿为何要求和？虽然咱们之前打了一些胜仗，但战争最终的胜负还很难说。难道唐卿真的是个心系天下苍生的元帅？"

破月想了想，问："你想打仗吗？"

步千洐笑答："我喜欢打仗，但我希望一辈子不用打仗。"

破月一击掌:"这就对了。谁能想到叱咤风云的'步阎罗',其实是个心存善念的人?所以唐卿说不定跟你是一种人。"

步千洹虽是一军大将,但议和涉及国策,他无权参与。两夫妻满怀期盼地等了三日,终于收到消息,说君和使者今日会抵达大营。

这晚,庭院里却响起轻盈的脚步声。

"吱呀"一声,门被推开,十三清瘦孤傲的身影杵在门口,抬起细长的眸,静静望着两人。

"十三!"破月有点儿激动,冲过去望着他笑,"原来是你来了。"步千洹则洒脱许多,朝十三点点头算是打招呼,似是早料到十三会在谈判使者中,然而黑亮的双眸里,笑意仿佛要溢出来。

十三眸中这才浮现浅浅的笑意,他没有马上走过来,却转头看向屋外:"还有。"

破月一怔,步千洹放下筷子站起来,神色沉肃。

片刻后,院内响起轻微的脚步声。那人的长靴踩着积雪,一步一步,明明脚力虚浮,却有种淡然的平静。因为平静,反而显得沉稳。

十三推开门,一位裹着厚厚的狐裘、面色英朗沉静的青年,随意掸了掸披风上的雪,转头望向二人。

"怎么,不欢迎我?"他含笑问。

十三和破月同时看着步千洹,步千洹却盯着唐卿,骤然笑了。

"三生有幸。"

唐卿不让十三搀扶,徐步走到桌前坐下。步千洹坐在他对面,提起酒壶为他满上。唐卿轻咳一声,道:"抱歉,唐某常年服药,只能以茶代酒,敬步老弟一杯。"

破月提过水壶给他满上,低声道:"喝热水吧,比茶好。"唐卿抬眸瞧她一眼,笑意更深:"御医亦是如此说。多谢。"

步千洹举起酒杯:"唐兄今日为何而来?"

唐卿将茶杯捧在手心,微微一笑:"为天下太平而来。"

"千金之躯,深入敌营,岂不冒险?"步千洹问。

唐卿的眉目十分温和,语气亦笃定:"两国交战,不斩来使。何况,还有阿茶在。"

步千洺点点头，唐卿转而问道："步老弟对议和一事，意下如何？"

步千洺答得坦然："求之不得。"

两人对望一眼，眸中都浮现喜意。

"请。"唐卿举杯。

步千洺双手回敬："请！"

放下酒杯，唐卿又问："神弩造出来了吗？"

步千洺点头："多谢。"

唐卿又笑："不必。若是两国建交，我愿再赠你一种武器。"

"哦？"步千洺挑眉，"条件是？"

唐卿夹了口菜，慢慢咀嚼："你到承阳，替我带兵如何？"

步千洺倏地大笑，点头道："一言为定。"

破月坐在一旁的椅子上，看着二人你来我往、言简意赅，仿佛看到无形的气场笼罩在方寸之地，时而剑拔弩张，时而舒缓悠然，令人难以接近。

甚至连迟钝的十三，都感受到了这种无形的张力。原本他跟柱子似的杵在唐卿身后，过了一会儿，就熬不住了，走到破月身旁坐下，拿起糕点开吃。

"十三，你瘦了。"破月柔声道，"我们都很挂念你。"

十三这才抬眸看了她一眼："你胖，很多。"

破月一口糕点噎在喉咙里，连声咳嗽。步千洺这才看过来，十三已拿了杯水递给她。破月朝步千洺摆摆手示意没事，又看向十三："真的很多？"

十三点头："很多，更好。"

是说她胖了更好吗？破月心里暖暖的，想起一事，在腰间翻了翻，拿出荷包，取出叠成豆腐块的宣纸，小心翼翼地打开："看，我每天随身带着。"

十三沉默片刻，从袖中摸出个黑色小布袋，动作堪称温柔地打开一模一样的三人画像，闷闷道："一样。"

约莫是纸张窸窣的动静较大，步千洺和唐卿同时转头，却见他们一人举着张图，破月望着十三笑，十三虽没笑，但平日冰冷的眉眼，却似被一只无形的手抚慰，明显柔和了许多。

步千洺不由得笑了："稚子之心。"

唐卿也笑："极是。"

子夜幽深。

步千洐钻进被窝，摸到破月滑腻冰凉的身子，将她整个抱入怀里。

"他们走了？"破月嘤咛。

"嗯。"步千洐很快将她脱了个干净，"我派了个人，跟着他们。"

"保护？监视？"破月奇道。

步千洐莞尔："唐卿此行隐秘，虽两国交战，不斩来使，但若是被旁人发觉，终是不妥。眼下正是两国建交的节骨眼，我会尽我所能，确保不出岔子。"

之后两日风平浪静，小容传来消息，说君和使者已安全离开。两夫妻便静候和平佳音。

这日傍晚，步千洐去山谷中练兵了，破月在房中包饺子。忽听空中有异响，抬头一看，一只灰鸽辗转飞下，落在庭院里。她走过去，从鸽腿处拿起纸卷一看，吃了一惊。

是步千洐派去跟踪的人传来消息：唐卿一行人在五十里外遭到身份不明的刺客伏击，正全力抵抗。

破月拿着纸卷，正要去练武场报信，忽地又顿住。

如今寒冬腊月，附近又是战区，哪里会有不长眼的刺客伏击唐卿？难道……是大胥人发觉了唐卿的行踪，意欲斩草除根？可如此一来，两国哪里还有和平的可能？她被这个念头吓得心惊胆战。

怎么办，去找步千洐吗？

他上次放走唐卿，还可以说是一命换一命，这次如果是赵将军下令，步千洐还主动出手营救，那就是叛国了。

她不能叫步千洐陷入如此进退两难的境地。

她在心头默念苦无师父的嘱咐——但求问心无愧，已有了主意。步千洐为难，她可半点儿不为难。

她回房翻出套男装换上，又找出久未使用的面具，这么一打扮，镜中活脱脱一名清秀矮小的士兵。她给步千洐留下个纸条，说是去后山打点儿野味，快则当晚，慢则次日便返。因她之前也上过山，估计步千洐不会太担心。

夜色已暗，破月终于到了飞鸽传书指明的山林。她仔细看了看周围环境，此处是东行的必经之地，只是严冬大雪封山、人迹罕至，难怪那些人会挑这里动手。

往山上行了片刻，终于听到前方光秃秃的林中，隐隐传来打斗声。她蹑手蹑脚地上前几步，拨开灌木，首先看到的是地上七零八落的尸体，有陌生的黑衣人，也有穿君和服饰的士兵——想必是唐卿的随从。

她松了口气——有打斗声，说明唐卿应当还没死，只是坚持这么久，可见是一场惨烈的恶战。

破月又往前掠行几步，悄无声息地跃上大树。这下看清了：前方数十丈远的山丘旁，一场激战正步入尾声！

外围，是二十余名黑衣人，手持兵器正包围猛攻，个个看起来武艺不俗。看到他们，破月心头掠过一丝疑惑——赵初肃军中，难道还养了这么一帮人？

包围圈中，十三和唐熙文一左一右，正在奋力抵挡。十三的黑袍已被鲜血浸透，看起来湿漉漉一片；右肩上有一道深可见骨的伤口，血肉翻露在外，狰狞吓人。他号称快剑，如今动作依旧很快，可招式间已见迟滞，险象环生。

唐熙文那边状况更糟。他手握一把大刀，双手都是鲜血，左边大腿更是血流如注。他武艺本就不如十三，此时全靠勇猛的狠劲支撑着，只是挥舞大刀的动作越来越迟缓。

两人身后数步外，一人面色苍白，扶树站立，偏偏目光沉肃，没有半点儿慌张，不正是唐卿？破月还真有点儿佩服他了，孱弱如斯，却也强悍如斯。

忽见一黑衣人身子一矮，扫堂腿如疾风般掠过，唐熙文正抵御前方刀剑，躲闪不及，轰然中招，摔倒在地。那黑衣人趁机长剑一送，直取唐卿。唐卿虽无武艺，却也机警，倒退两步避开。那人飞身而上，长剑直取面门，竟是要置唐卿于死地！

"哥！"

"元帅！"

十三和唐熙文同时惊呼出声，哪里还顾得上黑衣人的攻击，几乎全身空门大开，飞扑过来。

"退开！"破月厉喝一声，拔刀飞跃而下，凌空斩向那黑衣人的剑。

"铿——"金石交错！黑衣人只觉眼前人影一闪，剑上一股大力袭来，虎口

190

痛麻难当。再定睛一看，地上长剑已断成两截，面前站着一瘦小少年，双手握刀，神色清冷。

众黑衣人见半路杀出个少年，都吃了一惊。须知他们与十三等人鏖战了半日，亦是精疲力竭，如今添此强敌，简直是懊恼不已。

但破月不会给他们喘息的机会了。

一炷香的工夫后，破月收刀回鞘。

她面前是一地尸身——她和十三制住所有黑衣人的大穴后，他们便咬牙服毒自尽了，明显不欲留下活口。

她回头，便见唐熙文扶着唐卿，十三冷着脸，三人都望着自己。

她正斟酌——是表明身份呢，还是就此告辞呢？这时，十三忽地朝她走过来。破月见他肩头还在冒血，面色阴冷，怔怔地望着他。他在她跟前站定，低头，抬手。

"十三我……"

面上一凉，十三摘下了她的面具。冰冷的指腹擦过她的下巴，痒痒的，有点儿不太舒服。

四目对视，十三默然将手中面具重新铺到她脸上，按了两下，似乎示意她再戴上。破月心想：你看都看了，我还戴什么？遂将面具收进怀里。

"多谢姑娘救命之恩。"唐卿微笑道，却不问破月为何恰好出现在此地。

破月却要主动解释："步千泫派人暗中跟着你们，直到你们安全回去。我收到消息，便赶过来了。"见唐卿神色平静，知道他必定是猜到了，不由得再次佩服他的聪明。

"他呢？"十三忽然问。

破月摇头："我没告诉他。"

四人都沉默下来。片刻后，唐卿看向他二人："伤势如何？"唐熙文约莫失血过多，脸色发白。他撕下块衣袍，胡乱往大腿上一缠，答道："不碍事。元帅，咱们快走。"

十三也摇头，示意无事。自己抬手，点中受伤肩头处的大穴，而后迟疑片刻，看了一眼破月。破月立刻走过来，点了他自己够不到的背部穴道，血流这才缓下来。

"多谢。"十三闷声道。

破月正要告辞，忽地一愣——远处林中似乎又有动静。她不由得看了这三人一眼：一个苍白虚弱，仿佛一阵风便能刮倒；一个腿伤难行；还有十三，虽然已点穴止血，但若不马上处理伤口，伤势势必加重。

她只得低声道："有人过来了，人数还不少。先找地方藏身。"

夜色幽深，空山寂静。

听得前方灌木丛外，脚步声渐远，破月松了口气，转身靠在石壁上。这是山腰一处隐蔽的山洞，他们已听到三拨人从洞外经过，若是硬拼，只怕难以脱身。

按照唐卿所说，原本他有一个百人队，在此等候接应，未料遇到的却是刺客，百人队必定已惨遭杀手。

"大营发现我未按时归去，最快明日一早，会再派人到此处接应。"唐卿说。所以四人只需在洞中躲过一晚，便能安全。

十三坐在她对面的地上，正从衣服上撕下布条，想要自己包扎。破月从他手里拿过布条，却见布条上有血污、泥渍，皱了眉。转头看去，唐熙文浑身更脏，且已累得睡着了。唐卿静坐在那里，闭目养神。他的衣服倒干干净净，但她也不能去撕啊，只好从自己衣袍上撕下一大块。

"不必。"十三低声喝止。

"别废话。"破月从怀中掏出金创药和水囊。他肩头早如泥泞般浑浊乌黑，她便用湿布蘸了清水，一点点擦拭。

与步千浒柔韧的皮肤肌理不同，十三虽也是武人，皮肤却如……美人一般白皙细滑，那伤口便越发触目惊心。破月替他将伤口清洗干净，又取了些金创药，用手指涂抹上去。这应该是很疼的，可十三哼都没哼一声。

伤口都处理完了，破月道："你明日再用热水洗洗，否则伤口会恶化。"

十三的脸一直别向一旁，默默点头。破月看到他一边耳朵红得像已熟透，侧脸亦是红云一片，有些好笑，但亦不再多话，免得他尴尬。

早在破月撕衣服时，唐卿已经睁眼，不动声色地将破月的坦然和弟弟的僵硬窘迫看在眼里，心头喟叹。

洞口有寒风吹进，他咳嗽两声，打了个寒战。破月二人同时看过来。

因为怕引来追兵，不能生火，他们只点了个小小的火种照明。这冬夜的山洞，对唐卿来说，真如十八层地狱一般，严寒难耐。只是怕十三忧心，他一直未说，可面色已渐渐冻得有些发青。

十三见他脸色不对，立刻起身走过去，握起他的手就开始输真气。破月有些担忧地看着两人。果不其然，过了一会儿，十三额头上已是阵阵细汗，刚包扎好止血的布带，隐隐又有血迹渗出——约莫伤口又裂开了。

"我来。"破月走过去，唐卿略有些惊讶。十三迟疑片刻，点头，将唐卿的手交给她。

于是十三第一次在自己大哥脸上看到有些窘迫的神色。然而这神色一闪而过，他已十分平和："有劳姑娘。"

破月摇头："举手之劳，客气。"手指扣住他的脉门，真气源源不绝输入。唐卿虽知她是武林高手，却没个具体概念，不知她武艺到底有多高。此时感觉到源源不断的热气从手腕传来，浑身暖洋洋的，十分舒服，竟比十三的相助还要有效。他不由得多看她一眼，却见她神色极为平和，既无害羞，也无骄傲自得，眸色竟是极平静温柔。

唐卿心神一凛，别过脸去。过得片刻，他身体已暖起来，气息也已平稳，转头淡笑："颜破月，你今天相助我，不怕我回去之后，立刻对大胥宣战吗？"

破月未料他如此直接，还真有些为难。今次偷袭八成是大胥军将所为，她如今帮了唐卿，却也是放虎归山。

她想了想，已有了主意，答道："我不后悔。我来救你，就是希望你知道，大胥有好战的人，也有希望和平的人。所以我有个不情之请，看在救命之恩的份儿上，你平安归去后，能否再等数日，等大胥帝有了旨意，再确定战或和？你这次过来只是偶然，皇帝并不知情，一定是下面的人胡作妄为，也许皇帝愿意停战。"

唐卿听她说"救命之恩的份儿上"，微微失笑，点头道："好。救命之恩重若泰山，就依你所言。不瞒你说，我原本想回去后立刻开战，便看在你和步千洐的情面上，再等数日。"

破月心里暗叫：还好还好，自己来这一趟，还真是来对了。如此想着，眸中升起喜色，未料抬眸一看，唐卿眸中隐有了然的笑意，似是看穿了她的心思一般。她不禁想，这人看起来温和沉静，其实比狐狸还狡猾吧？

天明时分，破月忽地睁眼，察觉手上还有个温软光滑的物什，定睛一看，却是唐卿的手还被自己握着。

洞内静悄悄的，十三和唐熙文都在睡。而唐卿——君和第一名将，就躺在自己身旁，高大清瘦的身子裹紧狐裘，微微蜷成一团；清俊斯文的脸庞沉寂安详，似邻家兄长，眉目温和。

她轻轻松开他的手，未料这细微举动却惊醒了他，漆黑的深眸骤然睁开。他定定地凝视着她，忽地绽放微笑："早。"

破月也笑着点头："早。"起身站起，伸了个懒腰。唐卿盯着她的背影看了片刻，重新闭眸小寐。

晌午时分，唐卿已经坐在君和援兵的车驾里。

唐熙文在车外的马上，十三还是坐在车辕上。随行军医已诊治了两人的伤势。而破月在援兵抵达后，便匆匆走了。

唐卿闭目小寐片刻，忽地睁眼，扬声道："阿茶。"

十三挑开车帘坐进来。

唐卿看了他一眼："中意颜破月？"

十三沉默片刻，摇头。

唐卿笑："待回了承阳，给你娶个同样貌美可爱的姑娘，可好？"

十三静了片刻，抬头迟疑道："同样？"

唐卿失笑，也不再逗他，从怀中取出本书，放到十三面前。

十三垂眸一看，长眉微挑。那是本极老旧发黄的书册，封面六个字：余心随军手记。

唐卿的手指轻轻抚过那手记的封面："这是大胥楚余心元帅的手笔，被我偶然间获得。二十年来，我每每拜读，都有所获，受益匪浅。"他轻轻掀开书页，取出里面夹着的一张画像，放在案几上，"这是楚夫人当年为楚余心画的小像。"

十三眸中闪过惊异，霍然抬头看着唐卿。

唐卿点点头，声音淡然："阿荼，大胥帝只怕不会同意和解。我已决意速战速决，彻底击溃大胥，如此才能避免我君和陷入……腹背受敌的境地。"

十三拿着画像，面露疑惑，似乎在问："跟这手记有何关系？"

唐卿接着道："步千洐乃我劲敌，我要胜大胥，必清除此人。我也不想你为难，待数日后，两国重新开战，我会将手记和画像送给步千洐。他看了之后，必定无心再战。我再使些手段，叫他离开军队，退出沙场。"

十三沉默许久，点头。

第四十四章

天崩地裂

除夕这日，破月坐在火炉旁指挥步千泞包饺子。

十日前，皇帝的使者正式带来不同意停战的消息。两国前锋军不顾寒冬腊月，已开始频繁摩擦。估摸着过了新年，会再起大战。步千泞虽对此举极不赞同，但亦不能在此时丢下麾下将士不顾，只能重返战场。所以，她又要提心吊胆度日了。

不多时，百余个歪歪扭扭的"饺子"宣告完成。破月摇头："包成这样，你也好意思让小容吃？"

步千泞却道："我包的，就算是毒药，小容也吃。"

破月大呼"肉麻"，抓起一团面粉砸到步千泞脸上。步千泞不躲不避，一头雪灰，狞笑着冲过来，将面粉擦到她脸颊上。

两人正闹作一团，听得门口有人咳嗽两声。步千泞松开她，笑道："快进来，正等你。"

门被推开，慕容湛穿一身紫貂厚服，单手提着坛酒，发梢上还有雪花，清俊白皙的一张脸，整个人竟似由冰雪雕砌而成。

他看着两人猴般的脏脸，摇头失笑。

"好酒！"步千泞走过去，看了一眼慕容湛，"咦，脸上是什么？"

慕容湛茫然地看着他。他抬起手，作势要用袖子帮慕容湛擦。忽地手一展，雪白飞扬，蒙蒙一片。慕容湛被呛得连声咳嗽，再抬头时，盈盈的脸上已多了数道面粉。

过得片刻，步千洐已亲自端了饺子上来。破月嫌卖相不好，只夹伙房送来的其他饭菜。慕容湛倒是吃了一大碗，还连声称赞："败絮其外，金玉其里。"破月立刻道："馅儿是我前几日剁好的。"

正吃得尽兴，忽听门外一串轻盈的脚步声，有人扬声问："步将军在吗？"

步千洐走过去开门："何事？"

却是个小兵，戴着厚厚的毡帽，垂着脸站在雪地里，面目看不清晰："将军，东边有人遣小的送东西过来。"他双手捧着个包袱，恭恭敬敬放在步千洐脚下，而后退开几步。

慕容湛和破月也走到门边，步千洐看了一眼那包袱，忽地问道："十三可好？"

那小兵似乎是笑了，答道："小少爷极好。"

步千洐点点头，从地上拿起包袱，小兵已闪身出了院落。

重回桌前坐下，步千洐小心翼翼地解开包袱，却见是一本书册，上书"余心随军手记"。

慕容湛看清封皮上的字，整个人仿佛凝滞住，五指悄无声息地抓住自己的袍角。步千洐并未发觉他的异样，翻开书道："余心？难道是楚余心元帅的手记？怎会落在唐卿手里？"

"大哥……"慕容湛忽然伸手挡住步千洐，缓缓道，"小心为上。"

步千洐爽朗一笑："唐卿心怀坦荡，不会如此下作。"说完又翻了几页，却发觉其中夹着张小像，举起在灯下一看，神色微变。

慕容湛万没料到其中还有画像，要拦他已经来不及。只见那发黄的宣纸上，落款是"妾聪玉摹君于十月初九"。

破月凑过来一看，也愣住。步千洐却笑道："这莫非是楚余心的画像？似乎与我长得相似。不过比起这位的投敌叛国……嘿嘿，我步千洐却是铮铮铁骨、顶天立地的男儿。"他在起初的震惊之后，并未太在意。

"大哥，我看唐卿此举甚为蹊跷，不如交由我遣暗卫查证……"慕容湛又抬手去拦，步千洐颇为奇怪地看了他一眼，侧身避过，顺手已翻到最后一页。

他一目十行，神色逐渐凝重。只见老旧的书页上，字迹苍劲挺秀。

"……玉儿怀胎十月，终诞下麟儿……还记得满月之时，她觅得宝玉一方，铸玉佩祈洐儿一生安康。吾观玉佩上玉儿手书'千洐'二字，字迹圆润娟秀，颇为女气，不喜。玉儿不依，只得随她……如今算起，洐儿已满周岁，只待踏平君和，荣归故里，与妻儿团聚……"

步千洐猛然抬头："我赠你的玉佩呢？"破月不解地从怀中掏出来，步千洐接过，又拿出那张小像，沉默片刻，对破月和小容道："玉佩上的刻字，与画像上的字体，是否相似？"

慕容湛只看了一眼，垂头不语。破月仔细看了，脸色微变："是很像一个人写的。阿步，怎么回事？"

步千洐却没答，绷着脸，继续拿起那本手记，快速翻看。只是从来坚定有力的手指，微微有些发抖。

慕容湛忽地抓住他的手，步千洐缓缓抬头望着他。破月瞧两人表情，不祥的预感涌上心头。

"大哥，我有事隐瞒，对不住你。"慕容湛忽然拜倒。

步千洐一把抓住他的肩膀，将他提起来："你这是何意？"

慕容湛气息凝滞了片刻，才慢慢道："大哥，你极可能是楚余心的儿子。"

步千洐面色一沉，破月猛地瞪大眼睛。

"你在胡说什么？"步千洐缓缓问。

慕容湛盯着他，亦是心头沉重。他藏着这秘密数日，早已心神不宁。步千洐在他心中的分量，与皇兄无异，而他选择沉默，便是偏袒了皇兄。但他只能做这个选择——皇兄勤勉治国，身负社稷。他的选择，为的是国家大利，亦是为了步千泻好。

虽这样安慰自己，却终是心中有愧。故如今纸已包不住火，他知道再隐瞒，他日势必兄弟反目，只能全盘托出。

慕容湛将那日赵老将军所说，一五一十都讲给了步千泻二人。

破月听得心惊胆战——两件事结合起来，她也能判断，步千泻十有八九是楚余心的后人，当日恐怕是被人偷送出来，躲过了灭门惨案。

可她真的宁愿步千泻不知道事实：隐瞒身世固然残忍，可如今让他得知，父亲根本不是叛徒，而是死在皇权斗争中，这让他今后如何自处？又如何与慕容湛做兄弟？

她看向步千泻，却见他样子呆呆的，黑眸像是凝了霜雪。他盯着慕容湛，哑着嗓子问："你早知道了，今日才告诉我？"

慕容湛语意一滞，道："是。"

"你怕我去找皇帝，也怕我惹祸上身？"步千泻颤声问。

"是。"

"那日宫中饮宴，你喝醉是假的，打伤我是为了不让皇帝看到我？"

"……是。"

步千泻点点头："我不怪你。倘若……倘若我换成你，亦会隐瞒。"他深吸一口气，道："待北伐结束，我必要向皇帝问清楚！问他是不是为了皇位，将国之大将残杀！若真是这样，我亲生父亲忠肝义胆、报效国家，却最终尸骨无存、惨遭灭门，我岂能饶他？！"他的语气变得森然。

慕容湛猛地抬头看着他："大哥，请不要去寻皇兄！"

步千泻摇头："不可能。"

慕容湛摇头，态度格外坚定："我不会让任何人加害他。大哥，你若要报仇，不必等北伐结束。我是他弟弟，他欠你的血债，我替他背。你杀了我吧。"

步千泻眼中都要喷出火来："与你何干？"

慕容湛的长眸清寒一片，声音嘶哑："你要动他，除非我死。"

步千洐别过头去，慕容湛亦面色惨白，屋内死一般沉寂。破月瞧着两人，心疼得不能自已，柔声劝道：“阿步，唐卿派人送来这手记，就是想让你加害皇帝。你不要中计。”

步千洐还未答话，慕容湛骤然抽出佩剑，手掌一翻，直刺心窝：“我替皇兄还你一命。”破月本就知他痴愚，留心着怕他做傻事，见状一掌拍向他手腕。

未料有人比她更快！步千洐已一把夺过他手中的剑，怒喝道：“你这是作甚？”

慕容湛凄然道：“大哥，小弟从未请求过你什么，今日求你一事，求你永远不要去找皇兄报仇。”

步千洐神色一凛，将他的剑往地上一丢，竟大步走了出去。破月起身想追，他却头也不回道：“你看着他。”顷刻没影。

两人留在屋里，俱是沉默。破月替步千洐为难——楚余心死得如此冤枉惨烈，大仇不报，连她都义愤填膺。可那人是皇帝啊！若走上这条路，今生都回不了头！

两人又等了许久，终见步千洐推开门走了回来。

外头下起了大雪，他满头满身雪白，黑色微湿的背影，静静立在门边，眸色如一潭死水，幽沉地看着慕容湛。

慕容湛亦静静回望着他，眸色坚定、隐忍、痛苦。

破月预感到了什么，抬手捂住自己的嘴。

这两人，前一刻还勾肩搭背，步千洐肉麻地说，他做的饺子，小容都会吃；小容还说，要做孩子干爹……两人脸上甚至都还有面粉，看起来脏兮兮的，很可笑。可此刻，他们的神色如冰封，没有半点儿笑意。

“我再问你，我若要去寻皇帝，你必以死相阻？”

“……是。”

“将军惨死荒漠，九族无辜被诛，背负千古骂名……此仇不共戴天，步千洐今生却不能报了。我愧为人子，亦无颜再做你……你走吧。”

慕容湛走后，步千洢就坐在庭院的冰天雪地里，一动不动。破月想去劝他，他却说外头冷，让她先睡。

破月站在屋里，隔着苍白的窗纸，望着他安静的背影。夜空昏暗，他坐在一棵树叶已经掉光的小树下，头顶很快堆满了积雪。

过了很久，他才进屋，抖去满身粉白，脱了大衣，将破月抱在怀里。破月趴在他的胸口，闻着他身上酒气、雪气混合成的干净而浓郁的味道，听着他热烈而安静的心跳，心疼地想：他只有我一个人了。

后来步千洢睡着了，睡得很死，在梦里眉头也是紧皱的，英俊的脸看起来叫人心疼。破月爬起来，轻手轻脚地出了门。

军营里静悄悄的，雪地呈现出一种幽暗的灰色，脚踩在上面，会发出"吱呀"闷响。天地间只有这一个声音，人就像走在荒漠里。

慕容湛住在中军，房间的灯还亮着，在一片黑暗中显得孤清而无助。破月在窗户上戳了个小孔往里看，却只看到灯前清瘦的背影。

她推门走了进去，慕容湛听到声响也没回头。破月走到他身后，手放到他肩膀上，他的身体微微一颤。

"我从未见过……"破月用一种温柔的语调说，"有人像你和步千洢这样，生死交心。你不要难过，我相信你们会和好的。"

慕容湛沉默。

"还记得步千洢被困婆樾城，你带我跑死了好几匹马去救他吗？而这世间，也只有你慕容湛，能叫步千洢舍弃血海深仇。其实我要感谢你，如果不是你，他就走上了一条不能回头的路。所以你不是在委屈他，而是在帮他，对吗？他嘴上说让你走，我敢打赌要是你有什么事，他准丢下一切，丢下我，舍身营救。你信不信，到头来，你哥儿俩好了，郁闷的是我！"

慕容湛回过头，漂亮的丹凤眼温和地望着她。他被她沮丧的语气逗笑了，虽然是无奈的笑。

"如今紧要的，是速速打败君和，结束这场战争。你俩最好来个患难见真情，兄弟同心，其利断金。总之别难过了，将来会发生什么，谁也说不准。你们这样

201

的兄弟，上天都不忍心让你们决裂。"

除夕后，全军休整了五日。步千洐不至于郁郁寡欢，却也没了前些日子的爽朗幽默。夜深人静时，破月睡下了，他往往一人在窗前独酌。有时她睡着了，醒来时发现桌前已没了人，又过了一会儿，才见他回来。她知道他必是偷偷去探小容了，也不点破，只待他加倍温柔。

又过了几日，前线开始有小规模的战役。这时传来消息——青仑王自请带兵，往最远的战线去了。听到这消息时，步千洐没作声，破月笑道："好啊！男儿志在四方！"步千洐被她逗乐了，摸摸她的头："傻娘子，今后不要半夜跑出去了。"

之后步千洐等了数日，赵初肃竟然一直没有召见。其他队伍都打得火热，他的那支部队却迟迟不动。步千洐疑惑，去寻赵初肃。赵初肃却隐秘地告诉他，留着他，是另有秘密任务。

如此一直出了正月，阳光明媚的一天，步千洐被叫去了中军大帐。

"千洐，你领一千人，到此处山谷设伏。"赵初肃指着地图，"我收到消息，君和王室会到前线酬军，从此处经过。这里地形狭窄，带多了人也无益。你办好此事，自是大功一件。"

次日，步千洐点齐一千好手，往青峰谷出发。虽说探明王室护卫有三千，但他当真不放在眼里。他这支千人部队，抵挡个五千、一万兵马，的确不在话下。

日落时分，部队便到了山口。步千洐观察了地形，安排布防。因为怕暴露行踪，不能生火做饭，命令大伙儿吃了些干粮，便就地歇息，只待两日后，君和王室经过。

亲兵送来干粮便走了。步千洐拿起欲吃，忽地想起包袱里还有破月做的干粮。他拿出来一看，吃了一惊：却原来是用三层棉布缠着的双层铁盒。下层镂空，里面隐有炭火星光；上层放着热饭和熟牛肉，行了一日，居然还热气腾腾。

"这丫头何时做了如此精巧的器物？"他失笑，"难怪沉甸甸一包，她倒不心疼我行路劳累。"虽这么说，但天寒地冻吃得热食，自是津津有味。他不喜浪费，吃完破月做的干粮，又将亲兵送来的干粮吃了些，实在吃不下了，便将剩下的多半装进包袱里。

待到了夜间，整个军营都陷入沉睡。步千洐亦抱着那双层铁盒，权当手炉。不知睡了多久，忽觉腹痛如绞，隐隐恶心难受。他立刻明白是中毒了，按下心头疑惑，调息运气，不多时，已用玉涟神龙功将毒尽数逼了出来。

正要起身出帐，忽听帐外传来脚步声，月光将两个模糊的人影映在帐上。

步千洐吃了一惊——今次带来的都是他的亲信，更有武艺最高深的十人守在他帐外安睡。如今这二人深夜来探，亲兵们竟全无动静，难道被杀光了？可也不会全无声响，莫非也中了毒？

他心底一寒，假装沉睡不动。那两人竟全无顾忌，径直走到他床前。只听一人道："他可是死了？"

另一人答道："自是死了。旁人的干粮里下的是蒙汗药，他的下的可是剧毒。"

步千洐听到此处，完全明白了——只怕此刻一千人都被迷倒了。他想眼前二人必是君和奸细，只可惜他修炼神功百毒不侵，叫他们失算了！

只听另一人道："再补上一刀。杀了他，大将军自会嘉奖。"

另一人道："这种乱臣贼子，人人得而诛之！"

步千洐心里"咯噔"一下，眯眼一看，一人刀光已然落下。他侧身一滚，提刀直取其中一人肩头。那人"啊"了一声，被他砍下只臂膀，痛得坐倒在地，扭曲打滚。另一人见情势不对，拔腿就跑。步千洐一刀投过去，正中他心口，已然活不成了。

步千洐将地上那人提起来，点中他数道大穴，叫他动弹不得，只能生受断臂之痛。步千洐冷喝道："何人派你来的？"

那人见行藏败露，也不怕死，怒喝道："步千洐，你有种杀了我便是！你是大叛徒楚余心的孽种，私通君和，还有何脸面做个大胥人？"

步千洐心头一震，厉喝道："你从何处听来这谣言？"

那人疼得满头大汗，依旧冷冷道："难道你不是吗？"

步千洐心口如重锤落下："是大将军叫你来杀我的？外头一千人，也是你们迷倒的？所谓君和王室，根本是个圈套？"

那人喘息道："是又如何？你若真是条汉子，立刻自行了断。你当真以为你还逃得出去？哦，是了，你能逃去君和！你与那唐卿，早已沆瀣一气！败类！"

说到此处，那人已是双眼一翻，痛晕了过去。

步千洐望着面前的一死一伤，心重重地沉了下去，第一个念头是：莫非他们是君和派来的奸细，加害于我，眼见事败，再挑拨离间？毕竟唐卿知道我的身世！

虽这么想着，但联想近日赵初肃对自己的反应，隐隐已觉不对。要单单对他们一千人的干粮下毒，只怕君和奸细也没这本事。

他心头掀起惊涛骇浪，想起独自留在营中的破月，已觉不妙。思索了片刻，出了营帐，果见外头众兵士睡得鼾声大作。他取了清水，将亲兵们泼醒。

他留下九百人守在谷口，自带了一百人，趁夜色疾行，返回大营。驻地守军超过十万，万一生变，他带的人多反而误事。

到了军营外数里，步千洐遣了善易容的一人进了军营。过了一炷香时间，那人返回，将步千洐拉到一旁，神色凝重道："将军，大事不妙。你军中亲信，今日晌午全部被大将军派人拿了。军中守备森严，明显有变。我又去你营房查探，发现大将军派人将夫人带走了。说是大军即将开拔，夫人在前线多有不便，已遣一个千人队送回帝京了。"

步千洐听到"千人队"三字，瞬间冷汗淋漓。

他立刻带着这一百人，往南行路上找寻。然雪野茫茫，对方又早行了一日，他们从天明找到天黑，也无所获。一直到月上中天，步千洐策马于旷野疾奔，忽听前方山谷一声尖哨。他心头大喜，知道是手下发现了破月行踪，立刻策马朝山谷奔去。

月冷星稀，鲜血将雪地浸染成暗黑的颜色。远远只见前方刀光、火光、人影一片，看架势竟有上百人。

步千洐恨得心口发疼——必定是赵将军命人在此处山谷动手，掩人耳目。他暴喝一声，提刀跃进战团，瞬间砍倒数人。众人见他来势汹汹，都吃了一惊。而他抬眸一望，前方被众人夹攻的，不正是破月？

"谁敢伤我娘子？"他刀意如倾天大雪，铺洒而下。刀锋过处，只闻惨呼连

204

连，但见血肉横飞。

"步千洐！是步千洐！"有人喊道。围攻破月的诸人顿时都慌了神。

步千洐瞅准时机，纵身一跃，从刀锋丛中落下，停在破月身后。只见她单手持刀，满头满脸的血，也分不清是她的，还是旁人的。

"千洐！"她一转头看到他，声音几乎哽咽。原来晌午时，大将军忽然派人来带她走，她已隐隐觉出不妙。待队伍行了数里休息时，她略施小计，瞅得机会偷偷跑了。否则她一人如何敌得千人？只怕早已沦为刀下鬼。

她已独自支撑了半个多时辰，隐隐有落败之势。此时见到步千洐从天而降，又喜又忧——喜的是他安然无恙，忧的是两人如何脱身？

步千洐一把将她搂进怀里，感觉到她温热柔软的身子，胸膛久悬的一颗心才落下。

众人见到步千洐，一时都未上前。步千洐原本杀性大起，此时在火光中望去，竟见到一些熟悉的面孔，不由得心如死灰，下不了手。他忽地抬头长啸一声，提气抱起破月，从众人头顶踩过，瞬间已至数丈外。

众人猝不及防，远远只见两人身影隐入夜色，一个凄厉悲怆的声音传来："我步千洐为大胥出生入死多少回，如今你们竟连我的妻子都不放过！我今日不杀你们，回去告诉赵初肃，告诉皇帝老儿——步千洐顶天立地、问心无愧！他们既要猜忌我，今后我便再不是他赵初肃的部下，不是慕容氏的臣子！"

五日后，一骑快马停在大胥军中军大帐外。赵初肃刚起身迎接，便被慕容湛一脚踢翻在地。

"你竟对步千洐夫妻动手？"慕容湛提起他的衣领，抽出腰间佩剑，抵在他脖子上。

赵初肃竟半点儿不慌，重重叹气道："王爷，这是……皇上的旨意。"

慕容湛整个人仿佛被定住，沉默片刻，将他丢在地上，打马冲到步千洐的营房门口，却见屋门大开，满室狼藉，破月做饭的炉子被踢翻在地。再走到庭院外，却只见大雪扑面而来，满目纷乱，冷清无情。

白发悲生

第四十五章

一个月后，已是初春。

比起战火纷飞的战场，大胥本土显得安静舒适极了。又是春暖花开，处处美景如画。两人一路走得很慢，不断听到前线战报，有胜有负，也经常遇到充满朝气的新兵队伍往北行。有时候走到一个村落，几乎没有男丁——都被征兵了。但因为大胥全民尚武，对于这场北伐，大家没有丝毫怨言，反而到处是光荣而祥和的气氛。唯有他二人看着村中孤儿寡妇，心头喟叹。

两人到了昔日燕惜漠隐居的青芜峰，将草庐扩建，悄无声息地住了下来。这里人迹罕至，不怕有朝廷追兵。

破月向清心教和刑堂传递了消息——因为两帮都派人暗中保护她，她怕他们在前线胡乱寻找。清心教管事的姑姑来了消息，说过几日带人上青芜峰拜访。

两人没太在意，直到十日后的清晨，山腰上响起密集的脚步声。

步千洵当时就黑了脸，拔出鸣鸿，吩咐破月待在屋子里。青芜峰山势险要，登峰的关隘更是一夫当关，万夫莫开。他护妻心切，别说听得脚步声有数百人，就是上千人，他也一个个杀得。

这日晌午，他藏到一棵树上等了片刻，便见一行人浩浩荡荡，沿山路攀岩而上。他吃了一惊——原来领头的是十几名眼熟的女子，后头却是当日随他去伏击君和王室的精锐，有投靠他的江湖游侠，也有些老兵，都算得上是兄弟心腹。

那晚他救了破月，就命人通知大伙儿散了，免得被赵初肃加害。没想到他们居然也跟回了大胥。

他纵身跃下，落在众人面前："且慢！"

大伙儿看到他忽然现身，都是一喜，齐齐拜倒："步将军！"这动静传到队伍后头，不多时，从步千浒面前，一直到半山腰，人人单膝跪倒，声势浩大。

步千浒连忙扶起前面几人："快起来！你们怎么来了？"

众人七嘴八舌。原来他们也怕被牵连，纷纷潜回了大胥。其中有心计机敏的，联络了清心教，得到了步千浒二人的行踪。双方一合计，都寻上了山，此行来了有五百余人。

有人高声道："步将军！狗皇帝妄听奸臣之言，说您通敌叛国，我是决计不信的！"

步千浒毅然点头："步千浒若是背叛大胥，叫我死无葬身之地。"

众人齐声叫好，然后问："步大侠，那咱们今后怎么办？"

"教主她老人家可好？"清心教的姑姑半天才插上话。步千浒长眉一扬，笑呵呵道："你们随我来。"

大部分人留在山腰，几名资历、武艺较高者，随步千浒入了草庐。破月见到众人，亦是十分惊喜。大伙儿聚在一起说了一阵话，待听到这么多人都来投靠他二人时，破月哭笑不得，心想：完了，这刚找好的落脚地，如今被你们闹出这么大动静，只怕住不成了。

破月打趣那些汉子："或者……你们投入我清心教吧。"

步千浒立刻笑道："夫人这主意甚好，你们都投入清心教吧。"

清心教姑姑喜道："好！甚好！"

汉子们却个个呆若木鸡，死活不干。步千浒这才真诚道："你们将众望寄托于我，我很感动。但我二人如今被朝廷追杀，不想牵连诸位。况且如今我只想好好照顾月儿，不欲再理江湖事。我又不是将军了，如何再带领你们？"

众人面面相觑，都是不甘心。反倒是刑堂一位弟子沉吟片刻，提了个建议："步大侠何不自成门派，将大伙儿收入门下？"

207

清心教姑姑附和道："我看刑堂兄弟此计甚好。若是怕牵连大家，对外就称刑堂堂主是掌门，姑爷处理门派事务，可好？"

众人纷纷叫好。步千洐有点儿心痒，但他从未做过江湖掌门，实在是不会，还是摇头。

破月却另有一番计较，不等他拒绝，点头道："夫君，我觉得此计甚好，就这么定了吧。"步千洐吃了一惊。他却不知，破月想的是，他是个洒脱性子，真要他每天陪着自己，别说他无聊，她都受不了。这些人无处可去，有他们做伴，称兄道弟倒也不会无聊。

不仅如此，破月还说："姑姑，恕我直言，咱们清心教在江湖上声名狼藉，如今我做了教主，自不许那些龌龊事再发生。我看不如将清心教跟我夫君的教派合并，咱们成立个新门派，以崭新面貌重回武林，岂不妙哉？"

姑姑思索片刻，点头笑道："如此甚好。"

步千洐见成立新派已是板上钉钉，也不忸怩，朗声笑道："好吧。那新门派叫什么？"众人见他首肯，都喜出望外，七嘴八舌地议论起来。不过，如果破月提前知道大伙儿（包括步千洐）都觉得"神龙教"好听，她是万万不会提到他们修炼的是玉涟神龙功的。

数日后，一个崭新而神秘的门派"神龙教"，以前所未有的浩大声势、强硬的姿态，在大胥崛起了。他们门风严谨、武艺高强、惩恶扶弱，且与江湖数个门派渊源极深，很快便成为大胥第一大门派。

有知情的武林前辈高深莫测地对后辈说，神龙教掌门其实不是杨修苦，而是两位传奇的大英雄。源源不断的年轻人，怀着对正义和武学的热切向往，跑到缚欲山下，报名参加神龙教弟子的甄选。

四个月后。

天空碧蓝、烈日无风，葱绿的树叶在日光下发出耀眼的银光，无形的炎热气浪把空旷的山谷填得满满的。

步千洐穿一身黑色劲衣，负手站在一块巨石上。日光将他照得闪闪发亮，汗水浸湿了他的衣襟，像一尊湿漉漉的雕像。

三百余人，有男有女，也穿着相同的黑衣，在他面前平整的谷地上，站成方阵。每个人的表情都很严肃，也很煎熬。汗水从眉头滑下来、蚊子在手背上叮咬……这些都不能令他们有丝毫动弹。不是不想，而是不敢。

终于，步千浍眉头微微一扬，高声说："歇息一炷香，还有一个时辰。"

"啊？"无数惊讶、郁闷的声音传出。众人全如烂泥般倒在地上，扇风、赶蚊子、喝水。有的干脆以头撞地，想把自己撞清醒。

"大、大师兄！"有位年轻的白衣女子夅着胆子娇滴滴地问，"咱们是武林门派，又不是行军打仗，为何要站军姿呢？"其他人见有出头鸟，立刻附和。

唤他"大师兄"，是因为杨修苦是挂名掌门。新弟子只知道有大师兄、大师姐，不知二人身份。

步千浍笑道："身体乃练武之本。你们连三个时辰的军姿都站不了，如何修炼绝世武艺？想当年，我与你们大师姐，可是每日站足五个时辰！休要多问，个中法门自有最勤力者方能窥探！"

他说得高深莫测，众弟子又惊又疑，但多半还是信了。也有人抗议："可是师兄，我只想当武林大侠，不想当将军。站军姿也就罢了，为何还要练习兵阵变化？"

步千浍被他问得老脸一红。

这几个月，他将玉涟神龙功的一些基本心法、招式拎出来，编了套入门版的功法教给男女弟子，众人武功大进。他又将自己修习过的其他武功，根据各人特点传授。众人见他如此不藏私，对他极为崇敬，来投的弟子越来越多。

眼见弟子已有一千多人，他对着个千人队，难免手痒，就开始排兵布阵。此时见有人质疑，他也不解释了，呵呵笑道："当初是你们逼我做这个大师兄的，如今就得按照我的喜好来。好了，时辰到了，都给我站直了。谁动一下，小心我的鞭子。"

众人叫苦不迭。原来，除了跟随步千浍的老兵，其他江湖人多半觉得他性格直爽，很好相处，又哪里知道他练兵时的铁腕冷血。这几个月下来，无论是游侠还是清心教女弟子，几乎都被折磨得脱了好几层皮。可他们又不甘就此放弃学习神功，于是痛并快乐着，咬牙继续坚持。

步千浍看着日光下整齐的兵阵，满意之余，有点儿惋惜。虽然江湖中人的性格往往桀骜不驯，但他不信不能打造出一支强悍无比的神兵。只可惜，过过干瘾吧。

春去秋来。

澜州位于大胥南部，沿海，气候湿热，隔着陆地，还有数座小岛，有的住着渔民，有的荒无人烟。

立秋这日，阳光温煦，海浪碧蓝。步千洐穿着黑色短衫，扛着鱼竿走上沙滩，远远便瞧见破月躺在日光下，像一尾白嫩嫩的鱼。

创立神龙教半年后，一切渐渐走上正轨，两人闲得无事，便开始游历天下。这几个月，他们隐居此处，与世隔绝，倒也优哉。

烤上鱼，两人边吃边笑。忽然，海面上遥遥传来些响动。那是一艘小船，趁着夜色朝岛上开来。

"大师兄！大师姐！"

"步千洐！步千洐！颜破月！"

此起彼伏的呼喊声传来。

步千洐和破月都笑了，步千洐高声道："来者何人？"

那边沉默片刻，声音颤抖着报上名字，原来是教中几名大弟子。步千洐和破月久未见外人，兴奋地迎了上去。船很快靠了岸，五六个人跃下，快步走过来。

"你们居然能寻到此处！"破月笑道。

"我们已沿海找了五个月了，总算找到你们了！"他们又激动又难过。

"出了何事？"步千洐警惕地问。

众人对望一眼，神色变得有些悲痛。一名女弟子哽咽道："原来你们在这荒岛上，一点儿也不知道。"

另一人是步千洐的老部下，忽然"扑通"一声跪下，居然哭了："将军……"

步千洐一把抓住他的胳膊："出了何事？大胥战败了？"

"去年年底，北伐失利退兵。大伙儿都以为没仗打了，谁知一月间，君和的皇帝病死了，新帝下令起兵反攻大胥。

"四个月前，太子殿下和赵初肃大将军亲自领兵，与唐卿在湖苏城会战，十五万大军……被歼灭六万，俘虏五万。太子殿下和赵将军都战死了，君和大军长驱直入，攻下了帝京！"

步千洐和破月震惊难言，其余各人表情屈辱而隐忍。

那人接着道："帝京沦陷，皇帝也在战乱中……驾崩了，二殿下继位。只是……君和大军所过之处，势如破竹。听说，现在只有青仑王还在抵抗君和人，领着五万残军，护送新君往南逃了。将军，岂止是战败！大胥……亡国了！"

淡蓝色的明净天空下，城池灰暗、沙土飞扬。远山笼罩在薄雾里，日头在山背后镀上一层曚昽的金黄。

中军大帐修筑在墨官城外二十里最高的山头上，方便观察战局、发号施令。

山顶上很清静，秋风习习。唐卿穿一身洗成月白色的长衫，腰束青玉带，外裹赤狐裘，脚踩皂色长靴，不似一军大将，倒像锦衣士子，清贵逼人。

正值日出时分，他合目靠在太师椅上，苍白的手指轻轻搭在膝盖上，一下、一下，他在听风的声音。

很快，有人快步上山，打破了清晨的宁静。

唐卿睁开眼。

"慕容湛不肯降？"他站起来，翩翩衣袂迎风，"那就打。不过，先叫人去城楼下传话，就说本帅与青仑王神交已久，今日不得已开战，实在痛心。此役无论胜负，卿必善待王爷麾下将士，大胥人、青仑人和君和人绝无贵贱之分。"

副将有些疑惑："元帅，慕容湛用兵骁勇，今次难得围堵在此，若是不斩草除根……"

"斩草除根有许多种方法，也有很多时机，不必急于一时。"唐卿眸色温和地看着前方的城池，"如今大胥似一盘散沙、士气低迷，我不能让慕容湛这一仗打出骨气，打出血性。"

副将思索片刻，露出笑容，领命去了。一名僮仆泡了热茶，奉上点心。唐卿吃了半块就饱了，拿起各部送来的急件，缓缓翻阅。过了一会儿，他见身旁依然无动静，便放下文书，微笑道："还不来吃东西？"

一个靛青色身影默默从树后走出来，拿起点心，风卷残云般吃掉，又喝了半壶茶，然后坐在唐卿身旁的矮凳上，迷蒙的双眼望着前方城池。

"我知你不喜战事。"唐卿柔声道，"你一直在怪我此次攻大胥，对不对？"

"嗯。"十三答道。

"如今你看我排兵布阵已有数月，明白缘由了吗？"

"似乎。"

唐卿失笑："大胥国破已成定局，如今我便将秘密话与你知吧。此乃绝密军机，休要告诉你的兄弟步千洐。"

"难寻。"

"缚欲山神龙教，别说你没去找过。"

"……"

"他虽才华横溢，但如今大胥兵败如山倒，就算他来了，也无力回天。"唐卿眸中浮现傲色，只有在亲弟弟面前，他才会浮现温煦之外的许多种情绪，"我与皇上商议攻大胥，诚然存了一统天下的雄心。但最根本的，却是我君和已骑虎难下。此次若不以闪电战灭掉大胥，两年之后，灭亡的便是我君和了。阿荼，你忍心国破家亡吗？"

"绝不。为何？"十三抬头看着唐卿，表示他很震惊。

唐卿淡笑："还记得昔日咱们前往大胥军营议和，遭人暗算吗？起初，我也以为是大胥人干的。后来先皇驾崩，对外说是病逝，实则中毒。"

十三猛然挑眉。

"我与皇上秘密地顺藤摸瓜，终叫我查出这两桩事的背后指使者……"

"流浔？"

唐卿目露欣慰："正是。"

他负手立于坡上，傲然道："之前我也未想到，鹬蚌相争，渔翁得利，区区属国，竟有意天下！

"只是我百思不得其解，就算君和与大胥两败俱伤，瘦死的骆驼比马大，他弹丸小国，为何敢战？我见过流浔国主徐傲，他为人谨慎，是那种不等到十拿九稳，绝不发动的人。所以，他一定还有暗棋，是什么？"

"什么？"

"只有一个可能——他们已与大胥的某人，达成了协议。否则当日不可能派奸细潜入两军腹地，暗杀我二人。定有大胥人偏袒，而这个人，很可能是急于登上帝位的大胥太子。

"若这个假设成立，那么大胥人北伐战败退兵，根本只是表象。他们很快就会卷土重来，并且极可能是与流浔国联手。真到了那一天，即使是我，也没有必胜的把握。

"我猜想流浔只会秘密参战，这样才能在我们战败之后，建立傀儡国家，以报仇之名笼络人心，掉头攻大胥。"

"不是大胥？"

"对，能够建立傀儡国家的是流浔，不是大胥。阿荼，我君和天朝大国，皇帝竟然被流浔下毒，可见其奸细之厉害。如今这满朝王公大臣中，又有多少流浔人潜伏？皇上刚刚亲政，根基不稳，容我往坏的方面想一想，整个帝都，说不定大半势力都已在流浔手里。流浔虽小，呵呵，这些暗招，只怕已筹谋数十年，远在我们两国之上。

"所以，与大胥一战看似君和胜了，实则君和已内忧外患、四面楚歌。我与皇上商讨了数日，最终决意攻大胥。一是想借此麻痹流浔，教他们以为我们还未察觉他们的诡计。这样，皇上便能趁机彻查、铲除承阳的流浔奸细。

"二是此时出兵，能够攻其不备。我已灭了大胥，他们的同盟不复存在。流浔孤掌难鸣，以徐傲的性格，绝对会重新掂量自己的实力，不会再贸然进攻。天下大势，自此尽在我君和手中。

"所以我此次出兵，不是为了侵犯他国，而是将未来的三国混战、天下大乱，扼杀于我掌中。我问心无愧，阿荼，你是否明白？"

同样的一个清晨，对于慕容湛来说，却是清冷而寂寞的。

墨官城隐秘的南城门外，并无唐卿的攻城部队。因为唐卿知道，他慕容湛不会弃城而逃。

密林之外，千人队严阵以待。中间一辆马车前，慕容湛深深拜倒。皇帝慕容充端坐正中，见他跪倒，连忙上前将他扶起："小王叔，你真的不愿退兵？"

慕容湛摇头："皇上，臣不可退。"

皇帝的眼眶顿时红了，握着他的手道："朕……国破家亡，方懂王叔忠肝义胆。若不是王叔冒死带兵来救，朕早已死于乱兵之中。可小王叔，你的兵马已是大胥最后的精锐，城外却是唐卿的十万雄兵。就当朕求你，随朕一起南撤，好吗？"

慕容湛的目光变得柔和："皇上，我们从帝京退到此处，已经退得够远了。"

"可是……"

"皇上，唐卿攻破了帝都，占领了我大半河山，却没有真的亡了大胥。只要帝旗在，许多勤王兵正闻讯赶来，皇上很快便会有一支雄兵。可是湖苏城大败后，各地军队都被打蒙了、怕了、乱了。唐卿想必也是看到这一点，才对咱们穷追不舍，就是要让我们全无喘息、重整旗鼓的机会。他想摧枯拉朽般，让大胥彻底灭亡。所以我不能退！我要让天下人看到，大胥还有军队在抵抗，正面抵抗。我要轰轰烈烈地一战，让百姓知道，我们在战！"

"王叔！"泪水浸湿了皇帝的眼眶，这一刻，他真心实意地朝慕容湛拜倒，"请受小侄一拜！"他哽咽道，"我知道，唐卿早对外宣称，你的才华胜过朕数倍，他对你仰慕已久，只要你投降，将我交出，他便立你为大胥帝，可你杀了他的来使。王叔，我都知道……"

慕容湛将他扶起，摸着他的长发："皇上，臣会忠于你，如同忠于皇兄，万死不辞。"

送走了皇帝，慕容湛策马回城。大战在即，城内的气氛却很平静。大概是因为慕容湛所领的青仑族军队，历经数次大战，早将生死置之度外，且慕容湛如今于青仑全族，简直是神一般的存在。同生共死，已无人有任何怨言。

慕容湛一人上到城垛，远远望去，只见赭色大军如巨兽蛰伏大地，茫茫望不到尽头。他立了片刻，便回到城楼里。一灯如豆，他自己磨墨、铺纸、提笔，却迟迟不能落下。

"吾兄千浒在上……"刚写下这几个字，他的胸腔便被酸涩的滞涨堵住。他难得焦躁起来，揉起那纸团，扔在地上。

他知道打不过唐卿。在君和境内时，他就是唐卿的手下败将，能坚持到这个时候，他已问心无愧。如今以三万疲惫之师，对抗十万生力军，他或许能守得十天半月，但总有城破被擒之日。

若是大哥在此，局面会不会就此不同？若是他们在此，他的结局会不会就此不同？

心口微微发疼，惶然之间，原来已写下满纸凌乱。

"吾兄千浒在上：

"自君和别后，一年有余。光阴仓促如斯，而弟华发已生。三两白如雪尘，每每落入掌中，方觉时光荏苒。又思及若为你所见，必嘲笑我少年白发、庸人自扰，遂以火焚之。然终是白发难尽，心愿难成，思念难平。

"弟人未老，心已衰。国破家亡，领军辗转南北，虽奋力抵抗，终是输人一筹，被困墨官城。明日之战，九死一生。我心若止水，唯独挂念兄嫂，夜不能寐。往事历历尽在眼前，你我把酒策马，肆情爽意，如在昨日，亦远如前生。当时不知光阴贵，如今只能对影独酌，便似仍有兄做伴。满室寂静，我一人不醉无归。

"醉死之际，犹记得分离那日，你持刀而立，声若裂谷。只因我慕容湛相拦，叫你顶天立地一男儿，父母族人之仇不能报，荣耀声名不能复。你待我深情厚谊如此，我当真是生无可恋、死无可惧。皇兄于我如师如父，我为他失了你，无悔，亦无奈。然终是欠你一句抱歉，欠你满腔兄弟情谊，深若寒渊，沉若重山，只能来世再报。窃愿来世痴长你数岁，便能为兄，偿你情意，护你周全。

"唐卿兵临城下，我虽无兄之才，也愿做大胥先锋，振臂一挥，为国捐躯，死而无悔。天下之大，只要人心不死，大胥不亡，我愿以心头热血，尽染头顶旌旗、尽洒脚下赤土。此情此志，唯兄能明，唯兄能继。皇兄已死，兄念及天下苍生，势必出山。虽无弟相伴，兄定能一呼百应、匡扶皇侄、收复国土。

"万千言语，皆尽于此。湛这一生，有兄与破月，已是繁花似锦，如梦圆满。黄泉路上，我孤身而行，唯愿数年后，能与兄执手相望，终不负生死之交、知己豪情。

"勿痛，勿念。慕容湛绝笔。"

蛮人部落

战斗打响之后，墨官城一直笼罩在沙尘、嘶吼和鲜血里。天亮的时候，城门外的广原上，只有血迹和脚印；到天黑的时候，已经堆满了赭色的尸体；夜深之后，君和会安静地派人把所有尸体抬走，在城外山上就地安葬。

城里的情况同样有序，但是更加绝望。堆积如山的尸身只能火化，骨灰罐都堆在慕容湛的指挥室里，等战争结束后，由专门的官员交给士兵的亲人。

到了第十天的时候，战斗迎来了转机。

那是一个明亮的早晨，城楼在日光中亮闪闪的。在轮番不休地攻击了十多次后，君和人发起了总攻。

"是时候了。"唐卿站在山顶，对传令官说。

"也许到时候了。"慕容湛立于城楼上，望着敌军数量最大的一次攻城，在心里默默地说。

虚虚实实，一次又一次佯攻、真攻，磨掉守城将士的士气。这是唐卿的计策，他做得很坦荡，慕容湛也看得很清楚，但是全无办法。

大胥兵看到源源不断的敌军，已经麻木和漠然。有的战士已经杀疯了，有的则已放弃。战场上很吵，但在很多人耳朵里，因为吵得久了，跟旷野的死寂也没有区别。

两架大型战车攻城冲楼，穿过大胥兵的火箭投石，驶到了城门前，开始了一次又一次猛烈的撞击。在这一瞬间，几乎临近城门的所有人，上面的大胥兵、下方的君和人，都看着城门。因为只要城门破了，一切将没有悬念，只是时间问题。

这时，一道黑色的身影从城楼高高坠下，立刻有人大喊"王爷""青仑王"，但是来不及了。那人落在战车旁，一剑刺穿两个围攻过来的君和兵，然后跃上战车，将顶盖掀开，拔剑一阵乱刺。

里面的士兵死掉了，他也陷入了重围。很快，赭色大军将他湮没。

"活捉慕容湛。"唐卿低声道。传令兵领命去了。
"我去。"十三站起来。
唐卿点点头。十三很快跑得不见了，这时，又有士兵快步冲过来。
"报——西面二十里外发现大胥兵，有五千余人。"他的语气听起来有点儿不可思议。

唐卿正在喝茶，闻言停顿了片刻，放下茶盏。他的斥候查探范围是一百里，为何被对方逼近至二十里处才察觉？

世上行军如此快，快过唐家军、快得让斥候猝不及防的只有一人。
他站起来，看着西方。那里天空晴朗无云，远山朦胧，大雾弥漫，就像另一个梦境。
"步千洐从哪里来的五千兵力？"他低声说，像是在自言自语。
"元帅，他们也穿黑衣，但不像是大胥人的军装。旗号是——神龙营。"

自树林中冒头后，神龙营再无须隐藏行踪，五千人策马于平原疾奔，像一道黑潮从大雾中渗出来。
虽然他们现在才现身，但实际上，他们已经在城西百里外，潜伏了四五天。跟唐卿和慕容湛一样，步千洐也在等时机。面对唐卿的十万大军，他只有五千人，要在什么时机加入战场，效用最大呢？

答案是能够反败为胜的时机，能让士气大振，否则不过杯水车薪。

此时，他与破月并肩而行，身后是五千弟子，男女差不多各半。在他和破月隐居的这段时间，代理教务的姑姑成功地将人数从一千余扩展到五千。其实大多是战败之兵，无处可去。姑姑聪明地散布半真半假的流言，说主持神龙教的是一位退役大将军，引得很多人来投。

步千洐和破月回到中原后，加紧练兵两个月，一探明慕容湛主力位置便起兵来助。

远远地，就看到了墨官城和城外大军的轮廓。步千洐的宝刀雪藏多日，也有些热血上涌。他正要对大伙儿说一番励志话语，忽然一名亲兵揪着个穿平民服饰的男子，到了跟前。

"步将军！此人鬼鬼祟祟，在我军东面林中出现，必定是君和奸细！"

步千洐冷眼看着那人，他却忽然抬头，神色激动："步将军！是你！真的是你！"步千洐看他眼熟，很快就辨认出是慕容湛的亲兵，大惊道："你怎会在此处？"

那亲兵激动地跪倒在马前："步将军，你是去营救王爷吗？太、太好了！我正是奉王爷之命，趁敌军对北门发起总攻，伺机出城，去寻你的啊！"

他从怀中掏出个黄色缎袋，取出个信封，双手奉上。步千洐伸手接过，打开，只看到"吾兄千洐在上"几个字，胸口便似无声地碎成几块，空塌下去。

破月与他隔得很近，看到后头，不自觉握紧马缰，深吸口气，扭头看着一侧，不叫眼泪落下。步千洐的脊背挺得笔直，漆黑的眼睛看得很专注，嘴唇紧抿着。看完之后，他什么也没说，只轻轻将信叠起，放入怀中，一抖马缰，一骑在前，冲了出去。

"将军！"众人惊呼。
"千洐！"破月也惊呼。

他奔出数步，骤然回身，忽地下马，朝众人单膝拜倒。众人愕然，却见他头埋得极低，缓缓道："我生死兄弟就在前方与敌血战，千泃誓死血战、护他周全，力保墨官不失。诸位兄弟姐妹，拜托了！"

唐卿负手立于山顶，身后是数名幕僚和将领。当看到一支黑色军队，犹如一把沉光闪亮的匕首，从西侧与赭色军阵正面交锋时，众人都有些惊讶。

唐卿的笑容始终淡淡的。

前方指挥战斗的是君和一位经验丰富的将军。在他的指挥下，黑色狂潮始终被挡在赭色军外围，以极缓慢的速度推进。偶尔有黑色支流渗入赭色军，也很快被湮没。

过了约莫一炷香时间，赭色军忽然变阵，将黑色骑兵包围进去。远远望去，像是赭色海洋里，一朵黑色幽暗的花漂浮着。

众将纷纷叫好，唐卿却摇头："前锋将军大意了。"

大家不解，唐卿淡道："我先前已有令，以铁骑营布防，不让神龙营向城门推进，一点点剿杀步千泃的兵力。只要再拖得他一个时辰，城门已破，纵然他的五千人再神勇，也是大势已去，回天无力。

"如今前锋营必是中了步千泃什么计策，或者是已经抵挡不住，变了阵，将神龙营包围。这如同让匕首插入我军腹部，不仅死伤极大，还会被步千泃杀到城门处。守城军见援兵到来，必当士气大振。今日这城，只怕攻不下来了。"

一席话说得平平淡淡，却叫人胆战心惊。过了一会儿，才有副将问："元帅，那咱们怎么办？"

唐卿淡笑："不怎么办。围城三月，不战自降。"

众人齐声叫好，一同微笑着看着山下的战况。这时忽有一骑疾驰而来，停于山坡下。马上人将马缰一丢，冲上山来。

"元帅！"那人扑倒在唐卿面前，压着声音道，"皇上密旨。"

周围人见状，纷纷回避。唐卿跪倒，接过信一看，神色骤变，声音竟有些颤抖："原来是这样……"

原来，这才是流泃的暗棋，他竟然猜错了。

他起身，又仔细将信看了一遍，便投入火炉中。

众人过了一会儿都回到他身旁，却见他神色凝重，竟似有些疲惫地轻声道：

"传令下去，退兵，全军休整一个时辰，立刻北撤，随我回君和。传令东路、西路及其余各部，不再南攻，原地固守，等我命令。"

众人大惊，面面相觑后齐声问："元帅，为何忽然退兵？"如今他们已占领大胥半壁江山，只要再多得两三个月，大家都有信心吃下整个大胥。

唐卿静默不语，只缓缓摇头。众人见他神色凝重，也不再多问，纷纷领命去了。唐卿孤身一人站在微风中，望着前方鏖战中的城池，久久沉默不语。

千军万马中，慕容湛并不知道，援军到了。他手持湛泇剑，浑身浴血，正拼力对抗着平生劲敌——唐十三。

城门口处，本应陷入胶着的争夺。可此刻，君和兵往后退了一丈，空出一大片空地，只有慕容湛和十三两人。

这是十三的命令。当他赶到城门处时，慕容湛正如死神般立在那里，屠杀着君和士兵。十三不喜欢有人插手，也觉得士兵碍手，就命他们滚蛋。

只是他武功虽稍胜慕容湛一筹，但他只善于杀人，如今要活捉，非他所长。而慕容湛已杀出了性子，比起平日更要凶悍几分，所以两人一时竟打得难解难分。

只是慕容湛久战过后，体力早已不支，多处伤口血流不止。终于一个踉跄，长剑竟被十三击飞脱手。十三立刻收剑而立，对他拱手道："承让。"

慕容湛默然不语，上前几步拾起剑，背对着十三，沉默而立。十三正要上前点慕容湛的穴道将其带走，忽地后颈一麻，全身力道竟然使不上来。而后身子骤然腾空，竟被人提着后领拎了起来，放在一匹马上。

他定睛一看，一高大一瘦小两个黑衣人，站在马旁。

"哦。"他自己先说话了。

破月抬头冲他笑笑，有点儿难过又有点儿激动的样子，随即又看着前方。步千洐则压根儿没看十三一眼，只轻声道："回去吧。"抬手在马臀上一拍。马儿撒蹄就跑，十三眸中升起笑意，伏低身子朝外围跑去。

步千洐和破月都望着前方那人。

他的身形还是那样高大而消瘦，挺直如松，气度清逸轩昂，与别人都不同，极易辨认。一身黑衣，湿漉漉地贴在身上，那是半干的鲜血。他的靴子、裤腿、腰际都有很多灰黑的泥土，但看起来一点儿都不会让人觉得脏。

那墨黑的长发掺杂着雪色，如同夜色中的月光与流水，瞬间灼伤了步千洐和破月的双眼。而他缓缓转身，曾经清俊如玉的容颜，曾经秋意湛然的凤眸，现在满是风霜。

那个时候，时间好似静止了，三人身后的千军万马，像是都不存在了。慕容湛看到他二人，眸中升起惊讶、喜悦、愧疚、痛楚，最终却归于温暖的宁静。

"若是黄泉路，你不会孤独一人。"步千洐看着他说，声音沉而哑。慕容湛一脸惊痛。破月走过去，扶住他满是鲜血的身躯。他低头看着破月，眸色彻底柔和。

午夜的时候，银月清透如水，挂在头顶。三人处理完战役后所有杂务，坐在墨官城最高楼的屋顶上。

夜色看起来很美，所有离乱被掩饰在黑暗里，远山扑朔、星光闪耀、灯火朦胧。下方街道上亮堂堂的，四处是欢庆的士兵和百姓。

"诛杀唐卿！收复国土！"人们不停高喊着！在他们看来，是青仑王的誓死抵抗和步千洐的横空出世，战胜了君和人。大胥终于打了大胜仗，他们重新燃起了复国的信心。

步千洐和慕容湛并不知道唐卿为何撤兵，但墨官城困局已解，大胥士气大振，这个局面已经很好了。

"若是唐卿不退，你岂不是要陪我一起死在这里？"慕容湛问。

步千洐看着前方微笑："其实我原本打算绕个大圈子，去打承阳城。"

慕容湛猛然挑眉："……承阳？"

步千洐点头："我已有五千人，如今全国各处都是战乱逃兵，估摸着等我走到北部边境，至少能拉个万人队。只要能穿过白泽森林，拿下承阳，嘿嘿，以其人之道，还治其人之身。"

慕容湛迟疑："可是此计太过凶险。"

两国间两道天堑，一是千里沙漠，二是白泽森林。森林从西、北部将君和边

221

境包裹。比起沙漠，森林更加艰险，毒虫蛇蛊，蛮人瘴气，几乎是九死一生。当年楚余心元帅带着五万精锐，费尽千辛万苦才穿过白泽森林，最终却功亏一篑。

"破釜沉舟。"步千泓却不在意，"后来探得你在此处，就掉头过来了。至于唐卿围城，时局难测，哪里顾得了那么多！如今他不是也退兵了？"

慕容湛垂眸："多谢。"

步千泓淡笑："客气。"

两人又静默下来。破月坐在步千泓另一侧，见有些冷场，估计两人心里还有些尴尬，不禁觉得温暖又好笑，便开口道："小容，你今后打算怎么办？"

慕容湛笑意加深："整顿各地军队，在南方拉起义旗，相信过不了多少时日，便能与君和抗衡，收复失地。大哥，你有什么打算？"

破月心跳有些加速——小容他，又叫步千泓"大哥"了呢！

步千泓似乎想了一会儿，侧头望着慕容湛，缓缓笑了："大哥去为你打下承阳。"

慕容湛一把抓住步千泓的胳膊："太过凶险，不要去了！"

步千泓拍拍他的手，漫不经心地说："我爹能做到的，我也能做到。"慕容湛知他心志难撼，看向破月："为破月着想，你也不能涉险。"

步千泓瞧着破月："你委屈不？"破月将他的胳膊一抱："别废话，我要一起去。"自己先忍不住笑了，步千泓摸摸她的头："这才是乖娘子。去给我们拿点儿酒菜。"

两人望着她的身影走远，慕容湛又感动又难过。他多想随两人一起去君和，可他走不了，他要主持南方军务大局，扶持新帝。

"小容，很多年了啊。"步千泓看着天空中遍布的星辰。

"是，许多年了。"慕容湛也抬头。

破月在街上酒馆买了些酒菜，提着食盒跃上屋顶，远远便见两人并肩坐着，头顶是星光，脚下是灯火。他们都在笑，很放松地笑，看起来全无嫌隙，也无愁色。破月有点儿心疼，也有些难过。

墨官城一战后，大胥的抗战局面的确有了改观。在各地游离的大胥军，如同

222

有了主心骨，迅速向南集结；君和各支部队悄无声息地往北龟缩，双方一时僵持。

大胥帝加封慕容湛为太尉，参议军政大事；封步千泺为一品大将军，都督天下军事。十一月，天气初寒，步千泺、破月秘密拜别大胥帝和慕容湛，领一万精锐，从南方出发，伪装巩固边防，绕过君和防区，往北去了。

冬季往往是行军最难的时节，却也是越过白泽森林最好的季节。因为天寒地冻，毒虫蛇蚁减少大半，据说那些散乱的蛮人部落，也会躲进深山窑洞，抵御寒冬。

森林里的日光斑驳而柔和，树木满身湿气，地上则雪茫茫一片，就像一个冰冷的梦境，永远走不到尽头。开始的大半个月，一切都很顺利，有几名士兵大概误踏了蛮人的陷阱，受了伤，还有几人因为不适应北方天气感染风寒。队伍中并无人死亡。

后来，天气越来越冷了。尽管带够了衣物和食物，日子却变得难挨。好在步千泺治军甚严，大伙儿对他死心塌地，虽然辛苦，却从无怨言。

十二月底的一日，大军在一处山脚扎营休息。过了这一片山，大军就会进入盆地，天气会温暖些，路会好走些。再走上一个多月，就能抵达君和西北边境了。

步千泺的几个亲兵居然猎来了两头白熊，大家惊喜万分。步千泺割了一只熊掌、一块胸脯肉，与破月和十几个亲兵在一处林子里烧烤，其他的吩咐火头军炖汤，让大伙儿都尝尝鲜。

此时正是晌午，虽然没有日头，但也不会太冷，生起火后就更暖和了。十几个人围着篝火而坐，破月亲自操刀烧烤。肉香弥漫，步千泺和亲兵们吞着口水，眼睛都直了。

肉烤好了，步千泺却护短，大半个熊掌都要留给破月，大伙儿自然没有意见。破月望着比自己脸还大的熊掌苦笑，吃得千辛万苦，才完成一小半。她要给步千泺，他却舍不得自己吃，叫她留着，下一顿继续吃。

破月被他宠得心头甜丝丝的，听话地将熊掌放到一旁的石头上，心想待夜间无人，再与他亲昵分食。

大伙儿吃饱喝足，靠着营帐聊天。破月正收拾着烤肉器具，忽地一愣——放在地上的半边熊掌不见了。

破月记得很清楚，刚才没人靠近过这边，熊掌一定是被其他人拿走了。可放眼全军，不可能有人来偷将军的食物。破月屏气凝神，果然听到前方树后，有微不可闻的吞咽声和呼吸声。

定是方才大伙儿说话声太大，她和步千洐才没听到树后人的靠近。破月给步千洐递了个眼色。众人都是行军老手，见状也警惕起来。

步千洐忽地站起，身影快如鬼魅，瞬间已掠至树后。只听那人一声重喘，雪地上"啪"的一声，掉落一块被啃干净的白森森的熊掌骨。那人已被步千洐拽了出来，呆若木偶地站着，看着众人。

竟然是个孩子。

个头儿不高，只到步千洐的腰间，十来岁的样子。奇怪的是他的穿着打扮：海藻般的长发散落在肩头，黑中带灰，颜色黯淡得有些奇怪；尖脸黑漆漆的，还有些红、黄色彩涂抹，也不知道是什么，一双眼睛却黑亮无比；他身上裹着块厚厚的兽皮，四肢都露在外头，旁人看起来都替他觉得冷。

大家如今都明白了，逮到了个偷食的小蛮人。

"小子，你从哪儿钻出来的？"步千洐问，"你父母呢？"

小蛮人眨眨眼，不作声，一脸茫然与惊恐。

"也许他听不懂。"破月说，拿起块肉递给他。他看着破月，沉默了一会儿，飞快地伸手把肉抓走，大口啃咬。这里的男人们已经觉得自己够粗鲁了，看到这小子吃东西，才知道人外有人。

很快，他就把肉吃完了。破月又给他喝酒，他居然一口气喝了一碗，还打了个饱嗝，眼神明显有点儿飘忽了。破月失笑——毕竟是个孩子。

大家都看着他，他却不知从哪里摸出一根约莫食指长短、弯弯的雪白兽牙，递给破月，然后咧开嘴笑了。破月接过兽牙，很是感动。

"问问他们有多少人，其他蛮人在哪里。"步千洐盯着小蛮人道。

破月奇怪地看他一眼："我怎么问？他听不懂。"步千洐却笑："娘子温柔聪慧，定有法子。"众人闻言都笑了。

破月想了想，拍了拍那小蛮人的肩膀，伸手一个个数了在场的人，一共十一人。她从地上捡了十一根小树枝，堆在面前，再指指小蛮人。

小蛮人愣了一会儿，弯腰开始捡石子，直到在破月面前堆成一座小山。众人越看越奇，这么巧妙的法子，居然叫破月想了出来，不由得钦佩不已。

破月数完，对步千洐道："他们有二百七十四个人。"

孩子还在玩石子，众人都沉默下来。

虽然是万人大军，但森林行军，队伍拉得很长。蛮人行动敏捷，力大如牛。单看这小蛮人，竟然能潜入中军，不被亲兵发觉，可见其敏捷灵活。其余成年蛮人，只怕更难应付。若是与这三百来个蛮人起了冲突，伤亡必定惨重。

"问他住在何处。"步千洐面色凝重道，可话说出口，才想起这不是识数，破月要怎么做？

破月却胸有成竹，指了指自己的营帐，把孩子拉进去一起躺下。孩子很是新奇地玩了一会儿。破月拉他出来，指了指他。

他又懂了，朝身后一指，伸手拉破月跟自己走。

众人对望一眼，心头一喜。只要找到蛮人的住所，便能占据主动性。

谁也没料到，就在这时，前方林中忽然响起一声惨叫，声音极为惨厉，整个军营仿佛都为之一震。

"何事？"步千洐厉声高呼。

"大将军！东面树林飘来白烟！有兄弟吸入，似是中了剧毒！"有人远远答道。

那人话音刚落，惊呼声已此起彼伏。

"伏低！别吸入毒烟！"

"啊！有人射箭！"

"结阵！别让他们再射伤人！"

"大将军！东面有敌人偷袭！人数不明！"

破月望着步千洐冷意凝聚的侧脸，心下惊疑不定：是谁在这个时候偷袭？难道行踪已经泄露，唐卿派人来了？抑或是……

英雄携手

第四十七章

破月忽然觉得不对劲，很不对劲。

她反应过来——是她牵着的小蛮人，在缓慢而迟疑地向外抽手。她回头，首先看到的是他高兴的笑容。

他为什么要笑呢？她想。

然后她就看到后面相隔不到几步的树旁，低低地飘过一阵白烟，看起来干净又清新。

"背后！"破月喊道，众人回头，见状一惊。忽然，周围响起一阵阵悠长清亮的哨声。

"敌暗我明，先行避开！"步千洐低喝道。众人点头，朝前方发足飞奔。破月刚要迈步，手上一滑，小蛮人已趁她分神抽回了手。再定睛一看，他的身影已如小兔子般，闪入了那片白烟里。

如果那是毒烟，显然他并不惧怕。破月感觉到手上有柔软的东西，拿起来一看，是一片紫色狭长的树叶。她从没见过这种树叶，应该是小蛮人塞给她的。

众人往前跑了一段，便见许多士兵围在一起，地上似乎躺了不少人。白烟已经散去，但林子边沿还有丝丝袅袅的残痕。

步千洐和破月走近一看，情况十分糟糕：有十来名士兵横七竖八地躺在雪地上。他们脸上、露在外面手背的皮肤，像是被毒液侵蚀过，又肿又烂，恐怖极了。可大概是怕引来敌人，他们只是低声呻吟，没有一个人大喊大叫，但表情十分痛苦扭曲。

"发生了何事？"步千泃问。

原来毒烟飘来时，这些士兵在最外围，并未在意，结果吸入毒烟，就成了这样。军医中不乏医术高明者，可这毒烟闻所未闻，竟无药可解。步千泃让人把猎户向导叫来，那人看到士兵的惨状，吓得腿都软了。

"蛮人！"他惊恐地说，"这是蛮人的修罗烟！吸入这种烟，全身都会烂掉，痛三天三夜才会死！"

周围的人全安静下来。

"抓到蛮人了吗？"步千泃冷冷地问。

前锋将军上前答道："……尚未。弟兄们已追出去十来里，但他们对地形太熟悉了，一晃眼就不见了。"事实上，连个正面都没见到。

"传令，加大搜寻范围。蛮人忽然出现，此处离他们的巢穴必定不远。天黑之前，务必找出他们，拿到解药。"

众将领命去了。破月心念一动，掏出那片紫色树叶说："刚才的小蛮人给我的。"几名军医接过看了，都不认识。破月想了想，忽然咬下一点儿吃了下去。众人见她以身试毒，都吓了一跳。步千泃一把抓住她的手，关切地望着她。

破月想得很清楚——她与步千泃百毒不侵，若真有毒，她虽会有中毒反应，但能用内力排出，就是会不舒服，吃些苦头而已。

不过那树叶入口清甜，过了片刻，没有半点儿异常。她便将剩下的树叶，喂入一名看起来伤势最重的士兵嘴里。

众人屏气凝神看着，过了一会儿，士兵的呼吸明显顺畅了，他看起来舒服了很多，脸上的红肿似乎消退了不少，溃烂的脓液由稠转稀。

众人见状大喜，命令全军就地寻找这种树叶。可找了半个时辰，一无所获，他们重新陷入了困局。

天色将暗的时候，步千泃命令部队加强外围防范，而后躺在帐中，搂着破月沉思。

"偷袭者留下的脚印很奇怪。"他说，"浅，且小。"

破月一愣："那表示什么？"

"都是矮子，跟你个头差不多。"他笑了笑，"或者……都是孩子。"

破月更疑惑了——蛮人到底想干什么？如果有意加害，为何那个小蛮人要给她解药？可如果真的有更大的陷阱，今日的行为，岂不是打草惊蛇？

第二日天刚亮，破月醒来时，发现步千洐已经不在帐中了。

"大将军呢？"她问帐外亲兵。

亲兵的神色有些奇怪："将军带人到营外烤肉去了。"

她按照亲兵指明的方向出营，走了约莫一炷香时间，肉香越来越明显。她看到前方一片低矮的山丘上，燃着一堆篝火，上面烤着一大盘肉，香味简直要把树林点燃。

篝火旁并没有人。她听到一声低低的类似兽鸣的清啸，循声快步寻去，果见一片茂密的灌木丛里，有树枝轻轻摇曳。她一走近，就被人拉进去，落入个温暖的怀抱，不是步千洐是谁？

"胡闹！这圈套也太直接了。"破月低声说他。他笑笑："不试试怎么知道？蛮人与野兽无异。"

破月回头一看，才发现他身后还潜伏着数十人，用树叶掩饰着身形。

又等了半个时辰，前方忽然传来稀稀落落的脚步声，众人精神一振。过得片刻，丘陵旁的林子里树叶摇动，快速闪出四个身影。

大家都暗吃了一惊。因为那是四个孩子。

昨日那少年赫然在其中。他们的装扮都差不多，大的看起来十二三岁，小的七八岁。他们冲到烤肉架前，很警惕地四处看了看，然后抓起肉串凶猛开吃。

昨日的小蛮人——破月在心里叫他小石头。只见他左手拿着肉串，右手从烤架旁拿起什么，露出笑容。破月一看，下意识一摸腰间荷包，果然空了——小石头手里，不正是他昨日送她的兽牙？步千洐捏了捏她的手，她立刻明白，这么做的目的，是让小石头消除戒心。

果然，小石头把兽牙拿给最高的一个孩子看，比了个手势。高个子露出疑惑的表情，两人来回比了很多手势，最后高个子点了点头，像是被小石头说服了。

破月忽然意识到这一幕的诡异。

原来她只以为小石头不说话，是因为语言不通。可他们自己人在一起，还是孩子，为什么依旧打手势，不说话？就算是蛮族，也该有自己的语言吧？

难道他们都不会说话？这太奇怪了。

过了一会儿，小蛮人们又发现了酒，很快就喝得晕晕乎乎。步千洍看时间差不多了，叫远处士兵摇动树叶，发出声响，装作有人走近。

小蛮人们察觉了，立刻取下没吃完的两条羊腿、几十串肉，还有喝剩的大半坛酒，抱在怀里，脚步飘忽着跑了。

晌午的时候，森林沉浸在微黄明亮的日光里，就像被一层朦胧的水雾覆盖着，周围幽静空旷，不远处就是山顶，上面盖着厚厚的积雪。

这里是半山腰，笔直的乔木直耸入云，形态各异的巨石嶙峋满目，一座座老旧的黄色的圆顶小屋散布在林中。屋子非常多，密密麻麻地蔓延到山顶，看起来是个非常大的部落，人数绝对超过五千。如果不是跟着小蛮人们到这里，步千洍等人绝对发现不了，在这样云雾缭绕的陡峭山崖上，还有数量庞大的蛮人居住。

村落里三三两两站着小孩，但没看到大人。小石头吹着某种哨子，声音很悠扬，很快，更多的孩子跑了出来。小石头几个将战利品抬进最大的一间屋子里，其他孩子都显得很兴奋，纷纷冲进那间屋子。破月注意到，他们每个人背后，都背着弓箭，短小的箭矢看起来跟那日射向士兵的一模一样。

并且，从头至尾，没人说过话，全是打手势。

数百个看起来天真可爱的孩子，一直保持沉默，多少令人有点儿毛骨悚然。

步千洍很有耐心，让士兵们一直等到天黑。这时，包围在村落外围的士兵已有两千余人。迄今为止，他们没有见到一个成年蛮人。

"怎么没动静了？"破月盯着死寂的村落。

"因为我在酒肉里下了蒙汗药。"步千洍微微一笑，挥手，士兵们从树后、哨壁后现身，逼近村落。

攻占蛮人村落进行得超乎想象的顺利。当步千洐带兵冲进最大的那间屋子时，发现里面横七竖八地躺满了呼呼大睡的小蛮人。步千洐命人将他们全绑了，并未急着用水将他们泼醒，而是带人检视整个部落，加快布防。

破月跟着步千洐进入其他屋子，越看越奇怪。

首先，依然没发现成年人。但是每间屋子里，都有成年人的用具：衣服、鞋、大碗，看起来还挺整洁，似乎刚刚离开不久。有什么原因能让父母离开孩子呢？破月推断，极有可能是外出狩猎了。这意味着他们随时可能回来，这里很危险。

其次，破月以为会见到极具土著特色的房屋，但事实上，这些屋子里的摆设大多简单，也没什么特别的民族图腾，倒跟中原的普通农户家里差不多。

让人惊讶的是，士兵在很多屋子里发现了米和肉干，甚至还有崭新的棉衣。有些屋子里煮着饭，看起来半生不熟，也许是孩子们自己做的，所以才会被步千洐的美味烤肉吸引吧？这里的生活似乎很富足。但如果这样，关于成年人外出狩猎寻找食物的推测就不成立了。那他们去了哪里？难道遭遇了意外的浩劫，全都死光了？

幸运的是，士兵们在许多屋子后头，发现了能够医治毒烟的那种长着狭长的紫色树叶的植物。步千洐立刻命士兵摘了许多，往军营送去。

最后一个，也是最令人震撼的发现——那些孩子。

他们的舌头，全部被人齐根割掉了。当一个士兵偶然间发现这个情况时，所有人都安静下来，面面相觑。破月在一间屋子里发现了一个七八个月大的正在甜睡的婴儿，小心翼翼地掰开他的嘴，看了一眼，就不忍再看。

这一切，到底是为什么？昨日袭击他们的，很可能就是这帮孩子。也许他们的行为只是出于自卫和防范，因为破坏性并不大。可这个隐藏在山巅上的蛮人村落，到底有着什么样的秘密？大胥长途偷袭君和的险招，又会不会受影响？

所有的疑虑，只能从这些孩子身上得到答案了。破月端来瓢水，步千洐点点头，她轻轻朝小石头的脸上泼去。

小石头醒的时候目光很迷茫，看到破月时却立刻笑了。他还有几分迷糊的醉意，抬手搂住破月的脖子，冲她可爱地眨了眨眼。破月的心软得一塌糊涂。

步千洵站在两人身后。为了怕小石头惊恐，这间屋子里，只有他们三个人。破月拿出早准备好的一把精致的匕首，递给小石头。那匕首是步千洵从别处得到的，刀鞘镶着宝石珍珠、雕刻着漂亮花纹，约莫是贵族之物。

小石头惊喜地把玩个不停。过了一会儿，破月从旁边拿出一件成年人的兽皮衣，对小石头做出疑惑的神情。

小石头脸上的笑容立刻没了，扁着嘴，眼眶红了，很快掉落几滴眼泪。破月吃了一惊，又拍了拍他的肩膀。他擦干眼泪，指了指地上。破月心头微惊。

小石头看她沉默，忽然站起来，做出一只手拉着什么，一只手挥舞的样子。步千洵立刻说："他在比画骑马。"破月一看，还真像。然后小石头指了指自己背上的弓箭，做出中箭倒地的样子，很生动。

破月和步千洵对望一眼，有点儿明白了。小石头指着地面，意思应该是埋在地下。看来这个村落的成年人，真的都死了。也许是部落间的混战吧。

他们不用再担心遭到成年蛮族人的攻击了，但也替这些孩子难过。见小石头继续低头把玩匕首，破月有些不忍，但还是拍拍他的肩膀，张开嘴，指了指自己的舌头。

小石头很疑惑地看着她，伸手到她唇边，似乎想摸她的舌头，又不敢，然后指了指自己嘴里，摇摇头，表示没有。

破月原以为他会难过，万没料到他只是好奇。联想到之前看到的没有舌头的婴儿，步千洵低声道："也许是生下来舌头就被割掉了。"

破月心头很不舒服。为什么？是部落的某种仪式吗？可有谁会狠心切断孩子的舌头？

看着小石头天真无邪的表情，破月真的不想再问了，但事关重大，她只能继续。她掏出一片狭长的紫色树叶，对他挥了挥。他点点头，带着破月走出屋子。看到屋外的士兵时，他有些害怕，躲到破月身后。步千洵喝道："笑！"士兵们一愣，全咧开嘴笑了。小石头的脸色这才好了些。

小石头带破月到了屋子后面，却是把这种紫色植物指给她看。她摇摇头，用手在空中比画风烟摇动。小石头很聪明，立刻又明白了，带她走到几棵大树旁，指着一堆针叶茂密的红色灌木，然后从腰间掏出火石，作势要烧。

破月拦住了他，步千泞立刻命人摘了些树枝去烧。不多时，士兵传来消息——毒烟果然是燃烧这种树枝造成的。

月亮升上来的时候，村落中间的大片空地上，燃起了熊熊篝火，饭菜的香味前所未有地笼罩着整个山峰。

孩子们一个一个醒来，迷糊地揉着眼睛走到屋外。当他们看清眼前的景色时，都惊呆了。他们看到很多陌生人站在空地上，大多高大强壮，但是每个人脸上都有温和的笑。

站在最前头的是一对很好看的男女，小石头跟他们站在一起，很高兴的样子。而五大堆篝火上，烤满野味——那些都是士兵们猎来的，山鸡、野猪、野兔，什么都有。篝火前铺着十来块黑布，五个火头军正将一碗碗热腾腾的饭菜，端到黑布上。那香味，足以令每个孩子咽口水。

孩子中有人开始跟小石头用手势交谈。破月注意到，小石头用手频频指向自己，然后拍了拍心脏。她猜想那是友好的意思，也用手指了指小石头，拍了拍心口。小石头一下子高兴极了。

孩子们看到她的手势，像是得到了保证，全都冲过来，端起饭菜，直接用手抓着吃了起来。看着他们高兴的样子，破月的眼泪差点儿掉下来。毫无疑问，身后的男人们也被感动了，全都沉默地看着孩子们的举动。篝火摇曳，映照着每个人温柔的脸庞。

忽然有个士兵走出来，从怀中掏出什么，递给一个孩子。破月看到，那是一块碎银。这东西在蛮人手上也许毫无用处，可孩子却很高兴，兴奋地举着看。其他士兵见状，都开始纷纷在身上翻找。

破月觉得有点儿好笑，也很感动。他们掏出的有金银、珍珠，或者只是自己随身带的手帕、手套等。无论是什么，孩子们都感到很新奇，兴奋不已。

这晚，两千士兵醉倒在山寨里。山顶格外幽冷安静，一切就像童年旧梦，唯有稀薄的月光，无忧无虑地照在男人和孩子甜睡的容颜上，照在士兵腰间的佩刀上。

第二天队伍离开的时候，每个士兵胸前都多了一根手指长短的兽牙。那是孩子们回赠给他们的。这大概是部落的某种风俗。小石头一直追着破月的马，跑了几个山头，才肯回去，累得破月掉了许多眼泪。步千洐跟她说，等打完仗，一定找人来收养或者照顾这些孩子。

神龙营历经千辛万苦，终于走出了白泽森林。

这日是个大晴天，远远望去，群山环抱中的承阳城像另一个世界的繁华乐土，巍峨城墙、连绵城郭，在晨光中厚重而温暖。

步千洐格外小心，命队伍在城外五十里安营扎寨。他知道唐卿斥候的厉害，派了几名高手去城门附近试探。过了一个时辰，斥候们回来了，但是表情都很怪异。

"大将军。"他们说，"承阳城门，是开着的。城楼下有许多君和士兵的尸身。我们怕有圈套，没敢进去。"

众将大吃一惊，其中老成者迟疑道："大将军，会不会是唐卿发觉了我们的行踪，故意设下圈套？"

这个猜测虽然匪夷所思，但破月也深以为然。在她看来，唐卿的确有诸葛亮的潜质啊。

可步千洐沉思片刻，却下令："全军开拔，日落之后动身进城。"

"啊？大将军三思！"众人比得到承阳城门开着的消息还震惊。步千洐却站起来，面色凝重地说："承阳是君和帝都，唐卿傲骨铮铮、为人坦荡，他用兵再诡谲，也绝不会拿承阳作饵。所以，承阳已经破了。"

众人瞪大眼，纷纷问："若是承阳城已破，又是被谁打下的？难道青仑王这么快就反攻了？"

步千洐沉吟不语，只有进城亲眼看看，才能印证他心中猜测。

夜风徐徐，城楼上破败的旗帜呼呼作响，月光在城墙上覆上一层淡淡的光泽，深色凝固的血痕狰狞而醒目。僵硬的尸体像是引路石，越往城门，数量越多。城门下，更是堆了厚厚一层。

城门朝里洞开，风往里灌着。远远望去，城内竟见不到半点儿灯火。

前锋已探明，城内的确没有埋伏，步千洐命大军缓行入城。月光照在湿漉漉

233

的大路上，人足踩在地面，就像站在沼泽里。

趁着火光一看，那潮湿竟是寸许深的血水，还有些地方尚未干涸。而赭色的尸身，一直蔓延到前方街道尽头。有士兵去查探，那些君和士兵至少死了两三日。可以想象，这里发生过一场多么惨烈的恶战。

见到如此地狱般的景象，新兵早已大口大口呕吐起来，女兵更是捂嘴不发出尖叫。有些老兵都看得恶心不忍。破月虽然历经百战，但这种场合也是少见，恶心得干呕。步千洐将她从马上抱过来，紧紧圈在怀里。

这是一座死城。在检查了城中大部分区域，包括皇宫、官员府邸、百姓民居后，他们还未发现一个活人。一个时辰后，步千洐与众将在皇宫落脚。这里宫墙高耸、毁坏较小，歇在此处，有利于防御。

次日一早，步千洐命大军往东南而行。一路不断见到被火烧过的村庄、君和士兵的尸体，也开始见到零散的蛮人尸首。

"不远了。"步千洐说，"全军急行。"

"你怎知不远？"破月与他共骑。

"一路过来，你可曾见到蛮人尸首？"步千洐说，"如今必是来不及收殓，咱们打他个猝不及防。"

原本要走五日的路程，被步千洐生生用了三日便走完。功夫不负有心人，第三日傍晚，大军前锋行至一座大山脚下，远远便见前方树林中，火光大作。

步千洐完全没料到，会在这里看到唐卿的帅旗。赭色雄鹰旗随风飘扬，饶是颜色灰败、千疮百孔，也掩不住那绝世而立的风姿。

"会否是唐卿的圈套？"有将领问。

步千洐反问："难道你未见承阳城生灵涂炭？"他翻身下马，与破月领一千精锐，于夜色中潜行过去。

橘红色的火把像一只摇曳的眼珠，在夜色里闪烁浮沉。步千洐率众人伏在山丘后，首先看到的，是数十个高大到近乎畸形的蓝色身影。火光在地上拉扯出

234

更加狭长的影子，令他们看起来与鬼怪无异。

而蛮人的包围圈中，数名赭衣人正奋力抵抗，具体情况看不分明。然步千洐和破月目力更好，立刻辨认出其中一把长剑快若惊鸿，于林中纵横腾挪。

十三！

两人都在心底叫出这名字。

"大将军，咱们怎么做？"前锋将军问。

"全部活捉。"步千洐道，"谁有良计？"

立刻有名军官站出来："大将军，蛮人有毒烟，小的也有。不妨一试？"原来是名善用毒的江湖游侠。前些日子见到蛮人的毒烟后，他一直在暗中研究，今日见有机会，立刻献计。

步千洐和破月都觉这样最好。于是那军官聚齐些树枝、树叶，点火之后，从怀中取出个小白瓷瓶，全倾倒进火里。淡黄色轻烟缓缓升起，那人请步千洐连拍数掌，将烟雾朝树林吹去。

众人期待地看着，片刻后，果然有了效果，林中"扑通""扑通"数声，倒下数人。

可这效果绝不是他们想要的。因为赭衣人全部倒下了，唐卿的帅旗也倒下了，所有蛮人却静立不动，片刻后，全部转身，看着这边。

难道蛮人竟然百毒不侵？

可已经来不及细想了，他们已经朝山坡冲了过来。

好在他们看起来只有五十余人，众人半点儿不慌。步千洐厉喝："放箭！"

数张劲弩齐射，箭雨如蝗，每个蛮人身上都至少中了七八箭。然而匪夷所思的事再次发生了，除了被射中眼珠的蛮人停下脚步，在原地胡乱挥舞长枪，其他蛮人哪怕全身如刺猬，攻势依然不减，朝山坡冲了上来。

狭路相逢，避无可避，步千洐抽出长刀，厉喝道："杀！"

这是一场非常惨烈的恶战。月色清亮，盈盈照耀在山坡上，也照亮每一个蛮人的脸，沉默、麻木而凶狠。沉甸甸的长枪，于他们手中有若游龙，追魂夺命。他们并非只懂蛮干，在冲到山坡上时，悄无声息地变化为尖锥阵形，再往两翼展开，瞬间冲破了士兵们的兵阵。分明五十人的队伍，气势如此磅礴沉稳，竟不把步千洐的这一千人放在眼里。

千钧一发之际，步千洐抽出长刀，刹那间如漫天大雪纷飞。黑色身影拔地而起，雷霆万钧般落下，直扑为首的一名蛮人。鸣鸿于半空隐有风雷声，直破那蛮人的精铁长枪，刀光亮如白昼，瞬间将那蛮人从头到脚劈为两半！

"好！"众兵士掌声雷动，气血大振，方才被蛮人冲破的阵脚，也迅速恢复严密。而其余蛮人约莫从未见过如此凶悍的对手，全都一愣，就这一分神的工夫，包围圈已成，蛮人们深陷兵阵。

两炷香的时间后。

步千洐和破月提刀站在血泊里，心情都很沉重。五十余名蛮人终于被剿杀干净，没有活口——留不下活口。点穴竟然对他们是无用的，而他们不到战死，绝不投降。可这边的伤亡也很大，战死八十余人，重伤一百一十人。若不是步千洐在这方寸之地灵活应变，几乎要将所有手段用到极致，伤亡还会更大。

可再想想，如果是两方大军交战，步千洐不可能这样事无巨细地临场指挥，正面对抗时，神龙营的伤亡会更大！

目前，只能走一步看一步了。两人带着一队亲兵，迅速冲下山坡，只见林中倒着二十余人，正中一辆马车已然残破不堪。马车前躺着的，不正是十三？步千洐将他扶起，破月掀开车帘一看，唐卿、唐甜兄妹昏迷着靠在车壁上。

次日清晨。

步千洐二人走到营帐门口，亲兵低声道："都醒了。"

步千洐点点头，露出笑意，掀开帐门。日光照进去，只见一人面目俊朗、容颜苍白，坐在榻上；另外两人站在他身侧，闻声都转过头来。

三兄妹长相各异，可那份清隽和沉静，如出一辙。唐甜一身红衣，目光探究；十三面无表情，眸色很难得地有些复杂。唐卿的表情则简单许多——他含笑看着二人，既无紧张，也无防备，不似被俘的敌国元帅，倒似老友到访，言笑晏晏。

"步将军，我兄妹三人，多谢你救命之恩。"他温和道，十三和唐甜听他这么说，同时拜倒在地，他却道，"我行动不便，无法下地，失礼了。"

步千洐一愣，上前扶起十三。破月扶起唐甜，看着唐卿。只见他端坐于榻上，双腿一动不动。

他察觉到两人的目光，苦笑道："长期服药，终是伤了血脉筋骨。"

步千洐一路披荆斩棘往北而来，虽是为了复国破敌，但也存着与唐卿好好大战一场、一较高下的心思。如今见唐卿也国破家亡，甚至双腿残疾，竟生出几分知己罹难的伤痛。他沉默片刻，上前道："元帅，我军中不乏能人异士，且让他们来为你诊治。"

唐卿摇头："无妨，先说军事吧。"他顿了顿，脸上浮现笑意，"你带兵穿过了白泽森林？"

步千洐大为敬服，点头道："正是。为了偷袭承阳，报你当日攻下帝京之仇。"

唐卿一怔，微笑道："若不是蛮人大军，你想攻下承阳，倒也不容易。"

"极难，但也不是不可能。"

唐卿点头："假设已无意义。如今我三人为你所擒，敢问将军要如何处置？"

步千洐沉吟不语。

"别杀他。"十三闷闷的声音响起，清亮的眸看着步千洐。唐甜一脸警惕戒备，破月也有点儿紧张了——她知道步千洐虽与唐卿互相欣赏，但是在国仇家恨前，步千洐从来不是个拖泥带水的人，他的心肠比谁都硬。

但这次，步千洐的狠绝，连她都未料到。他看着唐卿，语气平静道："大胥分崩离析，皆你一手促成。我还有何理由留你性命？"

十三的脸骤然变色，唐甜目露决绝的恨意，破月沉默不语。

唐卿却笑了，慢悠悠道："理由，自然是有的。"

步千洐脸上泛起似有似无的笑意："譬如？"

"蛮人。"

237

第四十八章

神秘元帅

当唐卿与步千泸并肩坐在中军大帐内，面对大胥将士惊讶、质疑甚至愤怒的眼神时，唐卿的内心，并不像外表看起来那样轻松自若。

他在忧心。忧心的并非个人安危，而是天下大势。

两个月前他领大军返回承阳，并不知道等待他的是一个异常艰险的时局。十万蛮族兵临城下，承阳风雨飘摇，人心惶惶。

而他和新帝却犯了个致命的错误——低估了对手。

腊月二十三，蛮族攻城。唐卿并不害怕，哪怕早知蛮族骁勇。然而他万万没有料到，他会在与动物无异的蛮族大军中，遇到今生最强悍的对手。

步千泸固然天纵英才，但暂时还没被唐卿视为对手。所谓天时、地利、人和，步千泸即使出山，接手的也是大胥的烂摊子，且大胥新帝器量狭窄，步千泸生性豪放，两相桎梏下，步千泸必难有大作为。所以即便大胥五年内不亡，步千泸也不会是他唐卿的对手。

可蛮人之中，竟然藏龙卧虎。

那人带兵攻城一个月，与唐卿打得不分上下。旁人或还觉得是蛮人太强悍，两方势均力敌。唐卿却暗自心惊肉跳——须知唐氏钻研神兵利器已有数年，在武器上远远领先于蛮人。在这种前提下，双方依然难分胜负，不能不叫他忧心。

便在这节骨眼上，连日北风大作，对方突然于城外燃放神秘浓烟，满城守军中毒者十之三四，军心大挫。若不是唐卿治军甚严，坚持守城，只怕城门早就被攻破了。

然而还不止，对方的撒手锏在这个时候才使了出来。一夜之间，君和新帝被刺杀，负责皇城安危的卫尉叛变，率禁军以"诛杀叛党"为名，偷袭唐家，意图置唐卿于死地。同日，奸细偷偷打开东城门，蛮族长驱直入，平手战局就此打破。

然而唐卿也是极厉害的，硬是率着七八万残军与蛮人展开巷战，生生将野兽般的蛮人堵在东城半个月，掩护全城百姓撤离。待得他领残部且战且退，已是身陷重围、力有不逮，直至在城外数里，被步千洴出手相救。

如今，事实的真相于他心中，已是水一般清晰。

流浔的暗棋并非与大胥联手。他们的暗棋，是蛮人大军。潜伏在承阳城内的奸细，也是流浔人。只是流浔如何驯服野性十足的蛮人，甚至训练成如此强悍的军队，令他百思不得其解。

他不由得想起几年前，自己在东北大营遭遇蛮人刺杀，幸亏被步千洴和颜破月搭救。他想起流浔臣子慌慌张张跑来解释，说是流浔士兵惊动了蛮人，才导致蛮人南下。现在想来，说不定流浔早就开始训练蛮人，那次应当是出了什么岔子，让几个蛮人落单，怕被他发觉异常，所以才急忙掩饰。

流浔狼子野心，只怕已筹谋许多年了。

只是，带领蛮族大军攻打承阳的将领到底是谁？不可能是蛮人，即便他们能够被训练成军纪严明的部队，也不可能凭空生出个名将。难道是流浔人？流浔人中何时出了如此杰出的人才？

想到这里，他看了一眼邻座的步千洴。他之所以相信步千洴，并非因为觉得对方会心软，而是他相信，步千洴对大局看得同样通透——如果君和亡了，流浔的下一个目标就是大胥，况且他认为步千洴跟自己是同一种人——征战，是为了止战。

所以，步千洴一定会力劝大胥帝、慕容湛停战，与君和联手。而如果他日能

239

战胜流浔，君和困局解开，他唐卿亦不愿再战。

毫无疑问，步千浔在这支军队里拥有绝对的权威。在他向众将阐明利害后，大家竟然接受了要与君和联手的事实。什么样的将军，带出什么样的兵。唐卿觉得，步千浔的兵，凶悍却仁慈，非常矛盾，却也令他心生敬服。

在唐卿向众将说明蛮军的作战特点后，子时已过。见唐卿连声咳嗽，面色苍白，嘴唇却越发殷红，步千浔大手一挥："今日暂且议到这里。"

众将散了，步千浔将唐卿的轮椅推出大帐，忽然说："我们虽然击退了围攻你的蛮人，但你说他们会不会再次偷袭？"

唐卿微笑："当然会。你打算如何应对？"

步千浔笑而不语。

这时，伫立在营帐外的破月、十三、唐甜三人迎上来。唐卿继续道："千浔，我与蛮人交手多次，也有些对付毒烟的经验。你让士兵每人多准备几条湿毛巾，再寻些花瓣、枯草，塞在毛巾里，或可阻挡片刻毒烟——这已是最行之有效的法子了。"

他的语气极为诚挚平和，破月听见了，有些感动，看一眼步千浔，他也微微动容："元帅对我推心置腹，毫无保留。步千浔今日与你首次合兵抗敌，又岂能不备上见面礼？"他看向破月，她笑着点头，从怀中拿出一包紫色狭长树叶，递给唐卿等人。

待到破月说明在蛮族部落的经历后，唐卿三人惊喜不已。

"如此一来，蛮人若是放毒，咱们就不怕了！"唐甜喜笑颜开。

十三看着破月："多少？"

破月绽放大大的笑容："很多很多。本来打算用来打承阳的。"

十三一愣，唐甜有些尴尬，唐卿低声失笑，步千浔将她一搂："娘子，不可如此实诚。元帅会记仇的。"

唐卿微笑着看一眼破月："不会。"又对步千浔说："你们有此奇遇，真乃上天眷顾。这一仗，你打算如何打？"

步千浔缓缓道："将计就计？"

唐卿笑意更深："正该如此。"

两人一拍即合，竟再不多话。唐卿微笑道："我已倦了，这便回营歇息，明晚静候佳音。"步千洐点头。

破月靠在他肩膀上，看那兄妹三人回帐，竟真的放心大胆去睡觉了，不由得嗔怪道："虽然我对唐卿印象不错，但这好歹是你的地盘，他们还真放得下心？而且他也不帮忙？"

步千洐失笑："今夜只是些筹备事项，真有用得上他时，他自然会出手。"

天明时分，日头躲在厚重的云层后，天地间苍白一片。神龙营落脚的地方是一个破落的村庄，此时村子内外静悄悄的，士兵们或在农舍中沉睡，或在村外安营扎寨，甚至有的就地躺在枯草厚实的山头上。

今日无风，有雾，淡淡笼罩着田野。如果不仔细看，还真的不能发觉，有阵阵稀薄的轻烟拂过树梢、掠过山坡，慢慢弥漫了整个村落。

破晓鸡鸣之后，村落中很快响起此起彼伏的惨叫声。许多人在跑，有的跑到村子外头，却发现村外已是白烟一片，逃生无门，只得又退了回去。

那烟是从四个方向同时袭来的，将整个村子堵得密密实实。又过了半个时辰，村子里的动静越来越小。最终，归于平寂。

天渐渐放晴，日光从高空照射下来，残余的薄烟萦绕村庄，令它看起来像是仙境中的所在。

村外南侧，野兽般雄壮的蛮人渐渐崭露出严整的阵形。随着外围烟雾被驱散，露出的蛮人越来越多。

在数千手持板斧的前锋队后，一个男人身着蓝色流浔国战袍，静静立于马上。他身形极为魁梧，比其余蛮人还要高大一些，但因他体形偏瘦，看起来并无粗陋的狰狞。他右手持一柄暗沉的单刀，脚踏皂色长靴，腰系黑带，于晨光中格外英武威严。麦色的面皮上，一双深邃的眼眸目光阴冷，络腮胡子遮住大半面容，只让人觉得这是个非常冷酷、粗犷的男人。

他一挥手，身旁旗兵打出旗语，五千前锋得令，便如猛虎下山般，沉默地朝村落冲去。

片刻后，村中传来零星的打斗声，随即恢复沉寂。

身旁一名蛮人副将正要按原计划策马率大军入村，那男人却忽地抬手，阻住他的去势。

"有诈。"他用刀尖在泥地上画出这几个字。

副将呆呆看了片刻，他却又写道："围村。"

晌午时分，步千洺负手立于村中道路两旁的伏兵阵后，微蹙眉头："蛮人守在村外，不再进攻？"

"正是。"斥候答道，"他们已安营扎寨。"

破月关切地看着步千洺。他沉思片刻，冷笑道："如此，便准备突围吧。"

天色渐黑，原地戒备的蛮人前哨发现了件奇怪的事——他看到前方的树林里，飘来阵阵似有似无的烟雾。他以为是晚上的雾气，没太在意。待那烟雾到了眼前，忽觉眼睛刺痛、脸皮痒麻。这感觉如此熟悉，他立刻知道，这根本是蛮族的修罗烟！

蛮人不会说话，"嘎嘎"发出嘶哑的声音，冲到营中，朝领军大将禀报。

那蓝衣男人负手站在军中，望着远处缓缓逼近的浓烟，没有半点儿惊慌。副将已命各部分发解毒草服下，许多蛮人本身就带有解毒草，经过短暂的慌乱后，全军很快平静下来。

这时，打斗厮杀声从东侧传来。斥候来报，原来敌军趁着夜色燃放毒烟，已从守卫较薄弱的东面突围了。因东面皆是山林，万余敌军化零为整，顷刻没入山野，根本无法阻拦。

众蛮人嘶哑地低叫着，他们虽呆笨，却也奇怪，为何敌人也有了蛮族毒烟？

而那领兵的男人听到不利战报，竟无半点儿反应。他只沉默地望着漆黑的夜色，片刻后，翻身上马，命令全军往南去了。

两日后。

初春的日光静静笼罩在山岭上，山脚的流水潺潺，微光荡漾，满目青翠碧绿，寂静无声。

步千洐负手站在水流前，唐卿坐着轮椅，停在他身旁稀疏的草地上。两人沉默片刻，步千洐先开口。

"你早料到，他会识破我的埋伏，对不对？"

唐卿淡淡地点头："对。"

步千洐并无恼意，语气不急不缓："所以你才说次日晚静候佳音，是料定我会选在天黑时突围？"

"嗯。"唐卿话锋一转，"千洐，咱们结为兄弟吧。"

饶是步千洐对唐卿已有些信任，此时也感到吃惊。

"怎么，不敢？"唐卿含笑望着他。

"别激我，那无用。"步千洐静静望着他，"你有何图谋？"

唐卿敛了笑，抬头望着前方碧蓝的天色。

"天下太平。"

晌午过后，唐卿在匆匆赶来的君和三万东路军的护送下，离开了大胥军大营。步千洐将他兄妹三人送至大营外，旋即回到营中，一人独坐，蹙眉沉思。

破月端了饭菜进来，便见他凝重的神色，柔声问："唐卿跟你说了什么，叫你如此为难？"

步千洐将她揽入怀里，低声道："并非为难。他……给我画了张大饼。"

他想起今早与唐卿在溪旁的对话。

"蛮军势如破竹，大军所过之地，君和兵败如山。然而瘦死的骆驼比马大，卿今日不死，定当联络各部，再战流浔。只是敌人骁勇至斯，即便卿托大，胜算也不过四成。"唐卿说出这番话时很平静，虽然这等于判定了君和死刑。

"流浔灭君和之后，下一个目标，自然是大胥。大胥已经元气大伤，还有能力抵抗流浔吗？"他淡笑道，"卿大不敬地说一句，如今……我君和皇室覆灭，卿必将执掌大权。如此，卿可向大胥许诺，只要联手破了流浔，君和与大胥，何不一统？只要严修法制，凡事以天下百姓为先，卿奉慕容氏为帝又如何？"

步千洐听到这个提议，当真是大吃一惊。震撼之后，对唐卿的崇敬又添了几分。他觉得这个人当真是心怀天下，没有国别之分。

"好。"步千洐心情激荡，朝他拜倒，"我信你。我必将上奏吾皇，以联手抵抗流浔，早日让天下太平。"

唐卿坦然受了他这一礼，眸色平和地笑了："千浔，你相信天命所归吗？你认为慕容充当真能做天下的帝王吗？"

步千浔沉默不语，唐卿也不再逼他，只柔声道："今日与你结拜，只因知你是重情义之人，有兄弟一诺，胜过纸面契约。然今日一别，望君珍重。只愿明年此时，祸乱已除，天下太平，你、我、十三，还有你那义弟慕容湛，能够把酒言欢，共赏河山。"

思及此处，步千浔的心亦柔和下来，抬眸见破月水盈盈的眸正关切地望着自己，只觉家国天下重任，皆化在这一双饱含情意的眸子里。两人厮磨片刻，他沉声道："月儿，咱们南下，与小容会合。"

一个月后。

若说二十年来，流浔于世人的印象不过是边陲可有可无、摇摆不定的小国，蛮人只是北部极地的一个神秘部落，那么如今，整个大陆已无人不知流浔蛮荒铁骑的厉害。

强盛如君和，也应了"盛极而衰"的谶语。这一个月来，面对蛮人和流浔的三十万联军，唐卿也只是勉力保存军队实力，君和的国土，依然一点点被流浔蚕食。

曾经留守大胥境内的八万余君和兵马，在得到唐卿的命令后，立刻往北撤兵。而在大胥已经南迁的小朝廷中，几乎众口一词"乘势追击"，希望剿灭这支君和侵略军。皇帝慕容充更是跃跃欲试，动了御驾亲征的念头。

在这决定大陆全局的时刻，慕容湛站出来力排众议，劝诫皇帝放君和兵马离境，只因他已收到步千浔的密信。

慕容充也并非冲动短视之人，在看了步千浔的密信后，着实为难了一番。他一是觉得区区蛮人，岂会那样厉害？只怕步千浔有所夸大；二是决计不信唐卿肯奉自己为天下君主；三是想要君和跟蛮人斗个两败俱伤，再收渔利。

于是他便允了慕容湛的提议，不再追击君和军队。但慕容湛建议由自己率大军北上，与君和联手攻打流浔，他却坚决不允了。

"王叔，你是朕的左膀右臂，朕不能令你涉险。"慕容充这番话说得的确是真心诚意。慕容湛思索过后，也觉深入君和境内实在凶险。他毕竟与唐卿交往不深，心存疑虑，遂叹息作罢。

数日后，慕容湛率三万军队，护送慕容充返回帝京，重登帝位。一时间举国欢腾，慕容充更是欢喜不已。

如此，大陆形势便在征战中稳定下来。君和与流浔在北部打得胶着，大胥趁机收复失地。步千洐料定小容暂时不能提兵北上，便加快南行，想要说服他和皇帝出兵。

谁也没料到，流浔会在这个时候派一支蛮族军队奇袭帝京。而这个时候，步千洐的万余人马，尚在穿越青仓沙漠。后世评论流浔这一举动为"看似鲁莽，实则英明"。原因很简单，君和皇室已经覆灭，如果大胥皇室也被杀光，士气必然大挫。而这世上，就只剩下流浔徐傲一个天子。

三月初四，慕容湛照旧入宫，与皇帝商议了全国军队的布置，之后便到帝京驻军大营巡视。天色将暗之时，慕容湛正立于城楼上眺望。按照步千洐的密信，他这几日应该回来了。

正怔怔出神间，有亲兵喘着粗气扑倒在前："王爷！刚刚斥候来报，发现、发现一支大军，已在二十里外！人数不明！"

慕容湛眉头急蹙："我命斥候刺探百里，为何如今才来报？"

亲兵摇头不知，慕容湛沉吟不语。副将见状问："会否是步将军的部队？"

慕容湛摇头："若是他回来，岂会故意瞒过斥候？"

副将脸色微变："君和军队刚刚撤走，我北部青仓、湖苏诸城守备薄弱。难道是君和人意欲再次偷袭帝京？"

慕容湛没回答，他厉喝一声："传令三军，全城戒备，准备迎敌。"

月上枝头，饱经战火的帝京笼罩在阴沉的夜色里。城中灯火已不及战前一半，但终究添了许多活气。慕容湛一直站在城楼上，看着寂静的远方。然而四野始终黑黢黢一片，这令他暗暗捏一把冷汗。

更晚一些的时候，城楼上起了北风，黑夜里有淡淡的雾气凝聚、弥漫，*丝丝缕缕*，缓缓朝城头袭来。慕容湛望着那袅袅轻烟，心情有些怅然，正恍惚间，忽地察觉异样。

不对，这烟不对。这烟分明是朝城楼而来。

"火把！"他厉喝一声。

城楼顿时一片大亮。这回他和将士们都看清了，哪里是雾气，分明是滚滚浓烟，朝城楼袭来。尽管不知道敌人燃起烟雾是何意，是要遮挡视线吗？但慕容湛还是警惕地下令："捂住口鼻，避开浓烟！弓箭手准备！"

北风更烈时，城楼上已是惨叫声一片。副将捂着脸冲过来："王爷！此处凶险！请下城楼！"慕容湛一把将他推开，对身旁亲兵队长喝道："带上我的亲兵队，入宫保护皇上。"又压低声音道，"若是情况有异，护送皇上从南门走！"

万人大军，于草绿花开的时节往南行进，一路遇到几支君和撤军，双方不发一言，各走各的。

接下来几日，越往南走，零散的士兵尸身越多。

十日后，抵达帝京。

眼前的景象叫所有人惊骇难言。

城池已破。

野兽般的蛮人尸身在城门前堆积成山，鲜血染红了城墙、浸湿了大地，破败的黑色旌旗有气无力地耷拉在城楼上。

城门洞开，厮杀声隐隐传来，宛若午夜遥远的雷鸣。

步千泔当即就红了眼。狭路相逢勇者胜，他深知此刻两军很可能正打得胶着，生力军的加入有可能改变局势，但也只是可能。

他不能放过。

"保护皇上！保护帝京！"他大喝一声，策马朝城门攻去。身后铁骑如万马奔腾，随他冲进了城门。

城内大道亦是尸首如山，有蛮人，更多的是大胥人。城门处有零散的蛮人，看到他们都大吃一惊。街道尽头，黑、蓝两色士兵，正打成一团。

整个帝京，处处厮杀声震天。

"慕容湛！"步千泔清啸一声，声震长空。破月持刀立在他身旁，两骑如凌

246

厉长风，杀入前方敌阵。

血，四处都是血。步千泻和破月已经杀红了眼。两人刀光如银龙，所过之处，饶是强悍的蛮人，依然无法阻挡。两人率着十余名武艺精湛的亲兵，从北城一直杀到南城。

无数蛮人在阻击他们，但他们很快，实在太快，即便已入龙潭虎穴，也无人能敌。

直到他们在南城门处，看到被蛮人追击、摇摇欲坠的王旗。

慕容湛！

饶是千军万马，步千泻和破月也能将他从中分辨。只见他持剑立于王驾马车旁，白衣浴血、神色冷肃。他身旁是数十名慕容氏暗卫，而后是数百大胥军士，将王驾团团围住。

外围，几十名蛮族士兵，还有百余身着流浔蓝色军装的普通兵士，正与大胥兵厮杀成一团。再往外，静静立着两骑。其中一人身材极为高大，长发披散在肩头，络腮胡子，似是蛮人首领；另一名中年男子身着蓝色锦衣，却似是流浔官员。

是他！步千泻看到那蛮人将领，心神一震。然他已无暇顾及这个对手，低声对破月道："我去阻击蛮人，你护送小容先走！"

已到了这个时刻，破月虽担心他的安危，却也只能点头。她咬牙持刀，纵身连跃，踩在蛮族和大胥士兵头顶，落在慕容湛身旁。慕容湛本神色冷肃，一见她，悲喜同时袭上心头，再一抬头，便看到了步千泻，叹息道："你们何苦入城！"

破月根本不与他多言，低喝道："走！"转身便朝城门处杀去。她刀法精湛狠厉，周围士兵为之精神一振，随她往城门冲去。

这厢，步千泻根本不给蛮族追击的机会，大喝一声："上！"便领数十好手纵身一跃，落在蛮人阵中。蛮人攻势为之一阻，原本双方胶着的势头，瞬间解开。

战阵之外，那蓝衣流浔官员急忙对身旁的蛮人将领道："你设在城外的埋伏

247

没用！援兵到了！决不能让慕容充和慕容湛跑了！"

蛮人将领点头，单手轻轻在马背上一拍，身子已如大雁般腾空而起，徐徐朝步千浒袭去。

步千浒在蛮人阵中战得正酣，忽觉后背一道绵柔的气力袭来。他见机极快，侧身便避。这一避却是大吃一惊——那劲道竟似如影随形，始终在他后背。他屏气凝神，丝毫不慌，回身便是一刀，猛劈向来人。

然而这雷霆万钧的一刀，竟劈了个空。他定睛一看，一张满是胡须的脸已在眼前。那脸极黑，一双深邃的长眸光泽黯淡，只望了一眼，竟叫人心头一惊。

"纳命来！"步千浒使出玉涟神龙功中最精妙的招式，朝他拦腰斩去！那人原本神色呆滞，见到这样狠厉的一招，才闪过惊讶的神色。他就这么平地拔起，一跃躲过，复又落下，拔出了腰间长刀。

刀光暗沉如水，步千浒心神一凛。铿然金石交错，步千浒虎口震痛，胸膛气血上涌，手中鸣鸿竟已断成两截。而那人竟已收刀回鞘，伸手朝自己胳膊抓来！

步千浒心生怒意，手握半截残刀，狠狠朝他胸口斩去！那人肩膀一沉，这一刀竟斩在他的胳膊上。而他来势竟然不减，单手抓住了步千浒的手肘。

步千浒挥手挣脱，然而一股浑厚的力道宛若排山倒海般袭来！他瞬间全身僵麻，难以动弹，竟已被点中了穴道。他大吃一惊——那人手抓之处，并无穴道！可那人的内力竟直接从自己的皮肤血肉渗入，力透全身大穴！这一身内劲，简直闻所未闻。

那人制伏了步千浒，根本不看他一眼，将他肩膀一抓，往后一丢；数名流浔士兵手持长枪，将步千浒团团包围，立刻绑了，押到那流浔官员面前。

那人在阵中静静立了片刻，辨明方向，从身旁一士兵肩上抓过弓箭，随即轻轻跃上城楼，搭箭连射。

城外数丈外，破月已护送慕容湛和王驾杀出了城门。

"噔——"摇晃的箭矢射中慕容湛身旁寸许的车辕。众人大惊回头，破月一跃而起，挥刀斩断直射慕容湛后心的第二箭！

"当心！"众人疾呼，然而已来不及。第三箭势如破竹，直入破月右肩。破月闷哼一声，身子直接扑倒在地，竟是被箭钉在了地上。

慕容湛瞬间色变，扑过来双手拔箭。然全力之下，那箭竟纹丝不动。破月全身扑在地上，以手撑地想要站起，未料稍微一动，痛彻筋骨。那箭力道极为霸道，将她紧紧钉在地上，没有半点儿缝隙，想要斩断箭头站起，都不能够。

"走！"身旁暗卫抱住慕容湛往后拖。他哪里肯依，大喊着破月的名字。而城门处，已有蛮人追了出来。

暗卫无法，一掌狠狠击在他颈部要穴。慕容湛浑身一颤，恍然间只看到破月轻蹙的乌黑眉头，心痛得无法自已。然而眼前已是一黑，他软软倒在暗卫怀里。前方数丈外，恰有一支神龙营的五百人部队迎上来，见到慕容湛王旗，大吃一惊，立刻冲上前断后，护送他们且战且退。

破月被钉在原地，呼吸越来越急促。蓝衣蛮人几个起落，停在她身后，抓住她的肩膀轻轻一提。箭矢透胸而出，破月惨叫一声，昏死过去。蓝衣蛮人将她往后一丢，两名蛮人双手接过，见是女子，便扔到马背上，绑了起来。

缘聚缘散 第四十九章

步千洐醒来时，发现自己在一间阴暗的地牢里，周围静悄悄的。趁着幽暗的火光，他看到其他牢房里都关着囚犯。

他很快辨认出这是帝京大理寺的天牢，想必是流浔人直接利用了，将他这样的被俘将领关了起来。

"我是大将军步千洐，诸位是？"他哑着嗓子问。

其余牢房中诸人原本或蜷缩或躺卧，大都恹恹的，听到他的声音，尽皆耸动，站起来或抬头看过来。

"大将军！"

"大将军！"

众人悲喜交加，纷纷报上姓名，有城破之日被俘的文官，也有守城将领。步千洐朗声道："诸位可有青仓王和……我夫人的消息？他们可曾被俘？"

众人皆说不知，步千洐松了口气。

步千洐正要问守城官员城中其他情况，狱卒却听到了这边的喧哗，大吼道："闭嘴！"众人寂静下来。步千洐望着手足上沉重的镣铐，一时也没有脱身的法子。

过了约莫一个时辰，忽见狱卒点头哈腰，领着一队蓝衣人快步走来。他们在步千沨的牢房前站定，领头的正是那日领兵追杀慕容湛的流浔将领。只见他中等身材，四十余岁年纪，相貌普通。他盯着步千沨看了半晌，却对身后诸人道："开门，你们暂且退下。"

步千沨平静地望着他，他走到离步千沨几步远的地方，从怀中摸出个物什，用袖子遮住，这样只有步千沨的角度能够看见。他问："我问你，你这玉佩从何而来？"

步千沨看到那块小巧精致的玉佩，不正是破月当日赠予自己的？他立刻明白，定是自己被打晕时，敌人搜走了自己身上的所有物什。他不由得脸色一沉，喝道："那本就是我的。"

那官员的面色却有些古怪，继续问相同的问题："你且好好答话，到底从何得来？"

步千沨见他执着于此，顿觉事有蹊跷，便道："家传玉佩，从小便不离身。怎样？"

那官员看了他一眼，又看了看左右神色关切的其他囚徒，忽然扬声道："来人，把他押到我帐中。"

狱卒和随从匆匆跑过来，都有些担忧："大人，此人武艺高强。"

"休要多言，本官要亲自拷问他。"那官员厉声道。

这官员正是流浔南路军三品左将军薛嘉。按照国主徐傲此次定下的南征方略，他率一支五千人的流浔军队，在蛮人大军攻下帝京后就地驻扎、接管军权。身为高级将领，他也知道流浔的奸细遍布大胥、君和，很多人埋伏数年，甚至连三十岁的年轻国主徐傲，都不知道其中某些人的身份。

而这种玉佩，便是辨识他们身份的唯一证明。这种玉只在流浔国内有产，玉在人在、玉亡人亡。玉的颜色越绿，说明持玉人的身份越高。当他的手下从步千沨身上搜到玉佩时，他便百思不得其解——这枚玉非常贵重，持玉人的品阶定是一品以上，甚至有可能是皇亲。可无论怎么看，步千沨都是大胥的一员猛将，战功无数，怎么会是流浔细作？

但他也不敢胡乱下判断，所以决定亲自再问一问步千沨。

待亲兵将步千沨押上来，薛嘉沉吟片刻，决定先礼后兵，朝他一拱手，道：

"大人，之前不知大人身份，多有得罪。"

步千浵听到他的话，心头暗惊。方才来的路上，他一直在回忆当日破月将玉交给他时的情形。他想起是在燕惜漠、殷似雪死后，破月才把玉佩给他。以破月的性子，要是早得了这玉佩，肯定藏不住，必定早早送给他。可见她一开始并没有玉佩，是后来才得的。再回忆当日她将玉佩相赠时，并无太多喜意，只是郑重地告诉自己要好好收着，眉宇中似有惆怅。而这流浔官员对玉佩如此重视，莫非这玉佩是某种信物？

他虽想不到颜朴淙，却觉得殷似雪或许是流浔人。毕竟那妖女婆婆行事诡谲，又为害武林。

如此想着，他便有了主意。

"你知道便好。"他淡淡道，"方才人多，我不便与你相认。"

薛嘉见他认了，却是半信半疑。只是按照流浔的惯常做法，他并无权力拷问这位"大人"。但要就此放了他，自己又不放心，于是便问："大人既是自己人，下官自当唯命是从。只是有一件事下官想不明白，昨日大人为何拼死救出大胥帝和青仑王？须知，活捉他二人，乃国主之命！"

步千浵心中一凛，念头转得飞快，轻笑道："放他们走，自然有我的理由。"

"还请大人明言。"薛嘉盯着他。

步千浵神色一展："我放他们走，自然是因为……大胥帝并不在车驾中。"

薛嘉着实吃了一惊："大人如何得知？"

步千浵淡笑道："具体如何得知，不便道与你。昨日我领军自北而归，已得到消息，青仑王遣了旁人，一早护送大胥帝离去。他自己护送个空的王驾，是要吸引你们的兵力，便于真的大胥帝远逃。而我出手相助，便是不想叫你们胡乱行事。放了慕容湛回去，我自能尾随，擒到大胥帝。"

步千浵这番话，一半是瞎说，一半也是他的猜测。昨日他舍身相救，也不是为了大胥帝，而是为了慕容湛。后来回头一想，越想越觉得大胥帝不可能在王驾上——慕容湛忠君忠得肝脑涂地，不可能让大胥帝落入这样艰险的境地。以他的谨慎，怎会将皇帝留到今日才突围？必是另有打算。

然而薛嘉听到步千浵这么说，却已对他的身份信了个十足十。他淡笑着鞠躬："之前多有得罪，还望大人海涵。"说着便亲自上前，拿出钥匙打开了步千浵手足的厚重镣铐，微笑道，"大人既然知道大胥帝不在那马车中，可见是自己人。不过，大人的消息还是迟了许多。"他凑到步千洐耳边低声道，"大胥帝，已在我们手里了。"

他肯放了步千洐，并非鲁莽。那玉佩所代表的身份实在太高，况且流浔一向重视埋在各国的细作，他日平定天下后，说不定眼前人便是一品大臣，他也存了讨好的心思。只不过他终究还是低估了步千洐。以步千洐的身手，此刻帐中只有两人，就算他不解开镣铐，也势必为步千洐所擒。

步千洐心头巨震，面上却露出笑意："当真？如此甚好！"

薛嘉笑道："三日前，慕容湛派人护送大胥帝乔装出城，被蛮奴逮了个正着。大胥帝现已被秘密押往北部，去见国主了。"

步千洐击掌："好极！好极！蛮奴……是何人？"

"便是那日擒住你的蛮人将领。此人用兵当真出神入化。"

步千洐奇道："说来奇怪，我离开故国已有多日，倒不知国主如何驯服了蛮人？"

薛嘉原本还在笑，忽地神色微变，看了一眼步千洐，停顿片刻，道："此事说来话长。大人先歇息，用些饭菜，咱们稍后再叙。"

步千洐缓缓点头。薛嘉又道："大人，得罪了。这镣铐我还是替大人戴上，免得身份暴露。"

"好。"

薛嘉再次走近他，拿起手镣，正要套上他的手腕，忽见他长臂一伸，自己肩头已是一阵酸麻，被点中了穴道。薛嘉神色骤变，勉力笑道："大人，你这是作甚？"

步千洐却不答，流水行云般点中他数道大穴，之后微微一笑，往他的案几前一坐，端起旁边的酒壶喝了几口，顿觉精神一振，才笑道："你已察觉出我不是流浔细作？我是哪里露了馅？"

薛嘉脸色变了又变，终是叹了口气，道："流浔驯养蛮人是二十余年前的事。你拿着超品的信物，离开流浔时，理应知道缘由。"

步千洐点头："你倒是个机警的。说吧，蛮人到底是怎么回事？"

薛嘉却道："步千洐，你虽不是我流浔人，但机缘巧合得了这玉佩，与我流浔高官必有渊源。如今大胥大势已去，君和首尾难顾，我流浔铁骑一统天下指日可待。比起心胸狭窄的慕容氏，我国主徐傲可谓是惊世之才。你是当世名将，何不弃暗投明？"

步千浒笑了："少废话。速速招来，我给你个痛快。"

薛嘉听他已有了杀意，不由得心下惧怕，想起一事，立刻道："那日与你并肩而战的，是你的娘子吧？你若杀了我，今生再也见不到她了。"

步千浒一直以为破月护送慕容湛逃了出去，此刻听他如此说，顿时心下一沉，站起来，单手掐住他的脖子："她在哪里？"

薛嘉也硬气，冷笑不语。

步千浒本就是心狠手辣之人，涉及破月更是急切。见他傲气，也不多话，一把抽出他腰间的佩剑，挥剑乱斩。薛嘉惨叫一声，左臂已被劈落。

又折磨了一炷香时间，薛嘉几欲昏迷，却都被步千浒弄醒，终于放弃了抵抗，一五一十地招来。

"你夫人……乱军之中，被蛮人擒去了。"薛嘉断断续续道，"他昨晚已领兵，离开了帝京，往南……追杀慕容湛去了。"

步千浒只觉心口被狠狠揪着，厉声问："蛮人……蛮人会如何对她？"

薛嘉战战兢兢道："女子、女子自然是——"他话没说完，步千浒已是脸色剧变，怒喝道："蛮人军队往何处去了？"

薛嘉摇头："我、我当真不知。他虽是蛮人，军阶却高于我。"

步千浒深呼吸片刻，平定心神，打定主意，离了帝京之后，立刻便去寻破月。只是蛮人的秘密，还要搞清楚。

"你如实说来，那蛮人到底是如何被驯服的？"

薛嘉脸色已经煞白，吞吞吐吐地说了个大概。

原来，三十余年前蛮族南下，肆掠杀戮，百姓深受其害。便有人献计，说流浔国内盛产一种五色草，提炼成药汁，服用后能叫人精神恍惚，唯命是从，且会上瘾。昔日都是青楼用来控制女子的。那人家中驯养了两名蛮奴，蛮奴服用此药后，温顺无比。

上任国主徐毅便命人大量采集这种药草，原本只想在蛮人再次来犯时用以抗敌，然而随着他们驯服的蛮人越来越多，徐毅便渐渐动了组建一支蛮人军队的心思。

恰逢当年大胥、君和一战，流浔本为中立小国，不欲参战，却被两个大国逼迫着不得不出兵，最后伤亡惨重、元气大伤。徐毅视为平生之耻，决意奋发图强，遂动了训练蛮族大军的念头。

听到这里，步千浠心下了然，却又问："为何割掉蛮人的舌头？"

"这……我不知，大概是便于控制吧。"薛嘉答道。

步千浠见已问不出什么，便命他传令，将地牢中的所有囚犯都带到帐中。而后一刀给了他个痛快，再拿着他的令牌，率众人换上流浔军装，趁着夜色出城，往南寻找破月去了。

"姑娘，你还好吗？"柔和而略带惊恐的声音，在耳边响起。

破月揉了揉眼，视线蒙眬，肩头痛楚难当。她呻吟一声，这才看清，面前有个蓬头垢面的女子，正关切地看着自己。

她举目四顾，发觉自己在一个灰黑的马车里，周围七八个女子，全都怯生生地蜷着，只有她躺着。她低头一看，肩头的伤势已经被包扎过，只是显得很粗糙，有血迹渗出来。

"这是哪里……"她挣扎着想要坐起来，身旁的女子立刻按住她："你别动。军医给你看过了，说十天不能下地。"

破月点点头，听话地躺下。那女子才低声道："我们在蛮人军中，都是被抓来的。"

破月已忆起那日被射中的经历，倒吸一口凉气，一把抓住那女子的手："步千浠将军，还有青仑王，他们被抓了吗？"

女子摇头："……不知。"

破月也知多问无用，眼下只能快些养好伤，再寻出路。

马车一路颠簸，她喝了女子端来的药，又运气调息，虽然伤口还很痛，但精神已经恢复。晌午时分，女子们都昏昏欲睡，她慢慢挪到窗口，撑起身子往外看，却只见苍野之上，茫茫蓝色大军无边无际，狰狞粗壮的蛮人遍布视野。这辆车更是被手持巨斧的蛮人团团围住，守卫森严。她默默放下车帘，看着一车的女子。

再将养个五六日，她一定要找机会脱身。

只是……她想起那个高大的蛮族将领，他实在太强了，希望她不要落在他手里。

然而没等破月找到脱身的方法，这天夜间，两个粗壮的蛮人便走上车，把破月抓了起来。破月如今已能走动，只是还不能提气，见状只能不动声色，跟他们下车。

下车之后，却发现大军歇在一片密林里。春意清寒，月色稀薄，林子里黑压压的一片，四处都是歇息的蛮人。远山朦胧，暗黑连绵，却不知哪里是生路。

破月按兵不动，被一队蛮人押送着，走到最大的一处营帐外。只见帐内灯火摇曳，幽静沉寂。破月被推进帐中，蛮人们便守在门口。

毫无疑问，这是中军大帐。破月有些紧张地抬头，便看到那蓝衣蛮人将军坐在烛火前，半边侧脸在幽光中沉静而粗放。

察觉到动静，他侧头看了她一眼，随即目光木然地移回去，继续盯着前方的虚空，也不知道在想什么。

破月有点儿害怕——她是被蛮人们送来献给他了吗？

她不敢作声，在原地站了一阵，他却当她不存在般，一直在发呆。破月伤口有点儿痛了，索性在营帐门口的椅子上坐下。他依然不理会她。

破月稍微放下心来——这说明他对她没兴趣？

正在这时，男人忽然抬手，在身旁的书案上轻轻一拍。清脆的声音响起，营帐门立刻被掀开，亲兵走了进来。男人挥了挥手，两个蛮人点点头，将破月抓起来。

破月被蛮人拖着往帐外走，心中却有些激荡——能听到！这些蛮人能听到！他们只是不能说话了！而白泽森林里的那些小蛮人，既不能说，也听不懂——说

256

明小蛮人是一生下来就不会说话。而这些蛮人，显然是后天变成这样的。为什么呢?

她被拖到了一座营帐里，扔在地上，四个蛮人冲过来。

破月已手指翻飞，点了他们的穴道。这四人不过是普通士兵，虽然强悍，却也不是她的对手。

破月制伏了他四人，已是气喘吁吁，肩头隐隐作痛，知道伤口又崩裂了。她不再迟疑，抽出一名蛮人的佩刀，再拾起件外袍，将自己一裹，偷偷溜出了营帐。

破月很快就被蛮人发觉了。

即使是完全没受伤的她，也很难从数万人的大军中脱身，更何况此刻她顶多能使出一半功力。

夜色清冷，树林里崎岖不平，破月高一脚低一脚，喘着粗气奔跑着。身后的蛮人距她只有十数步远了。她已跑到了林子边缘，精神一振，只要再坚持一会儿，兴许真能脱身。

未料这时前方声响大作，竟又站起十数名蛮人——想必是在此处歇息。破月心里狠狠一沉，心想实在太倒霉了。她立刻陷入了包围。

她又急又怒，心想无论如何，哪怕死，也不能被抓回去。若是落败，立刻自刎而死。

她的心缓缓平静下来。

火光摇曳，刀影翻飞。破月一招一式间沉稳锐利，在数百蛮人的包围中竟久不落败。无论蛮人如何猛攻，如何狰狞嘶叫，她始终游刃有余。双方缠斗了小半个时辰，围攻的蛮人越来越多，被她打倒、杀死的蛮人竟已堆积如小山。这冷漠的女子，一时间竟叫蛮人们不敢再上前。

只有破月知道，自己快撑不住了。肩头的伤口痛得麻木，右臂近乎僵直。再过得片刻，不，或许只要一招，她的刀就要脱手。

"你们虽是蛮人，"她忽然大声喊，"可也是男人。欺负我一个女子，不害臊

257

吗？不羞愧吗？"

蛮人们没什么反应，依旧用力挥舞板斧，龇牙咧嘴地盯着她。

"罢了。"她惨笑一声，忽地横刀朝颈中抹去。

"哧——"轻响破空，破月手腕一麻，体内气息顿时凝滞，长刀脱手。她的心重重一沉，一道黑影已是轻飘飘落在她面前，有力的大手，钳住了她的脖子。

"呃……"破月感到脖子剧痛，已被他提了起来，双脚离地。

夜色中，那人静静望着她，手劲逐渐加大。破月与他离得极近，清楚地望见那满是胡楂的脸上一双深而大的眼睛没有任何表情地望着自己。

她呼吸艰难，头也开始发晕。她恍恍惚惚地想，这蛮人一招就能杀了自己，此刻慢慢掐死她，定是恼她杀了太多蛮人。她想自己真是糊涂了，为什么看着这蛮人的眉眼，竟有似曾相识的感觉？粗黑英俊的眉，深邃乌沉的眼，挺拔的鼻梁，为什么她想起了步千洐？

然而她没机会求证了，她感觉到太阳穴突突地跳，感觉到浑身乏力，感觉到喉咙里像是被塞进了灼热的铁，烙得她五内俱焚。

这个时候，她终于在蓝衣人的面上看到了表情。

杀意，她在他眸中看到了森然的杀意。

"啪"一声轻响，什么东西跌落在蓝衣人脚边。破月已经听不到了，可那蓝衣人缓缓低头，却只见一块碧绿通透的如静夜流水般莹莹生辉的物什，正躺在自己靴子上。

他手劲微松，但未松开破月，弯腰将那物件拾起来。

是一块玉佩。

蓝衣人松开了手。破月喉间一松，跌落在地，感觉到夜间清凉的空气流入喉管。她脑袋忽然清醒，大口大口喘气，伏在地上，已没有半点儿反抗的意志和气力。

蓝衣人缓缓将玉佩举起，对着月光。他的手掌很大，那玉佩在他手心里显得很小，他粗糙的手指轻轻沿着那玉佩的轮廓滑动。

千洐。

婉约而清晰的两个字。

这是极为诡异的一幕。

数万蛮人大军已被惊动，近处的士兵们呆呆地望着正中。被俘的年轻女子趴在他们将军的脚边，全身缩成一团，似乎极为惊惧。而将军像是痴迷了般，静静地站在月光下，拿着玉佩，黑眸暗沉如水。

终于，在这样僵持了半个时辰后，将军把玉佩慢慢塞进自己怀里，而后提起地上的女子，单手托起她的脸，在月光下看了一会儿，忽地将她扛上肩头，大步走回了自己营帐。

蛮人温柔

蛮人非常高，伏在他肩头，破月颤巍巍的，心惊胆战。

她想不通，为什么看到步千洐的玉佩，他的态度忽然转变。也许他喜欢这个玉佩？她也想过自杀，因为此刻她的处境十分危险。但刚才鼓起勇气想死没死成，现在她又有点儿舍不得死了。

犹豫彷徨间，蛮人已扛着她，身形极快地窜回了中军大帐，远远地将其他蛮人丢在身后。踏进帐中，他脚步丝毫不停，径直朝床铺走去。破月暗叫不妙，抬手就劈向他的脖子。只是她怎是他的对手，手刚刚一动，后背已是一麻，被他点中要穴。

她被丢在床上，怔怔地望着他。

他负手而立，低头静静地看着她。

"你要是碰我，我立刻自杀。"破月说。

他没出声，反而拉过被子替她盖上，然后解了她的穴道。破月想要坐起，被他一把摁倒。破月不敢动了，他却直接倒下，在床边的地上躺下了。

这是什么情况？他把她丢在床上，然后自己睡在地上？

破月大气也不敢出，警惕地盯着他的背影。没过多久，均匀沉稳的呼吸声传

260

来，他似乎睡着了。

破月等了足足半个时辰，听得他的气息非常悠长自然，绝不可能是装睡，便蹑手蹑脚从床上爬起，想要逃走。谁料刚走过他身旁，脚踝便一紧，身子腾空而起，再次被摔在床铺上。

他的力道均匀适中，她竟然一点儿也没摔痛，就像被人平平稳稳放在床上。

他翻身起来，再次替她盖好被子，然后……继续在地上躺下，睡着了。

此人的武艺修为远超过她。破月不敢再逃了，只得提心吊胆地过了一夜。第二天天色刚明，他从地上一跃而起，转头看着她。

破月重伤初愈，又鏖战了一晚，早已精神恍惚，呆呆地望着他。这时，叫人毛骨悚然的事情发生了。

他笑了。

野兽般杂乱粗犷的脸上，厚厚的唇角缓缓弯起，那双乌黑修长的眉也有了弯曲的弧度，暗色的眼眸似夜色下的流水，微光荡漾。

烈日高悬，无数粗犷的蛮人沉默如铁塔，立在帐外。远远望去，他们从密林中一直延伸到前方山脚下，根本望不到尽头。他们显然已经集结多时，只等将军号令。这时亲兵牵了头黑色的高头大马过来，将军翻身上马，然后居高临下地看着她。破月决不愿意与他共乘，转头看向一旁，谁知却看到有士兵牵了匹枣红色的小马走了过来。

士兵将缰绳交给她就退下了。破月看着面前的小马——滑溜溜的鲜艳长毛、有些圆滚滚的头颅、墨黑的大眼睛、矮小粗短的身躯，当真非常可爱。

也许是她盯着马的时间太久，将军忽地弯腰朝她伸手，破月提气一跃想要避过，自然没有避开，被他拎起放在马上。而后他大掌在马臀上一拍，小马便滴溜溜地往前走了。而缰绳……被他夺走了，握在手里。于是枣红的小马紧贴着黑色大马，徐徐前行。

破月看到他面容沉静地一挥手，大军顿时如同一架巨大的战车，徐徐开动了。

之后几日，破月的境遇一成不变——骑着枣红小马随军，睡觉睡到自然醒，三餐丰盛，晚上踢被子还有人细心地帮她盖好。直到五日后，大军在墨官城外驻扎。将军一早率军攻城，破月被点了穴道，扔在中军大帐。天黑的时候，墨官城已破，将军牵着小红马，带她入城。

这晚大军驻扎在城内，他们宿在原城守大人的府邸里。府内奢华精致，晚餐亦是抓来的城内名厨炮制的。

第二日清晨，破月洗漱之后坐在桌边等他，谁知他先端起桌上一碗乌黑的汤汁。

破月立刻想起，这碗汤汁是刚才一个流浪士兵送进来的，于是好奇地盯着他。他喝了一大口，察觉到她的视线，忽地放下，将剩下的小半碗汤汁送到她唇边。

破月摇了摇头，他的手却依旧停住不动。破月无法，心想自己反正百毒不侵，也不怕他，便喝了。那汤汁看着浑浊，入口却是清甜的。

然而破月没想到，这日她真的中毒了。只过得片刻，她忽觉腹中绞痛无比，一下子软倒。将军眼明手快，一把扶住她，眸色焦灼。破月疼得满头大汗，勉力对他说："扶我坐下。"

他轻轻将她放在床上，破月忍着剧痛，调息运气，额头阵阵冷汗。待过了小半个时辰，玉涟神龙功运行一个周天，她闷声连吐数口鲜血，血色先是乌黑，而后转淡，最后才变成殷红色。到这时，她方觉胸腹中浊气尽去，长长吁了口气。

她睁眼一看，将军竟始终静立在侧，低头看着她。这时他忽然伸手，扣住她的脉门。破月吓了一跳，随即一松——因为一股雄浑而绵和的真气，正从脉门输入。她运功祛毒后，原本气息微弱，得这股真气相助，只觉得说不出的舒服。过得片刻，已是神清气爽，他也松开了手。破月低声道："多谢。"

他没说话，径直走到桌边，衣袖一挥，将所有饭菜"哐当"打翻在地。而后他走了出去，过得片刻，亲手端了些粥菜进来，重新喂食。

破月一边吃着，一边目不转睛地盯着他。

她记得很清楚，刚才她喝过那汤汁，只吃了些粥，就中毒了。到底是哪样东西有毒？如果是汤汁，为何他服食了却没事？那是粥？可那汤是什么？为何如此古怪？

这晚,破月听说将军将当日准备饭菜的厨子斩首,又彻底清查了墨官城中的大胥余孽。破月心里冷冷的。虽然将军未曾加害于她,但他荼毒大胥生灵,罪无可恕。

又过得四五日,那黑色的汤汁第二次出现在餐桌上,依然是由流浔亲兵送上的。将军这回先喂食破月喝了一半,自己喝掉剩下的。这时,有亲兵进来,送上一封书信。将军看完之后,轻轻拍了拍破月的脑袋,转身走了出去。

破月无他喂食,轻松自在,拿起筷子刚要夹菜,似曾相识的剧痛再次袭击全身。她一下子倒在地上,冷汗淋漓间,一个清晰的念头冲进脑海:汤中有毒!

流浔亲兵为何要喂蛮人将军喝一碗有毒的汤,而且看起来像是定期服食的?这毒的分量足以毒死正常人,将军为什么喝了没事?

等将军处理完紧急事务回到房间时,破月已经祛除了余毒,脸色苍白地重新坐在桌前。将军见饭菜半点儿没动,立刻拿起筷子。破月十分配合地吃完,柔声说:"将军,方才的汤特别好喝,以后能都留给我吗?"

将军静静地望了她片刻,点了点头。

破月很快发现了规律。

那种黑色汤汁,每五日送来一次,每次都是由设在蛮族大军中的流浔督军遣人送来的。除了将军,没有蛮人喝这种汤。

破月对此百思不得其解,但既然是流浔人要的,她只要反着来,总没错。

好在将军十分配合,第一次送汤来,破月说吃完饭再喝汤,他点了头。等吃了饭,破月说要如厕,偷偷将那汤倒掉了。

之后两次,她都如法炮制,大军亦在此时继续南行。只不过这时跟之前所过之处一马平川不同,蛮族大军遭到了君和士兵的顽强抵抗,推进的速度也变得缓慢。

只不过这几日夜间,将军开始睡得不安稳,总是翻来覆去,喉咙里发出嘶哑破裂的呜咽,倒真的像一头野兽。破月有点儿害怕,因为他看起来似乎很难受。

这日早上，破月醒来，却未像平时那样，看到他已经等候在床边，而是依旧躺在地上。

望着他小山似的沉寂背影，破月紧张起来。

"将军……你没事吧？"破月低声问。倒不是她关心他，而是目前他是她最大的倚仗，她要等到步千洐来救自己。

回答她的，是他沉默的转身。她这才看到，他暗沉的一双眼像是浑浊的水，而宽阔的额头上全是豆大的汗珠。

"嗷——"他像是被人掐住了喉咙，勉强发出一声破碎的呻吟，又忽然伸手，抱住自己的头，开始疯狂地撕扯。

破月看得心"扑通通"地跳，因为他扯得非常用力，直接将一撮撮长发，连带着头皮扯下来，瞬间血肉模糊。

他像发狂了一样，从地上跳起来，抱着头满帐跑。他抓起每一样东西扔在地上，摔得乒乓响。很快有亲兵冲了进来，他冷冷地抬头，一把抓起往地上一扔，那亲兵撞在桌子上，瞬间脑浆迸裂。

如此杀了四五个亲兵，帐外的蛮人也不敢进来了。他已满手鲜血，忽地冲到桌前，拔出了长刀。

破月眼见情况不对，转身就往营帐一角跑，想要偷溜出去。谁知他人明明还在丈许外，她刚迈了一步，就被人从后掐住脖子，身子腾空而起，瞬间天旋地转。

"啊——"破月惊呼一声，已被他高高举起。隔着一臂之遥，他的眼像是被黑色的冰雪覆盖，又冷又暗。

杀意，那是杀意。

破月出生入死多次，此刻只觉得全身毛孔仿佛都张开，有阴冷的气息侵进来。他的杀气似空气般将她萦绕。

"千洐！千洐！玉佩！"破月没办法了，想起他只有在看到那玉佩时才有反应，现在那玉佩也被他夺走，只得这样喊出来，希望能够提示他。

他静静望着她，不动。

破月被他掐得呼吸艰难，哑着嗓子说："玉佩在你身上吗？刻字的玉佩，千洐……"嘴里这么说着，脑子里忽然一个激灵。

为什么？为什么他看到玉佩有那么大的反应？

意料不到的事发生了。他忽然松开了她，让她直直坠落在地。破月惊魂未定，也不敢动，怕再刺激他，只往后微微缩着。而他如铁塔般站着，双臂微张似苍鹰展翅，忽地又抱住了头，显得极为痛苦。

"哐当！"他手上的刀掉在地上，而他猛地抬头，忽地施展步法，快速在帐内游走；双手亦变掌为拳，极快地纵横开阖，竟然打起拳法来。

这拳法，破月闭着眼听风声都能辨识出来！正是步千洐教给她的聪玉长拳！只是她从未见过有人打得如同这蛮人将领一般龙行虎步、气吞山河。明明朴实简单的招式，到了他癫狂却轻灵的双拳中，竟似生出千变万化，叫人心惊胆战。

破月几乎看呆了，脑子里只有一个念头：为何会这样？为何蛮人会打聪玉长拳？为何他武艺兵法独步天下？为何他看到千洐玉佩有那么大的反应？

可那个人不是死了吗？不是众叛亲离、家破人亡了吗？为何会变成一个蛮人，被割去舌头，懵懂残忍、浑浑噩噩地踏平天下？

破月倒吸一口凉气——难道，这一切都是流洐的阴谋？那么他与蛮人到底是何关系？联想到曾经在帝京刺杀自己的蛮人，武艺高强非凡，绝非寻常蛮人可比，而他军中似也不乏武艺高手。难道他们并非真正的蛮人？可为何变成现在的样貌举止？

跟那黑色的汤汁有关系吗？

转瞬之间，他已经不再打拳了，而是持刀为笔，疯狂地在地上画字，神态极为狰狞疯狂。破月虽怕，却被想要知道真相的念头驱使着，上前两步一看，却见字迹潦草至极，大多是四个字"聪玉""千洐"，亦有些凌乱的词句"国破家亡""精忠报国"……

破月整个人恍然失神，一时间仿佛都懂了，心头有点儿痛、有点儿麻。

在他继续专注地写字的时候，破月缓缓地、悄无声息地走过去。这一次，他仿佛什么也没听到，让她接近了他的后背空门。破月伸手，轻轻点住他后背大穴。寻常人早该一头栽下，可破月的劲力却似一滴水落入汪洋大海，他竟毫无反应。破月的心提到了嗓子眼儿，不死心地连点他数道大穴。终于，他身子一僵，眼睛一闭，轰然倒下。

破月望着他的脸，仿若只是睡着了，眉头舒展、嘴唇轻合。她强忍着心头的激动，走到帐门口，几个亲兵正在朝里望，她柔声微笑，说："将军睡着了，我会服侍他。你们晚点儿再过来。"

亲兵点点头，都走了。这些日子破月与他形影不离，几乎是被他捧在掌心呵护，没人会再怀疑她。

等帐外再无闲人，破月深吸口气，打来盆水，又从他靴中拔出把匕首，一点点剔去他满面的胡须。胡须很硬，硬得像铁丝。破月强自镇定，不让自己的手发抖。慢慢地，他的容颜一点点露出，粗黑的眉、挺括的鼻、厚薄适中的唇、方正硬朗的脸。这脸与她记忆中的容颜，相似度有十之八九。只是他脸部的肌肉，比起步千洄要僵硬许多，额头也有青筋暴出，看起来更加粗犷，步千洄则比他俊逸许多。但任何人看到这张脸，都一定会想起步千洄。因为他们眉宇间那冷凝不羁的气质，是那样相似。岁月仿佛并未在他脸上留下明显的痕迹，唯独深邃的双眼旁，添了几道淡淡的皱纹，而乌黑长发的鬓角，隐有几根雪丝。

破月怔怔地望着他昏睡的容颜许久，才将胡须一点点拾起来。她自己多次易容，也懂得基本技艺，重新将他的胡子粘上，而后扶起他沉重的身躯，搬到床榻上，之后在床侧独坐一宿。天明时竟有泪水沾襟，满心难过。

第二日一早，又是喝汤药的日子。流浔士兵大概也听说了昨日将军发狂的事，伫立在床边不动。将军刚醒来，看到送至面前的汤药，接过先递到破月唇边。

那流浔士兵脸色微变："将军，此汤药是国主给你的，旁人喝不得。"说完还看了一眼破月。破月脸色不变，笑道："怪我，我以为是补汤，闹着要喝，今日将军才想给我试试。"说完，将汤药轻轻推到他唇边。他约莫头还很疼，一口喝干，流浔士兵这才走了。

流浔士兵一走，破月立刻将将军扶起来。说来也怪，喝了汤药，将军的眼睛明显恢复了平日的镇定冷漠，人也从床上坐起。

破月鼓起勇气，将手指伸到他唇边。

“张嘴。”破月低声道，“刚才的药不好，吐出来。”

他有些呆滞地看着她，缓缓张开嘴。破月忍住心头的惧怕，将手指伸进去，轻轻抠他的喉头。他脸色一变，一口咬落。牙齿入肉，破月痛得低叫一声。好在他反应很快，力道立刻撤掉，她将手指抽出来，却见一片血肉淋漓，齿印深深入肉，好在没伤到骨头。

而他被破月这么弄了一下，虽然没有呕吐，却似乎明白了她想干什么。他脸色微红，似是在运气，很快干呕几声，便吐出了大半汤汁。

破月立刻找了布，将地上的汤汁残渣擦得干干净净。他一直站在原地，沉默不语。破月再坐到他身旁，正想说什么，他却往边上挪了挪，保持一尺距离。

破月知道今日大军要开拔，柔声说：“将军，我今日身子不适，你陪我坐马车好不好？”

他没出声，看了她一眼，径自走了出去。

晌午，马车上。

如今，不仅蛮人大军、流浔军队，几乎整个天下，大胥、君和，所有人都知道，神秘的蛮人将领得了个女子，宠得天上有地下无。到了最近，除了有仗打时，更是白日、黑夜都厮混在一起，形影不离。

马车加盖了厚厚的垂帘，旁人听不到车内半点儿动静。破月听得周围寂静，便看向对面正呆呆盯着自己的将军。

将军，楚余心。

“楚余心，你叫楚余心。”她柔声说，“你有个妻子，叫朱聪玉；有个儿子，叫楚千洐。他还活着，他很好。他是我的夫君。”

楚余心没有半点儿反应，只僵直地坐着。破月注意到，每当她提及朱聪玉或者楚千洐的名字，他的手指都会有轻微的颤动。但他好像又不是很明白她到底在说什么，抑或是明白了，但是记不起来，所以更加迷惘。

流浔士兵已经不会再送药了。破月算了一下，一共送过六次药，后面四次都被破月偷偷拦下。她猜想，如果那药物是某种控制手段，很可能是一年或者半年间，需要强化服药一次。

她不知道停止服药对他好还是不好。他如今每晚都辗转难眠，有时候半夜她忽然惊醒，会发觉他黑黢黢的身影站在床头，目光阴森。每当这个时候，她就轻轻念叨"朱聪玉"或者"楚千浒"，他总能奇异地平静下来。这个时候，破月的心里就会很难受——要多深的感情，才能让一个人在忘记了所有后，仅仅听到名字，就能安抚所有情绪？

有时候白天他也会发疯，在车里，或者在营帐里。这个时候破月会屏退所有人，陪着他，看着他。看他一遍遍打聪玉长拳，看他痛苦地抱着头，撞向车壁，血流满面。有时候他也会想杀她，但总会在看到她惊恐的双眼时，忽然撒手。而破月会找个机会，点他的穴道，让他躺下。

后来，这种失控慢慢少了。只是他更加呆滞，反应也变得迟缓。她跟他说话，他全无反应。

他在军事、武艺上，是相当游刃有余的。那仿佛是他的本能，是一种技艺。他几乎不需要思考，就能发出命令，就能制伏敌人。但除此之外，他的脑子好像已经坏掉了。每日只是傻傻坐着，有时候会看她一整天，有时候会拿出玉佩看一整日。

破月猜想，他服用的汤药，可能存在某种致人失常的成分。

她只能一遍遍地跟他说，他是谁，他儿子是谁，他被流浒利用了。她多么希望他苏醒，带领蛮族大军反戈。

然而他从无反应。仗照打，人照杀。蛮族和大胥军队交战，依然如火如荼。而她没有半点儿步千浒的消息。

算起来两人分离已一月有余，破月的心情也渐渐恢复平静。她甚至没有太担心自己的安危，反而想，如果步千浒知道自己的父亲还活着，甚至还是这样的身份，他会有何种心情呢？想到这里，她就很难过，连带着对楚余心也心生怜惜。

这日一早，楚余心端起粥又要喂她，她心念一动，忽然冲他笑了，从他手里接过碗。他望着她，她舀起一勺，送到他唇边："爹，我喂你好不好？"

楚余心整个人仿佛都定住了，只看着她。

"爹，你是千浒的爹，也就是我爹。"她柔声说。

他终于缓缓张嘴，含住了汤匙。破月心头一喜——有反应了，随即一勺又一勺喂给他吃，嘴里说个不停，都是些步千浒的事。而他只是静静听着，情绪却也并未太激动。

破月慢慢也明白了，他的精神很可能已经出现了问题，脑子大概已被那汤药严重伤害。但现在急不得，只能慢慢来了。

亲兵领着一流浔官员走进来时，恰好看到破月拿着手帕给楚余心擦嘴角。这一幕自然显得亲昵暧昧。那官员轻咳两声，目光淡淡扫过破月，对楚余心道："将军，国主有令，命你将这女子献给他。"

破月心头大惊。流浔国主？为何会要自己？

却见楚余心站起来，在地上写下："为何？"

破月的心提到嗓子眼儿，一股不祥的预感涌上心头。果然，那官员看一眼破月，低声道："说与你知也无妨。这女子本就是另一名臣子养大，将来要献给国主的，只是后来意外走失。这是国主的手令。你如今已占了她数月，速将她交出，国主不会责怪，否则……"

破月心里"咯噔"一下，瞬间如醍醐灌顶。

颜朴淙。

她万万没想到，真的被他一语成谶：自己与步千浒因战乱离别，而他人虽死了，却依然在祸害她！

她紧张地看着楚余心，一把抓住他的衣袖："将军，别把我交出去。"

楚余心没有看她，轻轻一抽，将衣袖收回。而后他朝那官员点点头，再一抬手，就点中了破月身上的大穴。破月瞬间动弹不得。

官员满意地点头，叫来两个流浔士兵，将破月抬起，出了营帐。破月心急如焚，僵硬着脖子回望，却见楚余心立在原地，目光空洞，全无表情。

父子相认

刚出营帐几步，便见前方停着一辆马车。一名蓝衣官员静立在马车前，看到破月等人，只淡笑一声："还算蛮奴识相。丢上车吧，莫要误了王命。"

破月听到这声音，浑身便如雷劈般定住。可她被点了穴，无法回头，只能听到自己的呼吸瞬间加重。

身旁的官员似乎极忌惮车上的人，点头哈腰道："大人所言极是。"随即吩咐两个士兵将破月抬到车上。这下破月看到那人了。

只见他身着锦衣乌靴，腰缠玉带，负手立着，神色颇为倨傲。他的身材极为高大，看起来是个三十余岁的面貌普通的男子。可破月看到他的双眼，只觉似曾相识。那眼珠黑而湛，冷漠的神色却令她感到亲近。

他目光淡淡扫过破月，看不出半点儿端倪，随即上前一步，与另一名官员寒暄起来。破月的心"扑通通"地跳，无法抑制而又匪夷所思的狂喜涌上心头。

破月被平放在车上，看着黑色车顶，强自平稳呼吸。过得片刻，只觉得车体一沉，一人已掀开车帘，走了进来。

是他。

他的目光缓缓扫过破月，黝黑的眸渐渐浮现深深的惊痛、怜惜之情。破月鼻子一酸，咬着下唇。他悄无声息地在她身旁蹲下，握起她的一只手，握得很用力，破月的手腕隐隐生疼。

车子徐徐动了。因为身处数万人的蛮族大营，他什么也没说，而她也懂，只怔怔望着他。待行了一会儿，似已出了大营。他掀起车帘一角匆匆看了眼，随即伸手，替她解开了穴道。

破月一下子坐起来，扑进他怀里："阿步！"

这军官正是步千洐所扮。他紧紧将她抱住，声音几近嘶哑："月儿，你……受苦了。"

破月听他语气沉痛，知他是误会了，破涕为笑道："不，我没受苦，真的，也没人碰过我。"

步千洐身子一僵，将她抱得更紧："无妨……欺侮你的人，我定不放过。"

"你怎会在此处，还拿着流洊王令，扮成官员？"破月奇道。她今日心情大起大落，他的出现实在太令人惊喜。

步千洐微笑："这些日子，我们一直与蛮族交战，也关注着蛮军的行踪，只待有机会，便将你营救出来。前日，有一队流洊官兵从北方而来，被我的人撞见，才截获了流洊国主的密信。他竟想得到你。"他紧握她的十指渐渐用力，"我便来个将计就计。呵呵，想不到颜老乌龟居然是流洊人。你给我的玉佩，可是他的？"

破月点头。

步千洐轻轻抚摸她的脸颊："我的人在三十里外接应，你不会再受苦了。"

破月忽地想起楚余心，急道："等等，那蛮军将领……"

步千洐脸色突变："嘘声！"

破月呼吸一滞，她也听到了。马蹄声，急促的马蹄声，宛如利箭破空，由远及近。车外风声大作，似有人踏空而来，雷霆万钧。

步千洐一把抽出腰间佩刀，却听到车外数声惨叫，"扑通通"地有人栽落在地。而后车帘一扬，被人从外掀开。

楚余心神色木然地立在车辕前，日光将他的脸照得清清楚楚，漆黑的眸直直盯着破月。

他朝她伸手，那是示意她过去。

271

步千洐听闻蛮人宠姬的流言后，对他已恨之入骨，但也知道，自己不是这人对手，于是步千洐冷冷道："蛮奴，你想做什么？你敢不尊国主命令吗？"

楚余心没作声，他的视线极缓慢地从破月身上移到步千洐脸上。

那眸子一暗，杀意森然。

"不要杀他！"破月看得分明，立刻从步千洐怀中挣脱，扑过去抱住楚余心的胳膊，"他是——"

她的话没说完，因为楚余心抬手点中她数道大穴，她的声音消失在嗓子里。而后身子一轻，已被楚余心扛上肩头。

步千洐心头一股戾气上涌，挥刀便攻了上去。

楚余心根本没将他放在眼里，只单掌对敌。然步千洐心情激愤，杀意盎然，刀上的威力又强了几分。凌厉的攻击下，楚余心又扛着一人，倒难以似那日般，瞬间就将他制伏。

两人很快都跃出了马车，落在地上。然而此处离蛮族大营不远，很快便有士兵闻讯赶来。楚余心掌法大开大合，步千洐竟被他逼得不得不抬掌相接。

这一拼掌力，步千洐只觉得自己雄浑的内力一到了他掌里，竟似无影无踪了般，随即只觉一股热力从掌心袭来，山呼海啸般直扑心窝。五脏六腑都如同被搅翻，他全身脱力，重重向后摔去。

而楚余心扛着破月，只倒退了两步，随即站定，欺身再次攻上！

步千洐痛得难受，亦瞬间冷静下来。眼见跑过来的蛮人越来越多，他明白再缠斗下去更无机会救破月。他忍着心头剧恸，匆匆看了一眼伏在楚余心肩头的破月，一咬牙，纵身向外掠去。迎面几个蛮族兵袭来，他随手砍翻几个，夺了匹马，策马跑远。

楚余心本欲再追，忽地脸上一阵湿热。他愕然抬眸，却见破月狠狠盯着自己，嘴唇上全是鲜血。他立刻停住脚步，扛着破月返回了营帐。

一直走回床边，他才将破月放下，解开她的穴道。破月刚才为了阻止他杀步千洐，咬破了舌头，此刻剧痛难当，满口的血。

他抬手捏住她的下巴，破月微微吃痛，不得不张嘴。他往她血淋淋的嘴里看了一会儿，走到桌边端来一杯水。

破月接过喝了，用极含糊、缓慢的声音说："你不能杀他。他是你儿子，你和朱聪玉的儿子，楚千洐。"

楚余心静静地看着她。

步千洐逃出帐外，又怎么舍得就此离去？虽然内伤甚重，他也清楚留得青山在，不愁没柴烧，但今日见到了破月，要他再放手，根本不可能。

以往听到传言，他心痛难当，又嫉又恨。他只能对自己说，定要抢她回来，杀掉侮辱过她的人。只是一想到或许已有别的男人占有了她，他的头就刺痛难当，心里晦涩一片。

他已经想办法接近蛮族大军多次，也曾在战场上施展计谋，想要趁那人不备，将破月夺回来。然而那人竟将破月护得密不透风，一个月了，他也无从下手。

今日终于有了机会，终于再握住她的手。可那人竟似将月儿看得甚重，不顾王命，追上夺了回去。

一想起那人扛着破月的模样，他的心就如刀割般痛。他怎能、怎能再容忍破月与别的男人共处一个晚上？

想到这里，他的心居然平静下来。生死置之度外，计谋无关紧要。他只运功调息了半个时辰，随即拍干净身上的尘土，整理了衣着，重新朝蛮族大营走去。

营门口的蛮族兵拦住去路。他拿出流浔官员令牌，厉喝道："都给我闪开。"

或许流浔人对蛮族威慑甚重，一路士兵看到他的服饰，不是绕道，就是看到令牌后怯懦地离开。他通行无阻，直至中军帐外，深吸一口气，掀开帐门走了进去。

面前的一幕毫无疑问是刺眼的。破月坐在床上，抬眸望着那人，目光竟透着柔和。而那人静静立在她身旁，面无表情地抬起大手，摸着破月的头顶。

步千洐心头刺痛，面上冷笑："蛮奴，你连国主的命令也不顾了吗？"

破月看到他，惊喜万分，站起来冲到他面前，一把抱住他的腰身："阿步，他是你爹啊！"说完便一抬手，揭开了步千洐的人皮面具，又松开步千洐，走回楚余心身旁，扯下了他的胡子。

步千泸原本做好了恶战的准备，听得她轻飘飘的一句话，宛若惊雷在耳边炸响。

爹？

他的爹，楚余心？

他艰难地看着那人，那人也望着他。幽暗的烛火里，只见那人相貌英武，如此熟悉而陌生。许多种猜测、许多的疑惑，统统涌上心头，却又朦胧不清。他只觉得眼睛和耳朵都有些发烫，那人的身影仿若从他茫然的视线里极为深刻地凸显，而他听到自己的呼吸声，又热又促。

"爹？"他疑惑地开口，看向破月。

然而破月没能详细解释，因为楚余心忽然动了。高大的身影灵巧如鬼魅，倏然移动，一只手提起破月，再飘上前几步，另一只手提起步千泸，闪身便出了营帐。

帐外有重兵防守，而他却如入无人之境。只见他足尖几乎不点地，便似踩在水面浮萍上，顷刻出了大营，奔进了黑黢黢的密林。

"爹！你要带我们去哪里？"破月喊道。因为急速奔跑，周围凌厉的风声几乎要将她的声音吞没。

"月儿！这到底为何？"步千泸厉喝道。听到她叫他"爹"，步千泸心里莫名地抽了一下。

"爹这些日子待我很好，如同亲生女儿般。阿步，他真是你爹！他被流浔人控制了！"破月喊道。步千泸听得越来越奇，低头只见那人神情僵木，看不出半点儿喜怒。而他思及父亲的遭遇，心头骤然一疼：若真是父亲，若真是父亲……

他双手紧握成拳，心头激荡却又滞涩难言。

楚余心健步如飞，过崎岖山路于他如履平地，很快便到了山顶。他放下破月，却依然提着步千泸，走到一块巨石前，将步千泸放上去。而后在月光下垂眸，安静地看着步千泸。

274

破月见他没有加害步千洵，心情稍定。之前她跟他说步千洵是他儿子，他一直没什么反应，也不知道听懂没有，相不相信。这山顶光秃秃的，四处都是碎石，唯有那块白色巨石躺在月光下，光洁干净。步千洵被他放在巨石上后，立刻滑下来站起，谁料他手一抬，又提着步千洵的衣领，将步千洵放上了石头。

　　步千洵于沙场武林纵横至今，还未如此被人想捏圆就捏圆，想揉扁就揉扁。虽然面前的人极可能是自己的父亲，他也下意识地蹙眉。

　　破月忙道："阿步，你顺着他。他被流浔毒害多年，有时候会像个孩子。"

　　她这么一说，步千洵心里的不悦变成了莫名的心疼，再抬头看面前的男子，只见他长发凌乱、满面风霜、眸色木然，与自己如此相似，却又如此不同。步千洵不由得放低声音问："你……真是我爹？"迷惘之下，步千洵甚至忘了眼前的男人已被割去了舌头，不会说话。

　　楚余心只静静地望着步千洵，也不说话。没人知道他在想什么，或者什么都没想。破月心念一动，说："阿步，把他的手记拿出来。"那本手记，步千洵一直随身带着，闻言点头，从怀中掏出，递到他面前。

　　楚余心还是没反应。步千洵心思极快，拿出朱聪玉给楚余心画的小像。

　　楚余心终于有反应了。只见他浓眉一挑，脸色大变，一把从步千洵手里抢过那张小像，抬起粗糙的手指，轻轻拂过落款处娟秀的字体。

　　见他如此反应，步千洵哪里还有怀疑。只是至亲终在眼前，他喉中哽咽，径自握拳，沉默不语。破月悲喜交加，走上来轻轻握住步千洵的手。

　　步千洵一把抓住楚余心的手，颤声喊道："爹！"

　　楚余心缓缓地抬眸望着他，深邃沉黑的双眼里满是泪水，而表情依旧冷漠呆滞，仿佛不知自己的伤悲。

　　月色清冷，旷野寂静，眼前深黑的山脉像地狱鬼府般望不到尽头。步千洵一把抱住楚余心，重重地抱住。

　　"爹！"像是从胸腔深处喊出的声音，低沉而用力，似悲似喜。楚余心的体格比步千洵高大一圈，跟其他蛮人一样粗壮到接近畸形。步千洵感觉到怀抱中的躯体冰冷、僵硬，心头更痛，眼眶湿热。

　　楚余心没有任何反应，尽管一滴泪水已经从他的眼眶滑落，晶莹似珍珠般，点缀在脸庞。

破月颤声说："爹，他是千浒，是浒儿，你的浒儿。你和妻子聪玉的孩子。"

楚余心依旧没有对步千浒做出任何反应，但他伸手，将破月拉了过来，让她站到步千浒身旁。

三个人紧紧地站在一起。

破月的眼泪一下子流了出来，她知道他其实是有反应的！太好了！

步千浒强忍着眼中的泪意，松开父亲，未料一抬头，却见他静静望着自己。突如其来的泪水，侵蚀了步千浒的眼眶。热泪滚滚落下，一双黑眸于夜色里闪闪发光，写满了喜悦的孺慕之情。

在破月惊喜的目光里，楚余心缓缓抬手，抚上了步千浒的脸。粗糙如砂纸般的手指，拭去了步千浒的泪。

步千浒忍痛道："爹，浒儿今后一定好好照料你老人家。咱们一家团聚，永不分离！"

破月牵起步千浒的手，又找到楚余心的手，将两人的手握在一起。未料楚余心忽地挣脱，后退几步，身子骤然腾空，冲进了后方的密林。

"爹！"

步千浒和破月不知道他为何突然抽身离去，快步追上。然而他身形极快，瞬间便没了踪迹。两人沿着脚印一路往下，终于在半山腰的一片葱郁的树林中，看到了他的身影。

他在打拳，酣畅淋漓的聪玉长拳。他似已经痴了，粗犷的脸上双目紧闭，可厚厚的唇角微弯，竟有迷幻般的笑意。他在林中奔走翻飞，唯有孤寂的影子做伴。

他很快活，谁都看得出来。一个呆滞凶残得近似野兽的蛮人，快活地在月下舒展自己的身姿，像动物，更像孩子。

步千浒二人同时止步，望着他的身影，心头悲喜难言。

"爹他怎会变成这样？"步千洐沉痛地问，随即眸中闪过厉色，"是流浔的毒药控制？"

破月奇道："你也知道了？"随即将自己发现那黑色汤汁的事简略告诉了他，又说觉得奇怪，因为其他蛮人似乎无须服用。

步千洐冷冷道："这不难推测。爹他一身内力出神入化，控制他，自然比其他人难一些。"

破月点头，叹了口气道："阿步，我觉得流浔控制的不只是你爹，很可能还有当日随他北伐的其他大胥将士。服用药物之后，他们失去意识，与寻常蛮人混在一起，旁人难以察觉。难怪蛮人的舌头会被割掉，定是流浔怕有人察觉爹的身份，所以干脆将所有蛮人的舌头都割掉了，混淆视听。"

步千洐的脸色变得难看。

破月握着他的手："阿步，你做好心理准备。我已经阻止爹吃药了，但他并不能恢复正常人的意识。我怀疑……他的脑子，已经被毒药弄坏了。即便他如今模糊地认得你，今后大概也只能浑浑噩噩。"

步千洐沉默不语。两人同时望向楚余心，却见他已打完拳法，收掌而立，转身看着两人，而后大步走了过来。

"爹，你跟我们走吧。"步千洐道。楚余心跟没听见似的，忽地伸手，抓住两人衣领。浑厚的力道从他指端直透两人肩头大穴，瞬间，他们就动弹不得。

两人都吃了一惊——怎么都相认了，爹还点穴？然而不管两人怎么劝说，楚余心都恍若未闻，嘴角始终微笑，提着两人，大步朝山下去，居然又回了蛮族大营。

步千洐原本想就此带父亲离开，回到大胥军中，万没料到他如此动作，不由得惊疑不定。

楚余心回到帐中，将两人丢到床上，随即转身出去。过得片刻，他又回来，身后跟着两个蛮人，挑着一桶热水。

然后在步千洐惊讶的目光、破月似懂非懂的目光里，他走过来，提起步千洐，扔到了水桶里；又从一旁的箱子里取出套干净衣物，然后解开步千洐的穴

277

道，转身走了出去。

“这是何意？”步千洐疑惑，“让我沐浴？”

破月隐隐感觉到，之前楚余心那么对自己，就是看到玉佩后，把她当成了亲生孩儿。如今正主回来了，他满腔懵懂的父爱，似乎……要转移到步千洐身上？

她有点儿心疼楚余心，又觉得有些好笑。如今她已确定，楚余心一定不会伤害两人，又跟步千洐重逢，索性微笑道：“别太担心，你就洗吧。”

步千洐也不迟疑，快速洗完。不多时，楚余心走了进来，见他两人坐在床上，便露出微笑，随即在地上躺下。片刻后，传来均匀悠长的呼吸声。

步千洐自然没睡着，迟疑地低声道：“月儿，爹这是……”破月对他说了自己的推测，只听得步千洐心头恻然。破月道：“爹他如今对我们的话似懂非懂，咱们只能再劝他，跟我们走。”

步千洐点头，将她搂进怀里道：“如今爹身在虎穴，我断不能丢下他不管。只是委屈了你，要陪我留在这里。”

破月柔声道：“有你俩在身旁，比哪里都安全。”

步千洐沉默了片刻，道：“既要留在这里，爹他已年迈，让他睡床上。”他想起身，破月扯住他：“没用的，他不干的。他觉得自己是父亲，要照顾孩子，你顺着他。”

步千洐只得点头作罢。这晚楚余心果然起来给两人盖被子，步千洐看着父亲在夜色里安静的身影，心头又软又痛。

接下来几日，仗照打、日子照样过，除了楚余心的军帐里多了个步千洐，一切似乎并无不同。第三日傍晚，楚余心攻下了大胥一座城池，大踏步走回营帐。而步千洐二人已得到消息，只恨他依旧混沌，无法沟通。

用了晚饭，步千洐将楚余心拉到营中无人的空地上，破月站在外围替两人把风。步千洐拉着父亲在空地上坐下，照例开始跟他说话。

“爹，你认准了，我是你儿子。娘已经死了，就是被流浔人害死的。你不能再帮他们打仗了，跟儿子回大胥去。我现在是大将军，你我父子联手，平定天下。"步千浔细数流浔的种种过错，其实他母亲是病死的，但他为了煽动楚余心改变主意，也管不了那么多了。

只是说了许多，楚余心始终沉默地望着他，没有任何表情。步千浔说得口干，朝破月喊道："水。"破月将水囊扔过来，步千浔伸手接过刚要喝，见楚余心舔了舔嘴唇，心头一软，先递给他："爹，你先喝。"

楚余心接过喝了一大口，步千浔这才喝了，正要继续给他"洗脑"，谁知楚余心摸了摸他的头，然后拉他站起来。

步千浔不明白楚余心的意图，但有反应总是好的，于是微笑着问："爹，你要儿子做什么？"楚余心走到离他几步远处，抽出腰间长刀，目光凌厉，竟在月光下使起刀法来。

但见夜色凄迷、月光清晰，楚余心刀意如游龙潇洒纵横，不急、不凶、沉稳、利落。野人般的身材，竟将这套刀法使得清逸灵动。步千浔和破月看得赏心悦目，楚余心却刀锋一挑，刀意忽变，瞬间凌厉狠辣，越使越快，渐渐竟目不暇接……

一炷香的时间后，楚余心方才收刀而立，看着步千浔。这套刀法步千浔闻所未闻，只觉看似质朴简单，却又蕴藏着千万种变化，其中妙处，难以用言语描述。他不由得热血沸腾，跃跃欲试。楚余心此刻竟似知道他的心思，将手中刀丢给他。他顺手接过，入手一沉，提起一看，刀刃扁阔锋利，青光掩映，刀柄雕刻两条蟠龙，只是上头字迹已然模糊。步千浔大吃一惊："龙雀！"

龙雀刀，传说中楚余心的佩刀。想不到今日得见，入手已觉刀随意动，刀锋隐隐低鸣。步千浔大喜，跃到场中，按照记忆中楚余心方才的刀法，使将起来。这一路下来，竟让他记住了十之七八，虽精准，但威力与楚余心仍有较大差距，不过已经得了要领。

见他使完，楚余心又从他手里拿过刀，再使了一遍，又把刀给步千浔。这下步千浔全记住了，一套刀法使得酣畅淋漓。

父子俩都出了一身汗。步千浔看着父亲笑，父亲的神色却淡淡的，只是从腰中解下刀鞘扔给步千浔。

步千浔吃了一惊："你把龙雀给我？"

楚余心依旧沉默，步千浔却将刀递还给他："爹，你身边亦不太平，这宝刀还是你留着吧。"楚余心根本不理他，转身就朝营帐走去。

步千洐和破月面面相觑，还是破月道："爹送给你，你就拿着。"步千洐感慨万分，见父亲远远走在前头，估摸听不到两人说话，便低声对破月道："要让爹听咱们的话，估计还需些时日。不能再让他与大胥为敌了，这几日咱们便找个机会，先将他带出去。"

破月点头。她想实在不成，只能强行弄晕了带走。

然而第二日一早，突如其来的变故打乱了两人的安排。

刚用了早饭，便有亲兵领着流浔监军，还有几名面生的官员来找楚余心。步千洐二人原本想在旁听着，谁知那些官员执意屏退众人，他二人便在帐外等着。过得小半个时辰，那些官员才离开。

两人连忙进去，却见楚余心静静立于帐中，手里拿着张书笺。步千洐见左右无人，便凑过去看了楚余心手里的书笺，脸色微变。

破月凑过去一看，也是一愣——是流浔国主徐傲的手令，大意是说大胥慕容湛会在十日后率五万大军前往墨官城，蛮族大军需回头东进，重返墨官，务必剿灭慕容湛全军。如此，慕容氏王室已无嫡系存世，天下指日可平。

两人对视一眼，俱是又喜又忧。不待他们交换主意，楚余心已击响帐中传令鼓，两人只得退到一旁。片刻后，蛮族众将以及军中流浔军官，全都聚集于帐中。楚余心又恢复了冷漠的神色，以刀代笔，在地上写下六个字："攻墨官，诛慕容。"

温柔帝王

天色昏暗，四野无声。慕容湛手撑着城垛，一身白衣于风中飘飞。只见他面容沉肃如雪，青黑的眉头微蹙，扣在乌黑城垛上的十指，苍白细长。

隔着四五步远的身后，士兵都被屏退，穿锦衣朱袍的官员跪了一地，个个深埋着头，不发一言，看样子已跪了有些时候。

"我意已决，你们无须再劝。"慕容湛低声道。

"王爷！"群臣动容，齐声呼喊，重重叩拜。其中一须发皆白的老臣含泪道："国不可一日无君。如今皇上为流浮所掳，若是您再以身犯险，万一有什么差池，大胥群龙无首，还谈何复国？"

众臣纷纷附和，慕容湛转身看着众人，语气凄然："皇兄临终前将充儿托付于我，如今他生死未卜，我岂能见死不救？你们退下吧，明日发兵墨官。"他最后的语气已十分严厉，亲兵见状上来，请各位大臣离去。

城楼上很快安静下来，亲兵们也不敢上前，只远远望着这位年轻的白发王爷、大胥如今的支柱。而慕容湛望着苍白阴暗的原野，也想了很多。

两个月来，情况对大胥来说已有所改观。虽然蛮人大军直入胥境，势如破竹，他率全国军队殊死抵抗，伤亡惨重，杀死一个蛮人，或许要付出伤亡十个大胥兵的代价，但大胥上下，从未如此团结过。他们与蛮人在多个城池展开激烈的争夺。一个城池失守，又以十倍的伤亡代价再夺回来。他打得惨烈，打得艰难。虽然如今仍是蛮族大军占上风，虽然对手神出鬼没的用兵让他吃尽苦头，但他有信心，大胥不会亡，因为这是人心所向。

他很想步千浔，也想破月。一个月前，步千浔领了一小队人去蛮族大营营救破月，就此杳无音信。他每晚都难以成眠，想起关于破月的那些流言，再想起久未归来的步千浔，心痛难言。

他不愿去想可能的结果，只盲目而专注地日复一日地打仗。直到三日前，他接到了慕容充的亲笔书信。

帝京城破之前，他已遣人将慕容充往南送，未料正中流浔圈套，帝驾就此杳无音信。他派人沿途搜寻多日，也一无所获。

没料到现在终于有了消息。慕容充在信中说，自己本为流浔一支小队所掳，辗转百里，原本要被押往流浔国，万幸恰好被大胥一支千人队撞上，将自己救了出来。如今自己正躲在墨官城外的孤风岭，请慕容湛立刻发兵去救。

看到这封信的第一刻，副将毫不掩饰地问："王爷，这会不会是圈套？"

慕容湛摇头："这的确是皇上的亲笔信，亦盖有帝印。"

副将屏退左右，说得更加露骨："皇上为流浔所擒，岂能轻易脱身？皇上，能信吗？"

慕容湛不能不信。哪怕只有万分之一的机会，他也不能让皇兄的骨肉罹难。哪怕……代价是要他的命。

而且他信慕容充，他们是骨肉至亲，血浓于水。此事若换成慕容澜，或许真的会屈服于流浔，但慕容充虽有些戾气，却生性坚韧，不会出卖自己。

想到这里，他决意遵从自己的心，发兵墨官。

隐隐地，他也带着些不太理智的发泄的念头，想要大战一场。这念头在破月被箭矢钉在他面前的地上，在他想要抱住她却不能挪动半分时就有了。及至破月成为蛮族宠姬的消息传来，他的心前所未有地被某种戾气充斥着。

这跟破月选择离开他时是不同的。那时他难过、痛苦，却不会不甘，不会怨恨。可如今，他有了恨，有了这种从未在他心里出现过的情绪。

他很想很想杀人，想看到鲜血染红自己的剑，仿佛这样才能一舒胸中的郁气，才能将破月被残害的那一幕抹去。

这让他想起皇兄驾崩前对他说的话。除了让他保护慕容充，皇兄还说："湛儿，记住，你身体里流的，是慕容氏的血。"

强韧而冷漠的慕容氏，策马平定天下的慕容氏，会为了一己所求变得疯狂的慕容氏。而他慕容湛短暂的半生，与其他所有慕容王族是不同的。他永远温和谦逊，永远干净无尘。可只有他自己知道，很多时候，他在与邪念作战，在与欲望纠缠。他只是在控制，一直在控制。

而今，他不太想控制了。发兵墨官，若一切属实，他将迎回慕容充，不辜负皇兄的托付。

若真是圈套，那就决战吧，哪怕代价是兵败身死，与月儿、大哥共赴黄泉。

十日后。

已是傍晚时分，两万人的军队在平原上蜿蜒成黑色的屏障。飞扬的尘土中，慕容湛望着前方巍峨的群山，忽然伸手，命全军停下。

"王爷，如何？"将领们拥上来。

慕容湛沉默，只盯着前方狭窄的山谷豁口。

是藏匿的好地方，如果慕容充和救了他的大胥军的确在里面的话。

也是伏击的好地点。

"斥候探得如何？"

"报——谷中的确有人迹，看旗帜、服饰是我军。"

慕容湛拿出亲笔信："送过去。"

那是用慕容氏的暗语写成的书信，如果慕容充在谷里，只有他看得懂。如果他有危险，可以用暗语告诉自己。

半个时辰后，亲兵回来了，送上了回信。

慕容湛一看，放下心来。的确是慕容充的字迹，他就在谷中，并无伏兵。

"前锋营，随我入谷，迎回圣驾。"他淡淡道，"其余各部，原地待命。"见到皇帝的亲笔信，众将也无怀疑，随他带三千前锋，缓缓策马入谷。

天色已暗，谷中绿树环绕、流水清浅，片片丘陵起伏，地势都不是很高，千人兵马如履平地。唯独两侧山峰高耸入云，树林茂密，难辨端倪。

慕容湛在众兵的簇拥下，行至一处山坡后，远远望见坡上竖起的黑色大胥旗，随后看到一行人从坡后走出来，正中那人，正是身着常服的慕容充。

"皇上！"慕容湛心头大定，策马快步迎上去。

慕容充露出微笑，很淡的笑。

"王叔，朕还怕你不来。"

慕容湛隔着丈许远，翻身下马："臣不会。"

"嗯，你若不来，这皇位便是你坐了。"慕容充笑了笑，"你对朕的确忠心啊。"

慕容湛察觉他语气有异，心头一凛，止步不前。

慕容充忽然露出阴冷的笑："咱们都被他骗了。你怎会是我的叔叔？"他脸色一沉，厉喝道："传朕口谕，今日起，传位于青仑王。二哥，速去！"

慕容湛瞪大眼看着年轻的侄子有些阴鸷的容颜，脑子里朦胧而混沌，又有什么清晰的东西呼之欲出。

"充儿！"慕容湛大喝一声，飞身扑去。

然而已经晚了，慕容充身旁的士兵拔出佩刀，直刺他的心窝。明晃晃的刀尖透胸而过，慕容充的神情瞬间凝滞，双目圆瞪，仰面倒下，已然不动了。

慕容湛脚步一滞，全身僵硬似木石。

"杀！"震天的吼声从山坡、四面悬崖响起，无数士兵冒头，箭矢如疾雨纷落。

"王爷！"身后诸将已从震惊中清醒，全都扑上来，抱住慕容湛的身子，"快撤！"

慕容湛神色惊痛，死死盯着慕容充的尸体，毅然转身，在亲兵的护送下往谷外撤离。

慕容湛撤到谷口时，已经看不清慕容充的尸体了。三千前锋折损九成，尸体堆满了阴暗的山谷。

他在短暂的浑噩后，已经彻底清醒。充儿已经死了，他不能再败，再败就是

284

慕容氏的覆灭。而随他来的两万精锐，他要带他们安全地回去！

想到这里，他精神一振，满心坚毅，大喝一声："随我杀出去！"兵士齐声应和，声音悲壮，却同样无惧。

然而从流浔精心设下的埋伏圈里逃生，谈何容易？

月上中天的时候，慕容湛已率军且战且退三十余里。他想要正面对敌，可对方不给他这样的机会。他们躲在暗处，像幽灵一样，驱赶这支万人大军。慕容湛也不能不退，此处步步艰险，安知敌人的埋伏圈在何处？

兵力折损已超过两千，他在夜色最暗时分，率军强渡前方乌泠河。时已初夏，河水清凉，他们如蝼蚁般苦苦求生。也许他们的坚韧是超过敌人预期的，在他成功杀退了两次敌人的伏兵后，据被抓获的流浔人交代，敌军主力就在乌泠河南岸。

乌泠河，南归的必经之路。

"渡河！决战！"他厉声下令。

将士们毫无怨言，随他渡河，一身湿漉地登上南岸，而身后的北岸，追兵已至。茫茫蓝色流浔士兵，如暗色萤火，遍布原野。

那前方的伏兵呢？过了河，出了树林，已经不需要斥候去查探了。因为蛮人，粗壮狰狞如野兽般的蛮人，手持板斧，沉静如雕塑，伫立在目力可及的每一寸夜色中。

腹背受敌，死无葬身之地。

慕容湛眸色暗敛，一抬手，身后鼓手一咬牙，敲响蛇皮大鼓。而前方蛮人阵中，一个巨大无比的红色皮鼓也被推了出来。雷鸣般的巨响，瞬间压过大胥的战鼓。

"进攻！"蛮人阵营中，有人一声长啸，气吞河山，响彻这片肃杀的原野，响彻超过十万军队集结的河畔。

慕容湛在听清这个声音后，有片刻的怔忪。然而不等他细想，便看到蓝色的蛮族大军如蓝色的暗潮，汹涌而缓慢地袭来。

"王爷！"副将惊讶地低呼一声，慕容湛也看出了诡异。

蛮军的阵形很奇怪，不是水平的战线，也不是楔形冲锋阵，而是分扇形徐徐拉开，像是要将大胥军包围在正中。

但这绝不是一个适合对攻的阵形。因为大胥军背后有河，蛮人根本无法形成包围圈。

匪夷所思的事进一步发生了。蛮军两翼拉得远远的，在离大胥军很近的地方，却并不上前。他们埋头猛冲，冲入了乌冷河。慕容湛回头，看到对岸的流浔兵也略有些松动，像蓝色的波浪轻轻浮动。

然而沉寂很快被打破了。

因为涉水过岸的蛮人，如狂风骤雨般，杀入了流浔军中。

"他们内讧了？"众将看得惊奇，亦不敢放松警惕。慕容湛亦百思不得其解。眼看对岸越打越凶，前方蛮人军却依旧纹丝不动。慕容湛心念一转，忽地提气高声问道："敢问是流浔哪位将军在此设伏？"

一个低沉含笑的声音，越过对岸喧嚣的厮杀声，清晰如在耳边响起：

"楚千浒。"

慕容湛浑身一震，不由得策马上前，越出军阵："……大哥？"

黑黢黢的夜色下，但见对方茫茫军阵中，一匹快马飞奔而至，竟似全不顾忌大胥兵，顷刻已至面前，一人跃下马来。

一身黑色戎装，表明他的身份。俊朗的脸庞于夜色中灰暗却生动。

"小容，是我。"楚千浒盯着他，目光欣慰，"你没事，太好了！"

慕容湛翻身下马，三两步抢上前，紧握住他的手："大哥！你怎会在此？"随即看向他身后，声音有些颤抖，"破月呢？"

楚千浒将他肩膀一搂："她也没事。"楚千浒露出个意味深长的笑，"此事说来话长，先俘虏这一万流浔兵，再与你详谈。"

慕容湛激动地点头。

大胥众将看到自家王爷与流浔阵中冲出的一人勾肩搭背，都震惊万分；再趁着夜色看清那人容貌，竟是失踪多日的大将军步千浒，又听他自称楚千浒，更是不解；待看到蛮族大军竟似听他号令与流浔作战，下巴都要掉到地上了。

楚千浒才没空儿管这些，拉着慕容湛走到河岸边，两人一同驻足观看战势，楚千浒亦细细将这些日子的遭遇、楚余心的存在，道与慕容湛。慕容湛只听得暗暗称奇，待听到楚余心这些年的遭遇，却不知该喜还是该忧。喜的是楚余心没死，大哥多了位至亲，而皇兄所犯的错，亦少了几分；忧的是楚余心遭此大难，实在令他痛心不忍。

一个时辰后，蛮军大获全胜。

火把点亮了对岸，流浔折损三千，俘虏七千，无人逃脱。这正是楚千浔想要的结果，不由得喜出望外，将慕容湛的手一拉："走，带你去见我父亲。月儿正陪着他。"

慕容湛听到"月儿"二字，心尖微颤。其实见楚千浔神色无异，他也推想破月应该平安无事，但终究还是忍不住问道："她……没有被旁人欺侮吧？"

这个敏感的话题，他问得如此直白，已是非常少见的事了。楚千浔脚步一顿，目光温和地看着他："放心，她一直跟着我爹，安然无恙。"

慕容湛的脸上慢慢浮现微笑。楚千浔拍拍他的肩，两人对视一笑，翻身上马，直入蛮军阵中。身后诸将见状大惊，终是不放心。可慕容湛只丢下句"让他们打扫战场"，人就已行得远了。

看着前方热闹的战场，破月身处沉寂无比的蛮族中军，激动不已。

但她没忘了自己的责任——看守、陪伴公公，一旦他有异样，立刻通知楚千浔。

好在前方那高大的身影始终伫立不动，威严沉默得像具雕塑。在楚千浔朝蛮族下达进攻命令时，在楚千浔策马入大胥军阵中时，楚余心一直保持着稳定的神态。

这不能不说是很大的进步。数十日前，看到他接到围剿慕容湛的命令，夫妻俩愁白了头。好在经过这几日的相处，楚余心已经对他们有了感情和信任感——他不会说，但是会在一些细微的动作里表现出来。破月仔细分析了之后，觉得要扭转他的行为并非全无可能，便对楚千浔说："虽然不知道流浔人到底对公公做了什么，但有三点可以肯定。一是他行军打仗的能力依然保留，说明他的智力并不低；二是他失去记忆，性情大变，反应迟缓，我怀疑他可能受过强烈的精神刺激，加之常年服用毒药，才会如此；三是他对流浔人唯命是从，很可能是在毒药的作用下，流浔人给他建立了一些新的……怎么说呢，服从命令的行为……"

当时楚千浔怪异地看了她一眼："你怎么会懂这些？"

破月理直气壮："颜朴淙教的。"

287

楚千泩顿时释然，但也有些醋意。谈话被打断，他狠狠亲了她一会儿，才让她继续。

"所以……"破月说，"我们需要推翻他脑子里已经有的一些东西。"

说起来容易，做起来难。脑子坏掉的楚余心像孩子，更像动物。起初楚千泩对他说要打流浔兵，他默默地听着，第二日照样带着蛮族见到大胥兵就杀，见到流浔人则不会冒犯。后来破月灵机一动，想起那日他为了自己杀了流浔士兵。

于是夫妻俩专程在他面前演了场戏。那日傍晚，破月带楚余心到营中遛弯，回来时，恰好看到一个流浔士兵举刀要"杀"楚千泩。楚余心当时就发了飙，一掌把流浔士兵拍成了血泥。

之后如法炮制，接连让楚余心杀了"想要轻薄"破月的流浔监军，楚千泩又当着楚余心的面，将蛮族军中的千余流浔士兵全部集中到营中，就地正法。

当时不光楚余心看到了，全军蛮人也都看到了，气氛沉寂而压抑，而楚千泩在砍下最后一个流浔士兵的脑袋后，提着刀走到楚余心面前跪下。

"爹，帮我杀流浔人。"

就这么一句话，就这么残忍、决绝、无法挽回的一幕，让楚余心真的改变了。他从地上扶起楚千泩，点了点头。

这支十万人的大军是蛮族精锐，另有十万蛮人在君和境内与唐卿作战。军中本就有六万余人是当日楚余心的北伐残部，抑或其后人，大多是二十至四十岁的壮年。其余三万余人是白泽森林里的土著蛮人。他们虽受流浔人训练，但已习惯唯楚余心马首是瞻。在楚余心发出攻打流浔人的号令，又斩杀了两千不服从军令的蛮人后，其余所有人都安分下来——他们或许被毒药麻痹得完全不怕死，但是他们习惯服从于强者。

而破月这晚旁观了父子俩下令屠杀数千人后，虽高兴于他们控制了这支大军，却也心有余悸。她一直都知道，在必要的时候，楚千泩可以比谁都凶残，比谁心肠都硬。

好在，他是爱她的。

想到这里，她重新看向前方策马而来的两人，柔声对楚余心道："爹，千泩和他的兄弟来了。"

待两人走近，楚千洄拉着慕容湛到了楚余心面前。慕容湛迎面拜倒，楚余心却全无反应，只拍了拍楚千洄的肩头，继续僵立不动。楚千洄关切地问："爹，你无恙吧？"楚余心不吭声。

他父子俩亲近，破月便看向慕容湛。只瞧了一眼，便让她心头微微有点儿难受。那是怎样的目光啊，安静、悲伤却又喜悦，清澈的眸亮过头顶的月色。

破月微笑着朝他点头，他眸中暗涌的神色立刻褪去，重回温暖的平和。

"你们都安然无恙，这……实在是太好了。"他低声说，甚至还有点儿不流利。破月笑着说："嗯，都会很好的。"她已经知道了慕容充被杀的消息，顿了顿，又问，"小容，你……是不是要当皇帝了？"

慕容湛一怔，旋即苦笑不语。破月望着他："其实我不想让你当皇帝，太累。"慕容湛点头："我如何做得好……"

"你会是个好皇帝。"破月打断他的话。

慕容湛眸色一震，紧盯着她，沉默不语。

楚千洄听着两人的对话，此刻也有些动容，走过来握紧破月的手，对慕容湛道："皇帝也好，平头百姓也好，小容，你想走什么路，我们都会陪你走下去。"

慕容湛深深望着他二人，目光不着痕迹地滑过他们期待的容颜，滑过他们交握的双手，一种温暖的疼痛隐隐侵袭他的心口。只是那温暖太宽广，无所不在，将那份疼痛温柔而亲昵地包裹，变得似有似无，变得无足轻重。

沉默许久后，他点点头，露出大雪初霁般的笑容。

"我是……父皇的儿子，慕容氏唯一的血脉，我会……做个好皇帝。"

半个月后，慕容湛返回帝京登基，年号"永平"。大胥举国沸腾，百官朝拜，万军归心。楚千洄为元帅，都督天下兵马。他集结各地军队，在一个月内，迅速荡平大胥境内的流浒军队，随即领兵北上。

而蛮族大军在北部边境与他合兵，全军共计三十万人，踏过青仑沙漠，直赴君和。

第五十二章

花好月圆

　　七月是大胥最炎热的月份，却是君和最好的时节。虽然热，但空气温湿、阳光明媚、树绿花开，仿佛天下最美好的景色，都出现在君和。

　　唐卿便在这最好的时节里，全身肌肉麻痹、经脉失觉，彻底卧床不起。

　　流浔入侵已经有半年了，在这半年里，他失去了很多城池，但他正一点点夺回来。战争的漫长和僵持，让所有人开始丧失信心，而唐卿却看得透彻，局势正在改变。敌人攻打下一个城池需要的时间更长了；他们原本源源不断的兵力，似乎也已变得枯竭，不再增加。而自己这边，士兵们似乎已经熟悉了与蛮人作战，不再盲目惧怕，唐氏的军队又恢复了以往的自信顽强。

　　虽然南部断绝了一切消息，但他敏感地察觉到，有些事情已经改变了。虽然他不知道具体是什么，但按照他推断的徐傲的用兵，应当会在给予大胥迎头痛击后，将蛮军另一支主力调回君和境内。毕竟，与君和人相比，大胥整体兵力确实孱弱许多。可为什么没有动静呢？

　　那只有一个可能，大胥战局的发展超出了他的预期。要么大胥已经覆灭，要么大胥完胜了流浔。尽管从目前来看，第一个可能性更大，但他始终觉得，步千泂不会让他失望。

　　今日是十五，花好月圆。前方的战事经过几个月的胶着，也有所迟滞和停歇。唐卿便在这宁静的夏夜，躺在一处僻静的庭院里，静静望着头顶的月光。

"阿荼，在想什么？"他柔声问。

唐十三缓缓抬头，目光触到哥哥苍白的脸色，立刻移往脚边阴暗的角落。他放下手里的书。那是本医书，记载着痛风、瘫痪等病症的救治方法。他在大胥、君和的武林混迹多年，多少江湖名医的医书都被他获得。

但没有一本，能救哥哥。

"你无须这样。"唐卿岂能不知他的心思，柔声道，"生死有命，何须强求？"

"不。"干脆的声音说道。

唐卿叹息一声，也不再劝，只又提起最关心的话题："据我推测，天下不出三个月，便会平定。那时我要是不在了，你记得，找个姑娘，替唐家传宗接代。"

"你先。"

唐卿失笑，正要说他迂执，却听见零碎的脚步声，亲兵低头走了进来。

"元帅，大胥密信。"

唐卿一怔，伸手接过，从信封中抖出书束，首先看向落款。这一看，先笑了。

楚千洐。

他不由得想，这个落款，表示步千洐要公开恢复身份。为什么？待展信一看，却只有寥寥数字："八月下，决战玲珑城。"

唐卿拿着信，足足沉思了有半个时辰。十三也看了信，默然片刻："不懂。"

唐卿这才将信一折，于烛火上化了，笑道："你们不是好兄弟吗？他学你，言简意赅。"

十三神色一滞，唐卿这才解释："君和境内，流洐主力便在玲珑城附近。他与我相约，八月下，与流洐大军决战。

"他既跟我如此约定，定是已荡平了大胥境内的流洐兵马。这着实让我未曾料到。

"只不过他还有些小儿心性，总不忘逮着机会给我出些难题，故意语焉不详，看我能不能猜到，他为何有恃无恐，为何能大获全胜，为何能够提兵北上。"

十三眸中陡然升起笑意："你猜中否？"

唐卿微微一笑："傻气！我为何要费脑子猜？命斥候去探便是。他如此大张旗鼓地领兵北上，岂能瞒过我的眼线？"

五日后，唐氏斥候传来令人惊讶而振奋的消息。唐卿看到三十万大军和十万蛮人两个数字，倒真的怔住了。

斥候又说，大胥军打出了"楚"字旗号。唐卿足足愣了半个时辰，终是释然而笑。

"尽管匪夷所思，"他对十三说，"但蛮族大将应当就是楚余心。"

十三却只愣了一瞬间，随即眉目平静下来："哦。"

唐卿奇道："你不惊讶？"

十三很淡定："想不通，故不想。"

唐卿骤然失笑，招手让十三坐到床边，拉着他的手，微微用力。这个虚弱得已经躺在床上指挥战斗数月的青年，露出灿烂的、欣慰的笑容。

"阿茶，我会好好打完这场仗，我要给你们一个太太平平的天下。"

平心而论，大胥能够迅速击溃入侵的流浔部队，主要原因是楚余心的反目，但也跟唐卿拖住了徐傲的大部分兵力脱不了干系。若不是唐卿在北部支撑数月，越打越强，大胥的光复之路还要走很久。但同样的道理，如果不是大胥及时取胜，唐卿的复国之路也不会如现在这么快、这么顺利。

也不能在八月下旬，意气风发地发兵玲珑城。

这两个月来，两人同在一片战场，却从不曾见面，书信往来也是只言片语。但两人的默契简直浑然天成，你偷袭粮仓，我便阻击援军；你正面对抗，我便背后奇袭。一切仿佛演练好似的，天衣无缝。

有时候破月会问楚千浒："你俩商讨得这么细致啊？"

楚千浒摇头："未曾。"

"那……"

"见招拆招便是。"

唐卿一直住在远离战场的后方，收到最后的消息时，距离决战之日已过去了大半个月。这个速度已经很快了，快马往返于他的住所和玲珑城便需七八日，更何况这场决战据说还打了足足十日。

但来报信的竟然是大胥兵。

他们的速度比唐家军的斥候还快，这令唐卿不得不多看了面前的大胥人一眼。

这是个高大的青年，身材修长、面目憨厚，垂首低眉，立在离床五步远处，等候他的询问。

唐卿让十三扶自己坐起，靠在墙壁上，咳嗽两声，脸颊泛起微红，笑道："见笑了！"

青年抬眸看着他，一双眼倒是纯黑有神："元帅以病体支撑天下大局，实乃当之无愧的英雄。"

"过誉了！"唐卿平静道，"既然楚将军派你来报信，详细说说，战况如何了？"

那青年语速适中、言辞清晰，只说八月二十九，三军决战玲珑城，遭遇徐傲顽强抵抗，苦战十日有余，终是大获全胜。俘虏四万，歼敌十万，溃逃四五万，徐傲自刎而死。如今君和、大胥均已派兵直入流浔境内，占领其全境指日可待。

唐卿听完，并未有太多意外或喜色，反倒微微蹙眉："俘虏四万，却死了十万。虽是恶战，也死得太多了。"

那青年鞠躬道："元帅宅心仁厚。另外，将军让我转告，徐傲双目已盲，是幼时被母亲刺伤，据说只因为父亲不喜欢他，母亲亦有些疯疯癫癫。"

唐卿极难得地神色一震，十三亦猛然挑眉。

唐卿沉默了片刻，才道："所以，他看不见天下，却想要拥有天下？何其悲壮，何其执拗！多谢你家将军，让我想通了，为何徐傲如此偏执！他徐傲不惜玉石俱焚，用兵又如此冒进，搅得天下大乱，原来他是不甘，不甘罢了。"

"所以……"青年沉声道，"元帅此刻虽双腿不能行，却也不能放弃踏遍天下河山的念头。"

唐卿这才抬眸重新看他，微笑道："你家将军呢？"

青年恭敬道："领兵攻打流浔去了。他派我来，还要问一问元帅，是否已猜出当日的关窍？"

唐卿微微一笑："如此，你便将我的话原原本本告诉你家将军和夫人。"

青年看了他一眼，答："是。"

"卿如是推断：楚余心既成蛮族将领，只有三个可能——威逼利诱、屈打成奴，抑或是流浔人用某种手段控制了楚元帅。楚元帅是顶天立地的男儿，又已家破人亡、了无牵挂，前两种均无可能，那只可能是第三种。

"这手段，也不难猜。恰巧我弟弟看了些医书，其中一本记载，流浔境内盛产五色草，其叶若鳞，其花似蛇；入药可令人心志迷失，似梦似痴；长期服食令人痴傻愚钝……其他的，让你家将军自己翻医书吧。"

话音刚落，十三先开口了："何时？"

唐卿微笑："我无聊时翻了翻。"

十三默然不语。他这才想起自家哥哥自幼读书便是一目十行，过目不忘。他问得很多余。

大胥青年一拱手："多谢元帅赐教，末将告辞了！"转身欲走，唐卿却道："且慢！"那人止步回望，唐卿看向十三："这是楚将军军中刀法最好的人，你不跟他比试一番吗？"

十三眼睛一亮，不等那人说话，已拔剑拱手："请赐教！"

那人一愣，忽然往后跃出两步，哈哈大笑道："元帅双目洞若观火，不要再戏弄千浔了，我这便跟你赔不是。"他的手在面上一抹，露出俊朗的一张脸，正是楚千浔。

十三骤然嘴角上翘，唐卿亦莞尔。楚千浔扬声道："月儿进来。"随即快步走到唐卿床旁，握住他的手，关切道："你怎病得如此厉害？"

十三神色一暗，唐卿却一脸平静："迟早有这一日。"

楚千浔此次与唐卿联手对付流浔，虽全心全意、毫无保留，但也暗暗存了一较高下的跃跃之情。他乔装而来，也是战胜后实在身心大悦，存了戏谑唐卿的心思。如今见唐卿以瘫痪残躯，运筹帷幄于千里之外，更是见微知著、洞悉一切玄机，不由得佩服得五体投地，心想这唐卿当之无愧是天下第一名将。

他一握住唐卿的手，源源不断的醇厚真气便从他掌中渡过去。唐卿苦笑："不要再浪费你的真气，无用的。"

楚千洐却卖关子："这你就不懂了。"话语间，破月已走了进来。只见她也是一身黑衣，只不过娇艳婀娜难掩。她原本脸上带笑，看到唐卿的模样，笑意一滞，明显一副准备寒暄却又被唐卿的惨状生生堵住的样子。

"颜破月，别来无恙？"唐卿微笑着看着她。破月点头，忽然说："你会没事的。"唐卿和十三都一愣。

楚千洐的话更奇怪了。他对唐卿说："唐兄，我们有个不情之请。"

"但凡卿能做到。"

"你与破月，结为兄妹吧！"

"……"唐卿愣住了，但见他夫妇两人神色认真，心知必有玄机，也不扭捏，点头道："有如此冰雪可人的义妹，卿求之不得。"

楚千洐随即扶唐卿坐起，与破月捧土，对月结拜。十三原本抱剑站在一旁，忽地闪过来，也跪下。破月失笑："你拜什么？"

十三看着她："妹妹。"

破月横眉："弟弟！"

楚千洐抄手站在一旁："十三比你大。"

破月不干："内心年龄比我小！"

但三个男人只认实际年龄，很快便排好了长幼顺序。破月沦为三妹，虽然憋屈，但欣喜更多。

拜完了，楚千洐对十三道："你先出去。"十三掉头就走，屋内只剩他三人。楚千洐还没说话，唐卿已开口："原来你们要为我治病。"

楚千洐和破月都一愣。这人脑子实在太快，当真叫人不好招架。

楚千洐笑道："北上途中，苦无师父到军中找我。他参透数年，我们夫妇修炼玉涟神龙功或许能助你康复。"

原来苦无一直记挂着唐卿的病，亦推断出他的病情会在今年加重。苦无本就擅长医道，琢磨数年后，终于得出玉涟神龙功或可治愈唐卿的结论。那功法本就延年益寿，夫妻双修更是益处无穷。而苦无想到，若是合夫妻两人真气，替唐卿调理，当真有可能起到奇效。于是苦无根据唐卿的病因，仔细钻研出一套调理方法，亲自到楚千泸军中，传授于他二人。

唐卿默然片刻，动容道："苦无师父待我如此，当真无以为报。劳烦你二位千里迢迢，战事一结束便来找我，当真过意不去！"

破月道："大哥，你说这话就客套了！"楚千泸点头："开始吧。唐兄，我这就脱掉你的上衣。"

唐卿吃了一惊，这才明白楚千泸让他和破月结拜的意义。然而他纵然能洞悉天下，却依旧无法抑制地脸红了。

"劳烦二位！"他只迟疑了片刻，便任由楚千泸脱掉上衣。虽然楚千泸心无旁骛，却也不由得看了一眼破月。却见破月目光停在唐卿白皙而瘦弱的背上，目露怜悯。楚千泸不由得心底一柔，与她对视一眼，都看到了彼此眼里的坚定。

要医好他。他是世人最可贵的瑰宝。

半个时辰后，楚千泸扶唐卿躺下，破月柔声问："你觉得如何？"

唐卿只觉浑身暖洋洋的，虽然依旧不能动弹，但明显能感觉到那热气在全身肌肉中流动。饶是他早已心静如水，此时也有些欣喜过望："极好！极好！"他将感觉描述出来，步千泸二人也十分高兴。

"好吧，元帅大人，叫你的亲兵准备好客房吧。"楚千泸笑道，"苦无师父交代了，一年才能根治，三个月或有小成，算着到那时，战事也平定了。"

两个月后。

已是深秋，北地清寒，雾色深重。唐卿裹着一身狐裘，坐在轮椅上；楚千泸坐在他对面。两人面前摆着一张棋盘，他们正在对弈。

楚千泸并不善此道，但他生性骁勇狠厉、精于运筹，在唐卿大海般深不可测的棋艺前，虽然屡战屡败，却也越战越强，时常有出人意料的好棋，倒让从无敌手的唐卿提起几分兴致。

反观破月和十三两人则简单得多。两人蹲在一旁的泥地上，正在摇骰子比大小。输的跑腿去给赢的买吃的、喝的，既能锻炼身体，又能填饱肚子。

过了片刻，棋下完了，他二人也胀得肚圆，都说不肯吃晚饭了。

仆人将晚膳端上来，楚千泸却停箸不前，看着唐卿："唐兄，我刚收到消息，五日前，大胥军队已攻入流浔王宫，君和军队也已荡平流浔南部残军。"

唐卿抬眸，温和地望着他："是时候了。"

楚千浒点头："吾皇已于数日前抵达玲珑城，算着明日便能到这里。睡一觉，用过早饭，你们便见面吧。是战是和，痛快了断。"

破月心一紧，十三也抬头看着楚千浒。

"好。"唐卿神色平静，"我不会顾及你我交情。"

"我亦不会心软。"

五年后。

临近初夏，天黑得晚了。傍晚时分，天空还是金黄的，远而浓烈，绚烂的颜色在头顶晕开。楚千浒从宫门出来，策马沿着青石巷往家里走。行了十余丈，忍不住回头张望，但见宫顶的琉璃瓦在日光下发出璀璨的光芒，宛若那人熠熠生辉的容颜，叫人心头暖得心疼。

他忽地翻身下马，在随扈们惊讶的目光中，朝后方跪倒。三叩九拜之后，他抬起脸，已是神色舒展、意气风发，跃上马背，踏着暮色，滴溜溜返回元帅府。

君和天下兵马大元帅的府邸，却并不比寻常将军府大很多。楚千浒踏入府门，将缰绳扔给家仆，远远便望见破月抱胸站在葡萄架下，女儿骑在老父肩头，伸手去够头顶的葡萄。霞光温柔地洒在院落里，她站在一地光彩中，他们也是。

女儿已经三岁，煞是可爱，是楚余心的心头宝。

楚千浒咳嗽一声："谁又在偷摘葡萄？"

三人全都循声望过来，破月在笑，楚余心没什么表情，女儿却很兴奋，麻溜地从爷爷身上滑下来，冲到楚千浒面前："爹！爷爷在偷葡萄！"

楚余心这才笑了，将手中的葡萄塞进嘴里。季节未到，葡萄又青又涩，他似也察觉不出，含了一颗轻轻地嚼。楚千浒抱着女儿走过来，对破月道："都收拾好了吗？"

破月点点头。

女儿不干了，搂着爹的脖子："葡萄还没熟，我们就要走了吗？"

楚千浒点点头："爹、娘、爷爷带你走遍天下河川，有很多更大更甜的葡萄让你吃。"女儿心满意足:"马上走!"

大人们都笑了。楚千浒将她放在地上,家仆的小孩子们跑过来,一群孩子自己去玩了。当然,楚余心沉默地跟在孙女身后,跟孩子们一起去玩了。

楚千浒将破月搂住,坐在葡萄架下的石凳上。

"你跟……皇上道别了?"破月问。

"嗯。"楚千浒柔声道,"你以为我这几日在宫中做什么,都陪他喝酒了。只是他如今比从前忙碌许多。咱们明日一早就走,不要再惊动他了。"

"好。"

"想去哪里?"

"先去承阳吃包子,那里的包子皮薄馅大口感好,顺道看看十三。"

"好。再去白泽森林,看看你的义子。"

"对!然后再去南边。"

"还得去趟神龙教。虽然如今大部分教众都已从军,但一些老弱教众还留在缚欲山,咱们去看看。"

"好。"

"找时间再生个儿子吧。"

"……嗯。"

"事不宜迟。"

"好多人在看!放我下来!我自己走!"

翌日。

"他们走了?"清泓似水、不急不缓的声音传来。

宦官的头埋得很低:"回皇上,走了。天一亮,就出了城门。"

九重宫阙静若森林,晨光从殿门口射进来,漆黑的地板透出莹莹的光泽。

皇帝一手搭在龙椅上,一手拿着奏章。细心的宦官发现,皇帝保持同一个姿势许久了,手里的奏章也好一会儿没有翻阅了。

"皇上,他带走了天下兵马元帅的印鉴。"宦官细声细语地说。

皇帝这才抬眸,冠玉般的面颊缓缓浮现笑意。

"知道了。"

宦官见龙颜已悦，这才笑道："楚元帅说是辞官，却把印鉴也带走了。他对皇上忠心耿耿，皇上要有何吩咐，他必会赴汤蹈火，保卫社稷安康。"

皇帝点头，唇角始终带着淡淡的笑意，开始翻阅奏章。宦官又道："皇上，三公九卿全在外头，他们已经跪了一下午了。"

皇帝失笑："还没走？倒显得朕是个昏君了。"

宦官看着年轻的帝王，刚过二十五岁，已有了半头白发。宦官看着帝王从登基时的谦逊温和，变得内敛果决。某些方面，他变得越来越像先帝了。

不变的，是他春风般的笑容和对所有人一致的温柔。无论臣子、楚元帅，抑或是小小的宫女、太监。

这是……天下的帝王啊！

宦官参着胆子跪倒："皇上，您就允了他们吧！您一日没有子嗣，臣子们一日不安心啊！这也是为了君和的江山社稷，为了天下太平啊！已经五年了啊！"

皇帝抬眸看着一脸坚决的宦官，神色怔然。

已经……五年了啊！

自从当日与唐卿、楚千洧在君和境内达成君子之约，已经过了五年了吗？

定国号为君和，慕容氏为帝君，楚千洧为天下兵马元帅，国制沿袭君和旧制——只有唐卿才想得出如此令人惊叹的解决办法。而唐卿只在朝中留了一年，辅佐慕容湛熟悉了治国方略后，便悄然退隐。

只是与楚千洧相同，唐卿也带走了宰相的印鉴。若是他慕容湛有所求，他们都会出山。

这天下，从此是他慕容湛的了。

他将一人面对。

"……告诉他们，朕允了。"皇帝淡淡道。

宦官惊喜不已，连忙起身，从桌上拿起本早已准备好的奏章，送到皇帝面前，柔声道："大鸿胪之女赵鲁、唐卿之妹唐甜，还有大司马的外甥女……"他念了一串名字，而后道："都是上上之选……"

他忽然发觉，皇帝根本没听。

299

皇帝从袖中取出块手帕，缓缓打开，静静垂眸盯着。那竟是一张惟妙惟肖的绣像，那女子的面容……

宦官怎会认不出？早早知旧事，但此刻见皇帝公然拿出臣子妻子的画像，宦官还是吃了一惊，只得深深低垂着头，假装看不到。

皇帝低头看了许久，复又细致地折好，放入怀中，再抬起脸时，已是神色如常，微笑道："将名册送给母后拿主意。你退下吧。"

"是。"宦官捧着名册，缓缓退出，小心翼翼地关上殿门。在朱红大门合拢的那一刻，宦官鬼使神差似的犯大不敬，抬了头，却见皇帝凤眸微垂，静静地望着前方虚无之处，似已痴了。宦官本是诚王府旧人，见状鼻子一酸，眼中泪水已盈然。

楚千泞辞官隐退的消息很快传开。

彼时唐卿正站在潮起潮落的海岸边，看着恢宏的美景。听到十三安静地说出这个消息，他只弯唇一笑。

"看来我要做好待客的准备了。"他笑道，"他定会到我这里走一遭。"

十三目露喜意："好。"

唐卿冷冷地瞥他一眼："别光顾着说'好'。我的身子已经完全好了，你应承我的事，是不是该兑现了？"

十三沉默，看着蔚蓝的海水。

"走吧，阿茶。"唐卿也看着闪闪发亮的海水，是那样的澄碧通透、汹涌澎湃。他抬起手，摸了摸十三鬓旁的黑发，而后温柔地说："哥哥已经不需要你的照顾了。走吧，入朝去帮皇帝，做个官也好，做大侠持剑走遍天涯也好，去过你的人生，找一个可人的姑娘。哥哥我，也会有自己的路要走。"

十三看着唐卿，目光有些惊痛。他沉默了许久，才道："不舍。"

唐卿失笑："什么不舍？又不是就此不见！你知道怎么找到我。去吧，我知道你喜欢自由自在的生活，况且哥哥我也要去找个姑娘成家了。"

"当真？"

"千真万确。阿茶，我会如楚千泞所说，踏遍千里河山。咱们不妨比比，看谁先寻到心上人，好不好？"

"……一言为定！"